哈佛燕京圖書館文獻叢刊第四種

# 美國哈佛大學哈佛燕京圖書館藏明清婦女著述彙刊

5

方秀潔(Grace Fong)(美)伊維德(Wilt L. Idema)主編

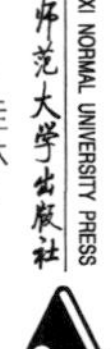

廣西師範大學出版社
GUANGXI NORMAL UNIVERSITY PRESS
·桂林·

# 第五卷目録

《冷吟仙館詩稿》八卷詩餘一卷文存一卷　左錫嘉　《曾太僕左夫人合稿》刊本　光緒辛卯（1891）刻本　七冊……一
《陳孝女遺集》二卷　《小黛軒論詩詩》二卷　陳蕓　附錄於薛紹徽《黛韻樓詩集》　宣統三年（1911）刻本　二冊……一三九
《澹香閣詩鈔》一卷　李星池　光緒四年（1878）刻本……二〇七
《泰州仲氏閨秀集合刻》七種　仲蓮慶　仲振宜　仲振宣　趙箋霞　洪湘蘭　仲貽鑾　張貽鷚　嘉慶丁卯（1807）　泰州仲振奎……二四一
《湘繭合藁》　宗婉　宗粲　錢念生　光緒庚辰（1880）常熟宗氏刊行……二七九
《京江鮑氏三女史詩鈔合刻》　鮑之蘭　鮑之蕙　鮑之芬　光緒八年（1882）丹徒戴氏刊行……三二七
《南湘室詩草》一卷詩餘一卷　姚倩　姚茝　1915年日本排印本……四三九

# 冷吟仙館詩稿

左錫嘉

序

詩發源於三百篇宣聖刪詩首列關雎取其哀樂得性情之正其時諸侯大夫諸侯夫人大夫妻能詩者多由房之歌雞鳴之詠賢夫婦唱予和汝交相警戒此中正之音性情之和樂所由發也至于役之篇柏舟之什憂怨之心變風而不失其正所謂發乎性情止乎禮義也風雅之亡變爲離騷忠君之心芬芳悱惻鬱鬱然不能展其才則託之於辭以見其志自後李杜大家亦多憂時傷事以寫其惓惓之抱其他感懷傷逝之篇更以窮愁易工促節哀音有令人不忍卒讀者言爲心聲其詩傳則其人之性情亦與之俱傳故夫精忠苦節其人不必專工於詩思以傳世而其詩卒無不傳者以其得性情之正有不可磨滅者在也四川曾吟村太僕以名進士觀政農部出守章江深得士民心先兄文正公治軍安慶招致戎幕以勞卒於軍其室左恭人移櫬回蜀過乂魚灘大風幾覆舟恭人撫棺長號呼天泣血風遂止舟竟無恙自繪孤舟入蜀圖海內名公鉅卿多題詠之傳者美焉哲嗣旭初大令仕晉中余撫晉時嘉其廉正有父風洎余持節兩江乃遠道寄太僕吟雲詩稿一卷

並左恭人冷吟館詩詞各集屬余爲序余受而讀之前半多唱和之作而太僕忠義之心恭人苦節之操已於吟詠中隱然流露太僕奉檄赴軍感作云士爲知己死蓋志決身殲素性然也後太僕歿恭人事翁姑之孝撫孤孱之艱操心積慮含辛茹悲無不於詩乎傳之嵯峨蕭瑟如秋聲夜起萬彙傷懷又如巫峽哀猿淚隨聲墮吁太僕恭人皆可謂得性情之正矣憶昔道出九江與太僕遇於舟次一見如故縱談時事忠義奮發畧見一斑隙駟不留尺波電謝言念疇曩于今垂二十餘年矣



今乃得讀其伉儷之詩夫太僕之忠恭人之節皆不待以詩傳者也而太僕於倥傯戎馬之閒猶存遺藁恭人則學與年富所造益精皆天之有意傳其詩而卽以傳其人之性情也今旭初宰定襄有政聲去秋其季弟復舉於京兆太僕爲不亡矣恭人則訓誡諸子均底於成始困終亨天之所以報忠臣節婦者又豈僅傳其詩而已哉光緒十五年三月湘鄉曾國荃撰

吟雲仙館詩集者華陽曾吟村太僕所撰太僕歿而左夫人小雲編錄之者也其合編之浣香小草吟雲集及卷葹吟冷吟集暨詩餘各若干卷則小雲夫人之作而前三卷作於太僕存時故題曰吟雲後五卷作於太僕既歿之後故取拔心不死勵志冰霜之義題曰卷葹曰冷吟云方余之承乏憲曹也太僕以名進士觀政農部逾年出守西江湘鄉相國治軍江皖檄治安慶戎幕以勞卒自是不通音問者數十年今年春太僕仲子旭初大令自定襄展轉貽書致此集於余閩浙任所屬爲之



序余惟昔與太僕同官京邸時歲時閒一過從知其爲篤行君子未知其能詩也聞其有賢內助未知其皆能詩而且工也太僕之治郡也夫人實相之所至有惠政太僕卒夫人率諸子奉遺櫬歸葬當是時逋寇未平長江上下數千里金鼓聲相聞嫠婦孤兒煢煢然嬰險難涉風濤崎嶇蹉跌僅乃得達然且伏戎於巫峽碎舟於江許又魚灘之役呼天泣血倖獲全濟嗚呼雖古之反風滅火何以加焉諸孤幼夫人以養以教俾各成立自大令外伯子筮仕閩垣叔子供職比部季子讀父書治

舉業駸駸繼諸兄後一時同官故舊舉欣欣然以太僕有子告而夫人之心力則幾瘁矣然後歎此之裒然成集者特夫人之緒餘而夫人之純節瓌行宣鐘萬而光簡策者在彼不在此也而誦其詩讀其詞則亦可想見其勵志之艱貞與教養之勤劬矣太僕詩多有道之言夫人詩詞晚年益工而尤以冷吟詞一卷爲佳若蜀國懷古並蒂白蓮紅石榴諸什高情遠韻直接宋賢而通草花詞云弁刀試乍不向東風輕借則想見含荼茹蘗時操履之純潔大令昆弟濡染母教一旦出而臨民其能飭官箴而爲太僕光焉必矣余故樂得而序之光緒十六年三月儀徵卞寶第謹序

序　四

吟雲仙館詩稿

唫雲仙館詩稿

吟村太僕余族姪也持躬孝友同官燕京時相過往談論經旨輒能發明聖賢微奥其批註四書章句等皆不外程朱之學蓋於理境有心得焉每縱談時務則慷慨悲歌形諸言表嶙嶙丰骨權勢不能動富貴不能移也及出守江右余亦典郡黔南值髮捻猖獗音問鮮通繼乃聞其從戎皖北竟以勞瘁卒姪孫輩皆在幼沖直至辛未春仲其壻林生尚辰來黔持姪媳左氏書並吟村詩稿請序於余把卷披誦如見故人不禁掩卷唏嘘莫識所云爰題於集端以記余之感慨云爾同治十年季秋之月璧光誌於黔南節署



先夫幼耕且讀乙未入邑庠其秋領鄉薦家計蕭然常憑舌耕以奉甘旨及甲辰通籍後服官京外十有餘年暇輒紬繹四子書瀏覽經史詩則偶以寫懷不計工拙亦鮮存錄錄者十餘卷嘗恐遺失惟剩零星殘稿兒輩不忍棄置乞余編次並刻以遺子孫吁余從外祖汪友梅先生讀年甫九齡 先慈棄養外祖痛心解館余姊妹隨廢詩書閒與五姊芙江閨中唱和然枵腹從事茫無法律且讀古訓云女子以德爲主文辭不足尚也故未研究箋秋蟲應節不能無聲寫意興悲聊作記事珠耳今輯 先夫遺稿既成因述其顛末云歲次乙酉清和月左錫嘉書於晉昌官廨

館詩稿

# 吟雲仙館詩稿

華陽曾　詠吟村

## 小坐

小坐幽窗日影斜風停碧樹晚煙遮滿階秋色無人管
鳥啄疏籬紫豆花

## 夏日即景

時鳥催耕故故啼四郊油碧麥初齊野藤無架青聯幄
宿藕有花紅過隄魚沫浪圓噓水活燕巢泥潤壓簷低
田家自得怡然境菽水盤餐進赤黄



## 棉花

種秔種秫費商量閒課妻孥事更忙六月雪花開滿地
不知他日有冰霜
衣人衣我總無私了卻蠶桑種及時廿四番風吹不到
落花時節雨絲絲
雪亮胸中絕點塵爲民常抱一腔春笑他香國繁華甚
徒把空花付轉輪
風華還數布衣多信手拈來笑語和祇恐人閒衣羅者
不知貧女困寒梭

雨後雜興和愼齋四弟

虹霓倒挂水雲涼芡嘴初紅蒲葉長緩緩夕陽歸牧笛微風十里稻花香

述懷

嗟我好散漫邊幅殊未諳漁樵率本性舊業依龍潭一朝就薄職北地供趨蹌輭紅障白日埃壒緇何堪風塵不我汙西望縈煙嵐迎養苦路紆子道恆懷慚魂夢時依依無以奉旨甘萊彩虛夙願耿耿心憂惔何如辭印綬歸棹花溪南慈烏獲反哺萬象春暉涵整我舊蓑笠



結我飛雲龕山花香馥馥水柳青毿毿嘯歌得自由天地咸恩覃

書懷

默默心禪悟夙緣休將來路叩情天舟行順處渾無力花到開時本自然葵藿傾心甘向日鵾鵬得意快淩煙此中消息憑誰語一炷清香一曲絃

思歸引

欲歸不得歸春風夜夜嗁子規上有奇峰削壁不容足猿猱悲嘯鳴哀哀下有深淵百折滾雪浪蛟龍出沒生

風雷旣乏謝公屐仰止空徘徊臨流鮮舟楫浩漫興悲懷側身西望魂欲飛親舍鬱鬱山之隈荆扉蓬壁淸塵埃稻粱恆不足游子當胡爲進退維谷肝腸摧烏私殷殷仰老萊

秋草

一徑晚煙涼淒淒草色黃野風嘶牧馬暗雨泣寒螿金谷詩魂冷王孫歸路長不堪南浦望日夕下牛羊

秋柳

偃蹇都門柳依依綰送迎風生仍作浪秋老不成聲斷



岸浮空翠沿堤弄晚晴樓臺縈別夢悽切暮蟬鳴

讀金剛經口占

千纏萬縛一齊開悟得眞空是本來無住生心心自在更從何處著塵埃

喜雪

春苗半枯苦無雪農夫相向聲悲咽乾風倒捲塵埃飛辜負梅花空皎潔梅花零落春風歸了無雨雪百卉腓嗟我隴頭青欲斷晚霞朝日爭光暉失喜同雲連八表雪花如掌風如掃山川浩然悄無聲玉龍盤空水雲繞

銀濤萬頃飛玉塵土膏深透蘇農民且沽美酒獎滕六
萬物恆涵天地春

涼意

涼意滿城郭無眠獨掩扉雲空天放月夜靜露侵衣雁
度關河闊蟲吟秋草肥江鄉在何處游子思依依

假寐爲小雲內子作

濛濛曉色澹雲羅窗外閒關鳥語和假寐爲憐卿睡熟
善懷原比我愁多臉含朝露潮紅玉眉隱春山鎖翠蛾
料到夢中新得句幾回微笑暈腮渦



鼠

破壁生鼠如生虱我欲捫之捫不得窺燈舐墨惱中宵
顧我何讐抑何德食貧久廣絕交書門前深轍常迴車
一室蕭然立四壁琴書以外何有無甑中之塵釜中魚
區區如此堪贈歟胡爲童山之巔獵復獵陸海之底漁
者漁君不見仙人拔宅飛昇去雞犬飛騰競攀附嗟汝
一月三易腸至今癡點誤復誤忘情太上貴安心汝自
啾啾我自吟怡然高卧得瀞定夢中胡蝶相追尋

人日立春

去年餞春別今日迎春歸春歸渺何處楊柳鬱芳菲芳
菲不可見裊裊含春暉萬物觀其始微茫識化機

署中夜坐

蓬海蒼茫百丈瀾洪鑪九轉欲成丹仙人鍊藥忙如許
未到飛昇總是難
醉中歌嘯與誰歡脈脈情懷欲語難支枕遊仙飛夢去
廣寒高處不勝寒
夢餘窗外幾嘵鴉更柝聲殘月影斜纔有今朝成昨夜
可能閒處度年華



喜僚壻袁厚安兄績懋南來過訪

昔日比鄰居咫尺不相見昕夕過君門耳名增健羨鬱
鬱紫微郎偉然識時彥詞壇拔幟登搖筆五色燦天生
十倍才應作羣英冠果爾蓬山頂雲騰若飛電瑤島詠
霓裳月宮許遊遍嗟予塗抹人無由識半面種竹鬱琅
玕清吟滌星硯自愧不能詩遙祝香一瓣宦海付升沈
此心結如練相與無相與藕絲中不斷誠極緣自生見
晚轉增嘆翹翹松柏枝蔦蘿施無門皎皎玉樹柯蒹葭
承餘絢豈爲譚公私自惬邢侯願白眼看世人塵中風

重盼抱戚祖東山中情益眷戀杜老慣悲歌況乃遭時
變詩卷一尺餘大半苦爭戰短衣匹馬游書生氣何雄
相逢更相惜流景逝如箭且看膝下兒脫手行游便語
深日已殘明月照西院莫負重陽花擬作十日宴

冬初值宿感懷

官衙清冷與僧同四壁風搖燭影紅夢到梅花霜落後
醉看星斗月明中讀書無補心慚蠹投筆高歌氣若虹
骨相漫誇飛食肉止戈私願宅哀鴻
鬢發風聲徹夜闌清寮高卧不勝寒百年如此難爲客
十載棲遲且耐官宮漏靜從塵外聽簿書還向倦中看



未能拔劍超然起猶是書生愧素餐

書懷

歲晚愁難釋尋詩夢亦佳幽花開曲徑落葉冷空階好
句經人道清貧與子偕一官匏繫久日暮倚蕭齋

從軍行寄贈同鄉劉仲山

劉郎年少書生耳貌似婦人心孺子一朝拔劍誓從戎
萬人拭目驚心起金鞍顧盼英風生那信奇男奇至此
去年烽火蔓千里連營殺賊賊不死東南半壁沉江天

長纓請繫劉郎喜吐氣如虹絕代才柳營幕府爲君開
如何長揖將軍侮局促轅駒吁可哀聞與向軍門將弁往來失儀隨撤差
使大江橫流人自在斯人不用更何待一朝閫外聊指
揮螳弧先登死無悔君不見青浦萬民懸賊手慘遭殺
戮齊投首突來免肯沉諸梁哭拜呼天呼父母克復疆
邑嘉乃勳 勅賜花翎巴圖魯名號以知府用 小臣聞
命心怦怦雞冠劍佩眞神勇五馬前驅一槊橫

風箏

欲上青雲路未通最宜高處借東風宮商一奏鈞天樂



流到人間韻不窮

夢聞子規感作

子規不得歸聊借燕樹棲春風復春風夜夜枝上嘁慼
慼苦別離胡爲久淹稽客思怨飄泊歸夢幸不迷豈無
雲路隔恍入舊山溪既歸夢亦好父老相追攜款洽未
盡懷小窗鳴晨雞

春日卽事

重門深鎖風蕭蕭主人何處空塵囂馬櫪草深卧金埒
昔年如市今寂寥東皇嘆息空庭宇佩玉鳴珂能幾許

娉婷一笑擲千金猶憶當年盛歌舞梨雲杏雨朝朝新蕙怨蘭思愁殺人胡蝶紛飛鶯解語誰家復問春風春枝梢拂雲弄風色荏苒春光關不得燕燕情依王謝家仍啄香泥補巢缺我來果下春盤馬欲去踟躕立原野人生得意幾時歡咄咄書空淚盈把

醉中感作

家貧不算貧尚有甕頭春慣讓花爲主恆邀月作賓夢遊天地小笑語性情真醉罷復長嘯浩然清淨身

夢遊仙



笑我終宵睡味濃夢魂直上蓮花峰手摘星辰歷霄漢朝罷諸天飛玉龍閒過日觀覽滄海指點蓬壺方丈在弱水西迴鶴翥煙瑤草琪花共千載艴艴扶桑浴日紅重門高揭海門東丹山小鳳喚夢醒波光猶射雙青瞳

對鏡

霜鬢兩三莖逼來添幾許惟有鏡先知空明無一語是明非察察有色即空空自判妍媸後貪嗔兩不容

柴門

一日闔闢辨昏曉百年闔闢人都老陰陽消息杳無痕駒隙流光眞草草古今萬事東流水幾人俯仰柴門裏壯夫逸氣不尋常跨馬出門日千里

過粥廠口占

一粥未能飽已涵天地春恆飢少顏色得食便精神怕聽戛羹語嗟來蒙袂人寄言當事者加意恤流民

喜雨

久旱喜甘雨清涼滌煩暑披襟晨起坐覽景立當戶風翻杜若芳籬缺藤蘿補密樹鬱參差叢條自飛舞好鳥轉清音倦蜨涇仙羽引領發浩歌快意倒清醑景物靜



怡悅油然沛幾許遙知上下田苗興滿農圃

中秋前一日值宿感懷

萬里關山月離家已十年思親懷杖履薄宦負林泉蕭瑟槐廳暮徘徊桂魄圓光回雲漢迴翹首望西川

玉署清如水寒光逼上台九霄明月近萬里翳雲開報國思難稱臨民愧不才此生憂樂意對景自徘徊

燭短吟難盡愁多思未窮鄉心杯酒後客夢柝聲中宦有千秋想家無半畝宮天高羣籟寂涼宇露濛濛

桐老秋光冷天空夜色寒月偏今夕好人慣異鄉看有

夢尋知已無才愧好官悠悠身世意隨境自心安

贈李芋仙士棻

天與青蓮一枝筆橫埽千人萬人辟幾回夢吐胸中花手摘星辰捉明月眼底落落無公侯捫懷恆憶韓荊州倚馬萬言試何日謫仙再謫三千秋長安市上眠何處人海茫茫鬱煙樹光芒十丈射斗牛輪囷蕭索青雲路長風歌嘯凌燕臺獻賦豈爲黃金來醉中揮灑意無限一曲清平五斗才嗟哉龍門佳士誰品題心肝嘔出無人知心香一瓣爲君祝他年名譽申



丹墀

述懷示內子

逝水流光一指彈年年羸馬走長安滄中求友全交易貧裏受恩思報難重理舊書償夙債偶聯新句當加餐金閨幸有同心侶葵藿塡胸氣似蘭

獨宿

酒戒嚴於律詩情濬欲仙擁衾如凍雀別夢悵嘶鵑敗壁風聲緊虛窗月色妍梅花應笑我獨宿夜如年

遇值

情天何處着閒愁身世浮沉一海鷗祇恐無顏對君父何須有夢到公侯人閒清福歸和靖世上風波總石尤不問買山錢幾許老聃柱下且優游

丁巳仲夏與樞元叔壁光佑卿弟省三並同鄉諸君會于城西可園賞荷

萬象轉眼成陳迹風月園林誰主客偶來此地問三生流水琤琮話泉石草木殷殷如故人擬邀明月證前身綺筵歡聚曲廊曲冰桃雪藕交相陳碧筒香引酒波綠映日藕花出新浴藕花無語自娉婷香挽涼颸來滿亭



試問何人最清妙坐中佳士半年少朱顏白髮共飛觴醉倒花前花亦笑閒吟笑傲對斜暉板橋石柱颺紅衣閒鷗獨立悄無事俯瞰清波白小肥藤蘿宛轉引歸路馬蹶款款穿雲樹玉鞭遙指月初生回首蒼煙橫晚渡

捉鼠行 迭夜捕鼠不獲雖少歛迹而游行自若因此戲作

憂思能慧鼠有諸禍機所伏避無趨中有所欲美可茹胡爲不食全其軀向聞滄海有鯨魚吞舟若餌餌之娛囁之爲膾登諸盂又聞深山藏虎貙居擭陷阱若爲驅腹皮食肉欺其愚人生得失何有無貧賤營營計轉疏

暮夜懷金朝曳裾畏首畏尾如趦䞶力窮五技長嚱嘘
欲遭其睡探驪珠馳驟跳梁翻覆圖終夜號囂追復呼
平生睚眦多齟齬主人銜怨招貍奴貍奴嚇視空踟躕
三歲貫汝原稽誅徒奮爪牙將何如嗟哉貍奴鼠之徒
爰命設伏如守株分我一臠味之腴尚其嗟來食吾餘
有皮有齒命須臾而今而後得之歟誰知穿墉來徐徐
莫我肯顧狂也且豈其廉讓有是夫忍飢泣血守一隅
憶舐丹鼎腸悔汚不與劉安雞犬俱一誤再誤非良謨
首持兩端難自誣今之鼠輩胡爲乎



夏日出游

鞭絲影裏出城游野草閒花綴滿疇十里垂楊風習習
清涼多在水西頭
志在清溪釣隱綸水紋圓處誤游鱗一簑獨立煙波闊
誰向江干物色人
綠陰濃護野人家籬豆垂垂半著花一片蟬聲奏清響
兩行煙樹罩明霞
樹杪西山遠送青周迴城郭列雲屏一鞭歸去夕陽晚
石咽流泉任馬聽

涼意

曉風兼宿雨涼意釀新秋花氣濃如注雲陰澹不收雁
書何日到螢火幾星流小坐空庭寂疏簾上月鉤

題水仙便面送王奉齋明府赴湘

偶繪凌波影會心生妙香一分塵不染清夢過瀟湘

雨中留別舊居

四壁家無定依依戀草堂詩書隨我去風雨替人忙三
雨烏啼樹雙棲燕繞梁萍蹤何日定遙指白雲鄉

破曉即景



半窗落月峭寒生鄰寺鐘敲第一聲瘦竹低垂殘雪重
遠峰斜護曉雲輕蟻浮蕉葉愁先醉鶴伴梅花夢亦清
翹首關河歸雁遠故鄉西望不勝情

初春

出門無所見愁絕是囂塵冷落梅花夢蕭條楊柳春拔
山風力勁浴海日華新回首東南望哀鴻正苦辛

春日感作

春水溶溶雪後泥六街車馬沒輪蹏唐花戀蝶薰如醉
池草鳴禽夢欲迷翠柏不因終歲改黃楊依舊十年低

鳳鳴那爲驚人計祗恐高枝烏亂嗁

廣濟禪林阻雨

四圍人坐雨聲中古木拏雲繞梵宮滿地綠波留客住溼煙低亞石榴紅

思親

白髮親年喜懼時遠游何日報歸期一官郎署未紆紫十載京華空染緇每望遠書勞夢想況逢多難倍縈思倚閭惆悵將安慰愧我長懷反哺私

長晝

槐陰滿地日遲遲葵扇科頭小立時煙柳數株風欲到鳴蟬聲應兩三枝

秋思贈內

玉骨珊珊强自支貪看蟻鬬立多時碧蘿牆外紅絲雨秋到蛾眉豆幾枝

寒夜書懷

霜淒月黑天風高聞雞起舞心旌搖草閒狐兔紛且驕揮戈拔劍恆忉忉書生何日事戎馬手執毛錐胡爲者蹤教奇骨不封侯一腔碧血快揮灑鄭重



君恩欲報難束手能無愧素餐食毛踐土皆君賜寸心未盡空長嘆夢繞沙場督鏖戰軍威叱咤風雲變望望旌旗壁壘新天塹投鞭掣飛電試問鷹揚今是誰如鵝如鸛誠可悲英雄末路易肝膽不願雄飛甘伏雌可憐萬姓遭荼毒野火燐燐新鬼哭存者瘡痍委道旁半壁江南傷跼促嗟哉誰是人中虎年少登壇保疆土不誇拔山蓋世雄一朝滅賊氣吞吐君不見韓王背水法非古可笑今人讀書腐

春寒

殘雪弄春寒春工擘柳難花光空際鬱草色夢中看裘敝思甘酒愁深耐冷官料知吹玉笛人怯倚闌干

秋日感作

東方儘讓侏儒飽端木焉知原憲貧眼看秋空盤俊鶻心憐枯涸游鱗草元能免覆瓿誚守黑甯遭按劍瞋每向鏡中逢故我漫從籬下寄伊人笑他彈鋏無眞賞肯自吹竽步後塵落落情懷更誰語西風和夢到菰蒓

和內子詠雪元韻

幽閨無事吟興酣凍雲集霰風捲嵐梅花夢破鶴初醒

紅欄碧甃蒼煙涵芭蕉倒壓竹枝折寒光片片鋪澄潭夜深炙硯與忽動剡溪欲借扁舟探玉山皓然水寂阻長空雲色封蔚藍聊與消寒圖九九且將掃徑開三三鴻泥寄迹渺然去茗鼎香熱供清談灞橋詩思正無限紙窗虛白影倒含呼奴典裘易美酒青旗隱隱飄城南

落花

一片春魂任落花東風無力駐年華夕陽有意空明樹流水無情自浣紗紅雨點苔香徑冷蒼煙鎖柳野橋斜韶光轉瞬生惆悵綠葉成陰巢乳鴉



津門出游

匹馬蹴芳塵凝眸物候新茶亭依敗堞蝌斷隱幽濆楊柳青聯驛芙渠紅渡津閒游參古刹叩石證前因行行不忍去清景洽幽情風捲沙堤闊潮迴石齒鳴海航排夾岸客館隔重城歸騎斜陽外遙峰天半明

秋曉

重幃掩虛寂金穗落孤檠冰簟涼侵夢秋濤夜撼城星沈山壑暗日出海天晴引領靜中趣平林一鳥鳴

都門留別

都門十載衣塵緇萍蹤飄忽多參差人生四海感知遇交孚金石無猜疑道以澹成不我棄緣結詩書殊有味等閒奉檄西江頭祖餞殷殷拚一醉今夕金樽各盡歡來朝駐馬望長安天涯從此嗟離別驛路梅花仔細看

途次偶成

蘆荻蕭蕭護曲溝荒村野店暫勾留西風一徑亂蟲語落葉滿林天地秋

晚來襟袖動秋寒土銼參差菊未殘麥飯野蔬供一飽何勞十萬費盤餐



油潦村阻雨

秋雨何綿綿陰雲結不散山川氣鬱蒸落木奏清怨客子計征程翹企羨飛雁欲止無餘糧欲行悲汗漫驅車且前進顛覆時疑憚蘆雪故飄飄衰草多糜爛斯須涉路歧聲色輿夫變羸馬失前蹄車轄陷過半泥溢二尺餘鞭叱莫能轉扶持人力竭馬毛綴珠汗暮靄橫前山憔悴坐塗炭踟躕復踟躕禁止毋煩亂窮途思變計易馬添纏絆果然資眾力騰躍登彼岸險巇識平坦安樂懷憂患長歌行路難喟然發深嘆

九江舟次遇沅浦宗兄國荃偶成

移舟泊江渚奇遇快如何話舊宗盟合談兵經濟多西江慚印綬南服念干戈明日一揮手天涯發浩歌

初夏陡雨

江水定添三五尺四山合注萬溪流空庭獨立默無語秧馬歌殘麥未收

遣懷

幻夢匆匆又一年誤人雞犬不成仙波平水濶風初定雲過天空月自懸殘局未終人了了爽香乍燼漏涓涓



有懷惆悵峯千疊且傍梅花深處眠

卸篆後用內子遣懷韻

羅雀門容月到關賦閑且住當深山不衫不履堪同俗聽鶴聽風尚抱癡有夢何妨歸路遠無才始覺報恩難鹿車同挽親農務好博椿萱啟笑顏

罷官歸有日矣適案紋隱結一老僧狀眉目宛然倚石回顧一行篆云如此歸安且壽因命內子繪圖布景併題長句以誌歸思兼留別士民

欲把前生悟後身袈裟趺坐證前因峩眉風月三千路空海波濤十八春如此賦歸安且壽果能辭福禍難親篋中尚有初衣在高卧雲山不染塵

江城小住倚雲身多士論文信夙因銘共書紳無妄語才能獻賦已生春廬陵彭香九永豐劉松徠皆庚申春闈報捷煌霞舊雨深相契京秩舊好次第還鄉童冠歌風日倍親好繼南豐香一瓣君磨勵步芳塵

襏襫重披退逸身犂雲鋤雨舊緣因田家有樂耕宜早眉壽分甘酒亦春柳絮飛時吟筆綰稻花香裏釣竿親豐農亭畔頻回首共飽倉箱拂甑塵



自呼明月問前身修到梅花幾世因欲證莊嚴還有相偶教游戲便成春漸嘗世味官情冷卻話家山客夢親檢點行囊無一物翛翛琴鶴出風塵

題叢瀛石太守占鼇荷淨納涼小照

君抱冰雪心長貯玉壺裏天地熱炎炭清涼乃如此靈根托泉石寄懷良有以香氣襲人衣涼思動芳沚塵淨水不波花明影連理煙銷鷗夢閒月落魚波駛人醉我獨醒我醉花亦喜紅衣自娟娟翠蓋淩風起人境雨清絕水天浩無滓我畏塵世囂不衫還不履洗耳滌煩襟

沁脾嚼花蕊不識熱中人惟愛寒酸士君許有同心落
落吾與爾偶展圖畫看清風忽滿紙冷語帶煙霞贈君
君曰唯荷花何日生攜酒拜庭址壽花兼壽君一笑無
終始

題張達夫尊酒垂綸小照

渺渺煙波一釣徒瓊漿玉液向誰沽絲綸尙抱江湖志
不問歸來食有無
萍開風細水漣漪雲影天光碧四圍鷗夢不驚魚自樂
醒看花落醉忘機



重九叢瀛石太守招飲于虔州八境臺

江城西北有高臺九日登臨倦眼開勝地雲山看聳峙
昔賢風雅得追陪放懷詩酒都餘事笑卻烽煙羨俊才
回首當年征戰迹菊花香冷思徘徊（昔年粵逆圍虔幸汪彤階觀察揚繹堂叢瀛石太守極力捍禦得全民至今尸祝云）

奉留滌生節帥國藩札調襄理安慶軍務感作

荏苒誤歸期青陽疾如矢關山動鼓鼙杞憂無定止大
帥飛檄招情殷念窮士尺書復我責義理明要旨何以
盡厥忠士爲知已死西望心旌搖囊劍渡秋水

布穀

布穀布穀聲何促一聲未了一聲續勸農何事不歸耕
無限良田荒草木我來憑弔心彷徨人語不聞響空谷
但聞山中妖鳥學鬼哭肌膚白日寒生粟君不見連雲
大厦仍鬱鬱中有枯髏互仰伏壯者行矣遺老羸已餓
狐狸蠅蚋腹至今東飛西走思食肉又不見霖雨既沛
春水足野花自紅草自綠布穀有聲誰布穀

行石太閒見茶桑感作

桑老無蠶飼茶老無人摘雨過綠參差寂寞寒春色



三折嶺

碧苔石磴曲盤空夾道山花寂寞紅雲鳥迴翔之字路
馬蹄聲在亂山中

青陽諸邑餓殍纍纍甚有食人而死者憑弔淒涼
歌以當哭

瓦礫鱗鱗白骨堆非關凶歲死堪哀食人面目焦如土
罵賊肝腸死未灰多少孤魂遊水國往來燐火傍山隈
妖氛掃盡須勤撫零淚紛紛落酒杯

連克青陽石埭太平涇縣等城積穀甚多開倉普

濟飢民

十年陷賊田荊榛嚙殘餘粒倉鴟鳴兒女飢啼淚如雨
阿母泣血烹藜羹藜羹未飽投箸哭哭問阿爺何處宿
昔年賊捉阿爺去至今生死未能卜村前村後東西隣
人肉入釜骨作薪草木無根鼠雀盡孑遺不死今幾人
君不見城破倉廒粟如土朘民脂膏賊如虎將軍殺賊
更開倉散粟濟民眾歌舞

青陽捷後民未歸耕荒涼滿目

綠愁紅怨暮春間江草江花淚雨潸城郭坵墟遺老泣



樓臺烽火夕陽殷淒涼山寺雲千疊寂寞林塘水一灣
蛙鼓聲中明月夜可能飛夢到鄉關

石埭駐馬

鶴唳風聲年復年九華山翠障烽煙荼蘼鎖怨泣紅雨
桑柘無言搖碧天是處夕陽聞野哭幾時春耒向江田
瘡痍滿目將安補駐馬青郊淚黯然

榆次 楊時龍校

男 光煦敬刊

# 冷唫仙館詩稿

# 冷唫僊館詩稿八卷

予前在都時與四川曾吟村太守往來卽知其繼配左恭人工詩畫而未得一讀厥後太守出守江右消息不復相聞繼聞太守卒於安慶軍營恭人隻身攜諸孤扶柩回蜀上事舅姑下撫稚子孝愛肫至尤心敬之既而令子旭初大令作宰定襄以恭人所繪花鳥見寄復以冷吟館詩請序予讀之而有感也乃言曰古稱詩三百篇皆詩人發憤之所爲作其閔勞人思婦感物攖懷如柏舟諸篇尙已外此則雞雛望夫蒙楚傷逝亦以畏言詠歎自達其纏緜莫解之忱而聖人有取焉無他情之



所至卽世道所由繫也恭人丁柏舟之遇子道母道師道備集於一身與夫世之與人家國事而遭際艱難者顧何以異而辛勤支拄毅然爲丈夫之所不能爲其足以振勵頹俗初何待夫詩之工而卽論其詩之工固已芬芳悱惻有合夫詩人之旨采風有作當必取夫此矣獨念吟村殁逾廿年恭人之姊復爲予同年袁厚菴觀察繼室工詩畫與恭人同而觀察以王事死朋游回首聚散如雲又不能無歎也書此以復旭初卽以爲序光緒九年九月重陽日嶺南何璟譔

吾不知詩獨知吾妹詩何也知吾妹之性情故能知吾妹之詩也嘗言詩以道性情吾妹性情篤於孝友處骨肉之閒無微不至溯自　嚴親司馬公服官京曹吾姊妹夙夜承歡相依爲命閨房聚處促膝談心吾妹持論獨見其大迨于歸曾氏相夫教子克盡厥職卒致夫爲忠臣子爲孝子此固曾氏幸亦吾左氏榮也今吾妹板輿莅晉前歲不憚跋涉之勞亟亟北來爲吾作數月留天涯地角一旦重逢因樂轉悲又復破涕爲笑是妹之性情吾知之而吾之性情亦惟吾妹知之此編迺旭初



二甥于政事之暇與其弟趨侍定省承命敬錄者其抒樂也何其怡寫哀也又何其痛柔腸俠氣婉轉激宕燈灺香殘之夕神往當年不禁動吾以離合悲懽而不能畧性忘情也掩卷歎息漫識數語郵遞定邑作詩序可作家書亦可妹其鑒諸同懷姊錫蕙春明寓齋手記時在光緒甲申三月

定襄曾大令旭初出其節母冰如左夫人冷吟仙館詩七卷詩餘一卷問序於余余與曾君爲世好雖不文奚以辭初余官農曹吾鄉左巢生先生時以名宿就京秩學植素豐兼峙品節余曾以後輩禮晉謁得聆言論心實敬憚之先生多女公子皆賢而有才夫人其季女也酒漿黹繡外能讀父書精繪事而尤工爲詩詞其姊芙江夫人歸袁厚菴太史夫人亦遂歸吟村吟村洸洸忠義君子也與余官同曹居同巷風雨晦明過從罔閒方咸同閒天下多故吟村酒酣耳熱縱譚當世事激昂慷慨滾滾不肯休閒出其閨中唱和詩見示又皆琅琅可誦以是益知夫人之才而賢迨吟村出守章江廉明有聲曾文正公召之戎幕卒以勞瘁致命於王事克膺茂典而余乃以一官奔走於魯衛秦晉之邦迄無甯日蓋其閒聚散存亡之感已三十年於茲矣今吟村不可復作巢生先生與厚菴亦先後歸道山回憶春明佳日二三同志晨夕素心曾幾何時遂成疇曩不謂老成矩矱猶得於夫人詩中彷彿遇之又豈非余之幸哉而既侍其父復友其夫又同仕一方共寮寀於其子且拭目而



觀其治績之成焉余之老抑又可知矣此余之所以不能已於言也夫人早年歷艱苦故其詩多幽怨發於眞性情大率清微婉約出入中晚而述祖德篇風格尤近康樂至於詞則清眞一派不讓玉田皆必傳之作也因其嗣君旭初之請謹序而歸之光緒十年甲申七月八夕石君周天麟拜書於晉陽節署之忠益閣

吾藩蜀課諸生奇張祥齡子福之文逾數月子福登拔萃科來見始識其人磊落不羣也並知其室人曾彥季碩能詩工書畫四德具備也既而季碩以其母左冰如淑人冷吟仙館詩七卷詩餘一卷請閱而序之淑人者贈太僕卿曾吟村太守繼室也余謹讀其詩一過其第一卷多清麗芊緜之作蓋少年時閨秀本色二卷以後篇幅益展筆漸放似讀太白詩及博涉諸家所變之境而淑人自太僕卒於軍以來茹荼苦冒艱險撐持家計皆豪傑丈夫之所爲非尋常女子所能及蓋其境遇百



變其詩卽不得不變人也亦天也假使淑人僅始終一閨秀本色則處百變之境未必悉能有濟然當其閨秀本色時其詩清麗芊緜其性情實婉而篤則其後有濟於百變之境者亦卽其婉而篤之性情所發揮也夫婉而篤之性情卽貞孝慈良之性情無事時已裕之豪傑之膽識才氣有事始見之其不必見者幸也其不能不見者命也淑人豈樂於自見哉既見之亦可以風世矣或者謂詩文非女子所當爲吾謂不必爲可也不當爲則非也女子之生於世族習聞詩禮者其聰明實能人

乎義理之中其才力實有餘於女紅之外不待讀誅而自能爲之亦何必不爲也與其徒酣豢於富貴潦倒於貧賤何若浸漬乎義理陶咏乎性情之爲愈也且女兒無事時之貞孝慈良有事時之膽識才氣非浸漬義理陶咏性情之有以牖其明而充其詣也抑聞淑人教諸子女皆卓卓有成不獨季碩之能繼其美也其次子光煦作令於晉吾藩晉僅六月亦聆其循聲其他殆可類推焉今益知淑人桑榆之福有勝於東隅者卽於第一卷落葉詩四結句徵之蓋於淑人之詩知淑人之性情



見淑人之膽識才氣徵淑人之福斯有以序淑人之詩矣於其詩餘亦云光緒十有二年歲在丙戌春二月常

德府易佩紳序於江津舟次

門人曾蜀章比部以其母氷如夫人詩詞請序於余而知氷如夫人乃吾家故舊陽湖左杏莊先生女孫也幼工詩詞嫻繪事歸四川曾吟村太僕太僕以忠顯夫人以節稱因以泠吟爲集余讀其孤舟入蜀寒燈課子及田家雜咏新紀詞諸篇生平辛苦歷歷如繪令人沈吟不已而歎曰古之賢母丸熊畫荻無是過也其詩五言昉陶謝歌行近謫仙詞律則追踪南宋寫奇麗於艱難播淒清於終古良以夫人賦柏舟而後遭逢困阨獨能以一身支柱其閒卒克丕振家業是巾幗而丈夫者也



太史公曰詩三百篇大抵聖賢發憤之所爲作性情之正鬱結而得通其道故以文傳人亦以人傳文耳庚寅三月吳縣潘祖蔭序

古之稱爲女士豈徒爲工書翰善文詞言哉其必操行賢明乃允爲稱首也故鄭君說詩以爲女而有士行者其能操行賢明而又能誦窈窕德象女師之篇而嫻於詞令不尤當此而無愧者乎余初問學成都聞稱左夫人者善畫工詩自教其子女子若女皆才時同學張君爲夫人子壻亦一鸞俊也余方閉戸研講不暇問此事三年而不與張君相通故於太夫人閫閾未之審也又五年重遊於庠爲學舍都講始與張君游因以識曾君蜀章得知太夫人出陽湖左氏歸贈太僕卿故吉安知



府吟村曾公曾公以勞卒於軍夫人單舟往迎柩閒關千里歸而撫其遺孤食貧作苦教且養以操行著於閭里余既學仕京師俄而蜀章成進士官比部數相過從爲昆弟交出太夫人所爲詩凡浣香小草一卷吟雲集二卷蓰吟一卷泠吟集四卷以編年爲甲乙浣香小草則閨中時所作也吟雲集則及曾公存時蓰吟泠吟集則嫠居以後至於今茲平生遭遇盛衰之境悲愉欣戚之情蓋具於此矣讀其感遇諸篇歎其冒危出險艱貞卓絕爲之撫膺慷慨及觀恤緯嫠居始泰終約懷

往歎逝淒淸自寫則又爲之戚嗟欷歔潸然不怡至於板輿就養義方訓成流覽山川徘徊風土則又何繆如不自覺其忻慰之無從也嘗論人生足不出里巷又始終安常處順無離合變遷之境則其爲詩必無可觀何則終卷一律千篇一情也今太夫人所遭之崎嶇艱難多故固文人所憂傷憔悴而不能勝者乎而其境則固與詩宜矣況又操行賢明任境之變離而處之以順而卒以順酬此卽令不能自爲文學士大夫猶將詩歌以傳之況夙嫻詞翰舉所歷之境一一以著之於詩茲不爲可傳耶揭古女士之行方之以合於風雅詩人之義爲之敘云光緒十七年仲春富順宋育仁謹撰



冷吟仙館詩稿

浣香小艸

浣香小草者太夫人閨中之作也時號婉芬幼秉母教七歲即善吟哦九歲失恃事繼母曲盡孝思刺繡之餘與諸姊習書畫尤工篇什當時皆以蘭陵絕唱譽之而太夫人詩尤有奇氣清婉雄健兼擅其長陶情淑性數典能文故多仿古之章孝親事長瞻依孔懷則多感別比賦之吟生居江南隨宦薊北則多眷戀江鄉之作大抵緣情而綺麗則古而淵深三百篇之善懷無加乎此十九首之寓意有感於中者也



# 冷吟仙館詩稿卷第一

浣香小草

陽湖左錫嘉婉芬

## 雛雞行

綠樹陰濃暗場圃竹籬茅舍雞新乳羣雛傍母浴淺沙喌喌朱朱日卓午吁嗟乎羽毛未完子母呼使我沈思反哺烏人物貴賤生豈殊鞠育之恩能報無

## 即景

沈沈夕陰暝露滴莓苔冷雲破月來初驚禽撲花影

## 題乘槎進酒圖

仙雲一朵生光華雲中之君乘靈槎酒香花氣滿江水水天一色皚銀沙曉風吹袂月將墮曙光皎淩朝霞瑤池寶露釀初熟玉樽香泛青蓮花此中滋味有誰識但見神霧空中遮



## 偕莊月華表妹踏青

三月鶯花路連輿過野亭屐痕分草綠袂影挹山青斜日喧蠶鼓春風響鴿鈴遙看諸女伴花下撲蜻蜓

## 題春游圖

春風吹暖桃花天桃花開落年復年竹枝蒼翠含古色

亭亭不與花爭妍偶來花竹最深處芳草青青没行路一鞭斜指夕陽紅山色空濛闖煙樹格磔鉤輈鳥競嘰雙柑斗酒應分攜亂紅影裏見深柳花落春山春影迷幽居何人在空谷落花一徑趨茅屋却使塵中望作仙門前春水鱗鱗綠放浪溪山數勝遊武陵終擬問扁舟桃源亦在人閒世好倩丹青卷裏收

淸江浦曉發

北轍遠駸駸江干帆影沈曉風千尺鬪殘月萬家碪野店雞聲促荒城雉堞陰疎鐘何處寺餘響裊煙林



與大姊婉洵別後感作

天涯一揮手池草夢難期明月同今夕春風感舊時露桃紅膩粉煙柳綠縈絲雲水遥相望飛鴻繫遠思

擬古

皎皎明月照我瓊樓轉側不寐此夜何修搴幃獸起仰瞻女牛漾洄一水脈脈悠悠晴風襲人纖雲不流宿鳥飛鳴念彼良儔幽蘭競芳誰掇其柔徬徨四顧何以解憂

懷大姊婉洵

嗟我骨肉親遥遥阻碧岑相思不相見片雲萬里心魚雁兩沈斷况經烽火深終朝亂愁迸零淚幾沾襟

途中即景

遶浦白雲淨孤村黃葉多山風吹牧笛一半竹枝歌

都門入侍

少小處憂患趨庭願久違一旦侍親側喜極還歔欷雛鳥凌風翔芳蘭露華菲有如滌陰霾麗日揚淸輝明鏡出塵匣良藥捐夙痱阿姊爲理裝阿弟牽裳衣芳若鬱葱蘢魴鯉鱗甲肥夕膳潔杯榼晨羞供蕨薇菽水薄具陳此懷良依依願言永承歡丕祉膺庭闈



北風行

北風獵獵作霜雪殺氣凌空萬木折將軍令嚴鼓角哀四野森環樹矛戟身披鐵甲枕鼓眠肌膚凍裂肝膽堅中宵起舞立虎帳手提寶劍思回天誓將身命掃狂寇敢圖遺像登凌煙三軍感泣壯心魄旦起磨刀水中石石聲琤琤水聲咽血痕染作桃花色頻年征戍在遼陽霹靂能挽千鈞強區區身命何足惜男兒有禍死沙場

寒夜

霜天浩然白泠風散叢竹繁星落金井明月不可掬簷梅三兩枝横斜媚幽獨寒鶴悄無語褵褷伴花宿對景心怡然開樽剪華燭清吟興未闌樺烟正如爇

夜雪

鴛瓦油衣夜寂寥玉樓粟起罷吹簫卻憐驢背寒如水覓句何人過板橋

三分春借一分來碎玉紛紛點綠苔枯樹不花花亦好滿林香雪當梅開

春夜



香爐漏聲闌吟魂總未安鄉心隨雁落花意釀春寒離思和礁訴新詩刻燭殘爲憐今夜月愁向夢中看

昭君辭

長眉大鬢愁斷夢胡笳迫慽慽苦無悰丹青誤顏色只恨妾命薄莫憎洛陽師嬌喘扶上鞍身輕馬不知朝辭漢家城暮學胡兒語漢使如往還爲予寄愁苦鏡裏舊容儀衣上漢塵土關月隨人遠胡馬馱愁去獨負傾城姿漫撥琵琶語不敢怨朔風君恩尺千古

暮春歎

麥浪青青柳條綰游絲踠地晴煙暖風散榆錢斛萬千一綫春痕買不轉六街寂寞飛花香樓頭思婦愁斷腸杜鵑枝頭啼夢醒錦瑟年華鏡中影春風春風能幾何嫣紅褪盡清陰多繁華一去渺無迹落花如鬬春歎息

題白畫桃柳横看子

春水桃花浪春風楊柳隄綠蓑新雨後紅舫畫橋西漢苑人初起仙源路不迷得閒聊補景簾外正鶯啼

消夏詞

綠槐陰裏閉門居石磴藤牀晝讀書細蘚軟鋪芳錦薦



落花香惹繡羅裾方罳罥樹迷飛蝶圓荇迴波上小魚茗椀棋枰相對好瓶花閒隱白芙蕖

新竹編籬護草堂綠楊分影罩琴牀釣絲風引一竿水荇葉香披半畝塘醉墨點蕉題舊句冷泉煮茗款新涼下簾不許飛塵到藤枕桃笙清夢長

秋晚

踈桐落金井寂寞掩荆扉石瘦綠苔補霜嚴紅蓼稀暮雲低遠樹流水送斜暉獨立意無限寒鴉接翅歸

探梅

春風入幃縈夢思翠羽仙仙飛上枝霜寒徑峭古苔冷屐齒踏破雲羅影一枝兩枝盤孤根溶溶一水香無痕竹欹人靜春寒重金井月華深閉門

春晴

簾角挂晴霞春風綴柳芽峯迴千里雁煙鎖一庭花人語喧朝市蜂歸鬧午衙玉鉤流細響夢斷綠窗紗

驟雨

黑雲連天壓晴渚阿香乘車擊雷鼓千乘萬騎下碧空倒捲天河作飛雨雨珠飄忽疾如弩竹窗穿破雲難補



霎時雨散雲氣收水底花陰日初午小庭一雨足方塘石苔磴草煙蒼蒼君不見寸山尺水皆爲樂隱者何必居滄浪

夏日曉起

曉涼吹斷夢日角上簾梢零露黏蛛網濃陰護鵲巢池荷香欲滴窗竹影初交攬帔臨妝鏡釵鈿墮枕凹

感事

重門深鎖冷堂坳月榭風簾一例抛燕子不知人已去春風絮語杳梁巢

猶是烏衣巷裏人繁花開落不知春可憐歌舞樓頭月還向空廊照玉塵

哭三姊婉靜

雲階月地悵何之蕙折蘭摧痛不支羅帊空餘他日淚錦箋賸有斷腸詩竹枝捎牖驚殘夢簾影搖風盪遠思二十年華彈指盡那堪回首憶當時

秋思 六言

涼院曲闌獨凭香散菖蒲露冷月明纔上花枝倒瀉一簾波影



感懷

古人不可見千載心悠悠明月忽西墜江水競東流歲華嗟易改朱顔今白頭杯酒意無限陶然已忘憂

山色忽已暝星光晱然炯四壁搖燭輝一甌澹香影鐘聲花外歇塵夢閒中醒嘯歌倚西風梧葉落金井

歸夢

月浸虛簾花影漾孤燈不語愁相向夜深有夢過江南魂驚鼓角聲悲壯滿城刀戟生暮寒沙草濺血腥風酸嗟哉亂世同一哭我所思兮在空谷

歲暮書懷

遙夜獨長吟微風動素襟霜高邊堠冷月落洞房深敗葉溫丹竈寒蕉卷素心有懷眠不得窮巷起清碪

碧窗愁獨倚寒暈落鐙花薄醉慰今夕微吟感歲華屏深鄉夢遠簾漾篆煙斜何事相料理寒梅春又賒

春雪

青帘一角柳梢橫飛絮長途欲斷行清酒澆愁成醉隱梅花入夢訂寒盟泥痕繞砌屐初印鳥語隔簾春有聲六扇屏風生白曉佇看初日挂銅鉦



雪霽

白地青天一玉壺中懸日月走雙珠幾層樓閣浮空闊萬里山川洌畫圖策蹇劇憐詩思遠飛鴻遙印客心孤暖風吹透春消息草色煙光認有無

題自畫美人春睡圖

花魂脈脈杜若芳美人春酣春晝長錦衾華褥隱紅玉繡譜閒殺雙鴛鴦曲肱作枕欹蛾黛金蟬押鬢鞾珠蜚宜嗔宜笑凝神光難向鉛華窮意態飛花墮夢生綃冷起來還寫春風影

幽居

蒿蓬繞敝廬湫隘隔城市門無車馬喧時有幽禽至野花著疎雨開落失行次春風自酤酒聊復終日醉萬事不縈懷歡樂早為貴仰首招白雲獨領閒中味

月夜鳴琴用 先慈題停琴佇月圖韻

滿月如妝鏡照我雙蛾眉天風吹白雲片片蓮花飛披襟坐清夜浣手拂玉徽長松生奔濤野鶴時來歸悠然心自得清景毋相違

和小桐五姊錫璇妙光閣晚歸原韻



夕陽殘照裏芳草幾柴扉風定晚煙直樵歸人跡稀澗泉和露瀉野鳥帶雲飛遠樹蒼蒼外鐘聲搖翠微

溪水碧粼粼溪花照眼新山禽呼過客老樹揖行人秋意因黃葉鄉心到白蘋江關回夢遠迢遞憶香蒓

和科芝三弟秋興用東坡岐亭韻

煮茗挹荷露壓酒漉蘭汁擷芳延素秋三徑蒼煙溼撫景聊獨吟怡然心自得瞑猿獲殘果犇走避人急怪石臥白雲曲池聚浮鴨水榭石廊虛香篆冷疎羃斜日墜林莽霞擁松根赤山晚生夜涼水淨澄潭白主人乘興

歸秋菊滿巾幘燈搖酒波暈露泫蘭英泣遙月出深碧
銜圭影半缺清樽泛紅醽相對稱嘉客醉醒意陶然吟
詩費搜集

寒雁

陽鳥知時節湘江楓葉紅寄書遼戍遠弔月海天空歛
翮棲孤嶼呼羣帶朔風稻粱何日足身世歎飄蓬

寒蛩

頹垣容寄跡敗壁飽風霜雨漬古苔碧霜披衰草黃苦
吟助機杼絮語話炎涼思婦同惆悵悽悽寒夜長



寒蝶

栩栩春消息藾兒風太酸魂驚梅影瘦衣浣月波寒抱
蕊腰如束棲香夢未安羅浮仙格在淪謫小盤桓

寒蠅

驥尾恆千里營營意未窮癡心猶向日凍翅不禁風落
筆誤彈指趨炎效熱中紙窗時撲簌誰復問青紅

送四姊婉香錫蕙南歸

漠漠離雲鎖碧空迴船欲倚石尤風蒼苔立徧空惆悵
無那秋花寂寞紅

繡帷紅隱一燈寒鴛被香多夢未安記得相攜貪夜話
曉星明尚倚闌干

哭吳芸佩夫人

歎息復歎息憂思愔愔起終夕凍鼓無聲慘欲沉簾風
颭燈寒寂寂念我同心人長別中懷感形影雖相離兩
心殊未隔悲風胡爲來返魂竟無策釵股有餘輝詩卷
遺芳澤音容何渺茫月落霜天白
雲冥冥兮猿嘯哀悲風起兮鴻雁來洞房無人寒瑟瑟
月明空照妝鏡臺我來躑躅舊游處屐痕一一生莓苔



出兮入兮獨不見玉簪硯匣皆塵灰牀頭孤雛日啼泣
見者聞者心肝摧吁嗟乎鮑妹年少能屬文令嫺作誄
稱奇才蘭心蕙質易消爍古今一例成風埃
歎日何短情天何長黃沙白草寒茫茫藥爐火滅洞房
冷紙灰飛滿黃金牀昔爲形與影今爲參與商彌留痛
語猶在耳念之淚下沾衣裳吁嗟乎飛雲一去不復來
北風夜夜肝腸摧

春日

筆牀塵淨墨香濡三兩瓶花一酒壺閒向石欄補新竹

午窗拋却睡工夫

淡墨雲痕鎖碧寮風迴簾燕語聲嬌小庭春色無多少
細草閒花破寂寥

初夏

簾腳花陰轉晴窗午睡餘燕巢尋舊蹈蛛網補殘書竹
箭青初展荷衣綠未舒紫葵香麥飯幽靜耐貧居

雨後

短籬穿過一枝竹小院分栽半畝花雨後暗量瓜蔓架
明朝看長幾分芽



即景

薔薇壓架頹牆左雨花半開紅半韡一枝風裊畫廊偏
胡蝶倦飛花讓坐

敬和　家大人新居原韻

幽居新補綴清景亦堪誇護筍纔移石穿池不礙花餘
糧饒飼鶴列炬漫驚鴉莫更嫌湫隘心閒地自遐

池上吟

落日鑑秋水涼風散叢竹蓮房墮冷紅蘋衣褪深綠苦
心不可移日夕抱幽獨俛仰變光景歲華如轉軸

月夜

露下天街暮色幽星河耿耿夜雲收千家砧響隨風度
萬里鄉心逐水流長笛一聲花滿地短琴三疊月當樓
犀帷人靜爐煙裊十二湘簾未上鉤

殘菊

晚節慰遲暮對茲幽興長芳心抱秋素傲骨表新霜蛩
語慰寒碧蝶衣憐褪黃西風獨珍重爲爾奏清商

落葉

落木蕭蕭響碧空半林山色夕陽紅庭前露白重簾下



江上峯青一曲終塞北戍愁驚候雁浦南別緒悵行驄
殷勤糞本荀卿語莫爲飄零怨早風

商飇容易惜芳菲一葉飄搖綠漸稀高樹涼歸青可讀
踈枝月落鳥空飛白生虛室露華冷紅透隔林燈影微
家在江南人冀北夢回村落未全非

秋色凝眸思悄然秋光消瘦自年年楓江潮落驚寒乍
桐井風高得氣先走蟲半牀參校席哀蟬一曲咽清絃
殘紅莫遣空辭樹合付詞人當錦箋

山自嵌空水自流巢聲如雨戰高秋柳煙催暝烏啼緊

蘆雪迷江鴟夢愁庭院蕭森風掃徑關河寥落客登樓冬心自擬迴天地青士蒼官晚翠留

秋夜獨坐

北風捲窗紙撲撲飛塵沙嶺雲延遠意籬菊綻寒葩火旻變宵色清景不可賒把酒慰今夕斗柄西引斜含情隱几坐秋燈時落花

病中書懷

蕭蕭落葉打柴門病裏愁思更莫論藥杵擬臨春水搗錦衾常倩玉爐溫醫銷宿酒留殘暈眉蹙寒山減舊痕



從此曉風殘月夜也知珍重瘦吟魂

春望寄懷大姊婉洵

東風何處來吹起吳雲白南雁鳴長空笑我常爲客我欲覓靈丹翥飛振六翮河廣不可渡望遠情脈脈念我骨肉親蹤跡千里隔烽火滿天地握手知何夕縱有尺素書何以訴胸臆殘夢五更鐘落月涵空碧

白丁香

細雨芊綿草芽茁東風暗解丁香結新條瀉綠綴露珠冷香瑣瑣涵孤潔曾與梨花訂舊盟輕紅不染啼鵑血美人欲折思悄然幾回誤作春殘雪

豔歌 倣齊梁體

袖舞雲千片燈搖酒一卮花應憐馱影夢亦解相思屈成深藏處闌干小立時幽情無可訴瘦骨有衾知

院靜夜逾靜月圓人未圓紅蘭嬌挹露碧篠淡浮煙妝罷收明鏡詞成調素絃玉階長寂寂苔色自娟娟

憶江南

江南逢春春色新繁花如錦草如茵長安市上春光少二月無花並無草感此愴懷思故鄉背人流涕沾衣裳



嗟我同懷如雁行十載羽翼無分張一朝振翰隨風去吳頭楚尾天一方我欲造河梁河水深且長我欲陟高岡烽壘盈道旁雲山迢迢悔輕別鄉心夜夜隨明月登樓空聽子規啼一片寒煙繞林樾

白胡蝶用 先慈詠白薔薇韻

白袂仙人下九原纖腰一捻舞翩翩梨雲片片傳輕粉柳絮霏霏覓斷魂醉入春風愁有影飛來夜月夢無痕三分春思三分怨何日應緣證六根

春曉即景

海棠花底小窗虛萬軸牙籤稱隱居紅影一簾雙燕語
墨香研露曉臨書

擬庭中有奇樹

井幹鬱珍木葉葉泫露華徘徊擿叢蔓觸物懷幽遐芬
芳欲有遺迢遙發嘆嗟與思感時邁別夢悲天涯

小庭

小庭地半弓回旋得佳趣錦罽藉桃笙清茗掬荷露野
花綴幽草紅紫圍香霧湘簾不放鉤語燕自來去



涼意

晴風吹白雲瓜蔓延虛壁井戶悄無聲石礎苔空碧
綠陰覆滿塘午卧北窗裏冰簟涼欲波清夢隨秋水

秋閨三十首寄大姊婉洵即用姊秋興原韻並序

秋風四起深館無聊因憶幼在江鄉與諸姊同
居念宛齋流覽文史倚石選韻古苔襲衣閒簾
坐花寒蛙上鬢一朝遠別千里相思値此蕭辰
益深遐想落葉辭樹如聞跫音涼月入簾恍覩
顏色爰賦短什以記前遊

秋光昨夜上疏桐落水明霞片片紅彈指韶華容易過
藕花深處又西風

瑣瑣閒花着雨穠小橋橫水界芙蓉白雲渡口飛黃葉常州有白雲渡黃葉村
門掩秋山第幾重

玻璃網戶隱書窗松桂陰濃繞繡幢風掃竹枝驚暗雀
桐花小鳳尾雙雙

課奴截葦密編籬秋色平分到蜀葵扇底涼歸庭葉下
溼螢和雨點階墀

鹿籬低亞豆花肥絮絮溪雲靜掩扉十二曲欄閒倚遍
娉婷瘦骨不勝衣



爲愛清華傍水居園有清華水榭秋來情味更何如輕衫長袖
金風裏菰米綸絲學釣魚

奚奴鄰女笑爭呼花底驚飛雙鷓鴣玉砌無塵鬭瑤草
花鬚竹粉滿羅襦

小園一角倚橋西記得江南罨畫溪綠樹差池新雨後
離離紅豆亞枝低

紅絃繹繹柱初排二十三絲六律諧人靜曲終銀燭冷
滿塘秋雨亂鳴蛙

北雲偶帶雁聲來涼意蕭疏暈綠苔買得烏程千斛酒

瑣窗預待桂花開

橫塘清淺碧粼粼水面風來動白蘋伊軋一聲弄柔櫓
涼波雙照采菱人

星依雲渚夜初分竹簟花寒螢碧紋並立玉階明月下
蕉花衫子藕絲裙

繡譜工餘舊課溫綠蘩紅蓼閉門夜窗刻燭臨殘帖
古意先摹屋漏痕

紫菱碧藕白瑛盤細剖香橙尚帶酸乞巧筵前認針線
月鉤初上小闌干



龜甲屏風六曲彎鳳巢涼簟色斕斑木樨昨夜霏黃雪
浥浥飄香上鬢鬟

各譜新詩入管絃金徽玉軫撥涼煙海棠泫露幽蘭笑
同是秋風別有天

玉蜍滴盡冷瓊簫自寫花枝慣白描翡翠筆牀紅蠟炬
硯凹香潤墨生潮

鴨菱雞芡滿塘坳秋色紅分荳蔻梢客燕飛飛懷舊壘
密傳社鼓慢驚敲

沙雞絡緯語纖纖無那秋聲入夜高折得紅蘭香滿袖
一窗疏雨讀離騷

自紡紅絲擲玉梭團花新錦漾微波七分涼意三分病
機杼聲中秋思多

秋燈如豆隔輕紗翦翦西風夜績麻繡譜未諳壓金線
練裳閒刺墨梅花

蟲聲四壁語昏黃鴛瓦稜稜漸有霜遙望碧天清似水
斷鴻飛過兩三行

井欄露潤月無聲菊圃繁枝簇錦英秋色滿籬疏影活
此中畫稿最分明



蘆花淺白柳深青水檻臨流不待扃一角夕陽簾半捲
碧泉新汲論茶經

芳塘荷蓋露珠承水面秋光冷欲凝蓮子苦心愁的的
藕絲挽夢力難勝

橘綠橙黃感舊游江鄉風景最宜秋扁舟容易歌離別
空載吳江萬斛愁

長安久住客愁深斷夢如雲底處尋一樣秋懷懸兩地
瑤琴空證靜中心

情絲縷縷縛春蠶莞簟波涼睡味酣生小不知門外路

如何夢又到江南

落木聲中別思添寒衣九月翦吳縑小窗滅燭待明月
満泠何堪夜捲簾

薄寒料峭入松杉檢點新詩寄雁函萬種秋情描不得
淚珠和粉溼輕衫

辛亥季秋送五姊小桐南歸

柳隄荻岸路漫漫遠水遙天一棹還鏡檻人歸芳草碧
布帆秋冷白雲閒情懷潦倒千杯酒煙雨空濛萬仞山
良會有期應未遠勸君暫爲破愁顔



看花幾日到將離迢遞情牽宛轉絲人似征鴻懷遠別
心隨歸燕最相思愁生羌笛秋風裏淚盡巴絃夜月時
此去眠餐須自惜莫教瘦損舊腰支

驪歌一曲譜南遊煙水蒼茫客思悠野渡雲飛千嶂晚
高林葉撼一聲秋寒侵翠袖盈盈淚書疊紅箋字字愁
回首自憐悽欲絕天涯遙望幾登樓

丹徒周天麟校

男光煦敬刊

# 泠吟仙館詩稿

# 吟雲集

小雲六妹性敏慧喜吟咏曩在閨中時姊妹聯牀擘箋分韻每至烏啼月落猶吟哦不休頗以爲樂辛亥秋杪予歸里門南北睽違相憶之情積諸夢魂六妹屢以詩見寄予亦以詩答之郵筒往來稍解離悃而未窺全豹心終憾焉丙辰三月六妹將近年所作寄示並丐予點定予繙閱再三取徑極高寄意極遠較之從前舊稿另換一番境界蓋詩學與年俱進矣夫詩者所以言情也情不至詩必不工六妹素深於情手足之間無微不至故纏緜愷悌自然流露又得吟村農部爲偶昕夕唱隨伉儷極篤嗜香摘豔旖旎風流情至文生詩之所以工也噫予與六妹別七年矣遙望長安握手未知何日因將原寄詩本留置坐右另繕一帙畧加潤飾以還之從此雨晦風瀟互相吟唱踪跡雖遠而兩人心事各相喻於筆墨之外正不減昔年閨中情景也因敘其顛末如此咸豐七年二月同懷姊芙江錫璇



吟雲集者太夫人歸太僕後之作也時號小雲太僕以農曹官京師出守豫章太夫人爲之輔佐中饋縫紝之餘互相唱和如補衣寄外津門行新婚別諸篇大抵躬儉節用夙夜警戒相成以道之意也其征衣曲白紵詞秋夜吟純從古樂府得來述祖德詩則淵懿樸茂宛似康樂病馬行紀太僕恢復古州之事與孤舟入蜀驄馬導輿並讀之可爲太僕明其志表其忠者至於賦李守戎弔謝忠愍之篇慷慨激昂長於史鑑非有忠貞之義鬱於胸中其誰能言之得體者乎

冷吟仙館詩稿卷第二

吟雲集上　　陽湖左錫嘉小雲

贈外子

放衙無一事擁鼻且微吟斜日照虛落長風生遠林幽
情白雲冷逸興碧煙深坐久不知倦松花落滿襟

獨立

獨立思何支望望秋山暮西日翳金丸月鉤挂瓊樹微
風拂蘿徑蒼煙覆蘭路倦蜨覓所棲栩栩自來去幽景
愜心懷晚鐘盪輕霧



秋夜曲

井梧颯颯墮寒翠海棠蘸露紅香醉鈴柝無聲河漢低
斜月一籬雙鶴睡小窗燭短愁夜長錦衾瑤瑟生微涼
欲眠不眠坐申旦十二雲屏思斷腸

和外子秋興原韻

西風料峭度疎林亞字闌干長短吟半壁苔衣籠舊句
一簾花影拂鳴琴暗蛩唧唧催寒景歸燕依依動客心
倚竹月斜窗影澹滿城涼露起秋碪

雨後

石磴竹匡脉茅亭帶草堂雨滋苔色潤煙鎖竹陰涼蟬
翼翳紗薄蜨衣濡粉香燕泥歸有喜補屋趁斜陽

詠燭　效梁武帝體

光徹巴童歌焰隨越姬舞熱中懷素心人靜淚如雨
春風燭華筵秋雨照妾夢浮煙颺落花紅淚凝香凍

征衣曲

秋風搖落蓮塘冷海棠豔豔泣紅綆莓苔青鎖不開門
月波滿地楸梧影綺窗闃寂宵寒重金刀聲促愁如夢
別來不慣繡鴛鴦綵絲閒閣金泥鳳停鍼不語暗自傷



寒碪處處敲淒霜征衣欲寄不知處邊塞風高秋夜長

望諸姊書不至以此寄懷

尺素杳無蹤相思兩地同風高薊門肅月落草堂空簾
押秋紋碧窗燈夜蕊紅昨宵猶有夢心事付歸鴻

讀太白詩

偶讀古人詩略知放眼界深仰謫仙才落落引天籟矯
如千乘萬騎排空來膩如紅燈笑睨鴛窗話幻如奇峰
疊出渺無迹清如秋月皎皎青空挂仙才仙才誰敢敵
五龍攫雲爭變態願乞硯池墨汁三五滴使我詞源百

折瀉清快

寒夜寄懷五姊芙江

長夜寒蕭瑟虛落羣籟寂夢斷南山阿殘燈懸素壁簾靜玉鉤垂新篝掃積雪煙霜雜空林疏星半明滅鴻飛關塞遙雲水無消息相思渺何許月落遙天白

寒夜書懷

相思兩行淚離別古今愁帳引芙蓉幔簾垂玳瑁鉤燈花消闇澹錦被識溫柔碌碌長安道塵勞不自由

爆竹催年改寒風欲曙天怕歌斷腸曲慵賦送窮篇夢



亦長相憶花應笑獨眠月明垂手處清瘦似癯仙

春夜詠雪與外子分韻得南字

博山香冷春夢酣芳魂喚起迷煙嵐瑤臺仙子弄玉戲夜光倒壓雲影涵六花照眼看不正錯疑柳絮霏江潭竹枝凍裂古松折灞橋未必人能探玉山千仞削虛白疏枝百尺封枯藍六街闃絕霜柝警酒樓紅隱燈兩三高歌擊節呼莫醒與君共醉劇清談奚奴縛帚當花掃暗香人席清興含半珪明月一方枕梅花和夢飛江南

清明

滿隄芳草綠迎畦桐短蒲緊麥浪浮惟有柳花閒不得隨風飛度酒家樓

紙灰是處蝶衣飄水荇煙花第幾橋折得一枝楊柳去縱無離別也魂消

春雨

細雨如絲入望賒春風顛倒燕橫斜無端計得農忙候僅約新成課種花

芍藥

韶華不放井闌空玉階擬作桃源洞殿春低亞千層雲



紅香蘸露花房凍霞帔明璫思悄然碧油幢引青絲鞚酣紅殢粉豔春梢東風未醒揚州夢

納涼

攜酒花間醉若何晚涼人靜綠陰多螢流遠樹攢星點燕觸疏簾漾月波澄碧池中香霧散蔚藍天半水雲拖鄰燈隱約穿深竹兒女巡檐笑語和

七夕寄懷諸姊

黃姑織女會今夕顧我懷人愁如結銀灣不流玉露涼合歡枝上紅香歇蘭思蕙歎情脈脈追憶璇閨感疇昔

疇昔秋風金井闌認殘敲詩玉階立并刀如水判浮瓜藕絲宛轉韋飛雪一朝分手類飄蓬獨我隨宦長安中吳山越水渺相隔飛渡不得心忡忡

雨夜寄懷于畹芳夫人

城郭雲陰陰日暮秋水深庭戶悄無語落葉鳴前林知君夜坐獨吟苦紅燈照壁花初吐長宵轉側不成眠珊瑚枕上聽疏雨

燈花口占

香膩蘭膏暖欲芽繡幃隱隱篆煙斜星殘月墮西風裏



霧閣雲窗此夜情缸花幽艷劇分明東風不管閒開落妒殺離離紅豆花

書味鄉愁次第生

作家書

擱管思無窮凝情倚晚風望雲心共遠累月夢難通燈暈初花碧箋裁小樣紅寸心憑尺素迢遞付征鴻

擬涉江采芙蓉

秋水鑑空明芳澤悲離散節節懷同心何以致纏綿采之欲貽誰所思渺雲漢同岑感異苔終古結幽怨芙蓉抱幽潔苦心誰鑒賞關山既脩阻江漢復泱漭封菲不可遺佳人隔天壤佇望恆勞勞吟魂任孤往

四時白紵辭

春光融融屬芳樹萬葉千花鬱紅霧空閨寂寥等閒度柳眼乍青著飛絮朱絲絃促離緒長華年錦瑟思迴腸苦心化蛾渺然去星星蛺粉飄鵞黃

曲隄香泛芙蓉春菖蒲茸茸聯紫茵海燕呢喃雙翦輕玉階無聲蘭笑人指寒絃澁發清弄離鸞別鶴新愁重誰憐賞音世所稀二十三絲飛斷夢



涼露霏微簾幕溼瓊鉤倒懸月飛入銀漢橫查晴不波絡緯纖絲夜中急蘭苕杜蘅綠宛宛采之欲遺結心纍美人胡為隔巑岏夢痕無際秋濤卷清霜撲幃天地迴梅蕚含丹芳夢醒短晷易闌朔風警犀帶鼠裘耐孤冷昏鴉投林斂飛翮寒逼虛窗理刀尺年年鍼綫悲吳綿擊缺唾壺歌逼側

感事

誰容狂寇渡江來此日長城安在哉河北烽煙連豫晉津門旗鼓走風雷軍前責狀虛函首閫外專征釀禍胎

事縱難爲應竭力如何棄甲效于思

春夜別

玉階宵露寒微風動蘭葉採之欲遺誰明月落城堞旋影入空閨獨背花枝嗁花枝迷不見但見雙禽棲翻身弄花影脈脈愁難醒玉署夜寂寥錦被薰香冷相思復相望銀漢隔紅牆鳴琴不成調蜜炬搖虛光

偶成

梅花清瘦影差池簾外春寒獨立時欲把新詩教鸚鵡暮雲回首悵離思



小火爐溫春酒香紙屏素壁讀書堂梅花夢斷江南信不爲春愁也斷腸

去年今日小窗西刻燭分箋共品題今日春風何處語滿庭殘雪暝禽嗁

春游

楊柳風和鳥自嗁小桃紅隱板橋西一犁疏雨香泥潤半郭青山夕照低別墅重過鶯久待舊巢新補燕雙棲歸來更擬花前醉合有新詩就竹題

擬古

我欲摘紅豆未摘心先碎回首采蘭葉綰作同心帶綴步下階墀雙鬢愁花礙灼灼連理枝明媚抑可愛感此悵所思俯首聽虛籟風竹引夜涼石泉漲濃黛白雲自往還室邇人何在攜酒坐待君良辰不可再

雨霽

虛庭新綠潤罨畫樹爲鄰不著塵勞想悠然清靜身竹欹棲乳燕蓮動上游鱗擬作仙源住何須更問津

和大姊婉洵兼呈五姊芙江

天涯泛泛似沙鷗寄迹塵寰不自由過眼雲煙都是幻



離懷風雨總關愁鴻留泥爪天仍雪燕帶鄉心歲易秋未必柳橋情有盡蕭蕭蘆荻滿滄洲

衣襟塵染酒痕緇小句重吟繫遠思萬里秋心悲永夜幾回明月憶前期梧桐雨過琴初潤楊柳風多笛自知望斷雲天人不見消愁惟賴掌中巵

別後思君又一年無聊情緒總堪憐蠶眠欲吐絲難盡蝶醉空歸夢未圓遙度園林開繡閣更宜風月滿華筵詩人合住佳山水嵐影波光屋幾椽

又到中秋月滿樓夢回南浦水悠悠帆移鷗首催蘭棹

簾捲蝦鬚冷玉鉤青鳥信來空寄語黃花吟瘦儘支愁
別離未慣原生小獨坐含悲淚暗流
繞砌疏花帶露開滿林風葉卷蒼苔無端萍影隨鷗泛
多少秋光併雁來寫怨書殘龍瀝紙焚香溫盡鴨爐灰
何時聚首披離緒重話鄉山醉綠醅

不寐答外子值宿韻

幽幽庭戶靜遙夜起清磁風定香延篆霜寒月滿林不
堪聯別夢何以慰勞心料得宮僚散圍爐獨自吟
胡為不成寐小別亦魂銷碧月和煙落明星入望遙燈



花愁黯澹風葉冷刁蕭翠袖宵寒重心香午夜燒

夜雪

疑是銀河落太清梅花蒙密鶴無聲衾寒蜨夢尋春懶
樹冷雞棲報曉晴榾柮煨紅愁易盡芭蕉偃綠畫難成
浩然天地都如水不辨中宵月色明

和外子月夜鳴琴

略識琴中趣虛庭撫七絃青天原浩浩明月自娟娟逸
響沉雲表秋心到客邊移情滄海上何處問成連

古意

落日風飄蕭殘雪凍花魄瑟瑟枯桑枝棲鳥斂寒翮明
月照團欒何以慰今夕獨立自詠詩虛幌燈搖碧
與君一揮手杯酒不復傾長夜弄瑤琴鄰機相和鳴胸
懷尺素書飛鴻繫遠情白雲渺天末仰視心怦怦
贈妾紫雲囊銜恩不敢忘春華易消歇秋月皎夜光時
序感遷變紈扇悲炎涼何由達積愫北雁已回翔

和外子田家雜興

茅屋四五椽荒畦二三畝種秫亦種秔蒔花並蒔柳好
風入戶來清氣滿虛牖鳥雀下庭除飲啄互飛走白雲



歸空山一杯長在手酒酣不盡意高歌落星斗

惆悵

東風初信到惆悵倚樓人易醉非關酒多愁豈為貧瘦
憐燈下影香鎖甕頭春何事歸期晚簷梅索幾巡

擬庭中有奇樹

神交感索居遙企懷清陰時序多變易芳菲鬱叢林別
離歎修阻情親望苦深寄言慰所思日新勵規箴千里
睽嘉會賞心託素琴

和外子落花原韻

春風一刼散飛花逝水流光感歲華金谷無緣尋墜粉玉樓有意點輕紗池塘香泛簾波冷楊柳陰多酒旆斜惆悵夕陽紅欲斷滿林蒼翠亂棲鴉

杜鵑啼破錦江春月落煙消迹又陳夢尙有時傾白墮魂將何處託靑蘋不禁南浦傷離緒欲向東皇問宿因紅暈綠苔宵露重空遺香霧罩氷輪

驟雨

黑雲四布低暮天斜風撼樹飛白煙雷聲砰訇雨聲陡石燕起舞金蛇走晚鐘未動雨忽止娟娟新月天如洗



涼意一庭草木醒花影倒涵三尺水

臨鏡詞

雨餘籬豆花亂開簾銜落日雙燕回空階無人月華映晚妝未就慵開鏡鏡上虬螭蟠鏡底鴛鴦膩試問鏡中人郎騎歸來未低徊向我語未成笑擘紅蓮恣游戲

秋夜迴文

涼夜秋簾捲冷夢雲情遣香影花霏落月照空館長天共月明瘦影花憐夢廊虛落葉風夜深轉愁重

中秋擬古

滿月照中宵萬里秋皎潔曾照古時歡豈惜今人別銀漢淡無聲山河明可挹之子乘夜遊畫船簫管咽對此月長圓波迴路幾折遙憶閨中人杯酒自佳節淸暉何處多望遠長惻惻欲飲不成歡强醉夢君側

寒夜與外子對酌

金尊灩灩生微波對景飛觴歌若何文窗窈窕掩碧波月明冷古霜天多長松古柏寒娑娑玉宇無塵羣籟寂花影搖風動蟾魄與君對飲且盡歡千里相思懈今夕

題李守戎延揚梅溪殉節圖



一人畏死全軍墨一時畏死千秋賊畏死心死罔偷生奇哉偉士死報國鬚眉豪俠一丈夫龍泉殺賊膽氣粗沙場力盡刼未盡頸血灑作紅珊瑚君不見子雲美新枉投閣中郎著書偏事卓古來忠義在臨時一死誰能赴溝壑我望西延山蒼蒼李君旗鼓何堂堂戰壘雲空土花碧梅溪萬古聲悲涼

暮春遊

不知春欲暮隨意出城游瞥眼桐花落驚心麥浪浮紅

簫餳市陌青旆酒家樓忽到鶯啼處濃陰坐久留

和外子春歸

風撼空枝蝶夢搖花旛零亂為誰招流鶯欲語聲聲慢遊女行歌步步嬌憐我故鄉雲水闊別人驛路馬蹏遙夕陽明滅旗亭晚楊柳隄邊宛轉橋

暮春詞

亂紅如雨點苔斑門掩飛香冷獸鐶未識春風春已老荼蘼花外鳥關關月樣羅裙自剪裁珍珠簾下獨徘徊春風一去蒼苔冷



借問辛夷開未開細譜新詞六律諧落花又觸隔年懷柳絲綰夢春無迹芳草含情綠上階壓枝梅子半含酸翦翦菖蒲展翠翰綠潤紅殘香夢杳吟肩一味識春寒

游子行

游子志四方千里如一室拂衣出門去豈惜生離別臙開雙龍鳴奮飛振六翮行色何匆匆焉知吳與越鞭影向前山馬蹏踏殘月

晚涼即景

狂風颼颼鄰樹吼倒捲陰雲暗星斗飛電穿戶時一明欲雨不雨金蛇走涼飈拂襟意蕭爽四達軒窗延月朗遙空忽聞鴻雁聲清夜夢勞千里想

與外子話舊

俛仰悲今昔勞思苦未伸曉涼侵短夢綿雨阻歸人宦薄原如寄書多未厭貧碧窗清似水斟酌甕頭春

憶昔

璇閨憶昔垂髫時綺窗日午春夢遲翠屏珠箔悄無語



流鶯睍睆高枝啼向枝頭喚夢醒衣香乍煖薰籠冷妝成緩步臨青瑣纖纖翠袖攀花朵花香滿袖雲鬟溼雙雙鳳子釵頭立玉釵旖旎入君家鹿車轂轉飛塵沙日夕抱甕出門汲綠塘自種紅蓮花今年蓮花雙朵紅蓮房搖曳飄香風綠水縈洄蕩雙槳採蓮歌起蓮塘東蓮子青青照秋水苦心一點知誰比蓮塘蕭瑟秋風早翠蓋紅衣水雲繞藕絲鴛夢不勝情香影依依月皎皎

秋夜聽雨聯句

疏雨斷宵柝 吟 梧桐秋夜涼枕延歸夢遠 雲 燈引旅愁

長樹溼烏棲冷吟花寒蟲語香竹梢風過處雲清景似

瀟湘吟

明鏡詞

秋水沈沈寒不波折花對影嬌欲歌雲鬟霧鬢妝峩峩
春風半醉朱顏酡嗟哉人事易消磨一日不見華髮多
明鏡明鏡奈老何

不寐

五更仍不寐香裊篆千重不著塵勞想時聞野寺鐘長
風鳴遠籟缺月挂孤松莎草滿庭綠秋花帶露穠



詠鐙用范靖婦體

金井夕陰落屏帷雲錦張煙煖九微火香分七寶光朱
絃遺素影飛熛燭玉牀清宵共誰語對茲懷感傷
薄暮垂珠箔華燈發夜光輝含金粟穗宵凝蘭桂芳陰
陰鬱情素耿耿結中腸明滅不自持悄坐悲炎涼

即景

斜日下蘭房風輕雙燕翔月波隨地湧雲影帶秋涼試
酒薄嫌醇論詩初入唐殘荷新雨後馥馥有餘芳

題畫雜詠

濃姿麗華國貴彩傾芳都不作塵世豔還與仙客居牡丹
仙鶴
菡萏賦彼澤戢羽歌在梁肅肅盼儔侶瑟瑟西風涼荷花
鴛鴦
樹集含櫻鳥花開三月春依依桃葉渡喈喈折柳津碧桃
黃鶯
黃花秋獨芳飛鳥還有期感此慕高節載詠南山詩秋菊
山禽

晚涼



草閒庭靜蜨雙飛雨過莓苔繡石扉偶趁晚涼花底坐
自裁荷葉製秋衣

秋思

半窗蕉影晚涼生細草閒花無限情星斗西旋人獨立
秋風吹冷擣衣聲
幔隔秋燈暗不紅半規殘月照簾櫳可憐寂寞文窻裏
玉署風高夢未通

稚子

青門瓜下綠茸茸稚子尋聲捕草蟲忽轉砌坳無覓處

鷺飛胡蝶過牆東

遣懷

籬落黃花次第開清霜殘月冷莓苔愁思似繭抽難盡
歸夢如雲斷復來無意偶吟偏得句有懷未遣且銜杯
短檠獨坐長相憶況是蕭蕭落木摧

戍婦詞

天末飛雁高鳴蜩抱古木涼風動卷葹井梧墮枯綠寒
衣欲寄將先結愁千斛三歲無尺書歸期未可卜耶今
戍何處魂夢徒相逐夜深金翦寒孤燈照幽獨



和五姊芙江寄懷韻

堤柳碧絲絲秋風折幾枝碧雲河漢靜白月露華滋江
永人千里燈寒酒一巵離懷何處訴翹望隔年期
聚散原無定情絲裊寸心飄風吹斷夢冷月響孤碪遠
道關河阻輕舟雲水深涼秋無限意清淚欲沾襟

秋興

嫩涼初試薄羅衣漠漠輕煙冷翠微雨後花如新浴起
風情蝶似倦遊歸蓮吹波影支蓬碧槐抱秋陰落子肥
苔徑未容延俗客倚欄嘯傲掩荆扉

漫興

蒼藤翠葛延荆扉空廊人靜蝙蝠飛昏鴉爭棲比鄰樹
門落捲簾雙燕歸晚風蕭瑟落煙篠目送征鴻心悄悄
桂花著露香滿庭月華伴影佇清曉

秋景

蟲語秋庭淨苔荒人迹稀松花和露落山鳥帶雲飛涼
月斜侵檻西風獨掩扉長天無限意望遠思依依

觀梅

綺窗春影拂春衣鶴共梅花性不違古豔獨標風骨瘦



寒香都帶雪痕肥巡檐句好花應笑繞屋香多夢有依
遙憶江南誰寄與東風惆悵故人稀

雨窗即事

洗心絕塵事竟日掩重門風雨猶難測人情更莫論角
聲吹斷夢燈影響愁魂無寐搘頤坐荒雞何處村

閒居

隙地無多手自鋤蒔花柳外更宜蔬心情靜作林泉想
舌本廿回飯粥餘安拙每忘三日事醫愚當讀十年書
無才敢說知希貴只恐人知百不如

賞牡丹同如之二弟科芝三弟作

浴蠶時節晝漏長洛陽花好當階芳花頭葳蕤瀉紅露峩峩寫出西子妝粉痕香影醉胡蝶天然國色矜花王翠佩明璫嬌欲語迴風吹亂雲錦裳不愁花開遲祇愁花謝早但願富貴花長向貧家好月上晶簾香霧寒人與花魂皆醉到



壻　林尙辰校
男　光煦敬刊

冷吟仙館詩稿卷第三

吟雲集下

陽湖左錫嘉小雲

將進酒

午庭鳥語驚殘夢珠簾不捲金鉤空酒泉香泛碧筒杯欲飲不飲無與共停杯獨坐思鬱紆重門深鎖青蕪蕪夕陽紅過曲欄曲子規花外時相呼烏棲林靜炊煙歇星河隱隱雲明滅玉驄何處繫垂楊小立空階待明月

雨中卽景

細雨晝厭厭輕羅涼意添荷舒新綠皺菂吐軟紅尖香



泛鷓鴣杓波生翡翠簾小亭閒坐久初地證清嚴

送姚墨卿表妹出都

風沙沙草萋萋欲別未別愁分攜陽關三疊催晨雞車塵滾滾沒馬蹏窈窕車中人阿儂中表親玉爲肌骨花爲神體態端好嬌陽春十三就儂織十四學調瑟數載恆相依一朝遠離別攜手上河梁鬱鬱結中腸何以表吾誠紈扇明月光（以自繡紈扇贈別）柳絲長歸期緩馬蹏速征塵遠去去從此辭相思腸九轉

新秋雨中感作

一雨滌殘暑滿庭秋氣清雲將歸夢冷風爲晚荷晴抱葉蟬爭響街蘆雁有聲迷離家萬里磁起客心驚

曉起

曉起搴羅幃獨凭紅欄立黃葉滿庭秋草徑蒼煙溼凝雲倦不飛雨花嬌欲泣西風關塞遙天末征鴻急

弔天津令謝忠愍公子澄

儒士能文不能武讀書萬卷抑何補孤忠耿耿出書生毅然殺賊報

君父黃巾倡亂東南來突入津門動鼙鼓謝公儒雅英



風生拔劍揮戈膺獨拊同袍瀝膽思敵愾八千子弟咸鼓舞策馬當先攖賊鋒一戰功成保疆土嗟哉一戰功成保疆土始信讀書儒不腐長城自恃衆心堅豈特區區五人伍五人爲伍何足數君不見賊勢如狼卒如鼠驅之不前鞭之僨誰無肝膽空長憮忠義裂眦誓報

國寸心如鐵奮然怒指揮叱咤排空來血戰腥風偏江渚

龍章鳳藻極哀榮一片丹心炅千古

葬秋

落葉滿庭除秋風繞敝廬鴉翻千點墨雁帶一行書明月懸高表流雲翳太虛相看了無語歸夢夜何如

補衣答外子見贈原韻

敝衣十載宦長安風骨稜稜儘耐寒補綴不教襟露肘小窗燈火影團欒

宛轉絲隨連理鋮秋風九月怯寒襟自憐貧也非關病冷煖常懷濟世心

冬日感懷呈外子

亂愁不可埽鬱鬱向誰道悲風動鼓鼙嚴霜摧百草昔



日芙蓉花今日成枯槁身世潛推移顏色安能保勸君盡杯酒歡樂以爲寶

雪夜

玉塵飄搖風倒吹倏忽樹樹瓊花飛飛花片片墮江水枯桑衰柳皆芳菲江水無聲湧銀浪山光直入霄漢上白浪不翻子午潮山骨不傾黃土葬故鄉渺何處矚遠增惆悵魚雁杳無迹終歲勞相望有酒且盡今夕歡酣歌懷抱容稍放一杯酹封姨一杯酹滕六楓折空枝墮冷紅竹埽寒煙厭枯綠遠寺不聞鐘紙窗明畫燭暗香

惹夢入東風笛聲吹落梅花曲

春日雨中感作

雲腳陰陰鬱不開阿香輾轂動輕雷苔痕分綠侵衣桁花影飛香入酒杯故國無書空悵望還鄉有夢更裴回聞賊逼常州何時奏凱烽煙靖卻挽天河洗甲來

春晝

覆階纖草綠茸茸占得春庭地半弓簾捲午風花氣暖閒看雙燕蹴飛紅

春思



春風輕薄吹花去一宵綠上相思樹胡蝶雙棲春夢寒海棠院落迷香霧有懷不寐心怦怦滿階樹影浮楸枰杜鵑子夜啼更苦天外故鄉空月明

暮春

滿地黃塵葬落花春風無日不揚沙碧陰暗淡天疑夢青旆翩翻酒許賒堂宇雙棲將乳燕官私兩部漸鳴蛙東皇餞別渾無事一角斜陽綠樹遮

送外子使津門

網戶深珠簾冷宵天月地梅花影臘雪消條風暖將離花開萋刺短時序易遷改月令傳染彩佩劍鳴珂結蘭茝阿郎駐馬覩滄海滄海波濤深復深今我擬作滄浪吟清宵不寐上元吉起聽漏聲聲轉疾阿儂不慣離別愁騑牡何遑念家室欲將別緒分明訴萬疊千迴轉無語忽驚喔喔鳴晨雞一角紅日臨窗西明月杯白玉壺願君爲我立斯須祝君如此酒香澤滿人口停杯思夢紆揮手登雲車秋風以爲期善保千金軀

長晝

涼風扣竹飛晴翠藕塘波皺紅香醉曲廊斜度竹橋西



紫藤花下貍奴睡一枰棋局消長晝閒倚琴牀數蓮漏焚香坐久晚窗深月子玲瓏花影瘦

我所思

雲陰陰兮釀寒風飄飄兮衣單蠟淚垂兮花落蓮漏沈兮更闌我所思兮不見抱岑寂兮寡懽山糾紛兮修阻水浩渺兮生瀾懷積愫兮不達仰蒼穹兮長歎

早行即景

匡牀夢斷一聲雞曉日曈曨路欲迷餅餌香風吹不盡野人家住麥塍西

破曉

雲影淡如水星光猶在天馬嘶踏殘月鴉陣破寒煙

思親

行行關塞晚去去歎飄蓬親舍白雲遠客愁青嶂叢心隨千里月夢斷五更風別淚揮難盡殘燈炧不紅

明月店題壁

衝泥投野店瓦燈嵌壁窟草草理行裝荆扉掩明月

舟次寄懷用外子都門留別韻

偪仄蓬窗悶不支殘箋蠹筆促新詩尺書難附魚鱗達



五兩眞愁鷁首遲明月有情憐我瘦青山無語笑人癡轆轤轉綆隨胸次寒夜温存賴酒巵

列宿熒熒霜滿天斷鐘敲夢未成眠慈雲在望長相憶舊雨回思各自憐雙槳劃波摇曉月片帆黏雨裹寒煙陽春有信憑誰寄古驛梅花又隔年

開到梅花第幾枝星餐水宿負花時故山隱隱思猿鶴淺瀨粼粼飛鷺鷥一片野風吹鼓角數層殘堞颭旌旗別離未久愁如海方寸波瀾無盡期

長揖晴空囑雁奴平安兩字漫模糊翠峯歛黛愁難埽銀海回波淚未枯一路寒山藏斥堠滿船明月坐冰壺釣絲風裏霏蘆雪好染江村入畫圖

水牕卽景

擁被獨沈吟紅燭結香篆更鼓隔岸撾斗柄西北轉停橈倚石根波平白沙軟群山枕流回野寺孤雲伴水深鷗夢寒風急雁行斷反側不成眠遙夜意繾綣款乃鬧鄰舟清霜布帆卷

陽春曲

陽春二三月桃李齊芬芳佳人耀朝日顧盼流波光被



服素與紈舞袖凌虛翔右縈瑯玕佩左懸明月璫纖腰似楊柳吐氣蘭麝香晨酣宜春風夕飲飛霞觴酒闌抱影眠騰騰春夢長錦衾覆瑤席寶帳垂流黃玉枕不知曉落花飛滿牀

至吉安代簡寄諸弟

回首燕雲客路長拚將離別爲誰忙雨欺瘦竹依山牖香灑梅花點筆牀太息龍媒猶伏櫪可憐燕羽慣違鄉何時共醉江南月刻燭分箋舊草堂

雲迴南北雁書遲脈脈離愁各自知拂壁青蕪留墨處

漫天紅雨葬花時謝池春鎖三更夢孟草恩懷千里思
若問寒窗人靜後芭蕉新翦夜題詩
萬種離愁聚筆端幾回下筆幾回看青雲有路應須曲
素志難伸且耐寒夢縱相逢愁更結書因遲答淚空彈
北堂春盎花如櫛好佩箴觽問晏安
家書一紙滌煩襟反覆重看思不禁楊柳風微春夢淺
桃花水闊客愁深身如老衲常枯坐聲似寒蟬慣苦吟
寄語外家諸弟妹舊盟莫負歲寒心

吉安感懷



白雲從東來片片西北翔遊子嗟遠別殷殷思
帝鄉羣山何崔嵬江水悠且長欲渡不得渡四顧心徬
徨
默坐鬱愁思起立獨徘徊庭樹交枝柯花葉正葳蕤
烏巢其顛鳴聲何喈喈春華不努力風木徒傷悲
翩翩南來雁飲啄自成行嗟我同懷人南北各異鄉尺
素偶可通形影徒相望倏忽夢見之未語涕沾裳安得
如彼鳥羽翼無分張
孤桐鳴寒風枝葉減清陰移根南山阿鬱鬱少知音螺
山曲復山盧水深復深憑高一回首傷我千里心

聞雁

晨星半寥落曉風動木末寒雁忽驚飛四望心切怛
嗷嗷復南翔翽翽自成行得勢趁高翮誰云道路長

雨牕不寐

宛轉牢愁縛病身思量無計度殘春雨行別淚三條燭
夜雨淋淋恩殺人
檐溜排繩斷復連夢回眞信夜如年錦衾寒煖誰相問
瘦骨珊珊合自憐



和外子喜晴韻

旭烏朝馭出煙巒簷溜丁東滴未殘枝上鳥唬花夢醒
草頭風暖蝶衣乾松篁交蔭園林霽禾黍有秋天地寬
試凭高樓望江國晚來新漲沒前灘

感事

登高望八荒日晦陰雲浮烽火連江湖豈獨行客愁士
夫恥多壘未聞滅乃諱豈無願榮扇空餘陶侃舟嗟哉
漆室心千載空悠悠

初春遣懷

棖觸思無邊東風又隔年感恩懷寶劍盼信卜金錢黯淡梨花雨霏微楊柳煙燒殘紅蠟燭斗帳未成眠

悶極掩書坐此心終未閒愁凝青靄外思發白雲閒新竹隨苔綠殘花帶雨殷空庭人不到鳥語自關關

春色滿天地故鄉人不逢分形千里雁警夢五更鐘親舍愁雲隔家書和淚封庭花開更落猶自滯行蹤

今日不行樂空懷前日憂春歸賭棋墅夢繞讀書樓病久慵開鏡裝輕屢典裘人生從草草漂泊愧閒鷗

雨後雜咏



野草閒花薄日烘水光雲影雨融融青山一角飛晴翠十丈松枝挂斷虹

重簾高揭對清虛山色空濛畫不如昨夜綠畦新着雨玉盤和露薦春蔬

陌頭桑柘綠初齊煙柳青垂罨畫溪何處飛來雙蛺蝶東風吹過野塘西

幾竿瘦竹伴清臞水上湔裙袚禊餘閒課花奴築隄界小塘分水種芙蕖

土膏香迸筍芽攢梅豆青青已帶酸隔座忽驚紅的爍櫻桃乍薦水晶盤

雨餘絲柳綠如搓粉翅香乾出蟄蛾儘草羅裙同一色曲欄綫篆看蝸螺

白荷花

香護閒鷗夢不驚采蓮歸去棹歌輕碧天無際星河淡渾似西湖墮月明

翠蓋風迴艇子斜香涇爭唱浣溪紗淩波誰剪玲瓏玉散作橫塘十萬花

七夕雨



未渡鵲橋先洗車銀河暗淡晚風斜慣將別後相思淚散作天涯思婦花

秋夜聽雨

亂愁揮不去樽酒强安排客夢依孤枕歸期問墮釵疏燈懸素壁涼葉隕空階今雨兼今夕天涯望水涯

排空一夜雨破扇獨驚秋帶緩憐新病情深悔種愁涼颸搴繡幔華燭照瓊樓遙想汀洲畔蘆花易白頭

羣籟五更寂一聲何處鐘指寒知夜永衣綻耐時縫花彈棲香蝶梧飄泣暗蛩挑燈還對鏡蹙蹙損眉峰

卧聽疏疏雨寒更定幾籌爐薰香酣火瑟冷箏經秋蟬
影憐枯鬢蟲聲織亂愁短瓶春尚在薄醉且忘憂

秋夜曲

熒熒星漢霏清霜芸軒華屋接杳粱徘徊明月照曲房
欲眠不眠思斷腸羅幃花簟生微涼明璫翠佩端且莊
頭上翡翠斂不翔足下繡履雙鳳凰身若蘭杜恆芬芳
背燈默坐凝神光夫婿驕貴登明堂出入驃騎排雁行
朝餐十斛雲母漿夜擁歌吹傳飛觴九秋之樂樂未央
醉鄉不識秋夜長



秋雨

晝雨併宵雨空濛秋氣深庭窪成水國波皺亂花陰空
翠憐疏竹溼煙涵古琴暮雲鴻渺渺萬里故園心

自繪梅鶴

老幹橫斜多屈曲香雪霏霏動寒谷生綃一幅卷春風
天女隨風散珠玉驛使初傳第一枝暗香吹醒莓苔綠
月明無語花無痕野鶴翩翩伴幽獨

寒夜對梅

雲低月黑風沙沙有懷不寐愁如麻長宵冥冥凍折死
窗燈暗淡差穠紗古梅憐我太岑寂天女吟笑飛瓊花
花思慴忪霜氣白暗香環護生顏霞雙蛾蹙蹙發深想
背花獨立長咨嗟故園梅花三百樹一花不發空杈枒
故園有梅嶺梅坪皆爲髮賊所毀側身南望復何有蟲沙猿鶴胡爲家
江南失守久未克復杞人之憂徒戚戚安得猛將回天車今我不
樂花不發瘦影兀兀枝橫斜典釵沽酒拚一醉醉鄉活
潑春正賒

五姊芙江爲其夫袁厚安觀察績懋在閩陣亡作
招魂詩寄示沈慟悽絕令人爲之悲惋



出戶入戶煢煢無侶寒霜拂衣酸風撼樹一解黃雲塞天
鼓角聲悲引領四顧肝腸迸摧二解幃幔淒淒兒啼呱呱
殺身報國妻子何辜三解孤燈熒熒空房獨守生不爾先
死不爾後四解孤兒在懷骸骨未理既不欲生又何敢死
五解長夜悲號大仇未報苦心化石誰爲唁弔六解

述祖德詩二首

明哲重道術棲志在雲端既抱康世姿而不逐頹瀾楚
賢仕無慍鄭卿猛濟寬平仲示國儉夷吾策民安在昔
有明政斯世無曠官濟物惠所及戡亂思其難鴻功播

千載清埃恆仰歎達人緬往哲縻爵愧素餐振藻掞春
華流聲馥秋蘭撫綏蔭江漢
聖心啟巨㩳朱文正公珪荆中丞道範初中丞彭齡送薦屢奉諭左輔循聲卓著朕所素知
中原昔多故萬姓賴撫字鳴琴百里宰麾鉞九江治皖
北敷仁澤荆南宣韜智先祖諱輔字杏莊號維行乾隆癸丑進士安徽知縣洊遷湖南
巡撫
皇恩豈已矣經綸昭吏事儉已由道情寬民主惠義文
德孚嘉師鼎勳著彝器君子謝華名歸林棲素志心念
川壑美目倦修途異負高構雲屋臨流泛荷芰逸情捨



塵慮懋功懷遠致

病馬行

春郊無人見殘瓦枳花藤蔓交綠野迴風吹開宿燒痕
亂草橫坡餘戰馬馬號枯折馬尾禿歲歲此邦遭殺戮
塵土猶含戰血腥烽火連雲閟山谷武將降書早訂盟
書生獻策餘痛哭三尺劍懸臣腰光芒直射斗牛高預
防失韜畧誓死如鴻毛父老如堵牆環泣聲如濤使君
且止憐吾曹生民萬億忍將一死拋吁嗟乎自慚讀書
腐未嘗學軍旅登陣四顧淚零雨殘卒東籠不成伍嗟

哉何以壯師侶力薄不敵當計取千金重季諾勇夫肝
膽許深夜然薪搏狠虎奮雷出地屋瓦飛羣醜抱頭竄
如鼠更為子黎計安撫君不見千鈞獨挽恆耿耿汗血
斑斑棄岡嶺龍種伏櫪弔淒影痒挨破柱腥風冷

擬新婚別

前日新結褵今日遠別離向人不敢語背人牽衣嗚咽
啼願為紫金鞍隨君出關山願為白玉鞭引領同戍邊
願為青絲轡逞君四方志願為五花馬伴君徧原野功
成郎我棄强死空幃下



西江罷官命駕將歸外子以案紋囑繪用誌歸思

並次原韻

好向蒲團寄隱身三生石上話前因外子罷官歸有日矣適見案頭紋結一老僧狀眉目宛然依石斜坐回顧案左一行木痕云如此歸安且壽兮數字胸無魂礧何須
酒家住溪山別有春戈印作提憐少子斑衣重舞慰雙
親鹿車有約甘藜藿心似蓮花絕點塵
疑是曇花現法身古琴野鶴結重因鐘聲敲碎一池月
山色常留萬點春坐對晚風憐竹瘦曉分甘露與花親
歸心似水東流急飛騎香飄漠漠塵

哭馨姪

桂蘂膏煎一旦休龔生遺誄古今愁重闈空負傳經願嬴博還同築室謀伯道無兒堪痛哭中郎有女愈增憂丹鉛未竟芳華歇檢點殘篇淚暗流

擬今別離

遥夜念别離宛轉傷懷抱別夢兩悠悠情天漫浩浩徘徊出庭戶霜月和衣擣戚戚復入幃憂心恆悄悄結髮義不移恩愛重偕老

辛酉孟冬外子奉曾滌生節帥國藩札調赴安慶



大營襄理軍務別後口占

鼙鼓聲聲起戍樓安危從此更增憂驚魂夜落西江水急淚無心也白頭

密樹陰陰斂夕煙扁舟遥指白雲邊滿江星月悄無語別有愁心飛上天

擬古別離

送君別兮上河梁懷君歸兮陟高岡寒風凄兮鳴佩璫木葉黃落兮雁迴翔君胡淹留在他方出兮入兮獨不見俯仰四顧心彷徨海枯兮石爛感君義兮不忘

寄外

袖懷紈扇感炎涼宦海茫茫客路長困馬嘶風懷伯樂焦桐入爨望中郎冷泉漱石流清響古柏參天飽宿霜留得廬山眞面目何須搔首問蒼蒼

彈指雙丸不暫留匡時何必計封侯宦囊似水蒼生感客況經秋思婦愁蘆絮雪花波浩浩蒲帆雲影夢悠悠因時自重千金體莫向西風怨白頭

黃花時節悵分襟觸緒無端感至今銀漢流光新月淺寒山斂翠客愁深望雲漫譜相思引彈鋏長悲遊子吟



野草蔓延誰埽徑亂離天地幾知音

停雲在望思如麻風捲長空落晚霞一片冰心盟皎月九秋玉骨傲黃花雁翎迢遞緘雙札雉堞淒涼隱暮笳今夕遥遥共杯酒可憐烽燧滿天涯

不寐

惻惻不成寐紅爐自煮茶破窗窺落月清鏡對幽花別夢憐孤枕新愁起暮笳相思不相見芳草自天涯

懷遠

登高望八荒春風結憂慮關山渺難越芳草沒行路曉

角空城煙遠水生黃霧闇夢不知愁隨君遠行戍

空林秋影淡無痕落木蕭蕭深閉門窗外寒花簾外月

寒夜

西風庭院又黃昏

一燈相對坐寒更木末風迴夜轉晴漏斷香消歸夢冷

滿城霜月擣衣聲

紅窗月落夜悠悠銀漢無聲淡不流蟲語疏籬花影亂

一分秋助一分愁

雪夜感懷



破窗風雪夜檠影冷殘紅候火驚猿鶴邊書滯雁鴻賣

珠憐婢駭沽酒歎囊空歸夢茫無着江天浩渺中

寄遠用外子寄懷韻

酒渴風情異昔年杜鵑啼喚奈何天擣衣聲碎梨花月

別夢依雲繞枕邊

蕙怨蘭思又一年碧桃香蘸水中天春風莫道不相識

昨夜吟魂到戍邊

綺窗朱戶夜如年露井花寒月滿天一縷愁心化胡蝶

春風吹夢到君邊

等閒春色感華年新漲連江綠際天千里月明共惆悵

雁聲飛度白雲邊

對新月

夕煙斂叢竹清影上迴欄妝鏡未全掩蛾眉只獨看牆

低銀漢淺簾靜玉鉤寒千里同相望清宵夢未安

落花

才開旋落太匆匆香篆晴絲夕照中偶墮佛輪猶未劫

肯隨羌笛怨東風魂依倦蝶星星白血染啼鵑片片紅

底事留春春不住錦旛鈴索負深衷



夾城飛絮逐榆錢綠意紅情總悵然香散雀屏餘冷豔

春歸鸞鏡感華年廿番芳信初如夢一片離魂欲化煙

賸有空枝漏明月清光還照玉階前

返魂無術思悠悠那覓名香聚窟洲飛白書成難寫怨

踏青歸去更牽愁酒邊荷鍤埋芳骨水上湔裙憶舊游

燕燕鶯鶯呼未醒惺忪斷夢鎖秦樓

送春風雨可憐宵荏苒芳魂縮綠條是處柳橋飛白雪

不堪板渚咽紅潮蕉心疊疊愁空捲竹淚斑斑恨豈銷

惆悵玉樓人去後月明聲斷鳳凰簫

長夜遣懷

五更轉側未成眠碪杵敲愁到枕邊欲向曉風尋舊夢半庭香草鎖涼煙

清夢寥寥玉枕斜卧看殘月下窗紗離魂欲化相思草金井偏開夜合花

冷吟仙館詩稿 卷三 吟雲集下 六

文安董汝觀校

男光煦敬刊

冷吟仙館詩稿

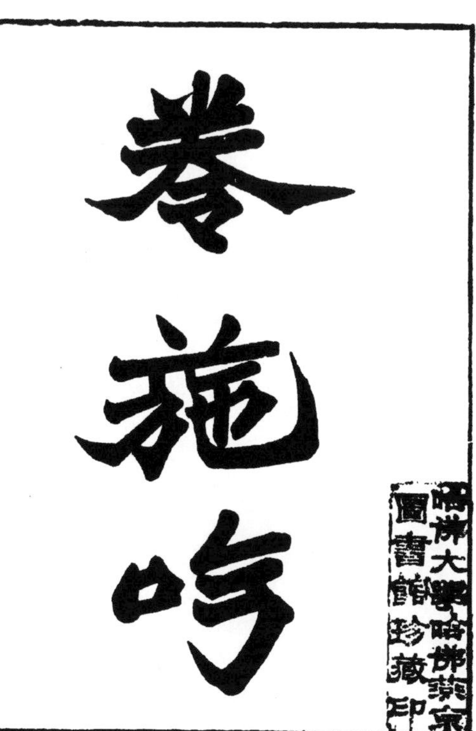

卷葹吟者太夫人丁柏舟以後扶柩歸里舟中之作改號氷如矢志靡他也當是時太僕以王事歿於皖江太夫人自江右赴皖泣血尋骨扶櫬而歸涉九江過洞庭入瞿塘孤帆數千里弱息八九人江湖風濤不靖天下盜賊如雲太夫人或以誠感或以謀定悲遠道之難行作孤舟入蜀及黃州卽事諸篇寡鵠哀吟商音淒婉動天地感鬼神莫近於詩其此之謂乎



# 冷吟仙館詩稿卷第四

## 卷葹吟

陽湖左錫嘉冰如

壬戌閏八月二十五日接李眉生鴻裔李中夫榕寄兒子書驚悉外子於太平營次卧病次日買舟獨往行至鄱陽湖爲風所阻憂心如焚鑿楫成歌

孤舟一葉日暮水隈陰雲四塞濤聲如雷欲渡不渡肝腸迸摧東南風東南風胡爲來

九月十一皖省舟次聞外子凶耗



蒼穹蒼穹克孝克忠竟不永年胡爲吉凶解一我生不辰嬰此乖戾願隨泉下亮不我棄解二鏌鋣鏌鋣三舉三擲垂垂舅姑煢煢弱息解三江水洋洋胡不我與靈輀載逐余至皖不意曾滌生節帥念及遺孤羈旅寡弱已命人送柩往豫章矣時嗣子稍長在蜀三男五女寄寓贛州長者方十齡解四天乎天乎既不我生又不我死痛心化石終古已矣解五

江右舟次作家書泣成

臨楮泣淚迸血舅姑在堂何爲辭一字未成腸寸裂蜀山爲我摧巴水爲我折

踟蹰復踟蹰淚滴滿紙紅模糊秘書告伯叔莫竟直言
達舅姑皤皤鬢鬢倚門倚閭

扶柩至吉安追畫先夫遺像

鬑鬑者鬚稜稜者骨丹心莫及神采髣髴
骨相不凡襟懷磊落行年不永千古錯愕
是耶非耶魂依毫楮懸諸素幃奠漿列俎士庶號呼再
生者父載瞻載拜泣涕如雨

病中繪像自題

搦管兮凝思對鏡兮神馳體態兮頓減眉黛兮含悲苦



心兮難寫病骨兮費支獨生兮猶死留影兮孤兒

感傷

卷葹心苦苦難伸始信紅顏命不辰作賦竟誰憐寡婦
上書何以慰雙親春風草草留遺愛斷夢星星證宿因
從此梅花零落盡不知天地有陽春
侍親相依十二年鬢絲釵影最相憐蛾眉祇合春常鎖
鸞鏡空悲月共圓湘水招魂千古恨蜀山回首萬重煙
愁心化石精靈在欲向蒼冥補漏天

余歸有日矣適佑卿族叔省三署篆吉郡致函綫

期歸蜀賦此謝之

殘喘尚存孤舟未濟再遭不測既委且棄（解一）負骨歸土
卜吉於旅（扶先夫柩歸已卜期矣）載馳載驅敢辭荼苦（解二）蜀山崔
嵬江水汗漫秋風淒其雙親目斷（解三）感子高義戒囑諄
諄年運乖戾嗟子不辰（解四）三喪未歸（瓚叔聲姪兩柩均未歸葬）諸孤
誰憫沈疴未起（時予暨諸兒皆抱恙）淹留胡忍（解五）勿爲我慮付諸
天命願子日新善修厥政（解六）

由豫章移瓚叔柩歸里

宿歲乘興來今歸忽偃蹇沈疴竟不起悲予腸百轉兄



弟篤友愛諾諾復款款（先夫篤于友愛）先兄入泉壤（瓚叔自送先夫去後遂留豫章鬱鬱不樂得疾而殤）誰能測修短年運何乖戾蘭摧及小阮（去歲聲姪鈞姪相繼而亡）家書未敢報隱痛愁莫展空幃有少婦情
夢猶繾綣膝下小兒女生當爲黽勉何以達吾誠短歌
聊作輓招魂返故都誰云蜀道遠

黃州舟次即事

狂寇夜竄揚飛沙八民星散紛如麻呼號奔走不辨路
手攜背負何爲家少婦弱女行不得垂頭相弔憐昏髽
火光燭天耀赤壁東走西顧迷津涯旌旗連山稱保障

兵艘列炬逆流上乘風挾勢夜捉船持刀逼勒乃無狀兵士以捉船索錢 我舟靈旗導歸葬白刃可蹈義無讓不然登陣謁主將謂我有辭色沮喪揮刀掉臂登鄰舫叱咤壞奪湧急浪畏之如虎誰敢抗寒戰慄慄愕相向馭兵不嚴兵索饟師出以律律豈妄嗟哉嗟哉禍誰釀

巫峽夜泊險遇盜刼聊記其事

孤舟無伴侶夜泊巫山下峽風捲怒濤星影漏庌庌嚴霜削肌骨猿嗁怛人骭水宿淒不眠青燈光未炧長年隔窗語撟舌汗盈把羣盜隱山隙此舟安肯舍山隙隱匿二十餘盜 言者聲戰慄聞者顏渥赭獨我按劍坐寂寂效聾啞臨事豈弗懼當幾懷智者處紛雖鎮定聲威安可假鳴鉦震山谷明燎燭流瀉設疑豫事防魑魅竟解瓦黎明羣盜東渡而去 達旦撫靈慟天亦憐孤寡



癸亥冬月題自繪孤舟入蜀圖於义魚灘舟次幷序

情天浩浩女媧莫補缺陷之天愁海茫茫精衛難填沈淪之海苦心化石空餘血淚斑斑斷夢如雲徒剩離魂慘慘憶自辛歲侍櫛隨宦燕京同挽鹿車唱隨所願已年奉檄出守西江倣韓氏之穿墉互相言善效陸公之載石甯自負薪先夫素性耿介在吉頗著政聲 辛酉驪歌劇唱先發商音死別生離盡於此矣大帥登壇招賢納士書生投筆拔劍從戎留節帥鮑軍門札邀襄辦安慶軍務 冒死揮戈戰無不勝在營七月克復青陽石埭等九州縣 積勞成疾藥竟難投病入膏肓伏枕猶呼叱咤生悲殂謝遺書尚念君親嗚呼一抔丹心幻成碧血飄然羽化何所皈依先夫癸丑病中夢入僧舍老僧曰此來尚早壬戌四月夢僧吹角相招八月夢易衣冠自顧儼然一頭陀矣遂於閏八月二日下世 悲風起自皖江魂驚鏡破痛語傳於雲嶺心折釵分傷哉欲尋跡於泉臺誰憐白骨偶偷生於塵網我獨青燈生死爲難去留無路對遺札而神傷願隨同穴望斷絃之再續莫負他生膝前黃口嬉笑嬌嘑堂上白頭朝風暮雨故國茫然家山何在淒迷古渡雨零薄命之花黯澹荒州雪壓斷腸之草烽煙四塞天地孤舟愁病一身波濤萬頃付殘喘於浮雲膽懸若斗奠蜀醪於逝水心醉如泥山勢崔嵬灘聲洴湃撫三棺而痛哭是歲弟姪雙亡 草木皆悲

仗一葉之慈航蛟龍潛伏（行至乂魚灘舟爲亂石所破勢將沈没灘洄悲歌霎時風平）中流飄泊彼岸難登百感如（浪靜若有神助）
焚前塗似漆因此繪圖寫影作序放歌以記其
事云爾

孤舟搖搖向何處旛影飄飄指歸路愁雲四塞獨雁飛
落月滿江弔淒苦吁嗟乎朝復朝兮夕復夕生兮死兮
兩愁絕雙親倚閭兮目斷遺孤嘑笑兮環膝天空濛兮
無情日慘淡兮失色山糾紛兮塞衢術水澎湃兮懸絕
壁石筍嶙嶙森劍戟伏蛟掉尾巴水裂篙師撟舌魂膽



驚獨我撫棺腸寸折蜀鵑嘑血煙冥冥猿猱悲嘯草木
腥遺書懷中字不滅心香誓慰君之靈

扶柩至家（甲子正月十日）

酸風淒淒萬木折水涸舟膠石沙咽哀猿斷腸鵑嘑血
行行一百五十日（去歲八月由吉安起程水涸舟逆行頗稽遲）篙師指點芙
蓉城是耶非耶搖心旌焚香奠酒泣且告慰君積歲思
鄉情（先夫在外十八載恆思歸里養親）彼渺渺天浩浩舟兀兀依霜塹
且緩呼奴報歸旐今日萱堂祝壽考（九日抵省適君姑壽辰未敢令人稟報）
敢向歡筵觸煩惱孤燈坐達旦憂心惄如擣到此不
能隱傷哉劇分曉靈輀暫後隨縹衣易白縞魂兮歸來
路了了紙灰翩翻入林杪林杪迴風驚墮鴉挽歌發聲
引塗車曾聞故里多桑麻鳳山之麓龍潭窪蔌蔌苦竹
衡門遮結褵十載闕執匱閒闕今始歸君家（家在城北四十餘里）
歸來問訊愴莫對上堂初謁舅姑拜舅姑悲傷妾心碎
長跪致辭重勸慰兒骨歸來兒婦在諸孫呱呱今有戴
舅姑年高見慈愛晨昏强顏爲君代體君之誠敢懈息
一一苦心須擘畫佳壤未卜我心痗于田號泣天如晦
北風颼颼警寒籟



曲沃仇汝嘉校

男光煦敬刊

# 冷吟仙館詩稿

# 冷吟集



冷吟集者太夫人嫠居之作也出閥閱之門入鄉僻之境操井鑪而不辭處簞瓢而不怨理田園如理絲麻事舅姑如事父母迨事葬之禮畢因田畝之業分太夫人憂其子僻處鄉隅無良師傳禮義之教不興見聞之識日隘於是徙居城南始營田宅而敦詩書哲嗣諸君子駸駸乎得與有道者處而進德修業之事於是尚焉當是時家計艱難太夫人以書畫謀生復以經史紝織課其子女婚姻既定耕讀並營爵位以顯科第相承皆太夫人積行累功有以致之而家道昌焉從知貞固之志



於艱難困苦中成之天之食報厚德其福祿為孔長矣其詩多含辛茹苦之吟有令人讀之感慨欷歔為之墮淚者田家雜咏諸篇記農人之實事也新紵詞言教子之苦衷也驄馬導輿則借人之樂寫己之悲也迎養赴晉捷報誌勉則幸哉有子能繼先人之志也卜宅追孟母之賢丹青記生涯之苦靈石之作新穎如畫自壽之詩明達得理他如東坡生日日本題畫乞兒枯樹患喉諸篇皆憂心君國感傷時事或陳古而刺今或言近而指遠不失風雅之遺其亦馬遷蒙難而作史記屈平被

放而賦離騷之旨乎



# 冷吟仙館詩稿卷第五

## 冷吟集一

陽湖左錫嘉冰如

### 病中感作

肺渴塵生氣力微癡兒幼女問依依强支病骨春風裏自汲山泉學浣衣

壁間遺挂絶絃琴手澤猶存感古今寸草拔心心不死上堂黽勉職饘箴

### 罌粟謡

繡阡綺陌春風春鳴鳩拂羽催耕人楚歌聲斷悲玉塵



罌粟即虞美人變種花頭側向如凝神扶桑擎日天雞曉落紅掩抑蜂腰小米囊青青汁未飽農家辛勞及父老占鬚驗葉認遲早諺云鬚脱盡汁滿刃葉黄鋪汁太枯金刀如紙二寸餘下刀深淺規瘠腴刀輕力薄難採珠刀重傷米脂膏無奏刀中窾發不虛曳裾彳亍風日裏足力不勝汗如洗歸來日暮蠶眠起

曉霧溼衣鬢鬟潤前日刀痕今日認凝脂一線露華醞脂流欲老不欲嫩逆刀輕試且加慎腥風薰蒸腦忱悶長晝漫漫目遑瞬筠筒所獲不及寸吁嗟乎田田種花

夢轉稀餐花詎飽吾民饑

摘豆詞

斜日滿柴扉南山隱翠微露香棚裏裏雲靜葉依依拂
袖殘花落傾筐早莢肥摘鮮供晚食何事感苗稀

族叔佑卿太守特至訪詢

慈雲傷客意山水有哀音（佑卿丁母憂歸蜀）感子復相訪嗟予
恆苦吟豫章秋色迥錦水暮寒深患難餘今日淒然淚
滿襟

江右投冠日孤鸞將九雛懷恩空有淚報德愧無珠六



尺君堪託（先夫沒後諸承照拂）三棺我獨扶巴江歸棹切觸感更
踟躕

感懷雜咏

掇菜承朝露曉風叢竹鳴兒饑恆晝粥親膳慎調羹屋
漏牽蘿補家書帶草成白雲回首處北望亂愁并（時家父供職都門）
門內全恩義忍言公與私解衣呈長姒晝荻教孤兒燈
識炎涼味機禁宛轉絲牢愁向誰語毫素寄微辭

秋感

秋聲激楚月痕空碧落黃泉夢未通星漢高高無一語
滿陂涼露泣香紅
冷風颯颯逼繩窗硯北空餘舊酒缸今夕相思非昨夜
鏡鸞淒絕不成雙
往事如雲任去留黃蘆苦竹夜颼颼孤燈自課小兒女
不雨不風天地愁

歲暮書懷

綠酒紅燈外捫心獨黯然淚凝舊妝鏡韻咽古琴絃宛
轉相思樹迢遙離恨天誰云不相見待我在重泉



冉冉歲云暮霜燈獨影親寒花猶瑩夕枯樹不知春
帝里音書滯家園芋栗貧有時強歡笑聊慰白頭人

為族叔佑卿繪內江葬母圖並題句

蜀山嵯峨青插天江水浩渺交綿澗雲根泉脈互縈絡
奇峰峻嶺相鉤連中有沙隄盤曲路鬱鬱蒼蒼鎖雲樹
日夕恍聞孺子號西江太守築親墓馬鬣長封悲莫悲
四隣罷社皆淒其皓首難禁風木感愴懷欲廢蓼莪詩
見說當年讀書處書聲燈影共勤苦世母誠如侃母賢
回首慈雲淚如雨（癸亥在吉安與母別握手依依言猶在耳）吁嗟乎今我點

筆爲此圖愁腸百轉如轆轤自憐髫齡早失恃側身南望空躑躅

田家十二月樂詞

正月

斗柄南指交新春土牛送寒迎芒神上堂置酒盤薦辛韭芽椒角錯襍陳小麥油油土香潤煙苗三耘花含信翦燈乘隙課兒書刀尺聲寒淚頻拭

二月

晴風乍暖栢嘴紅櫻桃簇花鬚茸茸春盤菜甲鮮徐徐進薄綿鳴機軋軋勤紡織好趁春波染顏色



三月

葦箔蠶眠光簇簇雞鳴箴管嚴結束露微茫陌上桑穉子揆枝上幼女爲提筐徑煙青青葉未長曲植遵行翦刀響歸來曉窗侍阿母阿母屢問蠶饑否

四月

菖蒲交交青且長殘紅零粉流水香炊煙不斷羅酒漿西疇南畝分新秧阿翁曳杖驗水口阿姑撫孫内堂守婦職主中饋兒童供奔走書卷長閒誰繼後燕翦鶯梭織楊柳

五月

綠蒲抽絲織團扇芭蕉葉大豆延蔓井泉飛花衣白澣水車隆隆卷疋練艾虎絲勝飄香屑織葛初成疊輕雪倦蜨飛瑣瑣隔葉榴如火芳塘水潤花片墮蓮子同心苦憐我

六月

赤帝施令何以解慍擕蓮製酒觴疊進長晝漫漫日無暈大麥小麥鬚蒙茸朝碾夜磨聲隆隆蘭筋荍芽破土紅竹枝裊裊生輕風



七月

火星西流朝暮涼百穀有實將登場農家誰憐終歲忙古風課雨心皇皇一年之秋屬稻粱蔓草及時删當折直須折弓鞋踏泥如觸鐵含悲忍思向誰說翻裳作兜行兀兀拾得新棉皎白雪

八月

疎枝青垂垂鳴蜩抱木悲秋水照空明芙蓉變色紅葳蕤社鼓聲中薦新穀堂前舅姑呼祝福（粵東謂酬神曰祝福）親丁

滿前七十餘今歲豐收三百斛

九月

麴蘖自製醞新釀絡緯繅號豆棚上夜深敲石試温涼糟牀香濃酒波漲野菊可明目禾之奉二老金精駐綠液服之長壽考穉子導孝弟幼女鬬工巧寒風淒淒指尖繞九月寒衣尚潦倒

十月

黃蘆風蕭蕭苦竹留節概有子曠讀無珠可贖强顏上堂日就月將左手進表右手奉裳木葉搖落天風寒焦



饑蒸裘空長歎

十一月

葭灰將動泱隄築隴豆甲麥萌霜培雪壅絲雲覆菜畦鴉嘴鋤香泥漉鹽調旨蓄和羹進紫黄冷月壓檐茅茨低孤燈入幃風淒淒

十二月

窮陰凝閉朔風勁天上星迴卒寒令田家餞臘事轉盛村童鳴腰鼓婦女製花勝柏葉酒椒花漿默祝舅姑壽且康慈烏啞啞鳴空桑古梅著花流暗香

苦旱謠

乾風晝炎禾如斜火雲隆隆爛田畝廚無糗糈匜無滫脫簪易米不盈斗井枯泉涸衣含垢芋粉菜根且餬口蓮塘生煙劚枯藕男婦失業饑驅走雲霓在望誰援手

秋雨

鳴軋鳴機杼青燈瘦可憐夜涼風簌簌秋老雨綿綿寫怨託瑤瑟療饑典翠鈿繩窗獨不寐破壁歛寒煙

寒夜

絕壑悲風響怒濤枯桑老柏耐摧撓壓霜茅屋因寒重



倚壁書燈入夜高愧我死生恩未報困人憂患氣難豪强支病骨搴幃坐冰繭無功懶更繅

秋意

一鉤纖月挂空明香散蜂衙露氣横乞巧女娃爭學拜覓蟲穉子慣尋聲

農歌牧笛自工商幾日西風熟稻粱村社語温樽酒綠醉人歸詠滿斜陽

冬歌 用梁武帝體

嚴霜扃戶牖清磯聲斷續古井寒不波沈沈注枯綠

誰爲金石交貧賤感知遇何如松柏性鬱鬱抱貞素

新紵詞

春風二月柘枝雨村落家家賣新紵東隣西舍悄無語十指凝冰劈絲縷愁心入夜絲縷長孤兒白課燈微茫遺挂在壁月在梁擲梭攬卷分餘光寸絲尺縷計衣帛良夜更應分寸惜書中微旨貴心得孤兒孤兒漫休息

呈湯年伯母陳夫人季婉

嘉自歸蜀僻處窮鄉外家親故音問鮮通湯秋史年丈流寓蓉城訪嘉有年初未知所居之僅



隔一城也追見嘉畫箑始通問訊適丈主講東川已戒行李得以通家禮見陳夫人感今追昔泫然成篇

十年離亂後人事歎萍蹤燕樹嗟輕別巴江幸再逢諸姑同薄命（坐中趙佩芸悟蓮姊妹乃年丈中表皆少孀兼善詩畫）祖帳識文宗哀樂感今昔庭開花氣濃

今夕是何夕悲懽淚滿襟墨緣聯舊雨琴緒感知音宿酒因風醒鄉情入海深絳幃容問字負劍慰初心

苦樂行

雲棚高揭覆堂宇噴壺灑水幻飛雨象箸桃笙不知暑豈眠夜飲雜歌舞日食萬錢何足數鸚鵡之粒紫駝脯棄餘不顧委如土千金買一笑緡帛等輕羽那識農夫血汗苦君不見乾風烈日坼大田旱魃爲虐年復年禾黍穀穀黃欲然男婦饑驅泣涕漣朝來爭汲涸井泉芧檐日午無炊煙縣官索租猶迫煎袖手出入仰向天焦土一片誰見憐

次韻答王太夫人趙佩芸潘太夫人趙悟蓮見贈

貧居愁病裏寂寞與誰親箴帨傳高節詩書續舊因暫



欣良讌會同感異鄉人小謫塵寰苦還珍現在身

枉接佳篇惠文情獨窅然挑燈愁脉脉聽雨夜綿綿純碧思吳詠蕉紅當蜀箋江鄉重把手明月向人圓

强顏

强顏色笑計承歡臘雪驚心歲又殘野菜漬鹽充旨蓄生薪帶葉促晨餐箴觿獨佩時增感裼襲無因不禦寒三復笙詩思孝養循陔棖觸淚闌干

魏小蘭女士髫年隨宦逼於烽火艱險備嘗屬繪歸蜀圖以記其事

彼濤浩渺山蹉峨妖氛四起張網羅漫天烽火振鼙鼓
驚鴻萬里長空摩長空如羃動風色布帆無恙歸東沱
中有謝女富才學新詩清婉如鳴珂命我作圖記艱阻
惜無妙筆慚如何

秋日至化仁寺弔湯秋史年丈

蕭瑟江關已可哀玉棺遺蛻掩蒼苔松壇斜日搖旛影
蘚壁淒風颺紙灰父執蚤年欽北海門生私謚擬南雷
招魂若有蘭陵酒還向西州灑淚來

西巖曲



天風吹墮西巖下門對寒山屋無瓦孤松鍊骨撐青霜
幽蘭萎香被原野井泉凝波波不起卷葹拔心心不死
當階剗盡斷腸花繞隄誰種相思子夢天雨重星橋斷
寡鵠羈鸞夜相喚零露珠垂汨汨嗁綵霞練破飛飛散
吟魂五夜抱幽素殘雪如花霏冷句古愁重疊西巖深
凍柝宵沈不知曙

喜雨

絲雨時溟濛沛然生意滿蕨芽紅努拳蒲花紫封蕻潤
水流淙淙炊煙溼不展覆畦豆莢肥麥浪翻綠晚父老
驗豐稔酒樽情款款浩蕩天地春豈由人力轉引領心
情怡山光無近遠

重答趙悟蓮寄懷原韻

柴扉一桁胥晴霞濺玉飛泉轉水車芳草際天思秀句
古苔蝕地綴幽花近聞嗁鳩春將晚尚憶聽鸝酒可賒
城堞依稀人未遠暮雲翹望抵天涯

秋夜

露重溼煙凝西風戶獨扃亂蛩鳴振羽饑鼠出窺燈夢
冷愁如織骨搘寒有稜破窗還夜色缺月挂孤藤



趙悟蓮惠寄梅花作短章謝之

霜氣逼中宵沈沈柝聲凍春隨芳信來冷香飛入夢浩
然天地心幽賞誰與共一枝瞻高寒膽瓶足清供園林
發深想梁月空神從悠悠翰墨緣契比金蘭重

鄉居

茅茨泥四壁梁柱缺結構瓢飲豈堪憂窮巷敢云陋量
紙補殘篇牽蘿綴屋漏遺經授孤兒識字嚴句讀晝粥
思古賢刻苦企成就蠶月料桑柘穀雨驗麥豆曲堰榛
棘肥瘠土禾稼瘦怡情澗泉鳴聒耳村嫗詬導之以禮

讓了不識左右積習閔難化愁心縕百皺

猛雨嘆

片雲蘸墨壓晴峽大點雜遝急飛弩禾黍粟麥曝場圃
西舍東隣呼救雨男婦不辨奔如梭箕箒筐筥爭張羅
泥滏滑沓了不顧衣履透溼猶摩挲一年之秋血汗苦
安忍擲此洪濤波歸來父老仰脅息明朝何以酬催科

新秋有感寄懷陳季婉

蘆簾竹屋動涼颸病骨經秋各自持酒入愁腸都化淚
霜侵曉鬢漸成絲疎鐘驚破青燈夢怨笛吹殘黃鵠詞



迢遞重城隔煙水遣懷聊復寄新詩

撫荊歎 庚午秋抄

荊枯復榮萍散莫聚阿爺傳語來朝丈土
同氣恆守胡爲中剖魂兮有知痛心疾首
旣賦蓼莪載歌棠棣門內無私恩當掩義
切切私語分厨添釜撫荊黯然零淚如雨

感懷

幽蘭蔽叢萱默默含芬芳孤松隱巖下鬱鬱復㫋蒼霜
雪不我欺臭味不我當煢煢抱本性惻惻自感傷

寄意

玉局瑤池憶舊緣爲誰淪謫阻生天春風坎懍餘皮骨
破鏡飛空墮翠鈿
花光蘭澤靄蒼巖水殿雲扉夜不緘夢返玉京明月闕
曉星隨影墮塵凡

伏中雨雹

涼意颼颼戰叢竹陰雲如練轉飛軸商羊石燕鬭空谷
赤日斂威晝忽伏濺濺雨腳珠傾斛江濤倒捲蒼龍哭
狂風西旋擊飛雹磔磔颭颭碎寒玉南帝奮槌何慘酷



禾稼霎時盡折禿吁嗟乎炎涼變態恥塵俗胡乃天公
亦反覆

陳季婉見訪去後思之

惘惘獨歸去相依屋數椽消愁償畫債養性覓詩禪夢
繞湍風榻心縈明月天重來期預訂共擘浣花箋
路隔市闤遠行行古道邊野塘開放鴨森木聚鳴蟬林
鎖寒煙暮山銜落日圓入門一迴顧暗惹思纏綿

答諸姊弟函訊

繞隄新漲泛閒鷗燈影書聲聚水樓兒女累深何日了

弟兄羈旅似萍浮寒蟬幽咽歲時晚旅雁迴旋關塞秋
蜀道如天更西上臍將清淚灑江流
塵緣如繭自纏綿蘆雪梨雲又一年病女神虛憐詩語
孤兒心苦抱遺編莼羹有夢三秋暮藥裹無功百慮煎
斷藕牽絲揮不盡綠披蕉葉寄吟箋

咏懷 四言

皎月入幃凉夜如年八表虛寂清輝映天徘徊四顧辭
不竟篇我心忉怛誰與爲宣
木葉辭樹帷幄生凉慨時增歎憂心獨傷啟蒙不師素



餐鈇糧飛鴻旋號蘭菀敝霜

春望

楊柳風多作意吹古藤野葛綠垂垂一竿春水溪童釣
半突寒煙病婦炊竹抱虛心留勁節花含幽思斂嚬眉
衫輕骨瘦憑危石自寫牢愁勒斷碑

暑至

時序如轉軸循環了無阻麥隴卷黃雲驕陽助炎暑農
務何勞勞掩扇不一舉酷熱氣鬱蒸揮汗灑飛雨薇花
落紫英菖蒲展翠羽空懷楊氏冰風色思何許

望外家書不至

半生悲骨肉五處盼魚鴻惆悵渺無迹相思知有同孤
燈寒寂寞缺月瘦玲瓏回首江南路鄉雲裊碧空

秋思

白雲回首夢江南世味離情苦更諳疏雨半隄煙水闊
綠菱紫芡滿秋潭
葵藿傾心冒雨開寒蛩唧唧隱莓苔漫天蘆雪西風冷
鴻雁一聲何處來

懷七妹婉雲

臨別情無限相攜淚滿衣夢遙愁的的風冷雪霏霏把



袂知何日連牀願已違攀幃望原野又見鵲鴒飛

憶梅 六言

羅浮舊夢春酣隴頭芳訊難探惆悵月明何處迢迢江
北江南
春風夢惹相思故園香冷繁枝那得花時歸去重登東
閣題詩

題驄馬導輿圖 并序

柴門寂寞雨冷梨花甕牖低徊塵生筆硯不握

管者歲復歲矣適同鄉御史吳春海親家鴻恩奉侍太夫人錦衣歸里驄馬導輿萊彩承歡情殷愛日寫意命題援圖索句嘉枯腸愕腹自愧無文徒抱一腔感慨空興萬古愁瀾蟋蟀悲秋杜鵑啼月恐有瀆清聽耳

憶昔復憶昔披圖仰天百感集當年夫壻作宦京華中論交義重太古風一時名士皆援好季子延陵年獨小夫壻逢人道復道謙謙君子有儀表他日勳名未可期不愧忠孝奇男兒（昔外子云春海事親盡道處衆撝謙）燕朝供職恆相從



春風詞筆生花夢自慚樗櫟無寸功敕書飛下承恩重匆匆奉檄守西江驪歌泣別難為腔欲報君親恩萬一從此愁心未肯降屢易舟車來古郡瘡痍滿目不堪問荒城空餘白骨堆市橋行館都灰燼嗟哉何以舒民困竹馬蒲鞭未二載賣劍買牛民有賴烽火連天動地來老羸殘民心膽碎草木猶含戰血腥奈何此邦如委塊（吉郡屢遭荼毒）羽書疊上乞救兵衆視空城心所輕書生能文不能武弱翰豈足驅欃槍嗟哉血書復三上乃命降卒同守城歃血誓天滅羣醜何期將領皆賊首（參將陸得勝援軍李金揚皆係降賊為將）詭言紳民君所厚鄉練灼君東北走斯城空空吾輩守甘言見紿各沉地月旦相邀出輕騎徘徊中道未十里兵氣如墨心擬擬回首城南鼓角哀援軍揖盜門洞開（陸李同謀開門揖盜）慚愧無顏見君父拔劍自刎呼負負（投水自刎皆為紳民所阻）紳民擁抱號且呼轉危猶賴君所圖忠孝豈獨守一隅善保此軀復此都生民萬億幸何如傷心哉仰天按劍怒氣沖提刀結束挫賊鋒先登蝥弧擐甲重荷戈父老皆相從亦知衆寡勢難敵事之濟否憑天公嗟哉民兵不成伍悍賊旌旗



密如堵杯水車薪抑何補謀定於中惟一炬夜半轟然發萬弩羣醜驚疑竄如鼠奸人報捷還冒功上憲不察誰雌雄（陸李事洩大府未究及獲奸得通賊書始於臘月正法）不願水清白石現但願甲兵一洗四海同鞠躬就部議敢言明主棄事君未克忠擬遂養親志何來羽檄重復催大帥著意憐微才（曾滌生節帥知外子賢調赴皖省襄贊營務）飄然擊楫渡江去重復丁甯勿內顧慷慨不作兒女悲商音暗發淚如注（不意生離竟成死別）旗門獻策江之南枕戈冒矢心所甘師中數月九城

復克復青陽等州縣素絲吐盡成枯蠶傷哉百病乘虛入孤客
他鄉腸百結是年弟婦雙亡病篤猶聞叱咤聲空抱丹心成碧
血嗚呼噫嘻飛鴞一去不復還江流悲咽九折鸞凰風
吹度望夫山敢辭萬里尋夫骨撫膺大慟心戰慄遺孤
號笑纔過膝西望故鄉山兀兀歸去來兮愁更愁雙親
衰病皆白頭強顏歡笑慰遲暮老親痛兒懷隱憂酸風
苦雨日慘慘那堪復抱風木感無可與言歌當哭獨我
此生多坎窞柴門冷落年復年知交縱有青雲顯尺書
不達誰見憐牽蘿補屋難三遷日撫諸孤坐井底孤兒



未識天外天昨聞吳君返故鄉雲山一路生輝光勒馬
按轡導於左親與欸欸來康莊馬遞行處春草綠揮毫
落筆流古香母賢子孝誰復似南陔之咏樂未央嗟我
終身抱沈痛巴江吳水空斷腸何如吳君秉大義著書
抗疏維綱常匡濟十策動
君聽松心竹節頓表揚春海纂本省名宦鄉賢錄復上疏表揚節孝起賢追
遠足萬古春海假歸省墓立祠復與制軍議建書院凜凜奇氣何昂藏公餘
萊衣祝且舞父兮母兮壽而康梟梟女蘿託重蔭四女締姻
照人肝膽莫可當手持斯圖命我續自慚有書未能讀
十年幽憤向誰號聊借此圖寫哀曲



井研廖平校
男光煦敬刊

# 冷吟仙館詩稿卷第六

冷吟集二　　陽湖左錫嘉冰如

## 遷居錦城

僻居龍潭洼未敢嫌湫隘黄蘆環宅生孤松鬱翠蓋及
時督耕稼除蔓理蘭蕙療渴引廉泉苦飢摘甘柰女工
導紡績兒課戒荒廢空結三遷願憂心積煩痗親故勞
訊問倚馬柴門外何以薦嘉客麥飯雜薺薤眷言有别
業終歲歛薄税外無堪延師内舍備中饋擇吉促移徙
輕車不盈載風雨不足慮諸孤或有賴上堂别兄嫂猶



子牽衣袂草木如有情婦孺懷愛戴行行復徘徊暮山
落空翠

## 答趙悟蓮

在山懷清音出谷感羈寓若榴耀丹葩芳蘭抱幽素不
厭負郭居時恐等閒度故人憐寂寞殷殷常枉顧莫恨
相識遲歲寒松柏固

## 題吳春海御史歲寒登岱圖

吳君奇氣世所稀袖中攜得東海歸歲寒獨造日月觀
神清骨冷興欲飛空際仙靈自來往秦松偃蹇攀苔衣
登高放歌眾山響吐氣十丈垂虹霓凍雲凝結散飛雪
壯遊不減韓昌黎天公破例鑒誠意倏忽星月如然藜
晨興履冰看浴日萬象變化何端倪自慚名嶽空仰止
縱有勝蹟難攀躋

## 秋懷

井梧生微涼砌花藉幽景落日照空谷虚寂曲屏冷
幽蘭鬱芬芳蟋蟀發悲吟時序感參變幃帳含秋陰

## 題吳春海御史望雲就日圖

蜀山排闥青芙蓉錦水縈帶流淙淙水光山色看不足



天香馥郁飄金粟中有延陵吳季子翩翩巾袖立花裏
燕樹葱龍佳氣多薊門風景今如何遙看親舍層巒外
白雲一片如張蓋五嶽倦遊歸思生側身北望心怦怦
彤廷丹陛崇明德
佳恩浩蕩無邊極臣下常懷捧日心戀
闕情殷熾朝夕揖别親朋策驕馬鞭絲衫影秋山下披
星戴月未停驂是處留題快揮灑屈指佳節還長安
天顔有喜趨金鑾朝罷指揮入私第親承色笑循陔蘭
南陔笙譜陽春曲梅妻鶴子神仙福紅袖添香夜著書

滿庭帶草參差緑嗟予伏雌肩黛低卜居錦水西復西杜老結鄰秋風裏帝京欽仰隔雲泥人生大義在君父承恩豈復守鄉土忠臣孝子心所同一飯不忘足千古

新居感作呈陳季婉趙悟蓮

卜居入城市勞鬱增煩思誠樸守厥舊華辯非所宜願以德潤身惟恐緇涅衣何以導孺子宿心恆淒其壁立無可依況居囂壤閒鳴鳩寄鵲巢去住懷辛酸野



意念林藪浣漱思清湍孤騫意多乖憂患何能寬幸有同懷客投契若芳蘭濡翰達性真古誼紛琅玕何以結芳鄰道義適所安忉忉鬱中腸明發起長歎

哭陳季婉

朱曦斂炎景秋風發商音芳蘭萎淸霜良木摧高岑誰爲薤露詞戚戚傷我心念彼冰雪姿纓縶鬱思深早吟黃鵠篇五內愁苦侵嬰疾入膏肓悵觸悲人琴翰藻有遺迹餘韻鏗球琳俛仰感變遷撫景胡可任旅櫬何時歸魂返青楓林落月不成夢泣淚沾衣襟

移居 壬申冬

貧居厭煩囂卜宅花溪南野橋翳垂柳古寺鄰蒼枬虹蛉對沙尾集網喧澄潭修廊環曲曲芳徑開三三喜逢疏雨餘啟戶排煙嵐詩書託淸興華屋非所貪芋栗薄有收黏簇滋春蠶茹荼未云苦啖蔗終回甘景物聊自怡林塘恣幽探

移居百花潭答趙悟蓮

未能免俗絕纖埃背郭堂成傍水隈偶闢小軒因樹築慣分曲澗引泉來山寒不減眉峰皺野曠聊容眼界開



車馬敢勞嚴僕射沙鷗巢燕漫相猜

寒夜感詠

軒窗皆面水林樾靜無譁夜久霜封瓦天空月瑩沙詩書先世業雞犬野人家光景隨時變寒梅漸着花長夜發深省花潭証宿因（往歲夢中有百花潭上花作賓之句）舊書遺教子家釀助留賓地接黃師塔居慚杜老鄰憑高一瞻仰寥落愴前塵

示兒女

俯仰悲身世辛勞鬢已斑古賢期述志爾輩莫偷閒寶

劍留遺挂殘篇理舊刪吟魂何處返心事可相關

窮通且莫問學業貴心堅汲古知無盡安貧聽自然下帷師董子陋巷樂顏淵何以報君父男兒肖象賢

送五女季碩歸張氏

大義應如此何須淚滿衣令門欣有託內則敬無違今夕雖云別明年當更歸願言好珍重臨去復依依

述懷呈繆仲英舅氏

苦竹黃蘆又隔年蕭蕭風雪暗炊煙田殊下潠難言隱



壁立成都祇自憐累重多因餘八口家貧未敢說三遷（吳仲宜制軍王子堅方伯皆外子同年屢聞被竊力勸移居省垣）中懷戚戚愁如海鍊石安能補漏天

一點孤燈掩素帷小窗破紙北風吹觀瓶久罄還遭竊（數遭盜竊皆未獲究）末石謀生詎免饑遺挂幸留知已劍空囊惟剩遺懷詩

渭陽憐我荒寒甚可奈春和未及時（舅氏退歸林下流寓蜀中）

霜柝無聲夜色淒青童不瞬聽晨雞穿墉鼠盜紛難詰學語烏雛弱且棲獨忍花殘天易老掃愁酒薄夢恆啼百花潭是湘江水叢竹斑斑也滿隄

低徊不敢問三生夙累成逋困筆耕嬌女有詩沈昨夢孤兒勉讀冀修名花含香雪詩魂瘦門繞廉泉心鏡清安得春風被原野還期膏雨滿重城

丹青引

偷得半日閒破窗供筆耒深仰玉局詩心傾趙昌繪案小費卷舒一枝六法外敢爲花傳神設色離脂黛俯仰結幽思枝葉互映帶點露綴叢蕊披風流積翠疏密畜先意神韻貴流麗生氣出尺幅毫末春曖曖耳鑒恆爭購紙同洛陽貴聊以易錯刀薄償米鹽債赤手撫遺雛



寸土虛倚賴投筆發浩歎碧筱生寒籟

送禧兒之東川

不作別離語心醉愁如泥人生感萍梗飄忽恆東西春華當努力無遺遲暮悽薄曉啟行裝晨星恍然藜丈夫志四海願與前賢齊奮勉貴日新忠信爲綱提先德愼勿忘雲程自有梯

返北鄉舊宅

行行臨古渡流水見情長綠樹認歸路青山還舊鄉諸姑留置酒猶子笑牽裳欲別轉惆悵柴扉滿夕陽

繆氏舅母薛太夫人偕趙佩芸悟蓮莊璧瑩如過訪

卜居遠城市芳徑連雲樹幽人不我棄挈榼勞相顧古稱翰墨緣神交信有數仰賴長者賢一一感知遇開軒劇清談蘭言滌塵慮何以薦嘉賓野莧雜春茹薄酒未盡歡籃輿促歸路相送各依依南山起煙霧

訪趙悟蓮晚歸即景

涼雨星星特洗埃西郊歸路少城隈喜臨流水尋源往爲訪詩人得句來村樹綠將茶社繞寺門紅向野田開天然畫稿衣無縫落筆翻憐費剪裁



返北鄉遇雨

七月七日返北鄉新秋幽曠清且涼修蘆細葦動風色豆花燦爛延籬牆倏忽雲垂雨若注肩輿兀兀如乘航疾雷飛電助慓怒涇煙滃起籠坡塘樹頭山脚尋舊路輿夫顛仆渾如盲遙跡燈光到村舍兒童笑語爭扶將登堂肅拜道契闊少婦廚下羅酒漿伯叔蒼蒼鬢髮白痌瘝病足顏靑黃淫雨爲災愁欲絕咸來爭告空倉箱側身仰天發長歎强顏歡笑各盡觴安得姜被覆千古雍雍羽翼無分張聊將吉語慰遲暮滿座悾愡神淒惶箴規諄諄教猶子無虧根本家乃昌愧我孤兒未成立空結心願何時償詹溜潺湲三晝夜坐愁行歎時徬徨諸兒嗷嗷日相待重言告別還草堂宅近少陵草堂泥流卅里人力乏水深沒脛行褰裳幸有故人官道傍日暮水阻留宿潘太夫人署中心如皎月情與長感今話舊意無限隔簾雨氣飄天香殷勤留款不忍別無如塵累紛如芒衝風冒雨賦歸去橋梁水漲何汪洋歸來穉子迎且報牆頹屋漏倉無粱古來貧困皆一轍比鄰杜老同行藏賣珠易粲日不給諸孤聽我言周行細述所見聲淚咽伯叔衰老形羸尫同根生枝有榮悴敢謂天地私風霜人生顯達不足貴五倫大義爲提綱兒曹日新繼父志門內恩義毋相忘莫作愁霖作甘雨克忠竭孝答彼蒼



淫雨歎

十日一雨如雨珠一雨十日禾稼無倏忽爲雲倏忽雨雨晴難計空躊蹰火星西流稻粱熟連年荒歉今始蘇將與秋社慶有餘天公無乃加痡痡箕畢司令傳陰符晝夜滂沱十日雨陸地氾濫成江湖朱門日夕厭歌舞賓客滿座催醍醐誰聞農家號且呼昨登新穀芽鬍鬚

來刈之穀十八九茫茫一片青毡鋪舊穀久罄瓶無儲兒饑索飯牽衣裾炊煙數日未起厨出入老幼時唏噓主人乘船坐索租縣官火急追逃逋吁嗟乎吁嗟乎天鑒下民民何辜吾民最苦耕田夫

簡彭觀察 毓芬

彭漱芳觀察子中表也留宦成都以扇索繪並述髫齡避亂隨侍太夫人寄寓念宛齋先大父齋名一別卅年同深浩歎

三十年前別五千里外人一朝忽相遇數語性情真道



故多悲喜知君歷苦辛春風應笑我坎坷困風塵

憶昔垂髫日荷衣從板輿分花呈阿母愛竹近吾廬

紙晨摹帖雞燈夜讀書浮雲一揮手往事足欷歔

烽火滿天地江南真可哀干戈人意亂風雨雁聲來月共故鄉迴花餘戰地開惟君如古柏千尺覆莓苔

斜日滿墟落雲泥一笑逢誰憐冰雪冷自覺性情慵簏笥書生蠹風霜劍化龍大江回首處萬里白雲封

擬苦寒行

朔方翳沙漠城郭滋荒涼深谷鬱陰晦崇山仰蒼茫嚴霜被重岑堅冰没河梁積霰滿叢林飄風鳴枯桑行客多落寞鴻雁空翱翔哀猿號山嵎征馬行且僵居者扃戶牖撫景意沮傷況當履冰雪資生懷稻粱所親久離居眷戀恆相望寤寐念行旅苦寒何以將

哭科芝三弟

鶺鴒集原野飛鳴何喈喈骨肉悵離居各在天之涯惟有雲間字縷縷達遠懷遠懷易寒暑代謝時愆乖商飈隕連枝開緘大悲摧憶昔辭春明送我臨長街斑馬鳴蕭蕭卅里一徘徊臨歧語珍重別路逾江淮謂言重相



見豈意不復偕弱冠抱奇志慷慨思上才敕躬苦未濟挾策屯雲雷戎馬困奔走微勳甯達材委化一朝盡龍劍空沈埋嗟予遠隔絕靈奠莫我陪數奇可奈何悵怳生疑猜吁嗟十年中傷逝淚凝穌南雲望不極長歌寫我哀

望三女玉兒未歸

梨花寒食後書寄兩三行報我歸裝便春衫杏子黃竹籬風籜解水沼露荷香薄暮倚閭望青山滿夕陽

浮雲渺何處寥闊起相思骨肉無多少衰年感別離路

遙鷗驛接月冷雁書遲兩鬢風霜早兒曹苦未知

雨窻卧病

申旦無眠聽秋雨幃幔淒淒悵何許雙眸炯炯舌本乾
心悸神馳氣如縷倉儲絕粒卧饑鼠季子囊空向誰語
斷釵典盡黃金股炊煙冷落日將午强支病骨臨墨池
筆端灑落生瓊枝呼奴將出易臼粲自愧等異王羲之

簡莊璧瑩如

萍聚逢知已清談未肯眠才多天亦忌心苦佛應憐潑
墨生華藻裁詩寄管絃璧如善詩畫塵勞原草草嘯傲卽遊



仙

中表情無限瑩如適繆小珊表弟相逢意最殷蛾眉想新月蟬鬢
似秋雲鈿筆留花影金鍼鏤篆文瑩如善繪精繡羨君雙福慧
愧我染塵氛

久仰春風筆人生快覩難澄懷天地小放眼海雲寬瑩如
出尊人少甫太守遺跡及所藏名人畫本見示珍重香同襲淋漓墨未乾有兒
成父志玉立自珊珊

此生嗟薄命往事浩無窮姊弟久云別音書近未通靑
燈愁夜雨白髮嘯秋風尚喜魚軒接交親縞紵同

感懷

蜀鵑啼春紅明鏡悲白髮花木及時榮人生歎飄忽百
歲能幾何憂心日忡忡空負盛世名淹淹就衰歇

李申甫方伯榕見訪感作

童僕應門少荆扉掩綠苔死生知已感風雨故人來申甫
與先夫舊交往事愁如夢遺孤愧不才何時承父志淸淚答
泉臺

吳仲宣制軍棠外子同年也予告歸皖以扇索繪
並垂示留別蜀士詩賦此報謝且述去思之美



皎皎峨眉月淼淼淮江流德輝耀奎壁淸光垂益州武
侯昔治蜀天威咸懷柔忠定澹名利朝無西顧憂模範
古賢則辰告宣嘉猷學校盛如林石室風化遒巡邊萬
民悅惠澤瘡痍瘳有容德乃大虛懷心休休詩禮敦治
道性理策躬修霸術陋管晏事業期伊周悵切去思碑
玉壘浮雲浮
皋夔祖言志賡歌逢陶唐野人擊壤辭亦復同拜揚公
詩留遺愛公賦詩留別蜀士和者成帙令德咸相望君子懷內美樹
人爲甘棠我願蜀中士修能愛景光莫負雨露心喜起

追明良方舟載景福錦江江水長
折柳橋邊路天空秋雁飛旌幢還故都雲樹餘光輝官
吏苦相送黎庶咸依依明達謝簪紱膏雨隨車歸令德
有賢嗣登庸繼芳徽節鉞隱青山琴鶴閒黃扉五湖騁
遊覽悠然念化機
昔我事夫子薄宦京華居農曹重司職素位保厥初出
守荷
皇澤仁德躬宣敷烽火連城闉盜賊滿江湖
國事傷盡瘁孤帆歸故墟愧彼歐公母畫荻教詩書寂



寞機杼心塊然枯池魚惟公敦古誼故舊靡遺諸孤兒
仰父執歲頒鶴俸餘死者長已矣生者銜唏噓

浣花溪居雜詠　六言

背郭緣溪小村溪流上溯江源子雲墨池相近工部草
堂對門
天空雁字無憑門掩蛙聲獨處溶溶滿月興波切切春
星如語
苔色緣添虎耳花片紅隨燕觜游絲不管春愁芳徑叢
生蘭芷

壓架薔薇延蔓一樣花開深淺人生且盡餘懽漫學吳
蠶作繭
絡索藤英欲墮池上閒門深鎖化機變看雲生嘘向碧
空淡沱
自笑貧無二頃累似深淵短綆斷釵典盡餘金誰信金
懸煙冷
月散槐陰遍地華露香分茉莉衣裁細葛如雲條脫不
勝玉臂
疏柳野橋斜渡山色空澄秋素簾鉤壓住湘波默坐自



添麝炷
望遠殷殷睇盼天末一聲南雁離愁畢竟難消楚尾吳
頭夢綰
秋色無邊清妙遺興倚欄閒眺蓼花紅過橋西一片夕
陽返照
昨夜燈花疊報破曉幽人遠造野蔬麥飯清樽落葉自
溫茶竈
一片秋煙嘘破絡緯莎雞如和重幃深閉書燈長夜補
添詩課

冷雨重陽時候人與秋山同瘦茱萸悵隔天涯風景焉能依舊

霜信未彫松竹三徑香餘殘菊紙窗燈火熒熒自課孤兒夜讀

山色浩然寥闊風摻雪花成末板橋流水無聲綠萼古香清絕

聊以三生問石我是清虛逐客獨攜詩卷歸來雲掩洞門深碧



訪趙悟蓮晚歸

數里出城郭悠然遠市囂寺間風捲磬泉激月生潮密竹隱茅舍疏花帶野橋曲隄鬱芳若歸路不知遙襟懷恆落落身世等勞勞惜與故人別歸來山月高清溪鳴水碓虛壑響松濤燈影透牆隙書聲散鬱陶

東坡生日詩爲春海御史作

眉山飛墮奎星影笛韻紫裘春夢冷奇才八代文章宗揚馬於今誰管領銅梁太史官臺諫彈章慣擬夏侯贊觀善堂開絳帳高春海設觀善堂與多士講學並祀蘇公於堂讀書樓憶淩雲岸天上瑤章五色雲一時雅集故鄉聞索詩上壽五千里錦江春水鷹龍文公生嘉祐年丙子同叔肩隨論經史紗縠行中母授書玻瓈江白慕頤紫當時王氏行新法性情褊急學術雜惟公抗疏爭存亡烏臺詩案羣姦押至今楊柳蘇公隄六橋煙雨湖水西月明赤壁南飛鶴洞簫聲裏風淒淒天意壽公名不朽我今壽公一卮酒一百四十年靜坐成仙否令我結思瓊樓玉宇中王郎賦壽詩元修酌大斗曾聞道士同學仙亦應手持竹鼺花豬祝髯叟恨我不能乘風飛上天石泉槐火通詩禪玉堂今日追前賢玉局歸來笠屐應翩翩



日本使臣津田靜素繪兼題長句以應之

國初南蘋沈畫師沈名銓字衡齋吳興人曾至日本三朝名重華夷知當時倭牌聘華國筆陣橫掃翻咸池萬金歸裝贈陸賈海上紅雲飛野馬弟子百年成土灰碑殘木冷泉臺下光緒二年閏五月日本使至蠶叢國巫峽猿啼蕭蕭風海天笠影曈曈色來同秉禮重盟會裝束端嚴垂大帶漢唐畫徧滄海開周孔經藏暘谷外蜀綾幻作羊皮紙不櫛自慚蕭穎士落筆春風胡蝶飛繁英簇簇憐紅紫三十六幅流明霞須臾點染廻春華花開花落不知歲

海風吹渡天之涯曾聞七十二島煙雲中扶桑若木爭葱蘢洪濤洶洶百練卷朝朝浴日開鴻濛又聞百谷朝宗海不波聶耳窮髮咸謳歌卽今天子號神武四夷德服輕干戈自古畫圖恆不足目極人間空尺幅寶臺畫錄渺無存於今六法誰能續愧我濡染空雲煙白描設色追前賢青空金烏重揮灑墨光畫斷天外天

## 浣花詩社歌

錦官城外西復西江橋濯錦通花溪細柳菖蒲青婀娜檻林礙日幽禽嚎江上小堂白沙岸少陵舊宅今壯觀我來結社託比鄰笑揖英靈主詩案新荷疊翠生微波水縠紅泛芙蕖窠芳華照人香沁骨清篇脫手思如何靜女淑姬抱神悟花底招涼入新句鈿筆飛英環珮低柳絮因風誰獨步垂髫女郎興更豪新聲三復重推敲餘音繚繞碧雲外響裔松末生虛濤玉尊寫露留清賞美人茗苕爲神往書盈十幅浣花箋珠箔晶簾月初上



丙子冬月煦兒入都依依孺慕見之心慽因擬遊子吟十章以記之

遊子去鄉里慽慽不忍行強顏承色笑欲泣恆吞聲吞聲悲遠別臨歧淚盈臆再拜兄嫂前阿母頭如雪踟躕復踟躕風酸征馬嘶回首揖少婦堂上善扶持千里何迢迢出門始今朝十步九回顧親舍山之椒親舍日已遠遊子腸百轉夜夜侍親側夢醒衾未展夢醒一燈在獨客愁如海上書報阿母孤兒志不改兒書未盈幅兒淚已盈掬重復稟阿母勿念兒窮蹙驅車入燕市風塵安所託投刺少知名父執半寥落寥落戀親故囊空悲羈旅漂母千古情臨流向誰語仰天發長嘯莫效窮途哭誰信自有時明發愼幽獨



## 哭六女祉兒

少小悲孤露垂髫識禮儀十三工刺繡十四能纅絲十五習染翰落筆人稱奇端嫺鮮戾咎動止咸相宜十八歸令門大義不能辭孝恭盡厥職婦道尙無虧人情多曲逆中懷結憂思抑鬱二載餘五內蘊宿疢芳蘭忽萎謝襁褓嚎嬰娩所親了不顧羸瘠傷肝脾何以慰爾靈遺雛代維持齊家失明察剛柔昧所施重泉抱隱戚俯念長嗟咨

納涼

何以避歊暑攜卷坐危石衆絲不聞聲鳴蟬響空碧開帙仰古賢煮茗汲泉液清氣溢懷抱朗吟日將夕

答趙悟蓮

半生憂患裏籌筴困僮笞鎮日酬書畫先期計米鹽孤兒恆閉戶病女怯開簾故舊如相問星霜兩鬢添

餘孽懺難盡辛勞費苦吟飽嘗兒女債恐負古人心此世浮名薄懷恩知已深青燈獨不語零淚滿衣襟

題三女玉兒繪松鶴圖



孤松蟠螭張翠蓋霜皮鱗鱗不知歲枝葉常含雨露恩鬱鬱蒼蒼引天籟下有珍禽兀相向霜翎丹頂來蓬閬聊借生綃點素毫仙風為我開屏幛

遣悶

書籤藥裏自年年日薄崦嵫凍晚煙病骨違勞遊子念吟懷幸有故人憐疏林半透月依戶孤雁一聲霜滿天古寺江村誰問訊寒鐘時盪白雲邊

十年鸞鏡鎖空帷萬事屏營強自支薄酒閒花聊遣興清風明月可忘饑寒山笑我難成偈杜老為鄰敢論詩曲榭暗浮香浥浥梅花初放兩三枝

破窗風緊韻清淒伏枕微吟聽曉雞塵甑煙稀茶竈冷瓶花影落硯屏低水寒見日池魚出樹密先春谷鳥啼雪後柴門人跡少等閒樵牧渡前溪

碌碌無奇已半生硯田筆耒效躬耕古今福澤非由命忠孝文章豈為名塾有書聲娛晚景庭涵曙色喜冬晴身經蜀道心平坦古井無波印太清

題煦兒邯鄲夢影圖

鴻濛元氣涵萬古清濁誰分天地宇三光肇啟造化開



野馬塵埃任吞吐人生百年如轉轆勞者悽惶逸者娛明哲立身重萬世進退焉能守一隅孤兒承恩去鄉井素志雖懷獨耿耿朔風蕭瑟關塞遙行李一肩霜雪冷中途旅宿邯鄲道憂心如焚愁如擣精誠致感緬前賢夢入遊仙非草草黃沙萬里重徘徊何來高懸明鏡臺風輪一轉去不息三星朗列齊三能忽然城闕隱宮殿高車駟馬紛矜炫五陵九陌多貴游瞬息光芒掣飛電道傍羽客清且閒皓然鬢髮猶童顏指顧殷勤作偈語由來色相空雲煙旅宿邯鄲夢沙漠一片左有輪載大鏡奔馳而來上

隱三星圖像右現城郭宮殿車馬喧闐傍有羽士指示曰此乃熱鬧場也復作偈語再再而醒男兒矢志登廊廟名教勳猷總樞要仁恕恆懷天地心持躬莫使他人誚聖賢自古維綱常臨崖勒馬千鈞強義眉山下早回首無須磁枕催黃粱

游仙詩二首

虛谿生靈液抗跡結精舍叢木恆蒙蘢四時忘代謝晨餐掇丹芝夕漿挹紫蔗蒼龍紹我車元鶴命遊翳羽服何翩蹮往還自閒暇長揖蕚綠華相羊三山下濯纓笑風塵俯仰發悲叱營營朱履客白晝等昏夜我心思繇



遐蹇修託神化

蜉蝣徒楚楚槿榮豈終夕青陽不我待素秋怨窮迫何如奮逸翮遨遊託松柏覓得安期術永作煙霞客緘默保心志流盼矚泉石御風自來往治生在尺宅

七夕詞

星河耿耿天無涯纖雲捧月流光華軒窗四啟聲無譁玉盤金盞陳浮瓜一庭風露生蘭芽芬芳集坐分尖叉暮靄青青三徑斜清歌彩鷁來仙槎更闌人靜風捲沙絡緯夜繅離豆花

寒夜和趙佩芸悟蓮

長宵瘦骨怯衣單帷幔淒淒燈影寒古井波澄千古恨故人書到幾回看論交志趣相投久得句新奇屬和難月上龜城增悵望百花潭水響清珊

村落無更刻漏遲素娥留影度花枝寒生葭管鷗波冷春到梅梢鶴夢知病女呻吟新料藥佳人迢遞更貽詩自憐精衛難填海百結愁腸廢酒卮

再疊前韻

野藿山葱列食單縕袍布被僅支寒霜鐘曉後還相警山月明時耐獨看杜老四松今有待韓公一字古知難



清詞錯落聯珠玉鬬富愁無七尺珊

寒氣侵人啟戶遲每呵凍手寫花枝天涯芳草空神往筆底春風不自知別緒慣傳金縷曲窮愁難和玉臺詩遙知分韻文牕裏綠蟻香浮玳瑁卮

三疊前韻

自嗟身世影形單誰向天涯問暖寒花市比鄰春自好雪山排闥曉還看鄉心空說江南夢詩讖先愁蜀道難予方八齡聞外祖汪公友梅講太白蜀道難詩寄語外郎悽然淚下爲中表竊笑豈知爲今日讖耶

家諸姊妹迴非昔日佩珊珊
培植根株認早遲全憑雨露護瓊枝功名竊看兒曹志
心性常邀長者知問字幸依青玉案裁箋補和碧雲詩
愁城打破花應笑春釀將成香滿巵

四疊前韻

蓮牀夜話擁衾單墨雨生花古硯寒秋水文章稱入妙
春風詞筆耐重看老梅骨健淸吟苦蠹木心空獨立難
畢竟笙竽歸地籟冷泉漱石玉珊珊
少陵舊宅暮鐘遲幾日江頭花滿枝千載寄居如有幸



半生多難竟誰知童奴埽葉朝開徑兒女圍燈夜課詩
暫喜春回冰雪裏屠酥宜引後來巵

寒夜翦綵

自笑生涯拙無由覓稻粱夜長雙翦冷心苦百花芳家貧
自製翦綵花以博微利倩影疑含露高標不畏霜明朝深巷賣聊
助玉臺妝
翦綵奪天工霏霞片片紅生涯嗟十指芳意鬱千叢不
借東皇力無須花信風療貧窮小技霜月隔簾櫳

春日感懷

春色滿天地芬芳繞敝廬雲兼溪水活竹補石廊虛空
抱三山願長懷尺素書有家徒壁立終歲儘愁予
蕨芽紅破土石髮綠參差冷雨梨花夢春風楊柳枝分
飛嗟骨肉患難感心知望遠增惆悵喬松映卷施
貧也非關病幽居村郭兼荷衣舒綠皺蘭笋簇紅尖流
水朝鳴碓飛花夜捲簾女工程晷刻機杼促吳縑
離緒抽難盡春山笑我迂詩魂和月冷病骨倩花扶滋
蔓刪藤葛甘飴味菫荼柴門依密樹夜夜聽啞烏

凌波詞



水淇灑雨生微涼芙蕖渡口雰粉香豔姬蕩槳煙蒼蒼
輕歌宛轉驚鴛鴦鴛鴦帖波鳴引吭秋風襲衣搖珮璫
手掬蘭若懷芬芳所思欲遺阻
帝鄉側身北望凝淚光欲語不語神飛揚綺羅沾溼誰
扶將天氣蕭瑟含淸商

中秋雨

何以今宵月陰雲掩玉盤天憐情未了人擬夢中看漠
漠松花落啾啾蟲語寒姮娥獨無語淸淚泣闌干

哭三女玉兒

繐幔飋淒風雩雨滴殘響瓊枝忽我摧痛心復惝恍陳設儼如昔嚴妝改遺像老懷胡可任撫今更追往生小悲失岵相從歷患難豈伊華芝秀忽作優曇幻今夕是何夕曦傾不復旦還顧童稺號益令肝腸斷虛室滿清塵蛛網當戶垂翰墨留遺跡奩鏡滅容儀孤鴻念儔侶悲悼情不移辰昏失次序出入空神馳蔦蘿附喬松孝恭遵婦道婉婉蘭蕙芳胡爲經霜早令淑乃不年休咎何由考慘愴無盡時天地有荒老

潘節姬楊氏生日作此以贈之



霜天兀兀秋魂冷寶鏡孤鸞弔淒影空房無人絡緯號鳳釵折股酸風警布裳椎髻良家子解誦靈光抱芳芷嫁資幸遇鍾離君初學論詩明奧旨詞翻團扇愁更愁長空獨雁念侶儔秋江浪急芙蓉悴桃葉淒涼賦柏舟屏卻鉛華三十年冰玉皎潔松柏堅並肩琴瑟夫人老繞膝冠裳嫡子賢昨朝冒雨來花溪苦更曲道聲淒淒屬我表章寄韻語慰懷白日西山西今日開筵祝母壽孤燕春風天意厚柏葉杯中菊花酒九重鳳誥光牛斗吁嗟乎人問不易爲節婦何況無兒作庶母

女婿林尙辰送女柩歸葬南充

依依復依依患難長相隨出入任辛勞左右重規儀直幹懷古道不畏霜雪欺同居浣溪上唱隨室家宜酸風胡爲來折我瓊樹枝垂老復茲痛舒懷竟何時念子失內助恩情中道乖童稺滿牀頭痛心入肝脾祖薦告靈輀歸葬南山陲馬鬣慰幽魂酹奠慨後期丈夫守厥志勿作無益悲顧我遲暮年撫爾襁褓兒悠悠泉下心冥冥難爲辭相送溯泗流行旅生嗟咨



貧女歎

玉容薄靚妝質樸素貧賤貞淑皎芳蘭流美白明盼軋軋事鳴機纏緜無暮旦輕絲若飛霧鳴梭勞皓腕悄然何所思殷勤計匹段心苦爲誰衣凝神發浩歎

乞兒行

莫道天無私哀樂恆相殊朱門金鑰連雲衢歌吹宛轉夜不虛簾衣錦繡殷屛障貂貉繡榻倚翡翠翹架列紅珊瑚七星繫寶玦長佩懸金魚紫雲硯潤碧暈鸜花機玉尺金泥書水仙綠剪不足賞蘊火催放青芙蕖氤氳

蘭麝結鳥篆火井曲引通地爐匝地簇錦茵重鋪千行
蜜炬寶樹株明燈珠絡垂瑛琚簪纓滿座歌提壺應花
鼓節傳杯孟猩唇魴尾遞濃淡椒漿蘭液供庖厨晶盤
飛雪進麟髓玉匙香滑流酪酥熊肥駝膩遲下箸小琖
錯落呈春蔬沁脾適口名難呼笑談風生意自如鸞箏
鳳管韻相叶歌姬逶迤體態都歌一曲兮千明珠金斗
刻箭轉轆轤鐏中酒常滿窗外晨星孤以夜繼日極歡
樂誰聞深巷乞兒呱呱呱呱呱悲今昔乞兒本是豪
門客肌膚凍裂衣百結枵腹三日不一食長衢大道行
不得車笠相逢自羞澁凍柝寒砧知我泣



遣懷

荒雞喔早警初霜海日遲生夜倍長舊被空餘紅錦纈
敝衣休問鏤金箱累深婚嫁愁難了緣結詩書債費償
撫枕欲眠眠不得翦燈無語意蒼茫

微茫江月隱江沙苦竹黃蘆別一家冷暖世情餘棤柮
冰霜風格見梅花故人入夢憐詩瘦游子辭鄉念道賒
交誼自來千古重倘聞葛帔恤西華

不風不雨色淒淒丹鼎無溫冷麝臍破鏡愁含千古月
幽居鄰接百花溪聊憑粉本驅煙墨慣託清吟寄雪泥
悵望外家諸姊妹海潮雲樹各東西

半生轗軻太無聊情海波深汐復潮誰道并刀愁易翦
劇憐湘竹淚難消病餘衰朽驚寒節
恩逮遺孤感
聖朝繭縛春蠶絲未盡不禁霜鬢日刁蕭



男 光岷謹校
男 光煦敬刊

# 冷吟仙館詩稿卷第七

## 冷吟集三

陽湖左錫嘉冰如



### 煦兒迎養定襄臨行誌別

松楸鳴悲風皓首空追慕涓涓潔樽俎哀哀別塋墓世
澤思構堂馨香薦微素靈明鑒在茲零淚極瞻顧孤兒
承父廕捧檄雲中路有懷將母篇迎養勞心注三從守
古則慽慽胡忍去

上堂視伯叔未敢道遠別佯言未有期聲淚暗嗚咽顏
貌日以頹鬚鬢皎白雪年荒頻歉收衣食況殘缺何以



解隱憂寸衷懷百折

予非好遠游貧無立錐地積債苦莫償田宅咸如寄食
指二百餘兼顧大非易垂老去鄉井離思紛如薺諸女
牽衣啼猶子各揮涕我淚不自持我心何能寘欲別無
所遺戒言勿我棄

知交結蘭蕙離居未盡歡患難心不移相期同歲寒一
旦遠云別執手懷辛酸會面安可期迢遞阻重巒願言
日努力偲偲戒便安念茲結中腸涕泗流潺湲莫吝別
後書飛鴻多羽翰

### 途中即目

冉冉征途遠鳴渠流水長蜀山開紫翠隴樹間青黃寺
古松風冷墓寒花雨香碑文封積蘚千古意蒼涼

### 紫柏山謁留侯廟

攀援歷山谷拾級追幽境仙蹤層巖閒架壑結構整地
僻春來遲繁花綴危嶺石室寂無譁流泉噴露井古柏
盤虬螭錯磨危塔影中有賢達人威儀隨日永景運翊
金刀輝耀九鼎進揖紫芝侶退遂赤松請辟穀有名
山此鄉甘寂屏功名乃不居高蹈一何猛勢生愧行役



遺址空仰景卻笑覓還丹羽流愚未省

### 枯樹歎

黃沙茫茫若華曆枯樹無皮當道立拏雲捉月奮爪牙
四起悲風鬼神泣飽經霜雪不記年夕陽古堠同巍然
濃陰密葉曾蔭暍意以屈曲全其天君不見丁戊之間
旱為虐兩年不雨日燻灼析骸易子嗟此邦豈惜樹身
遭剝落我行撫樹興長嗟蛻餘蒼骨寒杈枒為問河東
千里道凶年饑饉餘幾家頹垣敗壁隱蓬戶嗚嗚彷彿
聞人語病瘦老翁兀向前欲訴未申淚如雨自言身本

故家子頗有田園傍汾水火雲熾野草木枯鄰里親丁皆餓死昔年豪興游江湖歸葬骨肉還故都所親無存家爲墟孑然一身何所圖愁容慘淡兼衰病枯樹剝膚感同命少時裘葛老無衣羞向人前道名姓哀絃未終天欲暮行色匆匆戒前路長揖老翁申慰辭人力難回信有數前村野店懸孤燈當爲老翁枯樹留長句

勗兒迎抵定署賦此誌勉

孤兒謁承明五載違故鄉一朝荷
恩綸奉檄古定襄養親遂初志報我江上堂苑嚮去故



林不辭道阻長草木正芳菲川陸含清光今夕竟聚首悲歡熱中腸依戀一如昔步趨漸有章願汝守箴戒令猷懷甘棠

書梅

預遞花消息丰神筆底傳夢雲吹遂譜香雪放鐙天濃淡分先後橫斜出自然冰綃三十六寫寄石湖仙

代書寄蜀

寒夜獨不寐螢嗁金井闌遙念諸伯叔捫心殊未安步履雖云健鬚鬢皆班班季子體尤弱病足行蹣跚井竈各分析居室苦不寬歲稔聊可支歲荒恆饑寒禮經重養老非肉難加餐有子不克讀有女練筍單相隔數千里相憶懷悲酸吾兒雖成立薄俸初一官累負況紛如事齊亦大難伐檀志庭訓祿懍非分干應時強持贈力薄心空殫願天鑒苦衷松柏同堅完他年猶子歸諸父長承歡

寒夜

朔方早飛雪城郭迥荒涼疏柝凍沈響短檠寒斂光天高懸淡月風急壓清霜素被不知煖悽悽愁夜長



禧兒授邵武府經歷將之官作此勉之

男兒志四方安能久暇逸行踪計南閩道遠心先怵薄職念所司慎勿羞末秩處世抱忠信臨事戒回遹齊家重綱常出入謹纖悉白華無點辱慰我期以實子道懷厥脩千里同一室戒言莫我忘見爾知何日相送語依依別緒紛如櫛尺書勤往還舊德勉紹述

壬午送岷兒入都秋試兼訪四姊婉香

山色看無盡迢遙望
帝鄉野花開繡石溪水綠分秧鞍馬不辭遠客心愁夕

陽廿年重訪舊時事感滄桑澆津臨峻坂歊暑動行轎山迴車聲澁日高笠影圓荒村稀過客古樹獨鳴蟬骨肉同衰老悽吟河廣篇

龍泉山謡

百歲翁

百歲翁行如風鬚蒼蒼顏如童叩方術笑鞠躬平生安所適不識窮與通

東鄰女

十五東鄰女十六商人婦上堂拜舅姑下堂任井臼欲



別牽郎衣語澁羞出口三歲期不歸商人賈於外每約三年歸竟有終身不歸者妾終爲君守

題趙子昂八駿圖

奔霄越影齊收羅斷縑丈二寒生波云是天水王孫筆氣軼漢家天馬歌一馬昂嘶迴前列一馬斑斑漬汗血二三馳騁當長風龍顱豹股貌不同項鉤俯垂齕細草卷毛如董飄蓬葆鐵蹄仰天浴軟沙風鬉纚纚翻桃花踴躍驕騰奮顛怒朝秣夕刷無邇遐房精瑞應東方震神工遺貌出神駿三贏五駑不足數伯樂九方知一瞬當時天子重巡行高驤八駿天下平一日奔騰三萬里金羈玉勒今如生鷗波館中染毫素道昇六法同高步寫眞想見曹韓圖題畫慚無蘇杜句

季秋出都別後寄懷

揮手匆匆別萍蹤總莫論猶疲催曉色雁影寫秋痕違顆轉千里荻花封一村長安回首處佳氣鬱金門

怕讀鶺鴒詩浮生常別離剪燈懷舊雨撫樹念連枝去去黃榆塞依依謝草池愁多轉無淚惆悵鬢成絲

野店不成寐殘膏土銼昏夢回愁更續情切語難溫未



了詩書願空懷骨肉恩東西飛莫記鴻爪儘留痕

西園山道中雜詩

蒹葭迷秋水悠悠客路長四山圍野色孤堠背斜陽鹿脯應恆寄鱸羹待更嘗何時重握手剪燭話江鄉

落葉動風色輿夫報入山路遙秋嶂合天曠暮雲閒細葦深依闇垂楊半掩關一鞭遙指點茅店翠微間

去去遠城市山家野趣呈短衣稱健婦村婦皆短衣長袖笑書生村婦指兒輩問曰長袖者皆讀書兒耶瓜豆隨時熟衡茆率意成此鄉眞太古小住覺怡情

客夢惺忪裏心懷隔宿程出門燈尚在問渡月初生溪女靜臨流老翁閒課耕塵勞應笑我僕僕賦宵征

輕裝無一物車馬識清貧千里有歸騎四山空向人鴉噪爭驛樹犬吠識居鄰杏葉紅如洗還疑二月春

夾路石如削稜空山插翹松陰延仄徑澗底露危橋人馬一繩直牛羊千仞騎牛羊皆牧峻嶺此生經閱歷險阻不辭遙

山坳隱茅店藤葛綠紛紜甕牖擬圓月蘆簾披野雲酒樽聯社約燈火隔鄰分爨婦頭如雪途長慰問殷



得得任鞍馬宛延一徑通風淒蘆泊白霜飽柿林紅入谷山行僻支梁穴處工幸哉秋有穫秉穗積牛宮

山峯侶無路楓林露半村樹根權作几葦箔便遮門柿酒拚錢醉榆羹乞火溫揮毫記風土留驗爪泥痕

過龍泉關

壁燈熒熒天未曙僕夫促駕出村樹亂峰攢攢青接天懸流千尋飛瀑布石梯險滑級不分健馬力爭下蹶處長歌行路關山難蟻緣九曲雲崖開星精搖搖仰可攀積雪耀日秋風寒馬蹶碎[illegible]人力竭一關橫界長天碧我思開山煩五丁鑿穿石穴通青冥又欲移山效愚公眼前障礙一埽空吁嗟乎所欲安可得不若卸肩且休息

返定署

積雪曉濛冥長隄響馬鈴征途資考古林甥同行能强舉山川源委學喜研經甗兒道遇險阻仍執經咿唔客路催人老秋山爲我青晉昌何處是遙指隔沙汀

天地浩無私村民感惠慈煦兒出迎於郊父老聚觀且交頌之山頭雲脈脈草腳雨絲絲老馬識歸路奚奴通小詩喜逢花滿座



時秋菊方盛 庭竹長孫枝適得女孫

送林甥需次太原

日午定風色積雪皚林邱馬鳴何蕭蕭之子促宦游惓惓不忍別慽慽中情紬丈夫志四方所親安敢留相依十四載寄託忘我憂念爾失怙恃撫慰愧未周立身抱忠信耿介誰與儔悲風摧瑤枝愀然失唱酬三女性最溫良傷哉永不滿吾重恩義遺挂恆悽愁子能識之無女解職勝饈內顧且勿慮善爲蒼生謀令德繼先哲有守思有猷努力惜春華去去乘畫輈吾衰能幾時霜鬢撼素秋暇時

當來歸望遠心悠悠

望二女懿兒暨女壻袁學昌書不至

寒檠粲紅藹音書諒無梗高秋天宇凉星漢光耿耿披襟坐達旦霜逼簾衣冷人生有別離骨肉異鄉井喔喔荒雞嘅塵夢誰獨醒

哭婉雲七妹

鬱鬱連枝樹秋風忽吹折回憶垂髫初京國牽衣別已未余隨宦江西妹尚髫齡相望思悠悠骨肉各異域十二習禮儀十三諳紡績十四工點染十五善琴瑟阿母最鍾愛相攸



求里戚令門故相當差池竟未及沈郎郁文采皎若雲中月投以金翠翹報以瓊瑤玦脈脈結情義戚戚商音發二豎忽爲災誰爲補天缺妹許字沈君仲復之子庚歲妹倩以喉疾殤妹即歸沈氏守貞長跪白阿母未語淚迸血生當守空幃死當葬同穴大義難爲辭湘竹留勁節阿弟不敢阻素車行决絕天地慘不暘悲風爲嗚咽上堂拜舅姑下堂廿冰檗孤燈恆青熒獨雁唳迴雪玉碎雲不流鏡缺鐲芳澤淒凉十四載煢煢餘病骨魂兮或有約生天赴佳節妹逝於中秋恤緯獨全操清芬照吳越南望空嘆嗟淚落雨珠綴

冰花

春風難着力生意自微茫枝葉鏗寒玉胚胎蘊絳霜水清花骨峭雲冱蕊珠凉色相還空相盈盈迎曉光

和蕭太夫人宗婉生寄懷原韻

半世嗟生拙詩書獨慨余歲華驚過鳥尺素詠烹魚鼓管灰飛候長至後一日奉書一樗牕月上初草堂懷舊隱榆塞感新居阿霧開鸞鏡侵霜御象梳惠頒青鏤琯句綴白英琚夢想清標迴心傾俗慮除烏絲闌錦繡螺黛勝璠璵蒙惠詩函筆墨牋筒投李慚瓊報吟梅和雪咀晉陽知已戀蜀國



故人疏川中趙佩芸悟蓮皆閨中契友契結塵氛外芬流浣誦餘中興懷左陸昭晰憶王徐詞筆健于我母儀賢仰渠何時親玉咳積愫浩然舒

望林甥未歸

報書期月還如何復中止駱馬趨梁榆駪駪眇千里敝裘風雪中登山復臨水念爾行路難鞅紲殊未已歲晏胡不歸昨夜燈花紫

述夢

蓬飄歎身世聚散恆難量魂夢不辭遠煢煢還故鄉嶃

崖嶔已度不知巫峽長宛然芙蓉城背郭煙蒼茫花柳隱臺榭藤葛延籬牆鷗鷺舍南北菡萏盈方塘徘徊披綠陰意愜神洋洋老僕喜見予蹀躞奔告忙姊姊出門迎猶子爭扶將殷勤道契闊問訊來殊方入我冷吟閣登我舊講堂長女前致辭零淚沾衣裳少女益殷眷依依復惶惶撫慰意未申嗚咽言難詳諸孫繞衣裾婢媪羅酒漿鄰里各相訪車馬盈道傍遠行千里歸此樂甯尋常悽時雞三號斷夢遺方牀木落風蕭颼燈火熒寒芒人生信夢幻哀樂誰兩忘離合百感併起坐神沮傷



望林甥書不至

從公日已邁淹留人未歸雨餘菜甲長風際榆錢飛節候變春服行役思客衣尺書胡不至塞雁北來稀

述懷

清貧安所適率性抱貞素地僻斂繁靡治理循軌度泛覽窮世情淡泊消俗慮俯仰聊復吟好風入牖戶

望禧兒書不至

浮雲日悠悠山川閒南北游子滯他鄉緜邈無消息豈不戀衰親烏私耿胸臆豈不念同懷寤寐想顏色川塗有修鱗雲路有征翼胡為書不至令我心轉側

喜子晉姪運泰南來

嗟我骨肉星散如雨命運蹇乖凄風異處三弟歿後三弟媳攜諸孤由晉南旋南望江表亂離脩阻中懷眷念邈焉莫語悠悠我心纏緜絲縷荏苒流離倏忽廿載雲山閒之江河縈帶不辭路紆快此良會幸子已冠嗟余衰邁負劍依依今昔一慨戒言厥脩弗爾懈怠勉承祖德否窮啟泰



夢訪趙悟蓮寄此代柬

慽慽鬱中懷相思縈寤寐意行無千里山川列如繪故人居未遠忽已造門外剝啄容登堂房廊舊留屆導我入蘭室几案宛爾在握手兩依依悲喜集五內塞梅方著花淡月雲靉靆酌我郫筩酒酒波潑濃黛薦我青精飯淡中識眞味告我時世艱古道久蕪廢贈我白紈扇報以蒼玉佩責我久契闊三載不一會斂容重致辭薄宦如負債雁門風沙多荒磧少耕耒小子抱廉約遵氓戀仁愛歸隱未遑計歲寒且當耐心願何時償相對惜頹邁俛仰生唏噓朝曦粲晴靄飛鴻遺遠音推枕失情

話起坐搴羅幃寒飈驚虛籟

懷季碩五女

有女有女如寒萼珊珊清影腰肢弱含情挾思眉黛長病骨嶙峋矯立鶴霜風寂寞紗窗寒南枝消息巡簷索索笑枝頭爲寫生郎君風格稱雙清浣花谿上林塘好念我應知憶汝情

答李若昭夫人寄懷原韻

同是天涯感歲華宦游萍梗暫爲家輕拋舊憶還成憶薄有虛名不足誇舊雨情殷詞當簡春風夢好筆生花



璇閨遙想人如玉團扇輕裁越女紗

久旱望雨

何以慰民望憂心日不遑火旻團積霧風色扇驕陽禾稼偃平隴塵沙接大荒土龍壇早闢赤籙聽琅琅

甲申五月患喉感作

下不病我足上不病我頭何來鬼蜮惡虐當咽喉含沙射影弄伎倆鬱蒸厲氣相扇炷扼我要地意不測渺我大德滋陰謀天池漱液不得下華蓋壅遏關隘愁豈能聽汝恣盤踞賢路閉塞思有瘳欲借霹靂五雷火驅擊魑魅無餘留欲乞楊枝一滴露肺塵十斛清甘投攻之鍼砭慮破腦欲餌金石妨逗遛左右躊躇作中骾鑿者首鼠盾刺矛力主和解誠時流吁嗟乎和解漸釋然眉憂養癰貽患非良籌

哭繆小山夫人莊瑩如

盛衰當及時中斷豈云數悵悅縈襟懷寢興頓失度同心感離居晉雲望燕樹念予含淑德四美無不具茂齒方未晞噩耗疑傳悞悲風胡爲來開函驚遠訃夙好追昔游零淚如雨注蒼蒼何忘情降祥竟無據生天太匆



匆愀然煎百慮舅姑揮老淚良人闕內助嬌女失所恃哀哀向誰訴感此熱中腸歎逝空北顧神傷辭莫達終古餘追慕

述事

亢旱煎百慮朱光日曖曃頹雲時作陰乾風搏塵壒父老生唏噓山民廢耕耒二麥未登場秋穫安可賴願誦土龍辭虔禱先齋戒步乞清冷泉朱陽當路曬七巖盤游龍稽首汲寒瀨照兒請水於七巖山歸來拂星壇申籲至再再大纛懸陰符飛龍繪旌旆手持雲篆書心香結沆瀣至

誠感神明密雲潑濃黛疾電掣金蛇怒雷走靈怪飛廉傳號令甘雨油然沛禾稼轉生機慄懷一時快三農慶有秋何以答神惠奔走弗遑息事定形勞悴溼熱內鬱蒸客邪感積痾靈府盪清虛煩疴欻然退鄰境猳兼治庶政敢少懈（時熙兒兼理靜樂）歸期秋月圓思渺重雲外愁霖何濺濺十日九陰晦草木鬱葱蘢牆壁時崩敗屋漏不及補官舍守湫隘行者泪泥淖車徒苦狼狽高阜尙告成平疇久滂湃苦樂那得齊顧盼生吁慨亢陽動有悔否往恆占泰



久雨

白日久藏匿山川瘴氣羅殷雷崩夜壑積雨葬秋禾饑燕遠飛怯延蝸行篆多藤蘿轉相媚裊裊附喬柯庭寮人語寂簷溜獨潺潺潦水漲秋渡壘雲堆暮山闕心田稼澇失意砌花殷願卜天雞唱朝曦開霽顏

喜晴

庭坳深積水寮綺耀晨晞花韡纚紅影雲空露翠微嬾鳩朝拂羽倦蝶晚烘衣夭意憐禾稼陽光滿甸圻久雨苦淫澇朱陽豁衆心菰蒲分水界苔蘚上牆陰蟢子裿殘網蜩螗發朗吟開軒當遠岫幽思愜鳴琴



壻　林尙辰校

男　光煦敬刊

# 冷吟仙館詩稿卷第八

冷吟集四　　陽湖左錫嘉冰如

攜林仲蓉外孫女就醫并垣途次即目

晨興懷征途朝晞霧新沐望遠心悠悠駝鈴聲斷續柳陰籠驛路禾稼滿平陸秋實方登場牛羊集野牧因兹念高阜極目傷蕭肅山隴多荒蕪雨露豈私屬膏澤自生滋天道惡暴酷

太原秋夜

倚壁燈如豆宵長夢未安并刀愁不解山月倦相看縛繭傷身世飛鴻振羽翰鄉關何處是涼夜露漫漫



周石君太守天麟見過

宿歲識荊州匆匆悵去留（辛歲過省匆匆一晤未及深談）感時千古淚（先夫與石君交好）話舊一燈秋義重交情見心清詞筆幽月明動歸轄涼露滿庭浮

石君夫人蕭月樓世妹宿歲在都久欽閨範一朝握手情若同懷因陳短句以申感慕

把袂逢今夕知交已卅年吟懷和月皎（著有琴語詞鈔）神采信天然慨我心情苦多君福慧全騷壇容附驥翰墨證前緣

訪蕭太夫人宗婉生不遇

浩浩情天長知交感離散璇閨空仰止三歲懷殷眷詩書徵夙緣倏阻生遐怨今兹客并門欣欣遂所願驅車訪舊廬秋風閉庭院紫豆閒著花行跡滋香蔓躑躅立路隅長袖垂絁縵鄰嫗步蹣跚短衣不至骭指話賢母子前月發陽縣責我來何遲參商苦不見蕭然返寄旅新月懸一線申函報故人北渡勞征雁春風期再親杖履祝請健鬱鬱結中腸悵惘與咨歎



哭林仲蓉

最憐嬌小最關情玉砌蘭芽看長成何事聰明天獨忌賦他靈慧靳長生

書燈繡譜尚依依一縷芳魂何處歸殘喘猶存還念我彌留字字慰重幃

追思轉展淚如絲病骨嶙峋苦不支藥竟悞人人悞藥悔教車馬費驅馳

雪風淒瑟促同車埋玉無情慘不攄佛果仙因渺難詰痛揮老淚撿衣裾

北風行 為林甥小敘復別感作

北風刮地飛塵沙客中作客何爲家相迎相送復成別塵勞兩鬢增霜華荒村獨夜數寒柝恐亦難免生咨嗟嗟予暮齒感聚散兒曹志遠爭脂車大兒遊宦福建海氛方熾音問不通四兒從軍山海關外人生識字憂患始東坡所慨良非差何如田家有至樂春桑夏麥秋壺瓜在昔舅姑留吉語道予晚景娛煙霞每自曠懷效明達無如別緒紛如麻歸田有約定何日骨肉散處天一涯無聊且聽稚子語堂北已種忘憂花



寄懷蕭月樓

鴻爪泥痕又一時自悲兩鬢早成絲感君念舊情如海回首并門繫夢思

老去心情感慨多種情入世奈情何版輿薄俸家迢遞歲歲關門送雁過

知音惜別感參商只隔重城路已長安得夜窗重翦燭詞源詩律細評量

懷祥兒林甥

離心如日月昕夕向空懸宦轍關山迴戎衣霜雪寒思親懷寸草祥兒從軍北上痛女萎芳蘭林甥攜仲容柩返籍何以慰遲暮加餐且達觀

雪中卽景

萬籟寂無語璇花暮益稠空明連大漠虛白隱層樓訪舊迴詩櫂消寒檢酒籌早春懷故國梅訊到江頭松蓋偃枯綠飛花綴玉毬鎮犀圍幙冷凍雀抱枝愁誰埽袁安宅遙憐蘇季裘小牕閒炙硯詩思轉深幽

畫梅口占

冰心鐵骨老煙霞蜀水吳山何處家鄉思如雲流不斷雪窗隨意寫梅花



寒夜得蕭月樓與烏拉扎桐雲兩夫人書感賦小詩藉以作答

北風撼窗紙塞向味寒寂離緒紛如芒兀坐但守默青鳥不辭遠翩躚落雲翮故人情意長迢遞寄胸臆中函蠟炬紅墨花浮黛色上言久別離下言長相憶知交感參商良晤安可得念予夫壻貴古幹皎松柏念子太瘦生辛勞職內則兩賢不我遺同心悅芳澤因知悱惻懷名族等閥閱豈不雲路翔宦商各異域人生懷至性離

悃料難釋願子時加餐珍重衛朝夕和鸝生春風景福自天錫嗟我就薄養對案每忘食朔方多風沙傳舍後偪側平生有姊弟宦轍異南北兒女雖成行出門雲水隔天涯念骨肉音書常梗澁緜緲難忘情望遠心常惕況復秋霜零芙蓉萎芳節

林孫女仲蓉才德兼備自幼相依殤於秋杪

觸目懷感傷忍淚不成滴將老遭茲痗日促鬢絲白何以報知己儀一心如結夜深硯冰凝過雁送風急紙短難具陳月落曉天碧

寒夜懷祥兒



庭戶寂無語寒花茁短檠杌温前夜夢月共異鄉明凍柝沈疏響家書計遠程天涯有游子迢遞不勝情

乙酉元旦偶作

今夕是何夕華燈發滿枝屠酥宜後飲旛勝更相貽臘鼓祈年樂郵筒寄遠詩春歸在何處斗柄已先知

兒曹還守歲我獨夢天涯鏡聽春風語燈聯隔歲花祝釐懷骨月撫景惜年華西望三千里江梅水閣遐

首夏由定襄赴絳州卽景寄兒媳輩

出郭延清矚飛雲戀故岑有懷憐小別觸景動微吟風起麥差浪日中松斂陰今宵何處宿村落度疏林

送林外孫女孟乙姊弟至絳州途中作

荏苒迫桑榆馳驅不遑息晨裝促塵鞅夕宿投荒驛自憐情所縛展轉留鴻跡風萍倏離合眷顧邈難釋念茲百慮交時序感遷易胡不效明達保生守元默

幷門訪宗婉生

頻年空仰止悵悵隔重城鳳紙相思字魚軒信宿情感君如夙契愧我負虛名同調憐知己蕭蕭白髮幷

靈石至洪洞道中書所見



巾車行處雨霏霏澗水迂迴護石磯託鉢野僧依古刹一聲清磬曉雲飛

風翻麥浪卷平畦雲樹蒼茫汾水西笠影初圓人意倦半山村落午雞啼

行穿霍太望河東斷岸危崖曲曲通夕照亂山最高處孤松倒偃寺門紅

亂蓬稠疊鬱崔嵬衮衮飛塵撥不開石竇是誰穿鑿破故教車騎費遲回

野水山村入畫宜郊原春盡柳垂絲板橋私語問流水

驢背人多可解詩

看山收得畫中詩無那山靈笑我癡老樹心空渾不死
獨撐高幹庇孫枝

登韓侯嶺

山旋百折青無梯攀登蹀躞勞馬蹏碎石犖确如布棋
屏障稠曲森矛鈹轅駒局促遵古轍鞭聲應山驚霹靂
欲上不上爭喘息毛鬣如氈汗凝漬下有清溪百尺不
見底上有石梁一線延鶴脊吁嗟乎山盤盤車當關八
荒俯矚生長歎世情好艱險直道良獨難



過韓侯嶺感作

關門當落日峻嶺鬱松楸古道同今轍新詩弔故侯酬
恩懷一飯高塚尚千秋帝業今安在長陵白露秋

霍州題壁

山泉鳴暗澗蒲藻綠交加行客閒題壁村人學戴花炊
煙生野店輪鐵碾飛沙笑我勞仍逸微吟過水涯

答季碩五女豫章行

久別思萬端感深腸百結時序易變遷山川感契闊山
川渺以緜日月恆經天憂思如日月晝夜空往旋

女蘿何鬱鬱迢遞戀春暉春暉日以邁愁思當告誰骨
肉天一隅譬如懷苦饑懽會當及時景光弗我羈

林仲蓉沒後忽忽經年賦小詩以攄餘痛

夕陰旋朝晞落木經春發感此悼妍姿竟委芳塵滅篋
笥有餘繡翰墨空陳迹嚴霜復九月（仲蓉沒於去秋九月）臨風淚
沾臆

殘夜

榾柮煨爐感昔年老懷悵觸慣無眠瓦簷霜重風敲鐵
落落晨星欲曙天



夕扃戶牖當封函斗室煙濃篆蔚藍更鼓促殘紅燼炬
攤書獨與古人談

留別孟乙外孫輩

浮雲日翱翔悠悠安所適歲暮促車塵庭轍留鴻跡同
爲骨肉親兩地苦相隔（由絳赴猗此聚彼別）此情誰當喻眷戀中
懷結臨別哽無語忍淚強顏色我還猗氏城更念絳州
三年哀苦行邁撫景惜頒白努力愛春華良書如咫尺

由絳州往猗氏途次題壁

極目曠千里飈風捲白茅野寒羊聚澤樹密鵲聯巢人

譁喧前渡墟煙出近郊暮年苦行役難解子雲嘲

丙戌元旦

萬家喧爆竹曙色啟鴻濛柏酒浮粱碧桃符篆朵紅事微聊寫意春好喜占豐望遠臨佳節天涯骨肉同

春曉

星芒斂將旦曙色冷晴空疊障翳天碧明霞襯日紅柳絲牽客緒花信遞春風時序隨流轉淹留感雪鴻

望雨

久旱望雲霓登臨矚遠曠浮雲自卷舒羅列見青障落



日浴明霞繁星勢若抗甘雨何從來仰天益惆悵

郇陽官舍即事

宦轍隨迎養郇陽負碧岑訟閒敦古處小兒擢篆以病來案牘漸減減慳微吟望遠停雲意占年課雨心楹書留舊澤析荷是宦箴

傳舍愁經雨雨來翻百憂繞牀支屋漏倚枕數更籌漸入書幃潤頻煩晝幃收藥喇增數本花事費綢繆

天涯多骨肉未免思盤紆春入關河遠書來歲月徂加餐誇老健弄筆笑情迂頗羨閒縑楮朝朝償畫逋

晴光明戶牖新翠茁山田雨破連宵夢春留禁火天扶花看蟻鬬飼葉驗蠶眠老至心情異偷閒聊自便

雨後

蔚藍天色映晴虹漸覺新涼入座中嫩綠娟娟叢竹外野荼蘼作亞枝紅

溼雲滃樹未全開細草抽心滿砌隈燕子晝眠簾幕靜槐花如雨點蒼苔

涼夜

夜分不成寐出戶步幽皎秋漢涼欲波下弦月初上微



露沾衣襟徘徊自清賞蟲語如有情和答遞餘響

即事口占

雨餘纖草鬱青葱貼地閒花別樣紅小立槐陰看蟻鬬卻將勝負問東風

欺人霜雪鬢生華珍重桑榆莫怨嗟自笑老身閒不慣雨餘扶杖課栽花

留別猗署四首

贈竹

交何思玉箏龍寒春雨移來竹數竿自抱虛心甘耐冷

且留清節待人看

留茶

二分霜雪一分沙綠葉重重裹玉芽傳語吳奴休摘盡
好傳清白在天涯

撿書

得失無關意自如暮年情況惜三餘官齋長物吾何有
一束吟毫一擔書

題壁

雪泥偶寄總因緣老病馳驅歲屢遷去訪絳人論甲子



太行深處當林泉

雪中口占

同雲布四陲地氣氤氳上乾坤頓闃寂山川白泱漭紛
紛六花出籟靜塵襟爽空明結暮寒虛室益幽敞對茲
念故廬梅㡯廢清賞何日挂歸帆北風吹五兩

冒雪赴絳縣

三日汾濱雪山川同浩然征途猶逐逐心境自涓涓歸
隱定何日先春知有年誰憐歲云暮初度藹峯顛季冬廿五
日道出水頭適予生辰
行役未已幾忘之矣

赴濟源途次臯落鎮

青山盤盤高插天簇輿曲附如蟻旋亂石羊蹲復虎踞
瀑流千尺懸飛泉暮年陟險不辭遠天涯骨肉情纏綿
春風居然在空谷野花夾路生紅嫣眼前景物足幽賞
令我怡意忘攀緣夕陽欲墮僕夫瘁野店隱約前山顛

袁子庚甥莊芷卿甥女昔在江右數載相依別後
每縈懷想丁亥春煦兒自猗氏移絳縣子庚仕
於汴適宰濟源相去三百餘里遣使相迓遂令
岷兒侍往以慰廿年離悃久別重逢悲喜交集



爲賦二詩

憶昔遠別離愁無相見期予滯漳水濱我歸蜀山陲漳
水何渺綿蜀山多崟崎分飛邁時亂存亡安可知哀猿
峽中嘯杜鵑江上悲事畜百憂集積痗傷心脾念予慰
別語刮目待孤兒孤兒方總角羸瘠如懸絲煢煢廿餘
載悽苦難爲辭故舊音信斷骨肉天一涯結思感夢魂
倘怳親容儀

情極緣乃生宦轍結比鄰之子敦宿誼素書卅六鱗命
駕趣前塗逶迤越山垠不辭太行險快此宿願申握手

展契闊悲歡語雜陳相對怱如夢熟視乃信眞丰度猶疇昔鬢鬢見苦辛兒女半隨肩濯秀孫枝新依依話昔年敬愛情彌親嗟余迫桑榆子亦非芳春嘉會豈有常寸陰良可珍

橫嶺關途次寄懷袁子庚莊芷卿兩甥

萍蹤偶然合雲水易分張別興還清濟歸輿已太行碧霄迴雁字紅葉趁螺綱回首望城邑秋山滿夕陽

途次卽景

鳥道回環繞翠微寘濛曉霧溼征衣松陰小憩日初午一徑野花黃蝶飛



葦澤寒蘆閒白茅登山臨水晚秋交數行征雁西風裏新月迎人出遠郊

和吳春海太守延慶寺賞牡丹原韻

霞朵頻紅霧朵黃廿番花信着天香玉堂人倚春風筆管領羣芳謁梵王

檀雲祥捧日華開禪院風清絕點埃莫訝精藍花倍好苾芻分得妙香來

苦寒行望禧兒不至 戊子冬禧兒以知縣入都引見紆道來省

羣山積雪凝清光八荒同雲冬閉藏羲御紆回燭龍匿冰花瑩樹寒生芒兒童好動齊束手老嫗佝僂行且僵披裘圍爐坐生栗俛懷遊子心傍徨報我歸鞍趁隹節計程今日當登堂胡爲淹留久不至倚閭勞我時相望憂心殷殷不我釋還疑雪阻川無梁不然崔巍困改轍高岡我馬愁元黃伊余筮卜並云吉蘂花纍纍呈其祥呼奴掃榻治杯酒願滌百折相思腸大行沍寒日栗烈四陲暮色來蒼蒼



讀季碩五女桐鳳集

生小恆依隨遠別鬱愁思淵淵秉靈性婉轉託微辭展卷動悲惻掩卷復嘆噫淑愼自勗勵勿爲俗習移骨月久暌隔良晤安可期在予嗟頹暮念子多參差南望默無語零淚泫如絲

寄四兒

遊子遠行邁淹滯江之湄欲濟無舟楫進退頗多違少小遭孤露疏縱缺規儀撫膺當內省修身防自欺窮達信有命百卉各順時勿羡早綴秀當念歲寒枝努力效明德慰我遲暮思

聞岷兒捷南宮賦以勉之

杏林春暖花滿枝泥金捷報驟馬馳蓬居有子讀父書慰我頻年空倚閭自笑林椿一株老家聲繼起苦不早昔年送子入長安壬午送岷兒入都鄉試於今走馬長安道歌咏霓裳

金殿開宮袍燦爛覲

天顏殿試謝恩後各賜表裏一端携來

御賜紅綾餅朝考殿試均有賜紅綾餅糕即古紅綾餅也自謂名慚玉筍班昨夜寒燈新着花可憐白頭望眼昏客秋曾獻長楊賦倖步蟾宮踏桂華岷兒戊子舉於京兆禮闈蕊榜臨春風今年屬望去年同誰知古劍得所用亦能吐氣作長虹回首孤燈課茅屋鳴機相和寒更促書卷愁心二十年丹青易米三千幅昔貧甚以畫資作生計煢煢茹苦誰與倫卜宅三遷憶孟隣未得成名報

君父何時效用思經綸成童能賦謝池草初入泮宮採芹藻岷兒十六入泮秋風文字屢見顛探花每羨青年好古今遇合自有時志士不憂長數奇莫言貧賤常如此覆簣成山須與耳莫言富貴有可期窮經皓首終於斯男兒立身當自强禮門義路任周行正直不為威武屈謙光應戒接輿狂努力崇德保性眞玉汝成材多苦辛論交莫近游俠子處世常欽老成人以玆勉勗思悠悠感今悲昔不自由人生忠孝為根本我今於汝無他求京華甲第望紛紛得失升沉何足云正逢

天子聖明日猶當匡濟立功勛



太原郡署賞菊留別秀娟女弟子

飼鶴亭高放眼寬參差叢菊護迴欄金風香折黃金縷玉露涼擎白玉盤皆菊名傲骨獨標留勁節素心半吐識輕寒清樽雅集今何夕明日征塵路渺漫

曉行

滅燭出茅店平原眼界寬明駝聯水次候雁響雲端殘月隱叢薄清霜增曉寒遠郊連古塞客路思漫漫

返定途次

客中仍作客歸騎引秋風山矗千盤阻車迴一徑通狹花和露白杞實飽霜紅子舍在何處邊城烟靄中

六十自壽賦以示兒輩

庚寅庚寅花甲周長庚有靈為我愁平生志願未能遂

落落寞寞霜滿頭春冰凜冽燭煇耀冷吟主人復啗笑
盛衰哀樂本循環遇合古今不同調嗟余半世多坎軻
酸風苦雨嵗消磨三十年前一回首至今擊筑與悲謌
人生勞碌如轉軸我今得福常自足名利紛紜那得休
蕙帶荷裳美初服風光荏苒六十春不援富貴不羞貧
賦詩每懶吟情舊看花恒覺嵗華新今日稱觴祝我壽
兒輩趨鏘進春酒何須乞年天與齡種德自然福祿厚
世人立身苦不早我心仁恕以爲寶倘有靈丹能駐顔
長與天地同壽考



成都顧印愚總校

男光煦敬刊

顧印愚印伯

品詩記室論風始有婦人焉推繼軌龍漢西京二百年
團扇一篇酤蘇李（語見鍾嶸詩品）後來作述與斯文唐宋而還
流別紛誰云閨秀齒方外例以自創非前聞斯干占夢
議酒食易謂婦言居四德詩人開卷見周南芣苢葛覃
誰組織温温恭人令女宗立德不朽兼容工言爲心聲
寄豪素格律復擅前賢風左家嬌女蘭陵里婉娩鹿車
相夫子西江符節箸舂陵臣竭股肱繼之死山頭化石
望生還藐兒諸孤哭玉棺碧血竟從江水逝白頭誰問



夔門安瞿唐西上穿巴峽素旐銘旌舟一葉儆盧辛苦
就龍潭宰樹蒼涼封馬鬛賣珠易米補茅檐箴燧雞鳴
子職兼畫水筆偕耕鑄刈課書膏並紡燈添百花潭北
溪流沘幾載經營草堂啟市遠因知孟母鄰居人省識
鍾家禮緣江路熟倪青郊（用杜句）經社論文記訂交（戊寅己卯之閒始與蜀章訂交時恭人女壻林尙辰張祥齡皆同肄業尊經書院）驥子鳳雛俱秀發
數觀手藁出謄鈔十年回首登堂拜更託葭莩展情話（蜀章皆楊氏玫珊昏芮氏皆印家舊姻也）忝作陶家座上賓幸聆曹母閨中
誠聞道安輿度雁門宓琴政美說晨昏豈知故國違千

里吏喜新篇得重論晉祠碧玉遨行客駒藿縶維永朝
夕矜嚴唐韻檢烏絲商畧宋詞參白石柏舟高節照鄉
枌餘事猶堪敵左芬何止斷章傳雪絮會看雕版襲香
芸我承定本披吟再四十年中心事在荻苦篁悽晚燕
甘知人可與論千載頗聞繪事重扶桑日本歸帆壓賫
航此卷流傳定爭購葩經足利並珍藏日本使臣津田靜索繪詩見集
中



平與蜀章同學復與同列賢書時居京師以太夫人詩
詞囑為校讎並令為之序平讀太夫人詩生平境遇如
披圖可指證之昔日聞見固有同辭也歷境變遷而題
館命字亦因之而易焉誠恐事實不詳無以見作者之
意平不能詩與蜀章交契有年深知太夫人事實敢以
聞見所及紀其顛末云光緒庚寅五月井研廖平敘

冷唫仙館詩餘文存

冷唫仙館詩餘



詞爲樂府之遺興於隋盛於宋非諧音協律難爲詞咏黃鐘不可先商調商調不可與仙呂相出入此定法也至於體派則因性而成溫韋艷而促黃九精而刻長公麗而壯幼安辨而奇皆各擅一家之長不必拘體派而體派自成詞家相沿以來體派大畧有二一婉約一豪放大抵以婉約爲正取其不失詩人溫柔敦厚之旨也古之閨秀長於倚聲者惟李易安爲詞家所不逮巾幗中鮮能繼者太夫人之詞意在筆先聲叶字表加行雲卷舒流波跌宕良不易得緣其性情醞藉故能以婉約出之而又得玉田清空之旨不必從追琢中來自然流露無不合拍斯亦奇矣庚寅仲夏廖平謹序

# 泠吟仙館詩餘

陽湖左錫嘉冰如

## 清平樂

### 寄懷諸姊

揉紅翦翠春漾簾如水簾隙度香香欲醉香影被風篩碎　翠絲茸帽重幃銀屏界破愁圍長記別離時節江南草長鶯飛

## 憶仙姿

### 贈隣女

玉滴香渦紅靨犀管試描春色簾底好年華每到花時相憶相憶相憶深院月斜風寂

錦字機邊紅女拾翠年時芳侶相送小蓮彎抱月飄烟無語無語無語暗織春愁如縷

## 菩薩蠻

### 秋閨

綠蕪倫長閒庭院簾波半窣銷香篆玉甃海棠絲紅香三兩枝　晚風垂罘罳小遲(去聲)輕衫薄誰翦玉瓏玲竹聲鏗畫屏



月明如水虛廊靜玉繩低亞珠簾影庭院嫩涼天花枝瘦可憐　枕香紅印粉夢懶愁無準銀燭冷棋枰秋窗夜夜情

## 前調

### 春閨

曉燈明滅春寒重暗風吹破離人夢夢斷意闌珊淚珠和粉彈　鏡波寒漾綠對影空棖觸纖手折紅蘭怕簪雙鬢鬟

井闌曲曲梨花院羅幃疊疊和愁捲紫燕乍來雙棟風春晝長　暗塵吹隙影往事何堪省小步轉花叢啼鵑泣斷紅



## 憶秦娥

### 送三姊婉靜南歸

吳天遠雁飛殘月歸期緩歸期緩星河一角纖雲四捲

幽蘭露浥紅芽短海棠無力煙絲軟煙絲軟池塘夢冷別離魂斷

## 滿江紅

### 感懷

夢裏江南問花事可還依舊恐怊悵東風如掃綠稀紅瘦滿地烽煙猨鶴警掀天波浪蛟鼉吼恁怨怨歲月去如流空回首　春去也花知否人去也家何有聽子規啼血淚盈衫袖浩刦蒼茫天莫問浮生飄泊詩同瘦但一燈和影說相思黃昏候

菩薩蠻

春晝

濛濛漠漠梨花雨喃喃紫燕春風語眉黛鎖春山別來妝鏡閒　翠螺銅雀硯金縷鴛鴦釧點筆寫花枝輕紅泛荇絲



雨絲風翦清明後東風着意搓烟柳雨過墨香濡裁書付雁奴　小桃含笑靨心事和誰說午篆尚留香蘭閨春晝長

醉春風

柳

春影津亭漾章臺何處訪一絲絲裊酒旗風颭颭颭舞雨籠煙飄絲拂水做些些愁樣　遠浦遙相望遮莫添悽愴那回牽袖唱陽關悵悵悵靑鬢誰憐舞腰新瘦別來情況

金縷曲

讀黃仲則先生兩當軒集即題其竹眠詞後

開卷光芒放憶髫齡草堂侍坐早欽名望（先生與先大父同里全交集中贈答最多）太白前身重入世依舊風流自賞便鶴立丰姿無兩不道仙才遭物忌只青山一例深深葬坏土畔碧蕪長　江南家在雲溪上想當年篝燈課子白頭情況葛帔天涯歸骨後應有吟魂悄傍但風雨遶廬無恙知否孤絃音調澁共啼鵑夜月淒黃壤留鶴背笛聲響



蘇幕遮

苦雨

雨冥冥波瀰瀰積水空堦隙地成芳沚尺素無由煩驛使淚泛桃花目斷雙雙鯉　翠簾垂紅粉膩瑣瑣飛花點點離人淚吳水燕山家萬里夜夜思鄉夢在煙波裏

梧桐影

初夏二闋

柘葉濃蒲芽短天氣熟梅晴半陰吳蠶上箔將成繭麥浪浮荷衣展風捲柳花零粉香靑萍貼水隨波輭

拜新月

七夕

一縷雲纖三篙水淺月向花梢斜挂開了牽牛正新秋良夜問烏鵲記否塡橋歲歲辛苦卻爲雙星催駕織就機絲抵相思詞帊　度金針女伴聯吟社但偷乞巧思誰多寡此際銀漢迢迢只玉繩低亞便今宵別緒從頭話知多少暗淚臨風灑料應省天上人間總離愁難寫

如夢令

秋思



蘭汁釃傾金甕未醉亂愁常擁涼夜看星河花裊露華愁重如夢如夢枝上月寒香凍

風漾絲波鱗起目送雙雙紅鯉南雁也無憑怊悵美人秋水千里千里夢裊白雲鄉裏

別後心情知否濃睡非關中酒丰骨太珊珊憔悴不殊秋柳消瘦消瘦長是翠眉低皺

瘦比黃花如許獨坐數殘更鼓夢懶思如雲歲月棄余何苦無語無語淚似隔簾秋雨

門掩翠環魚鎖繡幄香籠篝火蟲語怨清秋簾外紫桐花葬愁我愁我伴箇影兒深坐

綠意

對梅有感

風淒雪警想南枝正好故山春冷月又昏黃籬落橫斜分付暗香疎影天涯一笛吹愁墮莫悄把芳魂驚醒悵者番驛使遲來問訊綺窗誰省　回首鄉關刼火記曾聽鶴唳倍添悲哽便許重來看徧園林不是當時風景而今雲水相思闊那更惜玉闌孤凭且伴他淺醉閒吟索笑也應還肯



菩薩蠻

不寐

珍珠絫索流蘇帳翠衾葳枕愁相傍展轉不成眠飛花香滿天　欄干紅屈曲露滴娟娟竹螢火隔簾青錯疑燈一星

夜深默坐愁如海月華皎皎流光彩帶影下閒階涼花含露開　銅荷紅蠟淚漏轉渾無寐何處白雲峯悠然度遠鐘

涼飈瑟瑟蘆飛雪愁連一片關山月相對不勝情長空

雁字橫　井梧飄落葉蟲語鳴淒切此調叶清商做成今夜涼

曉星脉脉疑私語荷塘露漬香如許殘月下庭梧雲痕澹欲無　微波詞漫託寶鏡開妝閣妝罷自沈吟隔簾環珮聲

點絳唇

夢返江南

斜月三更薄幃夜捲西風冷半牀花影寂寂愁難醒萬里關山付與紅鞵枕烽煙驚音書偏梗夢越梅花嶺



城郭全非劫灰未燼蟲沙泣斷垣頹壁野火燐燐碧安得欃槍掃盡中原賊江南北幾行殘柳都是傷心色

梧桐影

春陰

荳蔻梢丁香結門掩落花深院深游絲蕩漾明還滅翡翠環葳蕤鎖飛絮入簾春已深閒花背客嬌無那柳絮風梨花雪何處乳鳩三兩聲春愁喚上青青葉燕翦長鶯梭短人靜綠窗花氣煖園亭付與癡雲管

一枝春

憶別

已恨宵長怎禁他隔巷疎砧敲碎桃笙乍薦無奈嫩涼如水鴛幃悄閉聽修竹譜成商吹憑一粟燈翦秋心絮盡別離滋味　依然擁衾無寐便蘭篝香燼蝶魂來未紅鞵枕角溼透幾絲清淚三分酒病更拚抵十分憔悴還只怕英武驚寒喚人早起

重疊金

白紫薇

綠陰深處藏春色芳菲不借東風力花瓣太玲瓏問心



同不同　冷香裁月魄清影憐幽寂虛白照空明楚雲舒卷輕

臨江仙

白荷

仙骨珊珊湖上住天然水珮風裳不須濃抹靚時妝淩波微試步的的暗生香　月墮橫塘留粉本閒鷗夢亦清涼拚將心苦駐年芳但教參淨果甘老水雲鄉

一葉落

秋思

小院落秋陰薄夕陽一片畫欄角井梧已漸雕新涼誰先覺誰先覺滿眼西風惡

萬籟寂霜天碧月明滿地夜碪急雁飛紫塞遙相思無終極無終極夢破蛩吟壁

鳳凰臺上憶吹簫

隨外子之吉安府任途次感懷

薄宦相隨長征共賦儘多店月橋霜正曉雞纔唱又促行裝歸夢將成又破雲棧遠親舍何方悲遊子門閭白髮日暮還望　茫茫乍經宦海從此便掛帆也怕瀾狂



趁者番風利飛送滕王誰識淸貧太守空留得詩壓琴囊愁吟苦知君又添幾曲離腸

意難忘

寄懷諸姊妹

風雨黃昏正翦燈無語虛掩重門煙花縈旅思雲樹暗離魂裁錦字織迴文都付與紅鱗一任他萍踪聚散流水前因　當年女伴如雲記同繙繡譜蘭麝氤氳蠶絲春理緒鴨火夜留溫吟綠芷咏靑蘋閒卻了芳樽待異時看花節序莫厭來頻

菩薩蠻

秋閨

半塘玉露秋逾潔一簾風竹敲殘月人倚曲闌干瓊花壓雨鬟　長空橫雁影人遠天涯近書寄一分愁蕭蕭蘆荻秋

芙蓉鏡裏花憔悴海棠雨蘸胭脂淚雲捲碧天長疎簾透薄涼　紗窗籠夜火兀自凝愁坐玉珮戛東丁微吟偏耐聽

南浦



舟次滕王閣感賦

長江滾滾憶前唐高閣駕飛虹道是當年佳讌都督仰閻公記否玉鸞歌舞正西山雨歇畫簾櫳笑我來遲暮也思僥倖神助一帆風　今日停橈煙渚嘆興亡無乃太匆匆只有江天孤鶩飛傍落霞紅爲問起騰蛟鳳更何人克繼舊詞宗只半潭秋影伴他漁火夢靑楓

十二時

春思

紗窗幽窈低垂繡箔裙波微動春風獨無語怕驚他花

夢　玉顛釵頭雙翠鳳壓眉梢似嫌愁重年華數紅豆問相思誰種

雙雙燕

秋燕

一年過半正花底棲遲又逢秋社商量軟語欲別也應難捨閑煞風廊月榭更那覓當時王謝西風去忒匆匆海屋相思空惹　生怕淒涼客舍似倦羽低飛自春徂夏天涯人遠紅雨淚曾輕灑應待明年杏嫁許依舊雕梁棲借須知盼爾歸來肯把畫簾早下



菩薩蠻

幽憤

天風吹破芙蓉鏡鏡花零落相思影秋水浸愁魂空餘血淚痕　孤燈淒欲斷素幔和愁卷金縷舊羅裳依稀鴛與鴦

蜀山一抹傷心碧迢迢親舍南雲隔頭白泣孤雛雙雙淚眼枯　問天天不語鍊石將安補月黑夜漫漫霜風刺骨寒

輕擕八口舟如葉傷心没箇慈航接生死奈何天吟魂應解憐　巫山雲作障巴水風生浪素旐阻危灘白楊蕭寺寒

歸自謡

扶柩舟次巫峽

山岦岌駭浪掀天天地窄峽聲倒捲蛟龍泣　哀猿四嘯驚魂魄憑棺立愁心一片隨波急

杏花天

浴蠶

湔帬波蘸蘼蕪碧冷雨釀新煙寒食青桑紫柘苞初坼楊柳杏花巷陌　春陰重啼鳩乍寂纔上箔潤餘芳澤蠶娘早賽祈生色縷縷情絲繅出



採桑子

採桑

小家碧玉無妝束綠樹陰中擕得筠籠曲陌長堤翦翦風　新條嫩葉從頭選纖手春葱人面花紅襟袖歸來露氣濃

好時光

分韻

試看吳蠶眠起纔過了豔陽辰龍女者番光簇簇餘香
細細薰　此際須審省把翠箔及時分五色留佳種護
惜費殷勤

一落索

上簇

計取三眠時候困如烟柳神祠只祀馬頭娘疊鼓聲聲
又　滿腹絲綸拋負苦心知否白茅碧縧總無聊緣底
事徵休咎

滴滴金



下繭

番風廿四尋常過石泉新取槐火密密情絲身自裹悔
相思偏左　繅盆一一都安妥喜盈筐免租課如此辛
勤總無那算愁煎惟我

金縷曲

宵紡

繅盡絲千尺恁殷勤分經布緯七襄雲織錦上易翻新
花樣依舊愁深似昔看雪練濤飛盈匹軋軋聲中悲嗟
婦背篝鐙自掩殘宵泣心緒苦暗蟲識　秋閨我亦傷
心極坐深更寒侵十指幾曾拋得舊夢春明淒迷處空
對霜天月白便霧縠煙綃誰惜宛轉離腸迴不盡課孤
兒夜讀嗚機側無一語淚霑臆

雙調望江南

本意

懷故土鎮日望江南簾押春深紅雨亂鏡匳秋冷綠波
涵幽思繞煙嵐　懷故土烽火劫誰堪鄉夢不離新病
枕啼痕都滿舊吟衫雁影逐歸帆

海棠春



秋海棠

是誰留下相思種睡未足喚回秋夢莫是倩魂銷瘦怯
西風重　嬌啼的的檀心痛問翠袖倚闌誰共滿地葬
燕支露溼苔衣縫

雨中花慢

孤雁

水國秋深關山月落孤飛杳杳冥冥況風高木杪煙冷
蘆汀異地悲涼已極故鄉消息何憑江城砧杵塞垣笳
角無此淒清　棲遲何處惆悵當年空解脈脈惺惺休

再說天涯隻影烽火曾經別緒拋原不得吟魂喚也難醒誰憐寒杼較他長笛添倍傷情

憶舊游

寒夜呈湯年伯母陳季婉潘太夫人趙悟蓮

聽驚飈四起木葉蕭騷譜出清商碧月愁無語任鳴機軋軋篝火星涼衆雛此時眠也爭奈夜更長怕計算來朝塵封甑冷沒箇商量　傍徨孰憐我但醒枕低徊啼碎寒蛩幸有蘭閨伴向天涯傳訊差慰離腸舊事不堪重省贏得滿頭霜只獨立空庭伶俜顧影神黯傷



海棠春

本意

錦城二月花如許夢乍醒春陰壓住莫放海棠顛嫋嫋籠香霧　紫棉薄薄紅絲縷向午夜燒殘蠟炬一味睡慵慵簾捲絲絲雨

菩薩蠻

柳絮

滿庭斜日晴煙澹瓊瑤不借臙脂染香影一團團還疑春雪看　簾旌低拂處春也難留住浪跡苦風塵隨波欲化萍

滿江紅

涼夜

雨雨風風偏又近重陽時節更愁聽寒蛩低訴者般淒切一味清涼詩骨瘦百端交集愁腸結且料量刀尺夜鐙前頭如雪　人去也音書絕秋去也芳華歇只傷今弔古待和誰說似我春蠶絲上箔惱他風馬簷敲鐵況商聲一夕戰庭柯身如葉

謁金門



幽怨

愁夢醒月碎一庭花影星斗滿天霜氣冷暗蛩啼露井　望斷青鸞芳訊十載空懸孤鏡帶得三分秋後病背鐙蓮漏永

望遠行第六體

蜀國懷古

繁華錦繡今何處玉壘珠江依舊浣花人去折柳橋橫只剩斷碑殘甃怕聽鵑聲啼破一場春夢都付綠稀紅瘦對西山憑弔春歸時候　知否王孟故宮零落便殿

字畫成溪皐拾翠銘江踏青綺陌誰貫卓文君酒還幸芙蓉屏障海棠香國留得斜陽亭堠但雲低天暮何堪回首

點絳唇

寒夜諸女刺繡

一粟寒燈五紋刺繡添金線鈿蟬釵燕幸結蘭閨伴指冷於冰着手成花片更兒轉唾絨吹罷顏色評深淺

蝶戀花

題胡蝶落花圖



借問東風春幾許芳草天涯一霎飄紅雨怪底鶯聲啼不住翩翩鳳子來何處　南朝剩粉銷金縷瘦到纖腰畫也難描取說著遊仙應羨汝年年夢繞羅浮路

解花語

寒夜自製通草花感而有作

光陰草草世界花花何處幽懷寫數椽鴛瓦霜華重課子一鐙初灺機聲軋軋（作去）只贏得淚珠盈把誰爲憐生計難拋翦綵消長夜　休說裏閨韻雅甚天然工巧奚辨眞假葉攢花亞檀心苦宛轉紐薰蘭麝并刀試乍並

不向東風輕借待賣來深巷明朝增洛陽聲價

滿江紅

浣花草堂

憑弔蒼茫衰草外夕陽殘堠空留得浣花詩老草堂依舊幕府十年棲息強兵戈滿地倉皇走只鄉愁併入蜀鵑啼頻搔首　花徑外春星瘦茅屋底秋風吼歎詞人飄泊古今誰偶憂國文章知已淚倦遊身世成都酒甚而今景仰說詩王君知否

雙頭蓮

並蒂白蓮



拋盡明珠聽乍歇吳歌碧天無際花開並蒂正白雨纔過紅妝如洗似此纖就雲裳隔重重煙水鷺鏡底玉立亭亭鴛鴦料諳情味　皎皎不染汙泥試淩波剗襪香塵微起銀塘月墜料此際儘許箇儂雙倚爲問一捻冰魂者夜涼知未但臏有宛轉情絲纏綿自理

滿江紅

答蕭太夫人宗婉生

月杵霜碪覺風送聲來庭樹方夜坐一偏低首燭花新

吐泌遞雲中勞驛使殷勤天末傳魚素乍開緘細細讀從頭更三鼓　珠璣字琅玕句抵多少離情緒歎天涯霜鬢一般茶苦君有瓊貽音入妙我慚瓦奏心先許算閨中知己淚尤多紛如雨

桃園憶故人

寄趙佩芸趙悟蓮

重衾夢冷流蘇帳一夜梅花都放別後相思情況畢竟和誰講　雁聲斜掠南樓上知否天涯惆悵十二闌干無恙夜夜吟魂傍



重疊金

壬午夏送岷兒入都秋試至寶店遇雨

一鞭斜指西風雨溼煙濃鎖村邊樹茅店卸征鞍草蟲驚乍寒　鳥歌泥滑滑山翠濃如抹遠道思綿綿長安何處邊

簾內殘釭簾外月鄉情客思都淒切饑鼠暗窺人夢兒成未成　琴書還伴我兀自中宵坐瘦馬嚙空槽壯心千里遙

前調

骨肉親誼廿載重逢京華小住將歸定署離懷各悵因調數闋藉以誌別

匆匆二十年前別蜀山何處鵑啼血燕市忽重逢悲歡疑夢中　流光驚電掣贏得頭如雪骨肉歎飄零問天天不應已未別後象如科芝兩弟相繼而逝二弟媳猶居都門

涵秋閣上今宵月當年記得題桐葉昔四姊畹香寓閣左予與五姊芙江常相過從並和落葉諸篇月尚缺時多人生當奈何　藤延虬篆古葡萄一架今又纍纍花月更新主此宅昔惲次山舅氏所居今繆仲英舅氏居此余與仲英舅氏在蜀相識頗承關愛表弟媳莊瑩如親如手足庚歲泣別意難重逢不意都門握手姊妹且言歡



捻花開笑顏余在蜀以通草花生色瑩如愛而效之今相見各以花贈

一燈相對悲疇昔寒蟹絮盡苔岑碧秋月竟團圓幾回攜手看中秋同四姊玩月　殷勤還寄語莫種相思樹珍重再來緣相看各黯然

匆匆小住匆匆去臨歧脉脉偏無語果否學忘情丁甯訂後盟　加餐須努力魚雁傳消息驛路繞秋山白雲紅樹間

金縷曲

李蓉初二姊函訊近況以此代簡

未了三生債算天涯別離情緒最無聊賴鏡裏年華容易老青鬢絲絲暗改悵缺月圓時能再獨我孤燈偎影瘦聽哀鴻聲斷長空外欵枕想夜如海　年來貧病都堪耐只難堪參差骨肉夢沈關塞隔歲歸期今未準知否妝樓久待幸入手魚書先拆作上滿腹相思還細剖讀縱頭乍展愁眉黛翻喜極淚珠灑

鳳凰臺上憶吹簫

由都返晉作函寄懷都中姊妹

天遣悲歡地經離合黯然魂已都消記藕花生日昨歲今朝一覺春明好夢涵秋閣翠聳晴郊留虛座招雲欸月酒聲詩瓢　迢迢者番判袂長笛裏關山木落風高悔不應輕別結想徒勞縱有魚箋雁帛那當得同話涼宵涼宵永空餘淚珠濕透鮫綃



如夢令

胡蝶

春漾游絲庭院薄翼香黏花片瘦影乞誰憐簾底女郎窺見窺見窺見飛上畫羅團扇門閉西園芳草栩栩不離闌角作上何處是羅浮一縷夢魂飄渺休惱休惱滿地落紅誰掃

東風齊着力

紅石榴

細葉新攢繁花初放看碧成朱蒂凝蜜蠟皺瓣蹙珊瑚照眼疑然野火明霞燦曉旭晴初池塘外燕支點染妒煞芙蕖　西極降丹珠風露夜阿誰綴遍珙琚美人對立豔絕想裙裾省識黃昏月下芳心鬱料也難舒凝思處臨風舞態慵倩人扶

鳳凰臺上憶吹簫



題宗婉生夢湘樓詩集

好句如仙新聲絕妙碧雲吹斷參差把滿腔幽怨寫出蘭思天與生花雙管紗幔設韋母堪師夫人曾設帳課女子弟空贏得篝燈一粟霜鬢千絲　遲遲雁書遠闊搔首問雲天握手何時況茹冰含蘗各有孤兒同向并州聽鼓琴堂靜合補笙詩笙詩外從今又添唱和新詞

金縷曲

讀周石君太守倚月樓合稿詞情意婉欽仰曷深嘉未識宮商素難合拍感今念昔不免悵懷勉

力倚聲猶懷錯謬耳

快讀賁漁藁問君家當年笛譜賞音多少百尺樓頭明月滿緣底泪痕雙照料別恨天涯曾抱卻羨清才兼福慧有聲聲琴瑟賡同調餘韻歌畫梁繞　論交兩世苔岑好怕重提東華聯巷雪泥留爪昔與先夫同官都門相隔數武時相往還素稱廿載滄桑增感觸知否杜鵑啼老奈老尙風塵潦倒儻念故人猶有子勉循良最待三年報應許跨阿翁寵



成都胡　延校

男光煦敬刊

# 冷吟僊館文存

讚　　陽湖左錫嘉冰如

皇清追贈太僕寺卿銜江西吉安府知府曾君像讚

蠶叢井絡江源出馬禮殿石室代有名賢維我夫子挺然崛起川嶽降英揚馬之里幼而岐嶷早識之無承歡繞膝克慰勤劬長敦孝謹至性是秉親有疾病寢不安枕君有二昆友誼夙敦孔梨有讓姜被同溫君先兩娶雞鳴戒旦惜不永年琴絃屢斷家世業農菽水以供耕不廢讀學足三冬早歲游庠文譽以起精勤不懈激揚文史乙未之歲爰舉於鄉亦越十年貢升明堂試於
殿廷觀政民部興利剔弊用饒
天府從公旰夕郎曹荐登三載殿最上考特膺
簡任吉州一麾出守下車伊始民安物阜恪守清白禁絕苞苴門可羅雀庭有懸魚爲政一年頌聲翕作召父杜母民今有託詎謂粵逆突犯我疆隍池屢陷其勢方張兵匱饟乏室罄莫擊一死匪難要求卻敵親赴鄉曲召募民兵一呼四應旋復郡城往返爲期不出三日公論在人功可償失大吏不察遽被糾參仕本畏途引退



自甘西望峨眉二老猶健欲賦遂初捧巵以獻道路未靖行有戒心僚友促駕報國及今曾公督師委以參佐偏師建旐賊鋒屢挫牘陳大帥錄及微功中忌尼之難達
天聽感受風露忽遘二豎醫禱無靈傷哉千古憶妾歸君十有二年三男五女稺弱堪憐聞君寢疾摧傷肺腑聞君去世血淚如雨奉君之靈遠涉大江君前守吉暫厝此邦二親聞之何如於邑子女煢煢何以成立宗族賴君推食解衣戚黨賴君賙寒恤饑下逮臧獲感恩流涕星馬四散何以爲計君今往矣妾復何生顧念後事肩任匪輕烽煙稍息還君故土爲君營葬以封以樹魂兮有知俟我九泉空撫遺像如何昊天

## 序

### 曾氏譜序

曾氏出黃帝繼公孫姓至禹別爲姒氏傳少康曲烈始封鄫後世子巫仕魯去邑爲曾巫後四世是爲宗聖宗聖以來歷今七十餘傳譜牒昭著魯粵江蜀散處四方千柯萬條咸出一本可謂盛矣自我祖冠萬公入蜀後歷今百餘年子孫繁衍譜久未續應再修葺茲特循其舊而綴列之以示後來禮曰敬宗莫大於收族譜錄者收族之義也是爲序



## 墓誌

### 皇清追贈太僕寺卿銜江西吉安府知府曾君墓誌銘

嗚呼此我夫子之墓也君歿後家室轉徙十有八年今始得一畝地葬君故鄉欲爲狀乞當代大人先生彰君行事而握筆追思零淚如雨狀久不克成嘉今年益衰病恐遂奄忽使君堅志苦心不垂於家乘嘉之罪也竊附私謚康惠之義就所能言者而表之

君諱詠字永言號吟村成都華陽人也武城之裔遷於西江有元中葉轉徙長樂
國朝康熙間始居華陽遂爲縣人焉祖諱惠超父諱秀



英以君官
封中議大夫祖母氏黃繼祖母氏張母氏劉
封淑人君生而聰明長而孝友家世業農十餘歲猶隨父母耕作田間年十四始發憤爲學日仍代父秉耒耜夜乃讀書孜孜不倦稍壯能文道光乙未春補弟子員秋舉於鄉益潛心經史以己意條繫之著讀史隨筆若干卷復治毛詩論語孝經於漢宋諸儒解說皆洞達其得失凡所考訂譔述日數千言每言爲學之要訓詁明

義理顯爲人之要律已嚴責人寬庶近道乎甲辰成進士官戸部主事歷轉郎中時有權貴轄戸部嘗遣人風示欲君出其門君徐曰詠起家畎畝未聞枉道求富貴言者逡巡去居戸部不受外饋不徇人私十四年如一日咸豐八年京察一等

記名以道府用九年奉

旨驗漕津門事竣授江西吉安府知府臨行辭長官權貴復示意欲通內外消息君若不喻近君者屢君足君色不變他顧終不置一辭時人駭怪君夷然也既至吉



安郡城四遭淪陷瓦礫塞通衢存者惟敗堞數堵而已君至築城完廩見白骨徧野淒然流涕出貲命四廳收葬之大府札君設釐局君上書言百姓流離瘠苦商賈不至若復剝之民將何堪郡人讀其書皆泣下局不果設君乃撫民教士俾營耕桑爲保聚計民以有賴十一年春粵寇復犯郡君登陴固守寇再攻莫破圍益急數馳檄告大府命將來援爲將者李金暘號衛天炮與吉安陸參將得勝皆降賊隸營伍者也陰與寇通至郡索金帛君以創痍之民不堪朘削乃出俸金予之李僞出陣還言寇張甚徒守不能遏請府縣督團兵出城設伏合擊之寇必遁君出督團兵陸遂開城迎寇入李從之君聞變拔刀自刎軍民泣阻不得死復投水衆出之泣曰公死吾輩將安歸死無益不如戰也戰而勝公之心白矣不勝吾輩將隨公死不敢辭君乃强起選練勇五百人遣健者闌入城夜焚火藥局寇驚譁君乘亂撓之寇遁君收城而陸李反飛書報捷得懋賞君被議落職懷慚無憪既而陸李事洩皆伏誅時節相曾文正公督兩江軍知君賢馳檄調君而吉郡士民上書乞留大府



亦以善後事相委文正復手書敦迫君始往隨霆軍剿賊奏功復原官尋歿於太平軍次照軍營病故例優卹贈太僕寺卿銜廕一子知縣君長身玉立須髯皤然眉目開秀氣鬱發面有風稜天性純篤直廉勤樸毀譽無加損生平嗜書手鈔書積數篋惜並所著書皆焚於兵君生於嘉慶十八年九月初三日卒於同治元年閏八月初二日享年五十原聘鍾氏未娶卒繼娶張氏淡氏均無出撫君弟之子光禧爲長嘉最後適君生三子光禧候選府經歷以知縣升用次子光煦廕知縣三

光岷縣學生四光文女六人長適新都劉必帥早寡次適陽湖袁學昌次適南允林尚辰次適銅梁吳鍾瀛次適漢州張祥齡次適新都魏光瀛方君之抱疾嘉聞信奔赴鄱陽阻風迨過湖而君凶耗至遺囑云父母在堂願卿歸侍返柩非敢望可殯吉郡俟兒輩成立再扶柩歸葬嗚呼痛哉君骨不歸嘉無挈兒女獨歸理顧此煢煢者旅食異鄉親戚隔絕門戶孤孑會以窮困死否則以憂傷死且如舅姑何也越明年扶柩溯江西上間關險阻僅乃得達灑涕作孤舟入蜀圖函告四方親友以



君之櫬歸仗君之靈事舅姑先後即世葬祭如禮四子長大以婚以宦女六人各適其家有男女孫六人嗚呼

嘉之責其稍寬乎茲於光緒六年三月初八日以禮葬君於成都城北石涕缺之陽悲夫重泉永閟同穴何年緬懿行於生平愳弗彰於後世敢鐫貞石用誌不朽銘曰

矯矯忠貞時惟我君崇道茂學懿孝篤親農曹守職剛正不阿爰及臨民政以惠和狂寇憑陵客將詭變義氣所激孤城再奠從師南征復奮其功王事鞅勤卒瘁厥躬我

皇寵終遺賻優隆蔭及後嗣光被無窮靈谷千秋寒松十圍勒銘幽宮永懷藎巖



壻林尚辰校

男光煦敬刊

冷吟仙館附錄

冷唫僊館坿錄



冷吟仙館附錄

題辭

集蘇文忠公句　　楚樊　胡毓筠介卿

曲收彤管邶鄘風倘有清詩氣吐虹讀遍牙籤三萬軸
銀鉤秀句益疏通

筆下波瀾老欲平雲璈常聽步虛聲寒窗冷硯冰生水
無數新詩咳唾成

柏舟高節冠鄉鄰秋水爲文不受塵欲遣何人賡絶唱
階庭蘭玉一時春



教子通經古所賢詔書行捧縷金箋詞源灩灩波頭展
種德方知福有田

曲沃　仇汝嘉俅侯

霜操冰懷林下風天教苦節報孤忠詞章家數卑清照
巾幗人開有太沖八法入神無俗豔百篇垂老益沉雄
中宵披讀暫還拜翦盡三條爍炬紅

錢塘　張景祁蘩甫

團香散雪羨儁家美眷才調雙絶十載飄蓬官閣垂鐙
吟牋滿亡瑤篋征衣頓觸遼陽感早夢裏刀環敲折便

倒傾濯錦江波怎寫此情嗚咽　堪歎羈旅歲晚自憐翠袖薄辛苦誰說嶺上雲飛天外書遙盼斷鄉關黃葉秦樓賸有吹簫譜也化作蜀鵑啼血待板輿扶醉花前忍憶紡甎寒月 調寄綠意

香山　黃紹昌　屺鄉

忍聽哀絃語甚芬穠左家藻思露酸霜楚燕寢圍香同選韻眷屬神仙俊侶怎破鏡天邊難聚八口扁舟愁上峽悵離鸞寫入瑤簫譜腸斷也冷猿訴　草堂相對陳芳杜和機聲檻書苦課一燈涼雨親舍白雲勞望眼夢繞吳江舊路只瘦損黃花秋暮汾水西風孤雁過看隨征又續班姑賦添幾許玉臺句 調寄金縷曲

族弟　省三　佑卿



孤舟入蜀圖題辭

蜀山突兀蜀江清江上秋風動素旌落日夔巫一回首哀猿惟有斷腸聲

莫道魂歸蜀道難危途履險得平安此中淒苦憑誰見一片峨眉月影寒

盱眙　吳　棠　仲宣

古木千崖禿長江一葉浮烽煙歸旅櫬風雪載孤舟寡鵠傳淒調哀猿動暮愁不堪回首處京雒憶前遊

共詠霓裳曲俄經四十年循聲留薦牘壯志付戎旃遺恨隨波逝貞心比石堅芳徽彤管紀譜入柏舟篇

鳴鹿　王德固　子堅

孤鸞不成曲餘音淒以繁華月照滄海棲宿青琅玕君子秉高節致身佐戎軒五馬莅江右豈獨一障完才命胡不偶遽損摶風翰丹旐歸蜀國雲濤鬱千盤榜人泣杜宇楚客愁哀猿平生仗忠信詎知道路難悲聲激林莽冰孀亦盤桓崩城有齊婦歎室紀魯嫠至今乂魚嘴嗚咽聞鳴湍載筆命彤史清芬播幽蘭



歸潘氏蘭陵　趙韻卿　悟蓮

雲茫茫天蒼蒼孤舟一葉來長江兩岸哀猿啼斷腸孤兒幼女聲悽愴何處白雲是故鄉西風蕭蕭木葉黃迢遙灩澦與瞿塘亂石磷磷排戟槍灘聲如雷響奔瀧舟人推篷心驚惶仰天痛哭灑酒漿水底蛟龍齊潛藏片帆穩渡真慈航萬里歸來慰高堂承歡侍膳子職當瓊枝玉樹皆聯芳廿年茹荼苦備嘗閨儀懿德世無雙詩

畫清才千秋揚指曰

九重賁鸞章榮旌綽楔增輝光

武昌　王家璧孝鳳

右孤舟入蜀圖贈太僕卿吉安太守華陽曾吟村同年繼室左恭人所自繪也吟村諱詠以道光甲辰通籍咸豐己未由戶曹出守吉安時吉安已四被兵矣君至思爲起創痍力行惠政紳民恨得君晚未幾賊至君憑城固守且飛書乞上援不應請益急乃令陸參將及所謂沖天礮李金揚者來援故降人也至則紿君曰我輩代君守君得民心可速集鄉團爲助君誤信之甫輕騎出詣鄉而援軍已開門揖盜矣及君率鄉團至夜縱火爲疑兵賊驚潰去幸草芥無傷援軍又以爲已功大府不能察而君坐失守落職矣節相曾文正公廉得其實有檄招之乃出從鮑春霆軍門超軍霆軍連克青陽石埭九州縣君無役不從也同治壬戌閏八月君以積勞卒軍中恭人自跋所云病入膏肓伏枕猶呼叱咤生悲徂謝遺書尚念

君親蓋紀實也大帥爲聞于



朝得贈卹廕子如例恭人攜孤奔喪大帥籌發

恩卹銀且倡衆賻贈乃得扶櫬歸蜀其歸蜀也舟過乂魚灘遇大風舟幾覆恭人撫棺痛哭且酹酒默祝風旋止獲濟舟人神之是圖之所爲作也恭人爲陽湖左仲甫中丞女孫能詩文善畫其歸太守於京師也以辛亥實未見舅姑及太守卒或以歸蜀爲難恭人曰夫子蜀人反葬義也且二親在必歸蜀及歸孝養如新婦家無恆產以繪事給甘旨舅姑以壽終禮無違者既命子光煦就吏部候銓而已留蜀仍以繪事自給蜀人欽其節重其畫止戶限外求詩畫者不絕也家璧自奉天還京光煦以冊來謁敬題曰

巫峽猿聲愁煞人灩澦堆邊草不春入蜀孤舟苦復苦蛟龍斂威如有神蛟龍不敢違帝命天矜節婦憐忠臣奇節已令巾幗重高才豈徒鞶帨珍我所敬者尤在舅姑亡子夫有親茹苦調甘終其身教子不爲兒女仁

吉林　景　廉秋坪

朝風怒吼瞿塘峽水窟潛虯動鱗甲十丈驚濤一葉舟盤渦亂石森如插石劍觸舟舟欲傾忽然風定波濤平

天開白日懸光晶是何神怪不可測中有冤鵑悲且鳴
蘭陵蔚起羿幃傑山上藁砧大刀訣萬里烽煙負骨歸
誓將生死成羇羈豫章白楊秋下條蜀嶺子規夜嘑血
此時鵷䲝摧中腸可憐魂魄俱飛揚不畏殘生葬魚腹
奉君靈兮還故鄉中流酹酒仰天哭哭聲直上徹帝旁
河車玉女下垂手訾廉弭節馮夷藏吾聞河梁懸水三
十仞由來涉險存忠信何況冰霜百鍊心精誠終古通
天問自寫此圖作此歌淋漓豪素哀情多長城摧陷感
杞婦班竹點染懷湘娥雲帆穩渡三巴道馬鬣高封今
宿草誰憐當日藐諸孤頭角嶄然盡端好故人平生不
得志鞠躬報
國心未了九泉耿耿懷孤忠畫荻承先賴襁褓他年若
作宋歐陽斯事更入瀧阡表

滎陽　孫欽昂　師竹

蜀江水底峯插天孤舟上瀨牽復牽蓬背飄飄見素旃
中有抗節巾幗賢夫守豫章慘烽煙戎馬盡瘁皖江邊
扶櫬歸去屯以邅巫峽木落紛嘑鵑無端駭浪鼓喧闐
中流觸石舟欲穿未亡餘生拚棄捐悲哉夫骨淪深淵



酹酒向空淚涌泉眞宰上訴天神憐叱咤馮夷走且顚
老蛟戢怒甘局踡布帆無恙幸言旋迴思險阻心愴然
丹青手寫繫詩篇如聞古調淒商絃自昔循良世澤延
椒之蕃衍瓜之緜彼蒼眷佑開必先況復志勵柏舟堅
歐母畫荻孟三遷遺嶶更追韋文宣諸孤蔚起雲聯翩
會捧
花誥護卮前乂魚灘水日濺濺常留勝蹟欽當年貞心
苦節彤史傳

遂縣　吳　鎮　少岷

造物鍾靈夫豈偶忠孝節烈同不朽男秉剛毅女淑柔
各全正氣答高厚吳江女史左芬才幽比崇蘭淸似梅
笄得南豐爲嘉耦鹿車同挽出金臺剖符持檄典荒郡
叔火欃槍遭厄運援軍開門揖賊軍守土失土臣是問
誓死揮戈復舊城臣罪臣功敢自明從此挂冠歸故里
跨驢攜酒不談兵何來羽檄馳星火大帥禮羅赴江左
運籌決策奏膚公立志肅淸中外禍積勞成疾軍務煩
中夜星光落營門九城纔克身先死蜀國難歸杜宇魂
矻矻女丈夫烈烈抱奇志誓從萬里收夫骨嘔心默禱

動天地上有白髮之二老下有黃口之遺孤一肩責任如山重殉夫不足報吾夫癸亥之年扶櫬返吳頭楚尾江天遠涉險奔波入蜀門洪濤洶湧輕舠穩舟行偶泝乂魚灘駭浪掀天石笋攢老蛟怒吼陽侯起覆舟容易覆棺難撫櫬悲歌聲悽絶山爲動搖水爲裂苦海愁天慘莫言淚珠灑江江成血霎時風定險湍平江神潛格水魅驚一葉慈航登彼岸望夫石畔影嬛嬛別鵠離鸞歌未足悲憤特向圖中錄我覽斯圖感且欽氣懍冰霜節勵俗綽楔他年姓氏揚褒榮彤管錫



鸞章柏舟操並松筠老浣花溪水蘋藻香於戲名士名媛多數奇歷觀往古常如斯巾幗叢中誰最著君不見大家史筆蘇蕙詞

秣陵 夏家鎬伯音

左芬清才不聞節曾母慈明啓賢哲淵源異代有令媛宏濟家屯邁英傑倡隨早歲佐賢侯琴瑟愔愔篤好逑緗素雲煙芬繡閣丹黃校勘倚香篝艱難痛値兵氛會拮据危城幸無害白羽淒涼溢浦雲素車遄返岷峨旆漂摇單舸上夔巫三峽江聲灩澦巇涉險豈關舟楫利

生還竟得鬼神扶幾年痛定歸來後往事驚心重迴首教子思承清白詒繪圖重試丹青手非關巾幗羨榮名要識迴天本至誠杞婦城崩哀痛切湘妃竹染淚光瑩萬事乘除如轉轂否泰相隨增後福慈母終酬畫荻勤佳兒早已楹書讀繞牀銀鹿秀芝蘭爲語歸舟行路難世間多少閨中秀莫作尋常圖畫看

榮昌 敖册賢金甫

辛蘿閱盡不言才書畫平生歷刼灰道韞風徽原澹定王凝孀息竟歸來蜀山鵑血孤帆遠巫峽猿聲晚角哀



賴有淩霄珠樹在管教阿孀笑顏開

熙胡 查毓琛

巴流湍似翦巴婦淚成珠家國總無負死生拚與俱鵑聲寒白帝雁影沒蒼梧不化山頭石年年空望夫

新津 童棫遜庵

卅年車笠悵天涯南浦西山寄遠思琴鶴淸風戎馬績一身千古是男兒余與吟村太僕於道光杪都中朝夕過從追憶往事蓋閱三十年矣

締得深閨翰墨緣唱隨同住有情天壬子癸丑間卽獲覲恭人詩畫早歎爲不櫛學士也商聲忽變孤鸞曲看取靑燈白髮年吟村歿於王事恭人

乃躬任艱鉅備嘗險阻卒能歸骨故鄉撫孤成立此賢士大夫之所恆難也
一葉扁舟指故鄉靈旗萬里護歸裝蛟龍解重冰霜節
無限風濤不敢狂
歸來築室近松楸饘粥無餘色不憂深鎖柴門勤課子
高風長在浣溪頭

陽湖　惲桂孫小山

廬陵太守賢夫人家世清才晉貴嬪生小同鄉誇鮑謝
舊姻中表數朱陳自從遠嫁他鄉婿北轍南轅久隨侍
儉德常偕吳晉陵高風欲共梁司隸無端羽檄馳江東
義感閨房賦小戎願勗書生赴戎馬肯將兒女累英雄
刀環夢斷珊瑚玦一去生離成死別鬱鬱卷葹已拔心
哀哀杜宇猶啼血君生未歸死未安家山繫念淚痕殘
隨君萬里歸同穴豈畏青天蜀道難黃牛峽裏連朝暮
錦里搖搖指歸路石立飛湍猱玃森風翻幽壑蛟龍怒
頃刻帆檣作土沉撫棺大慟摧寸心恨未登山成片石
誓將入水作冤禽扶持須仗鬼神力天地忽開驚浪息
不覺中流自在行錦江匹練澄空碧手寫丹青發悲歌
變風遺響繼中河爲問衞家孤燕陶黃鵠誰使千秋雪



涕多

吳江　殷兆鏞蒲蓀

霜風淒淒雨淅淅飄飄素旐慘無色孤兒寡婦哭在船
乂魚灘前幾覆溺共指西江太守曾忠臣遺櫬還鄉國
太守初臨吉郡年郡中何處非烽煙拊循彈壓民稱賢
其如豺虺日蔓延大府坐視不發救血書一任飛紙鳶
忽遣降兵與叛將來助守城作保障紿言君得紳士心
盍往四鄉勸團防君甫出城賊入城諸守城者倒戈向
君聞慷慨志結纓衆請毋死隨君行轟然列炬燒賊營
賊跳而走存空城降兵叛將還遭戮君亦決意將歸耕
縱陽江頭羽檄至催君皖口襄軍事石埭青陽九州邑
手提擲還報主帥曾文正公總軍門超豈意老僧吹角招功名未
竟身先逝君夢僧吹角相招問卿尋在軍營病故
錫命
恩優隆歸途雖險馴蛟龍孤兒今已聯翩起璇閨況擅
詩畫工此圖三絕傳無窮吁嗟乎節母之節忠臣忠

銅梁　吳鴻恩春霖

華陽曾子西蜀來翩翩儒雅不凡才一見便如舊相識

爲索新詩圖畫開道是萱堂揮淚筆江濤峽石壯悲哀
哀歌一曲驚黃鵠動忍天心多變局當日尊人守吉安
善教化民能成俗烽火連天動地來西江蒼赤遭荼毒
鼠跳蜂聚吉城危待旦枕戈心力疲捷書報到身先隕
牙將羽軍皆淚垂恭人明義識今古親扶靈輀歸故土
黃口繞膝嘑呱呱赤手艱難不知苦堂上雙親白髮新
亟思奉養薦脩脯素帆遠挂大江干心堅豈畏蜀道難
石鯨吹風駭浪立孤棹直上乂魚灘灘聲不住人聲急
怪石雜出相激湍舟子落膽空咋舌恭人生死殉一棺
頃刻精誠感天地魚龍潛伏波不瀾繪出當日孤舟景
令人見之摧心肝處變如常賢且淑上代承歡下鞠育
懿行德徽無間言筆墨生涯供饘粥養生送死在仔肩
擔當大事悲風木男婚女嫁備苦辛歐荻柳丸親課讀
令子力學拾芹香定能克家繼科目松柏後彫閱歲寒
香留晚節看黃菊誰謂天心不可知我觀易象參剝復
女中學士大家風奇才多出巾幗中不重奇才重奇德
傳人豈僅詞翰工披圖移時彌增感自嗟命運多坎窞
去秋禍忽延椿庭傷哉情緒何憂慘此後入蜀亦孤舟



夢繞江流愁更愁人生大本爲忠孝天乎何怨人何尤
一帆風順隨所遇茫茫誰導征夫路君執斯圖感春暉
我對斯圖寫哀慕

皖潛 徐賢尊 霞卿

左恭人江蘇陽湖人左仲甫中丞女孫
贈太僕寺卿前江西吉安府知府曾吟村德配也生而
淑慎性稟柔嘉稍長讀書通大義不矜柳絮之穎慧無
詡荊管之新奇固已志喻清霜心盟白日方太僕公之
捷南宮司農部而官京師也一鐙佐讀十樣分箋案畔
眉軒有靑禽之比翼房中手奏無黃鵠之孤飛伉儷相
莊門闌集慶既而太僕公出守江右五花爭豔雙管描
春錦張新製之機琴譜阜民之曲循吏之傳可付之史
官神君之稱交推於南郡方冀薦登上考展步長江無
何鼙鼓喧闐欃槍閃爍煙生城闕霜肅戈矛賊勢愈肆
其鴟張援師復虞其鶴化黃沙漲地白骨撐天大廈難
支長城竟墮以一身盡瘁未克厥成海水沸愁天風激
怨而恭人於斯時也匍匐招魂蒼黃殮泣骨逾柴立氣
僅絲連俯首重泉疇奉白頭甘旨傷心獨活堪憐黃口

呱嘑託李簫之家命亡逐北悲王凝之婦骸負歸西宛
轉哀號慘揺三峽模糊血淚圖寫孤舟嗟嗟舛午難言
艱辛備歷天邊秋雁如答乎悽聲箔上春蠶儼形其憂
緒天乎何酷慟矣奚如洒知抽盡蕉心彌昭筠節他日
榮膺綽楔熾著丹青事表黃麻
龍章載錫蹟垂彤管蠹簡流芳彼何人斯想見柳家之
母必有興者且看趙氏之孤既序大畧爰續四言其辭
曰
天地正氣參闢稱奇風霆欣章婦孺洏洟卓然世紼子



馬縈蔆魂骨蜀道珍珍嶔巇難流終古險出一時靈兮
歸來知乎不知廑展斯圖兮我長噫積痛於骨飲恨於
思父忠母節劭旃卷葹捬圖欷息愁絕江湄

川東鄒增吉珅甫

秋波淼瀰空江水丹旐翩翩還錦里片颿遥泝楚天西
圖窮毫末悲風起舊家僑置蘭陵縣生長江南矜綺豔
左氏曾吟嬌女篇陶嬰眞慕賢雄傳王郎天壤不須嗟
詠絮才名本謝家畫省仙郎淸禁滿蘭臺夫壻上頭誇
十載京華擅淸譽一麾出守西江去卻爲孤城請救兵

豈知降將虛相助征南幕府並招賢功名肯被書生誤
垂冠且學縵胡纓拂衣更覓封侯路別意芙蓉鏡裏花
離愁楊柳門前樹宣州弩手下江兵荊楚材官氣剽輕
自拔螯弧當一隊何須五馬典專城捷書屢報通音訊
一朝戎幕傳凶問雞年噩夢已先驚沈痾難起英雄病
故鄉歸骨是何年全家漂泊寄江邊杞梁婦在城空隕
趙氏諸孤共一船當時此憾託煙墨令人撫卷增悽惻
望帝魂銷杜宇城離靠路遠蠶叢國巴女巴童咽竹枝
楚歌楚怨哀蘭澤汀樹微茫有恨天蘋花黯澹傷心色



九秋草木斷猨悲青山月落楓林黑淒淒嫠女泣孤舟
夜雨天涯聽不得白頭二老倚閭盼一家骨肉還相見
可憐髫齔痛孤貽馨香强爲忠魂薦家近城南萬里橋
百花潭上水蕭蕭年年自浣花溪紙書畫裝成鬢已凋
羣雛小婢淸江口賣珠補屋由來有自書新詠付徐陵
倘倚高譚折劉柳令君謁選來
皇都定襄作宰捧除書版輿奉母潘懷縣綵仗迎親崔
大夫馬邑烽煙堪嘯傲雁門山色最蕭疏好攜花樹河
陽譜來撫燕支絕塞圖回首當初腸斷續此圖此卷難

終讀樂府翻成孤雁飛悲弦彈斷烏棲曲嗚嗚吹角上
瞿唐寡鵠哀鸞事可傷人世恨多難盡寫丹青亦自有
參商句本唐末名畫錄

仁和鍾駿聲雨辰

巴猿警霜旦弭櫂乂魚嘴寸心無波瀾天吳仆不起飛
旐遡瀶靈悠悠江之水一卷冰雪文瑩然照餘齒

山陽秦煥文伯

節旄勛業仰清門祖德英華蔚女孫三絕才名南國秀
一篇嗚咽北堂恩撼山鶗鴂思賢守跋浪蛟鯨避淚痕



非是江神呵護至總緣正氣壯乾坤

毫端風雨雜悲哀雪海冰天淑氣回五馬舊聞騎竹去
雙鳧新看種花來驚心尚夢號猿岸翹首纔登市駿臺
共識丸熊慈蔭遠循陔人是勒名才

長白廣蔭愛堂

巫山高巴水深風慘慘雲陰陰一葉扁舟載浮載沈鬼
神常呵護蛟龍不敢侵云此尺幅中有忠臣之魄節母
之心解一夫君守西江欃槍方下指斫頭身不屈報
國誓一死淮南轉戰氣何雄手擕九城付元戎無端踐

妖夢飄然歸大空下視七尺黃腸耿耿起白虹解二母時
聞信遠隔雲嶺姑老子幼依弟姪弟姪又息影歸骨豺
虎窟一日數遇警念蜀道之崎嶇淚下如綆解三度荆門
道公安布帆直上萬壑千山朝何所聞腸斷哀猿暮何
所聞血灑號鵑風餐水宿言至乂魚灘解四白浪山立江
聲雷吼一舟低昂險入魚口舷斷蓬穿篙工束手母乃
危坐悲歌慷慨氣薄雲風瀧忽駛退石齒抉其垠舉家
額首驚有神瞬息抵前津解五憶昔復憶昔痛定還思痛
多年相唱隨柔翰每偕弄一從浮雲事變還斷硯塵封



觸別夢挑鐙試寫入蜀圖是畫是淚何模糊直為巫峰
十二神女之雲雪其誣解六行者稅矣亡者甕矣武擔之
石今復位矣懷清之臺茲其對矣有頻者弁子且貴矣
子宦既成母乃瘁矣解七我未展圖先讀詩晉昌令尹為
我更述母也慈教孝教忠世有之不謂波濤仗涉浩氣
一至斯嗟哉節母乃儒宗匪惟女師解八

豫籍皖桐方戊昌季方

吁嗟乎忠臣殉身淚未乾節婦守身意悲酸殉者不易
守尤難節萃一門表霜翰心香一瓣曾南豐左芬丙助

巾幗雄太守遺愛吉郡中戰績尤著在江東大呼渡河聲不絶賊巢未洗命先訣以身殉國心如鐵褒䘏典優昭芳烈吁嗟乎公志已遂古賢希寡鵠孤雛孰爲依遺骸萬里如何歸蜀道青天魂夢飛叉魚灘頭舟幾覆抱棺籲天途窮哭百神呵護馮夷伏石尤風息舒鸞壓吁嗟乎銜石塡海海竟塡列女傳中名媛傳養親教子一身肩寶文鸞畫節皎然淑人古風脫盡閨秀口吻畫亦酷肖甌香館否極泰來循環理哲嗣作宰綬拖紫版輿迎養奉甘旨延陵驄馬今堪比吳春海侍御綵衣娛親繪驄馬導輿圖淑人題詞感慨淋漓可歌可泣



閩南 王仁堪 可莊

急瀨聲迴寡鵠吟斷航飛渡大江潯淚潮恨海兩無盡于尺風濤未覺深

春風不放卷葹枯晚景宜添捧檄圖餘事丹青亦千古蘭陵壓倒惲清于

楚樊 胡毓筠 介卿

蜀山高高蜀水長太守靈櫬歸故鄉鄉居敝廬不知處縹緲素旐隨波揚叉魚灘頭浪最惡排空倒峽聲洶湧扁舟孤影幾顛覆篙工舌咋心傍徨吁嗟節母吞聲哭酹酒哀告天蒼蒼上有翁姑尙健在雙雙白髮門閭望下有嬌癡苦稚弱待哺黃口泣喤喤不惜未亡人蹈險只恐遺棺沉渺茫眞宰訴達幽冥聽鬼神呵護蛟龍藏波濤全仗忠信涉一誠遏住狂風狂事過迴思猶心悸摹成圖冊誌不忘三絶夙精詩書畫和淚自寫情悲傷憶昔吉安頻遭刼但餘瓦礫城荒涼太守下車新爲政心力交瘁籌團防叛將通賊誅難逭城門失火池魚殃蠢爾殘凶脫狡兔轟然列炬奔羣狼便擬反轅息肩去



無何應聘趨樅陽樅陽軍書亦火急勢難袖手觀從旁帷幄運籌已決勝誰知二豎屯膏肓勳名未竟棄中道魂魄何依羈遠方節母攜孤慘扶柩險阻艱難曾備嘗布帆無恙旋梓里宗族鄉黨稱賢良丹青淋漓課孝養旨甘仰給調羹湯迨看喪與祭無憾苞芻孔阿蘋蘩香況兼男婚並女嫁紛紛向平願都償尤虞詩禮紹先志紗幔所傳經籍光迄今諸郎聯翩起鳳毛絢采齊翺翔雲山北向三晉地板輿親捧迎花疆食蔗早知有佳境折葼仍訓刑稱祥弦歌聲裏承色笑歡臚保赤登慈航

天眷節母貽福厚子孫逢吉身康強年年八座起居適
芝誥稠疊頌金闆

靜海 高崇基 紫峰

我聞崔實有善績賢哉其母深訓廸後之作者左恭人
十載含茹勤晝荻板輿花縣報春暉比戶謳吟播遐邇
詎知磨蝎際迍邅萬里風濤身遠歷惜昔吉安四被兵
羣盜如毛逞鋒鏑清貧太守蘇創痍力扼孤城撐半壁
降人鬼蜮藏禍心一夕城中傳羽檄從玆飲血走青陽
上念



君親悲伏櫪孤帆載得忠魂歸襆被入蜀心憂惄巫江
兩岸猿猱哀澎湃砰訇波浪激輕舟倏入乂魚灘髣髴
春雷轟霹靂舟人無色走且僵恭人酹酒波中滴一門
忠節感天公瞬息潮平渡飛鷁丹青自給奉舅姑衣鉢
徐黃流派嫡新詩數卷掩前賢藻思縟旨誇淩轢雞林
大賈懸餅金巾幗鬚眉疇與敵雨窗披圖誌短篇羈毫
愧無冰甌滌

靜海 杜焌年 又陂

世途艱險千萬端婦女肩任尤為難曹娥杞妻事已往
永垂青史名不刋曾君本是奇男子夫人節概亦無比
旣嫻書畫更工詩不櫛眞堪稱進士相隨五馬來江鄉
徧地狂寇矜鴟張吉安四度遭兵燹那有燕寢凝清香
隨身一劍赴官去十口寄寓留南昌使君入境士民樂
團結殺賊受成約援軍誰想是豺狼揖盜開門肆擄掠
萬民救護身雖存降將巇誣職已落此時有志將歸耕
大府飛書頻促迫霆軍檄入揚威名九戰克復九名城
報
國心殷病遂亟夫人奔視阻行程半途驚聞凶耗撫



膺大痛將捐生因念遺囑强支拄獨為其難師程嬰家
門萬里錦江渡宦況清貧太寒素大僚賻贈分廉泉婺
婦孤兒得生路歸舟行入乂魚乂灘底石齒森杈枒長
鯨鼓浪狂風吼蛟龍突起紛騰挐舟子失色各束手全
家眼看入虎口夫人撫棺悲失聲精誠上達天帝右洒
和血淚澆洪濤馮夷遁逃黿鼉走須臾出險慶再生詡
為神助果然有痛定思痛繪成圖歸獻高堂枯淚濡婦
代子職供甘旨母兼父道教諸孤天與生花筆一管浣
花溪上甌香館人得書畫如奇珍潤筆爭遺曾未緩男

婿女嫁忘家貧手指告疲心力癯
楓宸廕郵隆長君栽花滿縣滹沱濆板輿入境開笑口
棠歌齊頌淸愼勤指顧政成書上考治譜半從慈訓聞
久欽節母才德全嗣君共揖誠前緣我爲賢令進一解
忠孝食報當縣延他年再走邯鄲路莫信幻夢淆眞詮
神仙原從患難得君不見萱堂之上眞神仙旭初有邯鄲夢影冊子故末語及之

文安 董汝觀子賓

巴山蒼蒼巴水寒扁舟寡鵠攜雛鸞扶持忠骨衝急湍



招魂萬里悲風酸節母繪圖淚暗彈追吟往事摧心肝
當年同鄉初彈冠同挽鹿車來吉安狼煙哭起兵力單
欃槍橫埽西江干紙鳶木鵞達將壇援軍難辨忠與奸
開門揖盜賊蠭攢燎原赼火羣黎殘守土失土任譏姍
叛軍狡脫公無官尊鱸風起宦興闌思歸故國醫箭瘢
大帥禮羅飛羽翰夷吾江右催征鞍公志遠大伴范韓
搶如可補肉可剜覆盆未白臣心丹名城九下臣力殫
渡河三呼熱血乾大節懍懍孤忠完遺孤藐藐路漫漫
杜宇聲嘑蜀道難節母撫櫬憂心慱悲招素旐揚帆竿

孤舟一葉乂魚灘風狂浪湧石嶙岏篙師惶懼足蹣跚
船頭簸起波中鑽曾氏諸孤命將拚舟中況有忠臣棺
節母酹酒澆狂瀾悲歌哀籲聲長歎人生忠節是大端
鬼神呵護蛟龍蟠波平風定安如磐慈航穩送華陽巒
白髮翁姑枯淚溥一家骨肉今團欒丹青齊作畫香觀
彎畫來佐雙親餐仰承堂上色笑歡諸郎課讀分熊丸
階前挺秀培芝蘭鳳毛絢采鵬扶搏次公仙骨尤姍姍
廕封拜受
天恩寛賢聲遠勝河陽潘花疆迎養扶輿欄黃花須向



晚節看晚晴佳景嘗蔗般我來三晉歷岋峘明府共揖
相盤桓他時慈竹拜琅玕登堂親獻蟠桃盤

祁州 李榮和木庵

皎皎中天月淸光永不滅鬱鬱嶺上松居高堅多節人
生遇坎坷如月有圓缺蹭蹬不稱意如松被摧折卓哉
曾太守乃是人中傑德配左淑人金閨稱明哲巾幗與
鬚眉生死各淸絕曾公蒞吉安荒城正瘡痍勞來兼撫
字政成萬姓悅賊氛陡然至告急飛羽檄豈料援軍來
同袍竟相蔑紿言得民心掉彼廣長舌整我鶺鴒羣伏

兵出城設開門揖盜入巽謀逞詭譎誓死矢靡他我民泣涕啜稍緩須臾死重修戎行列乘夜潛入城燎原一炬爇狂賊譁然驚遑遁靡遺孑露布馳報功逆將乃擒竊捷足先著鞭竪白遭淄澠喜慍兩不形奇寃久昭雪從玆返初服歸去守故轍君家文正公督師専節鉞尺書來江左邀君重入幕破浪乘長風再擊中流檝軍門資贊勤九城指日捷策勳膺上賞酬庸還公㣧男兒死疆場歸尸裹馬革運籌臣心殫鞠躬臣力竭心力俱云瘁竟以王事歿淑人聞之驚哭君腸九折鹿車難共挽生離成永訣思君彌留際遺言嘔心血堂上白髮衰膝下兒女弱隱忍稱未亡事畜一身託關山信難越何時歸君骨和淚濡霜毫持圖向人說孤舟出南昌扶櫬旋梁益道路阻且長崎嶇經絕壑行抵叉魚灘風波一何惡怒流觸石起旋渦如地裂俄頃逐浪沒長年盡失色堆胸增悲歌撫棺長歎息把酒呼蒼昊誠至天能格鬼神相呵護蛟龍頓藏迹彼岸倏爾登安穩下三峽履險忽如夷惟憑忠信涉望望錦官城里門幸生入登堂拜舅姑仰事循婦職持此丹青筆甘旨供晨夕夜燈課兒讀丸熊與畫荻嚴父慈母兼諸子皆成立男爲奇男子千載堪矜式女亦女丈夫鍾禮叉郝法忠節集一門

天章荷寵錫

中朝頒冏命飾終禮不忒懋賞及後嗣花封奏偉績共濟欽同舟慈顏未曾謁披圖發長吟屢下數行泣愧乏長吉才枯腸勉搜索

巴縣　李成章　服五

萬里横江練寸心枯井清招魂來鶴影嘑血痛鵑聲原詩蜀鵑嘑血煙冥冥梟獍連峰警蛟龍五夜驚原序仗一葉之櫬慈航蛟龍潛伏前憑禱祝原詩心香誓慰君之靈拈管記歸程息影蓬窗裏清風載鶴琴靈隨巫峽上恨與蜀江深白髮悲垂老丹衷鑒此心峨眉積畔路孤月夜沈沈原序叉魚灘在嘉州下流甚險即古犍爲郡處與峨眉緜亘而來

永濟　甯繩武　貽軒

一函忠骨百篇詩氣壓洪濤險化夷天鑒歸裝無長物慈航可護到峩眉

巫峽哀猿鎮日嘑片颿遥指浣花溪杜陵遺集蘭陵藁料得千秋並品題



冷吟仙館附錄　題辭　詩

淸苑　許涵度　紫綍

定襄賢令蜀名士燕見示我入蜀圖云是慈帷手作記中有血淚含模糊當日寇氣徧江右乃公典郡危城孤烽火四郊合圍久矢盡援絕空哀呼出郭收兵郡城陷甘將軀命膏湛盧士民攀號願殺賊公死無益胡爲乎大帥憐才置幕下以公失事非其辜規復列城士氣倍軍門仗策平萑苻壯志未酬竟殂謝裹尸馬革曾何殊蘭陵賢媛際此變欲死誰爲憐孤雛西歸旅櫬蜀山遠間關跋涉悲長途一葉扁舟上三峽愁雲滿目連夔巫



叉魚灘頭暴風作波濤怒轟蛟龍趨白頭篙師盡股栗危哉性命懸斯須至性所感鬼神護危灘頃刻如康衢驚魂甫定繪成帙淋漓佳什霏璣珠是墨痕耶是涕淚節媛才女今世無吁嗟乎峩眉之峰淩斗樞錦江之波淸不渝靈秀所鍾到中國懍懍奇氣驚頑愚我讀斯圖肅然起知君秉訓由慈烏願君長守晝荻教循聲指日

聞上都

莒州　管廷鶚　士一

關山萬里未亡人巴峽中流一葉身鷁首浮沈隨逝水鴻毛生死寄纖塵哀猿交淚悲何極陽鳥潛蹤信有因窩罷卷施出奇險從知忠烈感明神

壽陽　傅汝霖　雨三

兵燹連郊慶再生孤帆搖曳指蓉城篷翻驟雨飄無定風擁危檣折有聲隔岸猿依枯樹嘯深宵龍挾怒濤鳴中流撫劍悲歌起倒喝空江水勢平

江流浩淼響嘈吰風雨扁舟一葉輕水湧波濤浮鷁起人拚性命與蛟爭孤篷燈燼寒無燄四野猿啼夜有聲豈是長歌能禦險山靈特意護忠貞



淶水　趙之燮　鐵卿

天崩地裂鬼神愁萬頃驚濤一葉舟畫鷁險穿巫峽口暮猿哀答蜀山頭捐軀報國雄心在負骨歸鄉大節留從此奉親兼教子杞妻歐母並千秋

墨痕和淚瀉毫端尺幅江聲吼怒湍萬里家山悲杜宇五更風雨哭桐棺驚魂猶恍波濤惡矢志渾忘道路難此日

褒榮崇祿養科名蔚起報芝蘭

宿松　黎宗幹　芑孫

盥香試披圖感慨殷節擊天意良有由毋德竟無極自
擧粱氏案鏡誇藍田璧司曹妙持算豫章新捧檄絃管
弄清聲棠芾遺甘澤瘡痍赤子哀勦刼紅羊歷智珠握
中權心兵挫強敵毒遭外援軍陰誤守土職拔劍赴戎
行運籌建勛策奮振雷霆怒叱變風雲色轉經百戰苦
捷報九城克傷哉精血殫杳矣偲凡隔孤鸞與雛鳳碎
肝而喪魄旅櫬悲皖江歸途思蜀國危灘過乂魚戾風
驚退鷁浮沈舟一葉浩淼濤千尺檣勢駭欲折猿鳴聽
盡咽呼號天地愁悽惻蛟龍泣凭棺淚空垂酹酒波頭



息劇憐寸心丹得慰雙頭白胡以奉瀡惟此工詩畫
淋灕春雨詞點綴秋山墨嫻訓苦和丸示誠響裂帛芳
庭蘭桂品幽室松筠節紫綬煥文章黃麻榮
誥敕莫奇巾幗傳永表金閨式

德化劉瑞祺謹丞

岷峨迺運江流闊凝碧成雲無變滅一門至性足千秋
夫作孤忠婦苦節蘭陵女史左芬才金石爲心玉爲質
南豐夫壻王農曹鴛鴦文彩稱良匹一麾出守古廬陵
黃巾肆擾變倉猝設疑攻賊賊奔潰九城迭克盡妖孽
有功不賞罪必誅失土得土甘廢黜元戎辟置愛公材
設施未竟空嗚咽噩夢老僧吹角招參苓不起膏肓疾
玉鏡忽破温嶠臺金環竟佩申生玦寡鵠悲鳴不忍聞
顏色慘淡聲鯁噎撫孤已無杵臼忠摩笄敢學趙姬烈
孤騎髮髻迎喪輿從此一身繫存歿楚些作賦誰招魂
黔婁有妻得歸骨家山遙望西南天閒闊萬里難飛越
瞿塘灩澦古天險急湍亂石相吞齧萬壑倒流水建瓴
千崖競勢灘森矞篙師股慄一失手帆檣傾倒舵摧折
不恨殞身龍蛇淵恨君葬骨黿鼉窟撫棺一慟天蒼涼



靈帷彷彿魂悽絕哀聲下徹馮夷宮精誠上達諸天闕
須臾風定波濤平慈航一葉渡恍惚吾聞湘靈泣竹竹
盡斑杞婦哭城城爲裂鑒此堅貞一片心感動天地光
日月巴峽哀猿秋斷腸蜀山杜鵑夜嗁血三十年來淚
眼枯諸孤教養森成列歐陽荻訓昔青燈潘岳板輿今
白髮一幅畫圖一卷詩回頭往事應涕血噫嘻乎精衛
難填恨海波女媧不補情天缺彼蒼厄才乃顯才共姜
之什曹昭筆

丹徒 劉天麟 石君

素旐歸舟數千里輕攜一葉只魂斷乂魚灘上石尤風烈隻手難迴鯨浪險傷心但寫鵑啼血且推蓬把酒酹江天慈航接　身世感滄桑閱兒女累劬勞竭想寒閨賣畫淚枯雙睫十指都償婚嫁願諸孤不負冰霜節向琴堂重展舊圖看箋詩叶　調寄滿江紅

旌德　呂鳳岐　瑞田

丹旐泝江沱狂風舟已頗計惟有酹酒悲歌忽爾浪平歸棹穩風縱惡奈天何　寫影筆留可傷心句自哦左芬才幾許消磨秋雨燈前頻掩卷詩與畫淚痕多　調寄唐多令

會稽　李慈銘　蒓客

萬疊鉈山路正蒼黃孤舟入峽素旌飄霧偏是猿啼經破家苦被石尤風住恁布總憑棺誰訴那有小郎呼謝泚險存亡都盡乂魚渡向空祝奠椒醑　悲歌忽過蛟龍怒報神君布颿安穩黃牛如故舐筆蓬窗重和淚點向左芬紈素更血染丹楓千樹我亦無家張儉耳慣風濤題徧傷心句　我是無家張儉萬里走江城左仲甫中丞南浦詞句也恭人即仲甫中丞女孫竹如意碎還否　調寄金縷曲



跋驄馬導輿圖詩後　銅梁　吳鴻恩　春海

借題發揮忠孝至情溢於言表故人苦心潛德得賢內助傳之雖在九原可以無憾其古音古節慷慨悲歌直逼少陵文人學士亦罕見之何論閨閣此圖有此佳作增光多矣迴還莊誦欽佩靡涯

讀導輿圖詩書後　新津　童棫　遜庵

題是慈母孝子一世吉祥詩乃節媛忠臣十分沈慟借酒盃而澆塊壘祇緣誼切葭莩排筆陣而走風雲遂爾文成規矩著作家斯爲創格巾幗中信有奇人莫罄揄揚艮深佩服

題導輿圖詩後　山陽　秦煥　文伯

春海太史之圖是爲至樂恭人閨秀之詩是爲眞悲因人之樂寫已之悲作詩者具有苦心非明眼人不能知也

誥封夫人外姑曾母左太夫人壽言節畧

外姑左太夫人名錫嘉字小雲號浣芬後以夫歿改號冰如江蘇常州府陽湖縣人也祖輔字杏莊乾隆癸丑進士湖南巡撫父昂字粲生道光庚子舉人安徽鳳陽府同知母汪夫人繼母惲夫人外兄弟五內姊妹七太夫人居六生性淑婉聰穎過人幼工繡譜喜詩書九歲失恃育於叔母家時粲生公以大理寺丞官京師太夫人旋入都奉侍曲盡孝思無微不至尤能得繼母惲夫人歡心會粲生公病劇禱於神刲股和藥服之即瘳姊



二人一爲姚光祿子湘夫人名錫蕙號畹香一爲道光丁未榜眼袁太僕厚菴夫人名錫璵號芙江尋俱入都均能先意承志都中有左家孝女之稱又皆善吟咏工書畫才名尤嘖嘖於三黨閒咸豐辛亥歸外舅太僕公爲繼室太僕公時官戶部太夫人操持內政敬順有禮中饋縫紉一已兼之常以大義相規勉京曹類清苦猶能節俸寄家爲兩親壽無闕無乏太僕公簡授江西吉安府知府太夫人隨焉吉郡屢遭兵燹凋敝日甚太僕公招集流亡導以農桑使各安業太夫人又勸振窮黎給衣食以招徠之未幾賊又至民散兵窮

危城不保贊太僕公出資募團兵出奇擊之不三日而賊潰湘鄉相國知太僕公賢檄赴安慶襄辦軍務旋以勞瘁卒於軍時太夫人攜幼弱僑居贛州聞耗痛不欲生拔劍自殉者再均被戚屬勸阻因念親老子幼宜亟歸櫬遂含悲茹痛以守節撫孤自誓當時寇盜充斥道路梗塞太夫人奔喪情迫泣血赴皖千里迢遙獨往獨來毫無懼心遂扶柩由皖至贛親友有勸留江右者太夫人謂舅姑在堂萬無久滯之理乃舁載弟姪兩棺以歸涉九江過洞庭入瞿塘孤帆數千里弱息八九人出



沒於兵航賊艘之中皆以太夫人是賴至揵爲叉魚灘舟觸石破風水相薄危在呼吸太夫人仰天悲號瀝酒以禱須臾風平浪息舟得不沉疑有神助悲蜀道之難作孤舟入蜀圖題詩以記其事抵家營葬畢奉舅姑鄉居茅屋數椽聊蔽風雨日啜粥食蔬課農自給旁觀以爲難太夫人顧勤儉操作宴如也事舅姑婉娩將順家無婢僕佩觿執燧恆躬親之遇妯娌以忍讓推心勸導相處無閒族之孤寡者時濟其乏子弟鶩鈍者悉誨以禮鄉黨稱之舅姑歿後伯叔議分爨太夫人尼之不可

薄田茅屋甘受其实會天旱田不能耕太夫人乃以針
黹機杼爲餬口之計盼子成立至是尤切因念鄉曲弇
陋見聞陜隘恐學業無成遂卜宅於成都南郭外之浣
花溪工部草堂之側延師課讀畢盡苦心時家計萬分
拮据太夫人又以書畫謀生一時名公卿踵門購求有
紙貴之譽日用飲食男女婚嫁悉賴焉復撙節餘錢以
救溺女施湯藥作諸善舉鄉里咸感其德未幾三子光
岷補縣學生次子光煦以父廕選授山西定襄縣知縣
始以辛巳之春就養入晉抵署教以勤廉仁恕盡心民



事是以所在有聲長子光禧尋選授福建邵武府經歷
光緒戊子光岷捷京兆己丑聯捷成進士簽分刑部主
事四子光文亦援例得知縣女六今存者四各以詩書
畫名於時皆太夫人之教也太夫人畫宗甌香館没骨
法而設色鮮麗筆力遒勁能自成一家不落恆蹊詩多
幽憤感慨之辭亦處境使然渾厚處直逼漢魏著有冷
吟僊館詩詞十卷梓行於世光煦又刻家訓女箴各一
卷藏諸家太夫人辛苦三十年其純孝節烈教子成名
及所歷艱難險阻均爲人所不能爲至於書畫詩詞猶

其餘事誠巾幗而丈夫者也今年十二月二十五日爲
太夫人六旬設帨之辰尚辰忝在甥舍聞見較親謹畧
述梗概以待
鴻詞藻潤爲女乘光外舅曾公諱詠字吟村四川華陽
縣人道光乙未
恩科舉人甲辰進士戶部雲南司主事福建司員外郎
雲南司郎中
京察一等
記名道府



簡授江西吉安府知府
追贈太僕寺卿銜廕一子以知縣用前娶張太夫人淡
太夫人俱無出子四長光禧藍翎同知銜福建邵武府
經歷在任候補知縣次光煦花翎同知銜山西定襄縣
知縣三光岷光緒己丑進士刑部主事四光文藍翎候
選知縣女六長適新都劉必帥次適宛平己卯舉人鹽
提舉銜安徽候補知縣袁學昌三適南充花翎同知銜
同知直隸州用山西候補知縣林尚辰四適銅梁縣學
生吳鍾瀛五適漢州戊子舉人候選訓導張祥齡六適

新都湖北應山縣巡檢魏光瀛孫五人崇進科進儀進

元進德進光緒十五年七月林尙辰謹呈

曾光煦校刊

# 陳孝女遺集

陳蕓

# 陳孝女遺集

黃筑姚華題簽

原名小黛軒詩集

# 陳孝女遺集

于君彥敬題

## 叙

薛恭人亡四十日吾女淑宜殉之越一月武昌難作到處騷然都城戒嚴達官皆走避余以雙槥在停空囊如洗兒女又孱弱艱于攜持乃矯情鎮靜令莊女爲其姊編輯遺稿入正將成忽礮聲四起火光熊熊拉雜喧嘩擾成一片蓋暴兵乘機影掠也莊女以稿束身吹燈伏坐空地急則踰垣向隔院空園以避天明聞某家遭刦某家被焚所失皆不貲余所居陋巷又以貧著幸勉及難既而莊女編成因系以言曰吾女少時從其舅氏伯垂同年讀四子五經雖聰穎善記誦無異常兒十三歲隨薛恭人出遏適余友



陳右箴至因聘爲兒女師右箴固善詩女自是始學詩右箴常爲余誦女句余惟唯唯私衷以爲右箴有所改易者迨十五歲隨余在甬恭人生幼子瑩產後失調養成癆症醫言須置家計寬懷靜攝或可多延歲月女聞之以家事爲已任綴學治薪米并撫抱幼弟如成人焉恭人心爲之安余亦色爲之喜是年冬右箴解館歸女得間以詩就證余余始信右箴言不謬且其用意用筆恒步趨恭人間有稚孱者則年齡學力未至耳顧又思難爲其婿者偶有所相探女意必不可叩之急則曰兒寧事母弗知其他庚戌冬恭人疾急忽思編女文苑列傳余言非旦夕功恭人憤

曰吾卽死淑宜尙可繼吾緒女由是作論詩詩晝夜誦于恭人前或與妹論難爲戲博恭人歡及春女貌憔悴恭人已起坐余意差慰不意恭人厄于夏閏而女卽卒于秋初也昔葉紹袁妻女旣卒明社遂屋成買愁一集末著恨書託言幽渺余才粗弗敢竊比第以女詩與瓊章相較有目者自能知之余以是集附于恭人黛韻樓集後亦猶返生香之附午夢堂也嗟夫死生存亡之感人之恒情況在倫常之內乎回憶去年六月以前恭人雖病入癆瘵女猶宛轉誦詩于藥爐茗椀間一家嗃嗃薄宦雖貧亦復樂甚迄今曾幾何時竟同隔世並吾之身亦不知其爲死爲生爲存爲亡也壬子春二月壽彭逸儒叙于都門



## 長女芸傳略

長女芸字芸仙號淑宜薛恭人出也恭人有娠時佐余營書窟將娩之夕夢遊烏石山遇女子雲鬟長袖與一莖草如艾曰芸也可辟蠹翌日向夕女生故以芸名五歲延師課之讀尤聰頴善記誦酷愛書籍得書閱一兩遍卽能黙誦不遺一字且庋疊井井余常以司書戲呼之丁酉春余謀攜眷女隨恭人出滬始學爲詩頗有佳句明年入甬已亥秋恭人產幼子觸發血疾成癆瘵女遂廢學治家事且抱撫幼弟恭人由是得寬心調攝女得閒仍自讀書夜卧或帷燈達旦無倦容以故尤熟史事恭人有作文字於掌故或有遺忘問女女能檢書以證無差譌偶得詩恒請政於余余細按之蓋學其母而氣薄筆微弱耳乙巳恭人攜子女會余于金陵恭人病益深血枯肝熾恒燥急且素性好潔不近婢媪僮僕至是惡益甚謂其有一股濁氣觸之能嘔頓女體母意凡湯藥烹飪事事皆躬親余心恤之欲急爲擇婿使探女意女泣曰願事母弗忍離自是有所議女輒梗焉丁未余自粤攜眷入都恭人因北地嚴冬嗽喘加劇女朝夜奉侍衣不解帶丙戌冬恭人病勢益增女奉侍盆謹便溺扶抱滌器澣衣皆自爲之遂枯槁羸瘠六月杪恭人病殆女于念八夜籲天割臂引刀血湧爲幼弟窺

見驚駭而呼余急起視幸創淺敷以象糞而痂閏六月朔恭人疾終京寓女哀泣成肝風疾瘦損益甚猶能襄理喪事悉中禮七月十一日女以恭人六七之辰自製紙衣冥鏹哭恭人之靈于殯所晚歸猶向余稟陳家事言弟妹未婚毋櫬未歸則墜淚余以婉言慰之夜深分寢翌晨弟妹呼女不應視之則肝風已發痰壅不得下中外醫藥並進加以針灸俱無效至巳刻而殞余初入都時借寓力同年軒舉醫隱園中恭人已病恒拉軒舉醫軒舉見女事恭人謹盛稱之女既以哀毀卒軒舉遂率同鄉之宦于都中者呈訴都察院請以孝女　旌詞既入武昌事起天下騷然



當事者急于用兵籌餉此事遂閣于民政部然女之事母前後十二年無須臾缺疾篤則割臂殁則毀身女之孝思固已無憾矣女既嗜書尤好清朝閨秀集余知其意設法購置或爲借抄十餘年來計得數百種女皆寶之如珠玉常于恭人前誦各家佳句恭人聞之喜至忘病丙戌恭人忽欲著女文苑列傳力疾操觚令女檢書以伺僅成百餘篇而絕筆女欲傳恭人歡乃倣漁洋論詩絕句專紀閨秀名集成論詩詩二百餘首有清一代閨闈著作十羅八九雖急就章弗及女文苑之詳盡而爲清朝女詩史之目亦云善矣又存有小黛軒詩百餘首詞三十餘闋其稿楮葉錯亂勾乙模糊今之所成者皆次女莊爲之編輯也女少時未嘗出門戶壬寅余攜眷歸癸卯女隨恭人登道山至隣霄臺恍然有悟告恭人曰薛老峯在某處般若臺在某處敂以何從知則曰似曾到此者故自稱爲道山女子女十五歲時在甬嘗夢遊天臺山騎龍謁皇大姥姥告以十二年可相見詎意其卒之歲竟合其數凡此事屬幽渺非余所敢信者綜觀前後則有合焉豈女果有宿根耶女生于光緒十一年乙酉五月十九日申時殁于宣統三年辛亥七月十一日巳時得年二十有七歲余有生壙在芋坑山壬子秋歸葬恭人即以女柩付瘞於旁并囑余子孫祀



恭人并祀及女以誌其孝云

## 附錄呈文

農工商部郎中力鈞法制院參議林炳章內閣承宣
廳辦事翰林院編修黃彥鴻掌河南道監察御史葉
芾棠記名御史周登皞郵傳部郎中何啟椿王世澂
典禮院員外郎陳棟前郵傳部員外郎方兆鼇鄭誠
敘官局行走主事陳震學部主事陳衍周景濤陸軍
部主事丁震郵傳部主事王鴻兟林蔚章陳宗蕃郭
則洵黃永錡陳光燮汪涵川方汾玉宋眞陳遵統郵
傳部七品小京官鄭鴻謀張國鈞林先民林星廣黃
濬五城學堂教習林紓等呈爲賢女純孝例宜



旌表恭請代
奏事竊以愛親雖家庭之庸行而旌善實風化所攸關
是以浣紗有祠宇之傳搏虎見門閭之式鄉名孝女
唐捐戶稅以旌家號小娘明誌銅坑之葬蓋女行果
完於閨閫孝思實繫於綱常已查有孝女陳芸福建
侯官縣人郵傳部主事陳壽彭之長女生而明慧幼
習詩書母薛氏嚴於母教授以閨箴女皆有所領悟
毛裏之傳既根乎天性棓棬之感久出其至誠已亥
女年十五歲其母在甬生幼子產後得癆瘵疾女代
理家事兼撫幼弟榜物掛壁曾聞任臣之家抱弟聽

經奚趙賈達之姊既而母病益深入冬則喘女躬奉
湯藥跬步不離丁未父應調入都母因北地歲寒喘
嗽加劇女侍奉愈謹時切隱憂本年五月母病成痾
扶抱更衣皆女爲之晨昏滌器無殊石建澣衣體察
病情幾等黔婁嘗糞六月杪母疾篤女密於二十八
夜籲天割臂奏刀血湧幼弟驚呼女顏色不變閏六
月初一日母歿痛哭絕食經衆苦勸始勉進饘粥從
此日見毀瘠殆不勝喪七月十一日自製紙衣冥鏹
哭母於殯所暮歸猶悲泣不止翌晨弟妹呼女不應
視之則以毀卒矣佩任死孝具有性天女勝傷生本



乎哀慟女年二十七歲猶未字人蓋屢次論婚輒阻
成議問之則以母病爲辭嬰兒子瑱璟不嫁名重鄰
邦黎道娘紡績幽居情深將母母病凡十二年女侍
奉無須臾缺癆瘵之症得以久延者實女之力也鈞
等原同梓里或有葬親見聞既眞公論無間欲發幽
光於潛德用臚事實以上陳惟該孝女哭母毀身係
隨侍在京之事未便轉向本籍地方官呈請
旌表致多周折謹取具同鄉官印結呈報理合聲明伏乞
臺長大人俯察細情維持女教封章入
告布

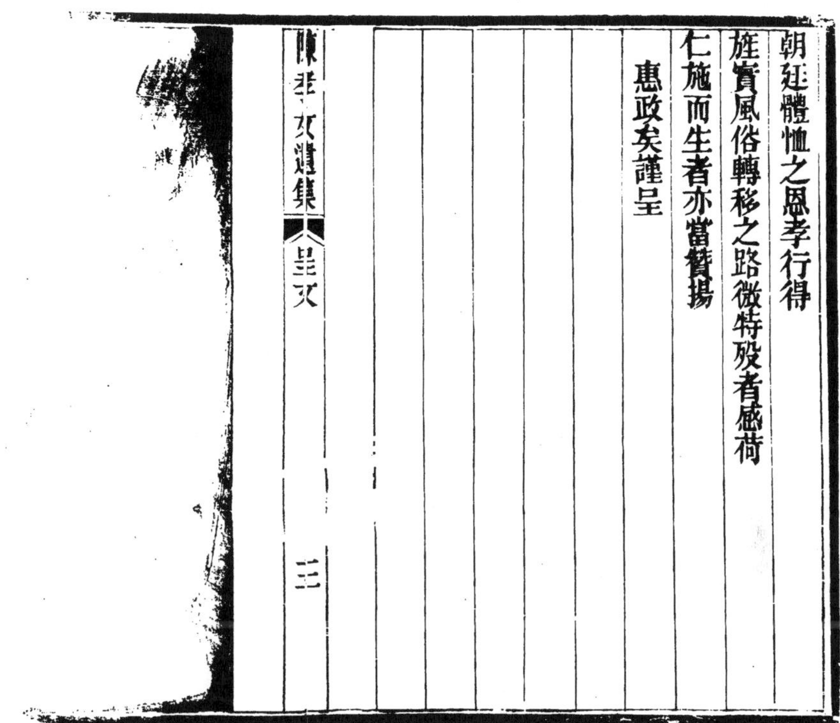

朝廷體恤之恩孝行得

旌賓風俗轉移之路微特歿者感荷

仁施而生者亦當贊揚

惠政矣謹呈

陳孝女遺集　呈文　三

陳孝女遺像

# 陳孝女遺集目錄

# 陳孝女遺集卷上 原名小黛軒集

道山 女子陳芸淑宜

## 擬古

### 閨銘

女德無儀內言限閾屋漏在上明鏡在側蹈順履貞抱一爲式

### 擬西王母吟即用原韻

塵埃下土世民之所熙熙穰穰爰居爰處窮通壽夭惟天玉女道即性善惟天錫予保厥初孩其樂回翔桃樹又花企予之望



### 秋風辭

秋風起兮草木黃日苦短兮夜苦長聞織素兮燈微光蟋蟀鳴兮月凝霜嗟女子兮蘭蕙芳念二人兮鬢髮蒼矧薑草兮病在床願安得兮不老方奠枕席兮壽而康羌宛轉兮心憂傷雁聲墜兮雞聲荒投梭起兮神汪汪

### 擬古四首

行行重行行刺舟出吳越初離海上山倏見海邊月人生若浮萍萬里一飄忽白雲逐風飛去去何時歇安得歸故園蓴鱸慶怡悅

庭中有奇樹佶屈無直枝工師巧繩墨規矩將安施屏棄不可用連抱森離披拙者得天厚不知歲月移

廻車駕言邁崎嶇道阻長吾行殊未已輾轉生徬徨白日易西匿前路猶茫茫春風鬧桃李松菊凌雪霜百年能幾何且傾手中觴腐草化螢火熠熠爭輝光

明月何皎皎照我綠窗前秋花扶疎影掩映而流連揮毫習圖畫無奈風回旋人事易變幻刻意多不全是以談元士服食希延年

### 箜篌引

置酒高堂上花光拂繡茵雞豚雜棗栗擣漬稱八珍我欲彈箜篌歡歌娛雙親人生貴行樂行樂存天眞嘗莊古得道窮通悟其因託乎逍遙遊心志無弗伸明哲習秘旨延年以保身果得籛鏗壽奚憂原憲貧



### 昭君怨

蛾眉馬上行琵琶作胡語朔風吹塵沙萬里思鄉土氈帳夜生寒關月對凄楚歸夢到漢宮昭陽尚歌舞烏啼輪臺曉前旌響笳鼓誰知遠嫁情悲酸惻肺腑

### 結客少年場行

少年尚意氣遊學爭豪奢揮手千金劍行蹤七寶車王侯欣薦鶚文字薄塗鴉超拔人情外何堪盼作家

女貞木歌

枯井寒無波女貞冬有葉傲幹凌雪霜丹心鬱金鐵結實纍纍鳳凰不敢啣

秋蘭篇

蘭草出瀟湘不爲時世糚幽居空谷裏秋來聞妙香援琴標雅操紉佩在衣裳三復離騷意予情亦信芳

采菱曲三首

采菱莫采蓮采蓮蓮心苦但采菱花來對鏡照今古

莫恨菱無根祗怪菱有絲有絲多牽絆無根自支持

菱角出水尖不作刺傷手兩可莫模稜廉隅幸獨守



子夜四時歌四首

春曉啼鶬鴰鉤輈復格磔鸚鵡樊籠中比汝尤饒舌

梧桐夏日陰婆娑響枝葉一朝西風來零落如蝴蝶

蟋蟀秋階冷對月聲絮絮月裏有蟾蜍禁寒更誰語

後凋羨松柏傲幹凌風霜究莫若梅花雪裏饒清香

陽春曲

春風楊柳織金縷曾幾何時忽爲絮隨波又化浮萍去浮萍去漂無跡望春月遥天碧

春江花月夜

春江瀰水通秦淮沙邱人去何時來王氣銷沉六代夢瓊花壁月成塵埃隋家二世不更事龍舟百幅錦帆開雷塘螢火黯故苑玉鈎魂魄悲夜臺龍蟠虎踞猶突兀依舊春江花照月遊船如鯽鬧歌舞美人顏色同玫瑰美人那識興亡事庾信空教賦可哀

東飛伯勞歌

伯勞飛飛扶桑東麻姑羅袂揚春風蓬萊迎接廣寒宮世人學仙想豐彩爭跨魚龍渡滄海換骨無丹鬢髮改不死之藥果何許誤盡童男與童女徐市歸來不能語鎬池君應淚如雨

烏夜啼



驚烏啞啞啼聲急殘月啣魄半邊蝕巢高枝弱風欲摇況復茫茫迷夜色畢逋既無反哺力自問何能豐羽翼木蘭當戶停機織女無所思何所憶

步虛引

雙成雲和飛瓊鼓麻姑清歌嫦娥舞長天碧色碾玻瓈彩鳳迎來皇太姥蟠桃釀熟醉靈丹共折瑤花散世間何事千年華表鶴殷勤猶向子孫看

破陣樂二首

娘子成軍學術新禿襟窄袖小腰身六千君子能興越何事吳宮教美人

昭君出塞彈琵琶蔡女入塞拍胡笳新翻軍樂渾不似風琴信手調嘔啞

桂花曲

八月桂花香味新一株向月有精神河山倒影濤輝裏不許吳剛伐作薪

楊柳枝二首

桃葉渡頭柳色青遊人載酒畫船停依稀九曲青溪在三妹祠荒久不靈

秦淮楊柳擁棲鴉夾岸紅樓雜酒家辜負女墻舊時月怳無人唱後庭花



## 五古

讀史用陶隱居貧士韻五首

乾坤縱異勢信義原相依人生能自立見道皆春暉女子貞順性志無食肉飛如何鍾離春漸臺請謁歸倚柱有慘嘯採葛非薦饑區區忠愛事嫠子能生悲

譙國起高涼錦繖乘魚軒冀妻與萊婦所樂惟田園出處各有適冠蓋同雲煙至誠無息中深造而精研就近能取譬毛裏先可言庶幾蹈白刃荀灌李淑賢

謝女漫詠絮蔡女休辨琴女娟鼓檝歌浩然壓雲音大雅視小絃相去逾千尋乃知立言體輕重須酌斟倘宮教諸妹論語世所欽新傳出女誡窈窕企大家心

崇瑕具才藻利祿不相干木蘭著勳勣婉轉辭郎官浣紗不掩筐漂母有餘餐閨闥羨特操機杼非酸寒懷清擁丹穴相對殊厚顏毛女告元長洞徹窮通關

西施負薪去兩鬢如飛蓬無鹽入齊宮奚勞刻劃工好醜異內質寧論楚兩龔三娥曹龐趙所立偏相同乃知兒女子庸行能圓通終之成四德始之在三從

隨　家慈觀文筆山

吾閩萬山中三山成福地一拳立中央文筆饒嫵媚遐思無諸時數典已不備唐末瑯琊王竊據稱堅利韓偓羅江東避地擔簦至詩筆此肇端文風遂昌熾明代十子興瘦健生瑰異嗣響鄭繼之何李同鼓吹無病竟呻吟究復闢才思追及　國朝初閩闔先拔幟所謂光祿派香草傳其秘此筆起何年惜乏摩巖記文通夢有花邱遲錦入寐割裂縱欲禿豈作班生棄玉尺亦折衡誰是量才器我欲持青空寫出簪花字



隨　伯舅　姨母登烏石山

我昔在甬東曾遊聚寶山風濤拍海岸島嶼如煙鬟今日歸故鄉心曠神幽閒快然登烏石臨風開笑顏荔陰榕影裏蒼碧森回巒稼穡拓平野雉堞廻彎環天然好圖畫那

復知塵寰囘思作客時行路何其艱奚如此棲息景物皆故關啞啞蟬吟樹匆匆鳥倦還夕陽抹雙塔金碧成斕斑

寄　家嚴上海

阿爺出門後霜風已凛冽我家無田園日食搜衣篋阿母舊疾作喘嗽無休歇醫藥旣罔效有時或見血女心抱隱憂難和他人說弟妹喜讀書文筆頗澄澈幼弟纔能行撫視未敢缺今也近歲除薪米殆將竭女愧拙機杼何以圖施設夜闌對苦月萬緒未由決爺行本苦辛海上況多雪願爺得安康著述請刪節多寫數行書冀慰母心悅

莫愁湖



山色蘇芳草春水綠半湖昨宵新雨歇柳色猶模糊莫愁渺何處花氣襲菰蒲玳瑁鬱金堂燕子歸來乎

隨　兩大人謁孝陵

獨夫壓黃金留此蟠龍勢六朝王氣終明祖起紹繼詎意金川門南都僅二世榆木魂不歸陵寢付守衛迄今五百年誰將麥飯祭石馬荊棘中銅駝同一例殿基敗草生禿樹枯篠繫玉魚與金蠶差幸尙幽閟翁仲倘有知無淚爲流涕我聞昌平州十三陵附麗免得移冬青足見　聖朝惠回望鐵甕城不知幾興廢怪禽林際啼聲聲奈何帝

題汪小韞自然好學齋集

昔人論詩才讀書多窮理體物劉亮中遂合風人旨我讀好學齋悠然感興起杜陵詩律細古風尙神髓七律至晚唐玉溪擅其美何必高靑邱方能誇盛軌明選三十家沾沾竟自喜刪裁列朝集所差究無幾吾閩祇數家却遺少谷子玉尺量婉兒挂漏豈若此而翁遊秣陵刻意擬詩史碧城仙館作大半參羅綺授受有淵源圖遠而舍邇嗣而混釋道飄渺虛無裏香閨才藻鮮空山見蘭芷鏗鏘金石聲一洗箏琶耳況有豔與香非若閒桃李臨風細咀詠瓊液漱芳齒西湖山水佳私衷遙仰止

隨　家慈登粵秀山



吾閩有越山入粵見粵秀列岫鬱靑蒼萬井錯文繡風急蟬聲高林密斜陽瘦不知何寺鐘荔子陰中扣

寄　姨母

三載別慈顏方知行路難山川遍吳粵又復歷燕關燕關風雪冷夜坐燈無影爐火凝不溫氷花滯衾枕慈親觸舊疾喘嗽連宵急嚴親勞簿書退直始休息女也非男子無計奉甘旨欲博雙親歡惟速歸故里父言家無田母言命在天幾諫在敬事晝夜心憂煎昨日得手書譽女女相如女思女子事文翰原緒餘弟妹俱聰敏得句尤新穎年少見天眞尙未知愁警舅氏旣遠行遥入五羊城交臂竟相

失惘悵渭陽情女于敝篋裏檢得鸞紋綺願爲長者壽製成雙文屐朔雁去徘徊題緘達寄回春風氷泮日或有德音來

隨　家慈觀十刹海荷花

北地多胭脂紅粧關羅綺芙蓉亦豔冶共立一泓水恰如濯錦江潋灩斜陽裏柳陰立馬看惜之菱歌起我想露筋祠野風香獨美

題徐小淑絡緯集

詩風至明代疏野多苦澀何李縱復古呻吟病呼吸況出閨閫才不甘唾餘拾絡緯入秋吟似歌復似泣長吉嘔心



肝縋幽鑿險入月黑烏驚棲霜深龍欲蟄競病與尖叉韻語聊相襲幸有陸卿子元芝纂成集寒山草木寒相對雙峰立

題沈宛君伊人思集

春風拂地來百花俱吐蕚香色縱各異收聚亦珍博況是同時開綺交而繡錯組織擇珠璣列入匳中橐宛若五侯鯖豈復一邱貉秋水望蒹葭伊人近簾箔盈盈卅六家俱出名閨作選佛既登場羣仙欣有託鸚吹午夢堂淸思亦不弱掌上三珠樹瓊章尤綽約無柰返生香一瞬曇花落抱璞朝玉眞鞭起瑶臺鶴母女皆夙根誰謂情緣薄可惜買愁集恨書轉穿鑿

家慈命題畫幅四首

春滿賣花聲韶光幾日晴杏花嬌欲滴燕子自輕盈輕盈相對語飛入花深處花底酒旗飄高樓旁畫橋

淸露濕芙蓉文鴛睡正濃菱歌何處度猶唱玉玲瓏玲瓏聲婉轉喚起蓮心展文鴛飛上天茫茫紫玉煙

莫乘貫月槎月窟香桂花雄雞一唱喔圓月成西斜西邊淸虛府爛刦吳剛斧何如塒𣟴棲自然五德齊

翠羽亂啾啾羅浮月一鈎美人淸夢醒紅雪滿枝頭枝頭脂粉潤欲點壽陽鬢青鳥出人間丹成好閉關

# 陳孝女遺集卷下 原名小黛軒集

道山女子陳芸淑宜

## 七古

### 春閨月

百花春晚香簾櫳鏡奩銀燭光玲瓏姮娥半面露清影雲羅搖曳飄東風玉階漏滴虬壺銅露華碎點成籠葱罘罳不凝綺紗薄如烟似霧生空濛娟娟靜好照機席翌日春暉上檻碧

### 紀夢

羅帷香燼蘭膏凍趾離狡獪酣清夢雙鬟鸞地來招我遊天台天台桃花三千樹謂我曾經花下住女伴相逢隔洞天笑指流泉欲化煙浣紗有石芳草芊芊何以答之心茫然下觀滄海愁無邊波濤洶湧龍蜿蜒美人扶我騎龍去凌雲飛到蓬萊巔披羅曳縠大羅仙羽衣霞佩相聯翩列樽張樂開華筵我轉蹜蹜未敢前座中仙姥已華顛襝衽下拜相周旋笑道金丹猶未熟遲君高會十二年忽然匌訇響鉦鼓鸞鶴爭吟蝴蝶舞眼花目眩意動搖又逐雞聲墜塵土擁被追思燈半紅綺窗旭日昇曈曈



### 隨　兩大人　伯舅遊月湖

四明山色煙模糊何若剡舟遊月湖三尺短篷五尺櫓竹汀花嶼如畫圖夾岸人家隱樓閣參差叢樹多枌榆逸老堂前弔賀監危橋廻合通康衢蓮花菱荇不種植要與漁翁閒打魚水光澄碧映霞彩天封塔末夕陽餘棲鴉禿柳暮鐘動迷離衰草連平蕪此湖淡樸以質勝況我來遊秋暮乎波寒潮靜流源遠湖東月上懸驪珠酒闌歌罷且歸去客中如此良歡娛

### 代　家慈題畫八首

春色闌珊啼蜀魄血痕滴作蓮花赤望帝不歸蜀道難濯錦江頭半陳跡五更枝上月如霜如火如荼說杜鵑自是



羊車行躑躅教誰花鳥爲平章

藤花香裏歸雙燕紫宸殿上尋常見百尺虬龍綰綬長虎頭燕頷封侯良金谷若誇步障富閒煞盧家玳瑁梁

泥滑聲聲促誰唱秋霜曲瀟湘兩岸苦竹多翦翦秋英朵黃菊願爲鄭谷一篇詩豈屑陶潛五斗粟

宣和御筆白鸚鵡畫苑流傳粉本古如何飛上石榴花粉膩脂嫣益媚嫵

禰生作賦休牢騷博望載歸同葡萄雪衣縱解金經誦血色裳偏製越羅

有雉在山梁木樨生暗香月中一攀折離火明文章

金粟堆中秋不老雞蟲得失如何好小山招隱有遺編莫與霸

王論陳寶

蓼花風靜日將午珍禽兩兩浴沙渚紅掌踏波刷翠羽水國涼生柰何許終朝刺繡蘭皐譜安得金針來度汝攜琴試撥勾挑指水仙調終別鶴起蓬島迢迢三千里漢皐人去洛川濱采得靈芝禮玉眞一聲唳入瑤天去水佩雲裳渺何處

羅浮昨夜熟丹砂十里簫聲弄玉家堂上畫屏列金翠紅雲絳雪相迴遮灩灩珊瑚色況有宮妝客香露空濛中晨風懷九德

隨　兩大人遊雞鳴寺觀臺城舊址



景陽鐘動宮鏡明紅妝千騎爭輕盈雞鳴舊埭剩荒寺草枯樹禿臨臺城臺城殘磚也零落射雉空亭豈如昨可憐芳樂苑中春不見蓮花踏新月玉兒當日能沽酒閱武堂前種楊柳張緒風流一旦非采石軍聲動刁斗東府一失臺城傾袁粲一死褚淵生蕭家老翁殊狡獪文德御膳難容情江潭苑近新林地宮衣小隊弓刀侍又遶臺城射獵歸法鼓齊喧同泰寺金樓通史誇讚蹟捨身奚補牧民術四十年如春夢中荷荷竟索臺城蠻齊梁陳迹暮雲空雉堞頹唐夕照中元武湖乾鐘阜冷山花猶發梵王宮

金陵別槎班兩姊

君不見雁橫天一行羽翼相聯翩又不見花在樹同枝跗蕚相依互柰何姊妹骨肉親弗克頻年共歡聚去年歲暮雪初晴我來白下君相迎話及兒時嬉戲事下九初七皆詩情世事詎知難料量我復隨親出海上偕飲長江水一泓楚尾吳頭兩飄漾人生最苦生別離況爲女子心空悲我有雙親君有壻各盡所事難游移須斯勸我一盃酒臨別殷勤更攜手勉言珍重各努力不識何時再聚首西風吹皺秦淮波石城落木森枝柯看取暮雲起天末此後相思誰較多

寄張宋表姊



匆匆復忽忽去吳又入粵千里異風候長天一明月月光昨夜伴幽寢夢覺波濤撼繡枕鄉國模糊認未眞喔喔晨雞倏驚醒與君生少同深閨那識于今兩地睽登樓時望關山路南北東西意轉迷嚴親奔走謀利祿米鹽生計常不足慈闈歲暮病在床弟妹嬌癡鬧饘粥行路難愁漫漫西山斜日寸草寒安得偕君談舊事一燈風雨話團圞

珠江曲

珠江之水生牂牁夜郎兵至亡尉佗花田南漢素馨謝不及嚴城有武婆只今風月湧珠石珠兒珠女齊歡歌我來侍親坐遊舫瓊樽高酌金叵羅小妹談棋誇角勝阿弟擘

紙爭吟哦客中佳趣訪名蹟骨肉團聚眞愉和舉杯稱慶高堂壽願如粵秀山峩峩斗南樓對海幢寺江水南下無頽波夾岸燈火似圖畫良辰美景樂如何

隨　兩大人遊法源寺觀牡丹

春雲靉靆春星緣唐代琳宮護花木霞光匝地散奇采嫣紅姹紫玲瓏玉西子裝成七寶冠楊姬醉舞霓裳曲儀態臨風現萬方海棠無色丁香俗

題徐湘蘋拙政園詞集

拙政園裏山茶花迦陵悲憾梅村嗟漱玉晚年縱淪落詞才遒麗稱名家我思夫人初嫁日上苑人探花第一西湖



粧閣開鏡奩朝市合歡蘸畫筆鼎湖龍去鵂鶹叫夫婿投誠據淸要蕪城路上霜月高黃金臺畔垂楊笑此時誰爲傳貳臣芝麓梅公相見頻遠山詩與橫波畫共是香閨寫韻人豪華富貴易消歇遼陽再貶多風雪寫罷觀音血疏陳幸得金雞返枯骨從茲懺佛可憐生有媳相隨是女貞初集不能賡續調落花到地一無聲吳江楓葉斜陽冷脂粉一場春夢醒留此遺編似斷腸平泉花木成泡影

讀邢慈靜夫人點塗畧題後

明綱欲墜人心亂承宣莫靖苗羌叛所天旣殞道途難紀畧要非遑詞翰荒村有虎江有灘飛雲洞越辰龍關忽忽頃刻判生死節節險要皆危艱筆鋒悽惻出苦語上疏九天天亦許非非草與蘭雪齋蟲響鳥啼愴羈侶來禽書法左芬襲詩帖巍然慣金石髮繡觀音奚足奇節義能使懦夫立吁嗟乎黔陽龍里通貴筑忠節岡連望夫谷後來詩紀溯程途懷古悲歌蔡季玉

題吳芝瑛書楞嚴經後

紅閨春靜佛火靑鏡臺人寫楞嚴經遙想正襟擁髻坐淋灕揮灑椒蘭馨長槍大戟恐鹵莽銀鈎鐵畫嬌娉婷菩薩低眉迦葉笑詎知織女成文星筆鋒透入三摩地靑蓮花眼垂娥姮丰姿婀娜氣遒勁怒猊渴驥皆精靈桐城文派



溯初祖今將澌滅歸零丁旁行斜上出時尚娑羅異教開新硎此書譬如伏生女聱牙盤詰傳芳型纖穠疏密了無礙十年持戒求天瓶蓬萊鯤女久不作點石特重新宮銘化爲阿育王舍利十方供養尊邊鍘我從書肆得榻本含濡體勢思渺冥悟他一指正法眼墨花香動風泠泠迦陵鳥音上乘最何須玉枕鐫蘭亭茂漪傳燈到逸少籠鵝祇合書黃庭

隨　兩大人江亭觀落葉

金陵我登掃葉樓暮春木葉皆新柔婆娑淸影罩欄檻縛帚欲掃古今愁今來燕都愁未已況坐江亭秋色裏落葉

飄飄似雨風陣陣閒愁悉勾起人生金石豈能保白髮青絲不待老春深桃李正盛開秋後梧桐委衰草草枯草長無消息落葉辭枝郎陳迹何必落花始斷腸藩溷錦茵皆可惜哀蟬唱罷夕陽遲又是蕭蕭颯颯時到底繁華總搖落西山如黛也愁眉

排律

四伯父命題改七薌畫西子浣紗圖

越地山川秀吳宮花草殤小家如碧玉滅國仗紅裝蘇苑新承寵耶溪舊採香年華楊柳色春信苧蘿鄉響屧非初志負薪秉義方知心惟鄭旦小字似夷光記得機絲候迎



來姊妹行浣紗磯石冷擣素月痕凉急杵臨風起繁砧引韻長力微嬌喘弱顰蹙捧心常奚翅藏筐女無殊濯錦娘東鄰休效美西浙忽圖强烏喙謀深策蛾眉壓眾芳金錢看許飽歌舞教應頁陪媵范蠡送成行伯嚭商館娃開寶殿之子曳霓裳脂粉邀人傳笙簧徹夜忙伍胥窮諫果歐冶鑄干將勾踐猶嘗膽夫椒自色荒廿年爭屈璧一戰失餘艎臺既遊麋鹿情當殉鳳鴛沉江全妾義蒙面爲君傷舸莫鴟夷誤牌曾鳳字彰詩家風雨夢史筆是非塲疑案論千古傳神出七薌嬌姿盃樸質美目倚清揚豔影驚流水紗光漾夕陽笥無漂母飯竹是女兒箱素柰開爭媚黃

花醉不妨白描吳道子妙畫顧長康

暮秋偕弟妹聯句

秋色蒼然至芸西山斜日移梧桐飛敗葉鏘菡萏剩枯枝客燕辭巢急葒賓鴻入塞遲風清桂子窟芸霜老荳花籬蟬寂蛩聲起鏘鴉寒蝶影疲蒹葭凝露候葒碪杵擣衣時乞巧消殘線芸題糕落接䍦商飈吹颯颯鏘山骨瘦巉巉衰草黃千里葒銀河白一絲天空雲淡蕩芸木脫野迷離璧月貯宵冷鏘蘆笳何處悲鄉心應瑣碎葒羈夢總分歧遥想蓴鱸美芸尤饒筍菜奇閩江香橘柚鏘燕市熟菘葵鳳闕丹楓豔葒龍樓秃柳垂棲烏思反哺芸呼雁訂歸期



採菊憑欄望鏘紉蘭結佩宜登高休作賦葒掃石且敲棋搖落桓溫樹芸蕭森杜甫詩萸囊閒旅況鏘萊彩幸兒嬉棗栗皆甘旨葒參苓蓄朮菁延年懷酈水芸獻壽覓商芝桑落重陽酒鏘松醪千歲巵一家歡會處葒佳景樂怡怡芸

花朝日偕葒妹遊萬牲園用光威裒韻

二月東風春已半百花生日徑開三芸裙腰細草桃枝扇金縷垂楊杏子衫葒淑氣要從鶯喚轉香泥正待燕歸銜芸鬭茶女似左芬妹蹴踘人疑崇嘏男葒撲蝶風光原只此踏青時節可無慚芸桑陰綴簇蠶眠熟竹裏鈎輈鳥語

喃莊 鸞珮閒敲鸚鵡玉鴉鬟新製鳳凰簪芸 萌芽芍藥籠
煙活墜架薔薇宿雨含莊 大地雪消麋鹿出小池水煖雁
鳧諳芸 苔生巖石韶光嫩樹繞樓欄翠色參莊 瘦鶴立殘
荷沿碧怒犀噴激醴泉甘芸 豳風七月誰相問我欲論詩
誦二南莊

五律

端午

甬上逢重午寒威尚未降騷休追屈子地自近娥江報賽
虛簫鼓懸蒲逗牖窗客中歡慶處艾酒熟春缸

絡緯



絡緯催機急連宵軋軋聲有人猶未寐對汝總關情金井
轆轤轉荒村砧杵鳴看絲不成匹空自坐天明

隨 兩大人龍華寺觀桃花

幾樹山桃發傳爲海上春流鶯齊出谷寶馬逐飛塵鹿苑
空中色龍華會上人如何官道柳終日只含顰

薔薇

滿架厭彤雲斕斑錦繡紋日高春氣煖院靜暗香聞琴蔓
迷鶯語濃花護蝶羣幾疑飛燕舞擘碎石榴裙

隨 家慈 姨母宴棠泉山館

把酒獻慈顏人生好是閒疏泉通白水老樹認烏山風味

家園樂星霜客路艱何如一樽裏骨肉話團圞

雨花臺

莫問長干里荒山對夕陽斷煙消塔影花雨散天香舊蹟
餘頑石殘灰記戰場登臺遥望處惟覺海天長

羊城食荔枝作

雖是嶺南荔無殊閩產時紅苞含瘦核玉骨裹冰肌佳味
饒酥蜜清芬沁肺脾東坡三百顆日啖未爲奇

醫隱園偕莊妹玩月口占

共坐小園靜長空月有陰春寒猶料峭夜漏已深沉世事
看花眼評詩感舊心玉階齊不寐清露濕羅襟



再過萬牲園用杜工部重遊何將軍山林韻五首

草木士衡疏禽經師曠書飛潛憑造物天地是蘧廬覺夢
蕉藏鹿忘機我亦魚安能逃暑去猿鶴共安居
此卽豳風景菱舟逐水移堂深遲燕子林密護鶯兒楊柳
珍珠泊芙蕖細草陂有人觀瀑布只隔槿花籬
四面朱樓敞清風拂檻時茗香天上味花韻畫中詩斜照
籠千樹西山露一絲紅塵聊極目雲鳥拓襟期
稼穡艱難處田家風味長稻村飄酒旆瓦鼎品茶槍綠葉
華林柿黃雲冀野粱誰眞知帝力擊壤頌軒皇
猶剩春暉意孝思憶去年雙停仙鶴御高激水犀泉瀨座

排仙仗行廚獻玉田只今惟老柳和月一悽然

雪

雪裏朔風嚴天寒碎玉添黨姬茶當酒謝女絮勝鹽梅萼紛無影蘆花撲入簾明朝新霽好氷筋掛層檐

代　家慈題畫二首

新燕差池舞藤花一樹高畫梁空玳瑁春色有葡萄紫豔垂纓絡紅襟快剪刀玉真娘去後留下錦絲條

毛羽斕斑倏琅玕翠色低蕭蕭疑暮雨滑滑滯春泥蟻陣臨風罷龍孫拂月齊婆娑清影裏奚翅鳳凰棲

隨　兩大人登居庸關



百二秦關在燕丹事若何九邊連朔漠一綫下渾河土木乜先壘黃花勅勒歌只今餘夕照來去送明駝

七律

暮春

暮春時節草芊緜倏忽陰晴態萬千滿院落花蝴蝶夢一簾細雨鷓鴣天荼蘼香逗朦朦月柳絮光籠淡淡煙更有笙簧晝夜奏啼鶯纔歇又啼鵑

落花二首

五更愁雨與愁風斷送韶光一夕中燕子重來啼嫩綠馬蹄歸去踏殘紅人生夭壽真塵夢世事繁華類轉蓬杜宇淚乾蝴蝶瘦誰知俱是可憐蟲

芳事空時靜掩門一庭細草伴黃昏滿階狼籍猶飛舞何處鵑聲爲斷魂縱有餘香存豔骨可憐落葉到歸根催開不及催殘易算是東風造化恩

隨　兩大人遊月湖謁賀監祠作呈　伯舅

辭老抽簪高尚賢鏡湖一曲得歸田如船騎馬稱工部貰酒金龜醉謫仙故里黃冠肥遯好入宮禍水見機先四明狂客風流甚猶博叢祠香火傳

秋柳

絲絲搖落復凋殘顏色蒼黃葉半乾堤上馬嘶衰草渡樓



頭人倚夕陽欄不堪憔悴臨風秃猶自婆娑弄月寒莫問永豐西角樹秋煙秋雨總漫漫

歸里呈　姨母

幾年離別此歸家喜見萱靈姊妹花雲漢新秋蟾影淡弟兄中表雁行斜論詩先數宮閨典話舊應教學識加願買繡絲當脩脯絳帷容坐女侯芭

山茶

東風拂檻日光微豔豔春枝露未晞茶蕣吹噓嬌左女花顏宛轉醉楊妃漢宮妝膩臙脂冷赤玉盤成琥珀肥何事耐寒高格調也同桃杏鬥芳菲

秦淮聞歌

女墻明月影娑娑入夜遥聞隔岸歌急調曼聲催落葉哀絲豪竹送微波漫傾俗耳箏琵樂始信人情酒肉多我獨盛衰憶六代後庭玉樹竟如何

壽　兩大人五十雙慶

敬隨弟妹拜尊前願祝爺娘福壽綿三日纔過浴佛節雙聲合奏壽人篇禮稱艾歲雖五十慶洽椿齡是八千何必霓裳高處詠全家同作地行仙

粤城新春水仙菊花海棠牡丹並開梅花轉成零落戲紀一詩



年年吳越度春時不及羊城氣候奇屈子騷邀陶令醉放翁畫配謫仙詩託根果克依風土造物何曾判早遲倘輯春秋紀交廣生花有筆可相宜

都中寄　姨母

坤闈拜別倏三年今已全家又入燕慈母病多藥餌急嚴君官小俸錢慳零星薪米皆如玉連日風塵欲蔽天莫怪深閨疏筆墨茶爐茗椀廢詩篇

花塚

尺許殘碑土一坵野花瘦草伴桐楸鴛鴦羅綺終紅落鸚鵡文章孰白頭香國有天皆刹利夜臺無地可埋憂紙灰蝴蝶椒漿淚一曲長歌明月秋

紫丁香四首

嬝嬝婷婷膩豔裝丁娘初試紫衣裳檀槽斜綰同心結綬帶濃薰百和香金谷酒樽張步障謝家棋局賭羅囊鴉頭花面君休笑合向東風伴海棠

細瓣柔莖的皪多紫霞扶影舞娑娑宸班連日封泥詰薇省因風動玉珂叱撥無聲金作勒鴛鴦有夢錦爲窠珍珠簾歎花光小簇簇嬌憨柰爾何

芳時惻惻滯春寒山紫屏圍丁字欄碎擣麝臍香未滅笑含雞舌露初乾數花並蒂田荆樹千瓣平頭魏牡丹想是



東來佳氣好玲瓏夕照耐人看

蓬萊新渡紫姑仙點點瓊霜浥露鮮沉水郁蒸春旖旎綃衣閒舞月蹁躚狂言縱使雲能乞豔骨休教玉化烟分付膽瓶深護惜幽閨珠箔雨餘天

都中懷古五首

五坡軍散事全非取義成仁幸庶幾正氣歌留臣節在教忠坊聽血痕飛崖山塊肉風濤遠燕市椒漿香火微偏是吉州歸葬日梟雛傍母尚依依文文忠祠

勢窮力竭氣憑陵賣卜猶言忠孝能柴市英靈追相國西臺如意哭良朋法源寺近隣幽寂却聘書成感慶輿合把

娥碑鐫壁上廉頑立懦好師承 謝文節祠

根本京師莫動搖薊邱一戰退天驕衣冠東市眞塗炭鐘鼓西宮又早朝國事艱難謀骨肉故居風雨尚飄瀟鄂王未竟偏安局望斷巖欽道路遥 于忠肅祠

五更草疏起朝天十罪鋤奸意獨堅蛇膽何如浩氣壯鸞刀自割腐筋鮮煩究附會督師案代死悲鳴內閫賢留得松筠遺蹟在柏臺綮酒薦年年 楊忠愍祠

兵機白梃穆清風顏色桃花馬上紅仗劍來朝嚴部曲戰袍拜賜謝宸聰鳳城柳憶連營暮蟬鬢人歸繡帳空錦織高涼相媲美千秋兒女兩孤忠 秦良玉祠



## 五絕

新月

新月照簾帷清光些子兒鄰家小阿妹偷學畫蛾眉

題蕁梅圖

天陰雪如絮蹇驢自來去不識灞橋頭寒梅開幾樹

義婦塚

詞調祝英臺樂府華山畿壞襲化蛺蝶猶逐春風飛

孝子祠

奉母慈溪水祠宇報蒸嘗孝思終不匱猶有童八娘

觀織

絹素復綾繒人無凍瘃憎女工首蠶織端合祀西陵

聞雁

銀河掛碧霄月黑雁聲遥莫作平沙弄瑤琴尾亦焦

清涼山晚眺

折屐聞謝傅爭墩笑半山龍蟠虎踞外何處秣陵關

寂寞長千里蕭條朱雀航莫愁湖水上閒煞鬱金堂

桂花髻圍

金粟如來化牟尼一串長髻鬟誰品就參徹木樨香

香港

山勢跨鼇背波光擁蜃樓一家胡越好只有夕陽愁



光孝寺

試問尉陀臺奚若任囂墓荒寺無古今秋聲滿高樹

天津

秋盡入津沽堤旁官柳枯夜看星析木知是近京都

隨兩大人聽王玉峯三絃口占呈家嚴

從來傳樂師其目多雙瞽如何舜重瞳南薰自千古

入夜

入夜人聲靜駝鈴似木鐸缺月一痕斜木槿花初落

## 七絕

秋光

秋光如洗淨雲烟一色微波淡遠天十里蘆花千里月詩情畫意共澄鮮

蟋蟀

紅頭紫與白牙青珍重平章促織經貯汝金籠似金屋空階絡緯付誰聽

天封塔

廢刹荒涼剩數弓猶餘一塔夕陽中育王舍利空浮影對看江流出甬東

天一閣

叢殘零落刼灰餘傑閣盤空辟蠹魚倘使五車容借讀吳鸞合作女傭書



婉槎班諸姊招余偕葒妹宴虹口徐園席上偶占

賭酒聲中鬥韻喧不知窗外日黃昏傍人倘識天倫樂此地宜書桃李園

病瘧

自家冷煖自家嘗凍似寒氷熱沸湯頃刻一身分兩境奚論人世有炎涼

病愈聞 姨母論女事作四首

戢首能傳畫法新學書爭拜衛夫人後來三祖兼三體都似東施作效顰

葩經三百首睢鳩敦厚溫柔出女流味到詩家三昧處陰何沈謝轉輕浮

大家一賦紀東征班女東宮綠草生猶有左芬工頌誄足方枚馬擅西京

娟女臨津激渡河贖刑官婢語無多文章至性關毛裏自勝臯魚風木歌

新燕

差池上下影輕揹銜得香泥補舊巢偏是斜陽簾未捲雙雙飛上海棠梢

濤園

吟臺光祿已成塵剩有枯松未化薪風捲濤聲山半落如聞桴鼓拜夫人



金陵車中望鐘山殘雪

兀兀鐘山白玉鋪女墻廻合樹枝枯鈿車惜乏倪迂筆來寫金陵霽雪圖

槎班兩姊招遊吳園觀牡丹作

秦淮艇子木蘭歌春水初生漾綠波襯着牡丹好顏色綺羅光暎夕陽多

上海七夕會偶成

新月半規海上生金風玉露夜無聲不知何處軿車度空

望銀灣坐到明

寄　姨母

一別家山又入秋今聞將入粵州遊遙思紗幔談經暇或有新詩憶女不

海中觀日

站站金烏出海東雲霞萬頃墜波紅輕舟似繞扶桑去人在琉璃世界中

人日隨　兩大人遊花埭

莫論雁後與花前秋菊春蘭態極妍如此花光足遊賞不須遺跡問花田



荔枝灣呈　家慈二首

荔枝隔岸護菰蒲小艇人來入畫圖配着遠山凝碧裏恍疑身在小西湖

吾儕生小荔枝鄉舊譜曾聞有蔡襄何意今朝作消夏火雲灣裏擘瓊漿

上海

海上重經第五遭洋涇濱畔更啾嘈西風吹盡堤邊柳剩見冬青一樹高

天津旅邸題壁

迢遞關山行路難白河衰柳已凋殘誰知逆旅風霜緊檢點征裘尚覺寒

隨　兩大人遊天甯寺

梵王舊剎鳳城西春草初生野鳥啼開遍海棠無客到塔鈴風颭夕陽低

寄班姊金陵二首

舊年相聚在秦淮今日來觀郭隗臺北轍南轅遊已遍研京愧乏左思才

君能說劍有雄心謂我詞章感慨深今日暮雲春樹外愛而不見一沾襟

賓宴樓觀珠寶口占呈　家大人



珷玞美玉雜搜羅魚目珍珠索價多愧乏千金享敝帚不堪得寶發高歌

地安門望煤山有感

景山鬱鬱數株松別有滄桑意萬重莫向田妃墓上問國君社稷義從容

朔雪

連朝朔雪白漫漫萬姓無聲咽淚寒莫作人間生死感毋慈子孝事艱難

種菜

蕪菁萊菔數畦長當作栽花課稻塲趁着朝昏勤灌溉貧

居要藉作秋糧

所居窗外一欀一槐大皆連抱榆空心多蟲爲秋風所折遂拔而棄之將及槐予以槐陰婆娑夏日足資清蔭亟請　家大人止之因作留槐詩呈　家大人

欀槐俱是百年材欀去槐留已可哀要與綠窗銷夏好曉風涼月護蒼苔

## 詩餘

### 十六字令 蘭

蘭空谷無人玉露寒攜琴坐香味爇沉檀



### 一點春

手盥荼蘼露胸簪茉莉球妝成對鏡凝眸覷難掃眉端兩道愁

### 憶江南 家大人食西施舌命賦

西施舌風味勝鱔蝦俊比蛤蜊談許事嫩如海月自揚葩鹽豉莫輕加

### 調笑令 雨後見月

花影花影畫出一簾烟景開簾試望春庭不意今宵月明明月明月向晚雨聲初歇

### 前調 新柳

楊柳楊柳嫩色鵞黃如酒春光漏洩絲絲不管人間別離離別離別寄語離人休折

### 如夢令 落花

幾日陰晴寒燠滿地落花枯槁狼藉不成春春緒亂如春草煩惱煩惱欲倩柳絲輕掃

### 醉太平 春夜聽雨

風聲雨聲羅幃夢醒燈光微颭銀屏盼紗窗未明　更籌五更荒雞乍鳴海棠初放關情幸明朝早晴

### 醉花間 題醉臥花茵圖

休貪飲却貪飲貪飲便忍寢風捲落花多正合爲衾枕



沈酣香國夢歷盡甜鄉境黃鸝樹上鳴纔可惺忪醒

### 浣溪沙 秦淮

春暮溪流帶落花柳陰深處有漁叉歌樓夾岸繡簾遮六代豪華隨逝水那堪折戟認沉沙女墻又見夕陽斜

### 前調 羊城

鸚鵡簾櫳牡蠣墻素馨花裏晚風涼剖開椰子飲瓊漿半面琵琶喧瞽女數聲蠟屐走珠孃檳榔密浸荔枝香

### 卜算子 酴醾

一架白霓裳春暮飄香雪倚遍闌干近玉肌忽見玲瓏月花事已闌珊合與瑶姬約願得偕騎白鳳飛盡採瓊英

嚮

菩薩蠻 將由海上赴粵寄槎班兩姊

桂花零落黃花發長江水淺沙堤濶遥望秣陵關江南無數山 同心不相聚又復天涯去從此海天雲相思勞夢魂

前調 香港

層樓廻合人聲急海波盪漾玻璃碧合作沃洲看鈿車盤上山 登高望落日感慨蒼茫立何處問蓬萊麻姑書信來

前調 初夏



杜鵑啼徹花無主曉鐘偏促春歸去婪尾一枝香枇杷鵝色黃 回看新柳碧雨片風絲急不是芭蕉聲蕭蕭荷葉鳴

憶秦娥 海中觀日出

廻瀾紫火珠捧出蛟宮裏蛟宮裏驪龍夢醒羲和鞭起丹砂百鍊雲霞綺遥天五色玻璃美玻璃美朱輪搖漾扶桑千里

前調 題陳玉烈婦墜樓事畧後

雲冥冥貞娥望斷青楓林青楓林高樓百尺絃絕瑤琴桐棺千里遥歸閩可憐金谷花光沉花光沉綠珠往矣願

步前塵

醉花陰 用漱玉韻

一樹寒蟬催白晝煙篆飄香獸簾幙下銀鉤簷鐵丁丁微覺西風透 病來竟落荷花後腕弱擎羅袖攬鏡欲梳粧不道眉痕已越秋山瘦

鷓鴣天 寄姨母

不見盧姨尺一書故鄉烟景近何如花前已自聞鴻雁海上無由釣鯉魚 情宛轉意躊躇離深故舊似生疎昨宵夢侍紗窗立猶有詩篇教女無

臨江仙 義婦塚



古寺靈旗寥寂孤墳短碣荒寒草痕未綠野花殘紙錢灰裏蝴蝶攪成團 試問讀書何事死生只博幽歡木蘭歸去解征鞍雄雌雙兔火伴且驚嘆

鵲橋仙 七夕

明河一綫軿車何處涼透中庭風露鴛機蛛盒巧安排望不見鵲橋飛渡 參橫斗轉雙星如故那有仙緣憑據半邊弦月已西沉只剩箇流螢暗度

蝶戀花 掃葉樓題壁

几几層樓扶碧樹落葉無聞只有飄風絮下望石頭誇虎踞當年曾挂降旛處 燕子歸來雙翦舞玳瑁梁空況值

春風去拍遍闌干誰弔古莫愁湖上流鶯語

蘇幕遮 梅

綴瓊枝扶瘦影玉骨冰肌縞袂臨風整跨鶴人來塵夢醒陣陣幽香苦月圓如餅 甚孤山和庾嶺一角寒窗領畧羅浮景小立哦詩霜露冷絮雪梨雲得句推敲永

喝火令 閏花朝

撲蝶情如舊觀蠶事未遥百花復旦是今朝恰好者番烟景添箇綠楊條 拾翠思前約尋芳又見招踏青鞋子繡重挑一樣香車一樣聽餳簫一樣護花鈴索挂在海棠飄

行香子 湖後



細草芊芊碧葉田田更波光揺漾晴天六朝舊事如夢如烟剩鐘山松臺城柳後湖蓮 莫問詩篇懶展吟箋聽菱歌遥和鳴蟬玲瓏宛轉徵韻釵鈿是數聲肉數聲竹數聲絃

碧牡丹 洛陽有人寄到白牡丹數盆視之已零落殆盡因感賦此

淑景忙于箭一霎豪華變白鳳飛來擬入謝家庭院不意東風碎盡羅襲練零星空賸殘片 韶光賤倏忽成泡電名花竟如人面綠葉婆娑怎奈玉容難見粉墜香消問素期誰遣傷心簾外新燕

柳腰輕 新柳

東風幾日吹楊柳釀春色鵝黃酒醉眸初醒細腰輕擺望去疑無疑有又疑是碧玉華年露盈盈眉痕清秀 正近清明氣候度芳堤玲瓏如繡密番羅幌豔歌金縷總帶三分消瘦弄斜照婀娜娑生惱行人關心回首

滿江紅 舟中望金焦二山

滚滚江流高聳起魚龍背脊風濤裏地天開闢銀漢鑿通混沌竅晶盤排列玲瓏石襯林花寶塔似釵環雙鬟碧留玉帶何須惜銘瘞鶴空陳跡想層樓飛閣已殊今昔急浪沸摧秋草暮危巔猶挂斜陽夕更瓜洲星火映蘆灘聞漁笛



前調 又一體 隨兩大人登陶然亭

春暮江亭憑闌望山容皆綠微風起柳條飛絮榆錢飄玉蔀屋幾家連睥睨梵鐘一杵消塵俗況稻粱葉短荻蘆肥櫻桃熟 客中景眼前福故鄉思愁懷觸奈海天千里羈棲遊躅作客可憐王粲賦世人總誤曹郊粟聽子規樹杪數聲啼鳳城矗

紅情 偕莊妹遊萬牲園觀牡丹

暮春天氣看嫣紅姹紫風光明媚脂暈粉香疑是唐宮鬭羅綺誰譜清平絕調爲傾國傾城人醉正舞罷三疊霓裳含笑玉闌倚 專美竟如彼算富貴風流不同桃李韶華

旖旎搖曳花魂夕陽裏安得金鈴十萬圍錦障護持周至却使我空佇立爲花着意

念奴嬌 爐火

不因人熱煖烘烘做出温和天氣門外霜深風怒吼斗室儼如春至圍坐持觴敲冰煑茗别有閒滋味丹心相向此中無限情致　時把榾柮輕添香篝斜倚笑看梅花蕋傍榻頻頻燃活火免使嚴寒侵被葭琯灰沉陰陽炭熾又聽茶笙沸炎薰如此對燈奚礙遲寐

齊天樂 春寒

柳憐花嚲芳菲候春寒忽然如許夕照光沉浮陰暈薄疑有三分風雨斑鳩獨語更遥和雞聲燕鶯無主惻惻羅衫啟箱重復換輕絮　餳簫喧雜社鼓賣花曲巷冷澀紅腔凝佇寶硯將氷薰爐復熱怕凍簾前鸚鵡關心細數念桃萼將殘海棠遲吐悵望憑闌却看芳草暮



邁陂塘 聽唱桃花扇傳奇

笑桃花一枝歌扇南朝遺事如許衣冠傀儡興亡恨都付舞臺兒女誰部署算只有東風姊妹花眉嫵秦淮暮雨竟樓敀迷香人來復社戢指却奩語　江南路瞬息繁華易主春燈燕子何苦梅花嶺上蟲沙陣奚似美人仙侶卿憶否空剩得玉京相伴黃絁去移宮換羽縱撇笛魁官琵琶頓老亦復感今古

# 小黛軒論詩詩

傅嘉年署

（印：蓮芳書畫）

# 小黛軒論詩詩

貴筑姚華題

## 叙

芸非能詩者安能知詩安能論各家詩祇以少時得承母教微聞聲韻之學因念宫閫之詩自三百篇十九首而後代有作者惟我朝爲尤盛擬盡羅諸家遺集比附之　家大人以愛故不加斥責且代尋覓或以高價徵求或囑抄胥傳寫數年以來計得六百餘種然考之類鈔詩話所載有集可名者實不止此數是其餘者强半付諸荒烟蔓草湮没而已嗟夫婦女有才原非易事以幽閒貞靜之忱寫温柔敦厚之語葩經以二南爲首所以重國風也惜後世選詩諸家不知聖人删詩體例往往弗錄閨秀之作即有之常附列卷末與釋道相先後豈不怪哉且有搜擇未精約畧纂取百數十家一家存錄一二首敷衍塞責即謂已盡其能與付諸荒烟蔓草湮没者何異乎婦女之集多致弗克流傳正出于此方今世異有識者咸言興女學夫女學所尚蠶績針黹井臼烹飪諸藝是爲婦功皆婦女應有之事若婦德婦言舍詩文詞外末由見不于此是求而求之幽渺誇誕之說殆將並婦女柔順之質皆付諸荒烟蔓草而湮没微特隳女學壞女教其弊誠有不堪設想者矣

家慈因是幽憂成疾芸所滋懼也不揣固陋爰取諸集又參以各家徵載可名者雜比成章謂爲論詩詩夜闌飯

寵孀茳妹錄之誦于　家慈病榻前間有遺事佳編妙句亦附錄一二以存其目然不過隨時信口信筆無所謂軒輊亦不計先後倘有無集可徵諸家遞及志書所載節烈遺筆以及題壁諸作無可附麗者皆舍焉嗣而　家慈顧而喜曰吾將扶病而起修女文苑一書卽以爾所述者爲目選列諸家名作並附以爾之所謂無可附麗者庶免掛一漏萬顧此失彼致付諸荒烟蔓草湮没也芸退亦喜告茳妹曰　慈親之病或可轉機乎女教復興或可指望乎雖然芸之此作意在娛　親實非論詩實非能盡名諸家之集也



宣統辛亥三月道山女子陳芸自識

茳棻姊性幽靜善强記　先慈有作文字咸與商之偶有遺忘姊能舉前後以對或檢書徵考出處無或失近年　先慈病中苦寂姊因作此或於一首纂輯十家八家至數十家之目甚至隱以編目詩句夾乎其中故使茳摸索註之論難于　先慈前至　先慈顧笑色霽而後已雖名論詩其意實出于娛　親姊自言此種詩能作三五百首不能盡然計其自識時所成尚不外百首迨五月後　先慈病亟姊日夜忙碌湯藥盥漱便溺扶抱按摩皆一人經理迨　先慈棄養姊已骨立加以哀痛發爲肝瘋不意僅後　先慈四十日竟致毀身隨先慈于天上矣姊逝後又四十日國中難作到處騷然都城中遷徙一空　家嚴以雙櫬在停空囊如洗因復留居命茳錄　先慈及姊之作以俟將來付梓茳檢是編請去取　家嚴展閱數四而嘆詔茳曰此作若以詩言應嚴删削可存不過數十首但其間大半意在傳人傳集有清一代女文獻十羅八九不如悉存其舊可矣茳思　先慈常言自開清迄今閨秀之詩文詞可錄者約三千餘家今姊此書所采都二百二十一首所括共千餘家意所遺必多倘他日如有所得當作續篇補姊未完之緒或演爲女文苑以成　先慈之志庶幾上慰



母姊在天之靈于萬一也壬子春正月同懷妹茳附記

# 小黛軒論詩詩卷上

侯官道山女子陳　芸淑宜著

流水棲鴉句有神阿男猶是女遺民如何皆令悲離隱淪落江湖感喟頻

紀映淮字阿男上元人歸莒州杜李明末莒州破夫殉難節婦奉姑撫孤守節三十餘年少時作秦淮詩有棲鴉流水點秋光之句王漁洋尚書甚賞之　黃媛介字皆令秀水人與姊貞媛俱擅才華皆令尤工書畫歸楊世功明末家破走吳越間居西泠段家橋賣詩畫著湖上集晚年居金沙課童蒙著離隱詩自序云古有朝隱市隱漁隱樵隱予殆以離索之懷成其肥遯之志焉

字留詩帖記黔塗蘭雪荒齋老淚枯可惜白頭蔡潤石瑤池空剩寫生圖



邢慈靜武定人歸貴州布政使馬拯明末苗亂夫盡瘁死夫人護喪歸著黔塗畧歷言塗中艱苦狀又赴闕上書爲夫請旌辭甚悽楚著蘭雪齋非非草詩集夫人書法酷類其兄明太僕少卿邢侗有自述詩帖行世論者謂夫人筆墨見于金石房璘妻高而外殆不多見王漁洋尚書謂香茗才華未讓兄者是已夫人至清初猶存善畫觀音大士　蔡潤石字玉卿漳浦人黃石齋先生夫人書法逼似先生善繪花卉常作瑤池圖遺其母年至九十餘李文貞猶及見之相傳夫人亦能詩然求其集不可得矣

龍隱艱難寄笠貞曹溪衣鉢自幽清新聲比玉周吳范何事猶聞子晉笙

神一上人本姓夏名淑吉字美南華亭人明考功郎中夏允彝女歸嘉定侯泂年二十一歲而寡撫孤祝髮法號龍隱明社既屋翁全家殉節允彝自沉神一避兵曹溪兩家婦女亡命者賴以棲止著龍隱遺草　盛蘊貞神一表妹也許字神一翁兄之第三子澥澥以亡命死蘊貞祝髮禮神一爲師法名靜維號寄笠道人著寄笠遺稿　周瓊字羽步號飛卿吳江人夫陷囹圄避居如皋爲女冠稱性道人與閨友吳蕊仙范洛仙著比玉新聲集詩有傑氣與蕊仙秋夜同賦云未許鬚眉推繡虎誰憐巾幗逐文魚贈洛仙云嶺上白雲朝入畫樽前紅燭夜談兵　吳蕊仙名琪長洲人歸管勳夫死于官事家破走如皋削髮法名上鑒號輝宗又號佛眉著瑣香詞香谷餘草佛眉新舊詩等集常偕羽步爲六橋三竺遊贈羽步云江風自引桓伊笛嶺月時聞子晉笙　范洛仙名姝如皋人歸李延公羽步蕊仙避難如皋時洛仙與之交厚著貫月舫集

春秋胡傳出紅氍遊擊將軍壓陣雲奪得父屍歸葬去人間猶有畢韜文

沈雲英浙人也善馬射習春秋胡氏傳明末隨父任道州守備父戰傷爲賊所殺女年二十攘臂起帥十騎趨賊砦殺三十餘賊負父屍還敕女爲遊擊將軍領父衆夫賈萬策守荊州戰死女哭辭詔命扶父柩開塾于家祠族中諸生有習胡氏傳者咸師之　畢著字韜文歙縣人父守薊邱戰死女夜率精銳入敵營敵潰輿父屍還葬金陵之龍潭時年亦二十歲鼎革後歸崑山王聖開有詩集沈來遠序之云入軍營而殺賊虎穴探奪父屍以還山龍潭安葬今其集不可得僅見于選本者二首而已



梅市高才商景蘭楚纕趙璧婦姑歡西湖誰識吳巖子一集青山母女寒

商景蘭字媚生會稽人歸應天巡撫祁忠惠彪佳明亡忠惠坐池中死夫人退居梅市課二子三女兩媳讀書長女德淵字弢英歸姜廷梧次女德瓊字修嫣號卞客歸王鍔叔三女德茝字湘君歸沈楙苣長媳張德蕙字楚纕次媳朱德蓉字趙璧皆秉夫人詩教黃皆令居西湖時夫人招爲伴侶多有倡和　吳山字巖子當塗人歸江寧卞琳既寡避亂入浙居湖上著西湖集後則合梁谿廣陵諸集爲青山集鄧漢儀謂青山自署女遺民魏叔子謂集著青山太白才爲時所推如此長女元文又名玨或作夢玨字篆生能詩著繡閣集吳梅村祭酒

著西泠閨詠即爲纂生而作次女儉基善
畫得母筆意二女先後歸江都劉峻度

浮梅卧月苦丸熊媳議邊屯語亦雄孫女智生雖解脫宮
詞長信玉顏紅

顧若璞字和知錢塘人歸黃茂梧早寡著卧月軒詩集
其先世嘗用竹筏施闌幕浮西湖上曰浮梅檻因修之
使子燦居之曰讀書船燦娶丁玉如字連璧嘗作討李
自成檄又與夫書議邊屯事詞義激烈孫女姒兒字智
生次子煒之女宮詞有長信宮中侍宴來玉顏偏映直
光杯之句十九歲病急求薙度父母不許女曰金鎗馬
麥定數難度大
人獨不聞乎

鏡奩唱和有文江豔奪珊瑚筆架雙可惜湘蘋詞拙政遼
陽腸斷不成腔

朱中楣原名懿則字遠山廬陵人歸吉水李元鼎元鼎
明進士入清朝官兵部侍郎夫婦恆唱和著文江唱酬



集錢牧齋序有云珊瑚筆架綠沈之管交輝遠山自著
有鏡閣新集石園隨草與徐湘蘋交厚詞才亦與相匹
徐燦字湘蘋一字明深明閨媛徐小淑姪孫女歸大
學士陳之遴爲繼室夫貴時購蘇州名園稱拙政園爲
湘蘋刻詞名拙政園初集吳梅村祭酒拙政園山茶歌
曾詠之及夫殁貶所子亦殤湘蘋淪落瀋陽繪水墨觀
音干幅乞恩得旨扶夫櫬歸葬自是棲身釋教晚年詩
詞多散逸其姪女文琳亦能詩字其季子子長子長殤
後女曰富貴許之患難背之我弗爲也
及燦歸女曰吾有家矣遂隨以講禪悅

隱禪有姊著清涼兩緯詩文玉暎堂都講徐家休擅美毛
君筆下有王嫱

王靜淑字玉隱山陰人歸陳樹勳早寡清節自守號隱
禪子著清涼集青藤書屋集妹端淑字玉暎歸丁聖肇
寄居錢塘善書畫書法二王畫宗倪米亦長花卉毛西
河檢討選浙江閨秀詩偶遺之玉暎寄以詩云王嫱未
必無顏色其柰毛公筆下何毛乃與通音問且酬和焉
又輯名媛文緯詩緯所錄明末淸初閨秀之作尤多其
詩有碧江留篋等集後則合爲玉暎堂集　徐昭華字
伊璧會稽人即商景蘭夫人妹景嶶女也歸諸暨駱加
采好蒔蘭自號蘭癡師事毛西河檢討毛曰吾門多才
以論詩莫如都講蓋以高弟許之并輯其詩稱徐都講
集附毛集中陳其
年檢討爲之序

祖母傳詩父授書逃禪猶著侶雲居澄江莫擬端容畫有
女殘陽哭故墟

趙昭字子蕙長洲人明趙宧光孫女祖母陸卿子著雲
卧閣考槃元芝等集父靈均世隱寒山中母文俶字端
容善畫繪寒山草木昆蟲圖本草圖九歌天問等圖昭
得祖母詩法父書法母畫法歸平湖馬班父母殁無子
昭歸葬列狀乞錢牧齋誌其墓誌言蔡中郎之有文姬
其可謂無子耶善昭也鼎革後馬氏家破昭入空門字
德隱著侶雲居遺稿有遥望殘陽落故墟之句　周淑
祜淑禧澄江姊妹也皆善擬端容畫幾欲逼眞而淑禧
氣韻尤
生動



蘭齋題跋孔飛霞瑶圃芳洲秉故家叢桂稿和愛日草一
門羣從闕詞華

孔素瑛字玉田桐鄉人聖裔也精小楷工山水畫已即
題詩時稱三絶歸金尙東著飛霞閣集蘭齋題畫詩跋
孔繼瑛字瑶圃歸沈廷光工書善畫亦能詩名亞于
玉田著桂窗小草　孔繼坤字芳洲歸知縣高士敦著
聽竹樓偶吟　孔廣芬字暎左歸延道景如柏著叢桂
軒詩稿　孔蘭英歸秀水汪聖淸著愛日軒詩草皆玉
田一家
後起者

蝶龕懷古有華山井鬼星高不易攀詎意後來蔡季玉辰
龍和淚歷重關

彭氏鄧州人歸李孝廉鴻著蝶龕集華山云三峯崒嵂
插青冥高處平捫井鬼星池上蓮花開日月澗邊石鼓
動雷霆藥籃何日逢毛女仙掌于今憶巨靈願駕鹿軿
過霧市丹爐石榻檢遺經　蔡琬字季玉遼陽漢軍人

綏遠將軍毓榮女將軍征鎮南平吳逆納吳宮人生季玉美而才將軍功成獲譴遁歸空門季玉長歸鐵嶺男爵戶部尚書高文良其倬爲繼室隨夫督滇所過皆其父立功處故辰龍關等作低徊慷慨沈歸愚尚書謂爲擲地有聲而不知其孝思永痛也著蘊眞軒詩鈔

派傳光祿記吾鄉姊妹黃家草亦香多事海澄蘇瑞圖却將秋柳和漁洋

福州城南有巷曰光祿坊宋法祥院舊地中有小邱曰玉尺山熙甯時知州事程師孟以光祿卿遊其地并書光祿吟臺四字刻于石明末爲邑紳許豸宅清初豸子友仍居之著許有介集其家婦女皆能詩多與戚屬女眷相贈答詩筒往返婢媼相接于道輕薄子弟恆賂而竊錄之稱光祿派　黃淑窕字姒洲黃淑畹字紉佩永福黃莘田先生二女先生著香草箋末附有二女詩　蘇世璋字文圭漳浦人歸海澄公黃立齋著瑞圖詩鈔和王漁洋秋柳詩有云將軍舊壘傷今日帝子長堤憶舊年爲想五株陶令宅西風搖曳夕陽邊



絢春吟草勝熙春養易蘭軒語樸醕雁字我聞傳帶綠詩龕祭酒是傳人

烏雲珠字蓝仙滿洲人歸大學士謚文端伊桑阿總督伊都立母也著絢春堂吟草　熙春姓烏梁海蒙古人歸布政使佛喜著友蓮堂合璧詩　養易齋夫人宗室女歸男爵珠亮早寡著養易齋集其媳蘭軒夫人亦能詩著蘭軒詩集　韓氏漢軍人號端靜閒人歸和順祭酒法式善母也著帶綠草堂集有雁字詩三十首如蕭館停雲分舊榻榆關落葉送新題一畫直同天地老六書何待古今分枯籐倒影山谿瀑新月橫鈎石逕沙雲片玲瓏排小隸烟絲珍重繞靈璈皆佳式善字雲門亦以詩名

冐家絨扇擅當時一集梅花接靜漪弱女亦能傳絕學不應祇賦彩鸞詩

宮婉蘭泰州人歸如皋冐褒善製刮絨扇給晨夕極工雅人爭購之又善畫蘭著梅花樓集長子禹書婦鄧蘩貞字墨嫺著思親吟靜漪閣詩草女德娟字孅婉歸石巨開著自怡軒詩集時有吳氏者不知何許人亦能詩或云其夫名賓王佚其姓山居云山居頻悵望幾處暮鴉啼落日江濤吼歸雲古渡迷虛舟天際近平野樹頭低滿目干戈裏偷生何處棲憶妹云吾妹經年隔干戈況未休一書悲雁斷幾度對花愁德娟集中有答吳夫人云鸞韻久傳推獨步并挽吳夫人詩似卽其人殆亦孀閨之矯矯歟

七子蕉園首季嫺道珠寄遠畫湖山啟姬婉轉以寧秀靜好和鳴總等閒

柴靜儀字季嫺錢塘人歸沈教論樸嘉少時與姊貞儀字如光以詩畫相切磋季嫺尤善鼓琴著凝香室詩鈔北堂詩鈔子用濟媳朱柔則字順成號道珠亦能詩嘗畫湖山寄外紅蘭主人見之題云應憐夫婿無歸信翻畫家山遠寄來時傳爲佳話季嫺嘗與顧啟姬錢雲儀馮又令毛安芳張槎雲林亞淸結詩社于蕉園稱蕉園七子毛張先卒故又稱五子　顧姒字啟姬歸鄂幼輿著靜御堂集　林以寧字亞淸歸錢御史肇修工文章



善書畫尤長墨竹著墨莊詩鈔鳳簫詩集亞淸弟以畏之婦顧長任字重楣著謝庭香詠梁案吟卽啟姬姊也重楣先卒故未與蕉園社而啟姬與焉　毛媞字安芳稚黃先生女歸徐鄴著靜好集　馮嫺字又令歸錢廷枚著和鳴詩詞集湘靈集

七子多係姻婭眷屬也

趨庭承啟共輝光姊妹花開記姓張偏有古圖和古政花樵清豔硯陰香

張昊字槎雲錢塘人居北郭毛氏園卽蕉園也歸胡文漪著趨庭草琴樓合稿妹昂字玉霄著承啟堂吟稿

張佚字端拱太原貢生僑居吳中生七女皆能詩長學雅字古什字金壇于給事中沚未婚卒妹學儀編其稿爲繡餘集次學魯字古史亦早卒三學儀字古容歸于中沚著滋蘭集六學聖字古誠歸于廷機著瑤草集七學賢字古明歸于聖暉著華林集四學典字古政號羽仙兼工繪事歸楊兂呰著花樵倡和集五學象字古圖號淩仙歸沈載公著硯陰集淩仙兼工駢文中歲而寡羽仙分宅居之代撫其子女淩仙出爲閨塾師時稱女

宗

**南樓不及寓樓遺尹氏堂編賢母奇獨有瑤英瞻屺岵零珠碎錦孝思詩**

陳書字南樓自稱上元弟子秀水人歸海寗錢上舍綸光善花鳥草蟲賣畫給粟米既寡携諸孤育母家課讀最嚴長子即文端陳羣合錢陳爲姓不忘母氏劬勞也著復庵吟草久佚姊穀善相法文端少時即知其必貴著寓樓遺稿文端後爲刊行　李氏歸博野尹公弼侍郎會一母早寡信程朱之學子爲襄陽府時襄人德之爲建賢母堂李以詩謝之後在兩淮又作女訓質言十二章　陸瑤英字秀餐仁和人湯侍郎右曾母姓至孝江樓憶父云天涯知共今宵月寂寂椿陰枕簟秋春懷云莫道金閨徒有淚心期早寄白雲邊著聞留小草西泠閨咏有云舊家孝女賢臣母經訓還應媲敬姜即以美太夫人也

**摩挲匕首古香樓念切鴒原切齒仇半月可憐姚令則泉臺淚爲老親流**



錢鳳綸字雲儀錢塘人歸貢生黃式序爲顧夫人和知孫婦著古香樓詩詞集散花灘集哭伯兄詩云摩挲雙匕首一夕再三起又云尚有娥親在李書汝莫喜殆有戴天不共之仇在耳　姚令則字柔嘉仁和人歸黃時序即雲儀之姒著半月樓集有絕命詞云今冬省母病何意逢災屯比翼忽分飛長爲泉下人傷哉平生志一旦委埃塵膝下無兒女堂前有老親勸君須努力奮翮凌秋雯

**培遠堂承挹翠傳素溪細膩智珠鮮我思田氏茹荼集却有鴻文示子編**

顧英字若憲號蘭若長洲人歸印江知縣張之頊著挹翠閣詩鈔　女張藻字于湘即畢秋帆尚書之母幼承母教咏梅云出身首荷東皇賜點額親添帝女粧竟成詩讖著培遠堂集　女汾字晉初號素溪孫女慧字智珠號蓮汀皆能詩智珠即秋帆女爲隨園弟子著遠香閣吟草　張氏德州人歸麗水知縣田緒宗即山薑先生之母早寡課二子俱成進士著茹荼集年七十時親黨議張屏設宴爲壽張引何休婦人無外事作文誡之語尤沈痛

**花果叢談花果吟椎牛射虎見詩心奚如桓若盤山去獅豸峯頭秋色深**

滿洲完顏兌夫人字悅姑歸都統穆里瑪能詩善書著花果閒吟寄外云見說榆林塞雄藩作壯遊深林晨射虎大雪夜椎牛筆力雄偉無閨閣氣又輯古今閨閣瑣事一册曰花果叢談　赫舍理女士字桓若大學士索額圖女歸李鍇夫婦偕隱盤山獅豸峯下有孟光少君之風秋曉云恰喜豸峯當戶立芙蓉一朶對梳頭

**慈石哀辭自壽言星鐘雲驥共淵源瀟湘聽罷湘靈瑟岣嶁殘碑憶補園**

石氏自稱慈石老人湘潭人汾州知府張力行母以節孝著七十生辰倣杜甫作七哀詩以戒子孫　李源荼



陵人歸陳綺若著星鐘詩草　秦邦淑寗鄉人歸天津知府黃立隆著雲驥山莊遺草　按二家詩皆沉鬱悲涼之音　宋盛愼字德崧號補園老人寗鄉人歸胡本泰著菉斐園詩草神禹碑五古一首尤淸穩

**荔鄉辛苦錄閩詩諸女天人幼婦辭偏與茝廷作家乘閩川詩話好師資**

吾鄉鄭荔鄉嘗錄閩人詩成集長女鏡蓉字玉臺歸陳文思早寡著垂露集泡影集次女雲蔭字綠蕰歸嚴應矩著四時吟三女青蘋字花汀歸翁振綱四女金鸞字殿仙歸林守艮著西爽齋存稿六女詠謝字凌波號林風歸林天木著簪花軒閨吟研耕詩存七女玉賀字春盎歸陳華堂八女風調字碧笙歸陳廷俊九女字許天桓早殤亦能詩而先生有姊嶶柔字靜軒歸陳月貫早寡著芸窗寒響集姪女翰蓴字秋羹歸山陰知縣林培根亦早寡著帶草詩集晝荻編合爲垂露齋聯吟集可謂一門風雅矣　梁茝廷先生著閩川閨秀詩話既錄鄭氏諸女後即附以其母王淑卿并其叔母許鸞案著琴音軒詩草其婦鄭齊卿妹紫瑛蓉函秀芸并弟婦周

蘦芳長女蘭省字筠如次女蘭合字壽妍遞及子婦楊渼臯姪女藻芬楚畹金英佩茳姪孫女瑞芝等論者以梁氏家集目之

高夫人自和芙蓉霹靂弓翻馬似龍我獨愛他張韞雪齊雲樓上盪心胸

高夫人華陽人歸四川提督威信公岳鍾琪能嫻弓馬善理軍政亦能詩有雨中看芙蓉及和芙蓉花韻蓋戎馬之中時有倡和也　馬士騏字韞雪晉城人歸張應垣有齊雲樓詩起云凭闌天際盪心胸一片雲飛接岱宗襟懷之廣非尋常閨閫所及

十子吳中沈蕙孫詩文翡翠語溫存浣紗詞比花簾集雪北香南雨斷魂



沈纕字蕙孫號玉香自稱散花女史長洲人母張靈字湘人能詩父起鳳好作傳奇纕秉母教有父風常製籥譜并自度曲歸林衍潮與江碧岑張清溪等稱吳中十子著翡翠樓詩文集浣紗詞　吳藻字蘋香錢塘人精音律尤善塡詞歸黃某父與夫皆業賈著花簾詞香南雪北詞

硯爐小閣冷珊瑚張秀落霞集未删薄命可憐邵聯使斷腸聲裏話家山

冷玉香字珊瑚萊陽人膠州知縣宋世遠側室著珂月集硯爐閣集　張秀字惠中湖北人某側室著落霞堂存草　邵聯使又名梅宜字飛鸞號飛飛福州人爲北將妾大婦不相容使配閽奴賦薄命詞三十首閨情十首有自叙寄父母駢文一篇中云遠人之別淚未乾獅子之吼聲驟至大施撻伐橫肆鴟張凜遵四畏無情郎頃刻心更不展一籌老司空等閒見慣又云孟德云亡蔡琰之歸期已絕押衙難再無雙之生返何期未逢落魄王孫誰知失路不遇舊時宮監難話開元

妹有清芬姊紉蘭茂松繼軌度霜寒何須詩史分邪正且作桐城文派看

方維儀字仲賢桐城人歸姚孫棨早寡善白描觀音像著清芬閣集其詩尤悱惻動人姊孟式字如耀歸山東布政使張秉文善詩文亦能畫著紉蘭閣集仲賢之集即其所序妹維則字季準歸吳紹忠亦早寡著茂松閣集姊妹合編宮閨詩史分邪正兩集筆亦嚴峻弟婦吳令儀字棣倩孔炤婦也亦能詩早世遺一子曰以智字密之名列東林四公子中幼時皆仲賢姊妹撫育之鼎革後密之祝髮爲僧名無可時猶歸省兩姑商量文字云

君子亭教賦九騷誰知閫玉淚號咷賀家偏有雙卿在花葉書詞當彩毫

文氏邵州三水人歸葛某早寡守節力學著君子亭集常作九騷見志　閫玉錢塘人父亡與母暨兄嫂居宏光立徵宋女急爲茶傭所紿嫁其子遭摧折悲甚仰天爲歌聞者哀之　賀雙卿字秋碧丹陽人居四屏山麓



歸俏山農家子周某貧無筆硯偶作詩詞以粉書花葉上後人輯之名雪壓軒

漢薦漢宮姊妹花一編柳絮亦名家淑英莫作明君怨女弟郡樓却自嗟

黃幼藻字漢薦莆田人歸林孝廉仰垣著柳絮編妹幼蘩字漢宮亦能詩　徐淑英歸澄海余某某紈袴子以吟咏非婦人事婦卒悉焚之僅存二十一史評及寄林夫人書而已後人復得其題昭君圖云胡笳雪擁雲中聽畫角風吹怨裏聞心事一腔何日訴琵琶曲盡總銷魂然漢薦亦有明妃曲云早知身被丹青誤但嫁巫山百姓家所謂異曲同工是已淑英既逝其妹徐氏作秋日懷姊詩二首有云日夕登郡樓望遠意悠悠四顧何蕭條淒涼景物秋云云

女史湘潭數郭家獨吟詩始見才華惜香姊妹雖同調梅雪吟如蝴蝶花

郭步蘊號獨吟湘潭人歸邵某早寡著獨吟樓集姪女友蘭字素心歸蘇州鳳丹山亦早寡著嚥雪山房集友蘭妹佩蘭字芳谷歸王德立著貯月軒集後李編修星沅合刻爲湘潭郭氏閨秀集　劉光璪字石某未婚卒著惜香集妹光綺歸宰鄉黃湘南早寡其詩僅傳梅雪一首而惜香雖有集其佳者亦僅蝴蝶花一首而已

氷蟾詩草久忘憂孫女清閨詠立秋淒絕素心同苦節蕭蕭疏影一孤樓

吳胐字華生號凝眞自稱氷蟾子華亭人歸嘉善曹焜鼎革兵亂夫歿以詩畫自遣雲烟花鳥筆墨生趣人爭寶之著忘憂草採石篇風蘭獨嘯三集媳李玉燕亦能詩孫女鑑氷字葦堅號月娥歸婁縣張曰瑚早寡善畫聚學徒授經咸稱葦堅先生著繡餘試硯稿清閨吟有立秋詩　許琛字德媛福州人歸何燧隆早寡以詩畫名晚年稱素心老人著疏影樓集疏影樓郎光祿吟臺旁小樓許友之曾孫女也



聊一詩存重四箴同聲歌裏寫同心胡繩郄弔楊貞女青史青娥別賞音

沈蕙玉字畹亭吳江人歸倪舉人學涵性至孝以母卒哀毀著聊一軒詩存作愼獨謹言勤勞和敬四箴并同聲歌等皆足補女誡者　范壺貞字蓉裳號淑英華亭人歸胡琬生著胡蠅集有楊貞女詩云女生不生七尺棺女死不死萬人齒謂女不生眞不死吁嗟乎喉間白練飛白虹扶得青娥上青史

隄邊芳草自枯榮觸目傷心孔麗貞贈別人憐明月夜鴿吟恤緯合齊名

孔麗貞字蘊光曲阜人工詩畫歸歷城戴文謀早寡著鴿吟集藉蘭詩集芳草曲有去年離別今年青今年芳草去年折及幾度徘徊不能去情移目觸心爲驚之句　顏氏自稱恤緯老人歸孔興焯亦早寡著恤緯齋詩曉香詞與蘊光交厚贈蘊光歸濟南詩末云遙知明月夜新有夢參差

盛唐漢魏說方京媳亦能詩楊佩聲不見淒家賢姊妹淋漓咏史筆雙清

方京字彩林番禺人歸金廣文縱沈歸愚尚書謂其詩宗漢魏盛唐無宋元氣味媳楊珊珊字佩聲山陰人歸祖靜觀察有嗟予未識鄉關路廿載空登鄉思樓之句　淒淨眞番禺人歸何廷祿其咏楚之貞姜云棄約不如死死亦不愧生馮婕妤云求免當時難那計後來寵妹潔眞歸江拔儒咏韓信云假雉誅元勲漢王計已熟嚴光云與君結交初早已窺胸臆不用乃休去不如早休息姊妹合著淒氏節婦拾遺草

逍遥樓稿記瑤湘茉莉吟成筆亦香輸與靜齋陳廣遜縱橫古體氣拔猖

王瑤湘自稱逍遥居士番禺人歸李孝先早寡著逍遥樓詩咏茉莉云美人倚西園馨香皎如雪清風吹翠袖微明映疏月　陳廣遜字素恭順德人歸何勤艮著靜齋小稿其古體筆力縱橫排奡力掃閨房兒女態度



潮生詩草出香溪女士吳中費品題合與南樓論體格寒梅夢醒月沈西

張允滋字清溪號桃花仙子吳縣人工墨梅歸任兆麟偕隱林屋山中與江碧岑沈蕙孫諸女史結詩社稱吳中十子刊吳中女士詩鈔著潮生閣詩集　徐暎玉字若氷號香溪崑山人母夢寒梅而生長尤愛梅歸孔毓艮與許雲清方芷齋交厚常以詩筒往返唱和著南樓吟稿臨終說偈云來從梅花來去向梅花去來去本無心無相亦無住清溪詩學即出于香溪者

學靜軒吟栗樹歌黔南數畝影婆娑歷亭秋日思何女敗葉蕭蕭風雨多

孔淑成字淑凝曲阜人歸顏士銀早卒遺詩十九首家人編之爲學靜軒詩集少時隨祖任黔中植栗一株及歸樹已數尺不可載與俱後憶之作栗樹歌　何氏德州人歸王伊著歷亭吟稿秋日云遠山橫淺黛歸雁落寒汀瑟瑟涼風急蕭蕭敗葉零

夜深織女歎聲吁小草繡餘更聽烏蘭谷粲英俱逸品葉
家寶樹是二株
葉宏湘字曉庵號書城崑山人歸嘉定闕數在早寡著
繡餘小草聽烏草織女歎云天寒手凍絲轉亂絡緯聲
聲泣夜長辛苦織成機上錦不知誰作嫁衣裳妹粲英
歸衍聖公孔毓圻能詩善畫有句云遥憐阿姊晬城住
鎖日思親獨自吟三妹蘭谷字又芬歸胡秩亭著香祖
草寄書城姊云深知咫尺無多路似隔重城不見君

清吟廡下戴虹橋紅豆詩成意寂寥却遜玉芳隨節鉞碧
油幢裏自逍遥
戴珊字衣仙號虹橋女史錢塘人歸湘潭梁傳系著廡
下吟有紅豆和韻如青鸞啄實疑天竹火鳥銜珠認石
榴白蘋風起飄難定紅葉秋深細欲無春日有花常並
蔕秋風落葉少同心檣燕紅鸚偷啄盡倚牆無語自低
垂皆佳　覃光瑶字玉芳武陵人歸江夏崔某某之祖
開府閩浙玉芳得隨侍閱歷山川故詩筆不落凡響著



玉芳
詩草

蝶棻香塵李若琛紅餘林魏兩幽深黑龍江上鷓鴣雨挽
鹿人來有雅音
李若琛福州人歸連江王天位著蝶棻香塵集　林淑
卿侯官人歸郭主事蓮渚著紅餘小草　魏鳳珍字友
梧歸李聯芳著紅餘小草　蘼蓮如歸林孝廉星海著
挽鹿山莊詩草黑龍江遇風有鷓鴣聲裏雨如烟之句

西園人去有詩鈔春草蒙茸綠滿郊思柏合存終別鵠秋
窗雨滴落花梢
兆佳氏滿州人歸納蘭氏早寡著西園詩鈔春草詩云
有時縹緲寒烟薄無限蒼茫曉露濃　思柏歸刑部侍
郎永壽著合存詩鈔有家庭留我燕雲冷泉路尋君蜀
道難似亦寡居者又秋雨云試聽秋窗雨蕭條下井桐
吹來愁陣陣
不是落花風

壁門劉婦劍摩天絳雪迴文易化烟留得松筠周淑履峽
猿鳴咽瀉哀泉
劉淑安福人工書畫詩文善舞劍歸王靄甲申之變竭
產募兵婦自環甲佩劍訓練之適滇師至猾將張某聞
婦名請謁婦開壁門見之醉語相逼婦拔劍起欲斬之
一軍皆驚婦亦馳去既寡自課其孤臨卒聞雷云迅雷
欲雨清且幽天公慰我困龍愁卿卿莫道歸來晚收拾
閒雲補衲頭　吳宗愛字絳雪永康人歸徐明英早寡
通音律善寫生并設色山水嘗作同心梔子圖迴文詩
繡爲鏡囊縱横讀之得詩詞數十首見者歎爲工絕康
熙初耿逆叛僞總兵徐尚朝陷處州將及永康聲言以
絳雪獻可免攻絳雪曰終一死耳行矣復何言既行紿
賊取飲投潭死著六宜樓稿絲華草并迴文詩等後人
合之稱徐烈婦詩鈔海寧黄韻珊演其事爲桃谿雪傳
奇　周淑履萊陽人歸膠州高蔭桲亦早寡家貧著峽
猨草綠窗小詠述懷云山空人境絶鳴咽哀泉瀉嗟彼
蕙與蘭零落委中野蕭
蕭風雨來我亦無告者



瑶窗敦樸綺牕清蘭芷瀟湘兩女貞李氏瓊瑶傷淺薄郭
家漱潤比妍精
王玥字瑶窗工寫花鳥書學唐人法通音律曉劍術妹
文羽字綺窗工畫墨竹自號竹居本蘇州人寄居湖南
善化家貧母卒二女不嫁事父三十餘年姊妹俱以詩
名瑶窗七絕似宋人而綺窗七律則有晚唐風調　李
佩瓊字蘭仙沅陵人歸梁文浩妹佩瑶字箕秋歸熊縣
丞樂善姊妹皆早卒　郭漱玉字六芳號瓊泉湘潭人
歸衡山羅亨鼎著繡珠軒集妹潤玉字昭華號箎愉又
號壺山歸湘陰李編修星沅著簪花閣詩草梧笙唱和
集拔二郭皆
獨吟姪孫女

書屋張因築綠秋授書結識孔經樓愛蘭友與慶雲弟春
日江亭好唱酬
張因字淨因一字淑華自稱淨因道人江夏人善詩畫
歸江蘇黄舉人文暘夫婦常唱和著雙桐館詩鈔掃垢

山房倡隨集衍聖公孔慶鎔少時受業于淨因淨因因
是遂與孔經樓夫人結交　孔璐華字經樓闕里聖裔
女歸大學士儀徵阮文達元著唐宋舊經樓詩稿　王
瓊字碧雲丹徒人著愛蘭軒集并詩話等又與姪女迺
德迺容表姪女李芳合刻種竹閨秀聯珠集　唐瓊雲
字古霞歙縣人阮文達側室師事淨因著女蘿亭集後
淨因入維揚與愛蘭等刻曲江亭唱和集
孔夫人收淨因遺稿又刻爲綠秋書屋集

**淸於畫法與詩諧正始蘭閨選亦佳老去紅香留一集惜**
**難科臼脫蠶紋**

渾水字淸於陽湖人南田先生族女工花卉翎毛畫已
輒題小詩風韻絕似南田歸毛鴻調子女皆傳其學姪
女珠字珍浦亦工畫花鳥歸滿洲知府完顏延璐採古
今列女事成蘭閨寶錄又採　國朝閨秀詩爲正始集
其孫女妙蓮保復補爲續集媳程孟梅則輯
補遺附之珍浦自著有紅香館詩詞集一卷

**一桂軒中五古多溫柔敦厚氣淸和傷心最是長離閣嘔**



**盡心肝可奈何**

李毓淸字秀英陽山人歸王貢生賜工詩善書著一桂
軒詩鈔其詠古與婦誡諸篇語樸味醰足爲婦學式則
　王薇玉字朵薇號玉珍又號玉暎武進人歸孫進士
星衍早卒著玉珍集薇閣偶存後則合爲長離閣集其
詩喜學李長吉
而才力未逮耳

**虛窗雅課淚痕新辛苦天潢畫荻人東海漁歌今絕響天**
**游豔說太淸春**

佟佳福晉睿恪親王如松繼配旣寡撫孤著虛窗雅課
如四壁候蟲吟挑燈課兒讀咄哉留春人可能駐紅綠
有感云嚼蠟知滋味茹荼畏苦辛綱常多少事巾幗一
肩任述懷云花箋懶寫斷腸吟鳳折鸞離惹恨深惟有一
盈盈寒夜月隔窗偏照苦心人皆佳惜僅有寫本致所
傳不廣又有五輩太福晉者姓氏年代皆無可考詩卷
亦破碎僅餘數頁而可讀者數首詩亦不惡夫以天潢
貴族帷房巨作而零落若此則人間婦女眞才淪沒者

又不知凡幾也西林春號太淸或稱之爲太淸春相傳
本吳人姓顧入遣貝勒奕繪嗣而正福晉妙華夫人逝
太淸得專房寵故又稱太淸福晉著有東海漁歌并子
春集今皆佚不可得近有人得其遺殘之稿數卷刊爲
天游閣集

**冷齋竹屋寫哀詞夢月凄淸泳月悲我愛遠芬紅雪集思**
**親能賦白雲詩**

夢月滿洲人自號四焉主人歸宗室某早寡著竹屋詩
鈔　采月號冷齋亦早寡無子女著冷齋吟初稿兩家
之詩皆凄切如鵑泣月如蟲吟秋不堪卒讀　高景芳
字遠芬漢軍人工篆隸詞賦尤善駢體文歸靖逆侯張
宗仁著紅雪軒稿有白雲四言四
首力追漢魏而孝思亦極沈痛

**靑藜畫閣小維摩能著硯雲陶婦歌合與皎如酬唱好誰**
**家笛裏落花多**



江珠字碧岑自號小維摩甘泉人僑居吳縣善舞劍通
經史工詞賦駢文詩多憂獨造與張淸溪月樓朱翠
娟李婉兮蕭蕙孫沈佩之席耘芝尤寄湘等聯
林屋吟課稱吳中十子歸吾學海著靑藜閣詩文集小
維摩集讀硯雲文史詩云傷哉陶婦歌夜半猨哀鳴
孑身茹荼蘖無乃悲獨生　沈持玉字佩之號皎如長
洲人事親以孝聞著停雲閣稿和碧岑落花云笛
裏誰家怨吹來總斷腸六朝春夢短終古別愁長

**蘭枝詩草采香樓年少寄湘附雅遊謦欬得教修竹慕曉**
**春閣外白雲流**

席蕙文字蘭枝號耘枝吳縣人工詞賦駢文歸常熟戴
安入淸溪社著采香樓詩草自怡集　尤澹仙字素蘭
號寄湘長洲人入社時年纔十八爲十子中之最少者
著曉春閣詩詞集　朱宗淑字德音號翠娟淸溪之表
甥女著修竹廬吟稿德音近稿冬夜讀寄湘妹詩云
白雲淡不流明月簾前迥之子神仙姿詩才特秀挺

**紫蘩能賦秋宮曲有姊詩遺別雁愁姑嫂我曾聞陸李賞**

奇琴好雨高樓

張芬字紫蘩號月樓吳縣人歸夏州同淸河詩與王愛蘭齊名又爲十子之尤著兩面樓偶藏稿秋宮曲云壺漏遲遲秋夜長芙蓉帳底生微凉分明夢入昭陽院怪底君王不能見沈吟推枕顰蛾眉玉窗獨倚雙淚垂窗前梧桐葉漸凋月華淡淡風颼颼姊蘊字桂森歸交河縣尉蔣某著別雁遺草　陸瑛字素窗歸羅貢生康濟著賞奇樓詩詞集蠹餘稿　李熾字婉兮歸陸昶即素窗兄嫂著琴好樓集

花仙空剩夢棠集香雪孤標梅影詩不及半吟清境遠雨舟月驛拓遐思

陳玉祥字夢棠號花仙武陵人歸唐開詔早卒著夢棠詩草　陳梅仙字香雪龍陽人寓鄉黃舉人本驥繼室居香雪閣故稱香雪夫人著梅影集　雷玉映字半吟號綠窗散人澧州人歸湘潭何官麥著半吟樓詩存夫恒幕遊攜與偕行故詩境益進望南嶽云撑天壁立三千仞繞縣靑分八九峯深谷雨喧飛瀑下幽岩寺古亂



雲封送外云關山遊子路風雨故園心家貧兒女小身遠道途孤皆可誦

八旗節烈著希光戰陣常公竟國殤留得送行詩一首世家也有殉鴛鴦

希光姓鈕祜祿滿州人歸員外郎伊嵩阿夫病篤以女小無依囑守志及女嫁之夕賦詩自縊著希光詩鈔　常公夫人佚其姓氏歸將軍明瑞將軍南征緬甸夫人送以詩有不求長作雙棲鳥但願同爲并蒂蓮之句迨將軍戰歿夫人雉經以殉

琴史曾爲萬里遊烟波綿緲櫓聲柔陳家瑞璧臺江住燈月交輝帆影樓

王瓊瑛字琴史侯官人適古田曾孝廉建斗嘗隨其父宦遊滇南著萬里遊詩草宜昌開船有烟波綿緲櫓聲柔之句　陳瑞璧閩縣人居南台家有帆影樓瑞璧居之有燈月詞云明明月在天簇簇燈在地燈月不相接

流照豈殊致焉得光明千里隨天上人間不相棄歸許某弗得志而卒

隨園三妹杼機棠文彩風流各擅長後起孫枝猶不弱靑嘉坤綬復登場

袁杼字靜宜號綺文錢塘人隨園先生第四妹歸松江韓思永著樓居小草第三妹機字素文歸如皐高某所適非偶抑鬱早卒著素文女子遺稿第二妹棠字雲扶號秋卿歸儀徵汪楷亭著繡餘吟楹書遺稿從妹杰字淑英亦能詩孫女靑字黛華著燕歸來軒詩稿嘉字柔吉歸崇雲根早寡歸居母家癸丑南京城陷服毒死著湘痕閣詩詞稿坤字小芬歸史知縣璜著靈簫閣詩稿綬字紫卿歸吳伯鈞著瑶華閣詩詞集

小閣澹香李少霞敏求齋亦擅詞華誰披女士湘南集驥尾毛嫱又一家

李星池字淑儀號少霞湘陰人歸長沙楊詩墫著澹香閣詩鈔即郭笙愉小姑也　王繼藻字浣香湘潭人歸



劉森著敏求齋集春日云卷簾人立東風裏閒看雙鬟掃落花春暮云垂簾不管花開落自理絲桐譜二南殊合閨幃貞靜之意　毛國姬字孟瑶號素蘭長沙人歸武陵楊孝騏早寡搜集湖南閨秀諸家集編湖南女士詩鈔八卷其弟國翰刊之并以孟瑶詩十首附于後

女傳箋成詩卷殘無非能續亦艱難玉臺畫史無才思補綴誰憐蕭道安

王照圓字婉佺福山人歸戶部主事郝懿行精漢學著列女傳補註八卷爲世所重并著有婉佺詩草已佚惟有文數編附見于其夫曬書樓集中而已　梁端字無非錢塘人歸中書汪遠孫著列女傳校註與王註頗有異同卒後其夫復娶湯漱玉字德媛爲繼配著玉臺畫史五卷然梁湯兩家雖善探討而詩文皆無聞焉　蕭道管字君佩號道安侯官人歸陳主事衍又合王梁兩家之註而補綴之名列女傳集註然有顧廣圻列女傳攷證一卷誠足補兩家未逮者竟舍弗錄不知何故又著道安堂詩文集

鴛鴦福祿費推敲寒碧詩如茉莉梢欲媲盤珠秋水集齊
花開上土牆坳
冒俊字碧纕如皋人歸錢塘陳知府坤著福祿鴛鴦閣
遺集合詩詞不過三四十首且淺陋惟家訓十二章尙
沉摯不流迂腐女鉦字靜漪歸王某早卒著寒碧軒詩
存　莊盤珠字蓮珮陽湖人歸吳舉人軾早卒著紫薇
軒集秋水詞四河口泛舟有薺花開遍土牆坳之句其
詞亦纏綿委婉碧纕嘗重刊秋水軒等集以已集附其
後稱林下
雅音集
紅鶴山莊胡玉亭石蘭有姊却伶仃嶺南道上風兼雨紗
縵孤燈獨授經
胡愼容字玉亭又字玉容號臥雲大興人歸馮烜著紅
鶴山莊詩鈔姊愼儀字采齊號石蘭歸駱某早寡爲閨
塾師著石蘭詩鈔嘗遊廣東有嶺南道中云五襯十三
人艱危仗此身經年淚洗面百感痛傷神塞北無茅屋



燕南有老親如何千樹雪不是故鄉春采齊有女繼與
玉容遂姓馮名思慧字膚之歸侍郎劉秉恬著繡餘吟
戊寅零落柳蘼蕪舊日楊花入夢無恰似融香紺雪集能
拚一死亦良圖
柳是字如是號蘼蕪嘉興人本姓楊爲秦淮妓入遣錢
虞山尙書鼎革約虞山同死虞山不從及虞山歿族人
魚肉其孤如是以身殉之家賴以完著有戊寅集我聞
室呈主人有此處柳花如夢裏向來烟月是愁端之句
　衛融香字紺雪長洲人初隸樂籍後
遣韋子甫子甫歿雉經死著紺雪詩草
長眞綺麗瘦吟纖寫韻聽秋色相兼二十八家弟子在絳
紗人坐白鬢髯
席佩蘭字韻芬洞庭山人歸常熟孫舉人原湘著長眞
閣詩集　金逸字纖纖蘇州人歸陳茂才基著瘦吟樓
詩草　吳瓊仙字珊珊平望人歸徐山民著寫韻樓詩
草　駱綺蘭字佩香句容人歸江寧徐某早寡著聽秋

軒詩草皆袁子才先生女弟子按子才晚年以詩名閨
秀願拜下風者本十二人後則濫廁至二十八人除四
家外舉列如下　孫雲鳳字碧梧錢塘人歸程某早寡
著湘筠館集妹雲鶴字蘭友歸全縣丞瑋工塡詞駢文
才與姊埒　張玉珍字靑珂華亭人歸金茂才瑚早寡
著得樹樓稿晚香居詞　廖雲錦字織雲淸浦人歸馬
姬木早寡著仙霞閣詩草纖雲樓詩稿　嚴蕋珠字綠
華吳江人著露香閣詩草　陳長生陳淑蘭鮑之蕙詳
下　錢琳字曇如歸汪茂才海樹　王倩字雅三號梅卿
山陰人陳基繼室著問梅樓詩集洞簫樓詞　戴蘭英
郎子才姪婦詳下　畢智珠詳上　屈秉筠字婉仙常
熟人歸趙子良著蘊玉樓詩鈔　許德馨字蘭如號仙
霞江都人　歸懋儀字佩珊常熟人歸上海李學璜著
繡餘小草聽雪詞　袁淑芳字麗卿吳江人　王蕙芳
字秋卿震澤人麗卿兄嫂　汪玉軫字宜秋號小院主
人吳江人　鮑印字尊古常熟人邵匏風繼室著綠筠
軒詩草　孫廷楨字繡墨仁和人　張絢霄字霞城吳
縣人畢秋帆尙書側室　王玉如雲南人某廉訪側室
王碧珠字紺仙朱意珠字寶才皆蘇州人俱汪心
農側室　盧元素字淨香侯官人錢東之側室



一集生香李佩金琴淸靜見蕊淵心自然好學汪端筆選
得明詩大雅音
李佩金字紉蘭長洲人歸何仙帆著生香館詩詞集
楊芸字蕊淵金匱人歸秦同知承霈著古今閨閣詩話
金箱薈說琴淸閣集　汪端字允莊號小韞錢塘人歸
陳通判裴之著自然好學齋詩集以牧齋歸愚選歷朝
詩于明揚夢陽抑靑邱力翻其案著明詩選并
爲七律三十首論諸家之旨其才氣可謂盛矣
殘夢樓和近月亭南遊詩草亦芳型含英獨著芸書閣少
女風隨侍女星
趙氏樂浪人歸佟知府鋏早寡著殘夢樓草　紀玭文
字蘊山文安人歸靜海李拔貢煌著近月亭詩鈔　王
氏天津人歸欒樟著南遊草　金玉元字載振號含英
歸查解元爲仁著芸香閣集女調鳳字鳴祥端容字淑
正綺文字麗言媳嚴月瑤字閬娟
侍女宋貞娘皆傳所學俱能詩

湘水三丁筆力微洞庭秋色易斜曛海門鮑氏京江集三
秀靈芝競綺芽
丁雅儀字佩珩盂鄉人妹慎儀字佩琳秀儀字佩瑜皆
以詩名佩琳四圍山色又斜曛佩瑜歸鴻空帶洞庭秋
之句皆佳　陳逸仙字蕊珠丹徒人歸鮑君皐著課選
樓合稿長女之蘭字畹芳歸何灃著起雲閣詩鈔次女
之蕙字仲姒號茝香歸張司馬舸齋著清娛閣吟稿三
女之芬字佩芳號浣雲著三秀齋詩鈔後人以三集合
刻稱京江鮑氏
三女史詩鈔
梅月樓頭見海棠碧香小閣向春光同名却有單高密祗
覺春來晝漸長
李氏長山人趙伯麟繼室著梅月樓草春望云自從不
上樓頭望春色飄零到海棠　陳淑英字宜齋曹縣人
歸于皋人振翀著碧香閣小草有百花誰得向春光之
句　單氏字茝樓號紉香高密人歸諸城王進士瑋慶
亦著碧香閣遺稿即事云
新柳繞池塘春來晝漸長



曲院秋深寫實情散花識字呂襄平白山冷澀素言靜漏
滴蘭馨夢未成
鞏年姓兆佳氏滿洲人著實情草有曲院秋深荒徑草
茅廬人靜掩柴關之句　呂坤德字靜齋漢軍人著襄
平女子詩稿雜詩云識字更添今日障散花恐惹後人
愁　瑞芸姓輝發納剌字馥齋滿洲人著白山詩鈔
覺羅學誠字丹奉立志不嫁著素言　余性淳錦州人
著蘭馨集秋夜云沈沈寒沁梅花幕滿滴愁心夢未成
港口荒苔傳悟雪太行寒色滿柴車石溪漁婦閒無事料
理琴香當著書
吳若氷字瑩仙南城人歸分宜蘇材襄陽知府日鯤母
著悟雪堂詩鈔大港口云斷橋猶枕石破寺只荒苔
鍾令嘉字守箴號甘荼老人餘干人歸鉛山蔣州同堅
編修士銓母早寡課子成名著柴車倦遊集太行山云

蒼雲橫上黨寒色滿中條　蔣徽字琴香號錦秋自稱
石溪漁婦東鄉人吳知州嵩梁繼室著琴香閣詩箋
楊家母教有芝芬湘渭同源苦樂分惆悵蘇門諸學士秋
風聞雁愴離羣
楊芝字淑秀長洲人張女士古政之女歸武林汪棨著
淑芳集妹芬字瑤季歸沈侍御懋華著瑤華集花樵集
章有湘字玉筐一字令儀號橘隱又號無嫣華亭人
歸孫進士中麟早寡著澄心堂集望雲草再生集訴天
雜記妹有渭字玉璜歸嘉定侯泓遁跡偕隱著淑清草
燕喜樓集姊有源字瑞麟亦能詩　蘇秀字若瑩常熟
人歸沙市巡檢張守業著河梁集有秋風之什音節近
古妹瑗字若涵號嶼筠邵知府齊然繼室著漱瓊集有
聞雁詩若瑩姊瑛字若修歸邵太史齊烈早卒次姊琬
字若柔歸陳融照姊妹齊名時稱蘇門四女學士然尚
有其從姊妹瑤字若和
亦能詩惜無集以傳
懷齋雜俎懷君江皎潔椒花玉鏡雙遙想絳衣罷繡日流
鶯啼帶落花腔
江銘玉字懷君號懷齋元和人歸汪蘭芳早寡著懷齋
組餘　江秀瓊字瑤峰歙縣人歸如皋張仰齋著椒花
館集雪泉觀月云玉鏡落金波相映雙皎潔　吳若雲
字絳衣號香城嘉定人歸毛思正著吹簫詩鈔罷繡偶
吟香城詞無皋雜說流鶯曲云百囀催殘上苑春一
聲啼破深閨夢落花篇有花時莫負春光好之句



蔡閏嬌癡董白憨巫雲老去禮瞿曇黃花晚節幽香烈誰
識今生李是庵
蔡閏字小秋代州人本秦淮妓後適趙子爵　董白字
小宛號青蓮如皋人適冒勸俱能詩　韓巫雲華陽人
本樂籍歸一士人而寡乃削髮更名幻雲有鈴兒草詩
李因字今是又字今生號是庵又號龕山逸史會稽
人善畫花鳥亦能詩初為妓嗣為海
寧葛光祿徵奇側室著竹笑軒集
鹿門梅笑猗香樓卧雪函貞貯月愁莫向澄香閣上坐夾

霜寒雁促新秋
俞韜玉海寍人錢塘徐昇繼室著鹿門草　王元禮字
禮持仁和人著梅笑軒集　閔懷英字畹餘號蘭軒錢
塘人歸昌化方祜俊著猗香樓集　杭澄字清之號筠
圃晚年稱定水老人仁和人世駿先生妹歸趙萬曝早
寡著臥雪軒吟草伏枕吟　裘咨貞字貞吉錢塘人歸
張輿孫早寡著函貞閣詩草　楊守閑亦字禮持海寍
人歸陳檢討世人早卒著貯月樓集　郭惠字素嫻仁
和人傅廷標繼室早卒著澄香閣吟草有夜靜庭花和
露咽月明寒雁夾霜飛點硯螢飛
憐過客隔窗螢語促新秋之句
色禪醉月總塵凡可惜苔痕花影函寫盡墨梅陳韞璞斷
腸和淚哭青衫
陳素蓮字香山仙居人歸寍海金掞之著醉月樓詩鈔
有也應參透色禪空之句　項衡字香芷錢塘人歸黃
巖張應彪著苔痕花影軒詩存後改盼怡樓詩集　陳
奕珍自稱韞璞仙子善畫墨梅歸齊重光早寡著斷腸



集悼夫有青衫
一領裏文章句
綠筠才調本來低病起關弓力未齊弱妹藕香宜斷句琴
河寒食孝烏啼
何珮芬字筌香號蘭卿歙縣人歸范志全著綠筠閣詩
鈔妹珮玉字琬碧號塢霞又號浣碧歸揚州祝麟著藕
香館詩鈔力才較勝于姊題張孝女傳末句云惆悵琴
河寒食節女貞花發孝烏啼三妹珮珠字蕋香亦能詩
著環花閣詩鈔竹
烟蘭雪齋詩鈔
吟香嬝娜韻松濃林下清風豈淺庸奚似素君清興好高
歌登上莫釐峯
汪蘆英字雪娥奉新人歸廖質性著吟香館詩草　顧
慈字昭德金匱人歸張舉人熙宇著韻松閣詩集姊端
字昭華妹蘊字昭輝皆能詩　李國梅字芬子一字韞
庵江蘇興化人歸解舉鼎著林下清風集　沈綺字素

君常熟人歸殷導著環碧軒詩文集四六文噉花詞筐
窺一得徐庾補註等書有登莫釐峯絕頂七古一首神
似太
白
懊惱訊秋森玉堂靜閑婉弱自怡傷芳蓀不及西齋好且
誦同懷鸞鳳章
武懿字鐵峯錢塘人歸陳𪗆尹嘉幹著訊秋齋詩稿
陸靑存字若筠濟寍人錢塘吳孔皆繼室著森玉堂詩
楊守範字靜閑海寍人歸錢塘顧宜曾著靜閑遺詩
顧瑤華字畹芬錢塘人歸裘某早寡著自怡草　吳
瑛字若華平湖人歸屈作舟著芳蓀書屋存稿　戴韞
玉字西齋歸安人歸錢塘陳同知淞著西齋遺稿　韓
鸞儀字隱霄妹鳳儀字隱雯合著綠窗同懷稿
二女以親老皆不嫁及親歿而殉俱以孝傳
珠樓遺稿付冰心何意諸餘欲嗣音繡虎夢香皆小品不
如細讀翠峯吟



翁靜如號珠樓長州人歸周瑞五著珠樓集媳朱雪英
字韻梅吳江人著冰心集女月貞歸翁德和早卒沈歸
愚尙書嘗合刻其稿名聯珠集　諸餘字耀霜無錫人
歸戴鉀早寡亦著冰心集　戴淑仙漳州人歸無錫華
葵儀而寡著繡虎餘音　朱蘭字淸畹甘泉人歸程綺
著夢香集　金纕字紉蘭號翠峯華亭人歸雷朝翰著
翠峯
吟稿
玉芳詩集記昭陽却望桑乾繞故鄉誰唱長河官樹句黃
陵痛煞李蘩香
陳淑秀字昭陽一字玉芳貴筑人歸周承元著玉芳亭
遺稿有廻腸一似桑乾水萬轉千盤繞故鄉之句　李
含章字蘭貞晉寍州人湖北布政使歸安葉佩蓀繼室
廣西巡撫紹楏山西布政使紹本之母著蘩香詩草陝
州道中云官樹陰迷鴻雁月長河怒
捲鯉魚風并黃陵懷古長歌皆可誦
韞輝雙桂兩吟樓鋤月紅餘入畫愁皆綠含烟俱寂寞西

湖湖水自東流
許元澮錢塘人歸王映奎早寡著韞輝樓稿　汪汝瀾
字聽月秀水人海寧許申璟繼室著雙桂樓小草　陳
瓊圃字閬艮號鋤月仁和人歸安費錫田著紅餘草
鋤月小草有自題山水畫冊四絕可誦姊瓊萓字芳余
亦能詩　丁瑜字靜嫻長興人歸御史臧眉錫著皆綠
軒詩集嘗居西湖寫湖光山色于晴雨變幻中畫徵錄
言丁瑜字懷瑜錢塘人工寫眞用西洋烘染法極工與
靜嫻似係二人而同名者　堵霞字綺齋號蓉湖女士
無錫人歸吳元音著含烟閣詩詞集工寫花鳥蔬果亦
嘗居西湖吳繡谷題其畫云西湖十二橋頭水流盡落
紅無數花
妙音鄭妗逐西風月士新詞憶故宮何事若蘭陳女士道
家裝束詠閨中
妙音明宮人國亡居民間祝髮爲尼談舊事常泣下
鄭妗襄王宮人嫁爲漁婦　月士宛平人亦明宮人隨
小黛軒論詩詩　卷上　丟
內監南走白下爲尼名靜照著宮詞百首　陳錫端字
若蘭海寧人著若蘭詩集閨詞百首如閨中喜作道家
裝雲錦裁成綠羽裳學戴星
冠簪日月侍兒齊綰髻雙雙
亦政堂前咏史吟廣寒詞選有浮沈量才玉尺原難事不
櫛誰知潘素心
顧之瓊字玉蕊錢塘人著亦政堂集卽林亞清之姑錢
雲儀之母有前後北征二賦芬芳悱惻若離騷遺音其
詠史諸詩亦神似六朝蕉園七子推爲領袖　黃鴻字
鴻輝仁和人歸顧若羣著廣寒集又著林下詞選選歷
朝閨秀詞　潘素心字虛白會稽人歸錢塘汪少詹潤
之著不櫛吟虛白詩集兼知制舉文字常代其父閱試
卷妹正心字亞白
歸俞某著愛日吟
芙蓉秋色閨查女蝴蝶春花著小姑宜鶴湘筠淪落後澹
如獨秀一峯孤

查氏號瑤溪臨桂人歸羅振著芙蓉池館集　陸小姑
賓州人著紫蝴蝶花館詩鈔　趙宜鶴字松聰臨桂人
歸按知事程獻燧　秦璞貞字湘筠歸教諭朱肎仁俱
能詩　朱鎮字靜媛歸況擧人祥麟著澹如軒吟草有
獨秀
峯歌
夢槐玉尺冷山堂疏影軒中已夕陽剩有焚餘詩一卷雙
鴛祠內拜烝嘗
許福祉自稱夢槐老人閩縣人歸陳知縣蘭臯著玉尺
山堂存稿　齊祥隸字陳兆熊熊卒殉節著玉尺樓遺
詩　何玉瑛字梅鄰歸鄭某著疏影軒遺草　蔡如珍
字梅魁歸廣東通判李光瑚夫卒于任櫬不得歸梅魁
縊以殉同官婦某聞其事醵金助之并立廟祀之粵中
輯其遺詩爲焚餘集仲振履爲譜雙鴛祠院本以傳
鴛幃蕉雨暗凝香聚雪梨雲伴漱芳遺稿聽松樓上讀后
妃列表自輝煌
小黛軒論詩詩　卷上　兲
諸嫻仁和人歸王德宏著鴛幃小草　王範字幼嫻海
寧人歸桐鄉李臨臯著蕉雨樓吟　朱氏工部主事許
惟枚繼室有暗香樓稿　鍾筠字蕡若仁和人歸仲某
著梨雲社詩詞集　許綺詩字麗卿海寧人歸錢塘沈
通判崇威著漱芳樓吟稿　陳爾士字煒卿餘杭人
歸嘉興錢給事儀吉著聽松樓遺稿并歷代后妃表
來鳳樓和化鳳軒望仙繡佛不須論采蓮一曲傷懷抱誰
讀當年沁體園
陳玉岑山陽人歸許志進早寡著來鳳樓集　陳淑蘭
字蕙卿江寧人歸鄧宗洛自縊殉夫著化鳳軒詩稿
張鑑號秦餘山人長州人歸徐筠齋著望仙樓稿　陳
潔號石香歸孫安石祝髮爲尼法名無垢著繡佛齋集
茹蕙集　李馥玉字復香吳縣人歸華亭徐同叔著紅
餘小草沁體園集采蓮歌有今年採花花同好來年花
好妾應老花到來年花再開妾老來年不再少舉棹歸
來欲暮天對花脉脉傷懷抱之句善寫花鳥姊韞玉歸
婁縣周忠忻
亦能畫工詩

乞師廣信守孤城奚翅輕刀夜砍營傳得崦樓詞筆在好和花影去吹笙

林普晴字敬紉侯官人文忠公女歸沈文肅文肅任廣信府出籌餉寇至軍民潰散閩將饒廷選駐玉山夫人剌血作書求援饒星夜至圍始解　許氏鐵嶺人歸男爵襄毅徐治都善騎射偕夫出兵自結一隊爲犄角與逆犯湖南夫往援許守京口鎭將叛許與戰屢却之卒中礮歿馬上歌有馬上輕刀夜砍營之句　沈鶴應字孟雅文肅孫女歸林解元旭旭遭戍戍禍孟雅以哀殉著崦樓詞集　李慎溶字樨清文肅外孫女歸孫員外鴻謨早卒著花影吹笙詞

摘蠹吟香歷暑途養花隱竹有瑕瑜莫將白鳳矜蘭圃味雪凄清瑤草腴

楊惺惺字柳枝德化人歸李成蹊著吟香摘蠹集暑日途中云郵亭何處甜縣界此中分一徑入叢竹四山多



怪雲　吳芸華字小茶號石溪渙女東鄉人歸陳世慶善墨蘭著養花軒詩鈔　賀桂字秋安蓮花廳人歸龍知縣有珠著竹隱樓詩草　楊舫字小橋湖口人歸彭澤陶鎔著白鳳樓詩鈔　胡佩芳字秀亭號紉秋居士星子人歸德安燕位特著蘭圃遺草　閔肅英字端叔奉新人歸宋指揮鳴珂著瑤草軒詩鈔浣香閣遺稿宋鳴瓊字婉仙端叔小姑歸涂建萱早寡著味雪樓詩稿

百玉吟成句未清如何鏡閣有秋聲鍊香松竹都凡響不及聞鴉楊淑清

蔡觀成字玉生成都人選古列女事實著百玉映吟　王素娟字氷蟾蒲江人著鏡閣秋聲集　何金英字鍊秋綿竹人歸徐德新著鍊香集　華筠卿華陽人歸趙遵素著松竹集　楊淑貞金堂人歸閻鑒聞鴉云親容日益衰親年日加諸親年與親容追思忽嗟吁感此物爭鳴誠哉鳥不如三復蓼莪詩歎息欲廢書

姊妹瀛洲筆未濃所知選手亦纖庸盧丁家法能圓潤只在巫山十二峯

李瀛洲字怡亭成都人歸顧府尹汝修著靜好堂集姊龍川歸孟同知衍輿亦能詩　李錫桂字月樵綿竹人歸趙東垣著紅蕉碧梧軒稿又與曾靜香合輯清朝閨秀所知集　曾宏蓮字靜香德陽人著辦香閣詩鈔　盧謙字吉恒成都人歸顧同知文光著友華軒濕錄女祈字蘋洲鑠字墨卿琳字玉賓俱傳所學皆能詩吉恒過巫山云日落瞿塘上猿啼兩岸空山藏神女廟浪接楚王宮飛峽雲容白懸江樹影紅推篷纔一瞬已過萬峯中　丁采芝字芝潤無錫人歸縣丞鄒廷駿著芝潤山房詩詞稿母張問瑞字淑徵遂寧人船山先生妹歸丁耦仙芝潤嘗入蜀省親故蜀行詩尤佳巫山云雲鎖碧芙蓉巫山十二峯迴波流曲曲積翠濕重重兩岸猿聲苦長途客思濃欲瞻神女廟惆悵隔仙蹤

翠螺閣映白蘋館紅豆軒連紫石樓何事錢塘諸女士吟紅齊替落花愁



凌祉媛字茝沅錢塘人歸丁知縣丙著翠螺閣詩詞集　吳宛宜字荇芳號月渠歸徐知縣業鈞著白蘋花館遺詩　汪衢字采湘仁和人歸許礪卿著紅豆軒詩詞稿　趙一桷字耕香錢塘人歸沈蘭臯著紫石樓集　夏伊蘭字佩仙未及笄而卒著吟紅閣詩鈔其同邑女士題者甚衆馮蘭如字有仙陳淑貞字愼儀江德貞字掬月虞仲瑩字琇卿彭惠芳字湘帆朱鸞字鶴仙王修月字蟾貞并妹修玉字佩貞等皆有詩然俱無專集不知何故

抱珠擬古職思居繡篋微吟誦父書絮雪哀歌澹鞠別小鷗波館氣清虛

張佛繡字抱珠青浦人歸金山姚惟邁著職思居詩鈔如草荒露華白林媚楓葉丹山光當晝寒竹色上衣綠皆佳　高篃字湘筠元和人歸朱孝廉綬著繡篋詩詞小集有樂府誦父書咏蔡文姬事　朱景素字菊如上元人單巡檢洪誥繼室著絮雪吟早寡有倣杜甫七哀短歌　張縉英字孟緹陽湖人歸吳贊著　國朝列女

詩署潛鞠詩詞集有別弟妹詩　陸韻梅字琇卿吳
縣人歸潘太史曾瑩著畫花卉著小鷗波館詩鈔
紉蘭抱月更遺芳紅蕤貞奩冷亦香試問願爲才子婦何
如一曲桂林霜
蘇如蘭大興人著紉蘭山房草　胡湘端字智珠歸許
蔭基著抱月樓小律　張錫齡字佑之磁州人著遺芳
軒詩草　方芬字采芝大興人著紅蕤山房學吟稿
竇氏大名人歸陳元城著貞奩集　林佩環宛平人歸
張船山先生有修到人間才子婦不辭清瘦似梅花之
句　顧荃字芬若豐潤人馬文毅雄鎭側室善書畫隨
侍廣西值吳逆反文毅被害芬若偕諸婦女
殉之蔣若生太史譜爲桂林霜傳奇紀之
槐慶雙槐氣欝悠彌清婉秀息存愁揚州流寓孫貞孝卻
笑青山也白頭
王筠長安人著槐慶堂集　呂氏歸朱輔熙著雙槐堂
詩鈔　雷氏郃陽人歸史繼魯著彌清閣集　杭溫如



字玉輝長安人歸徐枚早寡著息存室吟稿　孫書芸
字伴香三原人豹人先生姪女僑居揚州父歿事母不
嫁有雪晴偶啟樓窗望
無數青山也白頭之句
花語翻新鶴語高蠹窗聽月總蕭騷詎知一册清香閣茅
屋吟成卻自豪
金若蘭字者香歙縣人早寡著花語軒詩鈔如天邊有
夢憐鴻雁江上何人寄鯉魚蝴蝶未廻千里夢鳳凰先
入七絃琴皆可誦　許燕珍字儼瓊號靜含合肥人歸
無爲州汪鎮著鶴語軒詩集黹餘小草　張令儀字柔
嘉桐城人歸吳興沈湘門著蠹窗詩詞集　汪韞玉字
潛輝號蘭雪休寧人歸金湖著聽月樓遺草　姚德輝
字景孟桐城人歸馬通判書
香著清香閣詩鈔有茅屋行
采秀安貞苑與枯冰愁芳韻志遙殊秋芸清越蘭膏瘦詠
史鴻才楊鳳姝

吳雯華字雲素吳江人歸葉舒璐著香奩詩奩采芳閣
吟草　胡靜嫺字貞齋華亭人歸戴某著安貞小草
龔靜照字氷輪號鵑紅無錫人歸陳某著氷愁人集
叢祁誌如皐人歸謝魚池著芳韻樓集　徐畹芝江陰
人歸任東闓著秋芸集　朱夢梨字蘊素無錫人歸戴
玉亭早卒著蘭膏賸草有一院淒風吹月白半階碎葉
雜蟲吟之句　楊鳳姝字蘋香號茸城女史吳縣人歸
上海李知府心耕著鴻寶樓詩鈔又著有讀古諸詩包
孕史事俱
有卓識
禪心勘破寄生館幸草猶存慧福樓偏是含章詩話好梅
花香占百花頭
沈畹香錢塘人歸孫侍郎詒經著寄生館集有勘破機
關世局中句其女靜儀亦能詩　俞繡孫字綵裳德清
人俞曲園先生女歸錢塘許主事祐身著慧福樓幸草
母姚文玉仁和人著含章集梅花云耐盡人間雪與霜
百花首上
爾先香



堯峰書畫倩桃仙小集青螺婿鐵肩詩館澄霞清課妙呼
鬟種菜雨餘天
王堯峯大理人工書畫尤善畫松　胡倩桃掌自人工
畫山水自題云此去仙源知不遠前溪流出野桃花
龍錢潔字瑜素雲南土司中人歸陳鐵肩著青螺稿
那憲章字澄霞武定人歸李兆元著澄霞館詩集有督
婢山中種
菜晚歸詩
石屏寂寂素輝侵糚閣徵香焦尾音獨燕吟秋君莫問彤
奩雙璧有芳心
戴氏仙居人歸王元居著石屏遺稿　洪無儀字素輝
臨海人歸陳斌夫著素閣遺稿　陳淑字文淑歸馬雲
如早卒著糚閣遺草　郭蕙字素嫻仁和人歸臨海傅
廷標著徵香閣吟　盧德儀字梅鄰黃巖人歸王維齡
著焦尾閣遺稿　曹煥嫣字燦然天台人歸朱明經觀
讓著獨燕吟　王郁蘭字蕙芝號香谷臨海人著吟秋

閣詩稿繡餘瑣錄　戚繼裳字夢桃太平人適王維哲
著東鬘集　趙韻花字梅仙一字竹友號香谷早卒著
韞香樓稿後人以其集
合東鬘刻爲彤奩雙璧

左家嬌女起慈雲冷藕雙香亦不羣飾性淵深靜一雅猗
蘭小石莫紛紜

王氏號慈雲老人湘陰人歸周衡在早寡著慈雲閣遺
稿長女詒端字筠心歸大學士左侯文襄宗棠著飾性
齋遺稿次女詒蘩字茹馨歸張知縣聲玠著靜一齋詩
草孫女翼秔字德媗歸長沙徐樹錄早寡著冷香齋詩
草翼杓字敬媌歸湘潭黃某著藕齋詩草　左孝瑜字
愼娟筠心長女歸安化陶某著小石屋詩草　妹孝琪字
靜齋著猗蘭室詩草三妹孝琳字湘娵歸湘潭黎某著
瓊華閣詩草四妹孝瑸字少華歸周翼標即慈雲老人
孫婦早卒著
淡如齋遺草

碎玉傷親倚柏悲蕭然自是女宗師添香零落留香在惆



悵湘蘋與課兒

謝琳英清流人歸建寗楊某早卒著碎玉集有傷親十
慟甚哀痛母王氏亦能詩　李閨容邵武人歸高某早
寡著倚柏齋詩草　黃曇生字護花建安人歸鄭善述
著蕭然集詩無脂粉氣即荔鄉先生母也鄭氏閨秀能
詩淵源實出于此　祖鳳林字彩雲浦城人歸祝學士
春熙著添香餘吟　官連姊邵武人早卒著留香賸草
朱召南字湘蘋建寗人歸徐家泰著湘蘋
遺詩妹韶香字敬園歸鄢家述著課兒草

合籥競秀總悠悠綠淨深沈素賞愁母女侍萱傳在璞婦
姑棠楚附鳴秋

陳立字止君仁和人歸江寗胡名培早寡著合籥樓稿
王元珠字淑齡號餐霞嘉興人歸海寗徐剛振著競
秀閣稿　徐德音字淑則錢塘人歸江都許中書迎年
著綠淨軒詩鈔紀瑞詩集　陳皖永字倫光號汲雲老
人海寗人歸楊明經中黙著素賞樓詩稿　方芳佩字
芷齋號懷蓼錢塘人歸汪巡撫新著在璞堂稿女纘字

嗣徽歸湯通判燧著侍萱吟蕉雨軒吟稿紉字香隱號
畹妹歸松江王御著轂音集香隱集繡字靜姝亦能詩
早卒媳王德儀字韞輝號雲芝著綠筠吟稿語鳳巢集
錢孟鈿字冠之號浣青武進人歸崔巡道龍見著浣
青詩草鳴秋合籟集媳莊素馨著棠
楚閣集浣青與蕊齋齊名時稱方錢

池蓮驛柳樓中老紫峪紅崖塞上吟莫向蟬鳴喧小草承
歡猶是繡餘心

潘玥字波玉靖邊人歸樊提督廷有　秋生萬山外人老
一樓中驛柳微留翠池蓮早墜紅句　王淑貞張掖人
歸楊干總世雄早寡有紅崖紫峪黃花戍都在登鄣一
望中句　江瑞芝字天香靜寗人著蟬鳴小草　陳蘊
齋張掖人歸程介亭著承歡集　趙
明霞哈密廳人歸王秀亭著繡餘草

小黛軒論詩詩卷下

侯官道山女子陳　芸淑宜著

暗中思母靜香閣夢裏成詩凝翠樓巾幗腐儒誰得似峽猿吟觸看花愁

倪瑞璿字玉英宿遷人宜興徐進士起泰繼室著靜香閣詩草有暗中時滴思親淚只恐思兒淚更多句　王蕙字蘭韞鎮洋人歸常熟朱方來著凝翠樓集夢母詩有天上桃花不計春之句　孫旭媖字曉霞號如婉無錫人以針黹岐黃養親不嫁著峽猿吟寫懷云蛾眉自古無才子巾幗於今有腐儒又憶妹云看花每觸愁千斛玩月難禁淚萬行

綠陰紅雨佩湘居春暮焚餘聽鷓鴣花鳳韻香零落後嶶柔猶得附冰壺

帥翰階字蘭娟奉新人歸新建裘第元著綠陰紅雨詩鈔　范漣字清宜號佩湘德化人歸陳蔭園著佩湘居詩稿　甘啟華字韻仙崇仁人歸謝蘭䪴著焚餘小草暮春曲云柳堤風緊鷓鴣叫芳草天涯愁殺人　蔡紫瓊字繡卿號玉婷德化人歸湖口周文麟善畫蘭早卒著花鳳樓吟稿　萬夢丹字篆卿號品菊歸蔡太史壽祺與繡卿姑嫂也早卒著韻香室吟稿彤管新編　朱榮珍字琴仙上元人蔡壽祺繼室工畫花卉著嶶柔閣詩草篆卿女澤茗字伯潁幼字漢陽袁晉袁卒守貞授女徒自給著冰壺玉鑑軒詩草後人合繡卿篆卿琴仙伯潁四家爲林下清風集



蓮香竹苦更筠心林下差堪媲鵠吟姊妹漱芳酬唱好广樓化洽倚雲深

張喜珠字蓮香黃州人詹振甲側室著蓮香閣草又有邱卷珠字荷香閩縣人著荷窗小草張繡珠字藕香長洲人著繡餘吟皆詹側室詹常合三人詩編爲三生堂稿詹又有側室沈蕙香字蕙生錢塘人其婦時瑛兄嫂黃茘鄰皆能詩然無集未知何故　易本瑜字次華京山人歸倪某早寡著苦竹軒詩鈔　胡秀溫荆門州人歸張毓參早寡著筠心閣詩　陸湘水字秋濤漢陽人歸李文煥著林下吟　傅紫璘原名榮芝字雲裳黃州人歸孝感蕭道濂早寡著鵠吟樓詩鈔　潘煥嫺字伴霞羅田人歸郭時潤著漱芳閣詩鈔妹煥榮字綺青煥吉字幼暉皆能詩時有唱和弟婦楊清材歸安人著碧筠樓草　徐如蕙字瑤草漢陽人張主政珽側室著广樓集其詩皆出于大婦江蘭所授蘭字貞淑著倚雲樓集

夢影芙蓉卅六雙臥雲琴賸自成腔古春老去空明月寂寞高樓葛玉窗

關瑛字秋芙錢塘人歸蔣坦著三十六芙蓉詩存夢影詞　孫蘭韞字九畹歸高觀察應元著臥雲閣詩草　吳愼字厚安號藹庵海鹽人歸海寗查知州揆著琴賸軒詩稿　梁德繩字楚生德清人歸許主政宗彥著古春軒詩鈔有明月曲神似初唐汪端乃其姊子收育之并授以詩　葛宜字南有海寗人歸朱邇邁能測星躔著玉窗遺稿有明月照高樓詩



繼聲清響似哀絃韞玉冰壺更綠天誰與寄軒搜斷逸筠青黛色馬蹄前

郭仲年字敏齋閩縣人歸鄭某早卒著繼聲樓集　丁氏歸林孝廉守中著哀絃集　甘和字瑤軒侯官人歸朱知州錫穀著韞玉軒詩　謝采蘩歸連江鄭進士光裕早卒著冰壺集　朱懿卿字芳嶶歸姜秉雯早寡爲閨塾師著綠天吟榭詩草　林佩芳歸許知縣子春著有寄軒拾餘集　楊秀珠字碧如歸林孝廉廷祺早寡著筠青閣吟草泰安曉發有斜月沈沈雞喔喔嶽光青到馬蹄前句

花月連珠有沈嶼馬鈿吳蕋更何如高王詩雜笳聲急榆塞聯吟實起余

沈璵字涵碧海寧人歸陳州同鈞有花月連珠體和唐子畏韻七律八首一時和者馬細字田然歸吳煜三吳蒞字翹仙歸蘇士樞外尚有吳婉容字景昭歸朱瑞熔項本詩歸吳壽照陳珩字景行歸吳昂駒查玲字若琰祝德鈞字竹如等并其女雲濤皆有和作 高芸馨字素芳永福人歸王應賓王瑞蘭字鈞卿歸侯官何孝廉同文偕著榆塞聯吟草其土木堡居庸關諸作淋漓悲壯工力悉敵若五更鼓角

靜閒空翠柳枝詞松蔭能賡玩月詩不道絳衣諸女弟得留小草是香楣

沈友琴字參若吳江人歸周鉒著靜閒居詩詞稿妹御月字纖阿歸皇甫鍔著空翠軒詩詞稿姊妹皆有和汪鈍翁姑蘇柳枝詞 張采茝丹徒人歸儲兆豐著松蔭閣吟稿姊采茉歸高元妹成珠歸長州舉人韓襲祥姊妹皆有中秋艾衲亭玩月和韻詩 絳衣郎吳若雲見上妹鳳儀字淑英號香楣歸朱綿生著四十五日餘咏吟香楣小草三妹柔儀四妹淑儀皆有和絳衣小遊仙詩惟無專集



說甚青蓮與白蓮幽蘭王趙不相連曇花樹蕙雖清俊歸夢秋雲柰十年

林氏金山人歸徐穎柔著青蓮舫詩鈔 方婉儀字白蓮歙縣人歸江都羅兩峰善畫梅竹石著學陸集白蓮半格集 王毓貞字月妹揚州人著幽蘭閣集 趙婉揚字茀芸上海人字徐秉哲早卒著幽蘭室草 劉舜儀字湘雲儀徵人王椰泉側室著曇花閣集 劉文芳字貞素歸喬貢生其絕著樹蕙軒集 蔣操字修端陽湖人著秋雲草有清樽令夜月歸夢十年心之句

小鷗波與小停雲蘭蒞纖阿曳畫裙華麗縱承詩筆好湘烟誰上紫姬墳

管筠字湘玉號靜初錢塘人陳知縣文述繼室著小鷗波館詩鈔文靜玉字湘霞蘇州人文述側室著小停雲館詩鈔文述側室尚有蔣蘭蒞字玉嫣薛纖阿字雲姬亦能詩女華娵字蔓仙歸吳縣葉廩生廷琯次女麗娵字茗仙歸許震宗俱有輓兄妾王紫姬詩紫姬名子蘭字紫湘號畹君秣陵人文述子裴之側室大婦汪允莊授以詩學亦能吟咏早卒裴之爲撰湘烟小錄

集秀閨吟記姓蘇遊仙仙去說如珠咏懷合比瀛仙館香透梅花字字殊

蘇畹蘭字紉九號香巖仁和人歸倪一擎著坤維正氣彔又著閨吟集秀并集古才女句爲遊仙詩其同邑姚中淑歸桑雲柯題閨吟集秀亦集才女句 劉如珠桂林人早卒著集唐遊仙詩 惲氏武進人歸丹陽吳維伯早寡著集唐咏懷集 鄭瀛仙福州人著瀛仙館詩草有春日閨咏三十首皆集唐句 梁瑛字梅君錢塘人歸黃樹穀自稱穀梁氏爲梅花詩百首皆用詩字韻故其集名梅花字字香

瘦雲雲夢果何如臺上懷清夕照餘莫與悟因談節操唱隨人在水雲居



辛絲字瑟嬋太原人歸秦某早卒著瘦雲館詩 童鳳字稚簫榆次人著雲夢樓吟草 李孟昭字翼城歸張培本著懷清臺詩鈔有鳥篇云有鳥有鳥啾啾夕陽風吹籬花觸我心傷 陳靜淵字鳳臺歸衛貢生封沛早寡著悟因樓詩鈔 趙氏洪洞人歸劉調宇著唱隨集 劉雲瓊字籬石號檻花居士臨縣人歸趙舉人昌之著水雲居集

揆齋經學本名家選雪西樓翠幕斜霽月澄空蘿影碧曼陀羅映紫薇花

萬藻字季齋號揆齋鄞縣人周通判宣猷繼室著揆齋詩鈔 楊琬字佩貞金匱人歸秦恩普著選雪樓詩草 段杏烟長洲人蔣世錡側室著西樓存稿 朱保喆字錦香長興人歸錢塘戴可恆著霽月樓詩稿 姜承宜字羽和遂安人歸余祖念著蘿影軒詩集 孫傳芳字佩嘉號浣雲錢塘人戴訓導穗孫繼室著曼陀羅室詩稿 朱承芳字蓉笙歸徐舉人珂早卒著紫薇花館詩草

綠筠亮節翠筠靑瑤草珠華更一經拾燼晚思傷瘦薄雙桐姊妹有芳馨

鄒氏河內人歸范泰隆早寡著綠筠樓草　張漪字墨花號柳塘祥符人歸汪象賢著翠筠館集　席蕙文字怡珊澠池人歸石同知同福工畫花卉著瑤草珠華閣詩鈔　張氏襄城人歸齊賓著一經堂稿　劉氏鹿邑人歸張州同坦著拾燼集　李文慧字亦士號瑞之永城人歸喬舉人大元著晚思小寄吟　范德俊字琇瑩河內人歸紀樂著雙桐蔭齋韻言姊德芳字璺谿歸趙教諭遂著襲芳閣詩鈔妹德媄字婉珍歸劉舉人秉權著橘枰草

秦臺鏡倚庾樓寒面浦休和剪水看恤緯伴航高下處同音笙磬本來難

胡瓊字佩淸長洲人歸朱友倩著小秦臺詩草　章孝貞字靜儀號咏琴江寧人歸周觀模著鏡倚樓小稿



吳蕙字蘭質吳江人歸費定烈著庾樓吟　朱穆字月軒歸姚松廬著面浦樓遺稿　莊濤字碧山奉賢人歸徐訓導祖逵著剪水山房詩鈔　繆孟翹字樊君號冬青子江陰人守貞不嫁著恤緯吟草　邱紹英字少雲號伴航長洲人著伴航集湯朝字蕉雲號淑盈自稱華嚴女子金壇人歸長興沈子蔡著笙磬同音集蕉雲集

冷淡淸風明月樓天香樓外又生秋茂萱莫作思親賦四本堂前萬里愁

吳氏仁和人歸臨平汪錫嘏早寡著淸風明月樓吟卷　周登望字從之錢塘人歸翁在初著天香樓外樓吟草　陳素字定林歸沈觀察世燾著生秋閣詩　王蘭佩字德卿號楚芳歸孫教諭承福早卒著茂萱閣靜好樓詩草有思親感賦一篇孝思悠然　李芹字璧地臨川人歸蔡燊早寡著四本堂集渝州客寓有客意何能遣東來萬里遊句

秋山黯黯綺雲凝鏡閣閨房善自怡翠竹白沙雙桂外采芝端合比三芝

吳孟嘉字維則桐城人歸方朝鳳著秋山樓稿　舒媺字嗣音黟縣人歸薛可庵著綺雲樓稿　劉氏字阿緘潁上人歸元貢生敬存著鏡閣詩集　陳佩字懷玉天長人歸江昱著閨房集　程瑜秀歙縣人歸王介眉著自怡草　方可字青君黟縣人著白沙翠竹集　汪又蘇歙縣人著雙桂書屋詩草　汪亮字映輝號采芝山人休寧人歸費甫坪著采芝山人詩鈔　方采芝全椒人著采芝山房集　張瑞芝桐城人歸方琪著瑞芝閣遺草妹愛芝玉芝亦能詩合為三芝軒詩存

鏡園淨映素窗淸浴碧吟香更繪聲耘古一樓花角立兩家玉樹孰瓊英

虞淨芳錢塘人著鏡園遺咏　嚴曾杼又名蘩餘杭人歸沈長益早卒著素窗遺咏　周志蕙字解蘇錢塘人歸陳仲衡著浴碧軒稿　陳絢字蓮蕙海寧人歸張上發著吟香閣集　陳長生字嫦笙號秋穀錢塘人歸



安葉巡撫紹楏著繪聲閣稿　許元潔字雪芳仁和人歸施錦著耘古樓詩草　陳素字雲有海寧人歸查寧著花角樓吟草　田玉燕字雙飛錢塘人歸湖州徐元舉著玉樹樓遺草　王芳與字芬從號芳若餘杭人歸嚴侍郎沅著紉餘集玉樹樓詞女郎曾杼

靈修潦倒孰同儕德日愁多德月齋留得宜春阿妹老蒼梧遺恨獨關懷

姚嫣俞字靈修長洲人名家女皈依為尼法名再生著再生遺稿　蔣葵字氷心泰州人歸陳某以非偶出家為尼法名德日著拂愁集妹蕙字玉潔號雪巒亦能詩遭家難出家法名德月　侯蓁宜字儷南嘉定人歸龔元侃著宜春閣草極貧有三旬九食賢人厄麥飯葱湯婦道乖句妹懷風字若英明通政峒曾孫女有成敗百年流電疾蒼梧遺恨不堪攀句

覽非留夢自娛荒題畫曾聞韓佩芳莫問蕙蓮雙姊妹雷

家亦復有聯香

鄧克貞字玉梅夏縣人歸楊　霄著覺非集　康瑞蘭字
畹　滋與縣人著留夢閣詩鈔　康澄字雲仙著自娛吟
草　韓鉉字佩芳汾陽人工畫　姊鎔字佩芝亦能詩
師蕙芳字素卿韓城人歸祖主事瓊林著繡餘稿姊蓮
芳字香國歸范嵯尹潤著釆芝吟　雷阿淳字
妙柔輝縣人姊芳柔妹順蒨合著聯香小草

筠翠蘭芳雜笑顰向花集蓼或相親可堪悟雪孤燈影坐
聽雞聲動四鄰

彭貞字氷淑號橫江女史崇儀人歸蔡世培著翠筠山
房詩鈔　莫兆椿字蘭芳南昌人歸吳通判興宗著蘭
芳閣集　許權字宜媖德化人歸湖口崔教授讓著閨
中小草向花樓詩詞集　游瑜字輝璞臨川人歸陶知
府栗亭著集蓼山房詩草　吳氏南城人歸楊某早寡
課子有成著悟雪堂詩鈔秋夜云展卷忘更永雞聲動
四鄰孤燈寒共
影殘月冷窺人



纕芷含貞緗素裁紅蠶零落藾松開白頭誰識棲梧閣祗
博人傳咏史才

左如芬字信芳桐城人歸姚進士非庵著纕芷閣詩稿
方筠儀歸左全文著含貞閣集　張若嫺字清婉著
緗素閣遺草　方曜字蓮漪歸車持謙著紅蠶閣稿
張嗣謝字咏雪歸孫循紱著藾松閣遺稿　吳氏號棲
梧閣主人早寡著棲梧閣詩集已
佚所傳惟金陵咏史數律而已

還讀齋應憶葛覃杏花樓接雨泉龕二分明月萬花影十
燕鶯巢近水南

葛覃字文娥長洲人著還讀齋合稿　薛娟字浣香荆
溪人歸朱超著杏花樓唱和集　季嫺字靜娛號元衣
泰興人歸李長昂著雨泉龕詩　陳素素自號二分明
月女子江都人姜學在側室著二分明月集　張介字
箏芳婁縣人歸上海璧璉著萬花樓詩鈔　王芬字蕙
田歸唐壽椿著十燕巢閣遺稿　孫鳳臺字儀九崑山
人歸吳宗萬著
水南繡餘草

春蕪孱弱珏樓間段綠華勝楊遠山大小瑱嬛如是草閨
中閒唱莫輕删

蘇芬字梅友錢塘人歸許舉人大綸著春蕪閣遺稿
許學蘊字珏樓歸應知縣際盛著珏樓吟稿　段馴字
淑齋金壇人玉裁先生女歸龔觀察麗正著綠華吟榭
詩草　楊琇字倩玉仁和人沈適聲側室著遠山詩鈔
梁小玉字玉姬號瑯嬛女史錢塘人著瑱嬛集　王
倩字琬紅號秋士歸葉知事恕著小瑯嬛吟稿　查瑞
杼海寍人字蘇某夫死守貞著如是齋吟
草　沈緗珠歸顧州判某著閨中閒唱

蘭心草莫問柔嘉飛素柔存各一家薄命桂枝休自賦且
看澡雪綠梅花

羅柔嘉平南人著蘭心草　梁靄字佩瓊番禺人歸潘
蘭史著飛素詩詞集　陳氏順德人著柔存堂草　何



桂枝桂林人幼被擄為婢後歸某為側室作悲命詩自
述其苦　鄒淑貞平樂人歸李紹祖早寡著澡雪齋集
張貞蘭字梅痕桂林
人著綠梅花館吟稿

冷唫仙館冷于氷桐碧蕉紅亦可矜家學能傳桐鳳集恰
如鴻雪有師承

左錫嘉字婉芬號氷如陽湖人華陽曾太僕詠繼室著
冷唫仙館詩詞稿姊錫璇字芙江袁觀察績懋繼室著
碧桐紅蕉館詩詞集觀察太僕皆死于粵匪之難姊妹
青年守寡芙江居閩婉芬居蜀俱撫孤成立婉芬有女
彥季字碩學歸漢州張祥齡著桐鳳集虔共室遺詩
吳世仁字浣素如臯人歸錢塘沈州判學琳早寡著簫
引樓集女善寶字湘佩少失怙以詩畫奉母來安武
知府凌雲繼室著名媛詩話鴻雪樓詩詞初二集

張家蘭石更松石黃氏吟窗又雪窗不見夢蓮剩遺草竹
林唱和是遺腔

張湘月字玉娟桐城人歸王某著蘭石閣草夫姪女蘊貞字小樹歸李提督錦麟著松石山房集 黃桂字斌英休寧中書松妹著吟窗草姪女嫆字宏因著雪窗集 洪曇蕋歙縣人歸鄭某早卒著夢蓮閣剩草集中多與夫姪女湘筠唱和

澹香樓欲近棲香綠雪秋笳似夢湘吳越茝香分席處詩

詞壇坫孰平章

葛秀英字玉貞吳縣人梁溪秦鏊側室著澹香樓詩詞集 顧貞立字文婉號碧芬自稱避秦人歸侯晉著棲香閣詞 薛瑞字素儀無錫人歸江陰李崧著綠窗小草 綠雪詞 呂采芝字嘉華陽湖人歸趙鏞謨著秋笳詞 宗婉字婉生常熟人著夢湘廔詞 顧翎字素羽無錫人歸楊敏勳著茝香詞 詹瑞芝字蘭芬嚴州人歸曾提督靜齋著茝香閣詩鈔 鄭嗣音字芳沚長樂人歸陳景程早卒著茝香閣遺草妹嶶音歸高軒早寡亦能詩



芝室偷閒作繡吟繡餘花月總深沉誰憐瓊玉江干路歷

盡風霜具苦心

陳安慈德化人歸熊爵誥著芝室草 譚紫瓊原名德馨字鳳芝德化人歸蔡澤春著繡吟樓詩鈔 李葆素字素瓊號晚香居士廣豐人歸鉛山蔣貢生謙著繡餘草有花月吟 胡芳蘭南城人歸萬舉人春榮著瓊玉集有江干一路梅千樹歷盡風霜次第開之句

唾絨蜀粵兩纖濃一集鳳凰繡幾重試向崇蘭池館坐靈

芝草合配芙蓉

萬氏成都人李觀察調側室著唾絨小稿 吳小姑瓊州人邱玉珊側室工塡詞早卒著唾絨餘草 谷氏南海人歸蕭志崇著鳳凰集 潘勵聞字素蘭番禺人著崇蘭館詩詞鈔 祝瓊湘字靈芝歸黃大璁著靈芝草 史玉印歸石同知搗庭著芙蓉館遺稿

凝香戴李兩婆娑蘭閣風清斗室和繡墨縱勝娛墨好婁

娥何以效英娥

戴若瑛字嗛雪錢塘人歸楊湄之著凝香閣詩集 李氏海寧人歸許主事惟枚著凝香室稿 趙邠字周初號墨莊居士仁和人歸汪上林著蘭閣遺詩 汪蕙字蘭英號雪窗女史海寧人歸許艮謨早卒著斗室遺草 張瑤媖字巘丹仁和人歸黃家驥著繡墨齋偶吟 梁孟昭字夷素錢塘人歸茅九仍著墨繡軒集 黃修娟字媚清歸沈希珍著娛墨軒詩 王湘褭字蘭畹著浣香齋詩草妹湘娥字月田號湘妹著繡餘草姊妹并歸武平林同知模

譴客緱山有珮芬如何郤附竹西雲幾疑天韻靑樓集崇

嘏季蘭兩不分

珮芬閣焚餘詩一卷不知何如人所著題曰緱山譴客觀其中小序自稱若筠無姓氏里居可攷末後附竹西雲館吟集則稱揚州張慧卿慧卿似係靑樓中人未知與若筠是一是二 近有天韻閣詩集兩種一稱李蘋香爲上海妓一稱黃篋字鬟因秀水人其中詩句强半相同是爲一人無疑嗟乎女德旣隳聲名自裂縱有淸才存頭露尾究何足重于世哉



詞賦棲香欲入時德風算術更能奇上元女史丹鉛在三

百遺編起註詩

夏菊初字閨英吳縣人歸王蓉生著棲香閣賦稿皆館閣體附以詩尤多試帖 王貞儀字德卿歸宜城詹梅著德風亭初二集亦通算術著算術簡存星象圖釋籌算易知重訂策算證訛西洋籌算象數窺餘增删女蒙拾誦沈痾囈語文選詩賦參評繡帙餘箋等 陳婉俊字伯英自稱上元女史上元人歸桐城李世芬著唐詩三百首補註

二雲醉月總尋常松雪休吟白海棠我愛素孃遺句好十

分清瘦在寒香
章氏臨海人歸洪教諭柲著二雲詩草　陳素蓮字香
山仙居人歸金拔之著醉月樓詩鈔　沈氏臨海人歸
詹雙峰早寡著松雪堂遺詩白海棠云等閒無限傷心
事全在向人不語時　葉素孃字伊傳歸臨海吳貢生
應菼早卒著寒香錄遺草因其有
十分清瘦在梅花之句故以名集

遏雲吟罷蘇臺冷佇月詩稱赤壁遊一自芸軒弔銅雀南
濱麗景總悠悠
施坤字貧生儀封人歸張進士鉅卿著遏雲吟咏古云
青青館娃宮冷冷蘇臺月長嘯海天空涼飈振林樾　姚
陳翠翹字秀君大興人歸祖尚書之望著貯月軒詩草
再遊赤壁云從此畫圖添故事兩番赤壁寫嬋娟　黃
瑶琴邯鄲人歸王朱著芸軒集有銅雀臺懷古詩
友琴字美心宛平人劉編修師陸繼室著南濱偶存稿
李學慎字以猗任邱人
歸左善洵著麗景樓集



紅餘綠淨唾生香機杼遺音繼碧滄蘭苦茶甘風味薄飲
冰差可識綱常
徐應坤字淑媛江寗人歸鄒恭士著紅餘集　徐德音
字淑則錢塘人歸江都許迎年著綠淨軒集　麗蕙孃
又名畹字紉芳號小宛吳江人歸吳鏘著唾香閣集
陸氏華亭人著機杼餘音　熊湄字碧滄長州人歸許
爛石著碧滄道人集　吳茝椿字淑洲華亭人歸婁縣
王祖慶著蘭苦集　顧氏南滙人歸朱教諭侶陳著甘
茶集　吳靜字定生昭文人歸項肇基早寡殉姑著飲
冰集詠史有當年奇字人爭問曾識綱常二字無之句

蘭閨椒花復散花畹香琴韻伴芝霞玉英辛苦擷芳集不
及支機張錦槎
張瑩桐城人歸方合山著蘭閨詩集　江秀瓊字瑤峯
歙縣人歸如皋張壽泰著椒花館集　陳玉休寗人王
光祿鳴盛側室著散花室學吟　張淑字蘭仲懷寗人
歸熊某早寡著畹香詩鈔　胡緣字香輪當塗人著琴
韻樓稿　熊象慧字芝霞灊山人歸吳知縣栻著哀猿
吟芝霞閣集　汪玉英字吟香歙縣人歸洪中書榜著
吟香社初稿瑞芝堂詩鈔又選閨秀詩爲擷芳集　張
襄字雲裳蒙城人歸南豐湯主事雲林著支機石室詩
錦槎軒集織雲
仙館詩詞遺稿

遠樓覽秀入晴雲吾士偏教說靜君空剩蘋南遺草在閨
中徵到女修文
趙承光字希孟錢塘人歸秀水朱彥著遠樓稿　查淑
順字蕙圃海寗人歸海鹽馮桂甡著覽秀軒稿　孫廷
楷字芸軒錢塘人歸俞貢生鈺早卒著晴雲閣詩草　妹
廷鳳亦歸鈺爲繼室早寡著貞松閣詩　程慰良字弱
藻嘉定人汪經祖繼室早寡著吾士軒稿　楊守儉字
以音海寗人歸彭縣丞載奕著靜君閣集　戴佩荃字
蘋南號春亭歸安人歸仁和趙日照早卒著蘋南遺草
姊佩衡字蘊芳亦能詩歸閔編修敦大閔卒佩衡亦殉
蘋南哭以詩有閨中亦擅修
文筆可是雙雙赴玉樓句



雲京迢遞望峩眉文淑空傳述志詩莫與友琴談翠荇香
齋湖上碧雲吹
彭舒英字辛齊號雲京女史丹稜人著雲京閣詩鈔有
望峩眉山詩　王文淑開泰人所適非偶有述志詩
張勤淑字友琴遂寗人歸吳舉人珊著翠荇齋吟稿
梁嫻字淑莊貴州人歸錢塘吳某著香齋稿有滿地碧
雲吹不起一牕
綠雨聽無聲句

緯青詞韻媲含清哦月簪花似素馨莫向佩珊珊室問有
人緣夢未曾醒
張緗英字緯青常熟人孟緹妹歸江陰章政平著緯青
詞　妹紈英字若紈歸王曦著鄰雲友月之居集　屈蕙
纕字逸珊臨海人歸王知府詠霓著含青閣詩詞集
儲慧字繡鳳宜興人歸蔣華著哦月樓詩存　翁端恩
字璇華常熟人歸錢振綸著簪花閣詩詞集　王紉佩
字韻珊婺源人江觀察湘嵐繼室著佩珊珊室詩存

錢湘字季蘋武進人歸趙仁基著綠夢軒遺詞

錦樓雲錦擬雙清蕙草蕙櫺各有聲欲問蕙綢書靜句雞窗燈火午曦明

落錦樓歙縣人著錦樓詩草　李氏潁上人歸劉知縣熠著雲錦樓詩　龍循字素文望江人歸吳給事元安著雙清閣剩草　李清嬋阜陽人著蕙草堂雜咏　吳繡硯歙縣人歸洪某早寡著蕙儒小草　姚鳳儀桐城人歸方于宣著蕙綢閣集課子云雞窗燈火休虛夜鵬路風雲定有年　胡恩榮全椒人金貢生蘭繼室著習靜軒詩集牽牛花云柔蔓橫拖秋色淺疏苞暗怯午曦明

芸香孤館意凄凄一册靜宜費品題詠絮莫嗟回雁北夢花郤在杜鵑西

那遜蘭保字蓮友姓博爾濟吉特喀爾喀人歸宗室主事恆恩早寡即學士盛昱母著蓮友詩草　芸香館遺詩



姊百保字友蘭亦能詩惜未見其集　于修儒字子晉鐵嶺人著靜宜吟館詩集　齡文字竹友滿洲人歸侍衛忠善亭著絮香吟館小草有峰頭回雁今猶昔應許秋來向北飛之句　湘岑宗室女歸知府多齡著夢花閣詩稿有疏雨乍晴風乍定杜鵑啼過海棠西之句

斷香浥翠本無奇聽月停雲又一時聚雪不如映雪好簪花來上倩梅簃

朱如玉字又寒仁和人歸魯宗鎬著斷香集　徐瑩字素輝號潔庵海寧人著浥翠軒小鈔　黃巽字順之號蕉卿仁和人歸梁舉人紹壬著聽月樓詩　汪增安字吉衣錢塘人著停雲小草　高凉字紈潔海寧人歸沈端著聚雪樓遺稿、柴源字瀚如歸孫通判宇奇著映雪堂詩稿　陳寶月字印華錢塘人歸王縣丞慶嵩著簪花閣詩集　女蘭佩字德卿號楚芳歸孫教諭承祜著茂萱閣靜好樓詩草　戴小玉字倩梅歸朱文檀著倩梅簃稿

竹窗晴雪映梅簷漱玉凝香未捲簾但得三餘唱和樂不妨采秀咏香奩

郭媖字景曹富陽人歸王詔三著竹窗吟稿　高祥字織雲錢塘人歸姚炳著晴雪樓遺稿　計雪香字梅簷松江黃圖珌側室著梅簷遺稿　應世婉字淑居號蓉江仁和人歸王墀著漱玉亭稿　張㦤字莚仙華亭人歸錢塘蔣知縣炯著凝香閣小草　徐淑字景淑吳縣人歸高立庵著三餘唱和詩　吳雯華字曇雲吳江人歸葉貢生舒璐著香奩詩稿采秀閣吟草

梅閣緘秋寫絳珠雅安清綺似瓊琚齊名莫問汪黃范畫把遺編號繡餘

吳氏無爲州人歸謝貢生鶴樵著梅閣小草　姚宛字修碧桐城人歸張茂稷著緘秋閣稿　吳繡珠字蘊吉涇縣人歸郭蘭芬著絳珠閣遺草　汪嫈字雅安歙縣人歸程鼒和早寡著雅安堂詩文集　陶安生字竹筠



號南沙女史常熟人歸廬州章郎中玗早卒著清綺軒詩剩　汪瑤芳字若蘭懷寧人歸張偉工畫山水著繡餘小草　黃克巽歙縣人著繡餘偶草　范滿珠字敬淑休寧人歸戴邵庵著繡餘草

清蔭炎香只自珍紉蘭依桂亦猶人詎知華萼通星卜姊事翁姑妹事親

錢紉蕙字秋芳號清蔭居士吳縣人歸許知縣廷鑅著清蔭閣集　張上慧嘉定人陳邁繼室著炎香集　尹瓊華字秉貞吳縣人歸卞培基著自珍集　秦氏宜興人歸湯振商著紉蘭依桂二稿　張屯字麗然婁縣人歸諸念劬早寡精卜筮著易道入門自箴語張與鏞題云詩成苦節貞義畫莫作尋常咏絮看妹瑾字韞仙未字遭父母喪以哭毀身妹婉字雲仙早卒姊妹合著小華萼集

晚雲挹翠淡生秋秋水秋渠景物幽湘綠紉青酬唱處西湖百詠自風流

姚霞齡仁和人歸孫懋觀著晚雲樓遺稿　沈懋昭字
德馨號季蓮錢塘人歸蔣勤培著挹翠軒詩鈔　陳素
安字定林仁和人歸沈觀察世燾著生秋閣詩詞集
翁恒字少君錢塘人歸胡介著秋水堂遺稿　陳泰字
紅泉海寍人歸鍾玉厓著秋蕖閣賸草　湯繡娟字湘
綠錢塘人歸汪初著蘭雪軒遺草　汪筠字紉青歸青
浦陸壽銘著扶雲吟稿　李
倩茬歸陳寅著西湖百詠

梅花閣上繡書慵印月寒英氣味濃別有茶香清欲絕剪
燈人話碧芙蓉

歐秀松字雅川瀏陽人歸周亮齋早寡著梅花閣繡餘
詩草　胡錦字芳卿號蘭陵善化人早卒著繡書樓詩
草　王璊字湘梅湘潭人攸縣夏考功恒繼室著印月
樓詩詞賸　朱梅秀字寒英鄢縣人字某某卒守貞著
寒英集　黃婉璚字葆儀寍鄉人歸歐陽貢生道濟著
茶香閣詩詞集　唐宛珠字慧儀善化人歸湘鄉王鼇
著剪燈草　羅金淑字麗生歸湘陰鄒貢生藻著碧芙
容遺草麗生與慧儀葆儀爲中表姊妹三家集中恆多



唱
和

挹清揖翠穆清風憐影迷離夢舊空寸草春暉難報答剪
愁無柰轉愁叢

蔣季錫字蘋南常熟人南沙相國妹工畫法歸王圖炳
著挹清閣集　黃慧媊字蕙貞通州人歸保成德著揖
翠樓詩集　張瓊娘武進人歸段玉函著憐影集　劉
氏寶應人歸喬大鴻著夢舊偶吟　韓韞玉長洲人歸
顧渭熊著寸草軒詩　甯若生字碓如吳江人歸嘉定
侯明經汸著春暉詩草　姚棲霞吳江人早卒著剪愁
吟　范貞儀字芳筠號柏如如皋
人歸高貢生佩蘭早寡著愁叢集

紉蘭珠唾鷫鸘裘偶社鴛鴦滯綺愁若問曹家蘩藻荇芬
洲原不遜芳洲

錢令嘩字亞芬通州人著紉蘭集妹令嫻字紉靚著珠
唾集有多病慵裁鷫鸘賦薄寒初卸鷫鸘裘之句　王

路卿字繡君號仙嵋歸馬舉人振飛著鴛鴦社錦香堂
諸集妹兆淑字仙琬歸孫寶著偶社詩集　曹錫珪字
采蘩號椿齡自稱半煙女史上海人歸常山葉承著拂
珠樓偶鈔妹錫堃字采藻歸陸舉人秉笏早卒著五老
圭詩稿錫淑字采荇號延齡秉笏繼室著晚晴樓詩稿
范德字恕成如皋人歸戴師點著蓉洲詩草姊齡字
柏年著芳
洲吟草

凝香畫法舊聞名觀靜苕溪說避兵誤折瓊枝閨隱去天
風吹墜步虛聲

倪仁吉字心蕙義烏人歸吳貢生之葵早寡工畫山水
著凝香閣稿　曹壽奴字山姑烏程人夫遠遊不歸鼎
革時湖州城破山姑侍翁姑避兵苕溪著觀靜集　陸
觀蓮字少君號雨鬘道人嘉善人歸桐盧殳丹生著蒋
湖寓園草女黙字齋季號墨姑以哭母毀身著歸隱
集步虛詞云多緣誤折瓊枝樹謫下瑤臺十五年

蘿月陰陰梅月斜秋螢陋室伴塗鴉誰論偕隱唱酬集詩



學源流自一家

史筠字湘霞濟寍人著蘿月軒詩鈔　李璸號玉樹長
山人歸趙伯麟著梅月樓稿　李永字貞久歷城人歸
余奎元著秋螢吟　王清蘭字若蕙高密人歸任大緄
著陋室吟草　高氏膠州人歸辛從昭著塗鴉草　顏
御武城人歸陳國瑞著偕隱唱酬集
趙慈益都人歸朱崇善著詩學源流攷

誰憶西湖畫舫頻笛聲吹斷大郎神步仙漫譜三更月一
集懸黎有後人

陸眷西莆田人余詹心側室有憶西湖詩云至今夢裏
猶來往慣聽錢塘喚小船　林雲心林西仲先生侍兒
善笛能文爲耿逆將校所奪自遣云獨倚橫吹雙淚落
一聲腸斷大郎神　蔡踶字步仙西仲先生配也善塡
詞滿江紅有五夜驚廻雙鬢夢一絲喘斷三更月
之句女瑛佩字大家歸鄭貢生郯著懸黎遺稿

瀘月何妨去補欄涉園擬把玉琴彈竹窠蕉雨無聲處覺

有餘香小玉蘭

趙棻字儀姞號子逸又號次鴻自稱善約老人上海人烏程汪延澤繼室著濾月軒詩文詞集　劉琬懷字韞如號撰芳陽湖人歸金壇虞朗峯著問月樓集補欄詞　支氏崑山人歸上海陸鳴球著涉園小稿　黃之柔字靜宜號玉琴歸江都吳簡次著玉琴齋集　杜縱字佩玉號浣雲太倉人歸吳縣范志著竹雲樓草　吳師韜字慧庵如皐人歸施槃著蕉雨軒集　沈畹字振蘭吳江人歸吳雋著餘香詩鈔　錢珍字温如長洲人歸屈保鈞著小玉蘭遺稿

同懷存素景師韓樓閣高家亦二難藝菊繡餘皆冷落魚聽綺麗福連寒

孟景韓字藥亭錢塘人歸汪心餘妹師韓字芳圃歸金亦亭合著存素堂同懷集　高鳳閣字佩文號友蘭仁和人歸葉文謙工畫著一琴一鶴軒詩草妹鳳樓字澹宜胡學士敬繼室著澹宜書屋詩草　許淵字碧漪海



甯人早卒著繡餘賸稿妹藻字湘南守貞不字著藝菊小草　許延仍字雲林仁和人歸休寧孫貢生承勲著福連室詩稿妹延錦字雲姜歸儀徵阮知府福著魚聽軒詩

招翠吟香未足奇紅薇易謝素瓊凝歐陽縱有繡餘草奚似全家碧血絲

李湘鸞善化人歸王思傑早卒著招翠樓詩賸　尹作芳字蘭畬湘潭人歸翁錚著吟香閣詩鈔　郭秉慧字知珠湘潭人歸李杭早卒著紅薇館吟稿　賈樹英字素瓊武陵人歸陳某著素瓊齋集　歐陽玉英字廉芳瀏陽人著繡餘吟草　吳家楣字蓮齋長沙人歸楊華圃早寡著繡餘詩鈔子昭傑爲趙城令迎養任所適教匪難作全家殉焉鄧湘皋弔以詩云

痛絕繡餘賢吏母全家碧血正模糊

小窗疎影顯芸暉遜雪縫雲孰與歸果得和鳴淸白世豈嫌酬唱卧牛衣

李心敬字一銘上海人歸常熟歸觀察朝煦著小窗雜咏　毛轂字仲瑛長洲人歸金鳳翔著疏影居遺稿　許顧韞玉字絳霞崑山人歸彭希涑著芸暉閣吟草　許氷素長洲人歸李次文著遜雪居詩草　申蕙字蘭芳長洲人歸秀水沈某著縫雪閣集　陳爽軒揚州人歸黃邑圃善畫花鳥著和鳴集有太平天子文章重淸白家聲夢寐安之句　杜若字燿眉號點蹊金匱人歸雷咸著牛衣唱和稿

西齋隱硯復傳書春雨秋蟬逸響舒合與蒹葭商讀畫補成小識墨香居

戴蘊玉字西齋烏程人歸陳進士淞早卒著西齋遺稿　温慕貞歸朱時發早寡著隱硯樓詩　金順字德人歸汪中書曾裕著傳書樓稿　沈彩字虹屏長興人陸烜側室工書畫著春雨樓集　文星字奎燿西安人歸李光文著秋蟬吟草　張鳳字含珍號蒹葭女史平湖人歸高蘭曾著讀畫樓集女孟瑛紅珊亦能詩　金淑字愼史號文沙嘉善人歸沈錫章工山水早寡著得樹樓集墨香居畫識



綠窗面面繡餘多杼織微聞針黹和女宿星躔江兩岸嗁成紅綺畫詩歌

程雲字友鶴號梅衫歙縣人歸汪文琛著綠窗遺稿　袁寒篁字青湘松仁人著綠窗小草　張雅宜字靜山無錫人歸王栻著綠窗遺稿　程氏無錫人任編修王端側室著綠窗小草　金氏吳縣人歸董三鳳著綠窗間咏　李妍字安侶興化人歸解受茲著綠窗偶集　戴夌濤字文姬號文淑江都人蔣塞翁側室著綠窗遺稿　石可仙如皐人歸沙縣丞熙純著綠窗遺稿　席仲田字養卿常熟人歸屈煥發著綠窗吟稿　玉書字藍英江都人歸許松著綠窗稿　陸易遷上元人歸徐大年著綠窗吟草　羅瑛字藍田平南人著繡餘漫草　錢念生字咀霞常熟人著繡餘詞　湯淑英字晼生又字晼素長洲人歸吳翩著繡餘軒稿　沈玠字珺英號翰仙長洲人歸方淮南著繡餘草　華瑤字青琴無錫人歸殷某著繡餘詩稿　陸貞字珮璘長州人著繡餘草　鄧秀英字顧宗李著繡餘草印白蘭字幽谷嘉定人歸李寶函著繡餘草　趙雲卿銅山人著繡餘

小草張汝傳松江人歸華亭徐宗瑱著繡餘草女賢字
省齊歸沈貢生廸德著續繡餘草 徐玉譚字婉珠武
進人歸薛玉堂著繡餘小草 鮑存軾字青娥於潛人
歸新城洪訓導爔著繡餘稿課兒稿 朱均字綺生常
州人歸錢塘戴有恆著繡餘吟織蒲小草 許若洲福
州人歸吳縣李春亭著繡餘詩詞遺稿 陳織仙字雲
裒號天孫會稽人歸高舉人人鳳著繡餘吟草 紀瓊
字蘊玉漢陽人陳同知淞繼室著繡餘小稿 王姮字
樨影號月函仁和人歸顧虹橋著繡餘吟稿詠物詩存
汪清暎字氷華錢塘人歸王浤著繡餘吟草 鄭瑤
圃閩縣人歸林貢生材著繡餘吟草 汪氏閩縣人歸
何恆銘著繡餘草 鄭渾氷侯官人歸林楚麓著繡餘
吟 楊秋輝無錫人歸吳振梁著綃繡餘吟 徐元端
字延香甘泉人著繡閒詞 金鶴素字松師長洲人歸
魏潛著杼餘集 邱珠字川媚青浦人歸符巡檢湘文
著織餘草 何氏靈石人歸李某著績餘吟草 吳淑
儀字香溪歸程某早寡著織餘窗草 葉文孄字淑庵
長洲人歸唐屏山著紡餘吟 徐人雅字藕仙海鹽人
歸朱蘭 如著紡餘吟稿 玉瓊瑤常熟人歸徐某著紉
餘漫草 沈瑛字彩琳號氷方松江人著鍼餘草 劉



蘭馨字綺石淮安人歸聶皓著蘅餘偶得 許燕珍字
儼瓊號靜含合肥人歸汪鎖著蘅餘小草 張昭字閨
齋嶲縣人歸葉啟升著紅餘集 宋玉音華亭人張澤
欣繼室著紅餘稿 詹城字碧存分水人歸王明經佃
著紅餘稿 金士珊字雪莊錢塘人歸王陶軒著紅餘
草 陳登峯字行止號耕雲海甯人歸楊陳讀著紅餘
漫草 徐懋蕙字畹香華亭人歸鄒如岡著綺窗遺詠
申志廉字浣青錢塘人著綺窗吟草 吳班字仙濟
號玉姿晉江人歸陳
一策著綺窗遺吟

**花事綠筠冒雨栽韻香清俊古鄉哀碧梧却有如椽筆能**
**惜卧龍非將才**

劉氏安邱人歸劉瞹著綠筠軒詩草有雨中栽花詩
孔祥淑字齊賢曲埠人歸劉觀察樹堂著韻香閣詩草
慕昌淮蓬萊人字南皮張舉人元來張卒以殉著古
鄉閣詩集 郝豐字秋岩齊河人張貢生醒堂繼室著
碧梧窗小草蘊香閣詩鈔詠史有句云
時來屠狗皆王佐運去卧龍非將才

**綠月陰中聽玉簫梅花園靜妙香飄澹音懊惱瘦吟苦繡**
**墨霞珍總寂寥**

江瑛字蕊珊甘泉人歸汪階符著綠月樓詞 殷秉璣
字蕊仙常熟人歸陳錫祺著隱梅廬遺稿玉簫詞 鍾
韞字眉令仁和人歸查羲著梅花園詩詞集 陸珊字
佩珊號珊珊錢塘張中書應昌側室著聞妙香室詞
趙友蘭字佩芸號書卿歸王某著澹音閣詞 許淑慧
字定生青浦人早寡工畫著琴外詩鈔瘦吟詞 董國
容字綺琴號靈瓊吳縣人早卒著繡墨軒遺稿 俞慶
曾字吉初德清人曲園先生孫女著繡墨軒詞 繆珠
蓀字霞珍號樨青江陰人編修荃
孫堂妹歸金匱鄧乃溥著霞珍詞

**不是吟香是繡香生香却在學吟將永思綿緲絮愁細一**
**片氷心孰與商**

金畹字佩芳號紉秋崑山人范宏羽繼室著吟香榭草
姚益鱗字竹筠號繡巖烏程人歸嚴兆遜著吟香樓



草 金荷字品蓮嘉興人著吟香閣稿 浦映綠字湘
青無錫人歸黃雲孫著繡香草 沈華鬘字端容號蘭
餘吳江人歸丁彤著繡香閣集 顧信芳字湘英吳縣
人歸程鍾著生香閣詩 沈梅林吳江人歸錢楷韋著
學吟稿 程德曜歸沈香祖著學吟草 石巽字潤愼
歸馬樹棟著永思集 顧絮愁字佩微青浦人歸徐舜
庭著絮愁集 朱雪英吳
江人歸周蓮洲著氷心集

**暗香秋谷盼蒹葭聽雨樓雲見紫霞鸝怨不留鴻爪散別**
**離淚滴鏡中花**

張如玉閩縣人著暗香琴言 莊蘭齋歸吳暉著秋谷
集 李綠卿長樂人歸馮景淮早寡著蒹葭草堂集霜
筠軒詩籌燈課讀草姪女李鏡林歸王汝欽著小蒹葭
山莊詩草 趙玉釵侯官人歸許文璧早卒著聽雨樓
遺草 李氏同安人著棲雲閣詠 盧蘊貞字倩雲閣
縣人歸魏鵬程著紫霞軒詩詞鈔 倪氏江都人早卒
著鸝怨集 魏淑鳳號蓉城仙子歸上官貢生玘著鴻
爪集 金品金字心水閩縣人歸洪裕著離別淚草

章淑雲同安人歸陳
遊擊廷俊著鏡花樓稿

竹韻蕭森花韻闌琴齋悄把儷琴彈永懷帆影江聲閣十二欄杆問月寒

王淑字畹蘭吳江人歸仁和周光瑋著竹韻樓稿　汪
采字韻珊號蓉卿歸朱縣丞康壽著花韻盦詩　吳淑
慎字琴齋歸某申之著琴齋詩草　汪曾瑟字子湘號
儷琴錢塘人歸孫彥早卒著儷琴詩草　陳瑞凝字淑
嫣海寧人歸吳之楠著永懷樓遺稿　王玉芬字華芸
婺源人嚴同知遜繼室著江聲帆影閣詩　鄭韶字瑤
花海寧人歸馬雲驤著十二闌干詩草
王韶梅字素卿昭文人著問月樓詩詞稿

白雲西去碧雲東蘭蘊蓮因竹斐風香夢未醒蕉夢熟夕陽斜抹半樓紅

孫安祥字竹卿錢塘人著白雲樓遺稿　陸素心字蘭
姹平湖人歸徐舉人熊飛早卒著碧雲軒詩鈔　妹荷字



孟貞熊飛繼室著唐韻樓詩鈔　徐裕馨字蘭蘊錢塘
人歸程煥著蘭蘊詩草　鄭蘭孫字娛清號蘅洲歸徐
巡檢鴻謨著蓮因室詩詞集　都梁香閣集　汪愷字竹
斐歸鄒在衡著竹斐遺墨　徐簡字文漪嘉興人歸吳
中書嶼著佩蘭閣草香夢居集　黃德貞字月輝歸孫
曾楠著蕉夢氷玉雪椒諸稿劈蓮詞　女蘭媛蕙媛亦能
詩　鄭佩珩又名壽字季珍仁和人字
吳某死髮匪之難著夕陽紅半樓詩存

金粟繽紛墮澗南碧桃玉雨雨花龕曇華泡影匆匆去蕉唱蕉窗與芷衫

朱嶼字葆瑛海鹽人曲埠孔中書憲彝繼室著小蓮花
室遺稿金粟詞　許德蘋字香濱號釆白仙子吳縣人
朱和羲側室死粵匪難著澗南詞和漱玉詞　趙我佩
字君蘭仁和人著碧桃仙館詞　曹慎儀新建人歸顧
侍郎清昕著玉雨詞　錢斐仲字餐霞秀水人歸德清
戚士元著雨花龕詩詞集詞話　汪淑娟錢塘人歸金
孝廉繩武著曇華詞與泡影詞合刻　鄧瑜字慧珏金
匱人錢塘諸知縣可寶繼室著蕉窗詞　高佩華字素

香泰州人歸葉雨樓
著芷衫吟草附詩餘

惠如嬌小曉芬馨三聽春風夢未醒不道吳鸞教寫韻小樓遥接小山青

呂湘字惠如旌德人著惠如詩詞鈔　陳曉芬南海人
歸伊雲卿著曉芬遺稿　鄭珊字瑤軒恩平人歸馮知
縣德潛著三聽樓詩鈔早春云偏是梅花漏消息寒山
入夢未曾醒　吳尚喜南海人字小荷著寫韻樓詞
謝方端字陽春歸劉教諭世馨著小樓吟稿
林氏東莞人歸鄧御史大林著小山樓詩集

耐素清芬件助吟慎餘琴暢聽槐音平泉涵碧蘋香小金屋瑱玗有惜陰

陳敬襄字婉順海寧人歸石門吳某著耐素齋遺稿
許英字梅村錢塘人歸沈江春著清芬閣吟稿　戴瑛
字耘芝海寍人著助吟堂存稿　陳賢歸管喬年著慎
餘堂稿　葛靜畹字惠羣號漪庵歸張進士駿著琴暢



軒遺集　姜德嫻字守愚歸朱一銘著槐音閣詩　俞
浚字安平仁和人歸鄭景會著平泉山莊偶集　黃雲
湘字蘅卿歸陸潤生著涵碧樓詩稿　程女著蘋香水
榭詩　吳青霞海寍人歸沈錫三著惜陰樓賸稿有金
屋瑱玗六
月寒句

合杏香臺問蝶仙翠蘿抱月復籠煙彩霞惆悵烏啼夜猶記探春拾翠鈿

陳端敬字玉田吳縣人歸韓貢生騏著合杏樓稿　吳
吳歸江知州辰六著香臺集　袁倩字蝶仙長洲人顧
益齋側室著蝶仙遺草　姚氏嘉定人歸王紱著翠蘿
居詩鈔　葉鳳威字廣廷著抱月吟　高蘩如臯人歸
吳開泰著籠烟集　陳絳綃字彩霞長洲人號平江女
史吳蘩孫側室著香閣吟稿有烏夜啼樂府秋草云裙
腰憔悴可人憐曾記探春拾翠鈿故國魂消吳苑水行
人腸斷越溪烟　汪瑤字雲上休寍人歸元和朱昂著
拾翠軒吟稿文稿　沙懿清字秋
月如臯人歸朱三梧著拾翠吟稿

塗鴉巢燕織思居寫韻傳經讀父書我欲盡羅歸幗篋可堪大半是焚餘

楊天孫字雲錦吳縣人歸陸枚著塗鴉失珠等稿 姜雲字韞玢華亭人著燕巢樓詩鈔 徐葉昭字克莊烏程人歸海甯許光洛著織思居集 吳紺珠字籥伍海宬人歸梁府丞敬事著寫韻偶草 周素貞丹徒人歸鮑崑琳著傳經閣遺稿 楊克順江都人歸王靜巖著父書樓稿 何志璇字韞潔號琢庵華亭人守貞不字著幗篋存稿詞話彙編詞家紀事 劉運福宣城人歸梅琢成著焚餘草 江鴻禎福州人著焚餘錄 孫淡霞華亭人歸曹策彝著焚餘草 顧瑞麟字六昭號角里畸人甘泉人歸任某早寡著焚餘稿 慕德炎上海人歸賈乾照著焚餘稿 成紉蘭字素庵寶應人歸劉履儁著素庵詩鈔焚餘集 萬晦光字希孟清河人字張孝城張卒守貞著焚餘詩存 蔣永端字含章秀水人歸沈芳洲著焚餘集 周鑿字西鑫海宬人歸陸宏定著焚餘集 戴錦字綺江吳興人張金笙繼室著焚餘草 邵無瑕富陽人朱篆之繼室早寡著獨坐樓焚餘集 查蕙芳海宬人歸



許立夫著枕濤莊焚餘草

倩影娉婷貯素嬌曼陀羅室雨瀟瀟貞魂綠飲無消息誰寫靡痕當大招

陸倩字芝仙陽湖人歸謝巡檢俊士殉粵匪之難著繡餘吟稿倩影樓遺詞 蘇穆又名姑字佩蘘山陽人宜興周濟側室殉難著貯素樓詞 陳蕙字蘇元號畹香仁和人歸鄭錫祺殉難著曼陀羅室小草 鄭貞華字蕉卿烏程人歸周貢生錫誥殉難著綠飲樓遺詩 陳嘉字子淑仁和人歸高知縣望曾殉難著寫靡樓詩詞集

詩人眷屬各名家小集萍居似柳花梅月三清超絕處勝他嘯雪浣溪紗

吳娟娟字襲仙號羣玉山人石城人閩詩人林古度先生側室著萍居集 徐橫波本姓顧字眉生號智珠又號眉莊上元龔尚書芝麓側室著柳花閣集 林玉衡字似荊古度妹歸倪廷相常詠梅云梅花雪月本三清雪白梅香月更明夜半忽登樓上望不知何處是瓊京 吳綃字冰仙號素君長洲人梅村先生妹歸常熟許瑤著嘯雪庵詩詞集浣溪紗云重到沒人山寂寂滿灘銀礫淨無瑕夜來春雨水痕加

淨綠吟秋清韻留寒香館對浣香樓貞心晚翠蛾眉老安事隨紅出御溝

包韞珍字亭玉號菊籬錢塘人歸秀水莊丙照著淨綠軒遺稿 邵廣仁字秋士常熟人歸仁和錢廷熿著吟秋閣遺稿 陸孝貞字湘春號緗春錢塘人余紹祖側室著清韻留芳集 殷語金字素月臨安人新城洪同知竣繼室著寒香館詩稿 朱廸珍字佩秋錢塘人歸蔣知縣其章早卒著浣香樓遺稿 程元姝字瑩華號慈雲仁和人字孫某某死守貞著晚翠樓集宮詞云蛾眉甘老深宮死不肯題紅出御溝

友梅齋外堆紅雪憶蕙軒前護翠雲花福無多蕉隱淡瑤



樓飛閣合同羣

秦曇字曇筠無錫人歸卞某著友梅齋剩稿 梁青筠字芳白著紅雪樓集 湯萊字萊生丹陽人歸李大來著憶蕙軒稿 唐氏金山人歸何昌齡著翠雲軒詩稿 汪學昭字靜嫻號新馨居士上元人歸莊雋甲著花福樓詩集 黃荃字逸佩太倉人歸王路著蕉隱居集 陶善字慶餘號月溪長洲人歸彭主事希洛著瓊樓吟稿 董雪暉華亭人歸姚廷鑾著飛霞閣詩草

暎雪茹香宜繡佛斷釵咽露算禪仙冷紅秋爽藕花地寒碧春聽竹雨天

孫潮字月波嘉興人歸吳柱著暎雪書屋詩 謝咸字永聲號樸齋仁和人歸鄭棣早寡著茹香閣詩稿 何釆字若霞山陰人著繡佛閣集 馬福娥字蘭齋秀水人歸沈宏署著斷釵集 屠茝佩歸孫渭璜著咽露吟鈿奩遺詠 馮佩笙字禪仙桐鄉人歸沈葆恩著禪仙遺稿 沈惠昭字季蘭錢塘人著冷紅軒吟草 宗桂

字秋丹會稽人歸史游擊鵬著秋爽亭詩鈔 妹梅字古
雪歸王舉人慶齡著六竹居詩草 項佩字吹聆秀水
人歸吳純持著藕花樓詩 陳鉦錢塘人歸順天王鍾
齡著寒碧軒詩存 許韻蘭字香卿號鳳梧海寧人歸
貴州徐嵏著聽春樓稿 黃芙
字瘦蓉江陰人著竹雨樓集

書理清超豔雪寒自芳合并兩紉蘭蘭居聲調蘭窗韻猶
有蘭陂詠牡丹

沈轂字釆石嘉興人歸閩縣曾頤吉善山水著畫理齋
集白雲洞天詩草白牡丹云素心畢竟讓花王侍從多
騎白鳳凰富貴自然留本色天人原不要濃粧 劉詹
林倏官人歸虞一元著豔雪齋詩草 林瑱字自芳歸
謝廷詔早寡著自芳偶存 姜氏本浙人歸福州何明
經秀巖著紉蘭閨雜咏 程氏閩縣人早寡著紉蘭軒
吟草 陳玉瑛號左芬侍史歸郭某著蘭居吟草 陳
于鳳字丹彩連江人歸林宏人著蘭窗自怡草 吳荔
娘莆田人陳豹章側室早卒著蘭陂剩稿咏
牡丹云國色自來描不得世人空自費臙脂



慈雲黷黷度慈暉翠竹紅薔鬬綺菲蘭佩桐雰好胎息少
陵家法在澄輝

朱逵字虔齋海寧人歸海鹽陳克鋐著慈雲閣詩存
阮恩灤字湄川儀徵人歸錢塘沈霖元早卒著慈暉館
詩詞集 馬友筠字林風海寧人歸吳某著翠竹樓集
鎖瑞芝字佩芬錢塘人歸吳舉人兆麟著紅薔吟館
詩草 李朋字恆升海寧人歸查世楨著蘭佩閣詩存
張煒字彤芬仁和人楊振鎬繼室著桐雰閣詩詞稿
張淑蓮字品香上虞人歸夏某著澄輝閣吟草示孫
女云我昔居閨中我父喜吟詩少陵有遺集一一親和
之憐我頗聰慧教女如教
兒蓋其所得非虛語也

擁翠吟香匪效顰湘痕隱欲繼松筠杏軒桐里蕙窗外只
許衡樓說自珍

葉橯崑山人歸許心扆著擁翠軒唱和集 楊蘊輝字
靜貞金匱人歸閩縣董觀察子芳著吟香室詩草 葉

金支字秀華南滙人歸上海曹錫宸著效顰集 施淑
懿崇明人歸蔡南平早寡著湘痕吟草 侯承恩字孝
儀號思谷嘉定人早寡著松筠小草盆山詞 俞杏貞
金匱人著杏軒集 王媛字摩凈吳縣人歸任訓導思
謙著桐里吟草 王珩嘉定人歸陸定武著蕙窗寫意
二稿 張蘩字釆于長洲人歸吳士安著衡樓集 尹
瓊華字秉貞吳縣人
歸卞培基著自珍集

碧香細膩茹荼悲白玉蘭開是小詩竹韻畫宜桐葉句淑
齋書寫菊窗詞

陳淑媖字宜齋順天人歸曹縣于舉人振琳著碧香閣
小草 周氏安邱人歸韓澗水早寡著茹荼吟 王竹
素字寄器蘇州人掖縣趙琳側室著玉蘭軒存稿 王焦
漪字吟雅善畫著竹韻軒詩草妹希淑字筠石亦工繪
事 唐恒貞武城人歸程榮錦著桐葉吟 姜氏字淑
齋號廣平內史膠州人善書著淑齋詩草 劉睿儀字
蘭隱號濱洲善水墨花卉歸李學正
圖南早卒著耕雪編菊窗吟菊窗詞



碧霞千里擁盤城書屋環梅罷聽鶯何處珠樓先得月銀
鈎花影有蘭卿

傅蕙字珮珊諸暨人著碧霞軒稿 周維德字湘湄山
陰人歸吳縣張知縣師齡著千里樓詩詞草 彭孫倩
字變如海鹽人歸陳知縣龍孫著盤城遊草 胡雲英
字小霞會稽人歸趙連城著環桐小住遺草 查映玉
字春帆號璧人海寧人歸張燾早寡著梅花書屋詩草
吳巽字道嫻嘉興人歸鄭貢生聯著聽鶯樓詩稿
徐貞字蘭貞海寧人吳騫側室著珠樓遺稿 蔣桂芬
歸海鹽任春生著得月樓小草 陳貞筠字蘭卿歸桐
鄉殳長齡早寡著蘭卿初稿有
一簾花影重獨坐上銀鈎之句

茹荼棲枳豈艱能且種雲芝伴壽篠何事墨濤幽閣夜枕
函紅淚賦春冰

許在璞字玉仙號冰壺常熟陸叙臣繼室早寡著小丁
卯集茹荼百詠 顧氏南滙人歸朱教諭侶陳著甘荼

草　汪鳳芬字雪徵華亭人歸休寍何一裴著棲枳閣
集　汪玉珍錢塘人歸常熟孫鐘著雲芝軒集　謝瑛
字玉英無錫人歸徐知州聲復著壽藤軒集　余碧無
錫人善六言詩墨濤閣夜坐云綉閣香簾秋水枕函紅
淚春氷夜半梦回人
杳竹間一點寒燈

香古風清寫澹眞靜怡萬卷卽瑤珍南樓領畧黛吟味修
竹曇花也喜春

張桂芬字吟秋仁和人歸高時憲著風清香古軒詩鈔
郭素媛字澹眞歸胡稼維著澹眞遺詩　董琴字嶧
蘊烏程人歸蔡雲著靜吟集　陸漱芳仁和人字汪某
某死守貞著自怡軒稿　沈允愼字湘濤號仲玫歸張
錫元早卒著靜怡軒詩稿寫香樓詞　吳愛竹長興人
著萬卷樓詩鈔　戴蘭英字瑤珍嘉興人歸袁某早寡
著瑤珍吟草　陳玉秀字德華號侶謝又號靈江女史
錢塘人滄州孫德有繼室著南樓小草清韻閣詩草
沈淑蘭字清蕙號吳興內史歸吳江吳敉烏程人著黛
吟草　汪璀字璀第歸徐助教以坤著修竹吾廬詩草

小黛軒論詩詩　卷下　三七

葉福芝字季英歸安人著曇花小草　許蕃字
翠椒海寍人歸鄞縣沈訓導有林著喜春樓遺稿

飲露傲霜更望雲噴餘香繞玉琴蕙友蘭弗若貽孫厚誰
識同心秋綺紋

李道清字味蘭合肥人歸常熟楊舉人鑑瑩著飲露詞
童淑字一周含山人歸胡州判敷庵著傲霜草　郭
芬字芝田全椒人歸汪舉人履基著望雲閣詩集　黃
浣月休寍人著噴香閣集　汪是字貞庵歙縣人吳訓
導之騄側室著餘香草　黃之柔字靜宜號玉琴歸吳
綺著玉琴齋集　方靜字畹香桐城人歸許正齋著友
蘭閣饋餘集　汪佛珍休寍人歸張通判夢喈著貽孫
閣集　邵齊芝字季蘭號畹生昭文人歸吳蔚光著同
心室小咏　沈佩桂字紉
英上海人著秋綺軒吟草

宛懷韻語許西湖偶葉吟秋對碧梧纏纏茗香遠處唔
餘頌古坐跏趺

許瓊思字宛懷號西湖錢塘人邱巘繼室著宛懷韻語
顏佩芳字芳在桐鄉人歸周代著偶葉草　邵廣仁
號秋士常熟人歸仁和錢廷烜著吟秋閣遺稿　陸珍
字碧珍海寍人馬雲驤繼室著碧梧軒吟稿　楊素書
自稱種竹人秀水人歸竇德輝著茗香樓集　趙貴娥
字夢月號茗香常熟人歸曹汝鼇著茗香詩草　陳慧
姝字湘筠海寍人歸張舉人問安著香遠齋詩稿　曹
氏號虛全子秀水人字姚鼎姚卒守貞著唔餘集　金
氏早寡徐侍郎嘉炎
之母著頌古合響集

希行秋香劍亦香靑閨中又有含章香咳唔入清寍里幽
竹雙窗暈紺光

劉氏長泰人歸戴逵早寡著希行劉氏稿　月鄰失其
姓著秋香閣遺草　許季蘭字湘蘋鄭蓉函之女歸王
修文著劍香閣詩草　妹還珠字月津歸程光鈺著紺光
書室詩草　何氏字寍英建寍人歸徐必蕃著靑閨偶
詩　權氏長樂人歸王德威早寡著閨中草　丁報珠
字含章歸王之駚著含章詩集　林蕙字佳英泉州人

小黛軒論詩詩　卷下　三八

著香咳集　周氏海澄人歸鄭廷璋著清寍里集　陳
海嵩自稱霍童幽史福寍人歸彭維芳早卒著幽窗草
謝鳳珠德化人歸
陳天寵著竹窗集

瘦影雯窗澈道人懶雲古雪九疑神翠薇鮮潔吟香冷求
福何須必耦秦

許誦珠字寶娟號悟空道人海寍人歸歸安朱舉人鏡
仁著雯窗瘦影詞　戴澈號澈道人江寍人歸馮同知
晴谷著澈道人詩詞稿　朱恕字澹香錢塘人歸陳太
常蝶仙著懶雲樓詩詞鈔　楊繼端字古雪遂寍人歸
張士薄問萊著古雪詩集　談印梅字緗卿歸孫士薄
廷崑著九疑仙館詞　姊印蓮及夫族姑佩芬皆能詩後
人合刻為菱湖三女史集　孫瑩培錢塘人歸阮子祥
著翠薇仙館詞　蔣紉蘭字秋佩嘉興人歸錢某著鮮
潔亭詩詞稿　史瑞卿字玉亭石門人歸鄭巡檢銑著
唫香閣集梅隱閣集　姚霞仙號萼梅仙史秀水人王
姚泰繼室著吟香閣詩草　王珮珩字冷香仁和人早
卒著冷香吟草　汪淸字湘卿東臺人夏編修寅官繼

室早卒著求福居詩詞鈔　馮紉蘭字
畹香仁和人歸高瀾著耦秦樓存稿

**玉暎蘭香兩月牕淩雲吟雪嘯餘腔山舟近裏聊容與綠**
**水浮家出浣江**

曹柔和字荇賓上海人歸黃舉人文蓮著玉暎樓吟稿
汪畹玉字佩茲吳縣人歸金斗山著蘭香閣稿　王
靜孰字文琳太倉人歸張汝上著月窗合草　張在夏
字蕙畹著月窗詩稿　虞氏金壇人歸張鼎著淩雲樓
詩草　顧可貞字含章長洲人歸胡抱一著淩雲詩鈔
范章史字淑雲婁縣人著吟雪閣詩鈔　金氏吳江
人歸周杭著嘯餘草　陳敬字端甯號鬈儒婁縣人歸
周忠炘工花卉翎毛著山舟紉蘭名媛繡鍼等集　劉
文蘭寶應人歸安東程樊著近裏集　姚靜閑字月浦
華亭人著容與集　王蓀字蘭姒長洲人常熟薛孝穆
繼室著綠水倡酬集　許飛雲字天衣吳縣人歸王又
涓著燕遊草浮家集含英雜咏　張浣江字蓮芳歸朱
德垣著浣
江遺稿



**牧祥介祉小猗詩須曼芬陀合靜宜耕石織雲翰墨在見**
**青吟翠性存思**

陳慶熊字牧祥仁和人歸應廷錫著牧祥學草　李氏
介休人歸仁和朱世炘著介祉堂殘稿　金蓉字粲英
仁和人歸錢栻著小猗詩屋吟稿　周巽字順吉山陰
人歸沈心著須曼閣小草　姚益敬字元吉烏程人歸
董進士曁著芬陀利居小稿　張常熹字少和嘉興人
歸海寗查經歷世璜著靜宜樓吟稿　錢植字雲門仁
和人歸朱佃著耕石山房詩　鄒錦字雲裳海寗人著
織雲樓遺稿　項緹章原名紃字屏山號緹卿錢塘人
許乃普繼室工畫著翰墨和鳴集　鮑靚字尊瑜號玉
士歸許光鑑著見青閣詩稿　孫佩蘭字譜香歸胡學
綸著吟翠樓詩稿　沈性存青
浦人歸江培基早寡著性存稿

**二玉容畦紀夢編塵奩吉劭效翟妍惜餘春滿清湘竹女**
**範詩和女誡箋**

李玉容新化人歸吳承柴吳卒殉節著李烈婦遺稿
趙孝英字玉畦龍陽人楊學博端側室著玉畦詩草
江青楓字半嵐號梅谷歸衡陽戴某終日操作負戴行
吟有紀夢詩楊柳枝詞　文先謚字無非寗鄉人歸王
貢生開琸早卒著塵奩遺草　周絜字季華號梔雪湘
潭人歸羅貢生汝槐著吉劭閣詩詞集雜文集天啟宮
詞　羅淑芳字佩蘭號芸閣長沙人歸李人參著效翟
草　鄒緗字雲芬新化人歸唐琛著惜餘齋小草　淩
興鳳字帙女號清湘衡陽人歸譚積林殉夫早卒著清
湘樓草　石承楣字湘雲號洛川女史湘潭人歸袁彪
著繪水月軒詩鈔有題呂氏女範詩百餘首　錢淑生
寗鄉人歸湘陰李祖芳早寡著桂室吟班氏女誡箋註

**鏤雪含烟幾朶雲藻蘭紛郁眾香薰藕花靜婉冰蓮淨一**
**曲秋琴日半曛**

許楚畹字蘭滋元和人歸沈明經開懋著鏤雪吟草
堵霞字巖如號綺齋又號蓉湖女士武進人歸吳元音
著二到堂稿含烟閣詩　茅桂芬字蒫仙丹徒人歸吳
元坦著臥雲館詩集　趙同曜字洵嫻常熟人歸邵廣



融著停雲樓詩稿　陶文柔青浦人歸葉冰年著白雲
樓詩鈔　趙鳳字夌霄丹徒人歸陳知縣國華著巢雲
吟館詩草　周澧蘭字素芳長洲人歸李大楨著浣雲
樓詩草　湯全錫字慕雲宜興人歸何知府愚著五雲
閣吟草　錢守璞字蓮緣常熟人著夢雲軒詩　李珍
字浣霞吳縣人歸趙舉人嘉亭著裁雲詩草　姚素珪
字靜儀常熟人歸王宮桂著伴雲小咏　吳恆字蘭貞
桐鄉人歸張笠溪著望雲樓詩集　金松字壽芝嘉興
人歸孫志銘著瑞雲樓初稿　許玉芬海寗人歸張府
丞昌祖著篆雲樓稿　方若微字仲蕙桐城人歸汪知
州元炳著閒雲閣詩鈔　朱美英字蒞生海寗人歸蔣
嵯尹勤施著倚雲樓遺草　楊克恭字德基江都人歸
德清徐志巖著蘭藻閣詩草　任玉巵荆溪人歸吳炘著
撥香齋集　莊貴孫字宜二陽湖人歸孫師儉著悟香
閣草　梁蘭漪字素涵號蓉溪江都人歸汪某早寡著
晼香樓詩稿　胡蘭字晼香嘉興人歸海寗朱鳴崗著
晼香居詩稿　周氏海寗人歸郭鳳鳴著心香閣遺稿
邵蘭字南蘋錢塘人歸魏訓導烺棟著紉香室遺稿
顧文婉無錫人歸侯某著棲香閣集　奚音字伯琴
太倉人歸高聲振著夢香詩草　孟文輝字浩軒長洲

人歸王慕蘭著晚香樓小草　湘君香嘉定人歸王文
漙吳姑毀身著君香遺稿　周淑英字晚芳山陰人歸
宋縣丞晟工畫著藏香閣詩草江行紀事　吳蕙字靜
香吳縣人歸蔣學生錫琳著靜香樓詩草　媳李德純字
畹耘號樹蘭崑山人工畫著蘭韻樓草　鄭梧英字麗
若歸安人著畹香居詩草　王令聞字鳴岡華亭人歸
何鶴延著雪香齋詩　張月芬字石香青浦人歸顧重
蘭著石香詩草　袁淑絹字翠英號臨池小媛著咏香
集　陳結璘字寶月號蘭修常熟人歸瞿舉人元錫工
山水著畯喜堂集藕花莊集　瞿繼鍾字靜拙號素芬
常熟人歸王愚軒著藕花村稿　女慧增字瓊仙淑增字
仲和亦能詩　姜素英著靜婉齋詩　石學仙如皋人
歸章又文著氷蓮繡閣詩　姚允廸字蘊生金山人歸
戴鳴球著秋琴閣集　焦妙蓮上海人歸陸允茶著日
餘吟

仙掌虛巖紫石間竹溪深柳聽關關寄樓清倣翠峰下畫
日香奩對鶴閒



陳敔淑長洲人歸金峴亭著仙掌樓集　楊翠疇字虛
巖甘泉人歸李同知湻園著虛巖逸草　白語生江甯
人歸婁縣吳石葉著紫石吟　錢令芬字氷仙會稽人
歸戴知府燮元著竹溪漁婦吟草　李靜莊吳縣人歸
山西張九成著深柳居詩素聞雜咏　周貞媛字瑤石
泰州人歸施千里著關關集　顧端士丹徒人歸程潤
早寡著寄樓集　袁清鳳字月眞吳江人楊宇側室著
清倣樓吟稿　金纕字紉蘭號翠峯華亭人歸雷朝幹
著翠峯吟稿　姚炳字琮娥吳江人歸潘御雲著
香奩稿　花含英仙居人歸張源長著鶴閒堂草

清心玉映顧天孫腸斷熊丸松雪軒雲硯磨穿困學苦澹
吟獨自寫愁源

張安烏程人歸汪某著清心玉映樓稿　顧䚍字天孫
平湖人歸長洲董侍衛文驥著顧天孫詩　吳麗珠字
綺文海寧人歸馬理問淞著亦斷腸草　陳瑞輝字蕉
窗永嘉人歸張某早寡著熊丸集　沈和字吟香海寧
人歸張敦元著松雪軒小草　陳琳仁和人歸戴禮著
雲硯樓小草　陳皖秀字小蘭歸戴某著困學樓詩稿

許誦珠字寶娟號悟紅道人海寧人歸歸安朱舉人
鏡仁著澹吟仙館遺稿　王幼貞字曉月秀水人歸江
龍著愁源綠窗三
友嘯隱孤吟諸稿

零落瓊仙更澹仙佩秋秋瘦菊籬邊旦華抱月沉西去不
在黔中與適燕

歐瓏字白神江寧人金山湯雲開側室著瓊仙零翠
熊璉字商珍號澹仙又號茹雪山人如皋人歸陳遵著
澹仙詩詞集　吳茝字佩纕號紉之吳縣人歸汪某早
寡著佩秋閣詞　唐韞貞字佩蘅武進人歸董介貴著
秋瘦閣詞　陶淑字夢琴新城人歸寧陽周炳茹著綠
雲樓詩存菊籬詞　朱文毓字秀甫號旦華女史上海
人歸王鈺早卒著旦華樓草夢中作有銀蟾抱月沈西
去句　王德宜華亭人歸錢塘汪舉人農著黔中吟
張粲字疏影江寧人許主
事承欽側室著適燕吟

綠筠一則試琴餘莫問三宜并二一如彈綠貽清停綠老早
花希謝鬘花舒



悔芬字素娟號雪香吳江人歸陳貢生自煥著綠筠軒
詩　陳氏字一則華亭人歸劉州同立方著一則詩稿
嚴逕字子孅仁和人歸陽湖龔鯤尹淦著琴餘小草
程蟾仙新安人海寧朱中書燮側室早卒著三宜樓
遺詩　陳瑛字式玉號心壺歸安人歸錢塘汪鉽著二
如居詩稿　周仲姬字淑和龍溪人歸李堯封著二如
居集　濮文綺字彈綠溧水人歸何典史鏡海著彈綠
詞　吳緗字筠仙石門人歸許錫曾著貽清閣詩稿
陳琳華字佩芬秀水人歸馮主薄人鳳著停綠軒小稿
吳畹香字畹芬海寧人歸沈某早卒著早花遺稿
沈樹榮字素嘉吳江人歸葉舒潁著希謝稿
許學衡字蓮漪錢塘人歸周少蓮著鬘花小草

衍波春漾綺雲閑露色秋明賦燕樓楚畹至誠壽研慧一
天松籟響瑱璆

孫蓀蕙又名琦字秀芬號茗玉仁和人歸高第著貽硯
亭草衍波詞　張友書字靜宜丹徒人歸貢生宗起早

寡著倚雲閣詞　陸蓉佩陽湖人字趙念植趙死守貞
著光霽樓詞　陳珍瑤字月史歸安人歸楊某著賦燕
樓詞　季蘭韻字湘娟常熟人歸屈宙甫著楚畹閣詩
詞稿　方彥珍字靜雲號岫君儀徵人歸陳立基著有
誠堂詩詞集　曹景芝字宜仙吳縣人歸元第著壽研
山房詞　沈榛字伯虔號孟端歸錢進士黥著松籟閣
詩詞鈔

韞林雅淡淑娟清琴北幽高浣雪沉莫問淑端蝴蝶句有
人論古善停鍼

林文貞字韞林莆田人歸王安明著韞林偶集　鄭淑
娟侯官人林香遠繼室著淑娟存稿　何淑蘋光澤人
著琴北詩鈔　吳琬玉字瑤華福安人著浣雪集　汪
淑端閩縣人歸何恆提著淑端遺稿有咏五色蝶詩
　王瓊侯官人著停針論古
傳述蓋咏古名媛事實也

玉榮延閣又蘭餘植木紅于侶燕譽金尺消沉蕉夢醒映
潭宜與媚川俱



王雙鳳金山人歸楊中書蟾著玉榮草　黃汝蕙字仙
佩號蘭舟吳縣人歸顧學早寡著延閣詩草　錢蕙字
凝香吳江人歸徐爔著蘭餘小草　史氏金壇人歸宜
興毛端斯著植木齋集　胡朝霞上元人出家爲尼法
名曙光著紅于詞　王煒字幼史號辰若太倉人歸海
鹽陳緯度著燕譽樓稿　岳賡圖字雲封號印山武進
人歸丹陽賀生庵著金尺庵稿　李玉文字夢蕉崑山
人歸徐知縣楷著夢蕉詩鈔　柏盟鷗字映潭江都人
著映潭詩鈔　范毓秀通
州人歸徐人俊著媚川集

兀兀雲巖亦典型沅蘭初發棣華馨石軒莫唱鴛湖曲啟
秀杯棬付浣青

陳采芝字雲巖仁和人歸鄒知縣淦著雲巖詩稿　汪
雲琴字逸珠錢塘人善畫人物著沅蘭閣詩　黃璞字
石輝歸陸維新著棣華詩草　楊素中號青田生秀水
人歸劉文煜著石軒詩稿有鴛湖采菱曲　劉之來字
冉仙山陰人大興朱秉璋繼室早卒著啟秀軒詩詞鈔
女韞珍字琬卿歸馮主事怡常亦早卒著浣青吟稿

蘋垞妙惠似青湄蔣呂微吟不足奇只有繡巖青欲抱鳳
池或見鳳來儀

丁㥄又名素娟字仲蘭號蘋垞長洲人歸金文通著蘋
垞詩草　妙惠本姓范歸李峙巖早寡出家爲尼著曇
花集　顧瑩字素光號青湄女子歸無錫華維藩著青
湄遺稿　蔣繡徵字蕙芳華亭人歸陸經歷長庚著辮
心處詩鈔　呂仲嫻武進人歸錢知縣維喬著靜涵賸
稿　富夢琴字隱蘭江宙人歸邗蒼友著繡巖眼草　陸
華浣芳長洲人華亭張訓導榮側室著抱青軒稿
鳳池字元宵上海人歸曹御史一士早卒著梯仙閣集
女卽錫珪姊妹見上　程采字鳳若江
宙人歸嘉興蕭應蕉著來儀閣吟草

小瓊華館譜笙簧蔭綠涵清暎浣芳若與寫珠論寫韻靈
飛經配十三行



于曉霞字綺如金壇人歸金知縣文淵著小瓊華仙館
詞　吳學素字位貞婁縣人歸吳編修權著蔭綠閣草
　董雲鶴字松筠吳江人歸王家榛早寡著涵清閣詩
鈔　朱芳字浣芳江宙人歸管舉人同著浣芳軒集
唐靜嫻號種玉田婦南滙人歸李根工書著寫珠閣稿
并臨本靈飛經　曹貞秀字墨琴長洲人歸王教諭芑
孫工小楷著寫韻
軒集十三行石刻

友琴芳草惜蘇堤冷落梅花月一溪荻雪滿庭人去後千
秋文字女床低

葉氏錢塘人歸趙贊元著友琴軒詩集蘇隄行云昔日
蘇公築隄好今日長堤徧芳草　朱森字樹芳嘉興人
歸孫志鈐著梅花詩詞集　吳黃字文裳嘉善人歸吳
舉人鉽著荻雪集　吳年字古春號雪庭歸安人歸董
同知啟埏著雪庭遺稿　張繡雲歸唐晉鍱哭母毀身
著女床山稿七夕云千秋文字天孫錦百歲光陰織女
梭

神梅吟館憶秋風仲敏遺詩似未工淸影綠窗凝翠處小
玲瓏間月玲瓏
何慧生字蓮因善化人龍布政啟瑞繼室著神梅吟館
詩草攜衣云佳人當永夜含淚鳴淸砧擬古云遥憶南
來雁今宵正渡河音節饒近古　范淑字性宜號菊農
德化人早卒著憶秋軒詩鈔　方慧儀字仲敏桐城人
早卒著仲敏遺稿　王素雯字雲仙孝感人歸蕭道瀣
早寡著綠窗吟稿　鄭芬字雅蕙歙縣人歸王通判煊
著凝翠閣詩鈔　黃桂芬字蘇仙澧州人歸馬知縣書
城著月玲瓏館吟草妹瑞芳字小琴歸金壇于榮甸著
小玲瓏
館詩草
環靑挹翠各成家遺稿誰教付彩霞潔祿愁多班孟節詎
知薄命有苕華
王韞徽字澹音婁縣人歸楊鹺尹紹文著環靑閣詩稿
妹崑藻字綺思歸陳紒著挹翠軒稿　徐秀芳吳江人



與妹彩霞同歸李氏爲娣姒秀芳先卒彩霞題其遺稿
有開緘雙淚落看殺不分明之句　賀潔字靚君丹陽
人歸史左臣著愁人集文政堂詞　妹祿字宜君號鶴行
內史歸金沙王浦著隺餘詩詞草　馬師班字誦昭無
錫人歸楊錫瓚工山水早寡著翠深小
草妹師孟字誦光字丁權權卒殉節
小舫宜春好課鸚餐花豔寫繡霞英雪廬菊圃空留夢不
道浮生卽寄生
金婉字玉卿吳縣人歸戈戴著宜春舫詩鈔女馥華字
如芬著課鸚短句媳董世容字繡霞號綠英著餐花小
榭吟稿　唐其玉字菊圃歸方蔚早寡著夢留吟草小
姑筠字雪廬字顧某顧歿守貞工畫著雪廬小草姑嫂
嘗唱和雪廬寄菊圃云傷心不獨無家客屈指誰爲得
意人菊圃懷雪廬云秋風貧士感明月故人情鬬世分
今昔論交一死生可想見兩人遭際矣菊圃有女黛如
亦能詩　陳傳淑字蘋香丹徒人歸鄭主事槐著浮生
記夢集　趙秉淸字若韞常熟人
事父守貞不字著寄生館吟稿

珮蘭馥郁崇蘭館舞鶴翩翩醉鶴樓莫把餘生弄紅豆曇
花一現總堪愁
徐簡字文漪嘉興人吳中書嶼側室著佩蘭閣草香夢
居集　陳滋曾字妙雲錢塘人著崇蘭館詩　鮑詩字
令暉平湖人歸張雲錦工畫著舞鶴堂小稿吾亦愛吾
廬詩鈔吾過集　聞璞字楚璜石門人守貞不字服男
服事親著醉鶴樓集　陳克毅字盈素海鹽人歸曹山
補早寡著餘生集　梅史字玉卿歸陳知州孝治著紅
豆山房集　商可字長白山
陰人早卒著曇花一現集
就蘭人自進蘭軒秋色琴亭夕照昏擬與霜花商疊翠家
山夢斷月無痕
于夫人金壇人歸七十二代衍聖公孔憲培著就蘭閣
遺稿　竇氏字蘭軒灤州人武舉人王廷勳繼室著蘭
軒草　鄭淑字荇洲號琴亭女史歸知府李希彬早卒
著琴亭女史殘稿有白雲黃葉寺秋色夕陽山之句



高順貞字德華遷安人歸劉知縣番蔭著疊翠軒詩集
有風竹敲寒月霜花勒晚香詩境愁中仄家山夢裏靑
等句菊影云槿籬
隔斷月無痕亦佳
桐花香細似藤花幽閣苔窗畫碧紗留得女紅餘藝在恰
如佩玉暈朝霞
王鳳英字桐花長洲人歸張中書丙炎著桐花仙館吟
稿　虞叶蘩字佩神金壇人歸顧中書誥綬著藤花閣
草　徐蒨字儒修陽湖人歸周儀灝著幽閣詩存　吳
永和字文璧元和人董玉蒼繼室著苔窗拾稿　符瑩
字嬋青江都人早卒著畫沙室吟稿　毛秀惠字山輝
太倉人歸王愫著女紅餘藝　徐瑤字佩玉常熟人歸
周采山著佩玉詩鈔　翁瑛字繡君號朝霞吳
縣人歸金主簿堤工畫著朝霞閣集海曙軒草
分繡聯吟靜且嫻淸磨婉俊息肩間欲知茹古寒香處總
在花間與竹間

朱淑均字蓮卿海寍人歸查冬榮妹儀字菊卿歸查某
早寡盡以同懷爲妯娌也合著分繡聯吟閣合集 吳
芳珍字韻卿號清磬錢塘人歸李指揮增厚工畫著清
磬閣吟草 翁氏仁和人著息肩廬詩草 李壬字佩
青嘉興人歸朱埏之著茹古閣遺集埏之有兩妾胡繡
珍字寵仙平湖人樓秋畹字佩馨吳縣人皆早寡寵仙
著寒香室遺稿佩馨著蘭韞樓遺稿 商采字雲衣山
陰人歸羅蓴青著花間集 岳湘娥字竹賓西安人歸
劉安世著
竹間集

宜閣疏簾花氣侵清華看月總傷心大觀亭上聞培桂不
比屏山蟋蟀吟

左紹先桐城人歸方鑑湖著宜閣詩鈔移居云小閣風
來花氣永疏簾影入月明初 鍾文淑字學姑舒城人
歸張楷軒著清華閣詩鈔有縱之長途千里隔郤憐圓
月四回看之句 張熙春桐城人歸姚映湖著培桂軒
詩鈔登大觀亭云九華煙嵐浮曉日二龍風雨送輕
雷 方雲卿字怡雲歸吳詢著屏山堂集有蟋蟀詩



峽水餘音靜好樓停琴佇月正宜秋黛山挹秀相環翠合
與詞家作破愁

沈湘雲字綺琴江陰人王某家婢著峽水餘音 王佩
蘭錢塘人著靜好樓詩詞集 湯湘芷字佩芬仁和人
歸鄒貢生志路著桐蔭書屋詩鈔靜好樓倡和詩企翁
詞 汪菊孫字靜芳錢塘人歸金文炳著停琴佇月軒
詩詞 史靜字琴仙溧陽人著停琴佇月樓詩 虞德
芬字玉如金壇人歸鄭同知杰著佇月山房詩鈔 汪
玉軫字宜秋吳江人歸陳某著宜秋小院詩詞 陳銀
字令儀號一塘又號練湖女史丹陽人著離騷發棠黛
山齋詞草 陳芳藻字瑞芝祁陽人歸金壇于彭齡著
挹秀山莊詞 張芬字筆芳雲間人著環翠閣詩詞
李芳字如蘭丹徒人著環翠軒稿
蘇若蕙字香谷常熟人著破愁吟

清吟婉娩算功餘湘芷湘紋漾月蕖靜日清閨教種學紫
筠紅豆海棠居

沈淑廉高郵人歸吳洵著婉娩吟 榮玉潔字澹庵常
熟人歸季鳳光著功餘草 金兌字說之號湘芷長洲
人著湘芷存稿 蔣佩玉字湘紋歸王洲著湘紋吟草
袁鏡蓉字月蕖華亭人歸吳侍郎棨著月蕖軒詩草
張靜字秋山婁縣人歸莊肇龍著清閨吟 張蓮芳
字浣江長洲人歸朱貢生德垣著種學齋吟稿 湯清
玉字紫筠海州人著紫筠軒詩畧 陶懷成字芳芸長
洲人歸鄭知府訓常著紅豆館詩草 姚淑字仲淑號
鍾山秀才江寍人歸李編
修長祥著海棠居詩集

桐籜幽澹荻廬蒼禮佛簪花更俯滄日暮貽清望秋色怡
雲片片媚晴張

程令媛字儀卿桐鄉人歸吳中書忠蔚早卒著桐籜詩
鈔 朱澄字聽秋嘉興人歸金持衡早寡著荻廬詩鈔
孔傳蓮桐鄉人早寡馮御史浩之母著禮佛餘吟
奚穎文字蘊玉錢塘人歸程豫善畫山水著簪花閣詩
卓瑑字文瑛仁和人著俯滄樓稿 吳湘字筠仙石
門人歸嘉善許錫曾著貽清閣詩稿有林陰添野色日



暮佐秋寒句 汪仲媛字香荃錢塘人吳縣張中書毓
蕃繼室著怡雲館詩詞鈔 秦雲字佩芬山陰人蕭山
丁文蔚側室著
媚晴樓詞草

綠芸蟬歇水聲輕隨宦江南喜聽鶯清韻縱題極樂寺蓮
香誰紀北歸程

完顏氏字韻湘滿洲人歸侍衛英志著綠芸軒詩鈔即
景云蝶來花不寂蟬歇樹如閒遊翠微山云山深苔色
古泉細水聲輕 扈斯哈里氏歸惠式堂觀察著繡餘
小草江右隨宦紀事有流鶯啼破綠楊烟及柳底調簧
聽巧鶯句 佛芸保字華香即惲珍浦太夫人孫女歸
宗室翰林延煦早卒著清韻軒詩草遊極樂寺云古樹
遮門如有意野花偏地不知名 盧淑韞漢軍人歸朱
某著漣香閣詩鈔 博爾濟吉特氏棠古人歸科爾沁
台吉囊努克
著北歸草

味蘗繡閒愼蠹餘硯廬琴話近南廬曬香織素安蓬室晚

翠歸黃過竹居

王瑾字潤如江寍人早寡著味蘖居稿　陳勤字辛農號拙存甘泉人歸符大受早寡著茹蘖閒房詩存　沈佩字飛霞桐鄉人歸吳起代著繡閒殘稿　鄒蕙貞字蕋珠無錫人歸溫容成著愼餘齋詩稿　李心敬字一銘上海人歸觀察朝煦著蠹餘草　王正字端人江都人歸李若谷工花草尤善畫馬著硯廬草　許玉晨字雲清華亭人　著琴畫樓詞　鄒若瑗金匱人歸朱汝綸著南廬小稿　汪紉蘭字佩之吳縣人歸潘典博曾綬著曬香花室詩稿　于月卿字蕋生金匱人著織素軒詩　湯瑤卿陽湖人歸張知縣琦著蓬室偶吟　莊德芬字端人武進人董知府思駒母著晚翠軒詩文連珠等稿　陸蕙吳縣人歸張瀞著歸黃集　蔣芸字荔賓陽湖人歸趙經歷廷彥著竹居詩詞集

莫向平山畫遠山屈家姊妹總心閒藝芬倚竹風情外鼓
瑟懷清天地閒



李華字澹卿號平山女史江都人歸徐芍園著畫遠山吟稿　屈凝字芷湘常熟人字楊舉人希鏞早卒著心閒餘草　妹敏字夢蟾字陶倘賢亦能詩早卒　汪畹字佩茝號藝芬陽湖人歸楊源著藝芬閣偶存　妹昀字佩蘅歸陸椿齡早寡著倚竹軒詩鈔楊花云十里風情窺短鬢一年離恨記長條　葉魚字湘兮南滙人歸顧世望早寡著鼓瑟樓詩草　姊慧光字妙明歸王貢生進之著懷清樓稿疏蘭詞有秋風吹飛蓬天地忽中斷之句

雙松唱罷有餘音玉映新詞亦慧心較似碧梧吟白燕小
樓杜宇泣椰陰

程伏娥字蓮邨休寍人歸蔣璽著雙松詞　虞兆淑字蓉城海鹽人著玉映樓詞　張秀端字蘭士番禺人歸錢邦彥著碧梧樓詩詞鈔白燕云銜將絮雪營新壘剪得棃雲補舊衣　謝方端字正卿陽春人早寡有故鄉姊妹無消息杜宇椰陰日日啼之句

冬桂堂前香雪多玉花花韻究如何莫尋雲笈山房問蘊
素秋來感慨歌

王蕙貞字友素常熟人歸宮明經澄著冬桂堂詩　陶問梅字春卿上元人歸朱知縣桂樑著香雪軒吟　翁光珠字月如常熟人歸單學傅著玉花閣集　顧德華字鬘雲吳縣人著花韻樓詩　王蓮光上元人歸高雲著雲笈山房合刻　姚倚雲桐城人通州范當世繼室著蘊素軒詩稿懷葉氏姊云昨宵一雨長池波無那秋來感慨多休問挂車山下事當時顏鬢已消磨

映山秋蝶抱寒枝莊鏡初開鏡曉凝可惜雙清歸日暮太
行留夢夢餘時

于仙齡字雲溪文登人歸大興黃紹元著映山樓詩鈔有風定新蟬移舊葉雨餘秋蝶抱寒枝句　田莊儀字禮常介休人歸常三立著莊鏡集　查端容曲沃人歸婁昇文著鏡曉閣詩稿　沈在秀字岫雲高郵人歸曲沃裴知府正文著雙清閣集有朝行野霧籠殘月暮宿寒雲掩夕陽句　康蕙蘭字畹滋大興縣人歸孫某早卒著留夢閣詩鈔有可憐身似隨風絮又逐征車上太行句　李蘭芳字宜芝號菊逸老人利津人歸趙州判志甲著夢餘草



河梁惆悵送離鴻分翠山容凝碧中誰上月珠樓上望柳
條白𡒄正東風

蘇晴筠常熟人歸張某著河梁集　史璞瑩字心玉江都人字汪彙樞汪殁守貞著離鴻集　陸如蓉字秋裳華亭人著分翠閣詩草　吳蘭字蘭儔荊溪人歸薛翰著凝碧軒詩　黃蘭雪字香冰荊溪人歸伍某早寡著月珠樓吟稿有重過洑溪望承雲𡒄詩　吳琢陔長洲人歸蔣賡壎著白𡒄里吟稿新柳云細雨鶯聲離別路夕陽人影短長亭

漱芳筠雪意清超三影鳳池豈寂寥吟翠梅魂淨綠病柏

芳如夢度春朝

于懿字靜宜金壇人鄧縣丞恩錫繼室著瀨芳詞　毛茂清字林逸太倉人歸顧清振著筠雪軒草　馮挹芳字琴仙長洲人歸馬某著三影樓詞　郭慧媖字佩芳吳縣人著鳳池仙館詞　沈芳字夢湘長洲人顧春山繼室著寂寥詞　馮蘭貞字馨畦金壇人歸于知府尚齡著吟翠軒稿梅魂用疏影調有幾生縱使重修到已悟徹者番空色句　包蘊貞字亭玉號菊籬錢塘人歸嘉興莊丙照有淨綠軒詩詞　葉俊傑字柏芳江夏人歸孔知縣昭誠著柏芳閣詞如夢令有病骨畏寒花瘦之句

疏影暗香林下吟紉庵浣垢擣寒砧任他薏苡同希蘊那得和鳴入頌琴

袁蕚仙元和人歸戈宙襄著疏影暗香樓吟稿　謝錦蘊陽湖人歸某廷偉早寡著林下吟集　毛蘭玉字畹芬號紉庵歸楊某著紉庵詩鈔　蔣氏號澣垢老人宜興人歸陳敦吾著浣垢小草　葉畹芳長洲人著寒砧小草　許淵字孟淵吳江人歸吳煥著薏苡吟稿　劉椿字茂仙號昭文歸程祖詰著希蘊廬遺稿　陳氏字爽軒江都人歸黃進士㘣圃著和鳴集　丁月隣字素娟吳江人歸許簡著頌吟樓集



青筠那似附餘園清暎賡噫欲斷魂別有傷心吟不得碧窗瘦骨度涼痕

左慕光字松石號盡心老人桐城人歸葉知縣酘著青筠軒草　汪德貞字孟淑休寧人歸錢塘錢主事耆蓀早卒遺詩見餘園附草　殷德徽歙縣人錢知縣撫棠繼室著清暎堂詩稿　姚鳳翽字季羽桐城人歸方雲旅著梧閣賡噫集姊雲儀歸方于宣著紉蘭閣詩集　姚靜徐七寶字雅閒歙縣人字曹榜早卒有傷心吟芬歸翟秬原著碧窗遺集病起云骨瘦涼更透衣單晚漸添

# 澹香閣詩鈔

李星池

# 澹香閣

金

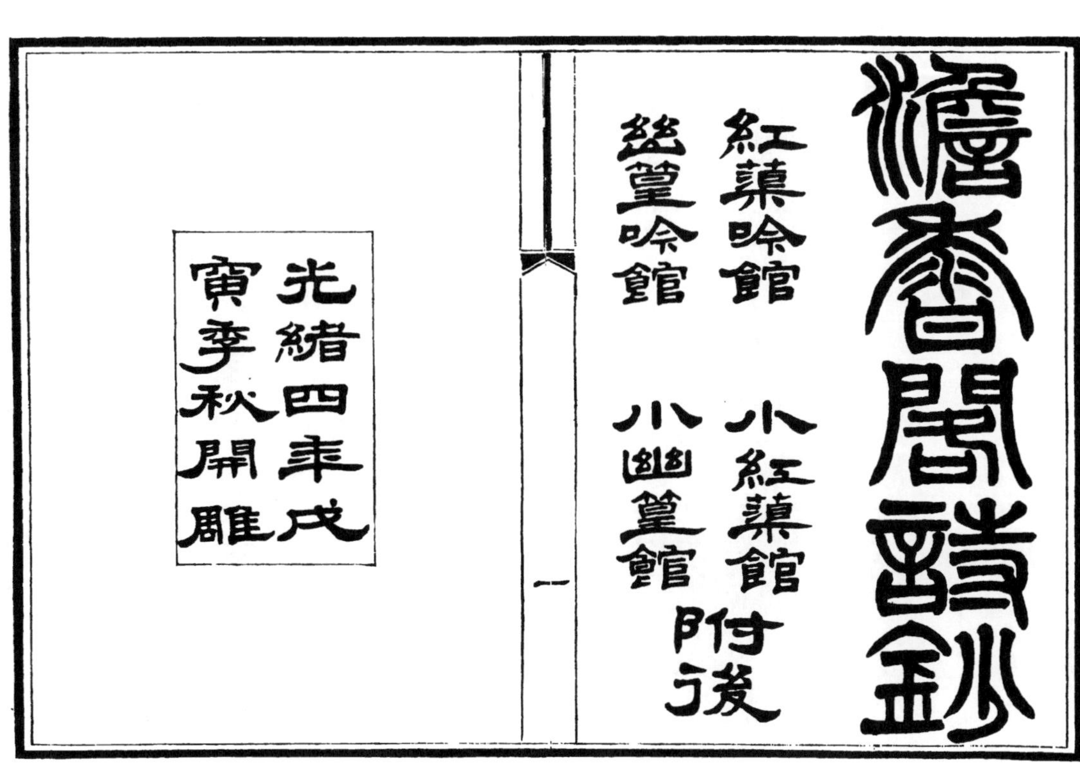

# 澹香閣詩存序

澹香閣詩存一卷女弟淑儀作也淑儀甫數歲聰穎絕人於諸弟妹行劇爲吾父鍾愛父嘗以手撫之曰此掌珠也吾以門楣望汝矣受聘長沙楊氏未及笄而父殁家道仳離零丁辛苦苫帷環泣日不絕聲阿母髽以當門親課予兄弟下帷績學姊若妹勤操鍼黹稍暇則命就予受讀自孝經論語及女誡列女傳淑儀悉心識不忘閒以古詩歌授之則反復背誦不去口久之試作韻語芬芳悱惻有一唱三歎之音性善愁賦愁無不工者年十八歸楊執婦道維謹詩事漸廢遇歸省猶伏几伸卷手讀舊詩吟哦終日以不竟所學爲恨然妹壻方少年銳心文史予兄弟亦次第成立不甘淒落兩姓之興未有艾也無何妹壻以痘夭嗚呼天乎淑儀何辜而所遇之慘如此自是蒿簪椎髻顧綳子遺孩以淚洗面已矣此生豈所謂詩爲愁工愁遂無了期耶予不悲淑儀之窮於詩而悲淑儀之窮於命也爰輯舊作詩若干首付內子笙愉錄而存之旹道光乙未兄李星沅敘於嶺南督學署



# 敘

道光中湘楚閨詠莫盛於潭潭女能詩郭氏尤著余姑妹適郭郭之姻亞皆習詩禮相酬和一門之中人人有集余姑夫兄女適湘陰李氏者材思清綺欲冠同時所謂笙愉夫人　太子太保文恭公之妻也李爲素族而先貧於郭郭之昏同縣二王亦始菀而枯說者以爲詩能窮人女無才福綺羅粉澤之中損天機而減雋永故班女憔悴道韞孤嫠自古然也文恭之妹曰淑儀夫人嫁長沙楊氏與笙愉先後出閣其時文恭未達楊亦儒門縞帶荆釵翛然自樂分題聯句無負良辰嘉耦俄分此事遂廢存澹香閣詩五十首清微婉約不讓笙愉二女承訓竝諳格律其中佳者差追唐宋遺音才不勝命歡佩無榮雖俱有篇章多寄貞怨頃者夫人夫兄子商農孝廉編刻遺集因竝采其二姊所作坿而存之以余少習章句屬加敘次方今時事更衰風雅浸息求如曩時弦誦清閒邈不可得則夫人及二女身之所逢又爲多幸而清才逸韻猶承平之嘉事也已光緒乙亥八月

湘潭王闓運謹敘

敘

澹香閣者先叔母李太宜人之居也太宜人爲文恭公仲妹幼工詩詞嘉慶丁丑歸從父雪莊公詩鐏家世鄉居耕讀相繼內外勤作苦太宜人井臼親操吟詠少輟然背䕀憶母原鴒思兄心之所懷閒宣楮墨雪莊公博學多聞獨古今體詩性若不近故敬愛雖篤而唱和卒尟道光乙酉公歿太宜人年二十五時從祖王父母在堂畹香紉仙兩姊才數歲從兄書鞭越五月以遺腹生復撫諸子書鞬爲子太宜人上絜羞膳下劬文葆茹荼飲蘖備極酸辛詩事遂絕筆矣辛卯洊饑門多外侮舉家移會垣兩兄就外傅讀太宜人親課兩姊女紅之外誦史習詩畹香才思敏捷爲詩不假鍛鍊脫口如生紉仙則沈吟往復語必求工尤長五古清眞刻峭駸駸閫謝鮑堂奧紉仙適湘陰劉俊章王姑家孫也年少才清翩翩佳儷甫補弟子員而歿僅存弱女畹香適長沙周瀚本倡隨甚得兒女成行初饒於貲而壻性通脫家以中落投筆從軍卒於秦中戎幕琴悽瑟怨特後紉仙十餘年烏虖傷已書霖於羣從昆弟行齒最穉童年即蒙太宜人垂愛癸卯書鞭以咯血亡太宜人痛失掌珠益重書霖異於諸子每登堂省問值兩姊歸甯從習章句



竟日忘倦或信宿留夏簟冬鑪挑鐙列坐太宜人輒以銅槃具食聽兩姊與書霖談論唫哦爲笑樂紉仙以所天早殞筆硯久焚書霖强之始作書鞭妻周亦能詩一門酬和風雅稱盛焉咸豐初粵寇躪湖湘骨肉仳離聚散靡定壎篪鼓角動激悲吟慷慨蒼涼別具一體自是而後時艱家難蓼集蟲拚憂患飽經日月飆謝曩時清興邈不可追太宜人亦已老矣同治癸亥書鞬以軍功保知縣加同知銜恭遇

覃恩得

誥封太宜人心少慰而以書鞬四十無子暨兩姊晚境蕭條居恆抑鬱氣疾往往而劇辛未四月書鞬生子啟華始遂含飴之樂然神明益衰甲戌畹香長子傳鏞賢而物故先數月適鄭氏甥女傳鏡天紉仙亦喪其撫子而甥女德儀適周者免身後病危德儀心容窈窕差有母風尤太宜人所憐愛者驚憂幷集舊疾大漸臘月二十七日時加亥溘然長逝壽七十有四于是德儀亦死烏虖太宜人艱貞苦節榮荷

朝旌令德徽言具載家志誠不必以詩傳然其詩境如寒潭秋月一色雙清卽兩姊絳幔淵承邃精格律天然之境徵若不逮不亟爲栞布懼日就散佚大負太宜人

誨愛之懃書霖其曷以安謹輯太宜人莫齡手自修飾者得五十首敬付梓人因以吾姊畹香紅藥館詩存七十五首紉仙幽篁館詩存百十八首都爲一弓坿後夫宣尼採風不删善懷之作共姜自誓乃在靡他之音絣珈卽華商徵彌叶然則天之重戹太宜人及吾兩姊殆欲使閨中哀怨之聲流傳與感也乎鐫成備述本末俾大雅君子覽之知書霖鍥而不舍非亟於家庭標榜云

光緒四年戊寅七月楊書霖謹敘於新化學舍



# 瀹香閣詩鈔 古今體詩五十首

湘陰女士李星池淑儀著　從子楊書霖編校

月下聞笛

萬籟靜無聲凭闌看月明誰家玉笛起清韻滿軒楹流水檻邊落白雲天外横曲終忘漏永破曉叉雞鳴

池上口占

流螢無數故飛飛散步西池露氣微卻愛幾枝荷葉影也隨明月上人衣

雨後對月

黄昏疏雨過(平聲)池水魚鱗漾風吹菡萏香有客輕舟放天邊新月鉤遠挂林梢上山色杳空濛塵宇倏幽曠坐久夜已深瀹茗發清唱欲知詩思生裊裊鑪煙颺

春閨卽景

料峭春寒睡起遲曲闌干外曉煙迷梨花院落無人語好鳥枝頭盡日啼

春雨

東風吹雨暗江天兩岸垂楊溼翠煙料得昨宵春水長渡船撐進板橋邊

偶成

嵐影重重鎖翠微苔痕冉冉上書幃綠楊幾樹栗留語

芳草一園胡蝶飛

即事

紗窗閒檢小詩鈔日影遲遲上柳梢還似去年春意緒
燕來仍覓舊時巢

禽言二首

泥滑滑清和節紅雨乍晴時好語從頭說幽徑晚苔生
蠟屐殘香踏行人贈柳枝又是悤悤別泥滑滑清和節
不如歸去紅飛綠樹小語罵東風漫吹花滿路花滿路
飄零無數不如歸去

元夕



一年好景麗今宵銀燭高燒照綺寮幾處樓臺飛火樹
誰家庭院起清簫鑪煙細裊珠簾霧酒暈微頳玉頰潮
聞道官街弛夜禁香塵雜遝五花驕

餞花神詞

綠陰茂紅芳瘦曉起送花神無情是春晝山徑落花多
可奈杜鵑何杜鵑啼已久一琖酴醾酒欲問花神相憶
無不知人憶花時否

雨中作

春深庭院草萋萋繞樹流鶯自在啼夜雨不知花事了
酴醾開徧小窗西

花下獨立

秋千院落日初長柳色青青蔭曲廊獨向花陰深處立
滿身衣帶木蘭香

夏日雜詠

紅雲作障如峰起赤日行天似火烘新翦芭蕉作團扇
引他池畔藕花風
桐陰拂檻日西斜簾幙沈沈靜不譁解識清心無別物
白沙泉水試新茶
幽窗閒坐理薰絃鑪篆新添裊細煙忽聽小鬟喧笑語
西池人泛采蓮船



春寒

陡覺春寒重庭階花信遲雨聲繁小閣鐙影澹重帷酒
琖疏還把熏籠近更移簾垂長不捲孤負海棠絲

夏夜次石梧兄韻

阿兄才調繼青蓮長晝耽吟夜不眠四面峰巒無伏日
一林水月屬詩仙（水月林兄讀書處）窗搖竹影驚栖鳥風送梧
音帶斷蟬何用大雷書寄遠挑鐙贈句往來便

七夕

銀漢橫空夜氣幽金風卷地野煙收人間豔說雙星會
天上難銷一夜愁不信河高容鵲度空傳海闊有查浮

閨中莫問神仙事且學穿鍼上綵樓

月夜芙蓉花下小酌

芙蓉花好夜深看小酌花前酒未乾涼月一庭香一縷引人清詠到更闌

春日雜詠

薄雲烘日綺窗開閒聽鶯聲倚鏡臺小婢春衫香氣重知他隔院埽花來

東風吹柳放新芽淺碧絲絲帶雨斜怪底園林春意薄嫩寒勒住小桃花

春光强半雨中過池水朝來長碧波倦繡卻添消遣法製成新曲教鸚哥



與諸兄妹玩月

銀蟾東上火西流靜夜相攜上小樓萬里江山横素練千家砧杵助清秋高梧當風葉早墮叢桂著露香逾幽似此團圞好時節一尊閒話自忘憂

留別笙愉嫂氏並索舊作嫂新歸石梧兄

銀燭初開如意花碧霄飛下五雲車手摹玉佩從頭看疑是仙人萼綠華

阿嫂聲聲肯應無新名偏喜向人呼羹湯未識姑情性一笑還須問小姑

瑯玡亦自擅詩名兄妹聯吟走筆成今日詞壇逢道韞周南卷裏試新聲

槳闌我欲賦將離絮語丁寧後會期權乞妝臺舊詩稿春風留與寄相思

留別諸兄妹

頻年歡笑共書帷此日初驚賦別離細雨堂前萱草思夕陽原上脊令悲喜看瓊樹聯雙璧石梧兄新昏且酌金尊奉一巵小妹嬌癡還解事當筵低誦謝家詩

秋風吹上木蘭船雙槳咿唔盪晚煙紅蓼岸邊霜似雪白蘋洲外水如天雖然此別無千里秖恐歸來已隔年



離緒滿腔何處寫思量惟有借詩傳

舟中作

回首家園路渺漫西風料峭碧雲寒扁舟已泊他鄉岸倘有思親淚未乾

月夜懷石梧兄

涼露下湘江兩岸寒蟲訴明月映蘆花孤舟泊何處

和笙愉嫂寄懷原韻

湘水蒹葭碧悤悤送我行一從辭故里同是感離情風雪歲云暮家山路幾程新詩憑雁到欲報乏瑤瓊

曉起

曉起紅窗靜微風入畫廊寒花剛半吐粉蜨已先忙夢
好嫌宵短人閒覺晝長殘書貪看久不是嬾梳妝

將返橋口先夕酬石梧兄作

明朝孤棹下晴灘今夜清吟共倚闌歸鳥遠投林際宿
幽花齊向月中看梨雲院落微風靜柳絮池塘春水寒
無限離愁待拋卻尊前對語又辛酸

酬王浣香夫人繼藻見贈

南歸邂逅接瓊姿覿面翻嫌識面遲誰信春風采紅豆
天涯十載舊相思
瑤章珍重欲籠紗讀罷寒香沁齒牙比似詩心清絕處



月明餘雪映梅花
天生福慧竟兼全閨閣如君孰比肩不用金丹換凡骨
前身本是月中仙
蒲萄酒熟泛金甌高會瓊仙笑語稠我欲當筵酬白雪
卻慚珠玉在前頭

寄懷笙愉嫂

一從畫閣分攜後長路迢迢繫遠思秋賦欲成心已醉
鄉書未寫雁先知窗橫蕉葉迎涼早階雜蟲聲入夢遲
惆悵西風苦相憶金閨應爲蹙雙眉

雪夜懷歸

何日東風放小舟思歸無計解離愁此身願逐寒江雪
飛入鄉園舊日樓

送別季眉弟歸長沙

風雪送君還離情入夜闌高堂慈母念代我勸加餐

寄懷季眉弟

梨花如雪柳如絲匹馬怱怱陌上馳驛路斜陽人去後
池塘春草夢醒時清宵聽雨不成寐白日看雲有許悲
阿母倚門應早慰閒來多惠寄懷詩

暮秋苦雨

小園幾日風騷屑黃花零落三秋別斜倚危闌子細聽



亂滴茅簷似殘雪蕭蕭蕉葉戰窗前一望空濛薄暮天
獨有江邊漁父好蓑衣垂釣蓼灘煙

哭先夫子 道光乙酉二月以痘疾卒

九載蘭閨共唱隨書聲機影兩相宜誰知一夜天花落
竟折人閒連理枝 俗呼痘爲天花
堂前白髮慟亡珠膝下嬌嗁幼女孤强拭嗁痕進甘旨
素帷還要撫雙雛
禱徧郊禖似有娠伶俜誰護未亡身九原儻念宗祧重
可向天公乞石麟
柳下哀辭倂淚焚白楊風雨冷孤墳他年泉路重相見

畱取香纓付與君

檢先夫子遺稿慘賦

蛛絲鼠迹滿書幃檢點遺文淚暗揮最是傷心聽杜宇
送春歸不送人歸

早秋

西風槭槭晚涼天紈扇飄零又一年深院無人秋信早
兩三黃葉落吟邊



澹香閣詩鈔終

# 紅蕖吟館詩鈔 古今體詩七十五首

長沙女士楊書蘭畹香著　從弟書霖編校

秋夜曲

秋鐙耿耿涼宵永玉露無聲溼金井空山野鶴忽飛來
踏碎庭前松月影

題月樵叔桐陰讀書圖

秋聲何寂寂秋色何娟娟丹青蘊靈秀幽意圖中傳桐
花落不見桐葉影蹁躚高枝鬱蒼翠亭亭車蓋圓怪石
若奇峰嶙瘦堆雲煙座中有高人展卷心悠然悠然忘
俗慮清興翔寥天



題美人春曉梳妝圖

春晝曉綠陰深院驚栖鳥啞啞數聲枝上鳴喚醒蘭閨
夢多少菱花寶鏡生豔光美人對鏡臨新妝青絲散地
搖花影粉痕脂膩飛清香妝成已覺嬌無力徘徊卻倚
朱闌立欲折花枝下玉階似愁珠露侵衣溼

步月

薄暮微風生閒步空庭月月影自隨身引人詩興發

題寒江歸雁圖

萬樹蕭森粉墨濃一行歸雁度遙峰日斜風冷秋江晚
知宿蘆花第幾重

落花

莫倚雕闌惜落紅從來茵溷總成空春光飄泊斜陽裏花事闌珊細雨中尙有餘香留畫閣已無嬌豔映簾櫳最憐杜宇凝情甚叫徹東風恨不窮

春日郊行口占

萬樹翠娟娟孤城起暮煙馬嘶芳草渡犬吠夕陽天落蕊疏籬冐飛泉石磴懸行行偶成句何用覓吟箋

西施

采菱歌唱曲江濱吳越興亡陌上塵漫羨美人眉黛好一生只合解含顰



楊妃

長生殿前秋月明華清池上曉風輕漁陽鼙鼓聲催日曲奏霓裳第幾聲

曉起

春宵睡起薄寒生曙色初開萬景清數杵疏鐘花外出半鉤殘月樹頭明穿簾弱燕嬌無力解籜新篁嫩有聲欲向鏡臺梳寶髻模糊嵐氣繞窗橫

枕上作

一枕鐙昏覺夜涼臥聽鈴鐸響迴廊宵分幾陣廉纖雨催放庭花入夢香

梅花詩與社中分詠二首

蕭疏紙帳閒尋夢夢入羅浮路又昏一徑淡煙迷野岸半林寒月失孤村縞衣縹緲都無影翠羽啁啾欲斷魂香雪滿身留不得覺來空覓袖邊痕 夢梅

珊珊玉骨傲寒風疏影頻移小院東亂颭雪窗驚黯淡斜敧月地認玲瓏癯仙踏徧痕猶在素女拈來色是空剛被凍雲遮掩去又隨朝日映簾櫳 梅影

春閨即事

養蠶天氣晝長時寶鴨薰殘日影移垂柳簇門鶯語細亂花黏徑蝶魂癡每探風信開簾久因傲春寒閉閣遲



最是黃昏清絕處月光先照海棠絲

江樓晚眺

寒江落葉正紛飛紅入波心帶夕暉忽聽隔溪搖櫓響打魚人放釣船歸

聞雁有懷李月裳表姊 時在粵東

風寒霜冷楚江深天末征鴻遠送音蓼岸自隨孤月影蘆洲空戀晚雲陰千家砧杵聲難斷萬里關河信易沈不見羊城消息到幾回搔首對高岑

冬夜

層層雪壓晚風寒窗外梅枝瘦影蟠惟有素娥偏耐冷

清光猶自上闌干

殘雪

灞岸風寒夕照斜蹇驢歸去踏平沙全銷屋角銀盤絮
微賸峰尖玉樹花竹徑纔能通客屐柴扉猶自掩漁家
窗前莫遣雛鬟埽留待宵來映碧紗

折梅

小庭一夜寒風透喜見畫闌梅影瘦爲折梅花到畫闌
清香裊裊凝雙袖

春日即事

湘簾四面綠陰遮未放鑪煙出碧紗長日繡餘無箇事



街前聽賣木香花

月夜

銀漢高寒霜滿林銅壺漏滴已更深碧空萬里淨如洗
野闊幾聲何處砧

寄懷月裳姊 時在都中

暝煙收盡晚風吹獨對秋空悵別離料得京華今夜月
有人如我寄新詩
相依繡閣無多日忽忽三年隔薊雲漫說于今難聚首
夢魂昨夜尚逢君

秋夜

向晚秋窗靜看書引興長一簾風似翦半桁月如霜露
重憐蟲語雲開見雁行宵深更漏永冰簟自生涼

舟中作

煙波渺渺帶雲流落日風寒古渡頭兩岸蘆花一聲雁
併將秋意入扁舟

春日即景

濃陰滿院畫簾開翠影重重暈碧苔欲擁芳衾尋午夢
小鬟偏喚摘花回

夏夜

雨過天清暑氣收初生纖月上簾鉤螢穿竹徑隨風度



鶴夢松林覺夜悠一院桐陰涼似水半池荷影淡如秋
誰家玉笛長空起引我閒吟倚畫樓

秋日晚眺有懷月裳姊

搔首暮天迴西風寒入衣遠峰疊雲障高樹搖煙霏春
草芳已歇秋林葉又飛長安不可見望望空斜暉

暮秋即事

秋色荒原老清疏小閣前黃花經雨淡紅葉帶霜鮮塞
雁橫寒月林鴉噪晚煙西風吹不斷況近早冬天

春暮

飛花如雪辭芳樹欲挽春光春不住蜨戀殘香未忍歸

枝頭款款時來去物猶如此人何堪徙倚瑤階愁日暮

喜月裳姊自都旋里

燕薊迢迢路幾千今朝湘上見歸船經過遠道逾三月悵別知音已五年窗外梅花迎客笑尊前明月向人圓急翻行篋尋詩卷半夜披吟盡百篇

哭郭智珠表弟婦

幾載詩壇唱和頻無端一別判天人已成永訣悲今日尙想聯吟續舊因（予姊妹與智珠同結梅花詩社）謝女才高誰嗣響荀郎年少最傷神（謂梅生表弟）前身定是飛瓊侶小謫塵寰十八春



送春

廿四番風次第吹光陰又屆送春時秪愁煙雨畱難住似戀雲山去較遲一院落花飛白蝶千林密葉囀黃鸝殷勤更訂來年約柳外梅邊莫誤期

偶成

幽居小室靜無譁驀地涼生半臂加不向綺窗開繡卷閒添香篆誦南華

塞上曲

寒風慘淡凍刀環萬里長征何日還秋盡邊城飛雁杳夢魂空度玉門關

園中消夏詞四首

靜愛園林結草廬炎歊不到此中居微雲張蓋冥紅日驟雨翻盆洗碧虛冰簟迎涼呼婢掃紗幮得句倩人書小池貪看輕儵躍且自垂竿學老漁

幽居風景似山村曲折籬笆長鳳孫老樹韋藤青繞屋高梧垂葉綠遮門偶題蕉扇濡煙墨愛聽菱歌倚石根薄暮不須燒畫燭冰輪相照倒金尊

金尊獨酌數更籌水閣風涼懶上樓繞石清泉弄琴筑開簾新月挂瓊鉤靜中心緒袪煩暑病後情懷愛早秋露重不嫌羅袂薄竹陰深處儘句畱



葡萄滿架晝遲遲人靜惟聞隔院棋蕉葉打窗風動候槐陰上壁日斜時薰琴按譜翻新曲寶鼎焚香誦舊詩簾押不開闌不倚一重清韻有誰知

送別紉仙妹

把袂難爲別登車淚暗揮何如秋塞雁長作一行飛

春柳

曾看裊裊逐香塵又見依依拂水濱乍照江波微帶恨新承雨露便含顰青垂媚眼剛三月學舞纖腰占一春生就風流誰畫出娉婷合幷楚宮人

夢醒作

芙蓉帳冷睡初成忽聽村雞趁曉鳴驚破迢迢故園夢
半鉤殘月映窗明

春日憶家

綠窗人靜啟雙扉滿目韶光故里非柳眼花鬚都寂寂
黃鸝紫燕故飛飛二分春色隨流水一種閒情對夕暉
昨夜思鄉心緒切夢魂兩度入慈闈

挽李梅生表弟

翰墨蜚聲正茂年瓊林春夢倏如煙那堪繡虎雕龍客
早作騎鯨跨鶴仙天上空傳修白玉世人誰可繼青蓮
傷心昔日梅花社無復清吟對綺筵



七夕詞

銀河耿耿遙空碧玉宇無塵涼露滴誰家女伴出深閨
頻分綵綫瑤階立一年歡會無幾時雲軿髣髴隨風馳
神仙尙有相思苦何事人間輕別離

送春

又餞東皇別親斟婪尾杯離懷宵漏永殘夢曉鐘催香
重花初落寒生雨欲來闌前雙蛺蝶猶繞百千回

夜坐寄涵濬夫子

夜靜壺中漏遲遲欲二更花陰穿戶入篆影繞窗橫以
我閒愁攪知君旅思盈由來琴瑟重小別亦關情

泛舟

畫船開去趁輕風蘭槳搖回碧浪中不覺歸遲天色晚
滿身衣帶夕陽紅

讀梧笙館聯吟集

西崑詩集早流傳又讀房中唱和篇濃福清才兩無匹
不知曾結幾生緣

夜坐寄懷襲芬弟婦二首

羅袂怯寒生閒階蛩語歇所思人不來悵望青天月
風裊鑪煙細湘簾瑟瑟垂幽懷無限意何處報君知

附襲芬和詩



百年重歡樂萬事惡衰歇盈缺自循環亙古此明月
夜永更難盡晝長簾自垂瓊瑤久未答此意亮君知

月出

陽烏西下晚風催涼露如珠溼翠苔掃盡浮雲天宇淨
一輪初出廣寒來

病起

蘆簾寒重雪初飛病起無聊靜掩扉近是藥煙消受慣
怕熏蘭麝襲人衣

咸豐壬子七月粵賊犯長沙予與商農弟同居圍
城中感而有作

慘淡妖氛逼倉皇戎馬哀悲笳殷地發夜火撲城來故里無音信浮生付劫灰鴒原同急難倚劍共銜杯

賊退喜次商農弟韻

烽煙銷盡楚江東劫後倉皇感慨同近郭田廬餘落日高樓鼓角尚秋風也知兔走鄰疆急且樂烏啼野幕空喜與阿連同酌酒新詩猶帶殺聲雄

寄懷襲芬

修竹滿閒庭微風送清響欲撫綠綺琴久絕知音賞草際淡煙浮花梢新月上對此不成眠悠悠結遐想

附襲芬和詩



松泉漱寒籟荷露滴殘響思我素心人獨吟誰與賞仰視山雲飛俯看池月上誦子詩一篇飄然濟塵想

秋閨有感

湘簾動寒色薄暝上銀鉤露重螢黏草風高雁叫秋衰顏當久病舊事入新愁況值亂離後浮生如汎舟

哭襲芬弟婦 有序

弟婦長沙周氏女即夫子從妹工詩恆不輕作道光壬寅歸策軒弟癸卯策軒亡孀居十五載咸豐丁巳三月卒

支離竟比香桃瘦委化難尋續命絲半世冰襟孤月見十年春恨落花知殘篇賸有清新句遺挂空瞻綽約姿最苦高堂垂老淚還因哭婦痛亡兒

暮春寄懷涵濬夫子

春風翦翦弄鶯梭春水迢迢縐綠波潑翠簾櫳嵐氣重落紅庭院雨聲多鏡中漸覺芳顏老客裏其如衰鬢何九十韶華容易過可堪長路聽驪歌

秋夕寄懷紉仙妹

一天雁影橫秋夕四壁蟲聲動遠思風過小窗鐙影亂霜團老屋漏聲遲窮愁徹骨詩猶豔家累驚心夢亦奇想見鍾離共蕭索夜深誰與話酸悲



歲暮寄夫子

臘鼓聲催節序過念君蹤迹尚蹉跎強澆濁酒愁難遣欲寄新詩恨更多風雪定添孤館夢笙簫空聽異鄉歌最憐歲暮猶爲客如此謀生計若何

送夫子從軍秦中

春風湘上送行舟萬里從軍賦壯遊秖爲飢寒驅駿骨非關名爵慕羊頭河山遠歷秦關險鼓角新添楚塞愁遮莫臨歧頻灑淚強斟別酒贈吳鉤

寄夫子

一枕懨懨睡起遲嬾開鸞鏡畫雙眉昨宵夢入長安路

猶與征人話別離
尋常小別尚神傷況復烽煙莽戰場欲寄征衣轉惆悵
可憐無路達咸陽
故里秋深草木枯中宵人與月同孤遙憐西塞風霜苦
九月嚴寒已栗膚

雨夜有懷

更盡雨難盡微寒紙帳生關山遊子意閨閣此宵情悵
遠書難寄愁多夢不成窗前蕉葉碎竟夕助秋聲

月夜聞笛

誰弄桓伊笛飄然送遠音天空孤月皎林密野煙深思



婦閨中意征人塞外心我來聽此曲清淚欲沾襟

擬從軍詩

萬里沙場遠征人久未回風塵雙鬢老雨雪寸心灰野
幕軍書急孤城畫角哀欲將鄉信寄不見雁南來

寄夫子

浩蕩秦關迥思君獨倚樓遙憐征戰苦不盡別離愁烽
火迷邊月悲笳起塞秋夢魂不怕險常繞大刀頭

憶長男傳鏞

萬里隨耶客異鄉天涯遊子倍神傷定知慘淡征衣上
時有思親淚兩行

送商農弟入都兼柬紉仙妹

纔聽霜高宴鹿鳴又看風利送鵬程此行便是蓬萊客
贏得聲名滿
帝京
荊花異樹最相親雁影分飛各愴神一夜扁舟何處泊
滿天風雪楚江濱
劉家季妹詩無敵律比長城字字堅今日離筵歌古調
教人一讀一纏緜

哭先夫子 同治乙丑二月

凶耗傳來萬念灰妝樓化作望夫臺三千里路浮雲變



四十年華急箭催金玦那堪成死別玉關無復冀生回
當初悔作封侯想書劍飄零劇可哀
迢迢轊櫝返湘濱丹旐猶飄隴上塵萬劫難逃前定數
九原應念未亡人親朋慘淡都無色兒女悲嘶倍愴神
檢點行囊惟痛哭家書還認墨痕新

紅蕖吟館詩鈔終

# 幽篁吟館詩鈔 古今體詩百十八首

長沙女士楊書蕙紉仙著　從弟書霖編校

夏曉

綠窗新睡起簾捲暑微生蛙鼓鬧初靜蟲雷紛更鳴樹梢殘月墮天際曉霞明徙倚迴闌畔池荷帶露清

秋夜曲

幽夢初醒人倚枕起聽絡緯鳴金井西風一陣生微寒檻外枯荷無定影

題美人春曉梳妝圖

曙鐘初動林月殘乳鴉驚飛更已闌金烏湧出萬山赤



晨光一抹明闌干春宵睡足春風冷夢斷羅衾不成寢起來斂衽嬾開奩卻倚鸞臺嬌顧影金釵半嚲鬢雲斜天然素質卸鉛華柳眉淡埽自成畫荑手輕翻勻著花妝成散步西池曲春波斜照修蛾綠小鬟前院折花回一枝領取清香足

聞山中鳥語

天末微雲生深林鬱蒼翠幽禽鳴樹間聲聲嬌欲醉逖聽轉清幽徘徊引詩思倚石竟忘歸自有閒中致

春曉

昨宵微雨滴三更侍婢推窗報曉晴殘夢乍醒人未起街前時有賣花聲

雨後

繁英密密綻平林隔岸漁家入樹深微雨乍晴斜照裏蓑衣還挂綠楊陰

殘雪

檐前春雨滴瓊漿殘白疑留瓦上霜冷豔有情陪夜月峭寒無力鬭朝陽數峰冉冉分青靄萬樹溶溶洗素妝記得臨風吟柳絮亂花飛繞讀書牀

春閨即事

輕寒輕暖嫩晴時繡幙和風緩緩吹萬物到春皆自得



百花於我最相知黃蜂紫蝶鬧成隊紅杏碧桃開滿枝領略韶光無限好畫圖難寫付新詩

暮春園中作

春光已過楝花天薄暮園亭意自便蝶夢正酣紅杏雨鶯聲半老綠楊煙風吟翠篠清於瑟水貼新荷小似錢好景留連歸去晚數峰明滅夕陽邊

虞姬

一曲虞兮憤莫伸八千子弟委沙塵英雄末路多情甚帳下悲歌別美人

昭君

絕代花容出漢宮黃沙撲面鬢如蓬君王自定和親議
千載何須怨畫工

瀟湘八景詩

瀟湘夜雨

九嶷曲折鵑啼苦麓峰頂上愁雲吐蒼然萬壑怒濤翻
空濛灑作瀟湘雨江天墨湧水沄沄隔岸漁歌寂不聞
斑竹煙深叢綠暗蕭騷一夜弔湘君

洞庭秋月

平湖浩渺波微茫無邊秋水流湯湯蟾蜍湧出湖天白
螺峰倒影懸青蒼銀潭夜靜蛟龍伏玻瓈萬頃寒光激



西風吹到岳陽樓一聲遙度仙人笛

平沙落雁

銀沙漠漠襯江窄落日西風寒楚澤素波涵影雁初飛
爪痕書破秋雲碧日暮江空何所營蘆花深處證鷗盟
江湖尚有宦遊子煙水蒼茫無限情

遠浦歸帆

菰蒲翻風亂斜日一江秋水連天碧扁舟何處載雲歸
帆影遠從天際出飄飄木葉響颼颼斜蒲一幅漾中流
湘陰已過銅官近不怕風波阻渡頭

煙寺晚鐘

寒鴉幾點挂孤松蕭寺煙昏殿閣重層樓縹緲入霄漢
天風吹下雲閒鐘鏗鯨斷續日已暝老僧枯坐禪心定
空山老鶴忽歸來衝碎餘音滿山徑

漁村夕照

日色欲盡天蒼茫餘影破碎沈瀟湘誰家溼網挂疏柳
飄颻風枝迎夕陽柴門一帶臨江水敗葉炊煙寒不起
漁父前村載酒歸長歌醉臥蘆花裏

山市晴嵐

殘雨淅瀝通宵鳴朝來放出紅霞明山城小市失遠近
煙中彷彿行人行杖頭沽春一杯足回看嵐氣浮空綠



滿天晴翠滴無聲萬疊遙山新出浴

江天暮雪

朔風吹老彤雲結荒山古道行人絕獨有江邊垂釣翁
滿身香帶梅花雪黃昏剪水散平林乾坤一望白沈沈
洞庭化作水銀海不辨君山何處尋

夏日

炎歊何處可全忘卻愛西園自在涼一榻槐陰尋舊夢
半池荷粉鬭新妝碁敲永日留花墅琴引清風到草堂
傍晚更添消遣法偶依磐石釣方塘

夏夜

烈日西沈暑氣收闌干十二儘句留將開茉莉香猶澀半展芭蕉影漸稠水面飛星圓似火天邊新月曲如鉤宵分露重荷衣冷草閣生涼不待秋

秋夜

離離星斗初更後澹澹天河一碧中戲帶薜蘿山徑月來聽楊柳水亭風殘蟬咽露鳴高樹斷雁銜煙入遠空頗覺秋聲太蕭瑟又聞脫葉下疏桐

夜坐

夜靜淡雲生秋蛩聲轉急坐久覺寒生冷露侵衣溼

寄懷李月裳表姊

光寒北斗二更殘遠望京華淚暗彈記得湘江分袂日說將詩句報平安



庭梅

漠漠微雲鎖鏡臺寒梅欲放曉風催不須踏雪前山去庭際含香已半開

春日雜詠

芊緜草色映新苔深院無人繡箔開日暮風寒鉤未下待他雙燕入簾來

芭蕉葉大壓籬笆高柳搖風影又斜秪聽鶯聲不知處樓前一帶綠陰遮

中秋對月同畹香姊作

簫管吹來趁晚風蘭閨相竝倚簾櫳銀河有影秋剛半玉宇無雲月正中佳節無如今夕好清吟難得兩人同憑誰擫笛迴闌曲譜出霓裳一曲工

秋陰

湘簾纔捲曉煙生漠漠長空不肯明熱意漸撓涼意重晴雲尚帶雨雲輕亂峰插霧千層隱遠樹黏天一碧橫我乞秋陰護黃菊東籬幾日綻繁英

雁

曾傳秋信到衡陽又逐寥空覓稻粱孤影遠隨蘆岸月數聲寒入戍樓霜江南水闊波濤惡漠北沙飛道路長何似瀟湘菰米足一生穩臥碧雲鄉



即事

綠陰濃護綺窗前繡綫慵挑六月天最是小鬟無賴甚趁風涼處枕書眠

睡起

蕭蕭鈴鐸響迴廊睡起羅衫漸覺涼貪看秋光堪入畫半林黃葉對斜陽

塞上曲

白草黃沙道路長五更霜重鐵衣涼胡天漠漠無飛雁

那得音書返故鄉

鼓角森嚴月滿天將軍毳帳令猶傳夜深欲埽單于穴
雪壓雕鞍馬不前

落花

春光九十太悤悤回首繁華似夢中西子不歸吳苑寂
明妃一去漢宮空鳥啼深樹飛殘翠馬踏香泥帶落紅
世事榮枯類如此莫將飄泊怨天公

登樓

高樓縹緲壓城西樓外湘流水拂隄翠鳥帶波飛極浦
彩虹含雨浴清谿閒情正與秋俱爽落日又隨山共低



我欲臨風弄長笛招將明月上丹梯

深院二絕

深院正黃昏新月松梢挂草色碧凝煙此景無人畫
清露溼羅襦迴身坐幽室月暗亂螢飄鐙昏饑鼠出

不寐

遙夜不能寐啟戶延秋爽暑退生微涼蕉葉迎風響明
月墜素暉眾星繁以朗萬籟殊寂然沈吟悵幽賞

秋夜寄懷郭智珠表弟婦

秋風卷敗葉蕭蕭聲滿林之子去日遠湘水阻且深溯
洄復何益濁酒聊自斟孤鐙衰無燄促織終夜吟我欲
發高詠惜哉無知音矯首望明月應知共此心

送春

留春無計春歸去春去悤悤可奈何怪得子規啼不住
窗前昨夜落花多

立秋

宵來庭院動微風澹月疏星麗碧空不覺耳邊秋信到
蕭蕭金井落梧桐

隨意

斜陽一抹上書幃深院風來自啟扉隨意小亭無箇事
倚闌閒數雁行飛



石梧舅氏自粵東督學歸里旋即入都恭呈一律

嶺南三載使星明纔任軺車即北征天上文昌依
御座江邊楊柳送行旌春風又入長安道落日徒深渭
水情從古薦賢膺上賞看公此去掌台衡

水仙花

誰招香雪映重門體素宜栽白玉盆花在水中清有韻
春生几上淨無痕淩波神女盈盈步姑射仙人渺渺魂
不信詩翁翻被惱含情坐對月黃昏

雨後登樓

久雨忽微霽登樓望眼迷嵐堆千嶂重煙壓一城低隴

麥新含潤圃蔬牛帶泥農歌隔水起野外有人犁

夏夜

清露滌池荷微煙暗砌莎牆低延月久樹密貯涼多蛛網時黏戶魚梭偶上波曲闌憑眺處花氣襲輕羅

池上偶成

深院小亭幽池邊暑氣收輭痕拖弱荇細沫聚輕儵風起萍初亂波迴月倒流倚闌閒若此不必羨沙鷗

高閣

高閣靄春暉幽居山四圍微風颺葉活細雨荳苗肥樹色侵書幌江光漾釣磯地偏心自靜相賞欲忘機



園中消夏詞用畹香姊韻

園林風景愛吾廬買夏何須野外居紅槿著花當檻出綠槐散影補窗虛戲焚芸葉調新茗閒剪芭蕉學楷書道是心清能卻暑盡拋塵事比樵漁

三椽老屋自成村獨立松陰待鶴孫落日漸低螢入戶清風微動竹敲門坐看月弄藤蘿影臥聽蟲吟草樹根新製碧筩供小酌玉醅何用倒金尊

短榻清香晝日留波紋如水漾簾鉤雨過竹院琴書潤露下蓮房枕簟秋靜愛風姨常啟戶偶招月姊一登樓幽居不受紅塵擾仙境壺天占幾籌

一枕羲皇覺太遲薰絃閒理復多時雲林辟暑倪迂畫草閣生寒杜老詩紅藕香中橫小艇綠藤陰下試新棋年來領略清涼味世上炎氛那得知

遊嶽麓五首

有美不親歷雖奇誰與收肩輿晨出城曠望開雙眸境遠意彌迥迹到心俱遊于時木葉下兩岸金風秋薄言理輕楫櫂歌在中流時見雙白鷺故故飛汀洲仰望麓峰巔嵐氣如煙浮捨舟上沙岸漸覺林壑幽小憩自卑亭矯首一句留

初登入山徑楓林秋色頳遊山如上天一程難一程每到一峰高頓增雙眸明野花晚更秀幽禽難強名古樹



見人來起立如拜迎清風忽過嶺寒流飛有聲曠然出塵界及此心自清

半山隱古寺一徑趨雲關交藤挂絕壁翠黛如煙鬟泠泠自來鐘苔蘚蝕銅鐶靈宮轉幽邃迴廊互彎環石磴若升梯十步九步艱高松翼圓蓋百尺窮躋攀無風濤響壑不雨翠飛山古人盡黃土此樹猶蒼顏迺知兜率界毓此龍蛇斑老鶴不復返石泉空潺潺

窮高陟崔巍躋險搜幽窅深谷幻景光陰巖儵昏曉林閒黃葉飛衣上白雲繞峩峩雲麓宮紺樓嵌浩渺仰闞

天闕近頫視羣峰小湘流帶活活城郭明了了遠樹插晴空隱約游絲裊千艘織江心縱橫輕梭攪平時目所歷到此意俱藐危坐飛來石夕陽下孤鳥

踟躇覓歸路暝色忽西催萬拳盤曲嶺鼓鳴殷地雷輿夫知客意蹇步故遲回漠漠遠人村牛羊羣下來載詹三間廟舊壁生莓苔靈旗卷落日層陰鬱不開當年忠義心化為鐘鼓哀麓雲護講院吟聲出疏槐名山知有主薪樵多英才予生恨不櫛安羨詩書堆迴舟秋水長淥漲浮新醅歸去不復問深情餘溯洄

戊戌于歸劉氏次夫子韻

敢云道韞擅才名喜遇瑯琊一例清靜好不應閨嗃嗃歡娛未便喚卿卿唐山樂府新增曲公幹文章舊有聲幾日妝臺共酬唱畫眉京兆本多情

碧紗窗外雨簾纖午夜爐香手自添婦職供餘書可讀親安問罷睡俱恬但教清節高松柏敢恤微勞雜米鹽裙布荊釵儂自慣今宵且把韻同拈

附夫子原唱

久耳蘭閨道韞名及覩風格與詩清生何幸作名花主世更難逢解語卿嘉耦修來非一日素琴彈去總雙聲尋常壼內同心結說到文章倍有情



春蔥共愛指纖纖一到田家百事添姑性漸諳趨侍易婦工纔了夢魂恬人生適志非軒冕貧士持門重米鹽井臼微勞君莫惜閒來清韻許同拈

回憶

飄梭歲月去如馳回憶深閨少小時刺繡窗前春起早課書鐙下夜眠遲描花喜竊諸姑樣問字頻搴阿母帷歷歷記來猶昨日誰知已過廿年期

雨霽

雨餘寒氣動簾鉤霽色初開闊遠眸隔岸桃花紅過水壓闌蕉葉綠侵樓野蔬入圃和泥摘新筍穿籬帶露抽田舍春深農事急村南村北盡鳴鳩

首夏

驪駒載送東皇行枝頭杜宇空聲聲遊絲飛絮各無賴芳草垂楊還有情細雨霑衣客初散殘花落硯詩剛成鄉村四月風景好新秧一色青疇平

和張仙蕖二妹寄懷原韻

十載情親久三年悵別頻月猶前度白花是異鄉春鬢髮催人老風光逐歲新把君詩不倦高詠一霑巾

除夕憶家

佳節逢除夕華堂列綺筵梅花香帶雪竹葉翠浮煙對

酒不辭醉倚牀時欲眠秪因憶故里難與遣殘年

次哲菴夫子見寄原韻

翩翩年少擅丰姿儒雅還兼一字師有壻儘堪追衛玠
無才敢望作班姬清吟昔對花千樹離緒新牽柳萬枝
記取淩雲須健筆歸來莫但畫雙眉

寶鴨薰殘百合香天涯遊子未還鄉境當追憶如春夢
詩到言情有別腸時世梳妝安儉素家庭清福在倫常
寄言白髮雙親健縱使思親莫過傷

附夫子原唱

天生慧業本仙姿況復庭闈毋作師問字亦曾偕伯



姊論才那復讓諸姬梅花社結詩千首柳絮詞裁筆
一枝愛汝幽閒兼秀韻蛾眉直欲愧須眉

春風吹送百花香旅館于今正憶鄉晨夕久疏溫凊
節雲山時繫別離腸高堂好爲供甘旨凡事皆須守
故常未問親安卿代問白雲翹首倍神傷

夏日即景

雨洗炎歊滿院涼閒尋好景立迴廊蕉陰拂檻窗全綠
荷葉當門水亦香一曲漁歌歸遠浦四山蟬噪送斜陽
晚來天氣尤清絕新月生輝映女牆

秋夕

晶簾瑟瑟晚風生玉宇沈沈萬籟清遠塞征鴻來有信
高空纖月落無聲隔窗螢火穿花出捲幔天河入鏡橫
更漏欲闌人語靜臥聽鐵馬響前楹

暮春寄懷夫子

斜風吹雨溼重幃撥火閒薰舊袷衣眉黛誰將遠山畫
鬢雲時逐亂蓬飛劇憐故里春將老轉念天涯人未歸
從古幽閨善愁思況兼三月信來稀

江隄晚行

客途權當踏青行對水看山似畫成淺渚有時能渡馬
深林無處不聞鶯風停飛絮紛紛起雨過流泉濺濺鳴



更愛隔堤楊柳岸漁村一帶夕陽橫

寄外二絕

山色莽空濛泉聲疑是雨未識別離人今宵泊何許

竹外野煙浮花梢清露滴翠袖不知寒獨向瑤階立

晚眺

向晚樂閒眺鄉村風景賒綠低牆外柳紅墜澗邊花絕
壑吞殘照歸鴉破落霞隔溪聞犬吠茅舍兩三家

西鄉道中

不覺長途晚西風吹滿襟淡煙生靜渚落日挂疏林水
響澗邊碓霜敲林外砧秋聲已盈耳更聽暮蟬吟

山行憩古刹次夫子題壁韻

客路行經翠巘間肩輿同憩白雲關青圍谷口千峰會綠抱山腰一水環埽壁題詩僮拍手拈花插鬢佛開顏誰言塵世無清境竹院權偷頃刻閒

歲暮寄懷畹香姊

鼕鼕臘鼓報春回薄釀新成自舉盃愜意句從閒裏得所思人每夢中來冰敲野竹千竿脆風戰寒林萬木𠩺如此蕭森當歲暮一枝誰寄隴頭梅

己亥夫子以冠軍補弟子員喜賦

蓬門寂寞曉方開喜聽黌宮捷報來駿足肯居凡馬後英名已占眾芳魁漢庭釋奠崇儒學唐代登科重秀才更有眼前眞樂在高堂白髮對銜盃

庚子夫子讀書城南余適歸寧偶寄

深宵鐵馬響簷端鐙灺花殘手自彈病後寂寥憐我慣客中消遣覺卿難每因睡醒羅衾薄轉念眠遲旅枕寒且喜城南居不遠頻來莫作別離看

附夫子和作

誰將秋思入毫端爲和新篇燭自彈境過始知歡聚好詩多翻覺命題難霜欺破牖鐙常滲月到深林樹亦寒觸我羈愁當永夜怎能不作別離看



夫子秋闈落第賦詩慰之

三年辛苦踏街槐竟屈劉蕡下第回但使爨琴彈絕調斷無神劍委輕埃天邊秋隼盤寒日江底春魚聽晚雷身是上清香案吏看君幾歲到蓬萊

舟夜

碧空如鏡接清秋人坐寒江一葉舟收盡煙雲天在水倒懸星月入波流

寄夫子

高天星斗入雲寒四壁蟲鳴二漏殘今夜月明千里共離人曾否倚闌看

題夫子述舊詩後有序

壬寅正月家人卜乩有仙自號浣溪山人能詩言與吾夫婦有仙緣吾兩人以嬉笑被謫云云夫子作長歌紀其事題曰述舊恢奇俶詭讀之飄飄然有出塵之意因題四絕於後末章並以志勉

碧霄冉冉下雲幢一笑相逢志未降到底天公恩自重人間小謫尚成雙

漢皋解珮本荒唐洛水搴裾亦渺茫何似胡麻朝夕飯仙鄉眞箇住劉郎

鉛華如夢逐紅塵廿載誰知劫後身賴有浣溪舊仙侶月明重與話前因

畢竟神仙事不明文人慧業悟三生青琳翠水都虛幻且折芙蓉上帝京

悲感

未死命如蟬翼薄已枯心似蠟灰餘獨憐幼女嬌癡甚倘倚鐙前讀父書

送別晥香姊

不意歸甯日翻成送姊辰追歡纔把酒怨別共霑巾遠道草新綠閒庭花自春須臾隔兩地覽物倍愁人

追悼策軒弟

吾弟今何在寒鐙瞹素帷已孤春草夢怕讀脊令詩孀婦空腸斷老親猶淚垂嗟予雖後死薄命只如絲

病後

西風何事太颼飀病後驚寒怯倚樓墟落遠連斜照晚山扉深掩候蟲秋新詩寄恨翻添恨薄酒澆愁不解愁折得黃花凝對鏡問渠消瘦似儂不

歸舟感賦

朔風寒送夕陽微愁煞湘江獨自歸過眼雲泥勞夢想



到頭事業與心違荆分先後花偏好（謂商農弟年最幼）雁隔東西信屢稀（謂晥香姊）對景不堪懷往日煙波依舊昔人非

題蛺蝶圖

粉蝶戀芳菲徘徊輕影送飛去莫回頭繁華渾是夢

客中得襲芬弟婦寄懷詩卽和原韻

秋色他鄉老秋情久客肥茲晨消息至昨夕夢魂飛地僻人煙少天高雁影微和詩當夜半素月想清暉

附原韻

顧我身如寄懷君思轉肥林深寒雨積山亂野雲飛善病同秋瘦澆愁覺酒微離情正無著一雁下斜暉

旅夜

旅懷無奈擁寒衾薄酒微醒獨自吟鐙影照回敧枕夢雨聲滴碎憶鄉心江邊畫角催殘夜天外征鴻送遠音侵曉長途更蕭瑟霜花如雪撲衣襟

秋夜感懷

桂蘂凋殘菊未開涓涓冷露溼莓苔空階葉落罕人到孤館月明聞雁來衰鬢漸斑愁對鏡閒愁難遣漫銜杯匡牀只當蒲團坐便覺塵寰萬念灰

自東鄉歸歷一山岡綿亙十餘里雜花繽紛修竹掩映幽林風過遠寺鐘來塵慮頓清恍遊仙境

停輿小憩日已曛暮忽狂飆驟起林木喧豗陰巖昏黝中如聞猨嗁鬼嘯令人心悸疾馳里許投戚舍宿賦此志之

歸塗歷崇岡澗谷互幽邃林花綴繁英水竹落寒翠巖高宿雲屯葉低飛鳥墜微聞風裏鐘不辨煙中寺傾耳契淨因曠懷息塵思疑有神仙居匪徒樵隱地憩石挹流泉摩崖認奇字心賞物俱新慮變境彌異返景倏西頹驚飆從北至亂壑嘷山猱陰岑號木魅俄頃氣候殊倉卒精魂悸疾投村舍眠長謠破昏寐

舟中夜作

朝發碧湘門暮至白沙浦逆風吹行舟鸛鷺鳴雙艭秋水清見底白石粲可數山影漾中流倒插珊瑚柱返照激波翻餘霞散成縷沙岸斷人行雙雙飛翠羽停舟泊西崖新月遙山吐空明素練橫淪漪寒藻舞水天混一色靜觀夜已午倚枕忽蕭騷菰蒲戰風雨

芋園望定王臺有作

芋園風景何遼哉水榭雲廊往復囘裴令仙莊留勝蹟漢王遺址賸荒臺寒煙秋草騷人思落日春暉帝子哀終古長楊垂舞髮我來憑弔一裵裒

病中雜感



擾擾愁魔復病魔年來好景總虛過朱闌月暗花無影碧漢秋深水不波昏嫁頓增兒女累家山其奈別離何羸軀未死今如此强自拈毫發浩歌

遊待石園呈季眉舅氏

舅氏名園主幽居結構新山池多古意風月助清神閒喜賓朋集都於詩酒親平生慕高躅黃綺愧先民

秋郊晚眺

極目浩無際郊原秋色橫草枯村路出風靜嶺煙生樵響入雲遠鐘聲隔水清家園何處是落日隱孤城

湘城返棹寄懷商農弟

驪歌唱出楚江潯蘆白楓丹夕照沈雲影依依帶行客雁聲渺渺隔高岑飄蓬隨水竟何著長劍倚天空自吟莫向西風頻灑淚功名從不負初心時弟小試失意

孤蓬欸乃下荒洲岸仄灘乾急夜流幾處砧催清淚落滿船月載別情浮銅官遠火明江岸石柱殘鐘出寺樓囘望湘城猶咫尺白雲隔斷使人愁

壬子七月粵賊犯長沙予依母氏避居西鄉感而有作

縱橫盜賊三湘徧鶴唳風聲到處同二百年纔聞戰伐萬千人盡付沙蟲雲深野戍疲征馬霜冷長空阻信鴻

大兵十萬駐省城持久未戰各親戚音信俱斷强定驚魂慰阿母天河終見洗兵戎

甲寅二月賊自武昌重犯湖南轉徙倉皇感賦

妖氛又偪楚江東飄泊浮生類轉蓬萬里河山征戰裏一家骨肉亂離中荒城鼓角吹殘月野戍旌旗卷大風聞道聖明新授鉞元戎何日奏膚公

避兵爲寧寄懷龔芬弟婦時在東鄉母家

動地干戈起瘡痍滿目悲羽書紛北走軍馬盡南馳月冷元戎幕風鳴大將旗天涯當此夜搔首淚如絲



異縣久爲客故園何日歸乾坤雙淚下親戚幾人違大地莽榛棘荒山飽蕨薇思君不相見況乃憶庭闈母氏在城

附龔芬和詩

浩劫何時了浮生只自悲乾坤一轉瞬兵騎兩奔馳東去江流血南歸馬識旗深山權避亂未死命如絲屢作還鄉夢醒時仍未歸已傷知己隔況與老親違獨客憐飄梗征人怨采薇何當靖戎馬將母共庭闈

兵亂喜晤商農弟

潢池擾擾正連兵忽接音塵當再生驚定翻疑人是夢悲來只覺泣無聲家貧況值流離日世亂彌增手足情今夜月明同酌酒不堪翹首望湘城

送別商農弟

西風下黃葉擊櫂去悠悠聚久難爲別愁多易感秋天空孤雁迥江遠片帆浮前路宜珍重干戈尚未休

商農去後卻寄

別後苦相憶悲來强自歌鄉心兼病熱華髮入秋多故里生荊棘孤身寄薜蘿幾時烽火靖一葦度湘波

舟中作

蕭蕭落葉滿扁舟汎汎身如水上鷗萬頃煙波雙雁語半江蘆荻一鐙秋浮生不盡滄桑感世事眞令天地愁北望洞庭氛祲惡將軍何日解兜鍪



客秋

荒野秋深何處家異鄉風景令人嗟枯荷破碎無全蓋老桂杈枒有晚花九月嚴霜欺薄鬢五更殘夢破清笳細思處世原如客安用蹉跎感物華

哭龔芬弟婦

廿載相依同姊妹一朝怛化隔人天生來薄命眞如我修到清標合證仙龔芬詠雪詩有乾坤到處皆清白面目平生重本來之句黃口已無遺息累遺腹一女數月即殤白頭空負老親憐傷心怕望瑤臺月偏照妝樓徹夜圓

送戢成弟從軍浙東

短衣孤劍賦長征萬馬蕭蕭落日鳴骨月那堪千里別
功名何止一身榮西江烽火連荆渚東浙妖雲莽越城
此去定伸投筆志關山須念倚閭情

送商農弟入都 壬戌

朔風吹楚水送弟萬里行弟言長安遠去去難爲情我
道弟胡然此行殊光榮男兒志四海樹立期有成朝發
瀟湘渚暮馳京洛程豈不戀骨月羞爲閭里輕故鄉非
吾土近郭非吾城願持一尊酒聊以慰長征別離勿復
道努力希榮名



昔聞高王父積德自成基篤生曾王父庠序盛名馳逮
我王父行荆樹始分枝維時正蕃昌囷廩擁餘資所以
越諸父安樂無參差數傳至弟輩宗緒漸陵夷田園半
寥落骨月多流離仰覩南飛雁哀鳴一何悲行者日已
遠死者安可追戢成弟新從軍策軒及羣從弟先後逝者六人千鈞重一髮匪
弟復伊誰崢嶸振先烈執手遙相期請看此門中孰爲
麐鳳姿
弟年甫三齡識字盈千行稍長益穎悟卓犖窺縹緗學
詩宗謝鮑作賦擬班揚巍巍北斗旁劍氣森寒芒自命
必早達蜚聲翰墨場亡何二十載始一掇芹香再戰秋
風北頓增落拓傷我時勤慰藉璿珠宜久藏果然蟾宮
步鳴鹿吹笙簧從此踏
閶闔簪筆登
明光直廬貢獻納豈獨耀文章
我慚金閨媛亮無千秋想少小受母訓絳幔卽函丈讀
詩三百篇所見恨未廣漢魏迄唐宋涉獵如搔痒十八
適劉郎素琴幸相賞舉桉影必雙聯吟聲亦兩一旦釵
鳳分憂思空悵惘筆硯久欲焚蛛絲網書幌阿弟幼耽
吟索詩每相强我詩一出手擊節復鼓掌悤悤十年間
壎箎增逸響今弟忽遠行昂首靑霄上黃河九曲橫燕
雲萬重莽臨別歌數章深情輸一往明晨扁舟發雨雪
飛雙槳



幽篁吟館詩鈔終

小紅蕖館坿刻古今體詩二十八首

長沙女士周傳鏡蓉裳著

傳鏡字蓉裳畹香姊仲女適長沙鄭氏同治十三年甲戌四月卒年三十一歲

秋聲

萬木蕭蕭下秋聲到處聞傳書一行雁叫破楚天雲

采蓮曲

雙雙蘭槳泛清波出水紅蕖帶露多一路香風吹不斷隔花人唱采蓮歌

步月

微雲淡淡月娟娟銀箭頻催人未眠夜久不知涼露重踏殘花影玉階前

月夜聞笛

冰輪皎潔漏聲殘小立瑤階獨倚闌何處笛聲三兩弄清音嘹唳不勝寒

秋夜

珠簾斜捲夜迢遙隔院人吹碧玉簫餘韻漸收涼漸重中天明月一輪高

漁家

漁家深住白雲隈臨水柴門面面開蕩地蘆花風起處



櫂歌聲裏一船來

秋夜雨

竟夜風兼雨金閨夢不成芭蕉三兩葉點點作秋聲

和李芷清妹寄懷原韻

朱櫻如火柳如煙讀罷瑤章意惘然細雨新沾飛絮路東風已過養花天香銷小苑飛胡蝶春老深山叫杜鵑正是思君無著處寫將離緒入吟箋

即事

流鶯百囀最高枝嗁徧東風二月時花影一簾春晝永小窗閒讀杜陵詩

宮怨

玉漏迢迢夜似年長門何日得朝天含情卻捲珠簾望明月當空尚未圓

接楊燕卿麗卿兩妹書口占

尺素傳來思轉深挑鐙重讀發清吟夜闌只有天邊月照見離人兩地心

送別雲裳姊赴桂林

雁序分飛悵各天遠隨夫壻宦蠻煙多情最是長堤柳一路青青送客船

春風習習百花香一曲驪歌欲斷腸此去不須勞悵望

尺書勤寄慰高堂

送別兩笙八兄

臨岐珍重賦原鴒瘴雨蠻煙去不停杜宇亦憐離別苦聲聲嘷徧短長亭

月夜有懷兄姊

一庭花影上闌干明月團圞未忍看卻憶同懷千里客思親應是淚難乾

宮詞集唐

桃花歷亂李花香欲捲珠簾春恨長火照西宮知夜飲空懸明月待君王



九日寄懷雲裳姊

又是重陽節深閨別恨牽迢迢湘浦水渺渺桂林煙伊昔聯吟日而今悵各天黃花開滿徑獨插髩雲邊

學畫偶成

點綴園林欲暮春落紅殷地草如茵含毫更爇胭脂水學畫莊周夢裏身

納涼

夜月朦朧映碧紗閒階小立影初斜香風一陣清如許池上蓮開並蔕花

夢醒作

繡幙殘鐙影尚明淒清蓮漏轉三更寒蛩四壁呻吟苦一夜秋聲夢不成

病起寄外

病起渾無力晚妝臨鏡慵微霜侵薄鬢落月想清容句向愁中得情於別後濃音書遲未寄飛雁隔遙峰

聞雁有懷

遠塞征鴻到楚江深宵孤影對蘭釭捲簾欲望離人信落葉隨風入小窗

商婦怨

飄泊風塵劇可憐朝來暮去感流年荻花楓葉秋江晚一曲琵琶月滿船



和澤菴七兄春日卽事原韻

少小拈毫共詠歌年來清興漸銷磨人多俗慮詩因少燕帶春愁語尚多楊柳綠迷芳草渡桃花紅護翠雲窩憑闌卻愛韶光好莫遣流年付逝波

夫子久客岳陽卻寄

空階落葉動離愁河漢無聲雲自流惟祝西風送歸客一帆飛過洞庭秋

不歸轉念客衣單枕上雞聲報夜闌記得昨宵曾入夢夢中猶自勸加餐

擬征婦詞

寒砧敲斷擣衣聲秋意蕭條百感生分付長天一行雁替人傳信到邊城

簾捲西風落葉黃明蟾何意照虛廊遥知今夜沙場月定有征人憶故鄉

小紅蕖館坿刻終



小幽篁館坿刻古今體詩二十四首

湘陰女士劉德儀雲衣著

德儀字雲衣紉仙姊女適長沙周氏光緒元年乙酉正月卒年三十五歲

夏夜

暮雨收殘暑卷簾明月多松泉潤瑤瑟竹露溼香羅玉宇淡無影銀河微有波更深人語靜倚石聽菱歌

即景

空階細雨溼莓苔窣地簾垂晝不開怪底喃喃驚午夢畫堂深處燕歸來

木蘭

軍帖傳呼大點兵女兒辛苦賦長征黃河黑水嗚嗚咽猶似耶孃喚女聲

紅拂

世亂英雄起草萊安危誰識濟時才豈知執拂楊家妓也入虯髯卷裏來

送春

陌上春旗步步移閨中出餞莫嫌遲踏青剛了尋芳願刻翠新吟惜別詞紫蝶有情黏細草黃鸝無語悵空枝東風與我重相約明歲還從繡幙吹

春柳

曾傳芳訊到柴門生就纏綿欲斷魂春水綠明新眼纈東風青入舊眉痕遊絲飛絮家家院細雨輕煙處處村最是流鶯惜攀折閒關喚到月黃昏

暮春

杜鵑聲裏惜春歸新綠茸茸草色肥送盡韶光連夜雨芳園贏有落紅飛

記開小閣對韶光深苑微風暗送香蛺蝶早知春欲暮雙雙來去為花忙

憶梅

繡帷深鎖朔風吹小別癯仙總繫思素質昔曾供索笑清姿近想助吟詩凍雲老屋春無迹冷月空山夢有知惆悵名花在何許江南消息太遲遲



對梅

冰姿玉質本無瑕坐對還看雪後花風送寒香飄戶幔月移疏影上窗紗孤標合供高人几冷豔偏宜素女家我亦清癯堪作伴不隨桃李鬪芳華

送別周雲裳姊

臨歧款款話深宵曙色催人透綺寮一曲驪歌聲不斷春風湘水放輕橈

寄懷周蓉裳妹

靜悄園亭欲暮時闌干偶倚動離思年來人比桃花瘦怕遣東風報予知

溪上偶成

門外溪流曲逡巡晚興賖叢花經雨韡岸柳臥波斜荇藻縈長帶蒿蘆茁短芽櫂歌聲遠近隔水隱漁家

晚眺

野寺晚雲深荒郊夕照沈棲鴉明古樹征雁度高岑風靜澄清磬霜寒急暮砧躑躅憑眺久明月上疏林

題蛺蝶圖

鳳子依依最有情輕盈體態似生成花陰雙宿無人撲一覺南華午夢清



秋聲

疏星淡月映簾櫳獨倚雕闌怯晚風一種秋聲何處起半緣流水半梧桐

夏日

滿院桐陰午不知北窗睡起日初移雀鑪自爇烹新茗麝墨頻磨改舊詩暮靄低籠敧檻竹天風清送隔簾棋殘妝理罷渾無事閒看荷花到小池

夏夜

細葛迎風上小樓湘簾四面挂銀鉤琴聲隔院涼邀月
蛩語當階冷報秋紅藕香清冰簟滑紫藤蔭密綺窗幽
炎歊洗盡天如水靜夜憑闌望斗牛

七夕

茫茫一水隔銀河畢竟填橋事若何解識天孫歡會少
人間莫恨別離多

歲暮憶家

風絲雨片逼年殘倦倚熏籠怯暮寒魂夢不知歸路遠
夜深還去問親安

曉起登樓

晨起登樓望江城霽色開野花懸峭壁春草長荒臺帆
影穿雲過鐘聲渡水來曉妝遲未竟嗁鳥若相催

送外從軍黔中

送子從軍去旗亭落日黃片雲隨匹馬長劍厲秋霜楚
塞兵戈滿牂牁道路長封侯不敢望振旅早還鄉

聞夫子新列剡章將歸喜寄

倉皇戎馬去經冬金筑迢迢路幾重客邸定添孤枕夢
鏡中漸減舊時容愁看兒女還多累喜報邊城已息烽
料得歸期應不遠
天恩新錫紫泥封



秋夕

白楊衰草淡煙橫萬景蕭然晚更清檻外流螢低落照
林間脫葉助秋聲砧敲冷月心俱碎星入微雲影不明
我欲憑闌望鄉信忽聽嘹唳雁南征

小幽篁館附刻終

跋

余編刻叔母暨兩姊詩甫竣兩姊復郵寄二甥女詩稿屬坿於後余惟甥女詩功雖遜其母而天然秀韻亦足識所由來且又先後早逝幺絃弱管忍令銷沈因原兩姊所删潤者各刊若干首㠯存其人卽㠯攄姊心之悲云爾戊寅九月舅氏楊書霖跋

# 泰州仲氏閨秀集合刻

仲蓮慶　仲振宜　仲振宣
趙箋霞　洪湘蘭　仲貽鑾
張貽鷊

# 碧香女史詩遺草

壹冊

先君子十五志學晝課不足繼之以夜一燈盈盈惟姑母手針黹以伴焉姑母素工聲律讀既畢或詩或詞必相唱和始各歸寢不數年姑母詩裒然成集矣既出閣適洪氏洪世業醫無解聲律者而亦不廢吟詠每歸寧輒攜一卷就吾祖正可否中年以後家事日零八口嗷嗷惟仰姑母十指以給於是積勞成疾而淒風苦雨之聲時亦見諸詩歌下世後二子皆相繼而殀詩多散佚惟一卷獨在奩處奩不忍姑母之貧病以終而名復湮沒也因錄以付梓氏而為仲氏閨秀冠且慰吾先君子式好無尤之意焉愚姪振[illegible]

雲礀謹識

# 碧香女史遺草

## 詩四十一首

泰州女史仲蓮慶碧香

送春

繡倦當軒望才知春事終草荒三徑雨花落一簾風甌茗新烹綠山櫻競染紅東郊迎幾日歸去太忽忽

夏夜迴文

長宵月影清簁竹靜署更聲遠報籌牆短過螢飛閃閃閣深歸燕語啾啾



夏夜即景

牆角檐牙挂絳河藕花風裡夜涼多不須月底脩簫譜自有鄰家女善歌

秋夜

碧雲庭院送新涼幾日瑤天有鴈行三徑亂蛩吟不住一輪明月在東牆

鷹

擘出西郊去金鈴曜錦文斥翩天外口翼捲塞邊雲遠掠鶴群亂斜衝鴈字分由來誇羽獵誰是李將軍

春草

東皋昨夜廉纖雨綠淺香微處處春白馬踏來初有迹黃羊卧處未成茵煙浮古道青鞋軟日落遥山翠靄新只恐王孫歸未得天涯望斷玉樓人

桃花

漢武靈臺春讌還留遺仙種在人間三千笑靨迎朝日一片嬌雲捧遠山粉蝶枝頭香夢暖蜜蜂聲裡繡簾開懸知未免低回甚愁雨愁風損艷顏

秋日雨中口占



樹底風來全散暑簾前雨過驟生涼無人小立迴廊下落盡一庭秋海棠

秋日溪望和松嵐二弟

十里迴溪古渡頭空波淼淼汎輕鷗夕陽欵乃一聲起綠柳陰中歸釣舟

代母哭姊

戊辰冬姨母即世慟甚欲為詩不能搦管乃命蓮作長歌以代情皆實情事皆實事以為哀詞可以為家傳亦可姨母查氏京江望族諱純貞適戴君東山

寒雲合寒風吹昏月在牕燈照帷爐火不溫白灰死老淚縱橫哭吾姊哭吾姊吾姊歸冥鄉猶憶少年日與姊居同室與姊寢同牀讀書刺繡八九年引之翼之惟姊憐既玉我於成復愛我以情吾父若母苦無子惟吾與姊為同生哭吾姊吾姊于歸始女道易盡婦道難必敬必戒猶未安造家未定旋出遷飄飄風雨多顛連月下擣衣燈前補履雞鳴始眠雀噪即起園中采荼堂上啜粥人皆精鑿姊甘糲腹哭吾姊吾姊勤且賢艱辛盡瘁家既厚有子幾輩皆無年既鬻頭上鈿無典嫁時服為夫納妾延似續納妾妾旋殀再聘無難色蘇瓌幸有子文君已白頭人失在過剛姊失在過柔



過剛或多禍過柔亦遭悔能創不能享煢煢依二女哭吾姊姊德日益彰姊苦日益長逝梁非所恤蓄旨他人嘗欲歸既患不自保反目又恐夫心傷抑鬱十餘載自嗟還自解長齋繡佛禮空王莫使來生仍業海哭吾姊姊罹厄知交憤懣途人泣而姊從容無恨色掌珠愈加愛姻戚愈不忘脯醢時相饋棗栗時相將嗚呼與予手足誼五十餘載無參商哭吾姊姊在帷姊親姊殁吾無人泉臺一去音問斷悽悽繐帳銀燈昏痛姊死思姊情墨和淚迸紀生平姊命如絲薄姊生如雲散哭吾姊肝腸斷

早春曉起

鳥語山庭夢乍醒起來開戶恰新晴竹梢風定煙猶重海宇雲消日漸明花氣暗從簾隙入雞聲遥逐寺鐘鳴春寒春暖渾無定添着香棉尚自輕

缾梅

冰胎一夕透春暉剪得先教入繡幃消瘦可堪憐玉女清芬應合贈江妃朝窺鸞鏡脂痕淺夜對銀燈酒暈微從此麝蘭無用處祗浥花氣漬羅衣

美人曉起戲用溪西雞齊啼為韻

轆轤不斷轉前溪小夢驚回畫閣西四壁蘭氣生睡鴨半牕晴日



正鳴雞釵橫削玉雲全散眉蝕浮膏月不齊底事傷心夜流淚闌刪顦顇帶殘啼

美人晚粧戲用屋北鹿獨宿為韻

珊瑚簾捲黃金屋星斗高環粧閣北消瘦人憐鏡裡身來回心似溪邊鹿深紅花襯髻鬟新淺碧燈搖形影獨粧罷凭闌久不言侍兒低喚熏香宿

冰心蠟梅

既是孤山共一宗如何肯點寸脂紅蕭閒本性丰裁別冷淡芳心內外同水月未酬三世願冰霜已許一林通由他百卉爭繁艷留

取天真見化工

畫扇美人

春莫瑤階景物幽冰絃欲奏更垂頭深情莫向姮娥訴只恐瓊樓另外愁

硯池牛和松嵐二弟

磁牛心性忒奇哉不到春原到硯臺筆耒生涯終歲歎書田辛苦為誰來淋漓墨瀋通身溼蹴躃文園識字該若使臨池吹短笛應疑橫背牧童回

花貓

花貓分黑白其性本狰獰閒坐蝶蜂避長鳴雀鼠驚有時翻食樑無故擾書城未免憎驕蹇功多罰慢行

虞美人花

一種離愁想未消柔姿媚骨別生嬌楚宮煙月今何處恐向風前試舞腰

新藕

金刀試斷花香藕縷縷輕絲漾晚風道是一彎西子臂如何心孔會玲瓏

紫玉蘭

詫楚仙種已無芽誰翦瓊瑤更作花擘碎珊瑚鎔絳雪琢成琥珀賦晴霞飽經雨露常含潤微醉春暘不是瑕應與丹劉同一本名倂九畹豈為誇

落梅

翩翩玉屑舞春風半點苔中半草中但使有香都作雪果然是色竟成空片芳擲下償詩直全潔歸來見化工多事銜泥雙燕子卻偷殘錦入簾櫳

柳煙

萬縷煙痕楊柳絲多從畫閣粉牆垂河橋遮斷天涯路惆悵玉人簾捲時

秋海棠

莫訝秋花名斷腸露寒風緊欲為霜可憐弱質添顦顇愁倚牆陰背月光

弔史閣部墓步　家大人韻

戰血殘骸徧海東孤城無計効孤忠感軍惟有淚千點哀死誰封土一籠悔煩風沙春寂莫蕪城煙雨夜溟濛行人莫話前朝事恐有精靈泣斷蓬

夜魄對月

冰蟾高挂宿雲收如水乾坤小院幽半壁清光凝斷樹一天秋色浸空樓人来花径霜侵鬢夢入湘江雪滿舟欲共飛瓊認蓬樹自憐身不在瀛洲

菊

雨雨風風秋去怜東籬猶綻一枝黄影空三径留殘月寒透孤根耐夜霜浣盡鉛華存瘦骨釀成臭味結幽香晚彫却是無顔色不及凡花競艶粧

寄二弟蜀中

蜀山蜀水路茫茫鴻鴈分飛各自傷中酒幾回憐莫雨倚闌終日望斜陽即看鬢髮都全白遥想鬢眉亦半蒼好建文翁新事業婉家蓬蓽也生光

屋破

屋破緣春雨泥深没草堂無從支卧榻所恨損書箱風急燈難點寒深夜獨長一晴須葺補含淚看空囊

自歎

強支瘦影度朝昏積漸年衰積漸貧八口飢寒憑指力半生辛苦是針神方書空檢寧心藥茗盌難消渴肺塵垂老何堪愁又病莫雲西望幾懷人謂二弟

八

寄懐二弟時聞罷官消息

別来無日不懐思又是秋光欲老時聞說風波生宦海平安速與故鄉知

两載從戎萬里身歸来罣議幾傷神不須苦苦分晴雨雲起雲收有風因

喜二弟歸里

経年懸望眼今日見歸人莫話升沈事猶留磊落身心清何所慽道在不憂貧一酌蔬盤酒黄粱夢後真

九日有感

老来多病倚黔婁賣藥空憐韓伯休一竈冷雲三径月可堪飄館又驚秋

雪

漫天碎作花轉眼豈有迹徒解送奇寒病骨嗟誰敵

病中作

秋病無逢雨空房坐寂寥瘦嗔風勢急靜厭雀聲囂塵刼應知滿仙鄉想見招檣波流不住自覺百愁消

九

## 留雲閣合稿序

予已丑于歸壬辰自晉南旋事翁姑始得與鄰雲芝雲聚明牕淨几爇茗焚香讀曲歌詩更倡迭和既相愛又相敬也遂訂蘭盟焉越二載鄰雲出閣南箕貝錦靡間朝夕又三載芝雲出閣終風陰雨憾更無窮嗟乎以曠代之淑質名姝不逢賞音之士日在愁城淚海中傷已而又殀其年無後天之阨之何其甚也或曰女子有才則無福然與非與以為然是天欲使閨中靈秀盡為愚儜而后如卷耳班女漢書不聞其無福也以為不然則兩妹何辜於天而俾其支離顛頓若此其諸命為之乎予才遠不逮兩妹所遺亦無



兩妹之苦而甚貧無後又未嘗不相若今則髮禿齒豁矣追憶昔時燈前花下如影依形此境杳然不可復得而惟予蕭條獨存人孰無情誰能遣此耶壬戌秋夫子將梓其遺稾以予與兩妹相愛敬也命為之序予痛兩妹之骯髒以終而又自傷命之蹇也爰書此以應愚嫂氏箋霞斂衽

## 綺泉女史遺草

泰州女史仲振宜鄰雲

詩一百三十七首

春雨

春陰漠漠雨霏霏冷濕珠簾燕未歸惟有樓頭楊柳樹烟痕添得兩三圍

送春

三徑殘花似雪飛留春不住送春歸人歸那及春歸易萬里雲山對夕暉



寄呈姑母

尺書寫就意忡忡一種離愁兩地同雲鶻晚別吳苑月杜鵑朝喚蜀江風三年夢白通淮右萬疊山難見海東何日扁舟歸故國挑燈笑語小牕中

春雨

碧苔芳草半油油細雨無聲濕瓦溝燕子不來春寂寞曉煙空鎖杏花樓

南歸却賦

石犀澗外莽江空一片征帆動曉風放眼波光春雪白回頭山色

夕陽紅八年旅夢窮西國萬里歸心託短篷此去雲峰青不斷徧舟都在畫圖中

出峽

千厓萬壑水爭流水急舟輕不暫留百險經過人出峽江南歸去看紅榴

送　家大人北上

底事怱怱跨玉鞭林泉夢穩閉門難欲酬未了風雲志那惜長征雨雪寒江郭輕舟乘醉放燕臺芳樹入春看華顛跋涉須珍重父若平安兒亦安



留鷺

畫橋柳色尚依依何事秦青曲調稀我有記歌紅豆子斜風細雨莫言歸

立春

猶是沈寒痼冷時春來人意若爲怡漸回芳草天涯夢催賦梅花驛路詩蠟燕家家攢采勝碧雲面面護青旗東君畢竟來何處問取黃鸝知不知

梅影

殘月孤山夜靜時欄邊苔上幾枝枝空堂一曲琴初罷移過牆腰人不知

上元雨

瀟瀟凍雨灑長街問柳尋花興不諧却笑鄰姬踏歌去香泥涴透鳳頭鞵

風似輕綿雨似絲紅燈庭院夜深時吟成小倚闌干曲溼透梅花春不知

莫春

春光欲盡雨絲絲芳草豐茸滿碧堤白紵客歸游興嬾綠牕人起畫眉遲飄殘柳絮鶯才老落盡梨花蝶未知風靜一庭簾自捲最



無聊是脫棉時

將歸外家呈　兩大人

膝下圍欒二十年柰何忽上别離船相看清淚數行下隅而愁懷兩地牽勤愼持家心自切危疑度日意先懸椿萱珍重休相憶盼我歸舟二月天

秋柳和漁洋山人韻

長條彫盡冷柔魂愁寄南山陶令門細雨如含新眼淚淡煙羞染舊眉痕淒涼羌笛聲中怨蕭瑟漁家渡口邨莫更西泠思舞態六橋風景共誰論

纖腰消瘦不禁霜踈影猶堪罨曲塘汴水灤洄傷故國舞衣零落冷空箱已拚幽怨同桃葉尚逞風流伴晉王底事亂蟬斜日後更無人過果園坊

不堪顦顇暎征衣駐馬橋頭往事非荒草長隄人漸遠青帘茅店影全稀愁聞雛妓新歌緩不見雷塘冷燕飛寄語玉人休亂折江南煙雨夢多違

芳菲易過不勝憐縷縷殘絲漠漠煙萑谷已悲新冷落曲江無復舊蕃緜誰將春信催三起耐盡秋風又一年只有離情消不得孛愁還挂小樓邊



寄書雲大嫂

愁中病裏好扶持人在天涯繫遠思月慘淡時休抑鬱夜深沈後莫凄其滿腔别緒憑誰訴一枕鄉心有夢知寂莫紅閨如問我闌珊瘦骨更支離

寄芝雲三妹

相思相憶更相憐一樣離懷兩地牽虎阜那堪人寂莫留雲空自夢纏緜久拚薄命隨流水不忍回頭悵昔年幾度夜深眠又起山鐘邨柝總凄然

元夜思鄉

展轉愁懷滯海濱雨中佳節病中身虛房睡起添離感故國燈圍憶老親夢裏關河雖有路春來魚鴈總無因不知此夕團欒酒幾度停杯念遠人

望家人不至

春來何事阻星槎音信何曾到海涯寄語故園雙父母可知夜夜卜燈花

秋笛

誰向秋風怨柳枝嗚嗚咽咽復遲遲驚回羈客三更夢陡起關山萬里思孤館夜長燈燼後戍樓人倚月明時凄涼莫更吹哀調恐有紅顏感鬢絲



秋塞

西風刁斗夜淒其百二雄關朔鴈飛月黑山城生瘴霧雲昏沙磧暗旌旗五更霜冷悲笳咽萬里秋高戰馬肥幾度回頭思故國空階人正擣寒衣

秋月

十二闌干秋氣清高空如水夜晶瑩滿衣玉露涼如許一線銀河淡自横吹笛樓臺何處怨敲碪庭院幾人情青天碧海徒增感底事嫦娥故故明

秋雲

浮天漠漠任還移蕩漾無心出岫遲不帶雨容情自淡偶因風力勢偏奇亂蒸成綺斜陽後薄翦如羅夜月時爲問于京諸伴侣下看塵界可相思

秋寺

地僻山荒石徑西亂松深處有招提海潮音定流泉咽粥鼓聲殘落照低槲葉滿階風自埽禪關無客鳥空啼鄢婆淨秀開宗久欲鬬青鴛傍竹谿

梅花



占春全不羨穠華霜點檀心玉作花苦耐酸寒全是骨生宜冰雪自無瑕晚風茅店閒情遠落月孤山舊夢賒我欲拈豪成一賦自憐纖線豈名家

梅魂

晚風庭院是耶非縹緲香魂似欲飛半堵頹垣春寂寞一溪寒水夢依稀斷橋古寺雲無跡冷月空山夜未歸何處更容求色相半凝紙帳半苔衣

寄懷雲磵大兄

別時未得話離筵別後離懷輾轉牽六十日中愁與夢二千里外月和煙單衣故國風霜劫襆被他鄉雨雪天隔斷楚南雲樹影幾回翹首淚潸然

一棹瀟湘江上舟離心耿耿路悠悠兄嗟客况多蕭索我幸慈幃得追遊遠道江聲縈別夢亂山霜氣逼征裘海東悵望歸須早莫使倚門人更愁

秋霞

乞乞全借夕陽烘世上千紅無此紅想是天孫機杼斷亂抛殘錦散晴空

秋宫



沈沈宫漏思悠悠十二珠簾冷玉鈎腸斷君恩逐流水夜深無語看牽牛

秋客

空江兩岸氣蕭森戚戚征人道路心千里鄉關一輪月羈魂夜夜夢寒碪

秋柳

愁姿病態總蕭蕭淚眼猶舒翠黛銷只有歸人尚含怨謝他枯盡斷腸條

秋溪

落木空山冷夕曛斷腸何事嘯孤雲三千自許心頭怨那管行人聞不聞

秋晴

仙人掌上試新霜曉日妝容上曲廊蝴蝶不知身是夢強扶病態覓寒香

秋夜

梧桐院落夜初分斷續寒砧處處聞聲雜亂蛩眠不得一庭皓月冷於雲

落梅和雲江六弟

十八

莫奏紅羅舊樂章瓊姬仙去斷人腸芳緣不合如秦女殘夢空教泣趙郎深夜林端懸片月空江笛裏咽斜陽返魂縱有靈洲藥爭返花天第一香

不矜浮艷不嬌嬈耐盡酸辛轉易消踈影尚留真骨相名香全散舊枝條堂開玉照晴雲冷夢隔青溪積雪遥怪殺封姨太輕薄忍教玉質等閒彫

委地紛紛點蘚衣南枝無復舊芳菲餐英嚼雪人何處索笑巡檐事已非一徑閒雲春黯淡半簾殘月影依稀應知絳闕吹笙去可有芳魂夢裏歸

江南江北不勝情雨雨風風送落英處士可憐多積恨美人底事少長生縞衣竟失芳春約石骨虛留瘦影橫一掬黄沙埋艷色酒醒紙帳怨能平

昔日冰肌無處求輕烟庭院莫回頭縱教何遜情常切爭得羊權夢再留翠羽自鳴孤館靜春泥猶帶冷香浮鷺花歲歲都成錦何日同心願可酬

齋頭桃花和雲磵大兄

曾向瑶池翠水栽何時摘下五雲來可憐天上神仙種却傍人間寂寞開艷骨尚能隨分住錦衣渾未借春栽無端一夜蕭蕭雨半倚紅闌淚滿顋

十九

而今莫悵舊漁津弄玉丹成尚在秦鳳管纔憐常寄迹宮衣差幸不沾塵輕拋夢裏繁華夢應是人間解恨人壯蠣牆高遮不得一枝醉殺艷陽晨

韶春有限等閒過強試濃粧怨已多薄命飄零雖有主妒花風雨且如何不求金屋藏仙客但乞瓊漿已病魔潦倒年來歎崔護東風人面亦空歌

灼灼夭夭足賞題幾回望斷武陵溪山齋晝永春情悄荒鳩雲多蝶夢迷金粉愁隨紅雨散玉顏羞與落霞齊來生不作傷心樹願

化飛騰許穆梨

齋頭海棠

香霏舊事不勝悲愁雨愁風縷縷垂真骨自然仙有品柔情未許蝶輕窺心常似醉宜酣睡夢易多驚好護持終有千金半度在縱教腸斷不相思

梨花和雲浦七弟 存二

最難摹擬是虛神雨雨風風送暮春煙半凝時看有迹夜將深處認偏真仙姿合傍丹臺客縈影應憐白屋人除却梅花爲伴侶尚嫌文杏誤紅塵



迴別半神自一家低垂縹緲玉紋斜全空金粉三千隊薄翦冰綃半幅紗天女智瓊緣未了名山姑射路非賒莫愁孫莫無人問能傍琴書即艷華

杏花和芝雲三妹

東風催整嫁時粧芳夢驚回百寶坊霞蔚雲蒸機上錦斷橋野店雨中香每因扶醉潮紅粉不爲爭春理繡裳好是繁華未消歇江南寒食日初長

落花

花開花謝不須傷自是紅顏易斷腸當日繁華歸轉瞬只今飄泊惜明粧三分幽恨閒青瑣一片春愁冷艷陽寄語奚童莫輕掃殘英滿地總文章

空庭一任五更風未死芳心有剩紅幽夢已隨流水去芳魂誰借繡幃籠遺鈿遺珥零春草和雨和煙襯玉驄搖落何人憐碎錦紛紛鋪徧夕陽中

一番顛頹冷臙脂薄命何堪又此時自分幽芳埋淺土不隨飛絮入春池紅塵易了生前債金屋誰描病後姿爲問瑤宮花侍史綠陰幾得子盈枝

夢中詩 有序



不日將歸虎阜怏怏不樂夜夢坐留雲閣惆悵長吁忽緐衣女笑而入曰鄰雲何自苦也獨不記子姻婭中有東海夫人乎其人豪邁尤篤好五七言以片楮干之必有濟也予立成四律授之去及寤默誦之尚無夢寐恍惚語因存之

神交莫道隔虛無閨閣名姝女丈夫濟世有心恩自溥憐才如命性全殊瓊樓春暖君調瑟海甸秋寒我茹荼幾日扁舟又東去一身飄蕩似雲孤

滿腹忡忡恨不消寸箋和淚寫無憀堂前老樹應垂蔭天末浮雲

只解飄善病誰憐秦弄玉多方未合董嬌嬈自慚無得宜家室每
到歸期淚自澆

窮居況是寄窮鄉近海郵墟類大荒萬里風高枯草白千厓潮落
莽雲黃故園回首椿萱遠異地遥憐姊妹傷思欲移家依母舍只
愁命薄事多妨

迴溪曲巷小橋通小築花邊半畝宮萬種悲愁消夜雨一家骨肉
在春風閒來邀月聯吟社靜裏焚香理繡工好仗神威酬隱願他
年海上棒詩筒

述懷

茫茫宇宙一身多愁裏年華夢裏過酒興詩情半淪落天心人事
兩蹉跎盤無苜蓿長飢矣裳製芙蓉奈薄何莫惜病餘丰骨弱任
他顦顇任銷磨

將歸虎阜誌別

自分依親舍鶩聞買去舟一宵餘瘦骨百恨此回頭眼底飢寒慮
天涯姊妹愁更多悒悵處慈父在他州

自歎

蕭蕭蓬蓽掩荒蕪鏡裏朱顏失故吾貧極不知人世樂愁來惟覺
地天孤哀蛩悲鴈三生恨弱蕙芳蘭一葉軀風雨閒來東海上只

二十二

愁蟬化在句吳

述懷

底事身為巾幗身了然遠寄海之濱黃金羞買長門賦皚雪空嗟
薄命人百歲年華今若此一生心事向誰陳斷腸冷淚知多少許
與遥天月半輪

梅花

南國神仙萼綠華香寒玉潔冠羣葩知音不遇林和靖閒作人閒
薄命花

冬夜月下思家

肅氣凝珠斗寒空海月孤家園隔煙樹天地在冰壺兀坐愁如許
今宵夢有無吏聞嘹唳鴈清淚一沾襦

早春自述

柳鬱羈東海經寸感歲華春愁初到鬢鄉夢不離家顏色今非故
心期冷轉嘉皚皚霜雪志薄命等飛花

春夜作

挑燈無語獨傷神愁聽迢迢玉漏頻生怕鴈聲悽到耳最憐梅影
瘦於人命如斯薄無悲喜心已成灰任屈伸只有思鄉兩行淚飢
寒遥念白頭親

廿三

小游仙

鸞雀閒吟自往來寂寥宮殿掩蒼苔劉郎一去無消息惆悵桃花幾度開

會飲歸來酒半醺天風吹起九霞裳不知王母來傳喚笑倚紅鸞弄白雲

釣得金鰲碧海歸萬山嵐翠浸霞衣青童忽報迎仙馭雲髻玲瓏拜玉妃

日照丹臺晝漏遲崑崙山下採靈芝桃花開徧梨花發春色人間總未知



盼雲硎大兄不至有作

擲碎金錢人未來闌干倚徧更徘徊經年別恨都叢集昨夜燈花又浪開百結暗愁殘篆鎖五更歸夢曉鐘催傷心獨羨天邊鴈已逐春風一一回

古詞

采采秋蓮花顛顛西風下不怨誤芳時浮生任閒謝

月下懷兄弟姊妹

天淡雲開夜可憐銷魂又見月華圓故園百里盈盈水腸斷音書已隔年

暗自相思暗自籌寂寥庭院夜悠悠最憐一片冰壺水照見離人兩地愁

憶左芬

獨步褰回萬緒紛滿階花影蹙羅裙遙知今夜留雲閣定有新詩

影轉西牕玉漏遲闌前久立意如癡就中無限傷心事訴與嫦娥知未知

春日自遣

懨懨長晝幾傷神蹤迹猶憐滯海濱別恨遠縈芳草夢愁心獨醉艷陽春望雲瀰漫終何益久病看花厭此身卻謝多情雙燕子來回絮語故相親



寄懷

海上風光別自新強扶病骨度殘春悲歌豈僅班姬怨冷眼誰憐謝女貧心似轆轤高下轉愁如潮汐往來頻胸中積恨吟難盡聊疊鄉書付錦鱗

齋頭梅花和書雲姊韻

獨抱清芬冠百花一枝香到讀書家疎籬雪凍冰魂瘦驛路人遙曉夢賒金玉為心應比潔酸寒有骨豈留瑕劇憐落莫梨雲下早向青春減艷華

峻絶丰姿雅絶粧仙姿婉約倚林郎月窺岢徑神全淡影落書牕紙亦香知爾不愁花命薄得春常護玉容芳佇看何遜開東閣月覯風亭志可償

寄懷雲江六弟

去歳與爾別關河雨雪霏最憐分手後又值落花飛春草愁中長家山夢裏歸一帆東下艇何事久相違

寄懷雲浦七弟

四月不相見看花惟自悲衷懷倩誰剖歳籥忽如馳路近雙眸暗愁多兩鬢絲開函得爾槀中夜慰離思



寄芝雲

生憎溪水不西流尺素空吟字字愁夢落海天魂亦倦情堅金石死難休三春花柳憐孤影百里烟波誤小舟何日留雲深閣裏晚雲凉月共優游

偶感

向人號不得日對昔賢書久鬱心情淡長貧骨肉疎暗燈箋恨寄冷淚落衣裾意欲求仙隱何山可卜居

不寐

春宵苦無寐愁卧到更深強欲合雙眼渾難安寸心故園不入夢冷淚溼重衾剔醒燈花蕊披衣起夜吟

薔薇

煙花丰度薜蘿身愛逞濃粧鬬晚春任爾舞衫裁艷錦可能香骨足天真風前巧笑渾如醉雨後殘紅半未勻莫向牆陰輕折取叢叢芒刺慣傷人

病孔雀

臨風獨愴影蕭蕭丹頂全低翠羽彫萬里空懷滄海志一身常憶故山遥飢無桂蠹細豪瘁卧看山雞舞態驕盡日懨懨簷下立何時雙翮振雲霄



懷父

去歳客東海別兒倉卒歸傳聞渡淮水又復入京畿髮禿猶行役春寒自撿衣燕臺千里路悵望日欷歔

懷母

家貧累老母遥憶暗神傷髮爲飢寒禿盤虚苜蓿香桃燈課書史趁日補衣裳半載離親舍無時不斷腸

懷雲硐大兄

我昔辭親舍時兄久別家年華如電激骨肉尚天涯鬱鬱長飢鳳淒淒薄命花風塵嗟落魄何日汎歸槎

懷書雲姊

尺素倩誰傳登樓悵莫烟知音在何處流水自潺湲鴈斷雲邊翼
詩留別後箋離魂剛一縷銷盡夕陽天

懷芝雲三妹

命薄仍多病無如我與卿難酬冰雪志空訂死生盟握手前宵夢
挑燈此夜情悲懷倩誰訴深悔别離輕

懷雲江六弟

半載耐孤貧苦辛離别憂空吟道韞雪誰慰女嬃愁節近鄉關遠
雲沈海氣浮靈均如有意早放木蘭舟



懷吉浦七弟

鍾情憐幼弟其奈久分離夢爲無眠斷書因抱病遲難消懷遠意
誰誦寄愁詩會面知何日言歸未有期

海上午日

近海窮居已半年每逢時節一凄然郵荒地僻歌聲少天濶雲黄
蜃氣連歸思猶懸鄉國外榴花空對酒尊前紅顔薄命嗟如此采
縷條條莫謾牽

幻中人題詞

幽閨寂寂雨聲殘抱膝低吟離别難一縷愁魂銷欲盡那堪紅淚
更闌干

誰排閶闔一呼天薄命飄零實可憐堂上花枝堂外月但祈永向
夢中圓

心已成灰意未窮斷腸泣向畫圖中人間離别渾閑事只到多情
便不同

秋宵銀漏響東丁一曲悲歌涕淚零夢裏真原知是幻真中幻問
幾時醒

丁氏齋中以花葉補牕藤蘿護壁春夏之交青葱四映几案
簾幕翠影扶疎一時詩人結社其中從姪吟香以予稍知染



翰走簡索和予雖不才樂聞韻事按篇續貂以博諸君一笑

牕披花葉玲瓏影門掩藤蘿寂莫宵一片陰浮芳草徑二分月到
碧雲寮蝶貪露葉窺書幌夢倚煙嵐弄玉簫如此詩壇真雅絶晚
風清籟自蕭蕭

室静應知得性靈幽牕窈窕敞疎櫺非關苔色侵簾緑錯認山光
入座青曲徑雲深清似夜荒園秋早醉初醒環牆多少參差影掩
映銀燈與畫屏

空廊寂寂晝沈沈瀟灑芸牕掩緑陰閑户悄無浮世慮晚凉清透
讀書心晴烟黯淡生虚牖冷翠扶疎罨紫琴合是詩人吟嘯處暗

香繚繞襲羅襟

疊疊輕陰四面圍山齋長晝掩柴扉護牕葉䓁春雲軟遶徑花新蝶夢歸潋灩碎揺明月影蔥蘢深染主人衣坐来即是空山住何必登臨問翠微

春花秋葉共參差絡壁縣牕幾護持香氣濃侵青玉案黛痕飛上紫羅帷涼生葛袂斜陽後夢隔蕉聲夜雨時爭才人齊覔句淋漓收得一囊詩

右闌干裏屋西東葉影花光面面通牕敞輕紗全掩映簾分新翠半玲瓏幽棲世外囂塵絶招隱淮南意趣同消得阿咸沈醉後芸魂如在碧雲宮

和芝雲三妹韻

漫傷百事苦無成但得團欒得失輕萬種離懷今幸慰一家至樂有誰爭黄花煮酒秋三徑紅燭敲詩月二更閨閣依依同曉夜不妨談笑且忘情

鴈影

萬里驚飛片影浮一行掩映出沙洲偶遮仙掌長門夜悄度霜砧廢院秋立處單棲生幻侶浴時梳羽倒寒流最憐黯淡蘆花外漠漠雲痕冷共留



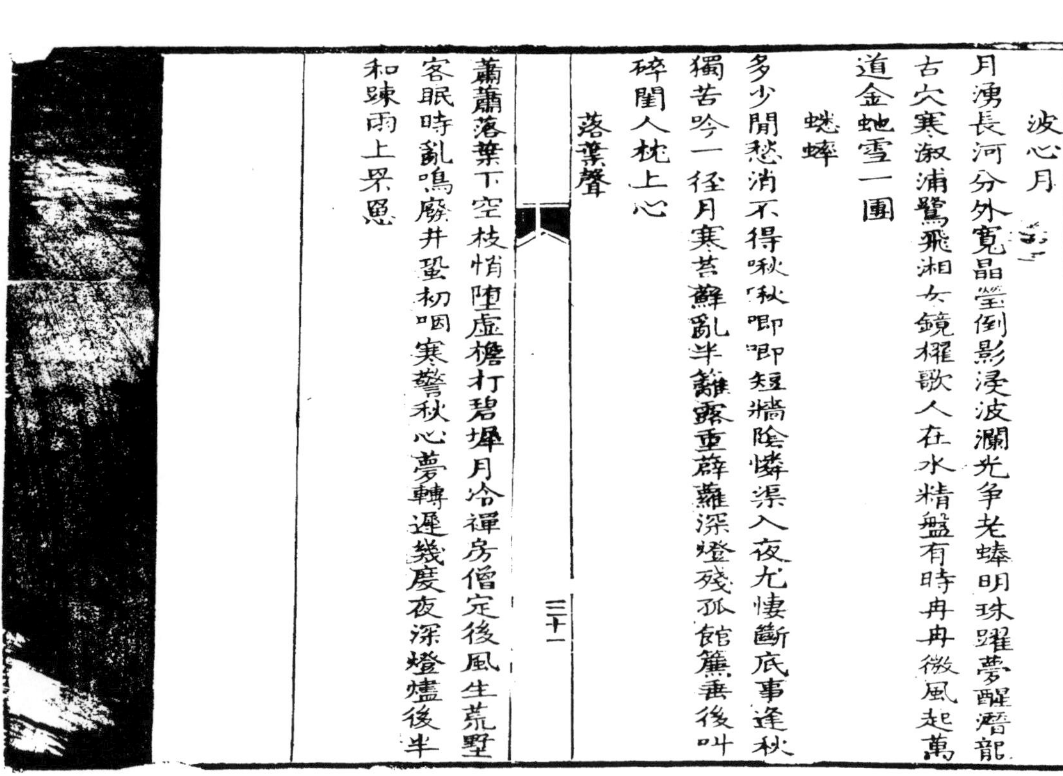

波心月

月湧長河分外寛晶瑩倒影浸波瀾光爭老蚌明珠躍夢醒潛龍古穴寒溆浦鷺飛湘女鏡櫂歌人在水精盤有時冉冉微風起萬道金虵雪一團

蟋蟀

多少閒愁消不得啾啾唧唧短牆陰憐渠入夜尤悽斷底事逢秋獨苦吟一徑月寒苔蘚亂半籬露重薜蘿深燈殘孤館簾垂後叫碎閨人枕上心

落葉聲

蕭蕭落葉下空枝悄墮虚檐打碧墀月冷禪房僧定後風生荒墅客眠時亂鳴廢井蛩初咽寒警秋心夢轉遲幾度夜深燈燼後半和疎雨上罘罳

# 碧香女史詩遺草

貳冊

瑶泉女史遺草

泰州女史仲振宣芝雲

詩三十四首

恭送 家大人迎 鑾邗上

放歸無日不風塵喜際良時再問津菊圃可容陶令隱花溪其奈
杜陵貧東游
天子方徵士南國循良有幾人想到
玉旒瞻拜處温温
天語總生春



雲山百里是鄉關縹被僑居未是難獻歲冰霜消夜雨滿隄花柳
破春寒
龍顏近接新承澤豹尾趨陪舊服官藉免舟車勞頓苦年來人意
況闌珊

斋頭梅花和書雲大姊韻

原是瑶臺第一花合移疏影傍山家月中冷韻清如此雪後清香
淡更賒消瘦可知寒有骨孤高自信潔無瑕莫言清絶仙粧束命
世文章幾艷華
牆腰屋角試新粧約畧丰姿似女郎未免寒山憐薄命獨憑繡帳

護餘香石欄雲淨魂應冷毿幕風清夢自芳知是春来有消息西
花頭上顛先償

杏花

小桃冷落舊時粧芳信俄傳碎錦坊幽夢暗催三日雨曉寒輕吐
一分香旋疑采蠟融春色薄翦冰綃護綺裳不似桃根易飄泊賣
餳天氣日初長

書牕月

一輪冰鏡挂幽居夜坐人疑在石渠素影暗移牕上竹餘光冷照
架頭書從容枕簟安閒夢寐莫心情接太虛消得草元人徙倚也
應錯喚子雲廬

西瓜燈

晚天誰翦碧玻璃幽餤朦朧映玉墀似有輕寒浮斷樹遥分銀綠
上雙眉清凉能具光明相赫耀應歸冷淡姿一自長廊游日後青
門煙月至今疑

鴈影

角聲驚起鴈南翔影度遥天自有行暗過荻蘆全寐莫悄隨煙月
早迷藏不因哀響空中發錯認輕雲屋外颺礁杵樓頭凝望處虛
傳邊信入迴廊

三十三

秋笳

西風落日孤城閉甲冑六軍吹葭笳毿幕冷催鄉夢斷女牆聲逼
鴈行斜羈魂入夜號陰磧老將無家感鬢華嗚咽莫教添急響殘
骸剩骨滿天涯

露珠

瀼瀼零露下花房肅氣猶輕未結霜聚入荷盤無定迹嵌將花瓣
有餘香漢宮玉唾凝仙掌寶襲瓊漿耿夜光只恐易稀愁洛女晶
瑩萬斛盡朝陽

落葉聲

秋老江南萬木森蕭蕭落葉起商音風回古墅空階旋篩亂寒煙
石徑深冷屋書燈扃小户荒郵客夢醒疎林憐他槭槭淒淒意擾
亂愁人一寸心

秋懷

百感茫茫不自由當年閨閣怕回頭命乖豈盡詩書誤志大翻成
凍餒憂遺業星分輕似葉蓬門岑寐冷於秋此身知是天難問莫
仰蒼蒼涕淚流

一年搔罷百無成費盡黃金覺太輕梁剩空巢嬌燕去庭餘遺粟
亂鴉爭西風襆被誰投訴浮世炎凉有變更寄語終須無怨恨孀

三十四

姑篤愛未忘情

水仙花和雲磵大兄韻

何曾不是歲寒身寶蒜瑶叙別有神以水為家應愛潔鏤冰作骨不生塵湘江乍醒留仙夢漢浦初迎解佩人好借重帷深護惜莫敎零落等飄蘋

低回無語自凌波遠浦人歸竟若何閬苑夢酣霄雪淺楚天風起夜寒多自安月性依蘭友合着雲衣翦越羅只恐年年春恨重仙根金屋易蹉跎

待春



天地已更歲東君歸尚遲冰花朝尚結芳夢鳥先知埽雪開三徑看梅折一枝寄言消息近莫更誤良時

懷薌雲二姊

予家篤愛在天倫別緒難忘東海濱底事生來同薄命可堪天意不憐人情多令節增長恨詩到今題幾愴神欲寄梅花煩驛使寂寥東閣未回春

再懷二姊

寸心何耿耿悒悵海東天相別未經月馳思已隔年多愁常善病新瘦得誰憐回首留雲閣柔腸兩暗牽

上元

第一回圓月色瑩良辰更喜得新晴金鼇光耀蓬萊島火樹花飛不夜城病骨伶俜詩骨健愁懷抑鬱酒懷清持杯欲慶傳柑節回首天涯悵別情

春草

䏚畫平原翠欲齊似袍顏色淺煙迷已看別恨生江浦未逐歸心到馬蹄雨後碧侵唐帝輦風前綠上大蘇隄年年不管興亡事一望青青夕照低

萋萋莫怪怨蘼蕪仲蔚門庭似舊無煙重翠今鄰院裏雨荒青過



短牆隅蘇臺有路穿雲見蕭寺無僧滿徑鋪為問踏歌郊外客可能徧展綠襬褕

長歌行

窮通無處排青天歷歷錄錄皆徒然妾生自恨作巾幗半世困苦虛華年幼長名家稱楚楚有姊薌雲為伴侶曉粧同鏡夜同衾鎮日常耽書畫譜十齡隨任蜀江濆江山詩筆生煙雲春風鬬草金荃句秋月穿針乞巧文裁紅刻翠多娛樂茗盌香爐坐深閣自倚陸地神仙疇不信人生有淪落忽然宦海起風波椿庭顛躓網羅回天賴有維持力

鳳味溫綸下天極巴水迢遙巴峽深一帆風穩歸舟急歸來林下
風味間留雲花樹護雙鬟（留雲小閣子姪閣也）阿嫂至自太行西（嫂氏書雲隨任山右至吳于歸）一門風雅開詩壇燈前賭酒傳花鼓醉後敲詩厭歌舞金蘭
細字寫烏絲共爇心香訂心譜（予與嫂氏阿姊曾訂蘭譜）春燈幾載碧牕紗東
風忽散連枝花雲英既逐仙航去桃萼于時亦有家（姊歸虎阜崔氏予適張氏）
奉侍孀姑肅溫凊明星額協鳴雞詠薄予如草予何懟男兒豈不
籌生計千金不足一夕揮先人遺業欻如灰相如竝無四壁立環
門索逋聲如雷斯時無語空相覷一紙魚書渡江去暫遣蕭郎侍
阿翁留雲且作浮家處（家業既盡逋欠大譁棄產賣屋不足以償時家嚴主講白鹿因遣之往侍以避予）
後歸留雲海濱剛值乍歸寧（嫏雲姊亦歸）重試燈前笑語聲花天酒地都如
昨不是當年歡樂情流光轉盼欻二載良人隨父歸東海數口同
依阿母家還期心性翻然改嗚呼天乎呼不得罡風吹折泰山石
（乙巳先嚴下世）茲年況復值凶荒舉家血淚嚎朝夕夜燈無火朝無食老
弱煢煢有菜色傾箱典質一物無良人尚事梟盧擲昔予抱病心
怦怦時作時止如懸旌沈痾日痼不可藥四肢皴裂膚如黔手爪
卷曲鬢髮禿衣不能整帶難束攀樹空餐范女花此身雖存如朽
木去年積癈卧空牀三月不起神羸怯寒風晝夜擁敗絮帷恃弱
女相扶將關心賴有弟兄行藥我參苓起餘燼我生今年三十餘



愁魔病骨無時舒嬌癡只有貽鷂女九齡已解繙詩書欲思靜夜
寒帷縊宛轉明珠未能棄生死茫茫且聽天知在何時拋世事吞
聲飲恨擔煩惱日訟悲心對蒼昊歌成一曲長歌行留與人間作
遺稾

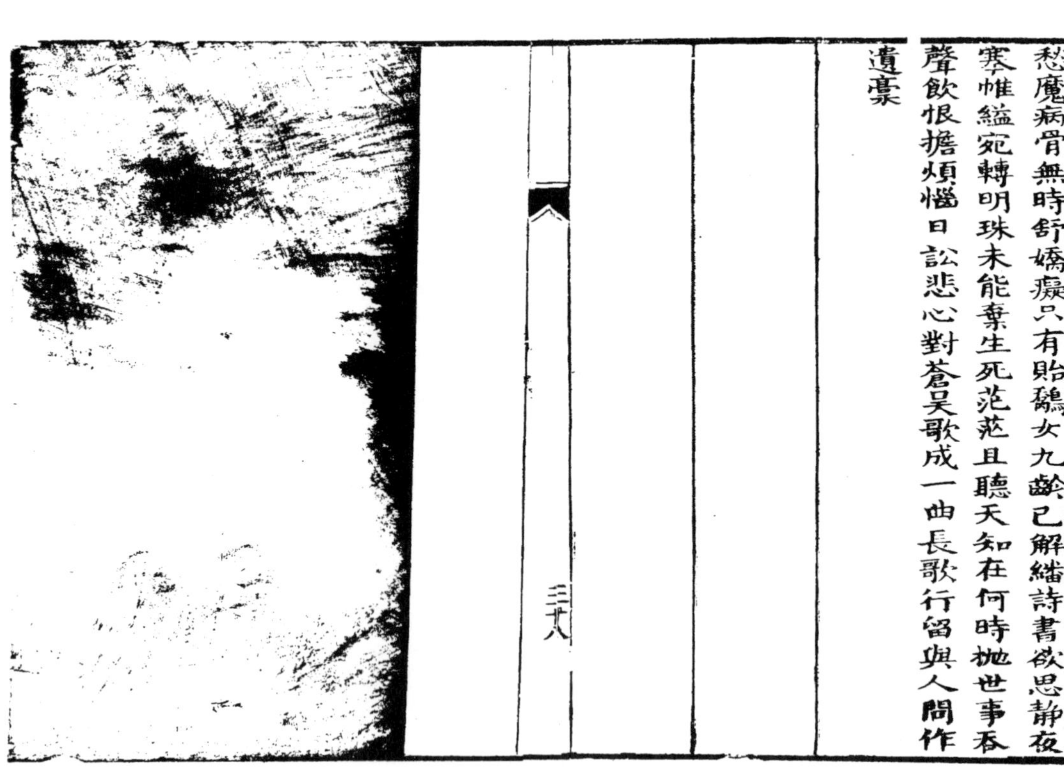

余與書雲結褵二十八載匪獨工於詩詞也其事上使下處己接物之道無不曲盡其禮中饋井臼鍼黹補綴之事無不親執其勞以余之貧也脫簪珥質衣物以給而絕無怨言遠邇悉稱之曰賢儕輩之中與二三兩妹情尤篤晚食既過虛房一燈三人環坐檢牙籤抽秘籍閒然吟嘯不自知漏之將盡也其為詩也溫潤以澤務使宮商應節聲律和諧雖才不逮古人然略無詰聱亦如其為人每花晨月夕先君子命男女輩賦詩吟詠之聲達於外舍先君子樂之以為風雅如此吾幾忘貧矣無何而先君子下世三妹又相繼下世雖清興頓消而猶幸書雲獨在含甘共苦尚有同心而予以才拙運蹇淹滯場屋書雲屬望過癡常是戚戚甲子之秋六弟計偕書雲色喜而神憂而又無子惟一女貽鑾頗聰慧能吟七字詩婉孌膝下惟稱意既而贅婿宮桐山不三年而桐山夭書雲痛壻憐女淚無乾時而貽鑾又聘書雲思之而又撫孤子瘁盡心力精氣遂大耗矣丙春一病及秋而逝嗚呼命之不減失我珍偶顧念此身犢然已老料今世無以慰書雲之癡心且恐先秋而零甚以草木乃取其藏稾編輯之並貽鑾所吟詩付之梓人迴憶就婚山右時侍女捧硯索催粧詩幾如夢寐而予之淚又將何時霽矣嘉慶丁卯九月雲礀仲振奎撰



# 辟塵軒詩鈔

詩一百零六首

廣陵女史趙箋霞書雲



夜牕坐月和韻

細雨初晴夜氣微浮雲散盡月騰暉珠簾半捲庭階靜玉笛一聲更漏稀碎閃螢光穿畫閣亂篩花影上柴扉幾番欲睡渾難睡漸覺新涼透給衣

絡緯

東籬斜挂薜蘿叢斷續聲聲出畫牆夜月一天風乍起機絲零亂不成行

螢

一徑藤蘿月螢飛小院幽往來過畫閣明滅上朱樓似火階前亂如星檻畔流碧紗籠數點把卷坐清秋

除夕

梅花牕外漏春光年佳題詩坐畫堂遙想西泠歸未得桃符換處說他鄉時家嚴客西泠

春雨

芳草茸茸溼不乾苔痕點點上朱欄廣陵百里鄉關水添得新濤

幾釣竿

春柳

萬縷煙痕半板橋春風翦出一條條多情怕贈人離別留與宮娃鬭細腰

春風戲有所贈

利於翦更軟於絲吹得行人倦欲眠落盡海棠花事了又過牆外送秋千

清明雨

乱雲低壓碧罘罳佳節偏逢細雨時蠟屐一聲沽酒遠香泥三尺踏青遲鋪成霧縠迷芳草溼透秋千惱玉兒回首桃花橋外路墓門煙樹隔天涯先慈墓在揚州桃花橋



梅花

何家東閣初消酒南址枝頭早放香十二瑣窗明月夜一分春到美人粧

寒菊

一夜新霜下曲欄獨留勁骨耐秋殘清貧氣味淵潛老落拓形容范叔寒疎影一籬新月上淡粧三徑算煙擕傲人豈必繁華境白眼西風帶笑看

立春

東風消息到迴廊春日曈曨滿畫堂方草漸回游子夢彩人新上女兒粧未消積雪垂珠幙尚怯餘寒泛玉裳我正披裘庭畔立巡檐味取早梅香

早春玩月

溶溶半輪月簾外雪如銀竹影清篩玉梅魂夜覺春樓臺鄰女笛燈火市橋塵久立迴廊下冰壺浸此身

寄兩妹

挑盡銀燈夜未眠寂無聊是算春天牀頭幾卷新詩句半為懷人半自憐

留雲小閣近何如一妹愁多一病多隔斷煙雲百餘里教人心水易生波

春風

半捲香塵半捲煙落花庭院送秋千掠窗燕子輕狂甚才過牆頭又檻前

裁紅翦綠助春工吹綻羣芳一色同只有楊花太輕薄亂翻香雪舞晴空

寶晉書院消夏恭和　大人元韻

或時作畫或臨書寂寞消閒得趣餘一榻畫安聊偃仰幾人清話漫踟躕俗塵能洗心都淨天籟全消念自虛笑煞塵中多熱惱爭如江上伴樵漁

秋思

寂寂苔階小院幽一天涼思壓簾鈎紅衣零落芙蓉老青瑣蕭條燕子愁潦倒襟懷聊寄傲伶仃病骨那禁秋西風處處縈心境欲望維揚怕上樓

秋笛

一聲長笛韻悠悠散入晴空滿院秋無定河邊鄉思遠黃雲戍口夢魂愁西風野店客垂淚夜月荒園人倚樓思婦空閨添別恨十年征戰滯涼州



秋塞

蠻煙腥血野蒼蒼萬里伊涼古戰場戍鼓擊殘邊月黑悲笳吹斷莫雲黃驕嘶健馬邊陰磧冷插牙旗護女牆十載防秋歸未得空閨幾度夢徊徨

聽林鐵簫丈吹鐵簫

玉管瑶笙未足倫龍紋剥落海風皴會當鐵脚歌秋水唱醒梅花八月春

清調徵角緩調宮裂石穿雲渾入風三疊犯音鸞鳳集前身合是老仙翁

聽陳小山丈彈琴

冷冷淅淅復融融切玉調金十指中剪得湘江衣帶水浪花聲鬭白蘋風

抑揚挑抹響琮琤迸起么絃碎玉鳴三疊曲終人靜後竹風猶學太初聲

寄綺泉二妹

海天雲樹影蕭蕭鴈字分開寂寥繡閣伴愁君有妹吟箋寫恨我無聊一庭涼月殘燈暗百里羈魂曉夢遥莫苦咨嗟傷薄命秋風容易到芭蕉



寄瑶泉三妹

淚花和雨落寒溝十日離懷萬疊愁征鴈啼殘香閣夢亂蛩吟老莫庭秋身如珠網東西繫心逐江濤日夜流為問留雲小樓下晚風病骨幾登樓

陳小山丈以畫冊見賜詩以謝之

玲瓏彩筆劃銀鈎仙露明珠挽底收萬變昆虫歸嘯詠一時花柳失春秋寫生小識如椽手什襲宜歸刺繡樓尺半瑶函來錫與舊

薇盥手拜僧繇

秋栁和漁洋山人韻

西風消不盡柔魂落落疎疎傷里門楚館細腰猶舞態灞橋殘黛
減眉痕何堪繫馬長亭路留伴啼烏落葉邨為問青青今在否蕭
條風景共誰論

驚秋猶幸未飛霜零落長條鎖曲塘空剩殘絲牽別梦誰收斷線
入鍼箱新歌傳徧白居易玉笛吹殘桓野王不用人前矜妙舞更
誰來問善和坊

欲携柑酒聽金衣斷岸斜橋舊日非蘇小丰姿空旖旎謝家簾閣



尚依稀誰云老大情無那自信輕狂絮不飛回首芳菲二三月一
番憔悴與心違

家近隨隄宬可憐蕭疎十里欲生煙雨中猶有芳心在風裏誰知
舞力綿莫向永豐悲莫景好同京兆惜華年他時春到靈和殿萬
縷千絲畫檻邊

梅魂

半姍姍處半依依到底羅浮歸未歸風淡蕩時驚不定夜深沈處
是耶非一邨積雪雲痕淡十里空山月色微翠羽嚶鳴不住夢
回人靜記依稀

落梅和雲江韻

歷盡冰霜豈畏寒無端憔悴解紅丸魂歸庾嶺情何限夢醒羅浮
春未殘晴雪幾堆飄院落殘香千片下闌干莫愁薄命埋芳徑雨
雨風風尚耐看

詞客空裁錦繡章酒闌東閣九迴腸紅羅夢醒悲天女鈿笛聲寒
泣玉郎何處輕魂來紙帳尚留半面映斜陽可憐寂寂苔階畔剩
有清寒一段香

豈爭浮艷豈妖嬈玉質亭亭欻忽消一徑暖風疑積雪千林玉蝶
散空條瑤姬夢斷空山冷何遜情濃舊路遙何事夭桃傷命薄任



他飄泊不言彫

殘香剩粉點羅衣落盡南枝冷畫帷一院亂瓊春夢杳半簾殘玉
曉雲非縞衣消盡清歌散娟賦吟殘素影稀莫向水邊籬落過只
愁和靖怕言歸

道人何必太傷情猶可晨餐嚼落英玉照堂前消夙恨有華林裏
證前生碎鋪碧草瓊英碎空剩清溪碧股橫莫苦飄零終有寄玉
郎底事怨難平

誰道芳魂無路求小陽春轉放枝頭兔園物斥應知感猨臂江城
不可留千點灑勻殘墨潤有墨梅半臆香散羽觴收須知銀椀承漿

在修竹空齋且唱酬

齋頭桃花和外韻

靈胎曾向羽琌栽分得仙根小院来夜雨闌干才作蕊春風消息
漸催開釀成美酒如斯釅織就霓裳別樣裁最是夕陽斜照處一
枝遥映美人腮
何須再問武陵津幽絕山家勝避秦艷質最宜依絳帳芳心斷不
悞紅塵風前掩映多嬌態醉後丰姿更膩人休賦韶光同一賞闘
詩莫若約明晨
丁寧蜂蝶莫輕過誰道紅顔薄命多酥雨潤沾猶若此朝霞紅襯



更如何果然艷色忘餐色折得繁英已病魔華曲更翻新樂府倩
他桃葉放清歌
天台有梦不須題辟却麻姑舊日溪金屋芳根知有寄瑶池夙世
未曾迷落霞成綺千枝麗玉靨凝脂一抹齊伴得幽人閒坐好濃
粧原不妒紅梨

齋頭海棠

不誇穠艷碧雞坊簇簇新紅傍粉牆亂絮縈愁傷小梦柔情扶倦
試新粧果然似睡心難睡莫道無香骨有香圓月滿庭簾半捲不
頭燒燭立迴廊

半似情濃半似羞倩誰扶起倚粧樓列成錦帳書窗外攢就明霞
石徑頭紅豆離離偏寄恨紫棉薄薄最牽愁不同冶綠凡紅輩爛
縵春光且唱酬

梨花和雲浦韻

洗淨胭脂石徑傍雪兒轉更顯容光生来素質原非艷能作明粧
自有香悄悄春風留玉佩溶溶夜月試霓裳芳魂不入繁華梦一
樹亭亭白海棠
雕成碎玉幾絲攢淡處精神淡處肴和雨和煙依畫檻梦雲夢月
隔朱闌天然素面寧敷粉薄翦冰紈不畏寒冷落空庭春寂寂洗

粧人着素羅紈
不共夭桃冶古裁笑他夭冶盡凡材寂寥庭院三分淡寒食人家
一樹開玉骨可憐愁落寞芳情無限獨徘徊寧容亂蝶游蜂過留
得清名壓嶺梅
不須名酒助精神門掩黄昏寂寞春一徑薄雲留素影半簾殘雪
見天真得成雅淡叢中客豈羨繁華隊裏人幾日東風瑶管外枝
枝美玉淨無塵
瓊芳初放玉階東欲送殘春春不終雅態粧成全絕俗真香藴就
不愁風晴雲輕翦宮衣白素幔遥分夕照紅小院深沈人寂寂空

廊月影半矇矓

晝掩柴扉處士家春光脈脈一枝斜玉容黯淡羞金屋舞袖翩翻翦素紗夜雨樓臺人不見晚風簾幙恨猶賒明姿自信非無骨不與花王鬬艷華

杏花和瑤泉韻

玉樓曉起試新粧爛縵春光碎錦坊寒食人家酥雨嫩軟風邨店酒旗香金刀南國裁文綺彩線東樓製繡裳寂是賣餳天氣好條條深巷踏歌長

蝴蝶



鳳子輕盈舞草煙翩飛斜過落花前春回莊叟生前夢魂繞羅浮洞裏天纔繾午停雕檻畔輕狂又過畫牆邊迷沈不識年華老猶自雙雙影共連

難買韶光一寸陰秦臺春事易銷沈餘情未盡憐芳意病態空存惜玉心回首舊游皆是幻那堪新綠已成林莫因落魄增惆悵闌外榴花尚可尋

落花和綺泉韻

含苞曾記綻春風泣雨愁煙片片紅人去那堪金屋冷春歸惟借翠雲籠幾枝寂寞依雕檻十里高低襯玉驄說到傷情傷不盡繁華一瞬去來中

蒼苔點點冷臙脂消滅紅粧感舊時幽夢不歸三月雨春愁空付百花池只今難遣東皇恨自古常李艷女思到處飄零何忍見綠天惟望子盈枝

秋螢

半庭衰草三更月一徑煙蘿四壁秋切切悽悽還唧唧斷腸何事語難休

秋猨

青峰寥寂白雲深長嘯高空夜月沈淒絕三聲誰下淚異鄉孤客



故園心

秋隄

何人躡屐問雷塘煬帝孤墳蔓草荒燕子不飛楓葉落一溪煙水冷斜陽

秋草

芳草王孫夢已殘斷垣荒徑總闌珊可憐牧馬征人戍壘盡寒雲戰血乾

秋塞

一聲羌笛戍樓空萬里關山落日紅戰馬不嘶金甲冷西風吹老

幾英雄

秋別

誰家歌出斷腸聲鞍馬西風送遠征無可柰何分手處荒煙冷徹夕陽城

菊花

簾捲西風秋未殘瘦花人處倚闌干便教冷落非無品能耐辛酸不畏寒幽艶但留陶令賞冷香惟喜屈原餐莫愁孤傲無人識白眼東籬帶笑看

新柳

東風裁翦葉初勻金線低垂淨絕塵縹緲翠蛾初對鏡朦朧青眼乍窺人夢回隨苑煙痕淺客去長亭別恨新待得春深酥雨足萬條斜挂白門津

齋頭梅花

分得東風第一花仙根從此寄山家香生絨帳芳魂定月冷羅浮舊夢賒賞得寒酸方見骨耐殘冰雪自無瑕石腸應識清高品不共凡紅鬪艶華

自託蓬門不艶妝常甘冷淡伴何郎雪堆荒徑冰肌瘦風定疏簾玉骨香古致縱橫留雅範天然丰度冠羣芳幾時才得調羹鼎白屋應教夙志償

紅梨夢傳奇題辭

是真是幻總難真幻出無端夢裏身一樹紅梨花落寞淒風殘月獨傷神

斷情漫道竟無情悄曳虛廊玉佩聲一行闌干春寂寞愁魂扶病認飛瓊

茫茫無路莫相思便是相思夢豈知燈暗書窗人不見三生緣短泣殘絲

休傷梅葉展香囊空向梅花喚斷腸一曲歌殘紅淚盡春風春雨憶蘭娘

寄外

百里未云別高懷且自由詩書能快意風雨漫牽愁夜讀休傷酒春寒莫典裘蕭條家室慮鮮緩自能籌

春歸自遣

春歸懊惱日如年病骨伶仃鎮日憐怪煞營巢雙燕子喃喃私語綠窗前

寂寞深院敞輕紗一樹棠梨自整斜小步玉階新雨後惱人落盡昨宵花

倚徧闌干暗自傷蕭條家計費商量阿翁一去關山遠三月愁無
隔宿糧

冷落蓬門寄此身春花秋月總傷神東風百里揚州路又負歸寧
過一春

花魂

亞字闌前夜色微避風臺上是耶非春雲小院更初静夜月啼鵑
喚欲歸激躃疑隨游子馬娉婷欲上美人衣輕塵弱草游何處一
樹星幡卜所依

西瓜燈



製就玲瓏碧玉毬鎖牕皎皎夜光浮十分瑩潔雕痕露一片虛明
翠影流蕉館雨殘籠桂魄竹欄風動漾蘭油納凉終是青門好分
取餘暉照故侯

雁影

何事嗸嗸在路歧一行千里影相隨難傳錦字音全杳暗度長門
人不知漢苑微横仙掌外清江悄度荻花陂最憐漁火驚飛起似
帶溪雲到處垂

秋笳

悲笳調起玉關秋咽咽嗚嗚夜不休古戍風高陰磧冷亂山寒逼
笄雲愁馬嘶箭循歸沙苑人坐穹廬歎白頭三疊哀鳴聽不得一
時回首望京樓

露珠

岑寂秋宵玉露凉明珠顆顆走花房香含玉唾衣留迹冷溜金莖
夜有光着草葳蕤垂寶結經風歷亂散荷裳木蘭朝飲瀟湘岸萬
斛晶瑩潤錦腸

訪菊

滿目秋光秋思賒共攜尊酒問黄花此間定有幽人宅猶記曾過
處士家落照犢車來帝女擬雲潭水泛浮槎扶筇覓到東籬下才



吐寒香幾朶斜

波心月

滏波皓月兩悠悠對射蟾暉映碧流蚌孕鮫宫光皎潔壁投銀海
影沈浮一篙碎攪冰壺亂萬頃清涵寶鏡秋應是馮夷無賴甚夜
寒抛墮水晶毬

紅葉

斕斑十里影初稠楓葉蕭蕭動客愁大野晴霜山驛曉平林落日
楚江秋冷留古艷烘高寺悄遞相思出御溝驢背遠郵歸去晚落
霞天末幾回頭

歸燕

半年踪迹影凄凄翦翠裁香畫閣西別我不知何處去依人更傍阿誰棲梨花院落拋春夢落月巢空墮翠泥多少愁心無訖處天涯回首暮雲低

落葉聲

蕭蕭落葉下高枝悄點苔階靜裏知古樹鴉歸風定後寒帷夜暗户扃時非關蕉雨歇金井自幼潮聲到碧墀亂撲簾櫳秋瑟瑟空閨少婦有離思



懷綺泉二妹

閨闥依依見性真悤悤分袂去河濱燈飃離緒縈新夢雪夜相思悵遠人落寞海天空望眼模糊煙樹暗傷神幾時歸到留雲閣笑共紅燈綠酒春

再懷綺泉

雖有遄歸約雌蹤尚海東空波一痕靜清夢五更同春草非瑤草終風不惠風梅花新屋裏曾否檢詩筒

春月

閒雲初埽盡玉宇涌銀輪梅影千枝瘦冰花一掬春虛煙籠寶鏡香霧散芳塵久立廻廊下輕寒尚逼人

恭祝　大人初度時歸自睢陽

年年此日客天涯却喜團欒今在家簾載睢陽新化雨庭開兔苑老梅花文章談笑真功業家室和融好歲華況是小春晴日暖肉芝金鯉佐流霞

水仙

珊珊環珮漾微波春水春煙奈冷何雪貌雲姿十度四銖冰琢玉遠神多深盟白水宜湘瑟悄趁春風翦越羅長得幽蘭竹外已綠衣瑤佩不蹉跎



懷錫之二弟

一身多病百愁牽鴈字分飛各一天三度庭花開又謝幾回夜月缺還圓世途冷暖誰青眼浪迹風塵誤少年好自殷勤依樂膺音書莫忘海東邊

春草

又迹東風整翠鈿靈芽深淺小橋邊斜侵輦路初留迹淡入苔花欲化煙碎翦碧雲鋪繡壤亂裁綠綺散瑤田陌頭幾日春深後一路芊眠到馬前

秋懷和瑤泉

身世蹉跎豈自由浮雲往事莫回頭且同清雅琴書業暫撇蕭條

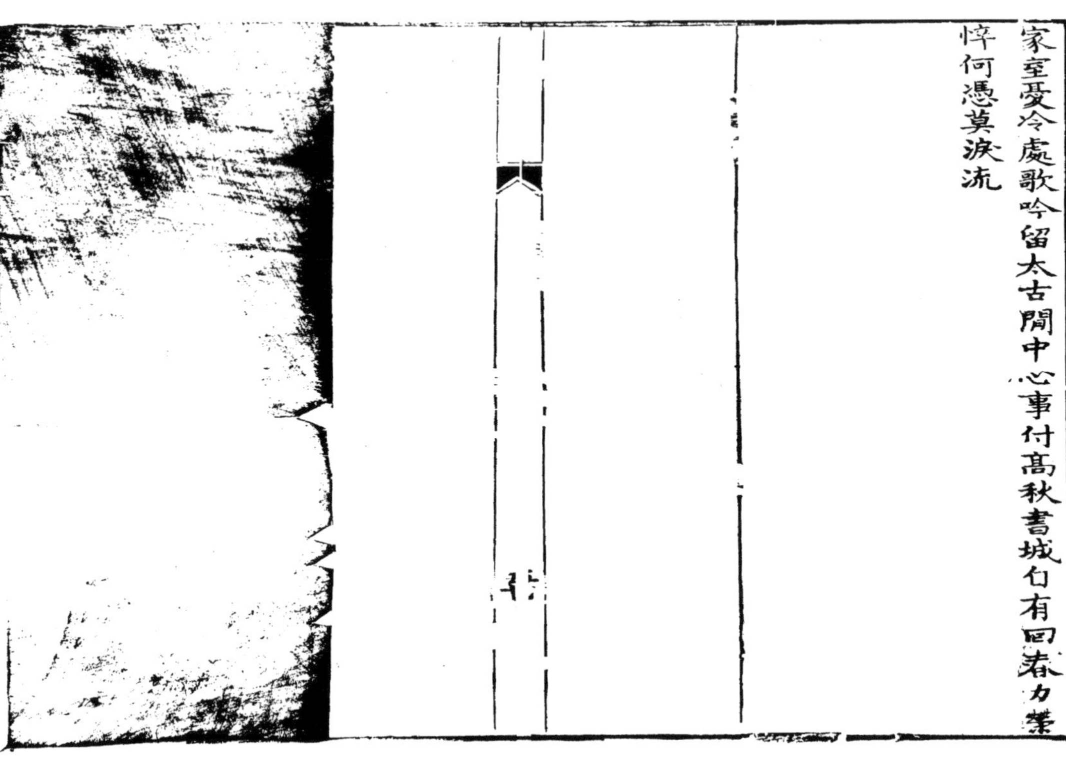
家室憂冷處歌吟留太古間中心事付高秋書城自有回春力業悴何憑莫淚流

綉雲閣遺草

真州女史洪湘蘭畹香

芍藥

揀花風裏試花鈿鏤出玲瓏五色烟魚袋煖垂紅簇簇鸞披軟護錦聯蟬鐫春芳字排三品入市濃香滴一肩分得名湖湖上種鏤金囊線寶珠懸

鶯燕二首

錯落珠盤瀉歌喉洵不羣一聲春入破十里綠成雲有客臨流水何人倚夕曛嚶嚶啼不住好付賞音聞

燕燕爾何意頻年作客飛梨雲新夢合梁月舊巢非拋翦空裁柳妨泥自惜衣輕身能一舞還養羽毛肥

揚州留別諸兄弟

一鴈高騫白露天離樽惆悵晚燈前廣陵今夜清秋月曾否吳陵月倍圓

寒夜月

水晶簾子獲䆫紗深院沉沉一逕斜風自嚴寒霜自冷且分清影照梅花

寒雨

曉起聞雨聲入夜雨猶滴挑燈𡊮牕下獨坐數年日

上元對月偶成寄外

第一回圓月偏當別後明春先半月至雪讓一宵晴觥管京華地幽燈旅客情迢迢今夜夢應過廣陵城

新月

雲洗長空日乍馳一彎如畫未成規疑從鏡背微偷影似下銀鉤欲釣詩何處簫聲今夜早有人褰帶晚風吹纖纖花外朦朧影照入書牕不滿帷

月季花



殘粧卸罷又新粧豈為爭春屢擅塲笑臉不因寒煖易濃情特與歲時長霜飛尚着枝頭艷月閏還添分外香此是紅顏長命種水晶簾底細端詳

落花

遺玉遺珠漫斷腸根株終信轉青陽因風碎剪江淹錦和雨春收李賀囊上苑晴飛紅影亂綠樓深護碧陰長五雲藉作鞭褕軟得得花驄一路香

菊影得尖字

曲檻婆娑別趣添扶疎瘦影半依簾豈埋幽恨歸荒徑似寫秋魂出筆尖公子相思迷落日美人清夢隔涼蟾畫成不用徐熙手一幅青霜儭素縑

紅甲用尖叉韻

納涼庭院浄餘炎勻染嬌香上玉纖扇底欲飛紅杏雨袖梢低露海棠尖豆當排處雙情艷花擬拈來一瓣黏却笑半將櫻顆梅點脂疑向粉腮添削葱原比水晶芽軟玉嬌添一點瑕屈指春生鈎弋掌理鬟香媛壽陽花愁憐芳印心常捧唱到紅么手半叉最是不分明處好笑拈骰子裹冰紗



草布

剪得江南煙雨春織來疎密總停勻憐生茅屋金釵女雅稱棕鞋竹帽人黃淺黃深楊柳色雲輕雲重苧蘿身比牕披曳清涼地懐葛風期見朴真

茶煙

迷離一道捲空庭煖爇松枝火正熒雨濕畫欄飛不遠風輕曲逕裊還停粉垣半堵薰全黑柳院斜飄染更青何處朦朧消復起小牕人渴酒初醒

題墨蘭

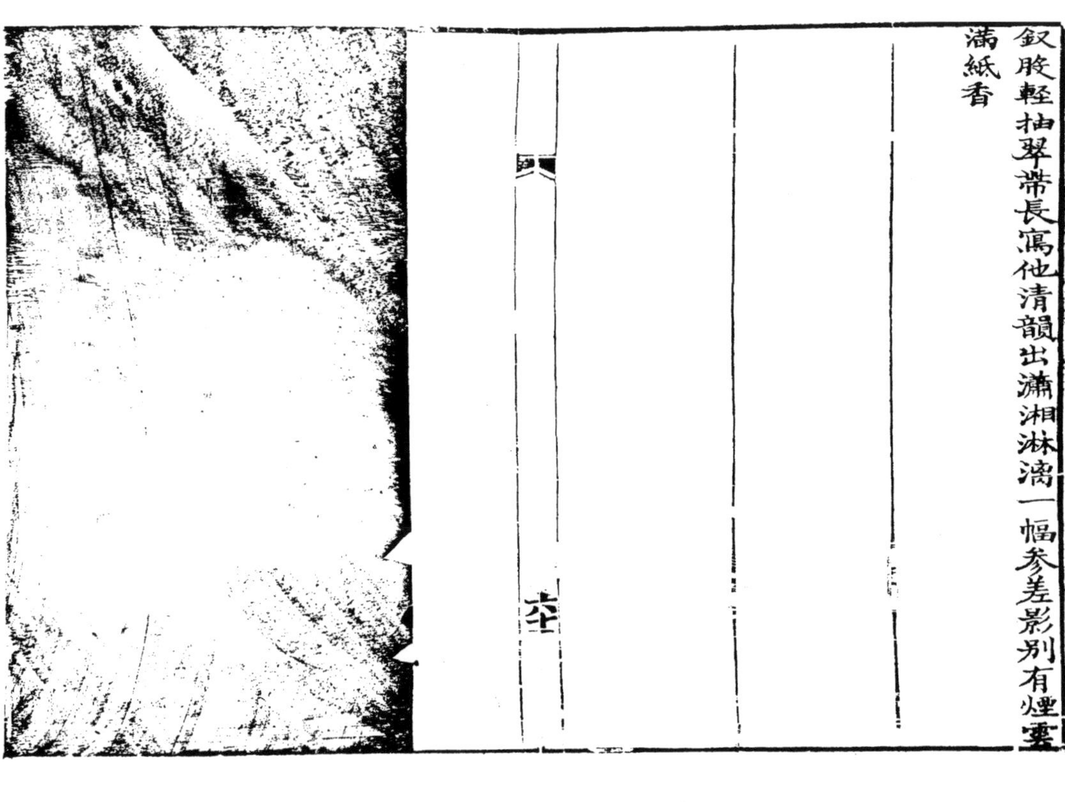
釵股輕拈翠帶長寫他清韻出瀟湘淋漓一幅參差影別有煙雲滿紙香

仲貽鑾字金城雲澗女適宮淮甫迥年相繼而逝年二十七歲遺子杏春

詩二十三首

留春

綠暗紅稀春事微別林風景已全非倚牕分付雙雙燕銜住飛花莫放歸

春草

年年一翦繞荒城春到江南草漸生遠襯鴨頭新漲淺近含螭陛嫩苔平東風已醒傷離夢南浦還添惜別情幾處翠雲鋪似罽堪憐是雨初晴

杏花

絳雪周遮碎錦坊亭亭艷骨試新粧略敷淺白朝天粉小染輕紅及第香唐苑嬌今青鏡女曲江春護綵衣郎知他自有神仙度不倚東風宋玉牆

柳眉

東風掃出翠盈盈却似脩蛾甫畫成怪底梢頭不輕展箇中深鎖別離情

柳線

蜀出條條拂地長搓風搓雨罩池塘知他别具補天手不作人家針線娘

新燕

過春社後軟東風来往營巢入絳櫳却怕香泥経雨涴隔簾銜碎海棠紅

新柳

東風吹醒灞橋春縷縷煙痕染未匀不放長條青到地柔情怕贈别離人

風箏



裊裊長空一線牽碧桃花外漾浮煙憐他本有凌雲骨得借吹噓便上天

黄牡丹

蕊珠宫殿接天高錦帊金牀意氣豪但是花仙齊執玉一時朝拜赭黄袍

緑牡丹

一苞春氣壓闌干花葉叢茸欲辨難不識九真羅郁面幾回想像對花看

紅牡丹

駐顔那用借靈砂天女曾餐碧落霞一種無雙嬌艷色眤人不是等閑花

白牡丹

自将本色見天真不染煙霞半點塵應許萬家同賛歎繁華隊裏素心人

黑牡丹

新粧常詡草煙籠墨彩飛騰傍玉櫳始信人間真富貴由来都在研池中

紫牡丹



花天八面瑞煙錮擎出幹房火齊珠暢好月明風細夜紫雲一曲幾縈紆

榆錢

誰把青錢撒草春紛紛堆積滿芳塵獨憐日對迴廊下只買春愁不濟貧

新緑

芳草茸茸柳線長碧天庭院碧陰涼最憐掩冉斜陽裏一幢瑠璨鎖畫牆

新月

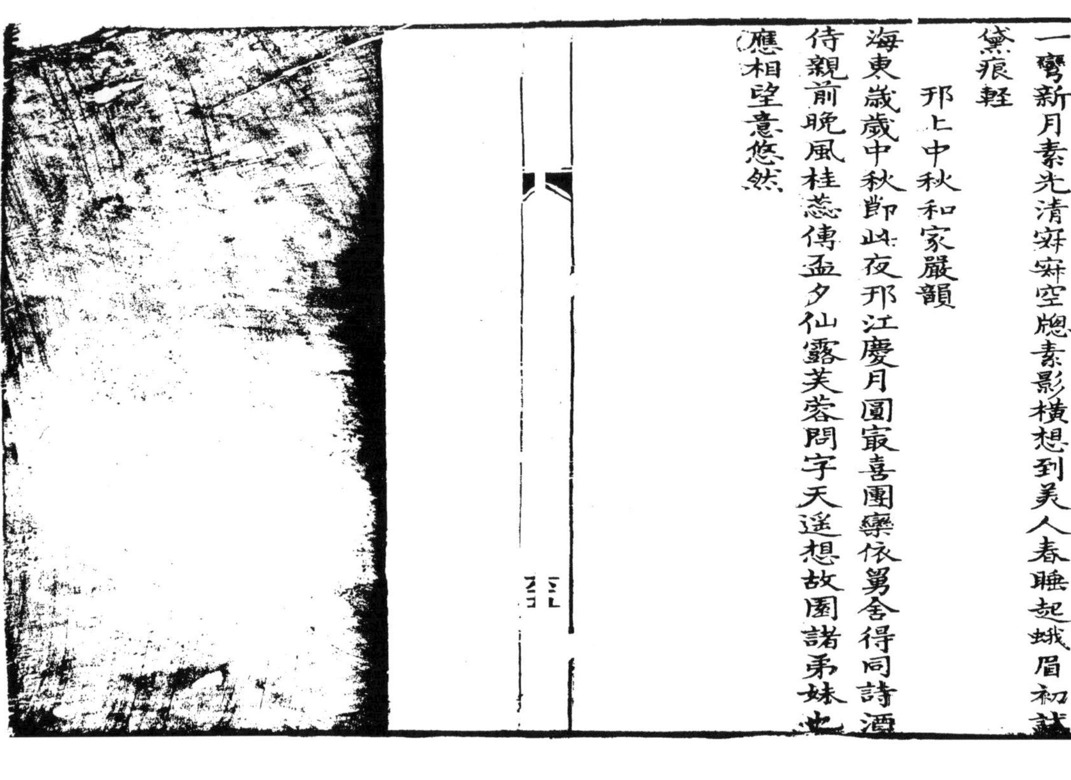

一彎新月素光清窈窈空牕素影横想到美人春睡起蛾眉初試
黛痕輕

邗上中秋和家嚴韻

海東歲歲中秋節此夜邗江慶月圓最喜團欒依舅舍得同詩酒
侍親前晚風桂蕊傳孟夕仙露芙蓉問字天遥想故園諸弟妹也
應相望意悠然

張貽鷮字揄華芝雲女母殁雲浦嗣為已女未字人二十而夭

瓶中桃花

折得天台第一枝繡帷深處護紅兒渾將更較仙源好兩兩風風
總不知

絡緯

晚風斷續送秋聲似有無邊恨未平最是愁人聽不得敲碪庭院
月三更

秋露

冷凝仙掌三更月清沁銅盤五夜涼草木餘芳能幾日莫教容易
變為霜

三六

看桃花

莫道尋芳去較遲天教風雨潤胭脂若教比並梨花看到底紅兒
勝雪兒

濃凝絳雪艷凝霞巧笑迎人粉靨斜中有瑤姬風韻煞青雲衣袂
擅清華

立春前二日雪

欲盡寒威勢轉加仍裁六出散銀花若鋪大地都成玉何處能停
青帝車

彤雲密密瑣長空旋積旋消曲徑中比似楊花更輕便隨風飛舞

玉玲瓏

凛凛寒風播玉塵梅花香蓋粉痕勻撒鹽亭院爭拈句喜共紅爐

咏絮人

# 湘蘭合藁

宗婉　宗粲　錢念生

# 湘繭合藁

女士夢湘樓詩集 一

夢湘樓詩稾二卷詞稾一卷長姑婉生氏所著也叔祖補齋先生三娶於錢其季爲咀霞夫人四川布政使鋆之女孫故工翰墨生三子二女姑其仲也甫脫襁褓卽嫺吟咏先生遠客粵東姑寄詩云椿庭別後懶吟哦聊把離懷付短歌弟幼妹嬌兒自愛阿孃多病奈愁何時猶未笄耳家故在石梅山麓左挹辛峰右連言墓朝嵐暮靄蒼翠可摘庚寅吾祖歸來爲築揖山樓姑於是提挈弟妹拈毫吮墨其間吟聲時時落簷際人望之以爲神仙不過也旋賦于歸未幾先生亦歸道山內外喪疊出姑儽然無所依倚始以筆硯自贍就館南郊與輔居相近讀書之暇不時往謁相與論詩輔謂簡齋之於少陵猶顏淵之於孔子學詩者當由之以趨黃陳上規韓杜餘則以誠齋后村博涉其趣姑則取詩中有人之說謂法自文生聲隨境易故自抒所得不屑屑依傍古人而又能樂善通中不封已自域嘗示雜感十絕輔誦至不信鄰姬還道我依然顏色勝桃花之句稍躊躇卽應時改定又以輔恬於進取頻加策勵嘗就試學使有高譽姑寄書云聞吾姪詩賦文藝又作第一人令愚一種欣羨之衷不由不全達於外幸毋哂我好名之心熱也爰寄小詩示意誰秉量才尺文宗眼最明兩番消息好不負舊聲名本是親親誼原非泛泛論數行書燭下

鑒我苦心存甚矣姑之愛我如此其眞且摯也亂後輔寄家崇明姑則北上音問稍契闊矣辛未入都始往一晤丁丑復與計偕意忽忽不樂將假疾南旋而表弟夔生以直剌就官山石花南亦得北河通判同時出都省母偕行至保定六年不見白髮鬖髿頹然老矣夜闌秉燭相對如夢開緘出詩涕淚并集輔亟踞請持歸寫付手民姑許之復乞仲姑詩儷焉蓋時仲姑方從姑壻鐵雲鈩衡山縣篆回省也甫抵家而母病旣丁母憂生意殆絕稾閉篋中久不寓目小祥後始出料理之蓋距受稾時已二年矣歲月不居煢煢鮮民徒塵贅於世爲百憂所攻而知我愛我如姑者復遠在數千里外會合無時一燈青熒抽豪點勘前塵影事瞥墮當前撫今追昔能勿感哉能勿感哉刻旣成爲序其緣起如此後坿繡餘草者從山谷詩後刻伐檀集例也光緒六年歲次庚辰正月十六日棘人姪廷輔謹序



壬戌秋余以事過保定見蕭子夔生於陸鐵雲寓舍夔生言吾邑陷後與其母夫人相失閒關賊中身被數刃徒跣行千里始得見母於江上遂奉其母依於陸氏意慘然也今年夔生來應秋試出其母夫人所爲詩一卷曰夢湘集凡三百數十首淵淵乎正始之音焉夫人性通敏習經史嘗敎授於里中女弟子從之者甚衆蓋自婦敎衰而女師之職廢織紝組紃酒漿籩豆之事或不習而於經義益槩乎未有聞也若夫人者賢而多能庶幾漢之班氏晉之宋氏哉夔生承母敎恂恂好學敦樸有守立身揚名當務其大者遠者而何阨窮困頓之足以隳其志乎因書其語以題集後甲子中秋翁同龢識

# 夢湘樓詩稾卷上

常熟宗　婉生著

## 夢悟

層層樓閣夢中開此地依稀舊到來記得月明最高頂天風吹我下蓬萊

## 寄懷家大人時赴伯父粤東任所

初離膝下時朝暮常相憶轉眼半載餘中心更悱惻翩翩空中鳥欲飛有羽翼薄薄天上雲欲行仗風力身非鳥與雲飛行不可得思親在異鄉迢遞隔南北有女在晨昏不能視顏色迢迢客路長渺渺江流直兒身恨難隨兒心在



親側手緘一幅箋心盡數行墨

## 又寄

膝下睽違久親懷定黯然故鄉經歲別離思一家牽目斷浮雲外心馳夕照邊匆匆寒食近又過杏花天

## 春晚曉

一簾紅日曉光浮簾外東風響玉鉤半掩畫屏人未起似聞鸚鵡喚梳頭

## 春夜

深院沈沈暮靄籠迴廊寂寂暗香通柳邊情緒花間影一片吟魂繞此中

此中滿貯月華明一帶簾波捲水晶細數今宵正三五素娥與我恰同庚

## 春晚集句

荼蘼狼藉舞風斜深掩妝窗臥碧紗昨夜不知春已老夢中猶記詠梅花

## 秋海棠

冷艷幽香別樣妍好將淚點認生前三更夢醒悄無語一徑月明秋可憐入骨酸辛懷夕夕斷腸消息誤年年美人病後心情嬾倚到西風倍愴然

梧桐庭院太淒清露洗嬌紅淚欲傾一縷秋魂何處著淡



烟涼月不分明

消魂顏色斷腸紅幽徑荒苔放幾叢莫向西風問消息誤他消息是西風

## 夏夜登小蓬萊閣同麗生二弟晉作

近水花如夢當窗樹作屏玉簫閒一弄夜氣忽吹醒衫薄縈香霧鬟低墜素馨隔牆誰笑語扶月悄然聽

## 秋夜

淡到無言處吟魂欲上天一條銀漢影飛落小窗前露滴無聲雨雲拖不斷烟小鬟隔花語何事竟忘眠

## 春閨雜詠

嚲髻雲鬟粉未施鏡鸞相對惜芳姿春來何事添清瘦半爲梅花半爲詩

碧紗窗裏翦紅綃窗外輕寒透綺寮低囑東風休做雨百花生日是明朝

深深亭院靜無譁閒倚闌干夕照斜一種春情誰領受東風吹醒小桃花

湘簾半捲掩重門倚遍闌干玉漸温燕子不來花落去碧紗窗外又黃昏

夜坐

焚香不鼓琴小坐北窗陰月色散爲夢秋聲聚到心一仙



騎鶴過空際發高吟對此忽有得清風吹我襟

悵望碧雲合空庭夜寂寥倚闌人不語窺戶月無聊風靜竹陰直露涼花氣嬌吟魂渺何處淒斷隔牆簫

詠蘭三章同麗生弟作

秋風一搖蕩池荷漸飄零傷彼蕙蘭花豈無遲暮心

我本素心者素心愛此蘭夢迴楚江畔誰取瑶琴彈

琴亦不復彈花亦不復開吁嗟湘夫人一來不再來

又占三絶

不遇楚公子素心誰與申年年空谷裏憔悴有餘春

空山一美人不藉鉛華御卻於冷淡中别有風流處

花與人俱淡根連葉盡香有心紉作佩何惜涉三湘

新秋

星星螢火點蒼苔六幅紗窗扇扇開涼意未容雲約住秋心先被月鉤來襟懷灑落原無垢詩思空明不染埃清境可人人未臥夜深猶自倚樓臺

春夜讀書分題詠燭

未許流波暗裏侵殘煤欲翦意沈吟光明炳我千秋眼憔悴憐他一寸心禁院恩分蓮葉炬碧窗夢破海棠陰短檠矮几斜凭處何必推窗待月臨

折蘭



湘靈弄影是耶非一翦擎來露溼衣斟酌欲簪雲鬢側怕他蝴蝶上頭非飛

秋夜懷嫂

秋心怯與病相干脈脈離懷無計寬今夜吟魂淒欲斷梧桐陰裏十分寒

閒窗寂寂掩秋風冷露無聲下碧空幾摺闌干人不見夜深横向月明中

山茶和麗生弟韻

寶珠花放玉階前豔煞江南雪後天一點頂紅疑是鶴幾枝淚血誤爲鵑移來紫府能驚俗種到丹邱欲化仙富貴

還含山澤意珊瑚七尺破霜妍大紅

天研絳雪入明霞散作山頭絶豔花略帶靚妝偏雅淡不須濃抹也繁華一枝先醒桃源夢單葉初裁杏子紗未必楊妃眞國色總因品定始堪誇粉紅

一片冰姿映夕暉水晶簾外影霏微海棠無骨由他豔梔子同心愛汝肥玉作精神疑蜀后雪扶標格傲江妃尋常兒女休相妬脂粉行中本色稀本色

金波點點綴芳叢試比黃金又不同有迹未能鎔夜月無聲偏愛灑春風香浮岷嶺微凝白雪降嵰山欲墮紅天女若將花一散空原是色色原空灑金



春水

莫問愁深淺年年綠到門柔情流不斷春夢去無痕膩遠天涯路青搖柳外魂美人隔千里南浦暮雲昏

春烟

柔翠蕩晴空東風吹更濃春愁殊未醒花夢轉添慵曉閣雨中樹夕陽江上峯相思楊柳外更隔一重重

紅梅歌

春花冶豔何足誇牡丹芍藥空繁華我心惟願衆香國一齊都化紅梅花梅花素性厭妝飾醉飲流霞換顏色一枝玉笛吹夢醒老鶴歸來不相識月明隔斷紅塵紅香痕沁入空山空春風一吹雲氣活豔情如水圍當中豔情豈許羣芳妬水邊竹外紅妝露分明此地是江南翻疑錯入桃源路

簾波

玉鉤纔下便朦朧咫尺瀟湘路不通涼瀉月痕流活碧暖翻夕照漾殘紅堂坳暗隔無聲水花影齊吹破浪風燕子不來深院靜一痕秋夢泝洄中

暮春有感

春去太匆匆深閨掩綺櫳三分傷酒病一陣落花風芳草無情碧斜陽有意紅低徊人不語悄立小樓東



題美人圖

娟娟修竹綠參差曲曲回廊引步遲轉過粉牆人不見假山影裏立多時

欄干近水易生涼面面荷花面面香窣地畫簾人在否綠陰如夢隔瀟湘

夢遊仙吟

異境夢中開此行殊快哉銀河一萬里直接到蓬萊揮手月華迴破空仙語來罡風莫吹我絕頂有樓臺

賦得詩雜仙心

唱出紅塵外清才逸似仙誰將題紫府我欲問青天敏捷

干言落玲瓏一線穿筆花開夢裏蓮葉悟身前閬苑知何處蓬山思渺然三生眞面目七字舊因緣秋水神俱淡春風意共妍珠璣隨手灑丰致覺翩翩

香奩詩追和鄉先輩吳竹橋先生蔚光原韻

珠箔銀屏面面環亭亭小立畫圖閒人云慧業能妨福天與詩才必愛閒紙尾有時題草押鞋尖無意染苔斑生憎一片桃花影和著斜陽上玉顏

雲作羅衣月作環此身宛在碧霄閒蕊宮有夢連宵記銀漢無聲竟夕閒楊柳情長牽似線桃花淚點漬成斑殷勤試向嫦娥問誰似伊家絕世顏



對鏡

一泓秋水冷盈盈照徹容光分外清憔悴更無人似爾端詳眞使我憐卿眉彎凄鎖三分黛臉暈紅消兩瓣酲自歎年年愁裏過漫勞夫壻說傾城

柳外東風響玉鉤水晶簾捲試梳頭展開一面琉璃界照出三重翡翠樓位置端宜高處好光華莫向暗中投願君留取團圞影只照歡娛不照愁

示外

漫論文章如不如寸心愁結那能舒小窗燈火黃昏後猶自低聲勸讀書

粲生妹新婚後歸寧詩以贈之

畫堂燈彩影重重掩映門闌喜氣濃博得老親添笑語此番眞箇是乘龍

盈盈喜氣滿華筵想到分離又黯然此後不須頻念（懷）我畫眉夫壻似神仙

柳絮

柳陰深處小窗開飛絮濛濛入玉臺幾陣暖風吹夢醒一團和氣撲人來兜將羅袂輕無迹襯到花茵軟有胎我亦因風吟思切低徊歎想謝家才

樓頭垂柳復垂楊兩樣花飛一樣忙似爾亂翻迴雪舞有人未卸薄棉裝匆匆聚散春三月草草生涯水一方門外海棠零落盡又隨蝴蝶過東牆



詩情畫意兩纏綿纔著思量便渺然一路斜陽風有影半窗晴雪暖生烟微雲淡月迷何處短夢輕塵憶去年閒看小鬟爭捉取碧紗㡡外曲闌邊

天涯離合豈無因莫道匆匆易誤人萍水新添三尺淚楊花併作一家春欲知天半飛騰志祇問風前現在身更羨他時圓絮果尚能東海護潛鱗

悼雲兒兒字阿雲生二十一日而殤

白楊風急夜蕭蕭正是兒生廿一朝繡褓錦衾空手製一

抔黃土恨難消

枕畔何曾一刻分喘殘餘息徹宵聞兒患喘疾而歿彩雲易散眞成讖悔把兒名喚作雲

老姑長慟痛孫亡夫壻枯眸悼子殤惟我傷心轉無淚爲兒檢點殮時裝

匆匆瘞玉已黃昏灰燼爐香夜不溫藥瀋淋漓盃滿案斷腸處處尙留痕

壬寅上元前二日閨人有以素袖索題者時値春陰已久烟雨迷離觸景興懷率成四律詞之工拙所不計也



輕寒惻惻雨絲絲閒倚闌干有所思柳眼未舒防雪凍梅魂欲動怕春知渺懷深思凝愁久短歎長吟得句遲底是閨人偏好學幾回向我索新詩

索寫新詩幾度來冰綃手展向妝臺機中錦字憑誰織腕底金梭費我猜慧思直將花樣奪深情未忍剪刀裁題成莫漫評工拙還仗靈芸刺繡才

筆吐心花墨吐香筆花墨彩共飛揚居然繡譜開生面特與金閨助豔妝撲蝶暗藏羅扇小折花微露玉纖長閒同女伴尋芳去把袂依依話夕陽

霜縑一幅數行詩花卉全無更入時敢謂文章空色相嬾隨兒女買胭脂唾華猶記昭陽事倚竹還輿空谷思從此絲紗窗格底又添繡縷幾多絲

采蘭詞代笑卿作

采蘭采蘭兮水之湄紫莖綠葉兮何葳蕤衆芳雜處兮知汝者誰欲折不折兮秋風吹合

采蘭采蘭兮蘭未開碧雲暮兮琴聲哀盈盈一水兮渺渺予懷美人不來兮秋風來

詠蘭

讀罷離騷翠袖單悄然無語對幽蘭碧雲飛去吟魂斷抱得瑤琴不忍彈



題湯雨生都督太夫人斷釵吟圖

武進湯雨生先生貽汾一門忠孝以難廕洊升今職少時孤露賴太夫人楊氏靑年矢節撫之成立先生就官粵東與牧厓伯父通家甚暱故婉在閨中得聞太夫人懿行今獲觀此圖尤不勝慨仰謹題長句紀之

梧桐枝上雙鳳凰藕花洲畔雙鴛鴦鳳凰分飛不復聚鴛鴦驚散難成雙弘農名媛才而淑良緣恰締中山族椿庭愛若掌中珠旋賦桃夭諧鳳卜記得盈盈十四春嚴親初賜玉釵珍于歸釵亦藏奩具仍向妝臺伴玉人方期永舉梁鴻桉海外煙塵忽紛亂夫壻慨然成令名其時號泣不

欲生旁人相感還相勸後嗣英賢勿悲惋鸞鏡中塗業巳分鴛機教子何須斷聞言暫息從亡思金簪玉環俱不施昔聞吟詠情常寄到此全灰吟詠意春去秋來年復年賜釵人又隔重泉愁中歲月頻更換夢裏家山幾變遷舊夢新愁愁似夢手把當年玉釵弄玉釵無恙依然完恩情巳斷難重圓一朝釵股忽雙折恰似恩情中道絕釵乎釵乎爾何心問釵無語爲釵吟

楊谥飛先生希濂著虞邑幽光集錄及亡弟麗生之作披覽之餘泫然賦此

荆枝摧折久忍覽舊篇章入夢有時見中懷無日忘讀殘詩一卷揮盡淚千行天意如留汝何難到玉堂



慰韻生弟小試失利

不聞捷報擾晨眠未免令人意索然學業淺深原在汝功名遲早總由天但看爐火純青候郎是宮袍挂綵年爲語連枝莫惆悵還須勤苦向窗前

上元前一夕梅花下感作再疊前韻

花滿瑤階月滿臺花香月色共飛來入春又是將圓夕處世偏多不偶才閒悶閒愁難自遣或歌或哭任人猜無心更索寒梅笑辜負南枝向我開

競渡竹枝詞同月勸姪廷輔作

樂事從來盛我虞每逢競渡更堪娛畫船十里連檣歘一幅西湖仕女圖

柳蕩微風拂面柔蘭橈桂楫聚中流十年不作繁華夢破例今朝也出游

出遊先向水莊西謂王榮雲村秀才西莊草堂宿雨初晴草色肥似覺輕寒猶料峭悔教未帶薄棉衣

一葉扁舟十里塘清和天氣好時光前村隱隱聞簫鼓幾處人家接李王

畫舫因依背岸停入時妝束各娉婷羅裙一色秋葵綠恰稱輕衫是雪青



輕橈劃破綠楊烟鬢影翠衣香夕照邊篙影矗天歌踏地勝游原在小湖田

雅靚春衫窈窕姿一叢叢似好花枝怪他畫舫衝波急不許凝眸覷片時

愧我年來事事慵也隨女伴紀游蹤烟波無際靈均渺湖上暮歸愁煞儂

廷輔

殘春賽社競村氓輪歲當頭有責成曉起開窗先一笑一輪紅日掛銅鉦

大湖田接小湖田花帶霞光柳帶烟到此橹支都放緩

一齊分泊大堤邊

鎧鎧亂擊小鑼圓小隊飛來號擋船絕技滚叉剛試過

又排對子賭雙拳

飄飄小旆蕩斜暉催令龍舟獵一圍旂幟亂顛划正急

浪花如雹打人衣

蘭橈緩緩下西莊梔影參差拂夕陽十笏春波平似掌

有人臨水試新妝

蕭疏竹樹列琴書記得瑯琊此卜居八扇蠣窗闌一摺

家家水閣卷簾初

捩舵開頭捷有神（用杜句）長年如箭激飛艅郎看湖上沄



沄水劃碎頗黎一片春

匆匆篙楫動河梁一水淒迷引夢長莫更臨流重惆悵

再遲一月是端陽

競渡後辭　廷輔

鱅聲牙牙作人語明朝載我湖田去湖田人藝田爲生

例以水嬉迓田祖柳綿未脫鷗天霽一鏡空濛展寒翠

鬣笑提壺挈榼行卻成耽寂逃喧至小童回首忽懽呼

綠柳陰中見旂幟一舟小泊依菰蒲衆舟駢集如鳧趨

人聲舟聲莽不辨刹那已換淸涼區莪莪大艑何處來

雲帷霞障陵風開椒闌桂柱銜玫瑰主人顧盼生光輝

朱顏二八列坐陪玉釵斜嚲流雲墮輕裾迴雪呈金罍

中流行緩主人催鱅支戛響如奔雷別有扁舟小於葉

風幔斜支一輭篷貼若有人兮低素靨羅袂玲瓏裁月

窄依稀認是汝南妾一日之蜡例得循春民自熙江南

春誰持十戶中人賦來覷空江薄澼人

館中雜感

無聊鎮日掩柴扉世態人情事事非惆悵釵鈿俱典盡不

須更問嫁時衣

連牀燈火共咿哦小少家庭樂事過不止鮮民久增慟在

天鴻雁已無多（愚谷麗生先後不在今僅存韻生一弟）



巳是蕭蕭四壁空惟憑夫壻話幽衷蒼天何事偏讐我又

復拋離半道中

暮景蕭條膚澤枯伶仃更痛白頭姑邇來任有千行淚每

到尊前總說無

中饋艱難更莫支下帷且作女郎師十年燈火寒窗味只

有青氊約畧知

萬愁交併緒如麻久病無心理鬢鴉女伴不知人瘦損道

儂標格似梅花

身似僵蠶已盡絲心同槁木不生枝惟餘一事難消御得

暇依然喜論詩

辛苦頻年撫兩孤芸窗舊業久荒蕪時人莫漫誇多學比似當初一半無

鳳泊鸞飄信命乖九齡稚子繫人懷不知曾減嬌癡否昨夢催儂製錦鞋

愁裏年華總斷腸鏡中青鬢付流光憑將身世無窮感併向花前慟一場

折蘭詞寄贈粲生妹

此間春夏多藝蘭主人不到求花難遇圍護以墨紗障四面繞以紅闌干璦㑺美人在天半捲簾佩玉鳴珊珊妝成竟日還握管吟情洋溢霜毫端此時惟我萬愁集對花強笑難成歡思君憶君君不見尺書欲寄無靑鸞蘭乎蘭乎殊負爾伴我終日眉常攢不如持贈彼妹子妝臺含笑長相看

賽社竹枝詞

纔看競渡鬧河隍又見城中賽會忙賺煞蘭閨諸女伴拋殘鍼線日凝妝

簇簇旌旗拂畫簷行行儀仗列莊嚴關心雛婢偏多興遠聽金聲便揭簾

粉牌起馬在前馳小社先過財帛司一樣旗鑼并扇繖神儀謹仰覺仁慈



彩旗五色捲雲霞碌碌朱輪轉餉車不信天曹也徵課看他四季進金花

儼然少[illegible]好丰標頭上冠纓孔翠飄一色繡衣黃馬褂寶刀如水[illegible]齊腰

圖名出[illegible]放春蒐列騎明童綰雪矛有箇黑衣斜抱虎問名仿佛[illegible]都頭

稚女嬌[illegible]並玉顏筍輿絡繹坐爬山金閨俊眼偏憐爾捲幔爭看響佩環爬山虎山轎名

平臺列樹四圍方中坐嬰娩錦繡裝經過朱門呼細步賺他紈扇與香囊

墨羅衫子是茶童淡淡時妝更不同珠蝶一枝斜插鬢紅鬚五寸漾當風

名駒錦帔步從容隨轡紛綸列俎豐胎豹蹯熊轉眼過雕成粔籹最玲瓏

碧闌干外繡簾開倚滿人家玉雪孩底事一時齊退避爲驚七十二司來

纔過香亭又表亭仙音一派奏泠泠鄉村亦有嬌兒女爭羨奇葩插玉瓶

赤日披裘汗若珠韝鷹紲犬走中途鄰翁笑指雛孫問曾識羣名獵戶無

窄袖宮袍五色裁符官太保竝嬰孩更看黃益風飄動寶扇徐遮看轎來

社名土地另成羣前執瑱玕埽翠雲一樣塗脂并抹粉笑他男子著紅裙

神前儈子狀雄驍一色朱衣雉尾挑（搖）越襯巡風態嬌稚鈴聲鞭影總飄蕭

夾道香風錦繡堆馬蹏得得起塵埃笙簫聲沸神輿過又見紛紛後擁來

社役如雲竝馬馳鑪烟十里裊香絲捲旌突隊西趨疾知是神祇上嶽時

夕陽紅到畫簾鉤多少如花盡下樓待得滿簷燈燭上合游那箇不回頭

吟毫久慣寫愁思破例今爲歡樂詞見說北辰新御極人神共慶太平時（時值咸豐初元）

廷輔

賽會年來歲舉行家家燒蠟禮神明不須引演紛詮釋試聽鑾頭號子聲（先一日會曰引會如曲之有引子也或曰演也演習其儀也）

轅門鼓角起更籌漠漠寒烟結暮愁白日西沈烟四起此時正是祭牌頭（引會之夕廟中設筵數十祭舍身供役之没者有子孫者亦持錁往奠焉）

鐵鎖銀鐺動地聲陰風寥寥夜三更可憐身死魂猶繫



試展官符聽點名（是夕復取囚犯獄者按籍呼名往督之出名曰弔陰犯）

一肩油幕兩人擡奴子前行婢後催紙上僉名題犯婦自家廟裏領批來（會晨捨身各犯向廟領批至三法司殿焚之居家淑媛染疾求痊者亦爲之）

隊隊狂夫標厲容鋼叉如雪振銛鋒太平年時無妖魅青面獠牙怖煞儂

蔦訝金童下碧霄裁霞鏤綺綴瓊瑤晚來技隊歸家去輸與符官侍晏朝（頂馬出獵圖香童俱飾小兒爲之會罷神觀於嶽惟符官侍符官即賚表使者）

踏遍茶坊與酒坊同游小隊暫分行簾波微蕩鑪烟裊斜日滿街馬糞香

慰蘭詞

湘雲一朵花叢起獨秀亭亭壓桃李惜此離塵絕俗姿因何移出空山裏出山豈比在山時悽絕芳心祇自知縱許美名齊玉樹已輸故土衍繁枝主人愛汝原珍重朝覩夕玩瓷盆供錦幔重重護太深綺窗密密圍無縫眾意咸驚寵遇殊予情反道轉牽拘不資甘雨和風力活潑春華那得蘇春華閑置成摧抑洞房曲室同圍棘瘦葉疎枝半不禁柔苗弱榦渾無力待得花時數朵開女郎幾輩上花臺供他雲髻瓏鬆綴惜繭金刀翦伐來金刀翦伐何鋒利可

憐鬱鬱傷花意華屋原非安樂窩歡場都是愁煩地幸得移根近太陽春來依舊吐芬芳品高不愧稱香祖韻澹還應供素王蘭乎蘭乎宜自愛爲屬奚奴勤灌溉到後根基諒日深眼前侘傺須寧耐我本空閨長恨人比花遭際更傷神平生一掬酸辛淚哭向窮途怨莫伸自古流光如轉轂鏡裏紅顏謝膏沐畢竟輸君挺秀姿年年歲歲長芳馥感事傷時數歎嗟惹他女伴笑儂家道儂自有愁如海反把閒詞去慰花

中秋對月

丹桂飄香出廣寒中秋明月又團圞嫦娥心地原無感碧



海靑天任衆看

秋闈報罷爲韻生弟感賦

又是西風徹棘辰嫦娥含笑啟冰輪手中丹桂黃金色不付靑氈落寞人

詠齋頭五色盆菊

一重紅紫一重黃更作堆瓊暈墨妝花到九秋尤爛漫人誇五色盛文章層層盎雪寒香疊曲曲屏山古豔藏比似當年彭澤令愈懷沖澹愈芬芳

詠白菊

清標素豔更誰儔可似東籬舊日秋已負高情空世俗轉從本色見風流半庭霜月朦朧照滿室寒香黯淡留我亦吟懷冰樣冷未妨覓句試相酬

題麗鐵生表甥鍾瑚添香館詩集

爭誇桃李豔芳時瓊樹誰知更有枝序誼敢言儂在長論才直許子爲師傳來好句焚香讀和到佳章擱筆思不是此心太傾倒除君無可與談詩

團香鏤雪太聰明一種詩懷別樣清虞嶺竹枝傳雅調集有遊虞山竹枝詞秦淮風月寄閒情細裁花骨篇篇麗漫琢瓊章字字精試問伊誰堪伯仲杜樊川與玉溪生

追思昔在絳帷前遇子方當舞勺年每羨謝庭生玉樹常



期　御座撤金蓮李侯仙骨輕能舉董仲文心幼便專愧我忝隨葭誼未也曾硯席數周旋

半生結習悔耽詩致惹牢騷百種思愛月怕雲籠月色惜花愁雨損花枝無言向俗同枯木有淚沾巾比散絲最是難消知已感祝君早到鳳凰池

寄懷女弟子若霞二十二韻

憶汝垂髫候常依絳帳旁書曾傳孔孟帖愛仿鍾王淑愼尤無匹聰明更善藏問年猶待字論學已升堂芸館傳經罷蘭閨習繡忙鍼盤金縷細絨擘彩絲長濡墨描新樣翻詩錄舊章春風仍侍坐夜雨每聯牀有悶還同訴無言不

共商誼雖師與弟情比女隨孃駒影堂堂去花枝宛宛芳九齡隨硯席十度易星霜忽見通冰語旋聞啟洞房鸞儔欣得耦雁序悵分行之子清華胄伊人錦繡腸豔詞歌卻扇麗句詠催妝筆彩驚鸚鵡簫聲叶鳳凰雍雍和娣姒肅肅敬姑嫜入夢應思我寬懷賴有郎花前邀寫韻月底勸飛觴莫謂三秋隔原堪一葦杭惟予苦岑寂翹首日相望

客毋切切歌

琉璃世界無塵埃水晶宮闕多樓臺樓臺倒影入波底波底荷花竝頭起一枝兩枝嬌可憐千朵萬朵開聯翩深紅淺白滿江沚返照烘霞炫成紫紅嬌怎及紫有情風裳水



珮尤盈盈向人綽約如欲語我見分明亦憐汝無端有客來湘臯醉中意興殊麤豪看花直到花深處驀被㧝將一枝去沙邊鸂鶒水際鴛欲睡不睡潛相看東風消息忽吹出斷翠零紅留不得金盆覆水水已流玉壺盛淚淚莫收淚乾水盡兩情絕客兮客兮毋切切使君有婦羅有夫再來不是前時歎

感示兩兒

半生辛苦母兼師朝課經書夜課詩但得汝曹能努力終須有箇展眉時

聞月鋤姪近患齒恙詩以訊之

未知近恙果何如試草魚箋問起居見說詩狂渾不減祇愁新與酒杯疎

感事四絕

癸丑二月金陵失守粵匪煽氛訛傳將犯蘇常時余適館始平表姊氏課諸甥女故即借始平諸眷暨兩兒僑寓西鄉塘橋顧甥别墅倉皇遷播骨肉星離回首重城感而有賦

無端飛檄蹴紅塵到處訛言總若眞局外觀來原了了誤人偏是局中人

匆匆遷播費驚猜骨肉星離意轉哀昨夜燈前書一紙更



無人寄阿連來

層城回首渺雲端憶著鄉關淚怎乾猶幸鳳雛有高義數傳音問報平安（鐵生表甥時有書慰問）

煢煢母子泣途窮世味嘗來患難中歸去松楸儻無恙祇應慟哭向幽宮

詩課題爲兒輩擬作

擬王右丞西施詠

佳麗代不乏西施傳至今貧猶蓬戶質貴占椒房衾妾貌日以冶君恩日以深一顰輕萬乘一笑重千金寵極反生慮嬌多常捧心豈無後宮衆桃李徒成陰舊伴若相遇應

嗟仍織紝

秋暑

入秋應減暑不道暑依然已過中元候還同三伏天不勝釵朵重容易鬢花蔫僥倖惟團扇仍蒙掌上憐

午晴

一番微雨過又作午窗晴芳草猶未歇秋陽如有情圓撐桐樹影脆迸竹枝聲小立閒階下新詩取次成

眉公椅

爭傳巧製出眉公匠手文心迥不同位置端宜山館好安排恰補水窗空未妨小坐同佳士且勿酣眠學醉翁熱客



若來休竊笑依然八座在堂中

韓王瓶

苔封土蝕質猶完遺恨黃龍總一般半壁江山全失趙千秋姓氏尚尊韓中乾已罄英雄淚衆飲曾騰士卒歡不解投膠惟守口鄙他文士太寒酸

漢宮瓦硯歌

千年古殿生蒿萊瓦礫變化成良材文房珍翫何足道盛衰貴賤亦幻哉誰人作硯供書契云是帝鴻古遺制琢玉奇珍祇飾觀澄泥別樣誇新製辟雝風字古樣鐫合歡秋葉新題籤小者文場便懷袖大者椽筆揮雲烟硯材百種此尤寡陶質蒼然古而雅問年神雀五鳳初託地長生未央下當年立仗覆千官此日抔泥出寒野良工琢付識者藏摩挲日久騰輝光儲以水晶琉璃之寶匣配以珊瑚翡翠之筆牀更聞此硯能發墨濡染淋漓殊自得凹處猶餘土蝕痕中央已沒苔花色君不見玉龍金鳳銅雀臺於今無地無塵埃又不見離宮別館三十六望裏莘莘走麋鹿羨爾猶存歷刼身芸窗珍重伴詞人他時攜上通明殿書徧吟毫五色新

詠菊分題爲經鋤姪延軫作

老圃秋容晚愈芳吟壇相對日飛觴不分花影還人影疑



是詩狂接酒狂此會流連須匝月及時風景況重陽從茲領略陶然趣歲歲東籬約莫忘　醉菊

蕭齋況味足清幽爲訪秋華暫出游此地遲開三徑豔誰家先占一籬秋寒香觸處關心覓蠟屐行來著意求檢得繁英歸去好冷吟閒醉話風流　訪菊

淡到無言入夢宜一痕縹緲向東籬微霜作意先傳信薄醉關心肯誤期圃映斜陽來恍惚徑遮寒月去迷離秋魂不是春宵蝶爲報西風莫見疑　夢菊

越到深秋越盛開孤芳冷豔各呈材黃裳已占中央品本色還標絕俗才望裏疎疎饒古意眼前落落見風裁分明

此是眞高士合付詩人月旦來 評菊

南山當戶憶陶詩采采東籬見數枝傲骨正宜金翦翦高情原異藕絲絲離披删卻經霜朵疎密修成入畫姿歸供膽瓶增逸興寒香滿室酒盈巵 翦菊

見說黃花秀可餐調來不用雜甘酸香清祇合鹽梅比味潔休同肉食看朝佐桂漿浮玉盞夕和蘭露薦晶盤從知此品騷人占那許麤材到舌端 餐菊



夢湘樓詩稾卷上終

# 女士夢湘樓詩集　二

# 夢湘樓詩稾卷下

常熟宗　婉生著

### 新妝詞

姑蘇久著繁華地海隅亦復爭奇麗處處同翻巧樣妝家家各縮新興髻髻號新興最入時平拖低鬢弄風姿爲嫌燕尾垂肩重一寸排雲翦翠絲臉霞淺暈眉長埽柳腰蓮步臨風裊屧試雙弓樣轉纖花簪一朵看尤好碧玉搔頭白玉鈿明璫翠羽助鮮妍環肥燕瘦休相妬梨白桃紅總可憐華妝一種尤驚俗錯采鏤金耀人目百朵雲鑲如意衫五色裙裁合歡幅茗椀爐香共酒甌妝成鎮日坐紅樓



纖穠纖素君休問錦樣年華乍起頭一人占得金閨福雛婢妖鬟競裝束綃衣短愛著蝦青鬢髮齊剛壓蛾綠金屋爭誇豔眾芳蓬門亦共鬭新妝釵頭縱少珍珠綴簾底時聞脂粉香吁嗟乎世風日復趨華靡拈紅貼翠無時已不見蓬門蠶織人亂頭匝月何曾理

### 輓某女史

傾城顏色出塵才不信今皆付刼灰詩課尚思分韻去水嬉猶記蕩舟來香名太盛原非福豔迹全消信可哀我有情癡兩行淚定知流得到泉臺

女兒識字便非祥況復清詞太激揚入世自難容傲骨生天猶恐礙情腸月經蝕後還存魄花到飄殘尚覺香多少風懷忘不得惟餘默默弔斜陽

### 病暑詩四絶寄示月鋤姪

日長人靜午風輕愁聽新蟬嘒嘒鳴莫更將身近棋局病軀無力鬬心兵

夕陽流影入樓臺一帶冰紗向晚開咫尺竹林原在望怪他不送好風來

朝來涼意已蕭森入暮炎蒸更莫禁省識天時同世事病懷那得不沈吟

新愁舊憾兩交加幾日何曾理鬢鴉庭院深沈人不到西



風開盡白荷花

### 秋夜病懷

不雨常疑雨無風亦似風蕭騷來耳畔悽咽入心中落月涵窗白殘燈耿壁紅此時身世感一一不朦朧

### 病後述懷寄示女弟子韻文兼謝瑤華之贈

愁裏光陰病裏身鏡臺寂寂掩芳塵阿孃熨體耶添服昨夢分明記得眞

徹骨清寒已莫支那堪徹底更尋思十年心力今交瘁地下良人知未知

故園回首似無家愁倚西風夕照斜看到滿庭秋色豔方

知人瘦不宜花

打窗風雨夜瀟瀟窗外還添幾樹蕉我已吟懷灰似爐更無魂向此中銷

旣無魂更解銷來底事閒愁鬱不開筆底牢騷襟上淚不憐遭際也憐才 時方和小青諸絶句故云

說到憐才話又休釵叢幾輩識才優芳蘭已向當門種那許淸流勝濁流

珊珊蓮步軟臨風冒暑而來爲病中省識應門無稺子不勞雞黍薦盤豐 時兩兒俱已赴學適蒙蓮步親臨問疾故云

一讀新詩一感傷纏綿悱惻好詞章分明絶代才人筆委屈將伊作女郞



扁舟

扁舟又作出山行去住眞同一葉輕城上斜陽城下水照人鴻迹太分明

那有滋培桃李才絳帷慙愧又重開西風珍重休吹我昨日方纔斷藥來

未經柳葉展眉彎又見桃花點唾斑 時肝疾愈後又患吐紅 不是病魔偏戀我眼前瑣細總相關

阿連一水隔迢迢阿妹重城悵亦遙不信阿咸居咫尺如何音問也寥寥 指月鋤

花入病眸增感慨月臨愁境轉蕭森何如一片閒雲好相對悠悠證素心

素心恰與道心符從此休敲玉唾壺悟得南華經內旨靈臺常寶寸珊瑚

自書夢湘樓集後

平生志願歎全睽檢點殘編感歲華雪裏幽蘭霜後菊自憐遭際畧如花

病壓愁侵賸此身浮生如夢復如塵酒邊歌哭花前笑第一聰明最損人

一卷離騷是我師休言宋玉有微詞美人香草西風裏寫到悽然欲絶時



題月鋤姪緇衣小影

無論衣紫與衣緇似此襟懷傲可知悟到玄微成一笑方知臣叔不曾癡

綺麗年華水樣同輕衫軟帶畫圖中怪他一種翩翩態那有分毫釋子風

是仙是佛是文星紙上圓光見性靈我亦疏狂同小阮願隨飛錫渡滄溟

遊戲文章豈是眞閒雲弄影向紅塵祇愁不久爲霖去那許袈裟果着身

甲寅歲杪假館再贈龐氏諸甥女

憶共羣仙住玉臺春風幾度絳帷開早知今日難爲別卻悔當初苦愛才鳳泊鸞飄成獨感桃穠李豔記親栽眼前十五嬋娟子（謂幼文）曾見銀盆試浴來

花底軒窗水畔楹舊傳經處最關情行蹤已作辭巢燕心事休提出谷鶯未必雲山通別夢也曾風雨聽吟聲歷來離合悲歡地偏是愁人記得清

送陸鐵雲妹倩（清泰）謁選入都即奉題其霜鞍續夢圖

雞聲催夢上征鞍驢背霜華尚未乾似與馬蹄爭駿發一鞭得意向長安



非同張果跨驢情不學韓王湖上行別有壯懷消未得要將才器答昇平

曉月光中欵段行行來得得動吟情京華不是邯鄲道夢穩風雲總不驚

纔到蘆溝睡思消五雲深處望非遙傳聲爲語同懷妹準備香衾促早朝

題殷韻漪女史（恩馥）遺影

碧天杳杳罡風起吹墮瓊花一宵裏那怪高堂淚眼枯披圖我亦悲難已憶昔萍蹤戚里停也曾一面接芳型（舍妹家與女史比鄰故曾一晤）彩雲展影空羣豔明月當頭壓眾星頑兒忝侍尊人席（尊甫小齋先生大兒受業師也）知得聰明更無匹書課時分棣室經蓮蹤常立椿庭雪生就幽嫺玉性情春花秋月肯閒行神仙耦早諧華閥夫婿才尤冠眾英（許字翁雨峯世講）冰清玉潤誠堪羨門楣果副乘龍選錦瑟安排待和將雲箋準備同題徧已卜星期又屢遷病軀可奈日沈緜支持瘦骨防耶慮宛轉柔腸益母憐檀郎雖到蓬山頂可憐虛覩仙娥影（女史疾亟時世講曾往一面）烏鵲空將一水填紅鸞未許雙星竝枉說曾經見面來椿萱那不更增哀空留一幅傷心影畫裏眉痕埽不開



雨阻散花室與淨蓮女眞夜敘始平舊事感而賦此

閱徧亭亭桃李花春風回首失芳華豈知一片閒雲影今夕來棲玉女家

打窗愁聽雨飄蕭禪室相依破寂寥話盡滄桑多少感一燈紅瘦夜迢迢

兒甥輩以官字韻七律唱和至數十疊戲擬一首示之

各把心兵戰筆端要從安外更求安醉中得句辭多放愁畔成吟語易酸雪罨老梅連影凍風驅落葉走聲乾等閒三韻拈隨手遲我徧難一字官

答和粲生妹再用前韻

匆匆握別太無端分手爭如聚首安囑我病軀加子細感君情誼減辛酸和詩然燭從頭錄別酒臨風到口乾最是繫懷惟後起一衿難博況郎官（大兒四試玉峯俛得復失今歲又因額隘錄取佾生）

始平女甥雁序凡六其伯姊早歸歸梧岡司馬來儀餘自道光庚子歲始先後從余受讀葭莩誼切硯席情殷往還幾及廿載而夭桃穠李漸次分株壬寅歲麗如歸周君企愚巳酉歲閨彥歸陸君心涵庚戌歲若霞歸李君仲芬辛亥歲書君歸顧君受茲至戊午歲幼文亦歸歸君寶存焉撫今追昔不



能無詩爰賦是篇以誌

亭亭三五瑤臺姝花南硯北相容與春風披拂經廿載眼看桃李皆分株一株早適清華族佳耦愛蓮誇茂叔鴻案相莊善進規鹿車共挽能諧俗一株秀出金閨彥伊人家世同機雲膝下鳳雛饒夙慧門前虹影橫斜曛（閨彥所居以橋名故用虹影字）一株穠豔尤無比夫婿剛逢謫仙李其奈騎鯨去不回幸有佳兒能繼起一株生就蘭蕙心對之使我開塵襟顧耶倜儻復好俠等閒一諾輕千金一株嬌掩湘妃箟眉柳新描京兆葉桐樹棲將小鳳凰榴裂繡出雙胡蝶胡蝶雙飛別院苔舊傳經處怕重來還欣各有珠擎掌他日仍期絳帳開

咸豐庚申感事詩四律

株守亦非易士崩眞可哀千金空散去一木苦支來閫外師先潰城中夢乍回（八月一日西師潰於恬莊主帥宵遁明日賊入城萬家皆在夢中焉）生憐勝游地碧血染蒿萊

六騎從西至（有悍賊六騎首犯西門而入）孤城莫瓦全伏戎眞在莽聚甲杜輸錢浩刧同千古餘生巳八年將星難再起慟哭向重泉（金陵陷於癸丑賴向帥扼賊之鋒蘇常得延八載）

弟姪竝遭擄兒甥皆被羈怒深髮上指憤極體忘疲肯效閨人泣甘同烈士爲幸逢狂小阮相與話流離（倉猝城陷余弟韻生



姪葉鋤蔚文陸甥小庵兒子贊竝遭賊擄聞變之下憤塡胷臆誓將俟賊至痛數其罪而自戕矣適書鋤姪處有舟泊城强余以遁）

一身嗟老至四顧意茫然把酒還澆地臨風欲問天饑寒餘傲骨烽火逼殘年往事休回首雙親掌上憐

余雖處鄉僻而寇氛未靖日滋驚擾書此誌感

又是西風寥落天故園北望思綿綿（余家在城北）無多秋色悲殘照不盡餘波感逝川幾處流離傷骨肉萬家消息阻烽烟江南景物休重問腸斷蘭成賦一篇

喜葵兒歸

人生何最苦最苦是生離況兒早孤露被擄尤堪悲兒歸

禍忽罹毋心如火炊痛汝執愚孝兒本在鄉以聞警還城覲予致遭賊擄故云惜汝專文詞憐汝體孱弱諒汝艱驅馳此行如赴冥豈作生還思兒去已百日淚盡神如癡斷腸復斷腸其苦蒼天知忽於仲冬月十七薄暮時其地清水圩其主桃李枝一舟翩然歸載我親生兒村童先走報鄰婦爭來窺乍逢渾不識面目非凝脂血汚尚在衣創痕徧體肢間關涉千里步履跛莫支上堂不成拜涕泗流漣而令我一寸心攪作千尋絲兒乎且勿悲爲爾餔茅茨幸兒歸有孃莫歎家無資毋子在難中全賴相扶持保此歷刼身好作承平詩

韻弟被擄已及半載忽於歲杪從西鄉石埼里陸君



昆玉處假館來寓喜而賦此

骨肉各西東鐏罍恐莫同豈知今夕酒仍話去年衷志肯艱難挫詩因閱歷雄連枝喜重敘翦盡燭花紅

吾弟平生學皆從性分來相依欣有善所向定無災地主機雲裔門生桃李材江鄉棲隱好其樂洵悠哉

旅感八首即步麗鐵生表甥見寄原韻兼寄書君女甥

秋風秋雨罨秋烟冷落秋衣未著綿欲倩吟毫傳旅憾江南紙貴久無箋

羅襟時染淚斑斑魂夢惟思故里還不識大江南北路一宵能度幾重關

愁中歲月去堂堂吾虞自去歲八月初二失守後迄今又一載矣禾黍秋風感彼蒼莫上高樓更南望烽烟滿眼是家鄉

煢煢母子且偷安提起中腸別樣酸不是無人憐范叔客途多半歎清寒

人到途窮作達難眼前愁障疊峰巒欲憑酒力開除去又恐攻心似激湍

往事滄桑忍細論絳帷慙愧說師尊故園桃李惟君在風雪何人更立門始平羣秀髫歲皆從予受讀遭亂後悉如星散渡江而北者惟書君一人時通音問

斷簡殘編付草萊飄零身世刼餘灰鳳雛畢竟饒高義遠



寄新詩慰藉來

庭空落葉響飄蕭深鎖重門氣泬寥今夜夜窗燈似豆旅魂三處定全消

辛酉四月余緣寇氛不靖挈兩兒渡江北赴輿邑寄居平原妹氏寓舍兵燹之餘骨肉再覯悲喜併集即用舊作官字韻賦詩一律

漫望旌旗樹曲端渡江且覓一枝安時艱肯怨人情薄道遠惟愁足力酸風颭客心搖欲墜雨淋塵鬢濕難乾車行道上適值驟雨同懷有幸重相見喜勝寒儒乍得官

再疊官字韻書示葵兒

哲人從古避三端況復身從逆旅安養拙尙愁流俗忌論才敢鄙士風酸伍員簫忍途中咽趙壹囊甘客裏乾處世何堪輕肆志願兒且勿學伶官

客窗遣興再疊官字韻二首

漫提烽火引愁端出處隨時且少安竹瘦折腰仍抱節橙香適口不嫌酸吟懷好鬬三秋健蠟淚偏當五夜乾一笑琳瑯盈眼底儘呼屈宋作衙官時葵兒以同輩所和諸詩就正於余

微霜已上鬢雲端忍使身心尙欠安自傍短籬觀菊放誰吹長笛學笳酸詩狂未許悲相雜思涌還愁酒易乾難得一家依樂土鳴蛙且莫問私官



題同邑張芙川參軍蓉鏡家藏北齊蘭陵王碑搨本

西風淒緊百草黃木葉窣窣行虛廊此時我正客窗坐旅懷并入秋茫茫陸甥忽持一冊至云是古搨蘭陵王六渾事業何足數惟王英鋭才足當穹碑千載譽溢口墨香古韻流芬芳觀之直可舒鬱勃筆力雄勁神清蒼幾經名家法眼別一一欵識鈐圖章龔受諸何何受趙今來又付清河藏芙川先生老名士雙眸如月懸清光硯癖書癖詩畫癖羅胸夜夜生光芒瓌寶遇公不敢匿并供吟賞環身傍客秋欃槍忽南指吾虞全邑嗟淪亡曹倉鄴架盡銷鑠獨公此寶完無傷天公下遣六丁護片帆飛渡隨輕航今向昭陽獲覩此自誇眼福饒閨房日玩不足繼之燭朝來愁鬢消秋霜

壬戌四月同粲生妹北上留別書君女甥

烽火殊未息如何又遠行總因身世累難免別離輕此日萍蹤聚明宵旅夢驚還愁分手處悽咽若爲情

此行豈予意宛轉勉隨兒葵兒將順途應京兆試鴻雁懷中澤鶺鴒戀故枝幾多窮達感不盡溯洄思桑梓君如返傳言故舊知

津門途次卽景偶占

水聲入耳聽淙淙帆飽南薰穩渡江急雨初過人意爽滿蓬涼翠滴船窗



微風拂面自生涼濃綠陰中漏夕陽一路看來青不斷江南無此好垂楊

抵保陽後賦呈鐵雲妹倩倩宜仲妹

纔離海船又車輪且幸平安渡此津旭日麗天風解愠不愁十丈軟紅塵

故園回首滿蒿萊刼後餘生百念灰感得一帆風力順直將人送日邊來

擬古二章寄葵兒葉城幕次

鳳凰失其巢飄泊同山雞東西與南北各向天涯飛天涯

多哀鴻共此梧桐棲毛羽既有差物性安能齊何當斂文
翰飲啄隨時宜佛法平等看一笑皆怡怡
美人愛明鏡壯士愛寶刀寶刀一脫手四壁風蕭蕭寒光
潑水來座客慘不驕恩怨戰五中相顧心搖搖恩固不可
辜怨亦不可招扁舟去滄海何處無波濤

題馬漢儒百朋勸孝集

至孝不易得孰躋賢聖風承顏與養志乃在傭保中崇明
有老人貧賤成衰翁雖生四男子其奈餅罍空無力哺衆
雛散作分飛鴻一室惟老妻室眞懸磬同幸生落拓性行
止隨飄蓬胷不設機械口不言窮通否極泰忽來夕照桑



榆紅長男已贖身仲叔皆歸宗最小第四郎亦復囊橐豐
並歸取賢婦列肆開西東輪流奉旨甘絡驛呈肥醲兒弟
咸怡怡娣姒皆雍雍扇枕更温衾無間夏與冬致此二老
人其樂踰王公嗟我亦有兒失怙方童蒙晝荻與篝燈費
我廿載功兒漸解讀書毋已傷龍鍾前賢暨往哲幸畧羅
心胷非冀博科第聊以策孝忠馬君古君子趣向殊凡庸
手此勸孝編徧啟赤子衷其功庫有涯其德尤無窮堂前
各有親及早謀尸饔

海甯陳瑞伯孝廉鴻保介葵兒乞題其父襄夔明府
錫麒悼梁姬詩後

東風吹陌百草香夭桃穠李嬌春陽西風拂水藕花死荷
葉莫蓋雙鴛鴦梁家有女古紅玉生就明珠爲俊目雜佩
羞從俗子貽小星廿叶文人卜佳耦由來不易成竟容名
士得傾城年爭皓月團圞夕貌在昭陽第幾名梧桐枝上
桐花鳳添香秉燭朝朝共新茗頻勞自點將繁花不惜親
澆種得抱衾裯已數年閒情逸致總如仙温柔儘占東君
寵婉轉尤蒙大婦憐正欣海燕雙栖妥欃槍忽兆江南禍
才見全家倂壞移又聞幾處名城墮當道何人敢閉關赭
山纔陷又蕭山掀天風浪驚頻試匝地干戈莫往還德門
畢竟邀天佑一家骨肉仍團守祇惜支離刼後身愁蛾淚



曆渾非舊猶幸雲程路不賒郎君得意步京華泥金已報
南來信錦字還迎北上車萬千辛苦都嘗徧者回爭不圖
相見翡翠思營新定巢琴尊待啟重圓讌晨鵲宵燈旦暮
占征途其奈暑炎炎早知噩病三天亟那許勞薪十日淹
可憐盼到長安道未逢一面香魂渺祇共艱難不共歡朝
雲畢竟辭坡老郎此言懷痛可知如何不賦斷腸詩犀簾
泣損悲難已錦瑟吟成怨莫支此情縷縷那(雖)能述此恨綿
綿言不得嬌女重遺細弱憂寒鐙常照悽凉色越寫眞情
越見才令人一讀一悲哀滄桑幾度烽煙裏我亦曾經歷
刼來

客窗感賦寄懷麗甥雲槎孝廉

故園消息渺江南誰向天涯寄一函未識松楸無恙否客窗愁見樹毵毵

效齊效楚逞靈心妙語鈴圓一串金我是南蠻眞鴃舌難將土字換官音

萬苦千辛歷刼身負他四十五年春眼前賴有同懷在且放牢騷作達人

孺子依然是故吾（此指葵兒北闈報罷而言）老人霜雪滿頭顱憑將客裏經年況寫入閒吟寄鳳雛

次見懷韻寄文女弟子



研席論交已廿年忽驚雲散感烽煙如何一片鄉關月照到天涯便可憐

誰言桃靨笑春風三月梢頭未放紅祇有尋巢雙燕子呢喃猶與故鄉同

哭陸楚娟女甥（寶琛）十八首

記得甥生歲在申銀盆珠顆浴奇珍阿耶歡喜孃憐愛掌上圓擎十七春

而慈與我本連支親見呀呀學語時更喜甫經離母抱聰明已解讀唐詩

何須䪼面屑桃花生就奇姿豔可誇除卻彤霞和白雪世間無此好光華

生逢離亂最憐渠未到盈盈十五初一自元方陷鋒鏑背親常有淚沾裾（伯兄小安城陷未出）

重城淪陷恨難降寇逼鄉隅又渡江奉母默隨兄姊後終宵露坐在輕艭

明年春杪我離虞與爾萍蓬聚一隅乍見苗條驚愈秀香腮畧褪兩芙蕖

經年蘭若共相依旅況艱難故舊稀羨爾有親留宦轍一帆同向日邊飛

方欣朝夕繞親傍不道名花日減芳總爲頻年困兵火積勞病漸入膏肓



嬾餐玉粒已多時瞞卻慈親未遣知彩伴暫逢還強笑當窗猶見繡花枝

尊人戎馬去經年屢盼歸期望眼穿盼得歸時耶又病憂心那禁日如煎

疏詞偷寫向妝臺扶病終宵默禱來親病漸痊兒病亟可憐瘦盡好身材

病軀無奈日淹淹冰到柔荑十指尖賸得一絲蘭氣在朝朝明鏡尚開奩

白蓮風外月如潮正照瓊花墮此宵（沒於六月十五夜）我有傷心

言不得眼看玉碎與香消

椿萱長慟向靈牀兄姊相扶共斷腸幼弟嬌癡尤痛絕苦教人覓返魂香

平時最愛小貍奴朝夕相隨坐臥俱不道貍奴今亦渺任教終夜費追呼

去年儂病日淹牀隨姊殷勤侍藥湯擁得錦衾還讓我朝朝親手試溫涼

修短原知數本天難忘玉潤與花嫣雙親爲爾摹嬌影仍當明珠在膝前

雛鬟掩面雁行啼送汝芳靈古刹栖莫更深宵怯風露西



方有樹覆菩提

題阮婣川恭人珠慈暉館遺稿應沈竹齋太守之請

嘉耦不易覯自古僉云然羨彼玉堂裔侶此金閨仙金閨太傅公人瑞聞垓埏豐功與偉績歷歷垂青編恭人爲文達公女孫在昔莅兩粵識拔皆才賢時余先伯父風塵困迍邅偶以古文辭青眼蒙公憐及門許問難聽鼓曾周旋伯父牧厓公曾及文達之門知公退食餘珠玉盈階前一門萃風雅歌咏彈冰絃毓此琴女孫恭人善琴文達每呼爲琴女孫意向尤精專海水與天風觸處皆成連慧質冰雪清好句珍珠聯夫壻今休文詞藻同翩翩選樓贅壁人文達築有選樓恭人卽居其上甥館開瓊筵雙聲鳴綵綺憂韻賡紅箋未幾郎念家一水中流便武陵路非遙雙駕蘭舟還何期甫抵里遽報靈椿萎盡哀居舅喪屏樂除釵鈿事姑相夫子禮法從無愆忽忽又歲餘故土妖氛纏可憐揚州月化作蕪城煙每一念母兄心肺常如煎自此患二豎盧扁醫難痊骨肉念最關病耗高堂傳阿母與阿兄驚淚流漣漣道路得稍甯亟棹邗江船相見雖足歡病已嗟沈綿皓月不久圓佳人難永年一朝忽羽化騎鶴歸遙天奉倩洵多情作吏來幽燕廿載行篋裏寶此瓊瑤篇拳拳念舊心金石無其堅宏猷況卓著風骨尤高騫鵬摶萬里程鳳峙三山巔勳名看日上福德眞無邊一笑慰芳



靈　紫誥重重塡

春日懷始平氏諸甥女

頹鬢霜催白衰顏酒借紅幾多桃李樹曾否憶春風

秋夜露坐

露氣白如此秋風淒以清不知今夜月可是故鄉明

悼冢媳陸佩裳寶環

天涯夫壻未言還記得金環約指間己巳冬葵兒赴鄂媳以指環貽之不道人隨花共落媳亡於三月二十四日斷腸白髮哭紅顏

題武林費椿年貳尹茂林一路清廉順風歸去圖

茫茫宦海眞如海榮悴升沈涸千載不少安居食肉流亦

多畸士名人在名人畸士誰最眞江夏仙吏才無倫翩翩公子本華貴庭前玉樹懷中珍春花秋月青年富如此英才肯株守世祿之家合致身豈屑大才還小就丁沽筮仕氣激昂正逢粤逆來披猖千金不惜酬死士一劍常佩懷龍光幾經驚險勢　王事辛苦何人明素志尺幅新圖藉是成傳神妙筆長康試圖中排列畫舫三鳴鉦將入杭州關分明巳見故園景浮屠矗立橋灣環環橋勝景尤無比夾道蓮花清水裏一鷺飛來雪點明游山更具諸行李披圖想見作者心宦囊不許纖塵侵一路清廉好歸去徜徉湖上騎驢吟行吟何處無詩料爭奈煙塵未全掃況復心傷鷩影分遲遲阻卻中流櫂畢竟勳勞鑒　帝衷晉階臨桂酬其庸奈何濡滯行不得頻年兩袖惟清風歸田漫詠陶潛賦宦轍徘徊在中路鷓鴣唱徹杜宇啼手撫丹青感雲樹惟公莫悵願暫達鑣鳳豐羽揚光輝會看依舊風帆順相率飛鳴得意歸



述懷四律簡汪雪芬夫人　韻梅

余自壬戌北上僑寓保陽迄今一星巳終而南蠻鴃舌與北音終屬隔膜頗以爲恨客臘吾虞言應千大令家駒自肥鄉任所挈眷旋省今春新正過訪花南請見於余旣屬同鄉復關戚誼頗難卻之未幾其夫人亦來過我夫人錢塘汪氏宮詹聽舫先生之孫笠樵孝廉之子名韻梅字雪芬才媛也清談甫接胸臆並傾且蒙投贈佳什使老人懷抱爲之一開自此屢有過從嘗信宿其家見其手鈔秘本悉假以歸夜窗鐙火繙閱之餘率成四律用應千見示雲門姪孫詩韻即事述懷工拙不計聊以識萍蹤契合之緣雪爪微茫之迹云爾

自哂結習未消除垂老仍如弄筆初巳醉郇厨歌旨酒更窺鄴架饜奇書吟懷雖易因衰倦心事終難與古疏惱煞連朝塵俗累一編把向夜窗虛



盛世何妨言行危敢云巾幗不相師耽吟畢竟辭嫌拙喜獵居然韻和痍四詩中押痍字韻最難工穩故云以外酸鹹諸味泯此中甘苦寸心知十年萍寄留鴻爪尚賴陶情數首詩

休將鄉思上眉尖一任紅塵撲短簷閱遍秋雲知厚薄味餘泉水識貪廉良辰肯觸升沈感此句得諸午日遊子偏勞窮達占欲慰老懷無別計松齡蔗境兩須兼

僊居何幸接人寰幾度驚看珠玉頒揮灑如君眞敏捷隮唐似我敢追攀北山書好應刊白東觀名高肯讓班自媿勞人多草草未能竟日話清閒此章統指雪芬夫人

周遵道豹隱紀談九九消寒之說詠之者多矣而厲

鶗引陸泳吳下田家志則復於夏至後爲起九說曰一九二九扇子不離手三九二十七冰水甜如蜜四九三十六拭汗如出浴五九四十五頭戴秋葉舞六九五十四乘涼入佛寺七九六十三牀頭尋被單八九七十二思量蓋夾被九九八十一家家打炭墼而他書所載亦間有不同者今夏雪芬夫人以此爲題賦詩索和爰成九章以遣三伏

一九炎歊正起頭薰風無力火雲浮掌中賴有如圭月搖動涼生滿握秋

二九齊紈更莫拋小鬟交扇向堂坳縱然倦入紗幮臥尙



有涼風枕畔捎

三九無方可避炎井泉汲處自開簾泉甘儘許嘗如蜜口角休教似蜜甜

四九房櫳日最佳拭殘香汗褪鉛華分明卅六陂塘裏新透一枝菡萏花此戲指雪芬夫人原唱而言

五九輕颸透綺寮井梧一葉逐風飄九雛七寶還雙鳳知向何人釵畔撩五九一作桐葉釵頭舞

六九招提避暑宜風襟名士夕披披何如菩薩蓮臺座熱鬧清涼兩不知

七九清宵暑漸闌燭花半暗漏聲殘夢迴珊枕思量起忘置羅衾一幅單

八九金風動樹柯銀牀冰簟得秋多單衾已冷棉還熱愜意須添兩疊羅

九九輕棉已著身家家炭墼打烏薪憑君莫作尋常看大地能回萬戶春

闌干四詠同雪芬夫人陸韻文甥女寶瑛作

一庭修竹晝愔愔亞字闌干望裏深倚到佳人眞絕代晤來君子恰虛心碧城窈窕遲纖步青漆迴環遠茂林最愛春游扶衆曲翠裙微露襯銷金竹裏　竹裏春游冷翠裙唐人句也

小欄花韻午添穠掩映偏宜絕世容覆遍晴香痕疊疊壓



低春夢影重重吟紅偶掐迴文記題紫應將卍字封眞箇柳綿收不住東風爲搭玉瓏鬆花間

最宜倚竹與扶花尤稱玲瓏傍水涯十里紅情攔菡萏四圍綠意逗蒹葭湖邊慣接亭臺好溪上還隨畧彴斜猶記畫船觀競渡夕陽凭遍美人家水邊

涼蟾如水瀉層霄咫尺天涯護綺寮深院凭花原此地高樓倚月又今宵秋橫簾影參差界風引爐煙曲折飄斯境直疑僊窟近素娥含笑定相招月下

余周甲有六誕日雲門姪孫繪眉壽圖便面見遺倩宜妹雪芬夫人均有佳什余亦以兩絕句綴尾焉

冰霜歷盡憶當時忽訝春回發舊枝似與牡丹爭富貴一般筆底染臙脂

梅谿絳雪黯模糊壽帶林間名自呼阿買愛他佳識好扇頭特爲老人圖



夢湘樓詩稾卷下終

# 女士夢湘樓詩集 三

# 夢湘樓詞藁

常熟宗　婉婉生著

海棠春 春曉

暖香縈夢春將曉小院靜曲房深窈翠幙一重重那有東風到　半醒半睡聞啼鳥似報我海棠開了檢點夢如何約略春多少

醉花陰 春暮

風捲殘紅和夢碎夢也傷憔悴追想夢如何夢不分明夢醒還如醉　夕陽影裏重門閉別有銷魂地怎樣不銷魂要不銷魂恨少留春計



前調 暮春日謹步家慈原韻

覆地綠雲圓又碎花比人憔悴小語問東君一片紅情夕照能留未　閒愁黯黯窗紗閉悔識詩中味若不爲聰明歲歲春歸省卻傷心淚

金縷曲 送春

此恨眞千古忽匆匆臨岐把酒送春歸去幾曲闌干閒倚遍總是沒情少緒但望裏夕陽無語殘夢一絲風翦斷問誰爲題破傷心句此別也嗟何遽　畫樓無計留春住儘銷魂紅稀綠暗美人遲暮芳草連天天接水更隔幾重雲樹君莫問春歸之路流水落花遭小劫算人間天上無憑據此去也歸何處

高陽臺 憶梅

寂寂閒庭愔愔小院東風消息沈沈月地雲階去年想到如今嬋娟別後期無恙奈近來連日春陰最愁他冷盡芳魂酸盡芳情　孤邨何處吟魂渺記殘宵有夢流水無心慘慘悽悽幾回覓覓尋尋笛聲吹落空山月夢回時獨自沈吟怕來遲花怨蹉跎人怨飄零

前調 憶蘭

聲咽瑤琴夢回遠水空敎立盡斜陽渺渺予懷所思霧袂風裳心情欲託春風訴怕春風不到瀟湘悄無言一度沈



吟一度思量　閒窗讀遍離騷句向香邊摹擬畫裏猜詳一往情深美人宛在中央碧雲飛去秋無迹又依稀月澹煙涼儘銷魂幽抱誰通幽怨誰償

離亭燕 初夏病起

又是三春過了紈扇羅衫試到半晌倚闌神思倦不耐侍兒言笑樹影綠成雲紅褪幾絲斜照　簾外湘波渺渺簾底愁人悄悄自是病多無好夢夢也亂如芳草小院靜愔愔忽被棋聲驚覺

望湘人 秋意

漸秋容黯澹秋氣寂寥斷煙疎雨時候落葉敲窗亂峰鎖

夢夢與葉聲同墜病感三分二分中酒一分憔悴聽雁聲遠過瀟湘暗把秋魂驚碎　閒上高樓獨倚正秋風嫋嫋洞庭波矣歎吟到離騷悵望霧鬟雲髻夕陽林杪暮雲天際一片蒼涼之意目渺渺不見湘君岸草汀蘭誰寄

前調 染指

覷纖長指爪未褪嫣痕女兒花又開遍懶理金針慵拈彩筆愛傍芳叢頻揀小摘繁英細刪攢蒂輕研霞片捲袖羅蘸上春葱彷彿珊瑚成串　多少深閨蘭媛慣燈前月下比評深淺認紅豆初拈幾誤鸚哥偷啖金盆和露玉纖流豔染了又還重染怪小婢道是啼痕一樣凝成紅點



壺中天 花影

移來畫裏看亭亭裊裊東風難卷簾角牆陰曾省識橫把月明界斷如此朦朧者般黯澹幽夢誰爲伴悄然無語夜深飛上窗畔　遙憶幾曲闌干幾重臺榭幾處閒亭院非霧非煙香氣襲望去糢糊一片滿地春痕露涼風緊心事添悽惋西樓月落化爲雲氣而散

前調 花光

百花叢裏看神光離合共矜明媚暈入東風春欲笑不定香痕如水暖處揚輝晴邊散彩天氣濃於醉看朱成碧倏而非紫非翠　聞說綺陌芳塵豔魂飛處蕩得春陰碎一隊鈿車相照耀人果能如花否作意搖紅牽情潑碧那解傷顦顇餳簫休弄恐將霞影驚墜

前調 花魂

落紅堆裏賸半絲一縷呼之欲出人在小窗扶病起恍惚似聞聲息玉已成煙香拚化土此恨終難滅苔荒院冷知他多少悽咽　堪歎從古佳人幾多豔魄曾與君同刼回首淡煙涼月夜春夢了無痕迹悄悄冥冥酸酸楚楚偷向牆陰泣曉風吹散卻從何處尋覓

前調 花夢

一痕縹緲怕凌空化作彩雲飛去蝴蝶多情先入夢暗把



香魂留住風擎難圓雨淋易碎儂願無風雨睡鄉安否莫教迷卻歸路　幽絕小院迴廊月華滿地花似人無語露重煙深扶不起春在最淒迷處舊事朦朧芳情搖漾香霧空濛護夜涼如水推窗猶恐驚汝

前調 花氣

春愁未醒忽春風吹送春情如水春淺春深春不覺暗襲春人衣袂春思朦朧春魂淡宕春夢霏霏墜日高春暖曉鶯啼破春睡　堪愛闌亞凭香簾低浮豔晝到空濛際一片濃芬無著處散入碧紗窗裏不是旃檀並非沈速薰遍繁華地隔牆鄰女可曾猜是花氣

前調 花愁

花開花謝算年年總被東君躭誤欲說平生多少憾提起不勝酸楚幾日芳菲幾番搖落幾度驚風雨夕陽影裏容華如水流去　知否我自春來爲花憔悴未忍和花訴花果聰明應會得只恐更傷情緒病裏春殘酒邊夢繞夢醒春何處綠悽紅慘有懷難向人語

點絳脣 初夏夜作

新月如鉤畫簾倒影雲拖地二分還未未有團圓意　冷浸吟魂悄向闌干倚花陰底落紅堆砌一陣東風起

憶秦娥 春雨



東風急雨聲纔止西風接西風接吹將淚點隔窗同滴夢中訊問春消息依稀聽得凋零極凋零極覺來無語又成淒咽

高陽臺 題小青瘦影自臨春水照圖

一種愁容十分病態可留眞箇癡心强整新妝東風獨自沈吟無情有憾誰人見只一池春水分明冷清清庭院深深楊柳陰陰　天荒地老尋常事算人間只有此憾難平薄命紅顏枉教占斷才名傷心我亦工愁者向畫中訂箇知音願從今卿自憐儂儂自憐卿

如夢令 戲題團扇

素練裁成團扇新樣十分圓滿試向掌中擎明月全身都現如面如面只當素娥相見

潑墨親描團扇聊把病懷消遣畫出牡丹枝不耐粉勻脂染清減清減添了一分妍倩

綵筆閒題團扇小院日長門掩不寫古人詩須要別開生面翻遍翻遍幾曲小詞香豔

手弄生綃團扇風動藕花香遍病後減容光羞說芙蓉嬌面斜掩斜掩恐被采蓮人見

皎潔最憐團扇伴我小庭深院一夕起秋風涼意暗中吹遍緣淺緣淺再隔幾時相見



不是班姬團扇不是芳姿便面卻是廣寒人親翦一層雲片消遣消遣小字自家題遍

湘月 題繪秋圖

秋之爲氣有千變萬化人怎描得不道寥寥數筆裏竟把精神傳出冷月無聲寒煙有影攝起秋魂魄此中清景算來只我能識　樓上一帶湘簾湘簾不捲樓下湘波白不盡寒流去渺渺倒浸銀河無色桐樹中間芭蕉側畔添座湖山石綠窗休閉待儂一夢飛入 已上在閨中之作

菩薩蠻 題美人圖二幀二首

美人家在湖邊住引儂神往圖中去影隔小窗紗紫薇初

試花　垂楊低拂處不礙尋詩路吟罷意何如魂消一卷書

梧桐涼罩亭亭綠美人想在闌干曲偷向畫廊西看時不見伊　夢隨芳草轉覓到湖山畔心事怕人知迴身背立時

前調 聞桂花香偶成

秋閨寂寂秋風入徘徊獨倚闌干立香忽逐風來桂花何處開　小鬟剛欲摘卻與雕牆隔牆外是鄰家鄰家有此花

前調 詠臘梅



縱橫老幹蒼如鐵因何亂點黃金屑看到素心開黃金買不來　道妝相似否更比梅花瘦一事不如梅天寒有鶴陪

釵頭鳳 賽社

爐煙繞香風到滿街錦繡光相耀佳人在紅樓畔彩旗過也侍兒低喚看看看　鄰姬道今年好香車寶馬知多少天將晚遊人返夕陽西下畫簾閒捲散散散

高陽臺 輓清河郡蘭卿表姪媳

吹氣如蘭其人似玉豈知命比琉璃幸有前緣也曾省識芳姿秦樓一夕簫聲斷悵香魂化作雲飛是耶非鬢影衣香夢裏依稀　從今冷落張郎筆歎畫眉無計枉費歔欷燈暗空房忍聽枕畔兒啼那人生小姮娥樣果紅塵無分留伊最淒其月漸團圞人反長離亡於十四日

滿江紅 述懷

生不逢辰慣消受風波顛覆還指望小窗燈火伴他勤讀諱病強支千日恙食貧勉學三分俗向悄無人處一凭闌吞聲哭　肩如削腰如束容顦顇衣單薄已心灰似燼淚乾無血自信艱難安妾命也甘辛苦隨郎逐算非關造化忌聰明儂無福

前調 述懷示書君女弟子



屈指平生無一事堪舒眉葉更年來椿摧荆折釵分鏡擘一弟青衿憐落寞兩兒黃口傷孤子向普天之下數愁人無儂匹　思往事空陳迹提舊恨徒悲咽已炎涼閱遍世情冰雪醉後惟餘三復歎人前肯下雙行泣但相期弱息到他年能成立

高陽臺 賀書君女甥新昏

花醉賓筵春濃甥館笙歌擁滿華堂樺燭迎來爭看玉樣東牀伊人況是金閨彥更聰明嬌小無雙好承當綺麗年華細膩風光　惟儂忽忽懷今昔記絳帷啟處桃李成行曾幾何時畫眉各倚檀郎從今講席悲虛設更阿誰伴我

芸窗要相逢須待來春梅柳舒芳

湘月 題沈桑生女史寫竹小影

前身姑射向瓊閨弄影別具風雅攜得玲瓏五色筆胎息文家支派雨後修篁風前叢篠十指淋漓寫徘徊尺幅墨香宛宛縈惹　況復綽頰豐頤十分端麗富貴花相亞合受人間清豔福歷倒閨房林下妝不全描容含半笑望裏尤瀟灑幾時眞个許儂一接清話

鳳皇臺上憶吹簫 題俞月卿茂才暨德配秦玉兩夫人引簫聲院合稿

才思如雲風情似水天生一種飄蕭況得逢佳耦共奏靈璈惆悵子登僊去重伴取弄玉吹簫堪誇是才俱道蘊學竝班昭　寥寥撫今溯古有幾箇人兒得似伊曹羨倡予和汝豔福能消豈比尋常兒女祇解把粉弄脂調神仙侶抽書擘箋別具丰標

前調 題粲生妹月榭尋詩圖

一片空明數重晻畫平分水榭雲寮羨揭來詩境如此清超試向圖中覓句應較勝臺上吹簫凭闌處檀痕細掐釵玉頻搔　迢迢晝長莫遣向日裏尋詩尋到中宵更吟風梧葉葉飄蕭飄墮幾分秋意和月影暈上輕綃憑傳語夜寒露涼莫儘推敲

金縷曲 題翁月如夫人玉華閣焚餘草



讀罷臨妝句宛相逢一奩清影兩彎眉嫵機杼美湯供婦職還把東華錄取集有錄東華錄偶題一首　更靜好瑟琴同御吟得新詩成卷帖向東君未肯輕流露人靜後方傾吐　雲飛樹嘯驚人語雲起山飛走風回樹嘯呼集中斷句也　最堪憐零環碎珮不能完聚空際曇花纔一現月冷斷魂何處料已趁天風歸去留得數行遺墨在付多情奉倩傷心補才與德超千古

百字令 題王佛雲明府壽邁家藏葉小鸞眉子硯榻本

來從海上向蘭閨分授綠窗羣彥硯亦如人詩骨秀斲就玲瓏圓轉石髓坳中墨雲堆裏眉月彎彎現琴邊奩畔供他書破裘練　無奈塵夢難長曇華易散流落瓊瑤片屆指升沈經幾度又被錦囊收撿八載摩挲明府得此硯已八載矣一規珍重蓮腕臨摹遍愧儂鵶管有緣亦預評點

滿江紅 題溧水任秀才塏殉難略後

氣吐長虹請看取書生義烈打壘起尋章摘句操觚弄筆斷指誓同南氏八含豪肯效秦家七但章程十六列條條言詳悉　矛耀水戈排雪團義勇招英傑向萬人頭上力殲餘孽創重渾忘身中礮戰酣彌覺肝橫鐵儘從容含笑入重泉標忠節

金縷曲 題家書鋤姪維城小揖山樓詩稿

生小才名大日消磨左圖右史等身環坐觸撥靈機成一

片好句劈空飛墮肯拾取前人餘唾吟罷莫愁無伴侶有阿兄慈母同商可還更與相酬和　一編在手宵忘臥儘幾多俗情轆轆休來煩瑣我亦幼年耽此癖小阮居然勝我總不放光陰閒過方寸有苗憑醞釀看筆花豔裹心花吐開不斷香千朵

虞美人影 題龔純甫參軍縉熙夫人謝氏林風散朗小影

謝家林下高風好今古憐同調披圖莫漫著閒評即就籤題已見性聰明　檀郎況復同京兆參軍自號畫眉生　慣把纖眉掃彎彎新月逗詩情中有一痕秋氣撲人清

賀新郎 賀張型欽合巹

一管吟豪妙數年來詩仙草聖眾皆傾倒今日兩行華燭下學把春山輕掃料深淺自家知道況遇新人同玉立更頌椒家世多才調娶陳氏　珠與璧相輝耀　洞房深處三星照最宜人滿庭秋豔助他雙笑良夜迢迢蓮漏永羅帶同心香嫋願早叶夢蘭佳兆愧我忝隨葭誼末綴蕪詞也獻塗鴉藁耿一闋新昏好

已上家中之作

百字令 寇氛未靖雨窗悶坐燈下填此

已交冬杪恁蕭蕭颯颯似將秋作幾陣飄來斜復整亂撲小窗燈火風緊雲凄天低月黑旅夢如何度聽殘宵柝披衣還起愁坐　見說故里兵戈他鄉鼙鼓處處烽煙阻不定行蹤萍泛水瑣尾吟成誰和老逼人來饑驅兒去祗賸悽惶我仰天而歎淚花和雨飛墮

大江東去 海船書懷

海波不作水天外一望茫然無際萬頃琉璃人倒影濯盡脂香粉膩振袖臨風飛觴醉月大有髯蘇意銅琶鐵板許儂也吐豪氣　休爲萍泊他鄉故園荊棘滿腹生牽繫屈指年華過半百須識浮生如寄歷盡艱難從今應悟離合悲歡理學書學劍有兒幸亦摩厲

金縷曲 京江陸吾山明經索題其先慈唐太宜人瑤華仙館遺藁

火繖當空罩忽傳來清涼妙劑瑤華仙藁讀罷盡將煩歊去心體一齊傾倒竟妙到莫名其妙見說丹青尤絕藝更宜家宜室多才調眞不愧宜人號　萱花可惜凋中道幸椿庭蔭成雛鳳飛鳴能早生就一枝如椽筆筆底千軍橫掃總不外文章忠孝爲痛春暉酬未得錄遺編敬謹傳梨棗千載下芳徽表

疏影 題沈竹齋太守元配阮恭人橫琴坐月圖遺照即用太守悼亡原韻

琴橫几玉恁思歸操裏譜出離鵠變徵聲中彈斷幺弦長康妙筆難續多情祗有姮娥影尙隔著煙林窺綠料得他碧海青天也惜瘦腰人獨　猶記揚州舊夢寶奩共寫韻爭刻唫燭尺幅摹愁此日情懷悽入庾郎心曲洞房已絕

瑯璈響痛尙列哀絲豪竹恐一時誤觸泠泠驚起又披橫幅

菩薩蠻 鉤月將沈窗燈未炧仿迴文體填此以遣旅況

月鉤如傍栖禽宿宿禽栖傍如鉤月門掩又黃昏昏黃又掩門　碧窗紗影疊疊影窗紗碧扶夢旅鐙孤孤燈旅夢扶

念奴嬌 爲聲甫甥題戲貓仕女圖

披圖一笑試從頭認取畫中佳麗滴粉搓酥嬌品格更著堆雲雙髻宜喜宜嗔十三十四正是芳年紀可憐時候耐人多少尋味　底是不繡鴛鴦不調鸚鵡不把鵾弦理象管鸞簫都不按祇抱狸奴閒戲晴點寒金體團溫玉爪撲香懷裏翻殘棊局唐宮舊事猶記

虞美人 又題雙美月明放棹圖

一規圓月當頭照月底飛蘭櫂誰家兩美結同心凝向水中共把月痕尋　煙波無際吟懷渺一舸涼雲罩不知何處藕花林艤向綠楊影裏且消停

前調 爲海昌曹紫貴上舍題美人笑拈紅豆圖

漫同北地臙脂比吟篋頻年寄千般旖旎萬般嬌眞箇芙蓉如面柳如腰　搓酥滴粉描香膩南國多佳麗無言已足惹魂銷那更笑拈紅豆把人撩 已上出外之作



咸豐丁巳仲冬鐵雲表兄謁選入都下榻吾廬論文講藝頗慰積懷一日出示莅生夫人蘭香館詩草翦燈莊誦一過詩格於中晚唐爲近其渾脫恬雅處非雕繢點染者所能知鐵雲詩壇標幟得毋頫首下風耶笙鏞翁同龢讀戰識

題詞

吾家多雁序俱各擅文辭仲妹尤無匹諸兄竝遜而吟成冰雪句秀出蕙蘭姿性巳温如玉心還細若絲意珠圓入妙胸錦織無差藏僂篇篇富開奩字字奇八原兼福慧婿更稱門楣家世同雙陸文章冠一時班香仙館靄江管玉臺施蠶製同功蘭花栽連理枝有時還刻燭無夕不裁詩星斗行間燦風雲筆底馳是才非偶得除子更誰宜鴛譜修曾到鵬程上莫疑卿誠生不負我歎命何奇鏡破剛中道釵分又數朞貧難安寢食境慣歷嶇崎絲鬢年年改青氈歲歲羈難消斯世感苦把後人期何日眉方展從君卷其披

同懷姊婉生題



# 女士夢湘樓詩集　四

# 蘅香館唫草

常熟宗　粲倩宜著

刺繡

春日正遲遲當窗理彩絲鴛鴦慵不繡祇繡女貞枝

雨窗

晚雨正瀟瀟紅窗坐寂寥雲低天在宇風急水如潮硯喜螺香潤爐嫌麝炷消卷簾頻望霽花事恐蕭條

月夜桂花下作

月華如水夜涼天萬斛犀香散碧煙彩伴偶攜花下立不知誰似廣寒仙



揖山樓漫成

小樓一角敞雕檐檐際嵐光逼鏡奩生怕秋山來笑我妝成纔敢卷珠簾

落葉

秋氣乍蕭森天涯落葉深西風數行雁暮雨幾家砧黃密埋荒徑紅疎露遠岑惟留松與柏蒼翠自成陰

敬讀　慈大人繡餘遺稿

挑燈細讀繡餘詩字字清新字字悲多恐一緘紅豆子還從南雁寄相思（嚴君遊粵數年集多寄遠之作）

綠陰

江南春已老綠葉展芳林幾日落花盡連番新雨深窗中人似夢簾外晝偏陰偶向迴廊倚沾來翠滿襟

納涼詞

碧梧桐蔭滿庭浮一縷輕颸到玉鉤笑卜明朝天氣熱落霞紅映粉墻頭

紅蕉陰裏蝠初飛梔子香濃夜色微爲撲流螢怯苔滑汗珠愁溼碧羅衣

竹裏迴廊暑氣清綠雲向夕暗簾旌不愁鸜鵒紅驚火自點瓜燈照夜行

牆陰睡鶴夢初回金鳳花香露氣催最愛十分涼沁骨冰泉閒試碧筩杯



銅壺滴瀝夜微茫斜嚲羸軀傍竹牀一穗素馨涼似雪安排明日助晨妝

星移斗轉小庭幽睡思催人上畫樓自捲牀頭湘竹簟爲防病骨不禁秋

秋夜聞笛

涼夜坐簾櫳燒殘畫燭紅誰家一枝笛催月上梧桐

簾波次婉生姊韻

非煙非霧影朦朧渾訝湘波隔戶通草色侵階濃瀉碧花光照檻暗浮紅秋宵冷浸梧桐月春院輕迴楊柳風那用

銀河怨烏鵲夢痕安穩綠窗中

望後月

素彩依然似水明當頭空惜魄微生前宵圓滿今宵缺萬事從知忌太盈

重九日風雨

滿城風雨太蕭騷阻卻龍山客興豪笑我閨中偏應節小紅樓上獨登高

菊影追步　慈大人韻

花光冷淡影朦朧向背橫斜態不同寒月一籬秋隱約夕陽三徑畫玲瓏移燈笑指詩屏上插帽驚看酒琖中醉後



淵明休誤采落英滿地色原空

夢湘樓春夜聽雨

雲氣一窗黑輕寒逼畫樓陰迷燈影暗點雜漏聲稠芳草斷孤夢落花生晚愁披衣頻起坐數盡五更籌

春暮

連宵風雨聽淒淒幾許韶光畫閣西最是添人春恨處海棠花謝杜鵑啼

春閨雜詠三十首

花開好鳥語東風幽夢驚回繡閣中恰聽侍兒低報道小桃齊放十分紅

水晶簾底麝蘭濃斜掠雲鬟倚鏡慵最愛春山樓外映曉妝摹得好眉峰

無聊獨坐小紅窗又聽前邨社鼓腔自把芙蓉簾幕卷待他花外燕來雙

江城連日雨如絲祇恐春陰花信遲試翦掃晴孃一箇宵來戲挂綠楊枝

夕陽送暖到重扉紅杏香中蛺亂飛從此峭寒知漸減自開芳篋檢春衣

滿庭長遍碧蘼蕪露滑弓鞋怯欲扶閒握桃花新扇子紅闌干外撲春駒



種花芳課最忙余翦翠分紅二月初親督小鬟看樹蕙綠窗閒卻半牀書

芳林新霽鵓鴣啼一片東風壓柳低爲看紙鳶花外颺夕陽憑遍畫樓西

春愁春恨損人懷嬾賞花枝到玉階可奈禁煙時節近鄰娃催繡踏青鞋

午院微風繡箔開林香一縷拂衣來明朝記是花生日預揀紅綃子細裁

尋花問柳自嬉春消息幽閨小病身嬾逐鄰姬鬬芳草一枝紅豆最愁人

曲池春漲碧如雲兩兩鴛鴦戲結羣忽憶今朝剛上巳綠蘋香裏自湔裙

連番煙雨長苔痕滿地梨花晝掩門爲聽輕雷鳴昨夜細尋新筍到籬根

飛花紅撲畫闌干翦翦東風作嫩寒笑我偏宜禁煙節連朝小病厭芳餐

一爐香篆晝屏間小閣剛逢剌繡閒試酌荼蘼新熟酒悔教春色上愁顏

游絲裊裊嫩晴天滿院桐華逗碧煙可笑阿儂芳膽小牆陰閒煞畫鞦韆



窗紗寂寂晝迢迢理罷琴書倦思撩最是攪人眠不得護花鈴索賣餳簫

一盂麥飯祭荒郊分付肩輿仄徑抄怕覩紙錢煙起處棠梨紅煞碧山坳

蘭亭一本寫忘勞宛轉揮殘翠管豪欲洗端溪鴝鵒硯紫桐花下井剛淘

屈指韶光大半過傷春添得病魔多爲憐露宿池鴛冷親課花奴種碧荷

閒來茗話與偏賒騎火剛收紫筍芽酌取隔年荷露水自吹寶鼎煑新茶

深閨鎮日養蠶忙催喚鴉頭采碧桑欲乞今年絲事好瓣香私祝馬頭娘

鼠姑滿院綻芳英省識嬌姿怯雨晴親製紅羅新障子笑儂忙煞惜花情

碧月團圞照戶庭階前俠拜影娉婷春愁欲向姮娥訴祇怕花陰綠伴聽

樓臺煙雨景層層收入詩囊笑我能吟盡江南春一片窅深猶翦鴨擎燈

蜨倦蜂癡小院幽落紅如雨暗簾鉤兒家生有憐香癖掃取殘英築一邱



鶯啼花落晝愔愔睡起無聊倚檻吟看到一簾香絮撲惜春情緒最難禁

韶華九十老江南繡閣春慵似醉憨一種閒愁消不得子規聲裏綠陰酣

報道東君去不淹離愁無限上眉尖阿誰似我情癡甚餞得春歸病又添

迎梅新雨潤松杉一縷薰風引客帆收拾蘭閨好消夏綠葵扇子碧蕉衫

焚香

簾外月華明焚香小坐清博山爐裊篆縷縷是儂情

落花歎

江南三月春如煙千樹萬樹春花妍東風何事忽搖落斷送春芳春可憐我向東風問花萼花心不怨東風惡自憐顏色太妖嬈從古美人都命薄芙蓉樓上青年姬鏡裏蛾眉絶世姿轉瞬芳魂容易斷埋香葬玉縈愁思名花可恨彫零早空累看花人懊惱不如化作碧蘼蕪芊緜直到秋風好

別燕

畫粱無意更淹留輭向西風話別愁寄語明春休誤認杏花深處小紅樓



戲縷瓜燈贈外

金刀雕縷賸瑤瓤熱得蘭膏比夜光遮莫君家慣皮相熱心一片照人長

外子鐵雲入泮

鵲聲檐外噪侍女報佳音芹沼香初采蓬門喜自深無花宗匠眼不艾老親心雲路初桄過還宜惜寸陰

游破山寺同鐵雲作

隔谿現琳宇攜手恣幽尋泉響細通澗竹陰涼墮林煙雲晴藹藹鐘磬晝沈沈偶向禪關憩頓消塵世心

秋夜聯句

遙夜息羣籟倩虛堂生薄涼梧陰籠月淡鐵蛩語怨秋長倩嬾不除吟癖倩愁惟覓醉鄉倚闌同坐久鐵清露潤衣裳

殘燈

一點乍明滅蘭釭比漏卮勸郎要開卷須趁未乾時

題周楚生二嫂小影圖作遠山凌虛而望

悵我荊花萎八年紅閨寡鵠劇堪憐癡情猶作刀環夢特倩長康妙筆傳

紅顏薄命恨難論雙袖霑殘玉筯痕縱立望夫山上望月明可有夜歸魂



鎮日愁蛾鎖不開碧闌干畔悄徘徊芳心一片堅於石好向清波自照來

遺經一卷手中持親檢丹黃付玉兒想見幽窗燈火夜辛勤眞箇母兼師

謝婉生姊贈蘭

生平愛種梅與蘭梅花易種蘭花難相思萬斛消不得惟餘清夢縈湘干涼風驀地送香氣美人空谷來珊珊一枝親向膽瓶供對之喜動雙眉端名花本推國香首贈花人更余相歡憶從古梅林下別遙通音問惟青鸞芳蹤相隔心不隔貽我秋佩清芬攢見花如見玉人面無言常向妝

臺看

闌影

十二朱闌護曲房照來清影自成行細隨簾暈侵瑪檻疏逐花陰上畫墻一帶迴廊涵落月幾層危塔鎖斜陽誰家近水樓臺密倒映回文滿碧塘

花氣

畫闌干外百花濃香氣迷離惹蝶蜂一縷靜含春夜淡十分和釀午晴濃暗隨風度珠簾密薄帶煙籠錦障重薰得綠窗人似醉半牀清夢不勝慵

麗書君女史惠贈紈扇詩以謝之



桐陰如水環階清秋雲壓住簾波平碧空飛下一輪月虛堂颼颼涼風生是誰翦出齊紈潔素影團圝傲霜雪半施彩筆半金針烘出嬋娟眞麗絕扇中美人好容華贈扇人亦嬌如花海棠姿態梅風格壓倒羣芳絕代誇感君宛轉雲情重未曾識面先承寵一握綢繆寄合歡攜來直當瑤華奉招涼徙倚綠窗前望斷銀河渺渺天寄語西風休報冷秋涼忍向篋中捐

春雨初晴有感和婉生姊韻

春寒偏遇雨連宵小院頻添氣泬寥燕語繞梁聊我伴蛛絲繫檻倩誰挑纔看日色簾前透又怯風聲屋外驕陌上何人忙聽鏡天涯有客憶吹簫餘陰尚罨紅桃蕊別思全歸綠柳條枉費燈花開夜夜徒勞鵲噪朝朝愁來望斷江邊鯉病後難抛析上貂積盡憂懷彈盡淚更何心赴踏青招

鐵雲外子客邗上軍麾書尾附寄二絕

又是江南花落時輕煙如縠雨如絲憑他楊柳千條綠難綰離人兩地思

翦燭閒敲寄遠詩一緘紅豆繫相思多情恐有傷情處先把平安報與知

自題月榭尋詩圖小影



月華如水浸梧陰曲榭涼煙上茜襟多少天涯紅豆思閒來收入蘭香吟

鐵雲外子謁選入都詩以送別

寒雲起天末之子獨長征尊酒催驪唱鞭絲指 鳳城關山珍重意風雨別離聲分手自茲去相思無限情

得家書後寄外

家書千里喜相投三復燈前細過眸謝得渭陽恩誼重令人頓解別離愁

離愁雖得暫時舒畢竟憐君作客初不盡萬千珍重語寸緘欲發又重書

去時籬菊正堪看今接來函近歳寒莫道家庭兒女小見書也解憶長安

和衡卿葵孫吉香紳孚諸子韻

笑看諸子競詞端令我拈豪轉不安暫借吟情消落莫久嘗世味識醎酸扶搖終見雲鵬運升斗難蘇轍鮒乾欲識命宮何處坐含情相與檢天官

題張烈婦二首

欲賦哀詞淚已傾況關戚誼更怔營捐生未遂同時願遲死逾堅此夕情（夫歿婦堅欲殉爲母所阻遷延數日）一紙摧心明款曲萬人交口頌堅貞從今反獲齊眉樂梁孟常聯地下盟（婦有句云生前



末盡齊眉樂死後仍爲連理枝）

兩載調羹作婦來高堂常博笑顏開總緣玉樹三春殞（夫歿於三月中）致使瓊花一夕摧銜淚肯因嬌女戀（僅育一女）伴歡能絕老親猜芳名贏得今傳徧指日　恩旌慰夜臺

春日病後寄懷

小坐妝臺怯曉風家書草草不求工東君若問春來況日在愁中與病中

寄外

一自天涯作客身故園不是昔時春齋頭久廢吟詩社座上偏多索債人薪桂米珠偏勝舊兒衣女履要求新幾回

癡向蒼穹問何日方能脫此貧

喜婉生姊至仍次官字韻

抛卻齏鹽瑣屑端雁行相聚暫偷安霜豪落手輸君敏石闕銜心比我酸燈吐有花知佩近瓶儲無粟恥罍乾升沈此後何須問笑看兒曹賭選官（選官圖一卷見唐藝文志卽今之陞官圖也）

寄外用官字韻

別後艱難事百端幾回飛夢向長安愁顏入夜徒增淚病骨逢春易作酸家計綢繆如絮紊宦情落莫想囊乾丈夫自具嶙峋骨莫怨侏儒食粟官

睢陽旅舍除夕書懷



家家今夕慶團圝爆竹聲中笑語歡偏我思兒兼憶遠此時更覺淚難乾

愴絕家山兵火連蘭摧荆折竟難全更憐身與鷦鷯似才覓枝安又欲遷

望裏烽煙遍里閭大江南北渺愁余天涯更有勞人在盼斷平安一紙書

七夕寄外

寶鴨香燒裊細煙一彎眉月露嬋娟愁心似草鋤仍茁病骨如花瘦自憐多恨人偏逢此夕有情仙祇別經年雛兒解向雙星拜助我相思更萬千

題沈竹齋太守夫人慈暉館詩草

文字流眞性難忘白髮親年華花信短才調玉臺新珠佩香如夢錦囊空自春偎郎腰已瘦披讀更傷神

九九消夏詩

光陰夏至已經過暑氣侵人可奈何幸有輕紈新製扇憑闌招得晚風多

芙蕖香裏晝長時坐久拋書倦不支一枕花陰清夢醒蒲葵猶在手中持 一九二九扇子弗離手

浮來瓜李可消炎瓷盎清泉旋旋添想到行人苦煩渴寒漿入口不知甜 三九二十七井水甜如蜜時外子冒暑行役



火雲張繖映庭除香汗流珠午夢餘莫恨輕羅衫溼透三農曝背更何如 四九三十六汗出如洗浴

梧桐小院納涼天一葉驚看墮碧煙不信新秋容易到玉階行遍感流年 五九四十五桐葉階前舞

避暑山巔與水隈招提深處好徘徊蓮花臺下塵心淨便覺清涼世界開 六九五十四乘涼入佛寺

泠泠清露漸侵檐一著新涼病易添分付侍兒須檢點牀頭今要置緗縑 七九六十三夜眠尋被單

年來瘦骨不禁涼倦臥紗幮夜漸長尋取嫁時羅被在周迴七十二鴛鴦 八九七十二思量蓋夾被

蘭缸挑盡倦吟身四壁蛩聲到耳頻怪爾幺麼能警懶織縑敢道不如人 九九八十一階前鳴蟋蟀



蘭香館唫草完

# 繡餘詞草

常熟錢念生咀霞著

## 謁金門

### 早春

春一線幾點梅花新綻殘雪初融鶯未囀靑歸楊柳眼　幾縷輕風翦翦怕煞寒生庭院依舊小樓簾半捲待他雙燕轉

## 雨中花

### 落花

風雨連綿不斷殘韻餘香零亂著意留春難將春綰轉眼



紅妝換　寂寂小庭飛片片花夢可憐誰管最算是多情憐香蛺蝶猶是尋花伴

## 聲聲慢

### 送春

風風雨雨暗地相催春光到此將別欲待款留無計反增淒切東君怎不體諒促春回把人拋撇更望裏儘銷魂只見落紅堆積　每到春歸時候便引起愁腸細絲如織杜宇聲聲不管舊時相識枝頭報春去也恁忽情了無憐惜怎似我倦傷春還戀此日

## 南歌子

### 秋雨

風急寒吹早鐙昏繡懶挑颼颼颭颭打芭蕉暗把夢魂驚散小窗寮　氣逼秋衾冷聲和落葉飄淒涼無限此淸宵便沒些兒離緒也魂消

## 清平樂

### 題趙珊珊掩鏡捧心小影

閒愁如許心小難藏貯幻出絲絲飛欲去又被眉峰鎖住　亭亭獨立階西此心試問誰知只有懷中明鏡照伊一點情凝

## 蝶戀花



### 咏雪和韻

昨夜長空煙霧裊凜冽西風暗地生寒峭冒冷推窗才始曉千山一抹靑春老　日午紅時陰變了料也情多怕損飛花貌便算儂家祥瑞早階前玉樹天然好

## 踏莎行

### 冬月和韻

一樣淸輝許多寒氣玻璃澄徹冰輪裏近人流欲溼儂衣萬分愛惜眠還未　光動簾珠影橫窗綺空階潑冷渾如水果然暗地約姮娥夜寒偏耐雕欄倚

## 浪淘沙

冬風和韻

徹骨五更風吹聚霜濃寒帷更覺冷重重瘦竹聲聲敲不住濤湧虯松　澹日忽朦朧煙霧輕籠封姨暗暗弄神通想是欲傳梅信息特地尋儂

點絳脣

盆梅將開以紙帳護之

出手枝高恁般細蕾寒成簇暗香生玉牢把葳蕤束　最早春光又恐春光促低低囑慢些開足不許風絲觸

國香慢

本意和韻



種出空山更鉛華洗盡別破花關靈根近移深院稱此幽閒況又芳馨竟體供瓷斗格外清姸孤高問誰似野菊疎梅伯仲之間　護蘭情脈脈問靈均去後幾度淒然從今得意合教相對忘言未許蓬蒿甘老伴佳人暗與流連盈盈小窗畔瘦影如儂越地相憐

眉嫵

殘月和韻

賸三分清影一縷寒光還又澹河漢不改如鉤樣低低掛更闌人靜深院爲誰意嬾嘆素蛾消減無限也應戀三五團圞好奈容易更換　閒算重重離怨想柳郎當日曾妙詞翰料得冰魂去垂楊外曉風一樣吹遠舊情未斷待再圓休更剖散便莫問盈虧同一拜了心願夫子三娶彭城氏子其季也後半闋隱寓此意

沁園春

贈外

約略前身君與阿儂有未了因但自慚蒲柳敢言伉儷替司巾櫛怎許娉婷刺繡閒時吟箋寄興月底花前聊遣情君休笑是班門弄斧媿不如卿　珠傾露洗秋汀道秋水儂神一樣清本桃紅杏豔從來羞比鶯嬌燕婉祇是慵聽君守清貧妾甘澹泊舉桉光鴻記也曾低聲屬願百年偕老莫負釵荊



長相思

雨夜寄懷

山迢迢水迢迢夢過江南第幾橋尋君路更遙　醒無聊睡無聊一點愁心無計消那堪雨滴蕉

釵頭鳳

鐙下寫家書寄外

同心偶分離久自憐無日舒眉柳妝臺角鐙花落聽殘宵漏又聞街柝閣閣閣　秋涼後西風透暗愁生遍腰支瘦衣單薄人蕭索此情誰寄倩他靈鶴託託託

闌干萬里心

春雨憶別

卍字小欄環曲折恰似我寸腸千結亂愁絲和雨絲絲盡付與鶯梭織　絲楊風裏傷離別憔悴也問誰憐惜此情只有彩毫知細畫出相思切

多麗

冬夜病臥不寐倚枕賦此

聽聲聲城頭畫角哀鳴怪無端頻來枕上夢魂欲定還驚意懸懸淒淒切切人寂寂冷冷清清寒逼羅帷風欺鐙影此時此際暗愁生更空外蕭蕭落葉和雨灑幽庭那堪又



孤鴻嘹唳似訴離情　憶別離千里萬里歎幾度誤歸程病和貧一身獨倚愁與恨兩地難併如此殘年者般淒況徹宵捱遍短長更只贏得雙眸長醒弱骨瘦伶俜悲吟罷問天何意付我心靈

釵頭鳳

寄懷

腰如搦人如削無端臂褪黃金約燈銷暈香銷燼衾兒無夢雁兒無信悶悶悶　秋衫薄秋風惡感秋人被秋纏縛歸期問何時穩籤兒無據卦兒無準恨恨恨

醉花陰

寄外

別夢初圓風擊碎夢醒添憔悴一片落花飛知道春歸知道人歸未　東君去後重門閉諳盡愁滋味差勝絮飄零江北江南流遍離人淚

點絳脣

寄外

嶺隔雲高夢兒欲把羊城繞怪他雙櫂不送魂飛到　多病多愁多恨多煩惱誰知道情田雖小長遍相思草

叔祖母繡餘草一冊詩詞雜寫行楷各半二如齋中物也叔祖居齋中課輔十年時出把翫輔輒竊讀之畧皆



上口亂時與叔祖之課餘詞二冊同庋白龍港丙舍兵燹失去此冊不知出何人之手詩詞分錄且僅得十之一二頗多竄易如除夕憶外中四句云五歲小兒不解事隨我學拜喜欲顛聽熟毛詩三兩葉信口朗誦綢繆篇眞趣盎然改作大半部復成何語其他妄改處尚多今惟據詞入梓所改就可記者已臆定四五處不能記者仍之亦校勘家之舊例也光緒庚辰上元後二日廷輔記

繡餘詞草完

# 京江鮑氏三女史詩鈔合刻

鮑之蘭
鮑之蕙
鮑之芬

京江鮑氏三女史詩鈔合刻

光緒八年壬午
十月刊於嘉禾

起雲閣詩鈔

序

吾鄉鮑海門徵君與余江干張石帆齊名沈文慤嘗稱為京口三詩人徵君諱皋字步江號海門由監生舉乾隆丙辰博學鴻詞不就著有海門詩鈔徵君夫婦皆能詩故其子女多工詩子諱之鍾字論山號雅堂由名試舉人內閣中書登甲科官戶部典試黔粵才名藉甚長女諱之蘭次女諱之蕙三女諱之芬皆以詩名一時如王夢樓程蘅帆諸名公多重之一門風雅迄於今猶首推鮑氏焉蘭字畹芳歸我外曾王父何桂橋先生著有起雲閣吟槀外王父昆仲刊行於世蕙字茝香歸同里張舸齋先生著有清娛閣吟槀亦刊行燮元幼時



嘗受而讀之芬字浣雲歸同里徐秀亭先生著有三秀齋詩鈔迄未刊行迨吾郡兩遭兵燹書籍散佚外家諸舅父及諸中表展轉遷徙相繼淪亡詩板亦久已蕩然無存己巳奉吾母之粵省吾父於廣州偶於市肆見有起雲閣吟槀二帙亟購歸以白吾母吾母愀然曰外曾王母之詩名載於郡邑志列於京江耆舊集其所為詩已採入

國朝閨秀集及諸選本固不必藉原刻槀以傳然吉光片羽流在人閒得諸嶺表未始非鬼神呵護之靈以致之且外王父讀書未顯達諸舅不幸皆中年卒汝當募手民重刊之以貽何氏子孫俾知寶貴燮元

謹受命尋燮元南北奔馳迄無定所己卯官浙中適舸齋先生之孫馨山通守廷梁亦官於浙以清娛閣全藁見贈明年庚辰徐秀亭先生之孫韻生大令維城由黔改官來浙相見敘姻婭乃知三秀齋遺藁至韻生官貴筑時始付刊遂舉以見贈珠聯璧合此其中蓋有天焉燮元於是有合刻



之議辛巳轉漕潞河便道歸省復請於吾母母曰汝既有志其竟成之迨燮元差旋而韻生已以改省違例復去今年夏綜榷嘉禾馨山亦司榷新篁遂與之謀付剞劂馬工既竣爰述其顛末如此韻生聞之當亦必囅然色喜也

光緒八年歲次紀元默敦牂十月丹徒戴燮元和甫氏序於嘉禾榷局種菊延秋之舫

## 起雲閣詩鈔序

先徵君以詩名江左　先太恭人亦工吟咏故蘭蕙芬三妹皆能詩而蘭妹之學尤先著其詩才清麗洵天性也憶髫齔時中秋分韻有若非今夜月虛度一年秋之句王夢樓程衡帆諸名公皆傳誦之居嘗於花晨月夕鬮韻聯吟妹所得句往往非予所能及益信詩之有別才矣妹至性謹樸勤於女紅結褵後尤專事井臼操作弗倦時有餘暇即手撫一編每晤予輒相詰難以故所藝日進顧嘗謂文詠非閨閣事有所著不以示人遂多散佚今集中若干首不及生平手著十分之一皆妹諸子所竊藏以時編輯私自寶貴而妹不知也予嘉諸甥能珍母氏著作一鱗半甲收自散佚之餘區區苦心妹宜勉存之以徇諸子意他日課選樓合稾中凡妹所著亦宜附　太恭人編次以爲二妹三妹倡者何吝焉嘉慶戊午正月既望論山漫叟兄之鍾書



## 起雲閣詩鈔序

閨閣之有才難矣才而濟之以識則尤難陶士行偉人也王叔玠賢臣也然陶非截髮之母王無明鑒之親則兩公之遇不遇未可知矣烏能大其閥閱乎識之不逮而徒以才見也雖句織盤中書傳大雅奚貴焉畹芳宜人逑之長姑母也幼承海門徵君之訓長與吾論山叔父仲季兩姑母相切劘其爲詩清和婉麗不名一家實能抒寫性情而無憑附橅擬之習談藝者稱之以爲吾宗閨閣多才而風雅一脈於焉弗墜也逑曰是奚足以知宜人哉宜人固有深識巨力而不負乎其所學者至於詩特淺焉者耳方宜人之歸何氏也居柳溪之雙梧館舅翁爲素菴先生有園亭竹樹之勝而宜人躬操井臼克盡婦道未嘗以宴嬉自適既而家道中落兄公季叔舉其宅而鬻之姑丈桂橋先生復北遊燕代宜人挾子女五人流離轉徙僦屋三兩楹不蔽風雨恃十指爲存活計其艱苦之狀皆逑之所目擊實有他人所不能堪者然而宜人知諸子之足以有成雖飢寒交迫而意氣自若毅然以振興門第爲己任手勤針黹口誦詩書深夜一燈所以督課諸子者不遺餘力其抑塞牢落之感則一以寓之於詩如是者十數年而仲君遠獲游庠

序長君通季君遵相繼殖業皆賢能有局幹又數年而生計益裕易居爽塏軼其舊而過之且以長君職得邀褒贈此無故惟宜人之識足以濟其才也惜乎心力交瘁僅享中壽而卒通遠昆季蒐輯叢篋得詩若干篇編爲四卷而屬序於逵逵固譾陋且念古人少不誄長卑不誄尊之義矧敢弁言於首謹述宜人終始之境如右俾知實有卓然裕於才之外者雖士行叔玠之母何以過之乃信非才之難而有識者之難也知宜人之遇而後讀宜人之詩斯益知其可貴矣嘉慶歲在旃蒙大淵獻秋九月姪文逵頓首拜書



起雲閣詩鈔目錄





起雲閣詩草目錄終

# 起雲閣詩鈔卷一

丹徒鮑之蘭畹芳著

## 古今體詩九十一首

### 中秋看月同論山長兄分韻

涼意動高樓清光入檻流若非今夜月虛度一年秋拂簟桐陰亂鈎簾桂影浮轉憐希逸賦親懿少從游

### 揖青臺坐月

爽氣三霄徹高臺夜色明樓銜半規影沙起數鴻聲露下秋衫濕風前水調清相看荆樹茂應慰北堂情

### 春社辭五首



江南春社聚如雲花柳千村笑語聞一幅太平圖畫景桑麻雞犬總欣欣

紙錢風裏鼓鼕鼕老瓦盆盛濁酒濃白叟黃童都泥首田家禮數也雍容

村姬此日停針線比戶携筐看阿孃十里桑陰清似水紅裙綠褶出微行

淡雲微雨一兩點山杏野棠三五枝何處飛來新燕子鞦韆門巷夕陽時

鄰翁相見語依依岌岌高冠大布衣醉倒治聾一杯酒日斜兒女送將歸

### 和論山兄城樓寫望原韻

古堞依山迴蕭辰一倚樓市聲臨暮沸江影抱城流綠樹將軍寨烏篷釣客舟多情惟宋玉搖筆賦清秋

### 起雲閣晚眺

局促轅駒厭世情憑高縱目夕陽明半灣流水雙扉綠一角遙山小閣清迢遞鐘聲寒鴈和蕭疎梧影晚蟬鳴幾時置酒邀兄妹快覩新詩跌宕成

### 病中寄懷茝香浣雲兩妹（妹時侍家慈北上）

竟夕無眠聽漏遲竹風蕉雨助愁思瓣香屢下如來拜惟願人間少別離



憶共文牕理鬢雲秋來小櫛落紛紛風前閒把湘簾捲人比黃花瘦幾分

### 春日感懷寄兩妹

黯黯春愁細雨中落英滿院晚霞紅有時殘夢惟蝴蝶無限遙情託鴈鴻　帝里迢迢天尺五離懷渺渺水西東庭幃歡聚知何日應識關心兩地同

### 和秋山弟起雲閣納涼原韻

雲陰低蔽閣修竹散微涼暝色兼天遠溪聲入夜長疎簾通露氣曲檻度荷香更續池塘句憑君貯錦囊

暑月霞催上黃浮戶外山移樽琴石畔滅燭畫屏間樹

色烟浮暗簫聲風度聞水明殘夜好清興莫闌珊

懷兩妹

離思無端起徘徊小閣東昏黃三徑月料峭一溪風往事題紅葉新愁付碧筒長安渺何許良會幾時同

同仲季兩妹柳溪泛月

暝烟漲一溪堤柳籠舟暗天鏡忽飛來烟消雲翳淡放舟迓仙侶潮退嫌崖窄隨意盪蘭橈劃破琉璃碧溪轉復西斜橋邊多酒家長虹卧綠水高峯插月華月華不常有月圓那能久眼底且團圞堪憐掬在手迴舟綺席開重勸葡萄酪年年今夕月常進夜光杯



起雲閣納涼有作次茝香妹原韻

驟雨園林過寥天又霽顏烟消青荇沼風細綠楊灣金井垂清蔭銀河接遠山一痕新月出掩映碧波間

冉冉溪雲起涼侵小閣中蟬聲低咽露螢焰澹隨風燒燭聯新詠銜杯話淵衷頻年勞遠夢難得此宵同

茝香妹原唱

日夕消煩暑憑高一解顏松身當徑直溪影抱門灣叢葉明微露輕烟抹遠山羨君三畝宅半在水雲間

河低高閣外人坐小庭中樹雜疑聞雨窗虛覺有風分題搜險句並坐話離衷玉漏休頻促團圞幾度同

寒月

滅燭室生白清輝滿庭隅漏聲急深巷碧落星光疎朔風吹月生霜威與之俱寒芒射雙鬢酒力歇全無穿林警凍鶴照水驚潛魚古梅拗冰鐵勁竹搖瓊琚褰裳踏花影景清心自娛所嗟關山客瘦影月同孤遙情托明月相照意何如

一草亭詠物詩十七首

綠萼梅

翠羽啾嘈一樹斜垣苔池草映疎葩香魂不屬墜樓者卽是仙人萼綠華



素心蘭

蘭生澗底兩三枝香送東風出谷遲花若有情應太息素心一片少人知

白桃花

厭看妖客倚嬌姿冰雪容華不入時楊柳樓臺明月夜更無人處獨開遲

玉蘭

晴空雲斂絕纖埃玉樹臨風萬朶開行處忽然衣袂改雪山瓊島獨徘徊

丁香

素面含情骨幹柔海棠呼婢最風流問渠百結春風裏
斜倚雕闌有底愁

繡球

認是枝頭雪未乾畫簾掩映晚生寒雙飛粉蝶迷難去
併作玲瓏白玉團

綠牡丹

姚魏叢中最上層清華更勝雪夫人幽姿應是歐家碧
洗盡胭脂萬斛塵

木香

小名曾喚錦綳兒風軟條垂壓架宜賈女濃香薰入骨



累予仰面立多時

梔子

素姿的的映波深夕吹涼生薝蔔林小婢折枝斜插鬢
癡憨甯解結同心

白蓮

碧藕香濃太液池冰華翠蓋影參差輕盈莫作環肥看
素面應推虢國姨

玉簪

冰魂雪魄費雕鎪涼吹蕉陰瑟瑟秋庭院無人苔滿地
是誰遺下玉搔頭

白秋海棠

涼雨零殘血淚痕雙蛾淡蹙悵黃昏金閨怪底吟頭白
日弔銀墻怨婦魂

秋葵

淡染鵝黃淡寫眞道家裝束淨無塵似曾解得秋閨怨
故側金杯勉勸人

白菊

郢曲新傳白雪姿霜天冷艷滿階墀泉明信愛秋容淡
籬下人來送酒時

水仙

生塵襪自步淩波玉骨冰肌厭綺羅家在江南雲水窟



采珠拾翠寄情多

素心蠟梅

蠟丸暗坼晚香深宮様黃疑月暈侵未向百花頭上放
飲冰早已抱冬心

白山茶

花深葉厚翠重重韻勝休誇鶴頂紅香國只君能耐久
雪天凝艷到春風

春閨曲

紗窗欲曙春陰重檐柳絲絲早鶯哢峭寒如水浸房櫳

更擁黃紬續殘夢畫欄杆外婢私語棃花狼藉過朝雨樹色深含寂寞情鸚䳇無言梳翠羽薫衣起傍鏡臺傭春恨無端春酒濃吩咐玳粱雙燕子花陰莫更訴東風

新夏詠物二首

鰣魚

一江腥雨長潮天雪白銀鱗出網鮮大府嘗新爭早得南風五兩送冰船

蠶豆

桑陰土暖綠初酣珠顆停勻翠莢含佐啜新茶燒晚筍可人風味擅江南

寶蓮庵雜詩十首

招提開數畝寂寞傍城陰潘岳閒居日三年抱膝吟謂論山兄

鳥影下寒林江光出深竹西窗時挂起目注焦巖綠

倚竹數歸鴉荒庭落日斜低頭驚見影瘦比古梅花

一面小樓開遙青延北固時聞甘露鐘飛來別嶺樹

石徑草長没山屏雨不開更無人到處虛閣厚莓苔

人家烟樹裏寥落不成村清淺一濠水涼秋抱郭門

扣門漁丈人烟雨綠蓑深豈有沉淪感來尋澤畔吟

橫江營細柳北府舊屯兵萬馬秋風裏蕭蕭邊塞聲

烟靄起黃昏古樓出清磬心虛無一塵枯坐似僧定

風露動新寒淩江鶴聲警城上蘿月娟娟寫清影

題畫蘭

誰識香幽韻更清幾枝素艷露華輕由來空谷無人見點染生綃上畫楹

閣上晚望

柳溪風動晚涼餘臨水樓臺入望初簾捲偶然搴薜荔窗明剛是對蟾蜍道心寒甃無波浪詩思閒雲漫卷舒斜倚曲欄吟眺久卻同陶令愛吾廬

和笙山兄寶蓮精舍納涼



炎曦不到處彌勒一龕同小閣開林表雙峯入檻中蟬聲幽澗露竹韻短籬風想見忘機客心清萬慮空

論山兄病起於書室中隨意點綴極有幽致偶成二首屬和

新葺茅齋寄意賒重尋硯北舊生涯書因愜意看忘倦詩為消閒興轉加月上乍驚巢閣燕風來微漾插瓶花藥鑪收拾開春甕休嘆滄江繫釣槎

風櫺虛白午晴餘棐几縱橫走蠹魚桐樹淨於清閟閣蕉陰深比綠天居雨荒籬菊人同瘦霜落庭槐鴈共疎借問長安行樂地可能高枕似蓬廬

春日送浣雲三妹之長安

驪駒歌罷戒行裝岸上舟中兩斷腸江樹停雲春黯淡樓燈隔水夢悠揚故園月送人千里客邸書迴鴈幾行待得郎君官貴日早攜詩卷喚歸航（妹于歸同里徐孝廉彬時寓北通州）

與論山兄浣雲妹別後感懷二首

春雨蕭齋長薜蘿香殘燭燼夜如何自從南浦扁舟別一種離懷萬緒多

春晚河樓生峭寒平臺月上共誰看遙知倚枕凝眸處衫袖今宵也未乾

過論山兄寶蓮精舍寄懷二首



徑入烟蘿曲禪關鎖白雲塵心臨澗洗清磬隔林聞古砌生春草幽巖帶夕曛頻年淹展跡未負北山文

苔閣斜陽淡懷人獨倚欄清斑歸闕下幽夢繞林端修竹新抽笋荒庭舊種蘭蒲團何日掃趺坐話長安

清明起雲閣即事

餳簫吹霽曉烟輕小閣閒憑景物更楊柳弄青含夜雨桃花吐白為清明簾開迢遞延山綠樹罨高低散鳥聲最是遙情難遣處杜鵑枝上月痕生

鴻鶴山莊題壁

園林不難創所難在基址山水有眞趣穿鑿胡為爾揭來茲園游水石擅雙美修廊如縵迴傑閣憑虛起周遭擁翠屏映帶有芳沚遂令俯仰間幽意淡如水雖無絲與竹林鳥勝宮徵卻念搆園人慘淡在經始豈惟入詩意亦復參畫理吾將藉粉本聊葺荒園裏

秋水邀野雲姪分韻

海色遙空碧蒼茫萬里秋夕陽孤棹去寒雨一鷗浮南浦春天夢西津晚笛愁無情是江水日夜不回頭

夕陽

遠峯凝暮靄涼樹帶斜暉笳吹戍樓發鐘聲鄰寺微蕭蕭殘葉下閃閃亂鴉飛太息黃昏近此情知者希



附野雲作

竟接長天色澄鮮徹底清為涵霜氣冷不受月華明人與蒼葭遠波隨落葉生尚餘春草在池上夢難成

秋水

已是傷遲暮斜暉又滿巖亂鴉飛不斷片片挂征帆江遠寒潮瀉峯危古寺銜樵人歸欲盡獨醉倚松杉

夕陽

杜鵑樓懷古

十三松前唐竹邊杜鵑花發紅欲然花香鳥語一時寂至今春雨空樓懸樓空仙去花枝老佛案香烟空裊裊

五更彷彿杜鵑啼月照荒山鳴怪鳥痴情還想玉生烟絳宮黃鶴招飛仙頃刻優曇花復現樓上春光如昔妍

讀書臺懷古

書聲不可聽荒臺今尚留山頭銜落月簷比燈光幽憶昔梁儲君娟雅誰與侔性僻屛鐘鼎耽書托林邱一唱復三嘆梵音相與酬校讐破萬卷文選精雕搜至今千載下吟魂應來游登臺緬遺跡空聞牧豎謳松濤留古韻鸝語偏輕柔誰知荊棘間嘗駐青宮騶攜柑者誰子地下招朋儔

起雲閣納涼



小閣溪風度微微送晚涼疏簾邀月色清簟襲荷香詩思因愁減更籌共話長篇成如織錦珍重入奚囊

雙梧書屋題潘蓮巢臨倪高士雙梧小景

居士雲林之後身偶然落筆妙通神二分秋色三分雨中有微颸冷襲人

揖青臺秋望有懷浣雲妹與野雲姪分韻

歛盡雲羅玉宇淸平臺人倚夕陽明鳥邊山色供幽賞風裏砧聲動遠情籬菊幾開書荏苒關河千里鴈縱橫擬偕小阮攜琴劍八月乘槎達　鳳城

與野雲姪話舊有懷浣雲妹

謝庭羣從快同遊覽舉才高共唱酬春雨梅花閒中酒夕陽燕影悄登樓池塘草綠難成夢院宇鶯啼易惹愁此日西窗重話舊燕臺人去已三秋

與野雲姪别後卻寄

暫歸三五日未足話離情孤雁叫寒雨遥天放晚晴硯塵憐寂寞燈燼助淒清料得書齋客新詩倜儻成

雙梧書屋坐月

散步迴廊玉漏殘涼蟾如水浸闌干可憐苔院秋花瘦不耐深宵露漸寒

戲簡仲妹乞箋



五鳳樓成屢策勳難兄意匠不如君連朝茅屋須修葺欲乞西川一片雲

殘雪喜晴書寄閨友

殘雪瓦溝明西風忽送晴屐痕深淺迹簷溜有無聲苔逕新泥滑梅叢凍雀爭閒摹右軍帖因使寄鷗盟

平臺春望

淡蕩東風宿雨晴平臺景物最移情幾枝露蕊欹墻出萬縷烟絲隔水横遠岫半呈螺黛影柔颸輕度鳳簫聲等閒一放登高目消得春愁句亦成

石帆樓懷古

海門東望五峯橫萬頃滄波掌上平高擁樓臺摘星斗
遠開屏嶂列蓬瀛烟霞不着興亡色草樹猶含戰伐聲
南北詞臣幾回首傷心只有庾蘭成
狠石千年尚有名孫劉霸業竟何成平原笳吹秋圍獵
大海風濤夜渡兵天際危檣來遠舶雲中古堞起嚴城
自慚登覽無椽筆斜倚高樓詠晚晴

登淩雲亭

孤亭高翼海天中小立身如燕受風天塹雲連秋水濶
石帆峯受夕陽紅鐘聲塔影招提在鐵騎金戈霸業空
登眺無端歌慷慨古來巾幗總英雄



暮春和茝香妹原韻

忽忽春將去芳園事漸非綠肥紅愈瘦蜂倦蝶還飛中
酒宵涼淺鈎簾暮雨微子規眞抱恨只道不如歸

茝香妹原唱

三月芳菲節韶光半已非林花經雨散梁燕引雛飛
着水楊枝瘦沾衣竹粉微聲聲聞杜宇莫漫促春歸

題二喬觀兵書圖

破曹何術趁東風有美同參虎帳中一怒紅顏都斫案
漫誇夫壻擅英雄

辛丑夏卜居千秋橋畔遇蔣尺玉女史率賦四首

有序

予生不逢時命途多蹇屢罹家難顚沛瀕危挈具攜
童暫寄江干之陋室傾欹卑濕不可言矣感庾信之
小園賦之無益悵陶潛之菊圃歸去何期又值梅雨
連緜愁懷頓結偶遇東鄰林媪蔣氏名媛才德素優
詩畫雙絕聞名既久相見恨遲敘及尊公鐵琴先生
與先君爲總角交則夫人是吾姊也感今傷昔不能
無詩

掃眉才子古今聞未有丹青妙若君貌出眞仙神奕奕
岳陽樓上洒微醺



卅年交誼未相親此日相逢感舊盟話到兩家遺墨在
不須開卷已吞聲

昔年姊妹處深閨竟日攤書不啟帷一自燕山人去後
池塘春草綠葳蕤

千秋橋畔寄蝸居琴韻詩情半載疎何意閭中逢蔣詡
相期補讀未完書

聽雨有感

小屋傾欹雨不禁似聞銅漏滴清音家徒壁立貧非病
賴有相如賣賦金

夏日懷浣雲妹

斜景淡高梧涼風度疎牖歸燕語喃喃幽人倦長晝晝
欄頻徙倚念別情難已天南天北心蘊結同如此我與
之子別七載只須臾春風怨楊柳秋雨感蓴鱸歲月日
已徂相思日已苦曉看南山雲暮望西津樹今年魚雁
杳幾見月團圞檢點舊緘在微吟殊鬱歡人世輕離別
那識愁滋味偏我最工愁孤懷日憔悴

聞論山兄典試黔中書以寄賀

屢夜文光耀碧空星軺銜　命指黔中自天雨露新
恩重題柱風流夙願雄華省絲綸停彩筆滇池烟景入
詩筒牂牁珠玉搜羅遍好捧賢書達　九重



牙旗絳節擁朱輪天使行旌曙色新粉署薇垣攜翰墨
碧雞金馬駐詞臣峯多文筆黔中山名鍾人傑胸有冰壺洗
宦塵惠慰泉臺相望意門牆桃李笑芳春

和浣雲妹簾鉤四首

曉鬢慵理怯微風深掩鰕鬚薄霧中宛似修眉低映水
恍疑初月半藏弓斜牽竹影流香徑輕戞花魂醒露叢
不礙畫梁雙燕子飛來飛去霧綃空

綺閣沉沉隔小山半規微露綠楊間偶防吹雨斜侵面
深恐撩雲卻傍鬟重似金釵雙股曲輕輸犀角一痕彎
畫欄杆外端相久搖漾湘波浸玉環

曳霧拖烟燕剪分鏗鏘時向靜中聞宕開湘浦三分月
鎖斷巫山一片雲雙影參差驚宿鳥瘦痕挑逗散濃薰
綺疏掩映迴燈看彷彿鴛鴦蹴浪紋

重幃深下爇蘭缸風竹聲聲和玉腔無睡已憎簷馬碎
有懷不釣錦鱗雙卻虛羅襪淩烟渚頗似寒虹飲練江
好共護花鈴索繫殷勤常伴讀書窗

浣雲妹原唱

眉痕掩映霧綃空曳影拖烟近綺叢一角斜牽犀劃
水半規疑墮月雷弓莫驚魚鑰傷春後鎮鎖鰕鬚病
酒中誰見杏花欄檻裏徘徊欲上怯東風



分明劈破玉連環釵股還敲玳瑁彎有意參差遮半
面無心舒卷任雙鬟空閨似擲流黃速禁院頻窺屈
戌閒不鎖芳香偏鎖恨一聲驚恐隔蓬山

輕籠象眼瘦裁筠箋詠桃花坐晚薰銀蒜條條懸皓
魄珍珠面面控晴雲藏時卻訝波心露響處渾疑步
底聞徙倚闌干嫌露重玉纖斜挽醉三分

瘦影頻侵玉女窗寒虹一一釣湘江珊瑚網斷蛛絲
串翡翠分開燕尾雙梧館蕭森傳落吹簷鈴淅瀝鬭
金腔無心莫怪驚香夢解和琴心入夜釭

# 起雲閣詩鈔卷二

## 古今體詩七十九首

### 寶蓮庵詠物二首同茝香妹作

盆松

黃海飛來兩蟄龍生公一喝着盂中霜柯鬱似蟠千尺
翠蓋森如倚半空捲幔濤聲過硯沼移燈雲影上屏風
嚴寒曾不須迴避老榦生苔儼漢銅

盆栢

武侯廟裏根應古學士堂前夢豈虛偪仄胡為辱泥土
婆娑況復伴鐘魚一條碧玉牽難曲幾叠青雲鬱不舒



任是梁材充未得輪囷楓柳又何如

題桐陰課子圖

高梧月淡露華清黃卷青燈坐五更想見孤雛依玉案
柏舟誦到最傷情
畫荻丸熊夜夜勤女師心苦古今聞誰言閨閣才人少
扇我清風已有君

題采采蘋藻圖

平湖水暖逐輕鷗翠葉紛披取次收不似吳儂採蓮舫
歌翻鏡裏不知愁
采得溪毛薦豆籩果然風範似前賢僮僮被服誇莊麗
咏絮才華更足傳

題鏡花雪月四美圖各二首

對鏡

温暾流照上疏櫺乍捲珠簾啟翠屏映月淡描眉黛碧
臨波鬆挽髻雲青一塵不障分嬌面雙照無言惜妙齡
疑似紈裁宮樣扇自摹小像愛伶俜
悄對芙蓉遠黛輕卿須憐我我憐卿怨拋珠淚休相望
媚轉秋波倍有情捲袖茜衫翩弄影迴腰金佩細聞聲
分明奔月姮娥在未信粧臺照影清

對花

鳥喚紗窗曙色新步過苔徑愛韶春花迎翠黛低含笑



枝嚲香肩倍可人映水輕盈情共永臨風旖旎色同勻
殷勤欲向羣芳問誰與兒家作後身
香國綢繆歲月長東風先與試梅妝蘂侵綠髩添雲艷
花映紅潮助粉光銀甲彈絲驚蝶夢歌喉裊雪笑鶯簧
金閨春恨知多少閒倚闌干欲斷腸

對雪

卻寒簾捲釧聲涼閒踏瑤階步步芳夢已羅浮驚斷續
詩應道韞費平章風前絮舞斜眠影林外梅飄點額妝
日暮含顰緣底事封侯有客戍遼陽

寒凝山石漏玲瓏瓊樹琪花入望中凍合玉樓臨溝暮
潤沾翠袖舞迴風低幃悄聽笙簧炙倚檻頻憐點翳空
輕掃闌干迴盼處恍疑身在兎園東

對月

乍覺清光臉際流桐陰鋪水滿庭秋翠鬟霧濕難禁淚
玉臂輝寒易惹愁午夜砧聲催白紵丁簾簫韻落紅樓
前宵偶露眉痕細月亦如人蹙一鈎
桂魄沉沉夜漏闌淩波微步影生寒光浮笑靨花容膩
暈入情波玉筯殘素腕玲瓏初雪藕縞衣淡雅鎮吹蘭
嫦娥惟有相憐意金闕岧嶤欲到難



初見白髮

清晨攬鏡一長嗟去日堂堂負歲華貧裏未伸烏哺願
鬢邊已見素絲加世間榮落如朝槿眼底飄蕭似晚花
便是龍鍾原不惜只愁詩學未承家

秋日雜詠十九首

秋雲

秋霄翳雲葉一段素羅橫無端爲㧾觸似寫世人情

秋雨

簾幔雨千家江郭愁雲叠驚屑是何聲蕉林接梧葉

秋河

銀燭畫屛寒針樓夜初永星河一道斜達曙耿清影

秋草

秋風淒以厲秋草寒更綠落日向古原支笻縱遙矚

秋柳

踠地向春前不解傷離别西風殘照中愁思渾如結

秋蘭

蘭葉秋葳蕤擢莖在空谷自非抱素心餘香豈殊俗

秋苔

玉階侵白露下有苔錢鋪美人倚畫檲涼翠印纖趺

秋蟲

切切復沉沉寒蛩傍戶吟有人燈畔坐何處訴愁心



秋螢

丹鳥入秋稀商飈掃涼影偶看稻花下閃閃青光冷

秋雁

霜月夜新寒殘夢五更覺愁中孤雁聲心飛去邊朔

秋鷹

錦韝郅都鷹猛摯得未曾曠野故茫茫狐兎逃薪蒸

秋鶻

皂鶻盼青雲一舉離風塵嗟爾燕雀輩處堂解依人

秋池

池上一夜雨苔錢新漲痕可憐芙蓉花於邑向黃昏

秋田

村村欣納稼築場堆穲稏大田遺穗多夕陽羣鳥下

秋墳

薄暮經蒿里翁仲仆高壘不聞鬼唱詩但見烏銜紙

秋角

麗譙霜角聲故壘開新營聞此不能寐誰人願請纓

秋燈

燈燄續斷帶夜涼常睡遲寒牕廿年苦除爾更誰知

秋扇



班姬怨團扇易向篋中投應知有代謝時過俱當休

秋帆

秋水遠連天風斜帆葉偏歸人船上穩愁煞望歸船

寒夜吟

雪屋寒燈度三九水冷紡磚難着手長裘萬丈厦千間願大難償化烏有茅龍未補風夜號驕兒讀苦紅女勞憑軒放眼繁星高我獨何爲隕蓬蒿

新年寄懷浣雲妹和去秋見懷原韻

偶看舊札似逢君更入新正悵離羣迎歲梅開前度蕊懷人心逐遠空雲雨晴不定初春候消息難憑異地聞知否昔年分手處柳絲拖水綠紛紛

酴醾分韻

酴醾一架澹斜陽庭院深深白雪香素蕊伶俜渾入夢冰姿婀娜不勝妝月華淺映疑無色春事將闌黯欲傷若論丰標誰得似朝天虢國五銖涼

即景

下帷好是暮春初與古相親與俗疎幾帙縹緗消永晝半峯晴翠落衡廬韶光溪水流難住愁思窗蕉卷未舒燕子飛飛空惹恨天涯何日寄雙魚

初夏有懷



槐陰遮閣暖風徐櫻筍江城入夏初梁燕有情窺舊主谷鶯無語悵離居柳條又贈淮南別（時秋山弟客邗江）雁足難傳薊北書幾許幽懷閒自遣遙天望斷渺愁予

積雨懷茝香妹

雲壓城頭作暝陰閒閨鎮日聽愁霖西南路斷無消息思比清溪一尺深

過汪桐君女史宅即贈

閨閣論文獨有君許從蘭室挹清芬窮途最幸逢鶯友雲路何期接雁羣風細殘紅過院墮雨餘香草隔牆薰漳濱臥病無人問深感諄諄慰藉勤

病中寄懷浣雲妹

我病轉憐君相思寄短吟蕭條風雨夕咫尺別離心弱質憑誰倚長愁祇自任孔懷情頓切不覺隱憂深

聞論山兄典試東粤書此寄賀

星使詞曹際會難又承 恩命出臺端（癸卯主試黔中）題橋已遂相如志操鑑頻登六一壇此去珊瑚收鐵網他年桃李傍雕闌摩崖沿路添新詠好附秋鴻遠寄看

和論山兄典試東粤見寄原韻

玉牒銀潢署絕塵（時任宗人府主政）皇華新遣動朱輪量材有尺無餘子發策多才少和人卿月行空春有脚使星度嶺鳳爲鄰（謂同恭蘭岩太史）知君懷抱冰壺徹肯爲莊荒負此



身

論山兄原唱

陌上槐黃捲作塵涼陰如水送征輪三年兩奉皇華使百歲猶爲綠鬢人（予年四十又七未見二毛以百歲計之猶爲少年也）處處爪泥來印跡（寓館多癸卯年舊曾宿處）翩翩鸞鳳許爲鄰（前後同德樹堂恭蘭岩兩太史）酒樽詩卷隨行具依舊清狂自在身

送茝香妹游杭州（妹丈張桐齋司馬率澹生姨姪同游）

西湖好是桂花天況復偕遊得兩賢面水林亭三竺路尋山書畫六橋船白蘇詩外翻新句梁孟溪邊續舊緣更羨膝前雛鳳美趨庭公子自翩翩

初冬感懷

千里音書斷雁飛御冬無蓄採山薇生涯已是同原憲才思何堪比令暉久病因循詩脫稿初寒撿點架裝衣眼前莫漫悲搖落喜見烏雛薄暮歸

歲暮有懷

急景崢嶸歲又闌條條冰筋映紅欄閒如陶穀烹殘雪臥比袁安耐苦寒千縷離情縈尺素連宵清夢逐征鞍西窗剪燭渾如昨迢遞關河雁度難

題秋燈課女圖



誰識閨中女傅賢飲冰茹苦度華年柏舟舊誓貞松節梧館還賡詠絮篇雲外冥鴻悲寡和膝前雛鳳慧堪憐披圖觸我當時夢猶記篝燈課選年

春蔬四詠

諸葛菜

翠薹埋雪泥春暖墻陰吐紫苞猶未開脆滑殊不苦菜把掇疎籬厨香烹細雨如何去南陽千秋依老圃

芹

蒜山山下田泥肥新雨足燕子乍來時出水芹芽綠名擅青泥坊香逾碧澗曲堆盤長寸許小助酌醽醁

薺

春泥生百草野薺蔓平壙村童挑滿筐門前動妍唱呤
烟寒食節帶土鄰翁餉堇荼甘如飴詩言果非妄

韭

早韭茁春初先從小畦見霜露動悽愴家廟辛盤薦稍
稍剪夜雨點綴黃柑讌掉頭長尺許春去疾如箭

己酉夏逵兒將應試日以長律爲課擬作示之

芙蓉出水

瀲灩方塘好芙蓉出鏡奩露凝晨葉卷風過午香添嬝
嬝淩波艷溶溶漾影纖洛妃同綽約湘女比端嚴初日
常分照汙泥自不霑涉江思薄采輕舸載銀蟾

日華承露掌

宵露盈仙掌朝曦射眼明祥輝浮玉液寶氣絢金莖彩
煥晴霄迥光分曙靄清曈曨方對照的皪正高擎自具
淩雲勢時深捧日情有人攜彩筆五色賦初成

簾疎燕誤飛

美爾呢喃燕翩躚傍畫檐子飛依小閣因誤入疎簾錦
額分襟映鰕鬚落剪纖錯從珠箔底偷過玉鉤尖掠處
湘紋靜銜來柳絮沾祗緣尋舊壘凝睇認香奩

玉女披衣



上清傳玉女欲雨乍披衣不覺霓裳舞偏同雲錦飛迴
腰初灩灩拂袖漸霏霏彷彿冰紈淨分明雪縞圍鬟垂
憐帝子襟濕笑湘妃凝睇珠簾外綠痕散處微

楓落吳江冷

江渚商飈急蒼茫欲落楓吳天低薄暮楚水冷遙空蕭
槭非關雨飄颻盡爲風着霜憐耀錦沾荻嘆飛蓬濤捲
千林赤潮迴半岸紅停車思放棹隻句儘能工

送野雲姪遊越

金飈夜發火雲没一枕朦朧夢甌越甌越迢迢千里餘
烟巒縹緲開天闕御風髣髴入元都鏡水稽山行更歇
天雞一聲仙夢醒屋角斜懸半輪月乃知此事非無謂
心記何咸將遠涉皎皎吾家玉樹行詩才俊逸凌王楊
浙東山水借模範萬言落紙生光芒勸君長路開懷抱
蘭亭禹穴先探討因風迢遞寄詩迴好爲愁人遣昏曉

辟堦漢原讀予近稿見贈二律次韻酬之

蕭蕭陋巷賸簞瓢忽忽愁中歲月消祗恐書田愁竟廢
敢云貧境力能超工夫老我參三昧珠玉多君落九霄
勸學慣同兒輩說秀而不實愧良苗
佳句圓如珠走盤更工楷法寫冰紈果然玉潤求非易
莫道金精鍊不難有女清華比穠李此生聲欬是芳蘭

彩箋雒誦渾忘倦燭燼香消玉漏闌

漢原原唱

綠窗閒倚撿詩瓢讀罷清言意也消自是賦梅家法近還因詠絮俊才超胸羅經史高文苑墨化烟雲入絳霄半子趨庭慚䙴線焚將筆硯笑君苗

大小明珠落玉盤光華處處燦冰紈青燈挑去推敲久白雪歌來繼美難願借春風被桃李欣瞻香靄蔭芝蘭（令嗣工詩皆由慈訓）湘波深鎖斜陽晚三復瑤編興未闌

茝香妹近住攝山寄贈四首

中年家累暫能拋雲際精廬月底敲五字吟殘九秋色



一囊游草倩兒鈔

最高峯下好烟霞松石陰陰澗壑斜想見鹿門偕隱客楓林夕照屢停車

竹石幽居意最幽玲峯佛嶺費雕搜試從春雨橋頭望樹色深含六代秋

話山亭上韻牌分大雅清裁迥不羣（承寄話山亭示兒一篇深得古大家遺意）江令當年才頗費較量風格不如君

贈秋亭女史四十

蓬萊佳氣鬱山堂采朮初稱介壽觴蓉菊霜晨含古艷芝蘭秋谷有奇芳好詩千載留佳句名媛三吳祝瓣香

愧我俗緣猶未了樓居何日近華陽（女史家句曲）

題種菊圖

種菊芳園遠世情高風端不減餐英五更汲井新分種九日開樽乍辨名竹徑陰陰涼雨過蘆簾寂寂晚燈清滿城解闢秋容麗只有君家譜最精

題烟波共泛圖

西塞山前張志和烟波淼淼一漁簑浮家合共神仙眷偕隱眞稱安樂窩千頃湖光搖彩筆四圍嵐翠入微哦笑他牛女長離別偶借烏橋渡絳河

初冬懷論山兄



清風己戒寒歲事亦云迫落木影飄蕭歸鴉飛往復望遠獨憑高霜痕淒滿目瀰長江茫茫烟浮山簇簇我有白髮兄遠宦燕山曲音信日以疎流光去偏速陟岡歌未成含毫淚相續

登日精山亭同茝香浣雲兩妹分韻

暮靄蒼涼眾鳥還孤亭高出萬松間西風雉堞笳聲咽落日螺峯黛色斑十月梅花官閣興（學舍在山下）滿林霜葉酒人顏城中登眺多高阜此是城中第一山

小春望後二日同茝香浣雲兩妹集詩譜亭適鴻起姪自浙東歸夜話聯句

越水吳山聚首遲（晼）歸舟剛值小春時竹林韻事還重
續（菃）蓮幕才名久擅奇池草十年惟有夢（浣）桂花一折
尚無期鵷鶵且喜沙邊歇（鴻）驥足終看日下馳世事難
憑休慷慨（晼）塵容無改慰相思挑燈更試生花筆（菃）映
水同斟泛綠巵賦茗初心聊復爾（浣）穿楊壯志笑徒為
低徊客路傷情緒（鴻）迫促華年惱鬢絲歡會卻憐風轉
燭（晼）團圞欣對月盈規遺書插架何年讀（菃）往跡從頭
不可追寒燠循環人漸老（浣）萍蓬飄泊歲空移聯吟鄭
重良宵永（鴻）明日分擕未可知（晼）（浣雲妹將赴句曲學署）

直指庵探梅



一枝斜更好修竹密編墻全放轉無色將開時有香茶
烟縈樹起蜂影趂晴忙夕照淹花塢春光定可藏（地近藏春塢）

哭笙山兄二首

嫋嫋秋風日夕吹傷心折斷紫荊枝知非豈待蘧瑗歲（兄年四十九）悟道何如茂叔時征雁排雲燕塞遠孤鸞泣雨
楚詞悲　慈親未遂佳城卜（先慈尚殯寶蓮庵側）地下相從了此
期

劉家兄妹最傷情骨肉關心共五人執手淮陰難判袂（丙午年論山兄典試東粵兄於臨淮把晤泣別依依竟成永訣）寄書雷岸幾傷神（兄客漢皋）

（屢寓書問訊）羣推鮑叔能分惠我服袁安最耐貧愁見遺孤
紛滿眼寸腸摧折似車輪

題畫蘭便面

移根九畹露初融紈扇分明擷秀叢不學騷人紉作佩
置將懷袖引清風

題柳蟬小景

碧柳陰陰暑氣微章臺秋色滿斜暉最憐蟬翼多情甚
涼抱風枝不忍飛

和論山兄暑窗四詠

蟬



淒清吟徹綠槐中嘒嘒聲從隔澗通穩占高枝餐曉露
愁棲黃葉咽秋風漢宮差比豐貂貴齊女應知色相空
偏使客懷驚物候燕山迢遞寄詩筒

螢

三生幻跡託荒墟閃閃疎星點太虛百斛隋堤明翠輦
一囊車氏照奇書風驚紈扇流光遠雨入湘簾度影徐
盡夜徘徊紗縵外分明爇火耀吾廬

蚊

晝從草澤共藏身薄暮如飛萬斛塵聚響成雷隨熱客
刺膚徹夜惱幽人紗幮香細驅應盡紙帳風開攬太頻

莫漫自矜長喙利西風回首雁來賓

蠅

任教逐去倏還來終日營營豈有猜窗格偏欣鑽故紙
畫圖屢誤點纖埃趨炎不畏揮紈扇趁飲何堪近玉杯
驥尾漫云頻付託須防凍隕北山萊

論山兄原唱

冠緌天遣出塵中流響眞疑碧漢通已是啼殘九秋
月不禁淒斷五更風翳憑一葉藏身易九轉三生結
習空好語人間小兒女莫將機巧事黏筒 蟬

隋宮唐殿已邱墟歲歲螢光點碧虛敢向簷楹亂星



宿暫將光影借琴書綠莎雨重穿簾溼羅扇風輕度
閣徐最是杜陵愁見汝滄江白髮憶吾廬 螢

長喙偏能飽細身輕於蛄蝻巨浮塵碧紗幬裏侵齊
主青草湖邊困麗人繞鬢有聲來乙乙切膚如語訴
頻頻莫矜夜出從蚊母一掃秋風有雁賓 蚊

暫時麾去復飛來無事煩人最可猜逐處不須銅有
臭點成能使玉生埃淋漓偏喜沿池墨齷齪何堪上
酒杯也怕炎涼時節換一般癡凍隕蒿萊 蠅

詠簟

蘄州蘄葉帶霜清小閣茶烟一榻橫潤展竹窗攤午飯
涼鋪蕉館聽秋聲美人春睡留紋細處士閒眠引夢清
月透文疏教滅燭要看湘浦夜波明

秋懷

秋草着寒綠秋卉含幽姿雖然未衰謝已後春華時念
我同懷親于飛各分枝咫尺不相見何如遠別離涼風
日夕至吹我素羅衣開簾望秋月吟苦增相思相思闕
復長吟苦伊誰知耿耿斜漢明涓涓清露垂 以下闕

# 京江鮑氏三女史詩鈔合刊

## 起雲閣詩鈔卷三

古今體詩七十一首

### 感懷五首

鬱鬱幽巖松托根非不高生小蘊秀色淩寒時作濤移根忽澗底蕭艾生周遭自非挺勁節焉能拒摧凋冰霜待閱歷天豈屯其膏人事多轉移尋思心鬱陶

先聖昔有言處貧難不怨是貧非是病名語服原憲人生天地間那得長貧賤送窮鬼揶揄求富神厭倦得喪任自然茹蘗使心鍊

朱門世家子炫服乘華車偃蹇窮巷士抱甕餐蠹魚榮悴迥相懸雲霄視泥塗安知賤易貴反覆在斯須貴者勿自貴禍患生歡娛賤者休自賤被褐懷瑾瑜

班昭續漢書小儒不敢議頌椒詠絮者名實又其次古來閨閣中賢媛富才思嗟予嗇所賦守此挈瓶智青緗父兄業衰朽弗能嗣憂來投筆起俯仰惟內媿載賡課選樓先徵君藏書樓名臨風潛制淚

春殘桃李萎秋老芙蓉死人生異草木名存信爲美昔賢擅著作山林稱外史華屋雖傾圮高名切雲起予生慚自炫不敢名一技深居惜姓字未肯題寸紙寂寞身後名浩浩東流水

南郊紀游十首

鴻鶴山莊

鴻鶴已飛去蒼蒼山徑幽霞邊千嶂紫鳥外一林秋曲
沼涵虛閣華雲傍綺樓摩挱漢時柏殘墨米公留

寄奴泉

六代繁華地而今剩古泉儘餘蒼蘚迹漫說伐薪年霸
業隨流水荒潭冷暮烟潛龍歸大壑千載碧潺湲

杜鵑樓

昔聞殷七七秋日幻春花今我尋芳徑高樓散綺霞窗
含山太古庭蔭樹清華想像眞仙跡荒林噪暮鴉



讀書臺

書聲長寂寞隱隱石臺存猶見梁時月難招帝子魂松
風傳逸韻澗水濬心源著作當年富山中誰共論

竹林寺

白雲紅樹鎖禪關萬竹森森一衲閒仄磴梯空宜曲折
兩山夾寺妙迴環龕眠古佛樓常閉泉引林公水自潺
過嶺遙知僧飯候鐘聲縹緲破烟鬟

鶴林寺

野竹淩風上碧霄山容寂寂對僧寮蒼松半禿猶聞籟
黃鶴高飛尚可招樓紀名花開玉蕊井留幻影漾珠泡
伽藍喜有顛公在寶墨淋漓四壁饒

招隱寺

戴公卧處碧雲深招隱山空直到今挈榼客來鶯又囀
讀書臺圮蹟難尋寒泉帶雨龍噴澗古樹驚風虎嘯林
遊讌不須絲竹盛千秋山水有清音

蓮花洞

幽巖應是五丁開蓮蕚疑從玉井栽藕想如船通地脈
花偏似座傍經臺谽谺石綉苔錢古深淺沙穿鹿跡來
趺坐誰能甘寂寞閉關須見道根荄

八公洞

知是淮南舊侶儔遠尋澗壑此偏幽雲歸古洞涼封戶



樹罨層巒綠浸樓瀑激寒濤緣徑曲松飛清籟接天流
仙踪不識何年逝空有精廬幾處留

獅子窟

蒼崖剝劣蝕苔痕窟宅人疑猛獸蹲半嶺風號深谷應
一龕僧定晚雲昏湖光暗向松根動江影遙從足底奔
笑問頭陀曾怖否鐘魚靜後虎藏門

擣衣曲

鄰砧夜半聲蕭瑟弱腕纖腰倦無力花裏迴飆拂畫欄
響雜轆轤聞歎息征夫六月赴遼陽觸熱身披鐵裲襠

此時關塞多繁霜秋衣未寄棉誰裝一聲兩聲搗心碎干儂何事虛垂淚

寒月

珠斗淡無色冰蟾寒更明連宵作風暈一片照江城隔竹穿檽白含霜到曉清誰家正橫笛因動玉關情

同論山兄茝香浣雲兩妹月夜話舊次茝香韻二首

雁行團聚憶垂髫初學論詩共綺寮春擘濤箋題芍藥秋聽雨葉詠芭蕉承顏膝下歡情洽把袂花前樂事饒回首卅年渾似夢多愁羸得鬢絲凋



話到傷懷别最難中年哀樂太無端巢成雛燕將春去天遠征鴻振羽單廿載萍蓬重聚首幾宵月露共憑欄應知好會須珍重轉眼清光又獨看

茝香妹原唱

阿兄弱冠我垂髫問字朝朝近綺寮看寫烏絲傾白墮替研墨瀋賦紅蕉燈前伴讀書聲遠堂上承歡樂事饒彈指忽過三十載相逢莫訝鬢絲凋

此生端覺别離難廿載方成竟夕歡佳日儘多塵事擾故巢雖近雁行單青年江上同分袂華髮花前共倚欄莫放深宵明月去鄉園容易得同看

和論山兄新正過飲綠山堂小集原韻

芳園臘盡綻朱茶柳漸含黃草漸芽平子工吟清似雪參軍老筆豔生花樓臺向暖春常駐松柏淩寒歲又加酒罷鳴騶催上道莫嗟薄宦到天涯

論山兄原唱

一樽檐外對紅茶草已蒙茸柳已芽藹藹停雲浮竹徑霏霏香霧濕梅花春憐歸客來偏早老怯新年到漸加莫厭頻過還泥飲明正此日又天涯

題雲根山館詩集後

聞說城西左太沖少年詩筆冠江東詞霏玉屑人如菊



筆浣銀河氣似虹（聞有銀河洗筆小照）六代鶯花歸錦帙（君曾僑寓金陵）三都典則紹宗風劉家姊妹推予長垂老拈毫惜未工

秋亭女史招同論山兄浣雲妹集茝香妹飲綠山堂即席次原韻

山翠和烟入閣濃佳時歡聚莫匆匆工詩閨閣來蘇妹作賦園林纘庾公座上芳樽聯舊雨堦前新綠度薰風連枝更樂逢仙侶雅集西園興略同

秋亭原唱

高閣臨山萬綠濃知音話别太匆匆（浣雲將返句曲）開窗雲外飛青鶴傾蓋花前識鉅公（謂論山先生）詞翰舊欽蘇氏

筆言容常接謝家風相逢莫訝相親甚難得金樽此日同

山堂文讌極盛次日茝香妹仍聯雅會適夢樓先生至各賦一章

雅集圖成興未窮西園還許鬬詞鋒重吟道韞風前絮更接維摩世外踪新綠纔沾朝雨潤遙山忽染晚烟濃酒樽詩卷須珍重星聚連宵不易逢

北固山樓望雨二首

畫裏江城霧氣濃蒼茫獨立亂雲封山迴別嶺波三面雨暗深林綠萬重闢岫烟籠迷島嶼海門潮立挾魚龍上頭昏黑人難到隱隱時沉澗壑鐘



冥濛一氣但霏烟雪浪排空海接天獅象踞江埋黑霧蛟鼉跋浪起深淵吳宮花草沉何處隋苑旛幢黯昔年待得柳黃桃發後快晴來放米家船

秋月潭同浣雲妹分韻

秋月不常圓清潭自澄澈風雨海上來搖動蛟龍窟長江瀉潭水匹練襟吳越天影落清波星光動林樾蕩漾雨浮玉鐘鼓鬧天闕何如古潭靜百尺貯芳潔皎皎空人心坐對清興發

多景樓

崔巍北固凌長江樓臺天半雄南邦就中多景最奇特嵐光波影紛當窗南山悠然盡奔赴西來五州勢未降金焦對峙若湧出海門迴抱獅象雙隔江瓜步罨晴靄烟橫隋苑迷旛幢檻前石帆倚鐵柱月潭一碧藏吳艭柳溪半涸晚潮入松濤颯沓喧石矼登樓景曠筆嗟弱龍文百斛憑誰扛

賀茝香妹生孫之作

通德門高瑞應奇鳳生雛鳳百花時早看玉樹森三徑又見蘭蓀秀一枝玉燕昨聞徵吉夢石麟今已識英姿他年繞膝分甘暇畫荻傳經兩世師



白鶴觀看牡丹

鷹門無白鶴擁樹有丹霞十畝松風院千秋穀雨花座傾三雅酒徑簇七香車堦下蘭溪水清光似若耶

過五州山翠巖室

五州深邃處樵徑晝森森屋後瀑聲細樓邊石氣陰塵牀餘病衲苔院下幽禽坐久山逾靜澄觀見道心

送論山兄假滿北上

楝花風裏送征鞍握手河橋淚共彈東國春寒成獨往南樓月好與誰看晤言一載追歡淺離緒千端欲話難後夜思君邈千里雁行淒斷路漫漫

和論山兄渡河見寄原韻二首

握手鄉園憂喜并又乘春暮賦長征萍蹤聚散添華髮鴈影參差感紫荆撼地河聲人待渡滿天離色鳥呼晴百年良會應能踐愁見書樓暫鎖楹

卅年五度別西津南北關心去住頻粱燕補茸紅壘薄江魚來往綠波勻酬恩豈在沾微祿報國應須致此身佇盼明年疏傳返滄江一浣素衣塵

論山兄原唱

江雲燕樹迥難并垂老孤蓬又遠征兩地關心俱骨肉百年迴首有柴荆牛邊草色猶新土時葬先慈甫畢



鴈外霞光正晚晴惆悵遂初何日賦小樓重閉鎖書楹

沙鳥風帆幾問津竭來相喚渡河頻春流未復灘猶露夏麥將登雨正勻落日知途存老馬半生識字誤吟身一辭南國鶯花去依舊東華踏軟塵

過訪無波閣女史卽贈二首

雨餘草路綠生烟得過幽居豈偶然山色西南開畫本濃青齊送到吟邊

幾回讌集庾家園暫敘幽情轉惘然恰好河樓對知己一甌花露夕陽天

論山兄別後感懷

淒淒風雨送行舟心逐帆檣日夕愁偶過謝庭觴詠地夕陽飛絮怕登樓

題陳滙川表兄小照

長安車馬浙江濤游倦歸來興更豪風骨清蒼廉士潔襟懷爽朗孟公高雲璈曲奏成孤調珠玉詩成有二毛應與蓮花深結契幽香淡泊自相遭圖有白蓮一枝故云

贈閨友二首

高齋三面枕溪流綠罩長堤望更幽想見畫眉分柳色幾多螺黛入妝樓

襟懷蕭灑本天眞讀畫評詩妙入神知爾閒中饒韻事



桃花桃葉總宜人

同仲季兩妹江上觀荷

綠楊一帶垂長堤江流斜抱西津西樓開面面足憑眺檻前湖水鋪琉璃無邊蓮葉接天碧映日荷花曙霞赤習習薰風錦浪生盈盈笑靨妍芳澤清樽繡幄繞池開氤氳一氣清香來淩波仙子解羅襪霓裳艷麗天孫裁張燈樓角續清讌樓外銀濤飛雪練海門月出照題詩髣髴紅衣來捧硯

初夏懷論山兄三首

憶昨相逢麥秀時初黃梅子雨如絲今年又見三春盡

重向河橋折柳枝

相違半日君思我濶別經旬我憶君此日關山千里隔
空搔白首盼卿雲

一年團聚喜還悲最憶空庭踏月時久立敵寒憑酒力
何時重與話離思

蜻蜓

綃裁薄翼眼雙青款款斜飛傍水汀立向釣絲危不墜
綠楊陰裏點浮萍

絡緯

金井梧桐玉露寒乍吟殘暑出林端分明貧女鳴機響



中雜寒砧夜雨闌

秋熱

庭樹已驚秋南風暑不收園林將雨夜枕簟夕陽樓簾
捲蠅多集荷殘葉又抽班姬團扇在未恨篋中投

夜讀感賦三首

病骨秋來健終宵坐尚能雨聲松火銚星影竹篝燈殘
墨思前度新知得未曾家藏賜書在每讀感偏增

婚嫁頻年累韲鹽併日謀有書難到眼非酒可澆愁冉
冉添銀鬢閒閒愧白鷗已拚拋著作不向紙堆求

識字始憂患鬚翁見道言奇文天亦忌舊案世常翻引

睡方開卷饑哦早閉門修名非敢好聊取曩編溫

瓶中蠟梅

重幃深護暖爐房凍解軍持乍吐黃隔牖淺含初月色
橫屏淡寫道家裝開從寒夜挑燈賞插近辛盤映酒香
抱得冬心人不識轉勝芳信逗春陽

五十感懷有序

予幼學操觚中年荒落流離顛沛廿載清貧翰墨之
事束之高閣近來心境稍舒勉承先業惜居諸易逝
忽五十矣精神衰憊素志銷沉俯仰平生不堪細述
惟以遭逢不偶閱歷諸艱一一誌之卒成五十韻



百歲今過半壽思每悵然流光真迅速身世太迍邅學
愧三冬足名慚四德全蹉跎嗟往事感慨憶當年總角
繙書冊垂髫嗜簡篇承歡時問字授几學安絃罷繡還
搜句停妝便展編夜深耽諷詠心靜耐雕鐫燈暗蛾飛
焰爐熏鴨吐烟綺牕蟾魄透羅幙露珠濺陔喜椿萱茂
花欣棠棣連天倫多樂事閨閣結詩緣妹筆如垂露兄
才若湧泉銜杯同射覆隔座遞傳箋月下題分詠花前
句共聯中秋拈韻後早歲得名先骨肉情方摯朱陳地
忽遷睽違慈母膝依次小姑肩朝夕趨堂上寒溫侍席
前板輿春奉杖華燭夜陪筵漿酒籌供具蘋蘩薦豆籩

夢迴芳草畔望斷朔雲邊（時家慈同長兄仲季妹北上）每盼音書到難禁泣涕漣韶華憐荏苒時命懼危顛家道看中落詩情忍棄捐酸辛操井臼轉徙換居廛浮寄身如客頻移屋似船途窮難擇里巷陋況臨淵欲效牛衣泣常懷豹隱賢十年賓幕久千里母心懸（時外子客燕晉十稔先姑太孺人垂老在堂）缾䋎供衣帛敲冰佐擊鮮刀頭勞夢想斗米慰情牽智為貧謀減胸多俗慮塡錙銖心不計針黹手常胼夏暑猶傭繡秋深未着緜可憐兒女累又代父師權頭角私心喜詩書信口傳篝燈頻講貫刀尺並糾纏未計完婚嫁先期習靜便比鄰求訓廸諸子謹周旋敢效班姑業



居然賈氏田抗顏開絳帳拙計托青氈鶗鴂鳴還歇蟾蜍缺又圓白頭愁裏變青眼望中穿授室兒能立于歸女最憐向平塵累畢司馬倦遊還已過心翻怯回思淚暗涓齏鹽堪送老衰憊欲閒眠歲暮詩初就旬周病始痊端憂多暇日晚景學逃禪

曉次丹陽

水市雲陽郭輕橈盪碧漣一篙春雨漲十里岸花妍柳色含朝霧雞聲出曙烟渡頭喧漸遠回望塔孤圓

香草河汎舟同茝香妹聯句

倡玉聯珠事久非（畹）得閒喜共扣雲扉蒼顏雙映清波朗（茝）禿頭重賡雋語稀風送岸花香入硯（畹）春融嵐翠暖侵衣仙姑莫笑朝眞晚（茝路經仙姑廟）垂老烟霞願不違（畹）

華陽道中寫望二首

極目初無際巍峩見碧峯人爭青鳥上路有白雲封紫閣烟中隱明霞嶺畔濃仙壇高萬仞天半落疎鐘

鳥道盤雲磴崎嶇未易登坂眞迴九折樓盡聳三層冠帔羣靈集烟嵐一氣騰摩崖題姓字攀陟記吾曾

乾元觀

巋然仙觀出塵寰月夜眞靈數往還白鶴歸遲深院靜



青松棲老碧雲閒風搖萬竹鳴瑤珮雨過千巒濕翠鬟何必定尋蓬島住此間深似海中山

登大茅峯放歌

三峯鼎峙雄建康弟昆玉籍分仙鄉飛來鶴馭五雲集天風颯沓鳴珠璫大茅突兀聳雲表烟嵐際天青未了洞天第八數華陽浩浩乾坤入壺窅抱朴峯頭雲錦飛績麻洞口山花圍潭澄千尺蛟龍吼樓擁三層鸞鳳歸鬱岡横亘翠環列崦散天桃飄絳雪傾欲醉石臥烟霞丹井旁穿通石穴紺宇琳宮高下連瓊樓十二居金仙平臨五嶽契眞宰霞裾月帔空中鮮妙眞毛女今何在

峯巔明月還相待女牀玉樹尙棲鸞柯葉青青常不改
我來策杖禮仙壇盤空石磴窮躋攀阿妹相攜凌絶頂
放開眼界青冥閒此身恍惚遊八極罡風獵獵捫天關
四面青垂包大陸中畫吳淞練一幅南徐白下千萬峯
袞袞來同朝玉帛須臾紫翠成嵐碧日彩霞光變朝夕
峯南峯北判陰晴幽探難盡前賢跡耳邊清籟增颼飀
風泉時雜松濤流歸途雲海浩無際似聞笙鶴來滄洲

謁吳季子廟

季子風流邈千秋廟貌存豐碑秦漢上讓德古今尊樂
豈鐘鏞辨交非縞紵敦淒涼夜臺月如劒挂松門



丁卯橋二首

難尋刺史舊風流只有垂楊繫小舟吟到書迴樽盡句
青山碧樹憶前游
春水平隄浪拍浮忘機竟日屬閒鷗荒村無復詩人宅
空賸斜陽照渡頭

隔院梨花

隔墻春影倍娉婷涼月黃昏照半庭夜靜似聞人嘆息
秋千不動冷冥冥

櫻桃

綠葉映朱欄千珠葉底攢似分紅豆麗欲妬石榴丹谷
鳥銜初下筠籃摘未殘山厨同笋薦春事不曾闌

積雨

嫩寒頻作雨花外走輕雷如暮陰偏重非烟鬱不開蝸
牛上堦砌茶臼繡莓苔草閣江深處閒鷗時往來

七夕立秋三首

西風碧落氣含秋銀漢三更會女牛萬古佳期終不改
人間餘巧底須求
離別經年感歲華月明夜思在誰家輕雲散作裁裳錦
下照瑤英吉慶花
瑟瑟金波湧碧霄可堪烏鵲未成橋剛逢梧葉飄金井



借與雙星渡一宵

夜坐有感

深惜韶華過安能秉燭遊薰風拂琴匣淡月照書樓離
緒聞蛩觸詩懷刻竹幽坐忘何用學心事付閒鷗

和閨友見贈原韻二首

花管輕描碧玉枝南田家法擅當時每承蘭室投縑楮
觸我離情繫柳絲
鶯花三月艷揚州聞說清明獨買舟韶景一囊應貯滿
讀君新句當春遊

同茝香妹清娛閣坐月

蕭瑟西風歛斷雲鴈聲寒雜柝聲聞廣庭不用燒銀燭
趁有涼蟾滿十分
霜華鋪地夜將闌放下書帷護峭寒歡會無多良夜少
莫辭吟到曉鐘殘

論山兄寄示落葉四首勉和一章卻寄

金飇歲歲總無情到處秋林似落英雲嶺樵蹊難認取
霜天鴉夢太寒生中庭地白空蟾影古驛燈青送雨聲
宋玉此時多悵望悲涼一卷楚騷成



# 起雲閣詩鈔卷四

## 古今體詩七十九首

送野雲姪還貢入都二首

信是承家俊逸才魚龍跋浪響春雷士衡作賦驚前輩
夾漈談經益後來江左文星矜物色長安廐吏重相催
此行定遂淩雲志捧檄還應笑口開
驪歌前歲聽淒清論山兄庚申年假滿北上爭奈河橋又贈行小阮
青緗真不忝大蘇白髮若爲情東山久待歸安石　北
闕新　恩屬長卿想見竹林清話夜爲言池草夢頻驚

哭論山長兄四首



同聲一哭哲人萎千里招魂心更悲早歲高文驚海內
半生薄宦滯天涯秋風鱸膾空惆悵夜月鵑啼永别離
怪底連宵頻入夢關河旅櫬到家遲
剛介由來眾所尊幾曾長揖謁權門未登台鼎聲名重
流播詩篇道義存鄴架丹黃傳子弟漢廷清白與兒孫
傷心未遂菟裘願話到荒庵欲斷魂兄擬歸葺寶蓮庵爲終老之地
平生骨肉最相親常嘆連枝止五人小宋已經悲物化
元方今又隔音塵怕看雷岸書盈篋擬續班家集等身
況是清聲雛鳳異不愁遺稿竟沉淪
猶憶扁舟暫假回一年駒影太相催方欣鹽絮聯吟夕

人舉鶯花送客杯天外鶺鴒音斷絶夢中蝴蝶識歸來可知此日呑聲盡悵望斜陽萬念灰

盆蘭

素心纔放格偏高冉冉幽芳襲彩毫君子自堪珍几席美人豈合老蓬蒿新泥栽後春生室清夢迴時露滿皐寒雨一簾蕭瑟甚悄然伴我讀離騷

消夏詠物二首

蠅拂

晶簾氷簟洗鉛華王謝風流自足誇何事韋家拋綠豆不須盧氏障青紗捉來更藉清塵力揮去應知拔劍差



池館蕭閒饒樂事晚來搖看白蓮花

蚊幬

向夕輕雷響半空碧綃幬裏夢惺忪轟如夜陣摩千壘薄似秋雲疊萬重中自有人呼懶出外多餘地擴能容疎簾清簟含明月只許飛來隔幔逢

消夏八首

捲簾坐清曉竹外茶烟裊風動紫薇花一聲秦吉了

微颸北牖生涼意上桃笙對鏡理華鬟星星添數莖

停午天無雲院敞滿驕陽頃刻銀河翻瀑水周我堂

雨雲銜日腳薄暮暑氣微爲登溪上樓換着生綃衣

長晝如小年微吟自陶寫暝色花嶼深一卷手還把

樹暗螢火明露重蟬聲咽眠琴磐石上柳陰吐華月

微風響簷鐵如漏細丁東稍稍息羣籟猶聞遠寺鐘

饑蚊擾虛榻達曙少安寢斜月似窺人暗將詩到枕

秋柳與遠兒聯句

秋老江南葉漸枯西風一夜柳陰疎飄殘翠縷朝烟散剪斷金絲夕照餘暮景旗亭颸瑟瑟曉涼驛舍露湑湑渡頭披拂波生處樓角蕭條月上初兩岸柔情留鬖髿花時媚態憶何如眼迷彭澤青偏少眉蹙章臺黛不舒猶有棲鴉圍古戍更無繫馬就荒墟東皇如肯相憐惜



早晚春回綠蔭渠

課孫

人家歡喜弄孫兒擲果含飴竹馬騎我獨一經憑夏楚他年上隴憶今時

和浣雲妹詠梅四首

梅心

寒飇吹破凍雲天自抱冬〻心鐵石堅一點犀通芳訊逗二分月印暗香傳玉壺朗徹涵清影氷鏡空明結淨緣除是東風問消息片時傾吐笑嫣然

梅骨

風骨珊珊冠衆芳生來鐵幹飽風霜栽從東閣身原傲
開到南枝體亦香林下美人憐瘦削山中高士屏炎涼
欲知老格清蒼處月映寒窗細品量

梅夢

風柔香細散氤氳小睡朦朧夢意紛和靖醉來神自遠
師雄卧處境同分瞢騰已是開成雪縹緲行看化作雲
我亦浮生怨零落輸卿喚醒有東君

梅魂

冥冥春影可憐宵未必迷離去已遙庾嶺香濃空自返
孤山月冷不禁銷池臺寥落愁應斷環珮闌珊怯莫招
知否有人風露下相招銀燭正高燒

浣雲妹原唱

梅心

早春獨步得其天氷雪爲憑一點堅淡處只邀明月
印靜中自有妙香傳芝蘭素結生前契水竹清留世
外緣似笑無言誰更會風旛不動興悠然

梅骨

負骨從知異衆芳生來傲雪與經霜何須錯節方爲
鐵莫道開時始有香健筆撐雲三折瘦縞衣浸月五
銖涼千年風格詩中見沈病潘愁孰較量



梅夢

寒林香霧鎖氤氳睡去朦朧夜色紛庾嶺神迷天一
線揚州幽會月三分黑甜鄉裏催成雪翠羽枝頭散
作雲大抵浮生同此境勞勞塵網卻輸君

梅魂

三生幻跡可憐宵渺渺羅浮續夢遙幾個黃昏禁得
斷一番風信黯然銷峭寒欄角和香返細雨旛鈴怯
珮搖只恐有情難遣此留連素影燭高燒

詠雪

舞絮迴旋粉蝶忙攢枝鋪地灑迴廊青苔不見陳王閣
白玉新開盧氏堂銀海晶瑩爭月魄縞衣鮮潔助梅妝
兎園一賦堪千古欲買黃金鑄謝莊

釀雪和秋山弟作

朔風海上來萬里同雲布六花孕未成天公費鎔鑄潮
微江不流日歛天如暮暝陰壓遠村閃閃鴉歸樹登樓
擁鼻吟興到山陰路予季乃詩豪探梅遑健步

雪中偶成寄燕梁次女並贈劉壻達浦

連朝風雪太紛紛心惜梅花瘦幾分妝閣料應春黛盡
吟窗想見夜香薰金陵舊有探驪句天祿新傳吐鳳文
又到謝庭飛絮日蘭閨酬唱寄予聞

甘露港看桃花

河汊綠波澄人家似武陵桃花千萬樹夾岸暖霞蒸白間梨邊雪紅飄柳下曾繁華駐仙境過眼記吾曾

春暮有感

昔年此日送征橈誰料將爲永别朝庭院棠花悲寂寞河橋柳絮感飄颻遼東鶴化全無迹蜀國鵑啼不可招哀樂中年已難遣況當春暮倍魂銷

新篁

弱榦亭亭絕可憐嶄新顏色最清妍淡黃細籜微凝粉淺碧疎枝半帶烟梢未出牆千氣象葉纔映水動清漣問渠成實須何日老鳳年年望眼穿



盆梅

淺土催開凍蕊新素瓷清潔養天眞香凝月紫寒侵夢枝映霜燈迥出塵不用扁舟頻載鶴自然滿室暗生春試看髹几橫陳夜三尺冰姿別有神

哭浣雲季妹二首

城烏啼罷暮雲屯哀耗初聞欲斷魂十載傷情京國遠頻年離恨海天昏久期花萼聯新句豈料靈旗返故園兄妹劉家搖落甚五人今有幾人存

傳來病勢黯傷神心逐征鴻到海濱（妹倩司鐸靖江道妹歿於官署）韞一朝成訣别惠連同日隔音塵（秋山四弟同日辭世）芝蘭幸有冬郎慧蘿葛休嫌阮氏貧（予近復與妹聯姻）白首黃門才似雪肯教殘稿久沉淪

柳絮

春深江郭晝眠長初卸蠻腰舞欲狂晴散灞橋詩共淡風吹山店酒同香兒童捉處飛難定才女吟成韻亦涼月滿沙堤看不見來朝萍已漲橫塘

晚烟

青峯靄靄水迢迢蕩漾濃烟入望遥暮色斜連殘雨脚炊痕橫截半山腰鳥歸柳埭籠輕縠魚散蓮塘展薄綃漸看海門冰鏡上光澄大地霧全消



寄通邁兩兒

漢口川程定幾千夕陽秋水遠連天可憐咫尺揚州月只隔江波也少圓

和愷園姪雨霽過飲綠山堂原韻

雨過樓臺更絕塵晴光初轉物華新柳眉添翠烟還歛草色初茸綠漸勻園鳥呼名招酒客山花含笑待詩人漳濱卧病春過半未得桃源一問津

題新居三首

最怕元規塵污人移家聊得數椽清從今穩適閒居樂

爲仿潘仁戸百城

此地居鄰刁景純塢藏猶是昔時春花圍四壁蘿牽屋門裏吟聲聽得眞

屋前屋後綠杈枒燕喜新巢景倍加只欠承家幾株樹快呼園叟種梅花

示璿玘二小女

樂天七月識之無垂老聲名鬱未舒兒莫如娘耽冷詠但工刺繡少看書

七夕詞

雨過高梧月初吐銀漢無聲案當戸織室針樓繡幔開



隔竹穿花聞笑語庭橫香案陳瓜果吉慶花裝紅萬朶瞻拜雲軿一點心默默雙星應鑒我丁東漏轉夜遲遲羅襪綃衣玉露滋定與蜘蛛頻乞巧深閨兒女意何癡

飲綠山堂晤茅蕊仙女史即席有贈

詠絮才名十載聞芳園乍喜挹清芬淵源經受中郎業散朗神超顧婦羣花裏白頭誰似我閨中青眼僅逢君匆匆把晤前因證勸罷金樽日已曛

庚午初秋茝香妹招遊焦山用壁間王夢樓先生韻率成三絕句

半江雲影一帆風已覺秋先到梵宮天半樓臺雲際樹蓬山湧出海門東

蒼藤古木認龍眠細路盤盤上絕巔一覽天空驚地窅斷崖涼樹化秋烟

幽巖信宿有前因時喚兒扶坐水濱通遒兩兒從遊肯讓摩崖王內史獨留詩句作傳人

佳處亭同茝香妹遲月用先論山兄東昇樓原韻

亭占雙峯第一層蒼崖向夕躡雲登風微上界諸天靜日落遙空萬象澄覽勝青年嗟未及憑高華髮已無能坐看海嶠微茫處皓魄乘潮緩緩昇

住自然庵詠物五首



鐘

雙峯日初沉紺殿清鐘朗江面靜無波音和海潮上因風振林木落葉堆方丈知是有高僧詩成擊逾響

鼓

枯僧將入定萬籟江天寂島嶼撼靈鼉虛空驚霹靂風濤聲間作白雨點秋荻便覺斷塵緣危坐心怵惕

衲

生生水田衣百衲自妥貼潤因沾白雲破似飛黃蝶垢將浣清泉綻或補秋葉一任候炎涼披來意常愜

蒲團

團團編澤蒲海月頡其大安置丈室中不受浮塵涴客
願學無生跏趺此靜坐會看一片雲飛空化蓮座

龕燈

空樓彌勒龕夜涼燈一粟四更江月墮焰短閃深竹跳
梁飢鼠噉童子睡初熟嗟予眼無食展轉仰古屋

三詔洞

人生不纓冕當隱雙峯巔海天壯遊覽死後名猶賢茲
峯閱千古獨讓焦孝然朝廷重高義冠蓋徵巖前處士
屛弗顧洞中常晏眠雲水足怡悅俯仰終餘年

觀瘞鶴銘用東坡金山放船至焦山韻

松寥突起何耽耽天然奇秀雄江南舊聞瘞鶴傳古碣
摩挲珍惜觀再三想見當年握銀管颼颼葉底聞春蠶
至今銘文雖剝蝕百家比似俱懷慙神物龍蛇那能攬
明珠百琲騰江潭或云羲之此遺跡更云顧況落筆酣
華陽真逸又署尾參考頗足資清談終疑宏景妙骨幹
彌勒合與移同龕其旁燒丹井猶在下有泉水東泠甘
神仙至寶古亦罕朝夕玩賞甯爲貪世人聚訟太無識
欲與道古誠不堪橫江白露見歸鶴一聲長唳過茅庵

漁父辭二首

款乃聲中一葉輕低篷短棹信潮行世間達命惟漁父



那問風波險與平
容與中流自在行青紅兒女伴生平百年安樂渾閒事
早與鷗鳧有宿盟

夢遊仙辭六首

穩御罡風鶴背高碧城絳闕望迢迢道逢月帔星冠者
趨赴通明候早朝
金鋪朱門照曙霞畫樓綵樹五雲遮峩峩上界仙官府
不比尋常富貴家
翠旗鶴扇不分明瀲灩瑤池度玉笙多謝飛瓊閒指點
教儂新識董雙成
一勺當窗星宿海雙丫入座女牀山牛蹄槖槖鸞聲急
客醉蟠桃帶月還
欲得真詮歲月遲天門擁篲髮如絲須來絳雪丹初服
還我金閨綠鬢時
鈞天聽罷信良因明月前身我後身猶記丁甯夢中語
茲遊非比爛柯人

哭茝香妹二首

雁序凋殘止兩人那堪今復剩單身傷心老淚憐予盡
回首同懷最爾親月泛焦巖纔幾夕星沉東海已經旬
秋初尚與妹同住焦山也知生死如泡影白首尋思倍愴神

婚嫁連年俗累多習家池館少經過還期暇日謀歡聚
豈料商飈促逝波翼折定知飛不遠唇亡為問齒如何
卷中哀輓渾居半又為君哦薤露歌

題東坡遊赤壁圖

峭壁千年赭未消可憐往事付寒潮風濤猶帶當年憤
秋樹先從此處凋魏武樓船嗟斷燼周郎虎帳憶清宵
登臨弔古情何限似見橫江鶴影遙

和匏村姨姪病中感懷原韻

臥病相如懶課兒詩情酒興更非宜己嗟寂寞駒過隙
況值連緜雨散絲篇廢蓼莪深自痛羽豐雕鶚有人知



三年彈指春明近跋浪龍門定可期

匏村原唱

無端嗔女更呼兒眠食心情百不宜病骨依闌攤似
鶴愁懷擁被亂如絲眞成恨事天難問別有傷心世
豈知一臥兼旬春又晚可憐辜負牡丹期

柳花與遠兒聯句

江南春欲盡晴絮滿芳庭花舞全如雪緜飛半化萍稀
疎鋪曲檻細碎入空櫺月底初無影風前久未停詩家
吟乍就山店酒微醒亂颭維舟岸斜橫送客亭繞園迷
蝶夢粘砌襲蘭馨此際眉添翠何時眼更青鶯梭烟已

醉燕剪露先零點綴紅絲硯輕盈素紙屏着泥沾細雨
拂樹動殘星最是銷魂處清溪感舊經

醉蠏

西風吹冷蓼花村蠏火星星數點昏夜半雙螯聽郭索
秋深一醉佐盤飧甕開莫倩燒紅燭菊對應須倒綠鐏
椒實頻添糟薄糝江南風味細評論

詠五色蝶

青蝶

園柳陰濃日影遲芳魂冉冉夢回時苔迷三徑翾飛倦
暫宿蕉窗客未知



黃蝶

菜花風裏暗尋芳梅熟枝頭避雨忙偶見園葵斜嚲處
鶯梢纔露道家妝

紅蝶

桃源春暖往來頻曾誤漁人問去津又見朱闌花事好
翻階婪尾逗鮮新

白蝶

飛入梨花路欲迷橋邊晴絮影同低撲來珠箔銀屏畔
好胥吳娘碧玉笄

元蝶

翩翩緇衣別有神豈因金谷染香塵龍賓幻出莊周夢
飛上雲鬟認不眞

雨後

展響起深巷斜陽照半槐蝸涎篆堦下水氣足新苔

夜坐

野蛙喧不已桐露滴還止欲眠猶未眠心事清如水

采蓮曲

采蓮莫向江南渚荇藻牽絲礙柔艣怨綠愁紅更恨人
一秋暗泣橫塘雨荔子單衫黯無色憔悴苧蘿好眉嫵
嬌小吳娃慣采蓮誰知蓮子心中苦



題漁樵耕讀圖各一首

自是忘機客臨淵不羨魚嚴陵今已矣高澹意何如
曉入寒山徑丁丁砍斷雲看殘棋一局塵世已斜曛
稼穡眞爲寶民生貴在勤青疇春雨足曉荷一鋤雲
紙閣朝曦暖芸編自課時吟成閒徙倚興寄杏花枝

跋

右起雲閣詩鈔爲外曾王母鮑太宜人作太宜人之詩之才之學之識論山先生暨鴻起先生序中言之綦詳至與清娛閣三秀齋詩鈔合刻之緣起燮元亦列於前序矣外曾王父諱澧字桂橋生子三人長曰通字臚卿家雪農叔祖停雲集中有送何臚卿之長沙詩一章嗣子文玉殉粵匪之難燮元請於京師忠義局奏蒙
旌卹孫二人長汝金能詩曾游登州與燮元酬倡方壺燮元擇其尤者載之聽鸝軒同聲集次金魁官浙江府照磨次曰遠字劍雲郡增生卽燮元之外王父也有聲



庠序間工詩觀集中秋柳柳花聯句之作畧見一斑子四人長出嗣次文元三文彬次文然孫一人振庚同治十二年恭遇
覃恩燮元請於
朝贈外王父爲中憲大夫戸部雲南司郎中加二級如燮元官外王母張太君爲太恭人三曰遵字芷沅子一人文鎔官浙江布理問精於醫嘗繪採芝圖命燮元題以詩孫七人長肇榮官浙江巡檢次森榮官福建縣丞三振瀛四振塗五傳烈官浙江典史六肇琪七肇瑩今惟金魁與振瀛傳烈肇瑩等兄弟存耳其謹守先人之

詩教毋斁因附識於簡末云

光緒八年歲次壬午孟冬之月外曾孫戴燮元謹跋



京江鮑氏三女史詩鈔合刊

清娛閣詩鈔

# 序

予與鮑君雅堂同官都下每當直廬告返竹所徑造官程無迫吟事斯興凡有一言之奇隻字之雋互相嗟賞欲忘寢食偶見其黏壁之作魚緘甫脫鴛杼猶新金聲遠鏗玉色四照問之知大雷之書未寄絮雪之詠先催才乃左姝慧誇劉妹固早已羨咳唾之非凡並心形而俱服焉後予乞假南還設講邗上始獲交於張子舸齋舸齋卽雅堂之妹壻也兩姓合好雙心齊袜鄭姬警旦迫之以翺翔繁掾定情通之於契濶琴瑟自明其靜好閨房不涉於燕私凡有倡酬動關雅故嘗以烟波共泛



圖屬題雲綠四面花紅一波吟亦同聲影無獨笑沙鳥每移情而立游魚且窺豔而來此則高柔賢妻不嫌愛玩劉綱佳儷羣謂神仙翩翩乎浩浩乎直欲共餐沆瀣而淩太清也日月不居芬華易歇吹雲之風倏起抽心之草旋生舸齋言卽傷神淚恒承睫檢瑤篇於蠹篋搜翰蹟於湘紈輯其遺詩都爲六卷編彤有待題墨先煩索我一言因之三歎夫九陽代燭不聞繫景之繩百川合流曾少駐萍之壑前身佛國偶現優曇此日天官催簪白奈在達人之識或悟眞空而秋士之胸嚐禁騷怨矧善心爲窈淑風載鮮早洗鉛姿獨標瑤想豈可不發明端緒解釋沈哀亦見夫言緣質而乃文旨以葩而彌正罕別離之況故中央四角之語有謝乎綢繆絕嬉戲之緣故初七下九之期不煩乎省記追國風君子之慕補房中樂府之遺千古可期九原何恨豈比雙聲子夜十索丁娘僅同士女之圖取備婦人之集而已哉僕宿草之感念良友之云徂嵩楚之嗟又我躬之不閱重承諉諈竊自思維海上不死之方難徵奇帛人間可哀之曲聽過幔亭徒有慨於桑榆亮莫爭乎泡電而幸此綵雲留影寶華積空敢黃絹之題八言願烏絲之書百本莫隨仙子羅裙化蝶而飛定笑阿兄竹杖隱形而去



嘉慶辛未夏六月錢塘吳錫麒撰

序

予與論山郎中交三十年而論山詩凡數變予嘗語論山曰君之詩以未第前作爲佳茲不及也論山駭然曰君言何與吾妹茝香言脗合因得聞茝香夫人說詩之旨論山歿後始與舸齋先生通尺素令嗣澂試京兆往來旣洽令姪深庚午科發解江南與兒子桂馨又得稱同年於是盡讀清娛閣吟稾憶前明孫文恪陞繼配楊夫人詩稿附文恪集行世楊修撰用修室黃安人長句小詞藝林稱誦王元美云用修有詩答婦又別和三詞皆不及也楊黃兩媛雖爲世稱而篇什寥寂長篇鉅製



不聞茲清娛閣各體俱臻醕粹七古尤合唐音當與織雲樓嬾美餘家多難抗手獨念論山歿已久詩文皆未刻行其子遵十六七年前錄科成均文筆已自超卓扳俗聞近日貧且病思之可傷更念論山與予乘騎尋翠微平坡諸勝馬上誦茝香詩不下數十聯嘗書其詩後曰老兄欲退避三舍故王夢樓嘗稱茝香詩律工細過於其兄今舸齋工詩好游家有賢子弟兼能愼於抉擇斯集之成予固先睹爲快且以慰其兄論山於地下云時嘉慶十六年歲次辛未八月朔日前國子監祭酒法式善

序

丹徒張君澂予門下士也姿儀温偉言辭清拔庚午試順天報罷京洛蓉枯江鄉楓冷蓴鱸之思起於秋颸屺岵之瞻迫於星夕急裝抵里而母夫人已卽世嗚呼刀環入夢客路心馳機杼停聲慈雲望渺邱吾子之涕淚風木無甯孟東野之衣裾春暉難再靈椿雖健誰和瑤琴祝牧之歌畫荻空存但期錦里瀧阡之表忽如過隙深可悲乎越歲夏張君以母夫人所著清娛閣詩郵示於予予受而讀之其旨雋其詞潔其慮密其藻芬靚粧麗服不耀釆於纖穠素練輕綃匪溺情於靡曼梅花修



到應是前身柳絮名高無慚曩製雖謂駢衡沈宋並軌韋陶絜短度長未爲泰也昔之白燭擒吟春椒製頌雅善華辭罕聞專集他如曹家東觀魏氏南征織句疊編鏤辭盈帙而中情悽惋每工愁苦之音長句流連殊乏倡酬之詠夫人以鮑照女弟張揆令妻蒂芳臭於苔岑抒清詞於蘭抱每當寶鴨香温冰蟾色皎牙籤遞韻銅鉢催聲松丸落而珠雩楮葉飛而錦粲花生鏤管妙手齊拈草對瓊缸吟肩並聳分杯卻扇蘭成寄婦之篇攬鏡執釵徐淑贈夫之什蓋所謂唱予和汝相對相當者也今裒厥遺編付諸剞劂藏之篋衍傳於大都玉臺音

寂重披孝穆之書紗幔經寒尙識宣文之號撫栝棬而太息誦卷軸以流連嘉哉志補白華允矣芳垂彤管

嘉慶辛未歲仲秋吳烜撰



序

三百篇詩如葛覃勤儉卷耳求賢尙已下至國風燕燕爲千古贈行之祖雄雉則勗德行戒忮求以思念其君子何其辭之悱惻雅正也至若鷄鳴戒旦御琴瑟而靜好解雜佩以問遺千載下猶想見古賢夫婦相警戒之衷倡和之雅令人愛慕無已焉邇者京口張舸齋先生與尊閫鮑夫人茝香竝擅詩才閨中聯詠已見之袁簡齋前輩所撰淸娛閣合刻詩序爲一時佳話矣庚午歲夫人辭世其子瀓輩搜輯遺稾思付剞劂別爲一集以誌弗忘郵寄至都讀之凡集中流連光景憑眺山水諸作無一語涉香奩體無一字染脂粉氣和平渾雅化雕鏤之跡而一歸自然固已卓然名家矣至於敘同氣之情悼長兄之逝則語語從至性中流出愷惻動人雖古大家不是過昔論山先生以詩古文辭流播藝林膾炙人口今讀茝香夫人作乃歎江左風雅萃於一門洵不愧參軍之後也予於詩律未得窺古人門徑而頗愛正聲讀是篇乃覺三百篇中幽閒貞靜之風溫柔敦厚之旨去今未遠也爰志欽慕之忱如是竝質之舸齋當以予言爲不謬也時嘉慶辛未仲春日婁江李錫恭撰

## 序

清娛閣吟稾予仲妹茝香作也妹幼聰慧善吟咏卷帙紛披雜羅於妝臺奩具間儼然弟子員也自歲乙酉先徵君捐館舍戊子春予闋服補官京師逾年謀迎養是時大妹畹芳已出閣茝香偕季妹浣雲以壬辰五月奉太恭人至京邸歡聚一室吮毫含思不輟予退食餘閒與之徵引掌故討究法律賡倡迭和無虛日於是妹之詩已日進及笄適同邑張舸齋司馬舸齋性倜儻工詩喜游覽素淡宦情而以閨門相屬和爲樂屢以詩郵示予予嘉其有秦嘉徐淑風戊戌丁　先太恭人內艱歸



里讀妹詩已裒然成集欲序之未遑也其後匏繫於官十餘載嘉慶丁巳請假省墓歸遂得與舸齋茝香朝夕過從乃置酒張筵鬮題角藝於清娛之閣斯時諸甥皆成立俱能詩擅家法每於酒闌燈灺搓熱掌熨醉眸纔一篇成而和篇旋盈案矣予笑謂茝香曰妹苟處芬芳豐足之中而無虀鹽澹泊之致必將爲世情俗務攖其心撓其志烏能相夫教子使風雅萃於一門乎又烏能專門名家使噪時閨秀望風而靡乎妹之樂妹之福豈可與華榮炫赫者同堂而語妹傳人也此稾淵雅冲和深情逸致具有六代三唐之遺韻其必傳於後也奚疑獨予既貧且老以宦爲家不獲與吾妹多相唱喁以抒暮懷而清娛之樂又不知繼之於何日是足歎耳爰撮其梗概以爲序而付之梓嘉慶辛酉二月既望論山漫叟兄之鍾書

## 後序

清娱閣吟稾六卷古今體詩四百餘首族姑莅香夫人作也夫人爲海門公中女農部雅堂先生妹姊畹芳妹浣雲皆工詩擅家法夫人適張舸齋先生才調相儀匹閨閤中鳴宮應徵有秦嘉徐淑風農部官京師桂星以從子禮見因得誦夫人詩舸齋先生以庚申游黃山相見於歙丁卯夫人遣其子澂北上從予游益以知夫人詩法之詳昨冬桂星覲學來楚北澂方落解聞其急裝馳返潤心訝之頃得書乃知夫人已厭世澂與諸弟忍涙寫遺詩爲清娱閣吟稾如前數郵楚乞桂星一言桂



星受而讀之律細而神超辭文而旨遠謬乎其清也藹乎其和也莊莊乎其雅正也温柔敦厚導源於三百篇而奄有六代三唐之勝豈獨尋常閨秀所不逮抑操觚握槧號聲律專家者所遜謝不如也夫古今女子能詩者衆矣然吾家參軍僅傳女弟劉家三妹惟徐悱妻最清拔然悱先卒閨中倡和罕聞焉若夫人者以海門雅堂兩先生爲之父若兄以舸齋先生爲之偶以澂兄弟爲之嗣璇源一本淑儷雙璧諸子人人有集隋珠卞璞照灼於軒墀庭廡間江左門才夐乎稱獨步矣又況其詩之必傳於世不疑乎然則修短存亡今昔俯仰之感皆無足言而舸齋先生琴瑟之悲與澂兄弟栝棬之痛亦可因吾言而少慰矣爰謹書其後而歸之嘉慶辛未

孟陬族姪桂星拜手序

清娛閣詩鈔目錄





清娛閣詩鈔卷一

丹徒鮑之蕙茝香著

古今體詩六十七首

暮春

三月芳菲節韶光半已非林花經雨散梁燕引雛飛着水楊枝瘦沾衣竹粉微聲聲聞杜宇莫漫促春歸

穀雨後三日過百鶴道院牡丹已殘

欹斜山路菜花黃淸淺池塘碧草長儘有豪家圍繡幄何如雲屋貯天香繁華祇剩三分色婀娜還餘半面妝寄語仙風莫相妬數枝葉底正含芳



柳絮

黃鳥聲中雪影飄江城到處舞蠻腰輕如粉蝶飛無力細似冰花暖不消榆甲零星鋪地軟萍踪浩蕩接天遙多情未共春歸去送盡行人過灞橋

晚烟

夕陽纔下遠峯巔漠漠平蕪起暮烟深鎖花魂金谷裏暗飄香篆玉樓邊寒生白屋催鴉返濃罨青溪失鷺眠最是滄江收釣處溟濛無際落霞天

夏夜同浣雲三妹集畹芳大姊起雲閣納涼

日夕消煩暑凭高一解顏松身當徑直溪影抱門灣叢

葉明微露輕烟抹遠山美君三畝宅半在水雲間
河低高閣外人坐妙香中樹雜疑聞雨窗虛覺有風分
題搜險句接席話離衷玉漏休頻促團圞幾度同

和笙山兄寶蓮精舍納涼原韻

料得探幽客翛然興不窮月邀深竹裏秋借小樓中冰
簟沿池展荷觴隔座通晚涼吟眺遠帆定一江空

新秋夜坐偶成

閒齋新雨後清簟晚涼初樹影漸蕭瑟蕉心時卷舒風
輕紈扇薄月淡紙窗虛瀹茗話今夕何須賦索居

紅蕉館詠物



梨花

靚妝冷豔絕纖埃冰雪爲膚玉作胎檐月昏黃庭綠暗
誰家靜女立蒼苔

垂絲海棠

豔質豐肌約紫絲嫣然最是半開時二分淺睡三分醉
斷雨零風力不支

繡毬

新綠如幃護綺寮麥秋天氣晝迢迢是誰呵手團晴雪
抛上風枝暖不消

牡丹

春陰釀足錦雲窠遲日溫風國色酡可是華清沈醉後
到今紅暈未消磨

荷包牡丹

垂垂新豔着花初國色芳名合付渠貯得一苞風露足
綠窗紅女有誰如

虎耳草

翠葉含芒貼砌勻卻殊卷耳欲懷人紅輕白小繁英碎
也占年時一度春

罌粟

紅藥開時見米囊繁華相與殿春光詩腸清不勝烟火



欲折花枝當裹糧

夜來香

綠淺枝繁韻自幽靈芸會與結芳儔此花亦有清涼癖
香散庭除雨乍收

秋海棠

綽態柔情本恨人秋風秋雨暗傷神偶揩清淚勻朱粉
小度西堂八月春

蝴蝶花

剪綵裁綃製舞衣秋風籬落一枝枝西園八月飛黃蝶
幾度端相兩不疑

秋葵

道家裝束太寒生瘦減腰肢畫不成滿院霜華人寂寂
玉階疑送步虛聲

和畹芳姊春日寄懷

一簾雲水滿帆風遠樹烟開晚照紅客裏懷人繙舊簡
愁來縱目感歸鴻婷婷弱柳依村店欵欵游絲上釣筒
迢遞燕山千里外春光猶與故園同

舟次天津登望海樓

帆趁西風溯急流名藍弭棹暫淹畱銀濤晴灑松門雪
黃霧晨開海國秋樓影暗含鮫蜃氣鐘聲遥落鳳麟洲



登高回望江南遠一髮青山雁外浮

春暮有懷

輕暖輕寒燕到時春愁寂寂雨絲絲江南芳草青多少
游子天涯總不知

侍　家慈北上抵論山兄邸舍喜作

水宿淹三月收帆及夏初山川瞻　帝里骨肉共親廬
相值猶疑夢曾聞不易居且斟重午酒萲草綠階除

玉蝀橋觀荷

瀲灩銀河駕玉虹車聲侵曉聽隆隆接天碧遶烟痕淡
出水紅疎日氣通山過城頭朝送爽塔浮樹杪午凌空

朱華翠蓋尋常見託地清高自不同

簟

微月疎簾下盈盈八尺長水明渾不暮棊罷覺生凉夏
室畱清氣秋燈背冷光酒闌清睡穩好夢到瀟湘

秋日寄懷畹芳姊

迢遥銀漢向西流一葉驚飛冀北秋記得去年今夜月
捲簾分座寫蠅頭

彈指辭家半載餘到今離緒幾曾舒南來儘有鱗鴻便
底事從無一紙書

一束蠻箋擘五雲殷勤數語報君聞長安近日無多景



秋色三分雨二分

九日登陶然亭

荒亭九月朔風顚霜色蒹葭滿路添南去雁行翻夕照
西來山翠落虛檐此間頗動江湖思回首俄驚歲月淹
話到昔賢觴詠盛欲將遺事問冰蟾

聞砧

砧杵聲中木葉稀金風淅淅入羅幃遥思鶴髮高堂上
近日天寒可授衣（謂祖慈張太孺人）

城南看菊

長安行樂信非虛屢共安仁奉板輿古寺日斜人散後

小檐霜淺露凝初詩無瘦句吟難好客有秋懷澹或如
忽憶寶蓮庵外路寒香冷豔遠烟墟吾鄉北郭多菊

盆松

數本婆娑歲月遷森森叢碧老秋烟曾凌澗底清冬雪
乍映窗間綠字篇雲影亂鋪銀燭外濤聲寒到畫屏前
勿嫌寸土無奇節會見蒼鱗起硯田

瓶梅

歲宴山城萬木衰一枝標格讓瓶梅心清自愛冰壺映
影瘦偏宜斗帳偎鑪暖蕭齋春已覺香飛角枕夢初回
重簾不捲宵如水安穩何愁雨雪摧



法源寺看花

丹鳳城南春十分鬧春冠蓋望如雲精藍瘞處塵難到
鶯燕飛邊日易曛素豔淡宜青玉案紅妝妬煞石華裙
帝京未賦花應笑漫說髫年解好文

花影

五架三間結搆新小窗幽卉結爲鄰月扶骨相燈扶態
合倩松煤替寫眞

南旋次潞河留別論山大兄

京洛纔逢話別離那堪又折綠楊枝蒲帆日去長安遠
剪燭西窗未有期

霏霏梅雨送歸舟岸上舟中各轉頭休憶江湖舊蓑笠
五雲深處足清游

月夜寄懷玉亭大嫂

清光如水浸窗紗回首長安路已賒別後乍逢今夜月
知君思我亦思家
昨宵有夢到京華紫陌仍聯繡幰車共喜相逢何太易
一聲柔櫓忽嘔啞

舟中寄論山兄畹芳姊

扁舟南下太匆匆十幅蒲帆落照紅燈上荒城初起角
柳衰大道正歸鴻風沙薊北程堪計烟水江南夢易通



料得今宵三地影夜深併在月明中

三月十四夜坐月有懷用白香山起句

三月十四夜江鄉月正明花殘憐影瘦人靜覺寒輕愁
是春將去詩應酒釀成無煩事刀尺拈韻記閒情

夏夜同三妹坐 先君詩譜亭聯句

星河耿耿漏聲遲蕙 風冷閒亭有所思高樹不甯蟬咽
露芬 故巢堪戀鵲移枝家藏蠹簡餘先澤蕙 恩重金
鑾話此時謂論山兄 一閒泉扉千載恨芬 淚痕重濕草堂詩
蕙

送浣雲三妹入京

黯黯江雲拂柳絲離亭樽酒强同持衣沾殘淚添新雨花逐東風別故枝驛路迢遙魚雁杳鄉園岑寂夢魂遲相期寄我和鳴曲更附泥金慰所思妹于歸同里徐孝廉彬時寓北通州

積雨感懷紅蕉館同畹芳姊分韻

癡雲壓屋雨如塵匝月扃扉了卻春舍北溪平堪打槳階南草綠漸成茵承歡夢杳追難再詠絮庭荒別正新剩有畫梁雙燕子故巢相對語頻頻

先君忌日誌感

慈親去不返屈指三十年書樓閉綠苔掛壁餘塵絃風號樹難靜草長春已旋生我何劬勞棄我何杳然襟上涕淚痕晝夜空漣漣孤冢冷白楊枝葉多連蜷松楸日云遠德業何時傳續稿未付梓霜天泣慈烏雨夜悲啼鵑傷哉椎牛心何以答重泉



春夜懷三妹

閒閨人靜酒初醒慵啟文疏對月明楊柳有絲留繫別海棠無語最含情三春雁少書難寄屢夜愁多夢不成遙憶客途風景好滿懷詩思共誰評

登凌江閣有懷

辛夷花放柳如絲江閣登臨又一時風助雲帆開遠渚日烘沙鳥上晴枝舊遊觸處俱堪憶往夢回頭不可追九十春光三地客佳辰多半感睽離

春分日得笙山兄手書同舸齋聯句代柬

霪雨經旬薄霽餘舸蓬門忽送數行書扁舟去憶鴻賓後苣深院閒驚燕到初小別豈知成久客舸盼歸尤勝乍離居看雲雷岸鄉音迴苣詠絮風簾酒盞疎芳草一坪重極目舸綠波千里更愁予西窗剪燭期難定苣北固垂綸興每虛新句聯交應爛熳舸故山入夢復何如因將尺幅舒愁緒苣水滿春江付鯉魚舸

己亥二月廿七日　祖姑吳太宜人壽辰侍游鴻鶴山莊



板輿春曉破蒼苔園倚南山進壽杯四面晴嵐迎几榻一灣新水動樓臺當筵小部鶯酬和繞屋繁花燕剪裁願祝高堂比王母年年此日宴蓬萊

清明日眾香院辛夷花發

眾香仙史院高閣倚和風江影一簾外花光四照中抽毫如向客蘸粉欲書空恰好春暉永輕輿歲歲從是日侍家姑薛太宜人游此內史探春輿吟袍拂柳行雨當佳節霽花競靚妝明夢樓先生攜家伶素雲至絲竹東山盛文章北海名今朝天氣朗更比永和清

雨中有感

長空日日散輕埃深掩簾櫳晝不開往事卻同春夢覺閒愁偏被雨聲催選樓唱和何時續客里音書尚未回碌碌渾忘三月暮忽驚門外賣玫瑰

雨晴登淩江閣懷論山兄浣雲妹

東風吹暖賣餳天細草成茵柳脫綿新水又如前度綠好花仍向故枝妍遙山映日螺痕淺虛檻依雲亞字連因憶昔年曾此地舟中岸上各潸然

題賞雨茅屋圖伯翁此亭公命作

江南五月黃梅熟濕氣蒸雲暑彌酷先生快雨招朋儔



茅屋三間傚深竹玉壺買春春滿卮主人勸客客不辭殷雷動處雲墨色飄瓦已覺非絲絲俄驚銀竹落無迹散作飛湍瀉崖石長風駕海走天中欲爲人間普膏澤虛檐奔湧濺階碎尺水茅堂濼向背灑然心地頓清涼綵筆能開風雨晦先生雅尚繼司空人品詩品將毋同妙境猶嫌看不足命客揮毫入横幅要令赤日黃埃中九夏甘霖常在目

論山兄典試黔中書此寄賀

昨夜文星動九霄果然佳氣滿蓬蒿翺翔華省推鳴鳳浩蕩黔江快釣鼇紅勒經心憑玉尺烏絲得意走銀毫新恩應慰泉臺意不負傳經十載勞

二

皇華那計驛程遥小暑初鳴　上苑蜩絳節牙旗擁天使碧雞金馬導星軺詩增滇楚千山色文障牂牁百丈潮從此　恩綸還疊荷卿雲舒卷在丹霄

夢中得句寄浣雲妹

秋風動簾影桐子墮階聲此二語夢中作因憶吾家妹詩多夢裏成

月夜有懷

月滿中庭冷雁聞閒階如水靜無紋風搖樹影移虛幌



笛弄秋聲入遠雲客舍連宵應惜別蘭閨何日共論文離情欲對姮娥說銷盡鑪薰夜已分

清娛閣晚眺懷浣雲妹

高梧過秋雨虛閣消煩暑開軒覽夕暉奇雲尚容與紛紛林鳥歸淒淒候蟲語今夕獨關情天涯渺何所有妹十年別尺素經年阻不念雁行單翩然事高舉憶昔垂髫時深閨日爲侶偷翻案上書夜促窗前杼細字寫紅蕉新詞題白苧兒女逼人來歲月蹉跎去汝自廿別離安知別離苦長安在日邊相去復幾許天高雁不來日暮空延佇

送鴻起姪游越

井梧葉脫涼飈發庭際蛩吟殘暑歇流光倏忽正愁人聞說阿咸將適越越東勝地名栝蒼山重水複塗修長嗟爾廿載未爲客束裝一旦離高堂應知富貴致身早男兒何必故園老且將秋柳贈秋征莫遣春暉盼春草吾家奕世風塵中支離聚散猶萍踪靑年更喜有雛鳳詩才俊逸承家風玆游與爾開鬱塞巉巖邃谷搜奇特儘收荒怪入奚囊焜耀歸裝壯行色慚予學殖等雕蟲年來鬢髮將如蓬臨歧數語意未盡斜陽帆影何匆匆若耶從古多佳麗看花切莫忘歸計須知日暮倚閭人



夢逐征塵到天際

同舸齋登北固山

孤亭矗起欲凌雲足底驚濤木末聞高揖金焦眞鼎立平吞吳楚有江分尋秋客訪南朝蹟弔古人稱北府軍對此茫茫無限思數行烟鳥落斜曛

題駱秋亭女史秋燈課女圖

冰心玉映本天成虛室秋清誦有聲河汎柏舟情獨訴樓觀滄海句誰爭芸窗新授中郎業絳帳堪承白傅名秋亭爲隨園先生女弟子有女未能諳姆教可容遙夜共寒檠

感懷寄三妹

判袂西津渡流光忽六周年如朝近午才似葉經秋有月難忘別無春不惹愁相逢在何日莫待雪侵頭

贈閨秀王玳梁時將出閣

江左風流自昔誇芳閨又見茁蘭芽丰神不肯儕凡豔儒雅眞堪接大家摩詰天機傳汲骨右軍標格擬簪花秦郎正好相酬唱江上春回共泛槎

仙卉圖成絕點埃前身應是住蓬萊十三已奪鍼神巧二八人知女史才爭美輕螺供妙腕定資博議出新裁樓頭寶鏡明如水雙照鴛鴦戲玉臺

玳梁和詩

俊逸才名奕世誇鳳生雛鳳玉生芽成書他日傳爲



史新詠今看自立家謝絮吟來千里月濤箋揮處一庭花戲詢天上張公子夙世應乘織室槎

蘭香方許脫塵埃德曜惟堪隱草萊每對牙籤慚失學乍拈斑管敢言才瓊瑤過尺難爲報錦繡盈機豈易裁安得化身成脈望常餐奇字近粧臺

代嘉淑小姑和塾師除夕元旦二首

詞客長愁歲易凋一年剩此可憐宵賣癡隔巷聞終夜餽歲圍爐坐達朝虎榜 新恩方待士龍門舊業緩歸樵先生從此開襟抱莫漫臨池歎寂寥

二

凍蕊凝香褪淺紅枝南朝日正曈曈寒消五夜辛盤裏春入千門爆竹中詩到新年應更富經傳奕世詎言窮絳紗立盡殘冬雪林下欣從攬蕙風



# 清娱閣詩鈔卷二

丹徒鮑之蕙茝香著

古今體詩六十五首

三十初度自述

卅載韶華過隙駒雙親早謝鹿門車雁行聚散期難定驥子聰明願莫虛游跡舊曾經　上國詩名敢望著南徐年來學殖多荒落偷取餘閒讀父書

早春

東風日夕釀氤氳林壑餘寒綠未分幾處炊烟消瓦雪二分柳色入江雲看來燈市千紅幻頌就椒花百和薰



遥識相如官舍底銜杯終日愛微醺謂論山兄

揚州湖上遲月

試燈風細綠波平曲岸維舟待月生垂柳和烟欹水影亂鴉如雨入林聲紅橋客散衣香度畫舫人迴笛韻清卻憶板輿花裏過湖光應識舊時情壬辰春侍先慈太恭人北上經此

湖上雜詩

傳柑節過雨新晴出郭春光照眼明梅蕚開初香雪小湖冰消盡水風輕

假山高下幻雲巒間柳遮梅欲畫難應識繁華藏靜地綺樓深處鎖春寒

細草成茵蕨有芽波翻嫩綠鴨羣譁最宜曲岸迴舟處
柳外湖光一道斜
一角遥峰選佛場至今故老説隋皇風流頓盡溪山改
抔土青青冷夕陽
笙歌燈火冶游人歲歲迎春到送春泛舸湖心撈素月
肩輿陌上動香塵
名園鱗次暗相通水榭歌臺間梵宫韶景泥人留十日
梅花風換杏花風

平山堂

小別平山近廿年風光差勝舊時妍千尋松落峰前瀑



十里波明鏡裏天出樹輕帘招酒伴沿隄新柳綰歌船
依稀記得曾游處先訪淮南第五泉
竹木參差一徑通廣陵名勝蜀岡東晴波瀲灧流殘照
香雪繽紛暖風虹飲溪橋三曲折獸眠山石四玲瓏
幽堂寂靜塵囂絶太守當年景物同

鞦韆曲

芳園四壁花光圍鞦韆動處朝霞飛美人妝成對花立
欲上不上嬌無力攫身一舉穿林梢流鶯驚起花旛摇
翩然反側妙容與隱隱紅潮上眉宇藕絲裙輭罥游蜂
杏子衫輕濕香雨拖烟約霧東風顛珠翠彷彿雲中跰
琤瑽仙珮漱鳴玉蘭香蕚綠相齊肩紅纏雪腕綵索勁
綠鬆雲髮金釵偏小鬟扶下日初轉徙倚花陰息嬌喘
栩栩魂猶夢蝶驚行行足訝蒼苔輭美人會得春難駐
不放芳華等閒度來日清明風雨多落紅滿地奈愁何

春草

幾日東風釀積陰忽看到處燒痕醒着來屐齒輪苔輭
望去裙腰帶郭青漠漠黏天愁遠道萋萋極浦黯離亭
寸心縱不當春展猶得秋深化冷螢

新柳

何處春先洩化機陌頭江上自依依籠烟弱未勝鴉隊



障日黃難辨蝶衣旖旎向人偷眼角芊綿拂檻逞腰圍
章臺莫謂無消息此日青青是也非

海棠

探春何處得春饒庭院沈沈鎖阿嬌夜照啼粧燒絳蠟
曉憐笑靨暈紅潮柔絲過雨三分重薄醉禁風一半消
多恐睡餘驚冷露爲施錦帳護深宵

隔院梨花

只隔池亭不隔春霏微一片壓垣明猜詳燕子雙棲穩
省識蛾眉淡掃成吹起銀雲渾似夢飄殘玉雨寂無聲
多情月姊憐香影扶過牆陰當寫生

春陰曲

癡雲壓空無近遠欲破層陰風力輭千家簾幙晝沈沈
登樓極目愁難遣林外烟痕作水鋪溟濛遠綠春模糊
天低樹頂曉逾重啼煞枝頭飢鵓鴣晴光一線動庭宇
嫩日花陰翳復吐鶯聲細澀囀珠喉蝶夢惺忪胥紅雨
風雨年年寒食多零香斷粉隨流波釀成懊惱不成曲
其奈天涯游子何

夜雨不寐懷畹芳姊

簾纖新雨深春夜似昔南窗罷繡時近砌折花供射覆
捲簾邀月照圍棊光陰虛擲渾如醉哀樂無端未是癡
不寐挑燈裁尺素知君此夕更如之

快晴登淩江閣

綠潑江村雨後天垂垂新柳半含烟嵐開遠岫杯中落
帆曳晴雲鳥外懸鶴影似人癯倚檻花光如海豔當筵
闌情最是將雛燕接翅歸飛暮靄邊

重過鴻鶴山莊

藥欄竹塢晝陰陰日漏蒼苔滿地金三月晴紅開晝本
一池新綠繪園林板橋曲折通漁舫澗水清泠奏石琴
地近南山宜獻壽年年卮酒對花斟是日祖姑吳太宜人壽辰

春暮閒居



一春芳事去匆匆幾日繁英小徑封午院柳烟迷夢蝶
晴窗花氣醉游蜂債多書債償難了案積愁緘答每慵
三十未能名一技半緣兒女半才庸

餞春

朱櫻初熟青菱嫩斑筍纔尖細菌肥四月江鄉風味好
卻和新釀餞春歸

春日園居有感

春光底事太倥傯偶爾窺園百感重燕翦斜風勤補綴
蝶衣避雨苦惺忪扶牀兒女催年長插架琴書笑客慵
自分不才無過想停鍼閒作硯田農

舸齋搆草堂落成喜賦四首

數畝西園地稍舒寸草心誅茅安石磴種竹護窗陰院
敞迎涼早庭空貯綠深得酬潘岳志一任白駒侵
撿點閒蓑笠烟波興不窮古梅移白下香草買吳中野
逸饒生趣經營洽化工自禁寒食雨百卉盡蘢葱
好趁春暉永佳時未可忘對花朝把卷留月夜稱觴竹
徑輸張廌蘆簾愧孟光卻邀名彥筆珠璧滿虛堂
閣開羣木末徙倚絕囂煩貯酒期同賞藏書好共溫一
區楊子宅五畝白家園卽此堪娛老何須向鹿門

題玉嫺女史采采蘋蘩圖

菱歌蓮唱土風存雲水江南處處村爭似大家修內職獨來南澗采蘋蘩

瓜皮撑出碧泱泱十里新流鑑素妝偶向綠楊灣裏住柔荑一掬水俱香

闔閭賢聲戚里稱吉蠲孝享雅尤能儒家菽水饒風味合取溪毛八豆登

德曜天教事伯鸞評詩讀畫兩情歡語兒溪上堪偕老烟水鴛鴦夢亦安

四月三日駱秋亭過小園有詩見贈依韻答之

三徑蓬蒿翦乍晴雲軿合藉管絃迎才除道韞無兼美



詩繼賓王有正聲爲感虛懷深繾綣每逢良會與論評如何賺得生花筆消受人間不朽名

秋亭原倡

綠陰庭院雨初晴多謝君欽掃徑迎佳日難逢櫻筍節名園况聽管絃聲山橫高閣鈎簾坐花映長廊挽手行莫怪燒燈清話久十年前已仰才名

和秋亭春日寄懷元韻

消閒誰似女相如棊局茶烟逸興餘緗卷舊傳班氏業絳帷親課左芬書（左蘭城妹爲秋亭弟子）聲華十載神交久風雅三春把晤初慚愧頻年忙裏度吟懷差共鬢絲疏

秋亭原倡

羨君福慧有誰如鎮日金閨樂事餘花院養姑春奉酒篝燈課子夜鈔書舊傳詞翰留名久新起樓臺攬勝初獨我他鄉飄泊甚鏡中愁見鬢蕭疏

和論山兄新居對月原韻

曼倩東華宅庭除滿綠苔雨餘初月淨林下一尊開古劍含龍氣高桐養鳳胎閒齋吟玩處南望幾徘徊

論山兄原作

新僦東華宅閒門閉綠苔雨邊鄰樹合一道月波開冷浸冰壺玉清含老蚌胎四更人語靜攬袂獨徘徊



題虎山尋夢圖

吳門陳竹士與其室金纖纖女士虎山唱和甫及歲餘而纖纖物化欲作虎山尋夢圖以寄意適得陸定子畫幅若預爲留贈者翰墨因緣非偶然也爰題小詩紀之

虎山重訪舊游踪山自嶄岏柳自濃惟有冰魂無覓處淒涼孤棹夢惺忪

珠聯玉和幾經秋佳偶人間罕白頭不用披圖思往事斷雲流水總增愁

和論山兄主試粵東途中見寄之作

纔匿 鑾輿踏玉塵又持絳節動朱輪 九重舊識量材尺三載頻爲奉使人粵海蛟龍投巨餌蘭臺鸞鳳結芳鄰（德樹堂學士同往）五羊城月珠江雨綵筆而今倍有神

論山兄原倡

陌上槐黃捲作塵涼陰如水送征輪三年兩奉皇華使百歲猶爲緑鬢人（予年四十又七未見二毛以百歲計之猶爲少年也）處處爪泥來印跡（寓館多舊曾宿處）翩翩鸞鳳許爲鄰（樹堂恭蘭岩兩太史）酒樽詩卷隨行具依舊清狂自在身

三朶花次韻

婁尾生來自不羣重重翠幄護卿雲豔殊蜀錦秋三醉



香淡揚州月二分底事萬花開白社泿誇四照媚紅曛直同金帶圍呈瑞他日台階兆使君

清娱閣看雨

江城五月晴難卜梅雨朝朝灑茅屋買春一斗滌煩襟竟日開軒看懸瀑催詩非鉢富千篇到耳疑珠傾百斛鋪成濃墨雲如海織出斜紋斷還續金蛇電影掣江天玉虎雷聲震巖麓迷漫溪水没荒蒲浩渺秧田飛野鷺家家濕烟罨黔突處處村農叱黄犢幽情此際有誰知剝啄無聲儼空谷斷虹掩映入殘霞好鳥間關語深竹翛然自謂羲皇人能得餘閒是清福

偶得雨餘暫借早秋天之句足成一絶

緑陰如幄一樓懸樓外奇峰半化烟蕉葉有聲荷氣淨雨餘暫借早秋天

夜坐

桐陰缺處半規生寂寂空庭夜景清秋氣暗侵河影淡露華寒逼候蟲驚光陰冉冉臨風燭身世匆匆向曉更千里長安同此月雁行零落總牽情

辛亥中秋前二日三妹歸自都門集紅蕉館翦燭夜話仍疊前感懷書寄元韻四首

七十纔過半分行歲十周霜鴻中夜枕叢菊幾番秋易



覺相逢夢難緘寄遠愁還憑一輪月雙照話從頭

憶歎潘年近流光又幾周不才心更懶多病鬢先秋問字兒娱目穿鍼女慰愁未防青鏡裏霜色暗侵頭

福慧君雙得聲華冀北周人中羨騏驥堂上富春秋喜沐　新恩澤頻消舊別愁春來楊柳色無復鎖眉頭（客秋妹倩選句曲廣文先自都門歸）

舍北漣漪水鷗羣一帶周異鄉三地客同惜故園秋（時笙山兄歸自江北鴻起姪歸自浙東）會巧翻疑夢宵深足話愁團欒有今夕酒甕問牀頭

小春望後二日同畹芳姊浣雲妹集詩譜亭適鴻

起姪歸自浙東夜話聯句

越水燕雲聚首遲畹歸舟剛値小春時竹林韻事新重整苣蓮幕才名久擅奇池草十年惟有夢浣桂花一折尙無期雁行且喜巢邊歇鴻驥足終看日下馳世事難憑休慷慨畹塵容無改慰相思飛花共試生紅筆苣映竹同斟泛綠巵賦茗初心聊復爾浣穿楊壯志笑徒爲慚叨雋譽矜頭角鴻回感華年惱鬢絲歡會恰憐風轉燭畹團欒欣對月盈規遺書插架何能讀苣往跡從頭不可追寒燠循環人漸老浣萍蓬飄泊歲空移聯吟鄭重良宵永鴻殘臘分攜未可知畹三妹將赴句曲學署



隨園先生道過里門以臥病未獲晉謁口占一律奉呈

早歲心儀在鯉庭廿年天半仰文星管中豹影虛窺測海內龍門自典型學步正思親絳帳問奇何日讀元經高軒轆轆過江郭只許愁人枕上聽

隨園先生見惠翠柏黃楊二盆走筆奉謝

卅載清陰愛護存卻分風月出隨園畫屏緜几春常在翠羽金支態不繁渾似晤言親塵席久隨桃李傍龍門應知無限栽培意好與流傳到子孫

題仲蘭四姑小照

幼耽詩史愛閒居此日幽懷尙不虛同侍輕輿行樂後天香濃處惜三餘

玉樹成行鬢未華半生福慧兩家誇深諳過眼流光速拋卻牙籤卸對花

題四娣桐陰課子小影

早年花月歎蹉跎此日佳辰靜裏過一卷南華空萬慮心澄如水淨無波

桐陰如蓋覆庭除拋卻牟尼課子書往復不辭親口授嚴師慈母兩非虛

祝隨園先生八十壽同舸齋聯句



歲逢聖紀周花甲鉉剛値先生慶八旬料峭風先度寒食蕙融和天爲閏花辰千秋已定無雙譽鉉五福應推第一人合巹華筵開海屋蕙世兄郎於先生壽日完姻齊眉鶴算閬靈椿晚栽瓊樹成連理鉉早著高文欲等身北部鶯花供彩筆蕙南朝山水結芳鄰交逢故舊情逾重鉉客遇清貧意更親白傳裁詩還示嫗蕙陳公投轄喜延賓三吳名媛爭趨謁鉉一代才人企選掄薦士蓬蒿皆振翮蕙休官婦孺盡攀輪金鞭紫陌忘前夢鉉紅粉青山藉葆眞壽永任憑推甲子蕙骨仙何用守庚申遨游名勝皆關福鉉供養雲烟信有神投贄忝隨桃李末蕙操

瓠深荷品題新（壬子秋蒙賜清娛閣合刻詩序）會聆廣樂開先路（鉉先生有八十自壽詩十首索和）敢步陽春拜後塵惟願年年逢上巳蕙瓣香遙祝秣陵春　鉉

題二喬觀兵書圖

名姝天遣助英雄一卷陰符綺歲同今日丰神矜畫手恍疑私語笑曹公

江行望京口三山同舸齋作

濤捲西風海色昏篷窗洞啟看朝暾渡頭馴象眠蒼靄鏡裏雙螺動翠痕上界鐘聲隨鶻落中流塔影帶潮奔家山處處堪娛老莫道驅車向鹿門



舸齋客秣陵廣陵以紀遊詩見寄戲答二首

秣陵僧院廣陵船處處關心寄彩箋選勝情同狂杜牧（謂郭厚庵）題詩格是小游仙二分明月扶殘醉四美佳辰趁少年珍重宵深風露冷征衫多半未裝綿

經旬小別休言別底事當歸又不歸繞砌寒蛩吟思苦一庭涼月賞心違湖天夜泛烟波濶刀尺宵停刻漏稀安得中年婚嫁畢扁舟同問舊漁磯

重陽後一日作代柬舸齋

菊花留客過重陽想見連宵酒態狂書到為言歸不遠秋深翻覺晝偏長定知風月增吟夢卻忘蓴鱸美故鄉知否高堂髮垂白倚閭鎮日盼輕航

雁來紅

豈是諳鴻信妝成候不差盈盈飽秋露葉葉勝春花破寺明殘照疎籬護翠霞依稀園主問何計駐年華（此花一名老少年）

瓶中臘梅

冷豔陳髹几相娛卒歲時晴窗烘嫩日曉鏡折橫枝心素知春早香柔破臘遲燒燈傳畫本還藉紙屏移

雪後遊竹林寺同舸齋

萬竹響天風蒼蒼雪徑通峰陰沍殘白春色動晴紅燈事城中過蔬盤世外同邱園眞可老廡下笑梁鴻



花徑

徑勢千迴曲花光四壁圍綠天低地暗紅雨到晴飛流水濺裙濕新苔印屧肥山翁聞客至白板啟雙扉

竹籬

蕭瑟村邊路低圍眾木陰屋山藏不住溪水暗相侵烟蔓牽無縫風燈望轉深小橋荒店外隱隱出寒砧

苔井

無波何代井荒甃蘚花乾淺淺眉痕照深深月氣寒秋風塡落葉春蚓上危欄蕭瑟景陽路銀牀已半殘

藥圃

剩有閒田地多栽藥一畦桑麻原不礙雞犬或同棲辨
種能知性尋苗淺劚泥華陽雖可採荷鍤費攀躋



清娛閣詩鈔卷三

丹徒鮑之蕙茝香著

古今體詩六十九首

自題烟波共泛小照

嘉遊幾度惜蹉跎卻笑無端鬢欲皤失學漸看千卷廢
承歡差幸廿年多心憐兒女成行易眼見繁華等夢過
中饋暫教新婦任好隨漁艇泛烟波

憶昔垂髫侍母時逾淮涉汶向天涯疎慵性癖輕鐘鼎
山水緣深重別離共載圖書酬夙好同盟鷗鷺遂心期
滄茫萬頃紅塵外細雨斜風到處宜



立春前秋亭索小園垂柳有詩見酬依韻答之

植向瑤臺遇好風朱欄掩映畫簾重未舒青眼應知喜
較勝荒園伴阿儂

釀春連日雨風兼萬縷千條亂拂簷從此河樓烟影綠
過門人說女陶潛

春日寄懷浣雲三妹

每逢花月怕登樓花月無春不惹愁百里華陽天樣遠
賺人一別兩春秋

啄絮庭荒咫尺家歸程偏似客程賒可憐荆樹榮春暮
枝北枝南各自花

題左蘭城銀河洗筆圖

賦就三都思邈然拈毫更浣絳河邊斯人何必曾經海（尊師夢樓先生曾遊海外）此筆眞堪獨掞天學到丁年名已重花生午夜夢皆妍而今應笑乘槎客片石攜歸未是仙

答秋亭謝贈碧桃花原韻

燕返新巢花綴枝一天風雨綰離思分將皎皎當窗色換取幽人白雪詩

揮毫尙憶菊花前睽隔清芬又一年想見春風歸腕底深紅淺白各爭妍

美人風箏次韻



飄然飛燕舞雲端廿四番風取次餐萬里鵬程憑一線兒童莫作等閒看

霞裾月袂裊晴絲進退飄飄有所思生恐東風太輕薄隻身欲寄最高枝

臨東亭納涼用少韞姪女韻

孤亭萬頃立蒼茫暫滌塵襟愛晝長入座江聲清酷暑排空林蔭淡驕陽半天風色將成雨三伏炎蒸忽變涼（用句）憶奉板輿探菊信佳遊難再獨霑裳（去秋隨　先姑太宜人訪菊過此）

少韞原倡

臨東東望正蒼茫詩思偏宜夏日長碧樹蟬聲消溽暑晴江雲影淡斜陽久承風範如時雨又侍清談到晩涼笑道竹林添韻事山陰亭上盡羅裳

清娛閣同鴻起姪舸齋看雨得二蕭

風滿山樓暑頓消片雲翻墨黯層霄烟低遠渚江天合電掣長空霹靂驕澎湃只疑鄰磵壑溟濛渾莫辨昏朝不須投轄留佳客漠漠平原沒斷橋

七夕立秋用李玉溪辛未七夕韻

莫是黃姑恨別離遂教白帝促佳期人間一葉驚飛早河畔雙星待渡遲亘會卻當初永夜輕裾可怯乍涼時



應憐明日分攜淚盡作新秋細雨絲

題淡香小影詩冊後

秋水爲神絕點埃星眸生小識英才從來佳耦齊眉少越是名花越易摧

清才花貌幾能并十九齡垂絕世名莫怨此生春夢短祗緣冰雪太聰明

芳魂寂寂孤村外逸韻生生尺幅中淒絕淡香樓上月一窗花影鎖東風

綠葡萄

繁英絡架結蓬廬深貯明璫百斛餘一碧釀應勝竹葉

千房子恰異芙蕖驪珠濃染秋波後馬乳青含曉露初解渴不須思啖蔗飽餐差足愈相如

佛手柑

殘照西風野衲家黃金一樹飽霜華低垂輪掌尖猶斂深染旃檀篆未斜隔葉纖纖疑指月向人欵欵欲拈花折來鬆几供清玩送臘迎春歲月賒

芭蕉

蕉林十丈覆山堂葉葉晴開露氣香日映玻瓈千片碧雨翻樓閣一天涼陰垂永晝彈棊靜綠暗匡牀引夢長裁作斜箋供染翰淋漓不礙草書狂



夾竹桃同浣雲妹作

仙源綺麗客迷津况復淇泉綠蔭新日暮簪紅幾秋士天寒倚翠一佳人渡江淼淼休歌葉映箔疎疎不是筠別有清芬異巖俗那同李杏鬭韶春

放梢破豔總娟娟淡淡紅粧倚暮烟但覺此君同我瘦何曾薄命受人憐涼敲桐雨音微度暖醉荷風色倍鮮三兩枝吟坡老句笑他春媚逐秋妍

浣雲作

源水湘雲若問津放梢時見著花新閨中逸韻兼林下君子風懷託美人簌簌清陰籠笑靨蕭蕭紅雨濕香筠門牆立處宜高節不是尋常陌上春

涼韻猶敲佩玉聲燕脂乍洗粉粧明其華南國憐之子載楫春江錯喚卿流水夕陽休悵望去年今日不關情薰風嘯詠軒窗下自有芳香烈更清

王少林先生過訪山堂舸齋留飲分韻得清字

何來仙客叩柴荆廿載雲泥覩面驚詩卷定增當日富名言不減舊時清薊門風雪孤吟興（謂論山兄）句曲烟霞滯旅情（謂浣雲妹）安得一朝同聚首西堂連袂拜先生

少林先生過訪山堂分韻賦詩夢樓先生因余與舸齋郎席有作以爲一時佳話更賦一首兼懷



家論山兄余同舸齋聯句奉和並呈少林先生

子猷子敬舊齊名（鉉）杖履聯翩此地停賴有參軍誇勁敵（蕙）喜偕鴻婦拜荒庭綵毫墨海翻秋月（鉉）紅燭江樓聚德星莫歎天涯頭共白（蕙）餘霞飛處暮山青（鉉）

夢樓先生原倡

誰能夫婦擅詩名不負高軒此暫停綵筆飽家令姊妹（菃香爲雅堂令妹姊妹三人皆工詩）烏衣王氏舊門庭閨中擊鉢才如雪花下開尊鬢有星重話揚州春禊事只餘湖柳尚青青

和隨園先生越遊得女弟子五人喜作元韻

年逾八十鬢方皤早脫朝衫住薜蘿種柏曾分盈尺本著書兼惠等身多（先生以盆柏並隨園全集見惠）自操井臼供炊爨無復蟲魚任切磋慚愧樗材生勝地栽培多恐負東坡

隨園先生原倡

夏侯衰矣鬢雙皤桃李栽完到女蘿從古詩人高壽少於今閨閣讀書多畫眉有暇躭吟詠問字無人共切磋莫怪温家都監女隔窗偷覷老東坡

古重陽日夢樓先生偕諸弟子集飲綠山堂秋亭詩先成即次其韻

快對黃花酒緩斟風簾低捲碧波深藉將荒圃烟霞色



靜愜高人水月心佳日更親韋母範（謂達有黃太夫人）新題還共大家吟欣看滿目琳瑯列慚愧霜華兩鬢侵

再題烟波共泛小照和舸齋韻

遊跡年來逐釣航佳時多在水雲鄉春衫共染江烟淡風葦同聽夜雨狂好趁中年酬素志試從閒處泥流光雙鷗莫笑霜侵鬢身外無求任鬢霜

舸齋原倡

頻年踪跡託漁航來往鱸鄉與酒鄉風物及時從夙好雪泥隨處寄清狂敢期覽勝追宗炳差喜聯吟有孟光向夕莫依荒荻岸飛花黏鬢恐成霜

賀王少林先生生孫

江左風流歲月長石麟更得小王郎明珠在掌身猶健丹鳳雛雛氣自昂夢裏神仙貽綵筆眼前蘭玉繼青箱消閒卻羨先生樂擲果分甘鎮日忙

秋亭邀諭山兄晚芳姊浣雲妹讌集草堂即席有作同次元韻

樓外山光潑黛濃莫教佳日去匆匆虛名笑我輸劉妹健筆推君敵杜公（家兄稱秋亭詩筆似杜）棠棣蔭連前夜雨忘憂花放午晴風廿年芳草天涯夢暫喜吟尊此日同

秋亭原倡



高閣臨山萬綠濃知音話別太匆匆（浣雲將返句曲）啟窗雲外飛青鶴傾蓋花前識鉅公（謂雅堂先生）詞翰舊欽蘇氏筆言容常接謝家風相逢莫怪相親重難得金樽此日同

次日再集山堂用秋亭韻

萍蓬喜踐昔年期（謂大兄三妹）花徑重開待女師倚馬共推安道筆（西席蓮塘戴公詩先成）登龍爭賞右丞詩（夢樓先生適至）厨供晚筍青成束酒泛飛英綠滿卮老去自慚霜管秃浮名廿載被人知

秋亭原倡

恰值西園雅集期騷壇牛耳得吾師征衣待拂淩江浥綵筆曾吟渡海詩把袂重教聯舊雨（師與雅堂先生垂髮至交）尋春可憶少年時鮑家三妹才難敵文讌山堂絕世奇

折早梅一枝寄論山兄詩以代柬

疎疎凍蕊綻林梢持贈高齋慰寂寥應識今宵紅燭下一枝春惹客心遙

月夜同論山兄晥芳姊浣雲妹話舊

阿兄弱冠我垂髫問字朝朝近綺寮看寫烏絲傾白墮替研墨瀋賦紅蕉燈前伴讀書聲遠堂上承歡樂事饒



彈指忽過三十載相逢莫怪鬢絲凋

此生端覺別離難廿載方成竟夕歡佳日儘多塵事擾故巢雖近雁行單青年江上頻分袂華髮花前共倚欄莫放深宵明月去鄉園容易得同看

雪後得閨友詩走筆和答

鎮日山扉掩綠苔愁多偏覺雁聲哀寒梅報到幾枝放好句奇爭六出開作答兼旬容我懶揮毫頃刻讓君才果然詩思清於雪拂拭瑤篇絕點埃

論山兄過山堂看梅出憶舊詩十六首見示頃大雪盈尺作長句紀之

忍寒兀坐開重幃林梅爛熳香侵衣倏明倏晦晝欲暮阿兄策杖敲荊扉一篇示我不堪誦掩卷汍瀾涕痕凍芳華十載事如塵風色滿簾天若夢振衣高閣共徘徊銀沙萬斛橫空來須臾盈寸復盈尺天葩繞筆爭春開縈迴交錯逞風勢白遍層巒渺無際望窮江海眩雙眸清絕乾坤銷點翳天公作意逞瓌琦欲索參軍雋逸詩莫辭燒燭團欒坐兒童滿斟金屈卮

雪晴山堂梅花正開遲論山兄不至戲柬二絕

殘雪初消襟抱開遲君花裏獨徘徊驕兒會得予心事隔院佯呼阿舅來



一林香雪媚春暉好鳥嬉晴逐隊飛問訊耽吟狂杜牧佳時底事賞心違

新正三日論山兄過草堂小集走筆成詩即步元韻

消寒留客酒先茶正好圍爐剪韭芽春戀酡顏遲夕照天教健步訪梅花歸鴻印雪蹤無定古柏凌宵歲自加祇爲居貧難退食依然薄宦滯天涯

論山兄原倡

一樽檐外對紅茶草已蒙茸柳已芽藹藹停雲浮竹徑霏霏香霧濕梅花春憐歸客來偏早老怯新年到

漸加莫厭頻過還泥飲明正此日又天涯

題晴江春曉圖

三高名譽重當年風雅襟懷學散仙不共棋枰爭勝負卻從泉石結因緣

一幅春江萬里晴江天寬處欵柴荆忘機只有閒鷗鳥會得先生物外情

丁卯橋

一幅春帆逐暝烟荒村何處訪前賢青青只有橋邊柳猶自臨風綰客船

丹陽道中



夾岸平蕪綠際空布帆安穩趁西風辭家百里甯爲遠入耳鄉音已不同

華陽道中同畹芳姊聯句

倡玉聯珠事久非畹得閒今喜扣仙扉蒼顏雙映晴波朗茝禿筆重賡雋語稀風送岸花香入硯畹春融嵐翠暖侵衣仙姑莫笑朝眞晚茝路經仙姑廟垂老烟霞願不違畹

登大茅峰

大茅峰頂暮烟昏一氣茫茫覽八垠紺殿切雲開須洞石欄和月倚嶙峋披衣香細臨芝閣逼面星寒近玉宸恍見青童君欲下擬攀鶴背御飆輪

月夜坐乾元觀玉蘭花下

清絕山中夜翛然隔世塵露濃花墜地牆矮竹窺人不寐貪看月遲歸爲惜春搜奇詢羽士來日試朝眞

遊洗心池過仙人橋入績麻洞

三山搜勝躋登頓亦勞止十步五步間清景紛莫紀籃輿道旁歇小坐深松裏幽幽石竇間瀉出一泓水云是洗心池千載清如此且滌衣上塵臨風禮仙子是時日亭午更訪石橋址峩峩高跨空冠裳切雲起迤邐入幽洞陰寒浩無底不逢芝朮秀空餘土花紫感此重徘徊



仙蹤渺難企

白雲觀

樓臺金碧隱巖阿路轉峰迴尠客過嶺上白雲從古好此間偏覺占來多

華陽洞

連峰亘百里精靈聚仙府事蹟溯華陽烟霞洞天古下窺絕無路巖隙白雲補黝黑怖潛龍猙獰疑伏虎冥搜更爇火投足無全武氣陰春自寒泉滴晴如雨乍似撥琴絃又疑促箏柱盤紆一里餘欲入更傴僂仙人爲可逢丹砂亦難取長嘯出壺天松林日亭午

垂雲洞

蛟龍春後不藏洞窟宅烟開如鑿空我攜竹杖鞠躬入雲腳四垂寒欲凍初猶顯敞漸深黑地底殷雷走相送泉流翠竇時有聲石湧天衣疊無縫五色迷離卷復舒朶朶芙蓉問誰種石鼓頹然巨十圍桐魚一應千峰眾我聞福地七十二第一華陽無伯仲到山已是入青霄況此垂雲作檐棟人間奇境覽方知塵勞一覺遊仙夢

舟中口占

幾日松風得暫閒浮生依舊逐囂氛夢中已過金陵道衣上還沾玉洞雲花柳光陰三月暮仙凡世界一宵分



終當了卻紅塵累共訪丹砂問隱君

晚泊

歸途經百里繫棹日將晡回首華陽道三峰半有無酒仍沽野店身已隔仙都清景奚囊富何須紀畫圖

閨友屢寄佳什未克賦答率成四絕即以代柬

好風忽送五雲箋錯認餘霞落硯田掃地焚香供靜玩連篇月露墨花鮮

清福清才足並誇裁雲縷月度年華丹青更奪天工巧頃刻開成沒骨花

心情早歲誤雕蟲涉獵殘篇斷簡中未料半生經世故卻教雙鬢已如蓬

屢邀佳什慰離悰想見含毫逸思濃料理答君將一月半緣塵累半才庸

隨園先生輓辭

髫齡開卷仰鴻名直到中年始識荊投贄一朝邀雋譽論交兩世結詩盟（先生與先徵君暨論山兄皆交好）貞松遠贈秋烟碧仙荔分將玉液清（甲寅秋先生以古柏鮮荔見惠）常恐衰年來日少每過江郭滯行旌

歲晏鱗鴻跡杳然朔風栗烈黯江天乍聞凶耗還疑夢不見仙顏祇隔年涕淚無端零散帙瓊瑤何以答重泉（先生寄詩索和未報命即聞訃）倉山雖遠心能至一束生芻奠碧烟



題陳繪川表兄小照

當年名譽重京師意氣曾教貴胄知回首望雲思就養飄然一棹返江湄

壯志都從閱歷降杜門謝客任行藏歸裝莫笑無多物一卷傳詩兩鬢霜

老著萊衣二十年承顏課子樂陶然安貧近日如君少合與蓮花結淨緣（手折白蓮一枝故云）

題句曲學博馮墨香自在舟漁笛圖

先生官舍小於舟璧水涵烟靜不流閒譜新詞橫短笛

一聲吹動已山秋
半牀書畫足移情常似乘風載月行著述盈囊身健在
天留行已頒耆英
才方屈宋夢羲皇蔬圃鱣堂歲月長官冷儘容人問字
華陽桃李半門牆

送舸齋遊黃山

翩然揮手謝煩囂紅杏將花柳弄條奇句原非塵世有
壯心頻倩勝遊消綠波春淺挐舟穩黃海雲深覓路遙
登遍峰頭三十六銀鐙可憶坐清宵

晚筍



薦新時已失入市價應低饌想春盤上陰憐夏室齊獨
醒過醉日完節拔青泥遲暮翻爲福猗猗渭水西

夏日過八公洞見　先徵君畫松小幅

紙窗積陰開幽巖動清興輕輿趁早涼暗蘚踐樵徑朱
華池已冒紫筍離猶迸精廬眼先明短幅松陰淨午炎
退泉聲濕翠入僧定淋漓筆所到雷雨山根應始知畫
與詩神妙心互競久坐度微飔餘響欹孤磬宛宛龍蛇
生潭影白晝映

和論山兄暑窗四詠

蟬

幽棲穩占碧陰濃嘒嘒新聲遠近通清飲那愁無曉露
高吟端不藉秋風綠槐掩映冠緌見黃葉飄蕭鬢影空
客豈知音偏愛聽柴門倚杖夕陽中

螢

稻畦閃閃入烟墟綺閣熒熒正夜初應識此心含寸草
莫孤冷燄燭奇書輕兼葉度風飄軟涼繞花行露下徐
唐殿隋宮寥落後多情常爲照蓬廬

蚊

連宵惱煞臥雲身多似恆沙攪若塵成市有聲如卜夜
負山無力但侵人纖羅卻抵堅城隔利觜殊嫌聒耳頻



直到商秋全掃蕩鯉魚風起雁來賓

蠅

玉麈輕揮去復來營營終日費疑猜癡鑽窗紙終無路
輕點屏風頓有埃千里漫誇隨驥尾一時都厭上螺杯
寄言拔劍驅除客轉眼清霜徧草萊

論山兄原倡

冠緌天遺出塵中流響眞疑碧漢通巳是啼殘九秋
月不禁淒斷五更風翳憑一葉藏身易丸轉三生結
習空好語人間小兒女莫將機巧事黏筒　蟬
隋宮唐殿已邱墟歲歲螢光點碧虛敢向檐楹亂星

宿暫將光影借琴書綠莎雨重穿簾澀羅扇風輕度閣徐最是杜陵愁見汝滄江白髮憶吾廬

螢

長喙偏能飽細身輕於蛄蚋巨浮塵碧紗幮裏侵齊主青草湖邊困麗人繞鬢有聲來乙乙切膚如語訴頻頻莫矜夜出從蚊母一掃秋風有雁賓

蚊

暫時麾去復飛來無事煩人最可猜逐處不須銅有臭點成能使玉生埃淋漓偏喜沿池墨齟齬何堪上酒杯也怕炎涼時節換一般癡凍隕蒿萊

蠅



# 京江鮑氏三女史詩鈔合刻

# 清娛閣詩鈔卷四

丹徒鮑之蕙茝香著

古今體詩六十五首

生孫誌喜

廿載勞勞鬢已絲喜從中歲見孫枝牽裾尚有隨肩女繞膝尤多問字兒架上芸篇期並課階前竹馬待爭騎小園梨栗經秋熟他日分甘樂事宜

和浣雲妹詠梅四首

梅心

朔風吹雪凍漫天獨抱冬心晚益堅淡不言時孤月印寂無人處一枝傳虛宜修竹同新契素與幽蘭結舊緣中有靈犀冰樣冷肯隨春態鬭芳妍



梅骨

九疑仙子冠羣芳玉骨珊珊拗雪霜誰信一寒能入髓果然竟體總含香瘦如白鶴淩雲健傲比黃花冐雨涼自是君身有高格謾將皮相說龍翔

梅夢

風晴巖暖氣氤氳花蘂酣時夢欲紛雪壓松龕僧獨覺春濃紙帳客平分鶴聲忽破孤山月蝶影同尋庾嶺雲人世華胥恆苦短遊仙一枕孰如君

梅魂

淡淡黃昏寂寂宵橫斜浮動望中遙半林香月勾初返五夜淒風黯欲銷招處帳宜裁紙薄斷來鈴可怯金搖杏花開後尋難見一縷空將艾納燒

浣雲妹原倡

梅心

早春獨步得其天冰雪爲憑一點堅淡處只邀明月印靜中自有妙香傳芝蘭素結生前契水竹清留世外緣似笑無言誰更會風旛不動境超然

梅骨



負骨從知異眾芳生來傲雪與經霜何須錯節方爲鐵莫道開花始有香健筆撐雲三折瘦縞衣浸月五銖涼千年風格詩中見沈病潘愁孰較量

梅夢

寒林香霧鎖氤氳睡去朦朧夜色紛庾嶺神迷天一線揚州幽會月三分黑甜鄉裏吹成雪翠羽枝頭散作雲大抵浮生同此境勞勞塵網卻輸君

梅魂

三生幻跡可憐宵渺渺羅浮續夢遙幾箇黃昏禁得斷一番風信黯然銷悄寒欄角和香返細雨簷鈴怯

珮搖只恐有情難遣此留連素影燭頻燒

和論山兄假滿北上渡河卻寄元韻

憶昨相逢悲喜并倏辭鄉國又遐征年華冉冉看銀鬢
花事匆匆到紫荊千里風塵人獨往連江烟靄雨方晴
關情最是同巢燕從此慵窺舊畫楹

征帆渺渺度關津戀　闕思家夢寐頻山帶斜陽青不
暮水添新漲綠難勻卽看名譽傳當代何憾文章誤此
身好待遂初他日賦風泉竹露淨緇塵

論山兄原倡

江雲燕樹迴難并垂老孤蓬又遠征兩地關心俱骨



月百年回首有柴荊牛邊草色猶新土時葬先慈甫畢雁外
霞光正晚晴惆悵遂初何日賦小樓重閉鎖書楹

沙鳥風帆幾問津揭來相喚渡河頻春流未復灘猶
露夏麥將登雨正勻落日知途存老馬半生識字誤
吟身一辭南國鶯花去依舊東華踏軟塵

初夏別論山兄後書懷四首

乍晴乍雨熟梅初屈指君行十日餘月滿黃河帆穩渡
幾時重寄大雷書

經旬不見猶相憶千里相違奈若何廿四番風三五月
幾時常向故園過

情知聚首無多日故戀冰蟾臥每遲夏始春餘寒未減
幾時重與話當時

辛勤念我多塵累慰藉頻勞數往來彷彿小園花柳問
幾時樽酒對君開

月夜懷論山兄二首

風和月滿晚晴天散步長廊思悄然應識客途無限意
辭家乍見一回圓

一載鄉園樂事賒別來蟾影又窗紗無心更醉端陽酒
始信忘憂但有花

夏至後二日同鴻起姪舸齋暨澂湹兩兒山堂坐



月聯句奉懷論山大兄

霽月明如許鴻遙知客未眠心猶戀鄉國荳身已隔山
川野店雞鳴夜舸孤舟日暮天馬因搜句緩澂帆是載
書偏候吏驚稱字湹當闕早認仙遙青瞻泰岱鴻垂白
向燕然憶昨過蓬徑荳連朝肆几筵園蔬欣上箸舸粱
燕替銜箋話到三更後澂樽開晌午前晝長人不倦湹
夜永影相憐觸緒詩如海鴻飛觴酒似泉豪情老逾健
荳道氣困彌堅玉樹誇羣稚舸樗材愧少年藏鈎邀撫
掌澂負劒喜凭肩渭館方懸榻湹津亭忽繫船辛勤爲
兒女鴻去住任因緣別思縈朝雨荳愁懷寄晚烟重檐

歸宿鳥舸高柳咽新蟬野竹全舒籜徽盈荷尚似錢濕
螢流扇底澐涼露滴吟邊徑僻陰疎密鴻廊修步後先
風廻蘿壁裊茝星帶莧堂懸有美依欄檻舸伊誰弄管
絃緘書訛舉燭徽把釣欲忘筌爭進竿尋尺澐何辭斗
十千支筇餘傲骨鴻搦管惜華顛欲報投桃意茝難賡
詠絮篇阿咸仍接席舸无忌敢隨鞭急景頻移節徽清
輝又上弦幾時還捧袂澐重對一輪圓鴻

夏夜卽事寄論山兄

一規低映一身閒竟日無多竟夕安綠野蛙聲欹枕聽
綺窗花影背燈看荒疎萬卷年空長靜領三餘夜又闌
忽憶杜陵清不寐四更風雨葛衣單兄有句云不是杜陵清不寐四更三月有誰知



舸齋小住攝山招予同遊口占一律

耽吟欲笑伯鸞狂幾度題書寄草堂塵事暫交新娶婦
征衣旋裹舊遊裝香殘金粟看無分果熟霜橙好共嘗
願祝天公助清興莫敎風雨近重陽

將遊攝山晚泊金山寺登塔

夕陽欲下江波紫一棹沿江溯葭葦舟人笑指攝山遙
咫尺鼇峰當面起峰根江底插半天一枝靈塔搖秋烟
絕頂孤高礙飛鳥金鈴自語風當顛手攜稚子忽冲舉
江妃解珮馮夷鼓翱翔眞欲到扶桑指點猶能辨吳楚
岷源萬里下金陵石城巘巘寒潮平紫金牛首總培塿
瀰漫一抹蒼烟橫下方鐘魚晚相促高吟且住淩雲躅
海霞入袂亂飄紅空翠礙眉輕拂綠御風忽復下蓬萊
紺殿蘭堂次第開臨行更欲恣幽討青絲纜解孤帆催
舟人打鼓乘潮去淡月橫江渾欲曙推篷四顧但漫漫
塔在銀濤最高處

幽居

蕭辰風日佳遊興復栩栩曳杖越重岡濃陰蔽朝煦入
門不見僧時聽幽禽語衰柳鎖寒烟松毛落深塢上樓
雲作梯墮瓦泉爲雨遺跡訪蕭梁殘碑摩夏禹翛然幽
谷中一步一延佇卽此足棲尋甯須事高舉



話山亭示兒子澐

危亭俯衆壑萬木高撐空層崖疊飛泿修橋眠彩虹泉
流漱深谷竟日聲淙淙斜陽照金粟香溢隨天風丹黃
雜蒼翠點綴疑神工呼兒事幽討一覽開塵容汝父癖
烟霞素與漁樵同我年未半百鬢髮將如蓬終當遂初
心共泛烟波中爾曹年尚稚學業宜力攻窮達非所知
但求明德崇試看古傳人何分士與農

春雨橋和舸齋韻

雲罨羣峰秀橋通眾壑春綠飛千尺雪清洗四山塵約
水烟絲重投林鳥語頻危欄吟望處多半惜花人

舸齋原倡

壑滙千峰雨橋留萬古春送花過別磵惹夢到紅塵
蒼翠望都合行歌不厭頻欄邊凝思者疑是畫中人

紫峰閣

絕壁憑空斷藤蘿過雨殷堆烟千佛髻如夢六朝山閣
外松濤急雲邊塔影閒無波一池水清淺豁塵顏

玲峰池

烟巒樓閣望玲瓏始信蓬萊鎖梵宮絕磴欲爭飛鳥上



一泓不藉細泉通松鳴遠岫排空碧檻繞澄波倒影紅
薄暮明霞晴散綺飄飄疑在五雲中

桃花澗

浪疊層崖樹抱谿翠微深處石橋欹桃花流水今何在
冷落當年舊品題
蒼藤蜒蜿走靈蛇夾徑楓林散綺霞有意吹來塡澗壑
幻成錦浪作桃花

九日同舸齋登最高峰

攝山靈秀古所傳況逢佳日窮其巔商颷颯沓走沙石
籃輿曲折衝嵐烟濃霜幾日滑如洗數里楓林散霞綺
穿雲不覺近丹霄謏謏松濤喧腳底蘚磴一線盤蒼寒
人與猿猱爭往還飈梯㑹傳躡未半十步九折行逾艱
豁然奮身倚天柱萬里江光橫匹素險絕何堪病骨躋
蔦蘿端藉喬松附舉頭翠釜懸穹窿耳邊浩浩唯天風
黃花泛酒酹白日銀杏擢榦騰蒼龍須臾夕陽照峰紫
滄海盈盈一杯耳愧無健筆似班昭但聽狂歌樂平子
揚帆我欲登蓬瀛弱水三萬不可經臨風忽憶少陵句
俯仰今古難爲情

黃葉

山高霜信早黃葉滿疎林古澗一泓水斜陽萬樹金柴



門孤衲掃石磴白雲深隱約遮蕭寺相期策杖尋

夕陽

衆壑晚烟起歸鴉已滿枝秋痕如水淡寒景隔林移壯
士愁無極空山又此時樵人乘月返踏葉故遲遲

住德雲精舍紀興四首

清秋偕仲蔚幾日住名山風勁寒偏早林深綠未斑寺
傳千葉上僧夢六朝閒得遂烟霞志何須藥駐顏
閣對高峰最檐排老桂雙天香飛臥榻空翠滴吟窗沙
渚模糊辨齋鐘斷續撞亂泉通眾壑隨處聽淙淙
亭開林壑外松撼古今秋瞑色遲遲見嵐光面面收重

檐巢蝙蝠頹檻上蝸牛徙倚渾忘返天圍月一鈎

偶占林泉福翛然百慮空尋碑三代上得月衆香中句憶參軍好（隔歲論山兄經此有作）燈挑稚子同匆匆理歸棹清興付詩筒

歸舟有作

半規新月送歸航蘆葦蕭蕭引路長徙倚篷窗不成寐四圍天淨水雲涼

扁舟淺水苦難行好待江潮午夜生月與詩人消旅思今宵更比昨宵明

病中偶成



一臥經旬日深深晝掩門病魔噓冷暖藥餌易饔飧胃渴思吞海裘輕欲負暄竟須支瘦骨扶杖過西園

羸軀如鳥倦長晝與年齊侍婢諳情性驕兒任笑啼有方驅瘧鬼無計覓刀圭嘹唳天邊雁聲聲到枕低

不寐

久病睡難著披衣夜未央燈寒蘭焰短霜重布衾涼隱隱聞街柝遲遲待曙光劇憐羣動息開卷味殊長

冬日聞夢樓先生偕諸詩人集飲綠山堂懷家論山兄率成一律

煮芹留客坐論文落木蕭蕭亂夕曛冀北星霜驚晏歲江鄉鸞鶴賦離羣白頭戀　闕容方朔綵筆裁書感右軍安得高枝棲倦羽一宵歡聚慰殷勤

臘月十五與舸齋山堂對月夜話同用八庚

庭空地白兩心清閒數人間不朽名惟願吾曹常笑語何須兒輩作公卿寒輕此夜春將至（來日立春）圓到今番客倍驚（謂論山兄）坐待明輝徧林木好隨疎影繞廊行

舸齋作

今年月剩此宵清但飲何求死後名樂志有妻同北郭閉關無客訪元卿烟霞娛老人甯妬詩酒藏身夢不驚憶得獨遊天海夜相期秋半共君行（黃山光明頂中秋看月爲最）



辛酉新正三日懷論山兄即以代柬

早梅開徧向南枝送臘迎春又一時（戊午是日兄過山堂留飲有作）每到佳辰慵對酒更緣哀鬢懶吟詩花仍破雪香多減疏已登盤味較遲差喜阿孫能學語紅燈竹馬慰愁思

送幼芬姪女入都二首

草長花飛感鬢絲可堪道韞別家時早明詩禮承庭訓乍歷關河繫夢思上國　恩波看並渥客途況味憶曾知計程到及端陽後紅藕香濃太液池

二

福慧吾家讓爾全莫將離思恨風烟蘭閨兒女成雙璧燕寢椿萱正壯年强飯漫勞慈母念寄書時到阿翁前爲言京洛韓康伯鄭重功名早著鞭

答茅蘂仙女史

鷗波夫婦久名齊詞翰爭傳管仲姬贈我新詩逾尺璧深慚裁答太遲遲

操觚技拙自髫時塵累蹉跎鬢已絲偶閉蓬門吟下里賞音何幸有鍾期

舊交兩世比金蘭（先徵君與令祖交家論山兄與尊甫耕亭先生又稱世好）燕隔雕梁接翼難聞道若莘年尚幼公卿稱羡滿長安



南北神交十載餘落花滿徑挽雲車清談永日瞻風度林下閨中兩不虛

嗟予忽忽過中年清福清才羡爾全北里親庭雙鶴健膝前雛鳳更翩翩

里居咫尺抵關山語笑依依夢想間良晤幾回交臂失參辰應是夙緣慳

蘂仙贈詩

參軍家學舊知名況是君徽藝更精花骨輕裁春鬬碧銀毫細舞月同清秘書筆硯偏傳妹賦若才華不讓兄若列紗幃親講授心香一點願輸誠

記從膝下赴都門閱歷關河橐半存燕北雲山多寄跡越東烟水又銷魂（家姊赴任浙東）書緘見說親猶健衫袖常教淚有痕詩到別離情更切對君羞把句深論

幼同弱弟學塗鴉載酒裁衫入絳紗廿載琴書成往事一時鴻雁各天涯身因多病才俱拙心爲謀貧願轉奢筆墨年來疎懶甚任他開落滿園花

我家小閣對青山仲蔚園亭指顧間掃徑未能迎霧駕探梅曾記款花關林端樓占三分小壁上箋題十樣蠻自恨結緣眞太淺何時樽酒拜芝顏

題錢鶴山詩槀後



公子韶年骨相奇翩翩才調我曾知蓼莪篇苦垂髫歷清白門衰隻手支逸少法書摩詰畫文通彩筆謫仙詩藝林他日傳佳話三絕推君冠一時

題雲根山館詩鈔後

張范交情奕世論早聞聲價重龍門（先徵君論山兄暨外子與君家契好三世予又同出隨園門）三都逸響推君嗣一技無成笑我存筆浣明河除點翳詞宗太白有根源閒居已遂潘仁志日日輕輿奉小園

題戴氏雙節卷尾

青青連理樹一夕被霜萎已抱餘生痛何堪弱妹隨草

同悲獨活經遞課孤兒孝筍心原苦干雲信可期
披圖題句徧未讀已聲吞矢志同懷少磨笄異代尊寥
寥冰雪操杳杳眘令魂他日標彤管淸風著一門

題紅蕙圖

笠澤風烟弱不支托根幽圃伴袁絲素心多恐無人識
略點胭脂爲入時

七月廿九日同舸齋淸娛閣坐雨得腥字

暑釀雲陰重鵲喧風滿庭怒雷衝地起猛雨挾龍腥窗
潤生虛白山低斂暮青相於深竹外靜夜一燈聽

即事仍用腥字



三餘時共惜庭戶晝常扃暑入秋彌酷蘭無風自馨墨
雲翻屋角白雨亂檐鈴陡覺炎涼變惟聞草木腥

題袁節母竹柏樓圖

花落樓空晝掩門至今人仰母儀尊春暉寸草乖初願
夜月慈烏泣斷魂鐵榦參天標勁節霜竿洗雨認啼痕
可堪十五年燈火獨守遺經付子孫

送逸雲三姪赴闈

一帆東下水天遙巵酒離亭興強豪遊子夢多鄉國戀
征鴻心爲稻粱勞晨星落落嗟吾輩雛鳳翩翩盼汝曹
此去客程堪自慰椿萱甲子未云高

書劍頻年事故侯又隨甘雨赴漳州（清霽亭觀察昔守吾郡拔取逸雲冠軍師弟相得後歷任俱從遊）天教彩筆江山助我羨仙鄉少壯遊射
策他年看入洛囊錐此日暫依劉雪峰霞嶼多靈境待
爾題詩最上頭

題卷施閣集後

曾侍蓬萊近玉淸一枝椽筆破空行獨操旗鼓開生面
徧歷華夷著盛名黃髮猶深風木憾丹心惟向太陽傾
奇才不是天成就萬死何能得更生

曹墨琴女史書扇聯見贈率成四絕報謝

大姑風範未能攀妙詠曾經見一斑今日法書勞遠贈



衞夫人果在人間

幽院春殘長綠莎臨池功到墨成波擘箋想見奇兒侍
文武傳家母教多（墨琴次子以承嗣聽夫先生襲雲騎尉）

文吳寫韻綵毫纖玉府花深歲月淹俯視紅塵應一笑
孟光夫婦守蘆簾

自笑耽吟句未工漸看元鬢似飛蓬何時更放烟波棹
會向楞伽拜下風

和論山兒詠鳳仙花二首

天上佳期正鵲橋司花翦拂肯辭勞幾枝綽約依兒女
五綵襹褷振羽毛細雨桐階霏翠珮斜陽苔院曬金縧

前身趙后紅樓在唱斷風裾一曲高

爛熳休嫌細蘂紛一花一葉九苞文根依阿閣三珠樹夢到蓬山五色雲血染春蔥螺透甲髻盤秋砌鶴爲羣含情何處逢簫史滿地商飈白日曛

論山兄原倡

繁於仙杏豔於桃不藉東君點染勞著子已成鸂鶒粒向人如詡鳳凰毛離披帶雨垂紅綬爛熳臨風散錦縧玉砌雕欄誰貴汝祇應相伴老蓬蒿

輝輝鳳羽九苞紛小草猶能燦五文好與雞冠聯舊雨輸他鴨腳上秋雲虛名紫閣難爲樣（唐文有鳳閣樣）短翅



丹山惜離羣繞砌重吟還細把不堪惆悵對斜曛

清娛閣納涼時瓶中夜合花正開同舸齋暨兒輩各賦一律

開到青棠晝似年小樓珍重晚涼天橫瓶素朶剛窺月度閣幽香欲化烟有子成行歡自合無才問世忿難蠲（此花名合歡一名蠲忿）浮生百歲蹉跎久肯使良宵付醉眠

# 清娛閣詩鈔卷五

丹徒鮑之蕙茝香著

## 古今體詩六十四首

西湖四首

西湖佳麗冠東南一水溶溶萬象涵仙佛古來留勝蹟林泉到處盡名藍光搖半月橋橫六影臥中流塔湧三正值清秋風日好遊人不飲興先酣

面水林亭卻枕山陰晴併在畫圖間柳邊朱檻緣隄曲沙際青蕪抱郭彎花鳥四時供客賞烟波千頃讓鷗閒鯉魚風緊霜飛早楓近西泠葉已殷



處士墳前竹木稠風光宜曉更宜秋亭依疎柳搖波面船趁初陽出渡頭嵐靄重重開畫幢管絃一一占歌樓忽看兩鏡明於洗裏外湖澄宿霧收

遊雲吹盡午晴餘天水空明塔勢孤到眼總非塵世界置身疑在小蓬壺憑虛樓閣丹霞麗環郡芙蓉紫翠俱自有白蘇賢太守至今風景未曾殊

雨中同舸齋泛湖聯句

烟波夙願在名湖（舸）細雨斜風興不孤鮭菜蓴羹甘淡泊（茝）黃花白酒足清娛溟濛烟岫新圖米（舸）遠近沙隄舊姓蘇萬頃水雲歸路杳（茝）野航合與孟光俱（舸）

同舸齋聯句酬和野雲姪見贈遊越原韻

蓴鱸初美柏初丹舸秋淨明湖緑半竿勝地偕遊甯易得茝華年如夢欲追難岱雲燕雪期同踏舸野雲將約予北上越水吴山不共看早晚東風雙鯉便茝先將詩草寄吟壇舸

野雲贈詩

舸齋姑丈暨茝香姑母詩名震耀久徧海内山水之興本乎性情今秋復買棹東遊同尋吴越諸勝烟波共泛用踐前言古今韻事莫是過矣因口占長句贈行以誌嚮往



高秋放棹葉初丹共向烟波理釣竿山水是眞兒女幻時姑母有殤女之感故云偕遊容易兩賢難江潮海日奇爭賞香霧清輝笑並看何用摩崖題姓氏早傳佳話滿詩壇

龍井

高秋選勝來錢唐籃輿取道經風篁嶺名竹陰四合上無路泉聲百道廻崇岡昔聞兹山有龍井井底蒼龍眠不醒更聞高僧有辨才月林結客無塵埃有龍則靈僧則典瀹茗終年駐軒冕碑碣模糊蹟半湮林泉森邃名尤顯我來風日正清幽策杖捫蘿終日留三面嵐光沐微雨四圍霽色明昤眸丹黄蒼翠紛巖腹天爲遊人開繡谷亭前奇石作雲房山外明湖消霧縠殘僧掃葉煮寒泉一甌著手清可憐坐覺幽香襲眉宇不知衆壑生蒼烟何來鐘聲落空碧昏鴉陣陣催歸客還期十日曉霜濃停車一覽千林赤

錢塘觀潮

錢塘九月楓未凋澄波如練秋霄高遊人夢覺先烏起應候來看江頭潮俄聞隆隆振坤軸畫天一線銀光遥濕烟迷離越峰失烈霆震蕩吴山摇須臾黑飈吹海立颯沓似策扶桑鰲靈胥怒乘雲霧至素車白馬紛翔翺



初疑水犀練鳥喙六千君子戈矛鏖又疑陽侯弄風雨揚波激浪撼斗杓舟人鬬險逆潮上回檣滾滾隨飛濤喧豗澎湃沸天半雪花百丈搏風驕憑欄但覺雙目眩毛髮聳立神魂飄回頭風定片帆出水天一色烟雲消

錢王祠

老樹鴉歸碧殿昏霸圖渺渺弔忠魂生降潮水韜弓弩死愛湖山長子孫姓字不隨烟浪逝功勳猶見蘚碑存至今陌上花開日緩緩人還唱慕門

六和塔

峰頭古塔勢嶙峋舊跡還來訪月輪到頂鳥看飛下界

倚風人欲出紅塵千山入越秋逾秀萬弩翻濤海有神
信是巍巍龍象力夜燈終古照迷津

湖樓卽事二首

朝來把卷暮憑欄匝月樓居旅思寬南國烟花娛倦眼
晩菘滋味勝春盤湖邊秋雁櫓聲起霜裏芙蓉練影寒
欲寫西施眞貌出含毫幾度坐更闌
舟可頻呼酒可賒一篷時向水雲涯世間極樂皆如夢
客裏能安卽是家四序風光秋最好中年目力晩初差
從知盛覽無多得夜夜開簾待月華

六一泉



寒泉清見底韻事話歐陽水榭空三面苹池綠一方雨
餘松子墮秋後蘚花蒼照影湖天晩晶奩淬月光

曉晴買舟看霜葉

北風徹夜連天吼橫掃陰霾疾於帚起看雲歛四山青
湖水平隄瀁疎柳舟人侵曉叩荆扉報到山衣盡賜緋
瓜皮雙槳輕如燕擊破玻璃掠水飛沿洄疑入丹霞谷
潑眼千花萬花簇頓教人世變繁華圖畫天然開一幅
維舟乘興過南屏涼影飄蕭步屢停一片白雲千點雁
夕陽人立最高亭

湖樓偶成

積雨欣朝霽澄波直到門烟消山脊露日出渡頭喧吹
浪魚知樂嬉晴鳥互言櫓柔絃管細絡繹向名園
僦居闤闠外一室置身安檐敞看山遠窗低近水寒曉
風香藻荇暮色醉林巒晏息侵晨起終朝逐兩丸

由九溪十八澗憩理安寺

九溪十八澗瀠洄山勢如屏摺復開絕磴鳥爭雲上宿
夕陽人自晝中來寺浮綠海疑天近松響晴濤認雨催
歷徧西南無此境停車林下故遲回

小有天園

小有蓬壺勝兼旬兩度經樓臺浮蜃氣竹木狀山靈春



色輸霜色南屏卽畫屏尋碑緣曲磴日暮杖還停

水樂洞

太古無宮商聞泉似聞樂千秋無賞音此淵終不涸幼
讀坡仙詩卽欲窮斯壑今秋事幽討不憚徑犖确蒼巖
肖巨獸猙獰勢尤卓策杖俯谽谺雲璈暗中作更聆虛
竇音金石相交錯泠泠悅塵耳不覺日西落

虎跑泉用坡公韻

慈雲山僻野花香夾徑松風逼面涼虎井一泓僧眼碧
霜巒四合錦屏長塵勞未畢嗟華髮勝地能來覽上方
讀罷坡仙舊題句竹爐佳茗喜同嘗

韜光

石磴高無極迂迴萬竹叢陰崖含雨氣疎磬落天風吳越殘烟外江湖入座中溯泉登絕巘蘿洞禮韜公

靈隱寺

岧嶤鷲嶺與雲齊海日江潮入望低一自理公埋骨後至今峰下少猿啼

冷泉亭

泉冷亭閒俯澗阿冰奩今古照人多任他衆壑爭歸海此水終年靜不波

飛來峰



西竺一飛來一角山和雲和樹落人間靈峰也識明湖好小住千年徑不還

龍泓洞

靈窟高窺一穴天重淵深與越江連澂清不用禪心制抱得明珠自在眠

玉乳洞

巖戶玲瓏面面通何年鬼斧鑿秋風泠泠石乳晴猶滴當日呼猿或此中

射旭洞

理公巖穴晝冥冥霧裏蓮花萬朶青一線中分晴射日尙留片石記翻經

雲棲

夙慕雲棲勝松篁不計年層嵐中有寺一碧外無天懺室香成霧齋厨筧引泉死生同日決部署至今傳

玉泉觀魚

淨院依山麓文鱗鏡裏行琉璃如不隔荇藻自交橫豈羨江湖樂何愁網罟驚天機徵活潑予亦愜幽情

石屋洞

昔聞巨靈擘華斷山脈未聞鑿山充梵宅曠然廣廈羅朱龕巖竇玲瓏貌窗格紅蘿成幄松爲關蒼蘚鋪茵佛



鑴石涓涓足底閟靈泉淅淅懸崖迸雲液我疑此窟非人工應是鴻濛以前闢卻慚雙鬢已如蓬始識寰中有奇蹟

紫雲洞

新晴乘筍輿逶迤緣霜岑丹黃背朝旭錦障明千尋行行入邃谷隔林聞梵音俯觀斷崖底黝黑百丈深四時不見日萬古常陰森涼飈透巖隙石氣秋鬢侵上列古松檜濤起如龍吟還期居盛暑相與清煩襟

金鼓洞

越嶺盤崖角交空竹徑灣犬眠門晝掩已識道人閒雲

窩支丹竈茶烟簇翠鬟不聞金鼓響惟有水潺湲

吳山同舸齋登大觀臺

秋老吳天雁叫霜同臨絕巘覽晴光錦屏霞抱緣湖曲雪練烟銷界越長隱隱靈潮喧古堞曈曈海日出扶桑徘徊憶到歐公記勝槩如登有美堂

同舸齋泛舟西溪聯句

古蕩秦亭路屈盤舸北高峰北水雲寬舟從碧葦叢中出莊山向丹楓缺處看過客自來憐境僻舸居人於此托身安登樓秋雪飛如許莊詩骨今宵分外寒舸

孤山



孤山不與衆山俱獨背繁華占裏湖擬酌寒泉薦秋菊空林何處訪林逋

四圍烟水小亭收放鶴人遙蹟尚留何用文章傳不朽一抔今古擅風流

雷峰塔

不占天中占水涯酡顏終日醉烟霞李流芳句雷峰倚天如醉翁遊人莫笑光芒禿幾度滄桑閱歲華

檇李道中

石門城古帶隄遙城上寒雲黯不消漾水霞如金鯉赤飽風帆似玉驄驕十分楓葉增吟興兩岸蘆花隔市囂來日鴛鴦湖畔過相於佳處駐蘭橈

雨中登烟雨樓

一篷涼雪泊菰蒲烟雨空濛景頓殊近海樓臺疑蜃市蕩舟兒女愛鴛湖汀邊楊柳欹逾重天際蘆花淡欲無日暮憑欄更凝睇茫茫何處是前途

吳江夜泊

舟抵吳江驛收帆值晚晴寥空孤月白荒戍一燈明隱隱垂虹渡蕭蕭敗葦聲水窗清不寐次第聽寒更

夜抵吳閶

風定夜潮平眠遲夢未成飛霜吟枕覺達曙水窗明鬧



近更尤急舟多語不清微聞臨滸墅知是闔閭城

山塘泛舟歷虎邱諸勝

快晴一棹泛清秋竟日山塘作勝遊金粟香殘叢菊早吳閶隨處儘淹留

雨餘新漲碧於螺畫舫香輪絡繹過賣到秋花聲未斷水窗七里捲簾多

嵐收孤塔出溟濛柳引長隄落鏡中到處青山開白社飛樓千載仰蘇公

幾處砧聲亂雁聲深宵打槳薄寒生誰家暮雨瀟瀟曲月浸高樓一笛清

斟酌橋通白傅祠祠邊歌吹夜歸遲仰蘇懷杜詞人盛
合纖劉郎唱竹枝

碧磴丹梯望不窮一峰孤湧寺當中秋花開滿眞娘墓
點點都成血淚紅

半臨阡陌半臨城迤邐樓臺逐勢成花外青旗烟外舫
朝朝不斷管絃聲

闔閭墳在劍池間蒼蘚層層翡翠斑霸業等閒拋逝水
一抔贏得占名山

一角飛軒架壑牢松風足底響寒濤人家十萬蒼烟裏
半日登臨遠市囂



短簿祠新迹已陳巖花澗草互爭春遊船日日祠前過
不識名山舊主人

遊華山

鷲嶺霜融曉氣澄鮮妍畫幰展層層踏殘黃葉剛逢寺
飛盡白雲纔見僧風度前溪傳梵唄堂開深竹隱龕燈
振衣擬躡蓮峰頂徧覽仙蹤輿尙能

偕舸齋遊天平山

天平山勢何崔巍孤峰屹立千峰圍蒼蒼烟靄望不盡
霜楓古檜交柯枝昔聞玆山有松日華蓋根蟠石縫勢
高大又聞掛壁有名泉一線銀光走雲外我行木末參
井捫伯鸞引我登龍門洞庭兩點儼鬟髻太湖一鏡涵
乾坤更踏懸崖覓遺蹟清磬聲聲日將夕秋氣陰寒石
氣青隱隱刺天皆草棘吁嗟乎人生樂事不易求光陰
百歲如奔流修名未立身已老與君何處尋丹邱君不
見范公節義垂邦族高塚千秋絕樵牧他日能完偕隱
心埋骨玆山願應足

遊秦氏寄暢園

爲訪名園一繫舟小春天氣似殘秋霜催紅葉爭花豔
牆放青山露佛頭琴筑聲聞松外澗簾櫳涼捲水邊樓
主人軒蓋何時駐佳日偏容過客遊



送舸齋遊天台

一年一度越東遊已慣天涯不賦愁黃海詩成剛脫稾
綠梅花謝又登舟名山志果追禽向仙境蹤應遇阮劉
料得桃源今尙在洞門雲水日悠悠

送野雲姪還貢入都

行踪奕世等雲烟話到將離便黯然身重固難拋老幼
家貧豈易戀林泉關心 聖代新恩早回首慈顏舊夢
懸（壬辰春予侍太恭人入都）爲語相如今病酒（諭山兄近患酒病）好安眠食
慰華顛

招隱寺題壁

霜重林疎路寂寥招提勝賞愜今朝松盈樵擔輕饒雪雲附僧衣遠過橋虎跡舊餘泉石冷鶯聲春憶管絃嬌塵中堪笑勞勞者十載重來鬢已凋

蓮花洞

蒼苔老逾厚一徑入幽竹不知烟嵐深古佛全身綠洞門氣幽幽花密人難進樵婦日斜來秋紅簪兩鬢

長兄訃至誌慟四首

哀鴻徹夜不成眠凶耗驚聞淚似泉半世功名從此了全家老幼仗誰憐承恩信得彌留際客冬應推陞內閣侍讀學士赴召魂歸借壽前上元日同大姊等具疏禱神為兄借壽已是卒後十日矣慟絕尺



書貽小阮兄與鴻起姪書明春及早來都或可一面豈知一面竟無緣

憶卜瀧岡乞假還鄉園一載極悲歡祇因擔重肩難息縱使身閒夢不安蟻泛花前嗟老至雁飛天外竟行單兄每與蕙等聚首思及笙山兄輒淚下傷心歷歷言猶在肯信歸骸寄一棺

一官粉署十三年百不營求總信天菱角甯磨成芡實柳條肯屈作桮棬生前已是全名節死後何須問佛仙幸有千秋遺業在流傳況得子孫賢

疎散襟懷迥出塵守官守道自安貧情眞每寄書中夢蕙素多病兄每憂之有夢必寄書致問俸薄常留座上賓猶子久聞如已子抽身終未遂吟身追思往事俱成淚忍對荆花歲歲春

王夢樓先生輓辭

正苦思歸櫬論山兄卒於京邸柩尚未歸俄驚萎哲人上清同應召大雅孰扶輪撒手心無礙從頭跡未陳曠觀滄海日早占玉堂春宦績追袁紹紹為臨安太守時人呼為佛子文章駕潁濱西湖開講席　北闕念詞臣摩詰休官早香山結社新黃壚時貰酒白舫偶垂綸椽筆空前代囊書著等身逃禪求戒律顧曲養天眞望擬荆州重交惟鮑叔親憶予操末技總角接清塵謬以同音許廿年來先生每閱蕙詩輒云近時詩律之細唯爾能之亦惟予知之嘗叨問字因遽聞歸淨土誰復指迷津業自傳千古名猶噪八埏騷壇無領袖絳帳乏傳薪砥柱淪江漢靈光圮棘榛齊眉泣龐母離膝慟安仁時令嗣君入都謁選獻壽詩猶欠先生七十壽辰蕙擬作小詩為壽未成招魂願莫伸思量知已感染翰總傷神

# 清娛閣詩鈔卷六

丹徒鮑之蕙茝香著

古今體詩八十三首

壬戌寒食聞長兄柩出都誌感

風雨逢寒食關情涕淚俱棃花春事冷麥飯旅魂孤終被浮名繫都緣半畝無如何隔生死入夢總模糊

寄三妹

怡情觀物化觸處轉依依已恨連枝少何堪聚首稀錦鱗江上杳元鬢鏡中非書到須料理秋期莫更違

四月九日同人登北固山樓晤秋亭女史

女伴招予興強乘肩輿直上最高層扣關卻喜班姑在入座同憐白髮增極浦青浮羣岫小飛樓晴納一江澄家山依舊人何在話到遺篇感不勝論山兄北固山樓放歌末云逝將買舟載妻子相與故山勝處長追遊

經舊宅

故宅兒時出門庭卅載違尋花三徑在問姓四鄰非樹老春疑少梁空燕尚歸悲涼無限意不語對斜暉

過江上諸道院小憩凌江閣看牡丹

閒來何處著吟身不在山巔即水濱嵐湧一笻黏翠濕潮平雙槳蘸波勻風能醉客非關酒物盡愁人豈爲春



百歲光陰哀樂半肯教枯坐負芳辰

眾香院靜閟巖阿滿地春深長綠莎花壓一欄酣酒豔樓開三面得江多日斜帆影飛窗戶風暖天香度薜蘿羽士莫嗤遊跡少板輿懸後懶經過憶自太宜人去世後未經此

夏日遣懷十首

小有山林趣聊除心地煩殘紅紛雨徑蒼翠合蘿垣岫遠窗間列濤驚樹裏翻養閒能半日亦足濬詩源

早年耽識字老大復溫經時雨連朝足林陰覆屋青氣蒸烟尚濕風過草俱馨來日晴難問蝸牛上戶庭

潑眼皆新綠聞聲半野禽簾疎通雨氣蕉短可窗陰展卷忘長晝裁詩乏賞音論山兄與夢樓先生俱已厭世閉關無箇事不啻入山深

向暮息煩暑無邊秋意生戰風檐馬脆織雨候蟲清塵淨中庭敞涼歸細葛輕預鉤簾八尺延月入書楹

追涼過仄徑覓句繞長廊洞啟窗三面平鋪月一方烟蘿酣蝶夢風柳亂螢光露坐貪清夜時聞菡萏香

靜極翻多慨蒼茫感歲時幼年悲失怙暮齒重連枝惜別驚春早看雲怪雁遲誰知一分手後會渺無期

半生遵婦道插架負牙籤易見兒孫長難求福慧兼匆匆逾旦暮瑣瑣問虀鹽鄭重逢長夏功夫較昔添

衰髮經梳落愁腸藉酒融任勞知我拙不教爲兒懵籬豆秋方結山花晚自紅何須勤灌溉榮謝總天工

朝課偕張仲宵吟憶阿咸聲華傳　上國塵土撲征衫祿養因貧就鄉書帶淚緘天應昌節孝雨露點頭銜懷野雲姪都下

句澀才將盡心勞鬢易蒼曝衣防雨久織素禦秋涼風木知難靜詩書肯暫荒弄孫娛暮景差勝駐顏方

舸齋寓邗上補作台宕遊草將歸顛風斷渡三日戲柬一絕

貪取湖山入筍中淋漓筆墨吐長虹何期濳被天工妬



三日歸帆竟阻風

清娛閣新秋懷野雲姪

愛月攜兒輩宵分更上樓松篁三面影風露一天秋遠岫歸雲杳高枝獨鶴投長安渺何所凝望總悠悠

茫茫天地意終古困才人落葉清秋夕高堂倚望身齒於潘岳長家較馬卿貧喜有淩雲筆　新恩沐小春闈廷試在九月杪

野雲和作

寒月臨燕塞新霜照　鳳樓夢回砧外樹心去雁邊秋才短書空上途窮筆欲投薦衡今孰是人事總悠悠

裘馬長安道相逢半故人浮雲原過眼塵海獨嫌身狂在非關酒愁多不爲貧數行知己淚辛苦盼陽春

癸亥正月四日長兄忌辰誌感

酸風苦雨總帷寒滿壁哀辭不忍看泡影一年悲逝水夢魂三月離長安霜枝拗鐵凋零易梁燕辭巢補綴難何地可傳無限恨海中空說返魂丹

孤棺猶未卜新阡底事精魂竟杳然澹泊心期盟白水蕭條家具剩青氈亦知浮世皆如寄爭奈衰門失所天凄絕書樓春雨冷好花容易過華年謂愷園姪



上元懷野雲姪

驚心節又到元宵去年今日同大姊禱神爲兄祈壽正野雲北上前一日黯黯層陰雪意饒懊惱人難勝醉夢瞢騰天易越昏朝春聲幾處喧燈市夜雨經旬變柳條有客隻身千里外鄉愁此際若爲消

郭蘭池過山堂探梅值予與舸齋閒坐蘭池有詩贈舸齋次韻和之

中年嗟序促同惜釀梅時藥裡連朝凍禽窺向午枝詩脾晴日健花信閏春遲清極香中韻偏宜小杜知

蘭池原倡

新正無事日幽院峭寒時覆砌冬春雪交檐向背枝人如空谷坐月較上元遲衆案催花句東風昨夜知

舸齋和作

畏寒朝晏起臘盡試燈時客響尋春屐禽嬉破凍枝影雙搔鬢短（時茝香在座）句澀放杯遲養拙耽閒趣偏宜舊雨知

上元後一日澂兒寄閱梁溪遊草喜書卷首以示

一卷吟成改歲華慰予望眼倚閭賒喜添詩筆酬先志（先舅南原公工詩早卒病革云予好詩天不假我以年願子孫能繼予志）差有詞鋒繼外家客久漸能安旅況年輕原未慣天涯歸帆若趁東風



便繞屋山梅正著花

春日偶成寄舸齋

閉關無客訪梅花花自闌珊柳自芽積雨垣苔侵屋角認巢梁燕啄窗紗詩情偶爲閒居得春意偏宜閏月賒聞道竹西風日好可將奇句鬭繁華

舸齋和作

春寒二月見梅花花信初番草始芽湖舫得詩多信口僧廬好事替籠紗薄遊一水淮南近小別經年冀北賒（謂野雲）非是佳辰耽寂寞懶將衰鬢對繁華

同愷園姪暨兒輩雨霽登清娛閣同用新字

風清日暖健吟身雨歇高樓物色新鵲噪雲陰開北屋蝶隨花氣過東鄰輕雷乍破羅浮夢細草都成翡翠茵即此一尊堪共賞底須遊思寄郊闉

愷園姪止宿山堂有詩見贈即次原韻

苔淨庭空不受塵一天霽色作濃春窗延遠翠晴橫榻花釀香風暖醉人白戰難逢坡老再（論山兒有登清娛閣看雪詩）綵毫喜見仲容新百年佳日鄉園少莫厭深宵喚酒頻

愷園原倡

嫩柳飄烟動麴塵步過芳徑始知春天容落檻青收雨日氣烘花暖健人楚客幽懷香草共（坐有盆蘭甚茂）謝庭



佳詠玉臺新卻慚覽畢疎詞筆强逐鶯簧學哢頻

叔淵姪有園花爲風雨所傷諸作藉誌悼亡之感爲題卷尾慰之

珠璣和淚迸吟箋絕似潘仁悼往篇應識穠華消歇易尋香弔影總徒然

清明有感

融風霽景賣餳天一度清明一黯然酒盞難澆泉下土松陰易冷墓門烟夭桃昨日輸今日華髮新年勝舊年寸草心舒春已老可堪更讀蓼莪篇

書近狀

眼昏神憊惡煩囂刀尺還須手自操往事猶能追稚齒新霜不覺上顛毛署參浮世盈虧理不羨朱門意氣豪家計粗安兒女大此心拚向讀書勞

愷園姪阻雨山堂留飲有作

春寒陰易釀病骨倦難支只覺催詩易偏於阻客宜花遲過節發柳弱受風欹轉眼韶光換深杯莫更辭

劇憐春晝永可奈雨風兼篆石蝸文古穿籬燕筍纖苔深遊屐印窗潤落花黏愁見緣階草紛如白髮添

晚晴招愷園姪小飲仍疊見贈原韻

沐徧林陰雨似塵閉關留不住韶春雜花次第俱成夢時鳥殷勤學勸人鳥語得過且過曲和鞦韆斑管禿樽開琥珀玉鉤新巡檐遲爾探驪句裙屐休嫌出郭頻

和愷園過山堂看花原韻

留春無計駐飛花多謝新陰作意遮風竹敲窗碎珠玉壁蘿引蔓走龍蛇沈烟蝶板輕輕下疊徑苔錢片片加薄暮憑高縈遠思有人書劍滯天涯謂野雲姪

夜讀自嘲

浮生百歲只須臾轉眼顛毛黑白俱婉娩未忘慈母訓龍鐘忽倩阿孫扶縱能學業三餘足難補詩腸一半枯堪笑癡情同老驥日斜猶自取長途



偶成書示兒輩

半生閱世學癡聾敢以聰明挽化工百慮營成終是幻雙眸閉處信皆空隨緣自覺貪嗔滅混俗何妨水乳融會得人間安樂法此身不厭住塵中

培孫上學

憶昨生初喜復悲時太宜人去世未及見須臾已到受經時隨行有伴諸姑小共課無爭幼叔癡洵涵溶三女皆在家塾四子年十二歲亦同學頭角未堪誇子輩聰明猶及見孫枝但能世守青緗業敢望囊錐脫穎奇

初夏即事寄舸齋

日長蠲俗慮把卷適閒情春去天無雨陰成樹有聲朱櫻迎夏熟斑筍繞階生撿點新詩句期君仔細評

和舸齋自廣陵歸山堂小集原韻

志和春盡始還家汲取中泠佐試茶窗護膽瓶留芍藥砌分拳石點蘭花烟波家世閒能繼詩酒襟懷老未差儘有笙歌娛暮景底須佳日厭繁華

舸齋原倡

浪遊隨處便爲家櫻筍時過始鬬茶一棹夢牽京口月三春看徧廣陵花乘閒合藉吟情遣垂老何曾酒量差新綠蕉巖陰正好肯拋清靜戀繁華

送春曲

幾度留春春不住，一朝背我堂堂去。香輪畫舫寂無人，榆甲柳緜空滿路。今年春較往年好，黃鳥聲中花事了。風雨妬花不惜春，一春愁煞惜花人。相期明歲來宜早，一度相逢一回老。

雨窗小酌拈得庚韻

積雨經旬不放晴，麥秋時節太寒生。園花春去猶爭豔，梁燕巢成懶更營。樹密竟無天漏影，庭空只有鳥同聲。乘閒且進杯中物，一卷難憑身後名。

喜晴見新月



碧玉竿頭繭紙輕，綠楊陰裏蛾眉生。浮雲天末來更去，散帙窗間縱復橫。兼旬積雨晚方歇，入夏初番月放晴。喜看稱筍繞欄出，霜鬢清輝相對明。

寄三妹代柬

去歲君來秋欲暮，黃葉飄蕭滿江路。傷離痛逝淚不乾，刻未成歡君復去。別後有書曾寄君，尺書偪仄情難申。感君遺我箋一束，中有新詩綴珠玉。淵明去後東籬荒，三復燈前淚相續。今年春至人依舊，各對春風感楊柳。一事報君爲我歡，春閒得詩三十首。

送舸齋遊匡廬

塵緣參破易忘機，野鶴閒雲任意飛。台嶽春吟天姥月，匡廬秋問遠公扉。因山到處諳禪味，作客頻年負釣磯。此去西江霜氣早，重陽時節換寒衣。

塵居

駒影太駸駸，塵居日廢吟。惜花方曉起，飛絮又春深。時鳥爭調舌，新篁自出林。因循過半百，偕隱負初心。

寄舸齋時客邗上

君行方匝月，春事已全非。徑軟楊花毯，窗陰薜荔幃。雨惟今歲久，筍較去年肥。一樹玲瓏玉，遲遲待客歸。（庭前繡毬正開）



久雨遲三妹不至因寄

送春霪雨太無情，滴碎懷人竟夜心。庭院落英飛片片，海天歸信尙沈沈。（時在靖江學署）舊家燈燭還期共，往夢團圞不可尋。課選遺篇蕉館月，白頭相對思難禁。

和秋亭積雨無波閣疊韻四首

仲蔚蓬蒿徑，仙人縹緲樓。無波心似水，中夏室含秋。博藝稱三絕，清詞達九州。雨餘紗幔卷，佳句靜中求。

占晴祈稔歲，惡濕起層樓。大暑猶梅雨，輕寒似麥秋。檐楹飛瀑水，村落變汀洲。漂泊嗟禾黍，三農何所求。

憶昨清和月，同登北固樓。歡難窮永日，別已隔三秋。班

左今名媛時畹薌夫人在座 江山古潤州一時心欲醉良醞不須求

寄興唯開卷懷人懶上樓蒼顏過壯歲華髮脫先秋舊約違蕉館歸帆盼荻洲時浣雲妹將歸里門 但能捐別恨身外本無求

夏日園居即事同舸齋聯句四首

濕雲吹盡碧天空舸 傍晚登樓逸興同山擁晴嵐沈鳥外蓮 樹留斜日鑑窗中課惟長夏功能足舸 詩笑當年語未工偷得紅塵閒歲月蓮 勞勞仍作蠹書蟲舸

開卷連朝俗慮忘舸 愔愔深院晝偏長蠅蟲作陣乘時



出蓮 草木非花過雨香悅我心情還仗酒舸 醫人貧病竟無方大裘廣廈誰能任蓮 萬物浮生夢一場舸時邑中平糶捐貲不足

一般節物有參差舸 長養甯關造化私積雨苔花當路早蓮 背風蟬韻出林遲綠陰垂屋蕉宜夏舸 錦籜穿籬筍過時觸處無端傷老大蓮 爭教吟鬢不成絲舸

翳空濃綠晝冥冥舸 缺處山光遠送青靜境能安無貴賤蓮 醉鄉深住有門庭積陰墨瀋滋苔沼舸 乍霽爐烟出綺櫺早晚盼歸京洛客蓮 小樓夜雨一燈聽舸時野雲將歸里

見郭蘭池秋夕偶成之作次韻書慰愷園姪

江楓葉脫荻飛緜緗卷青燈又一年滄海珠光沈暮雨豐城劒氣黯秋烟風盲易鍛摩空羽囊盡難償賣卜錢自古良材終晚遇何須搔首問青天

丙寅二月廿七日同舸齋歷江上諸道院登銀峰聯句

夜雨朝晴天意好舸 偕遊莫放春歸早徧興隨處扣花關蓮 紅滿石壇晨未掃千帆楚榜走天涯舸 一角僧樓挂林杪峰腰磴仄挈童孫蓮 籬腳烟深留宿鳥高樓縱目須臾間舸 渺渺歸鴻送雲表金鼇一塔戴吳天蓮 白



馬層濤懷越嶠滄桑過眼同興廢舸 登覽前賢富文藻百年泥爪亦寥寥蓮 一雨桃花悲草草蓬萊弱水不可期舸 此生喜共家山老蓮是日予五十初度

輓張淨因女史

文吳夫婦古稀年多少才人羨謫仙蓮幕尙虛章母席夫人嘗設帳阮芸臺中丞節署 蓬山忽返彩鸞軿遺篇不惜三更讀予讀綠秋軒稾竟夕不忍釋手 一面還期後世緣歸去雲霄亦無憾教成雙鳳已翩翩

慧業編成絕妙辭清才不愧女宗師廣陵花月供陶寫閨閣文章仗主持書畫並傳雙管健姓名空使十年知

與夫人神交已久未能一晤何當放棹邗江上桂酒臨風奠一卮

題曲江亭閨秀倡和詩後次江瑶峰女史韻

仙居江上遠紅塵唱玉聯珠字字新林下高風今未歇卷中奇句句驚人

韻事都歸少女風錦心繡腑一家同江亭花柳春如海盡入詩囊畫槀中

勞勞塵累謝詩魔巴曲還賡白雪歌慚愧劉家三姊妹頻年會少別離多

酬翠屏洲王愛蘭子一子莊季如蘭諸女史見懷之作



江左風流歲月賒桃源久住郎爲家閨中秀擢三珠樹筆底吟成六出花似月冰紈爭撲蝶打頭紅雨礙盤鴉無由縮地逢仙侶空有詩情寄晚霞

和曲江亭諸女史初夏見懷原韻四首

積雨春過盡蘿垣疊翠屏伊人仍契濶新綠又林亭江影迢迢碧山光面面青右丞家法在詩句繪烟汀

縠紋南浦浪卵色晚晴天一自知音渺無心理七絃老深風木憾早廢蓼莪篇多謝諸名媛殷勤寄彩箋

壼隱三椽小園居十畝陰衰年將作繭佳日且停鍼喜得閨中友頻調匣裏琴好風時惠我鸞鳳總清音

芳洲何處所渺渺隔江烟易阻遊仙路初長入夏天無花常晏起有月慣遲眠笑我詩情減因君更擘箋

原倡　　王　瓊愛蘭

偶見雙飛燕銜花繞翠屏翻書消永晝遣興到江亭雨過溪流白烟開岫斂青忽驚春事了芳草滿前汀

王迺德子一

陰晴俄頃異又是熟梅天柳外流鶯囀天風弄管絃閒吟思舊雨懷古有殘篇爲憶清娛客江魚寄錦箋

王迺容子莊



愛聽黃鸝語長貪坐綠陰微風吹柳線細雨碧秧鍼適興閒裁句懷人懶撫琴江鄉好風景所惜渺知音

季　芳如蘭

殘紅落已盡芳草綠如烟愛此清和日兼逢櫻筍天懷君如中酒對月不成眠欲寫相思意殷勤拂素箋

戊辰中秋前一夕偶成書寄澂澐灝三男

木犀交蔭晚庭深一院香吹匝地金角枕惺忪通夜月棘闈南北此時心前程努力年俱少衰鬢耽吟雪半侵得失總由天意定無煩日者論升沈

哭浣雲三妹四首

昆季全凋老淚乾又聞凶耗涕汍瀾餘年已恨隨肩少
永訣誰知再面難山水一囊工刻苦齏鹽半世歷辛酸
傷心膝下多麟角轉眼飛騰不及看
少時骨月痛分張往事追思欲斷腸失恃閨中君最小
依兄京邸日偏長北征吟寄愁千疊南雁書廻淚數行
能得幾時親舍底一燈圍坐話滄桑
憶從冀北返江城廿載匆匆節序更已伴貧官嗟落拓
可堪多病累聰明繽紛早著聯吟卷妹閨中倡和嘗用繽紛合稾小印
刀尺常參督課聲句曲嶺雲東海月至今遥望總凄清
年來聚首太蹉跎空約秋期老屋過只有尺書勞問訊
恨無雙翼越關河荊花凋盡愁難了池草荒餘夢更多
痛哭孤棺江上返暮雲黯黯水增波

偕舸齋過蒜山禪院聯句

寥天萬里大江澄舸佳日斯樓每共登丹桂有香秋氣
肅菭青山無恙鬢絲增同修淨業言何易舸欲謝塵緣
喜漸能百歲光陰俱過半菭放懷隨處信烏藤舸

晚眺聯句

足底滄波樹杪樓舸雙筇高處倚清秋連村早稻千畦
熟菭半嶺斜陽萬井稠遲暮何堪傷爾我舸江山不厭
共勾留莫言醉眼模糊甚菭望裏還能辨五州舸



甘露寺聯句用蒜山晚眺韻

載酒來登北固樓舸西風幾日變涼秋襟天匹練無邊
白菭覆隴黃雲萬頃稠塔建衞公神尚護舸庵圖米老
蹟常留江山第一推斯地菭竟欲逃名老故邱舸

庚午二月廿七日同舸齋暨李汝霖郭繡谷兩壻

登淩江閣即席有作

此地經過四十年春風情話又江天登樓人自清冰似
染翰才誇潤璧聯桃葉宜家吾有望霜花點鬢爾何先
賞心樂事應須記要聽同賡白雪篇索汝霖繡谷同和

秋日同畹芳大姊遊焦巖率成三絕次壁間王夢



樓先生韻

晴江萬里暑無風嵐翠重重蔽梵宮曲磴緩隨青鳥上
鐘聲飛出亂雲中
象嶺青青對閣眠山容依舊客華顛松寥信宿拋塵事
飽看朝霏與暮烟
遊踪屢踐信前因得識茲山面目眞欲賦天風海濤曲
知無奇句繼先人

松寥閣感舊追悼論山兄

髫齔隨兄侍板輿卌年回首只須臾空餘老眼尋泥爪
知否焦仙識我無

猶記丁年乞假歸故山到處總依依爲言欲遂菟裘願畢竟蒲團住翠微

三山奇句題將徧朗誦精靈尚可呼（先君曁論山兄三山留句最多）我欲摩崖嗟腕弱留名敢望百年俱

佳處亭同畹芳姊遲月用先論山兄東昇樓韻

佳處亭空最上層家山暮靄快同登滄江入夜風濤靜曠宇經秋氣象澄挈伴清遊差有幸追歡往夢復何能（昔嘗隨論山兄侍太恭人遊此）百年良夜宵多得須待冰蟾碧海昇



## 諸家題辭

趙懷玉味辛

筆磬同音卌載和庭階玉樹況交柯望廬莫重黃門悼福慧人間已占多

大雷書久讀難兄老去尤於詩律精今日從頭展遺卷秋窗風雨帶愁聲

劉嗣綰芙初

江樓風日爲開襟一卷清娛閣上吟箏笛到來都洗耳瑟琴難得此希音每從世外窮瑤想爭向人間羨錦心今日令徽泉路隔鮑家詩對漆鐙深

倡隨雙賭筆玲瓏悽斷連環解脫中諸子學曾經幔授一家詩賸壁紗籠（海門暨雅堂兩先生代以詩名江左）齋頭疏粟才原亞屋底牽蘿計未終慚愧徐陵華思減清詞輸與玉臺工

陳燮理堂

飲綠山堂裏清才聚一家語皆關至性名不惜簪花小艇烟波約前因仙佛誇從知梁孟隱多事避紛華

趙擢彤睦堂

麗句清辭費翦裁下簾聲自半空來畫眉應倩生花筆賦茗何慚詠絮才好與三唐爭格調曾無一字到塵埃名媛今古詩多少新得奇篇老眼開

闺門鷗侶洛川神今日南徐破見聞文字名超闕進士
淵源學本鮑參軍不爭繁豔花中鞠獨出新裁錦上雲
自是珠璣堪絕世遊絲兼可換鵝羣

李　珍竹居

冰雪聰明絕世奇吟箋字字見新辭壻如京兆稱雙美
家本參軍震一時自昔名姝原有數只今閨秀更推誰
窺來豹影心先折可得全斑一示之

洗脫陳言務瘦生筆花燦處使人驚倘逢蘇蕙應爭席
肯讓班姬獨擅名雪上難尋鴻爪跡雲間惟聽鳳鳴聲
自慚俗吏非風雅片錦看來眼倍明



好倩閨中大雅扶名媛端不讓名儒阿兄眞喜誇三妹
異代何妨號大家（讀如姑）質本芝蘭香自馥胸多錦繡味
皆腴也知珠彈非輕擲肯許明光到老夫

錢之鼎鶴山

總角嬉遊慣曾依阿姊邊（宜人爲先姊小姑）閒憑粧閣靜酌字
拂吟箋顧我眞如弟清才渺若仙鮑家詩格好不讓大
雷傳

白首終郎署清操古所難（謂姊夫雅堂農部）情親分骨肉死別
愴心肝紫電催年換（雅堂下世已十餘載）黃沙攪夢寒（辛未予入都訪雅堂
舊寓不可得）憂來頻展玩一讀一汍瀾

花擁清娛閣年年醉酒過（舸齋丈每於花開時招諸同人讌集）新詞連日
和勝友昔時多（往年嘗偕應地山鮑野雲張寄槎李東崖顧弢庵戴廉石集於閣下今東崖已
物故餘各散遊於外）有譽聞湖海全家隱薜蘿佳兒皆玉立（哲嗣晴初
昆玉皆才俊時鈔夫人遺稾將付梓）鐫石徧巖阿

天與湖山興長流粉墨香（宜人偕舸齋丈遊西湖詩並皆佳妙）夫妻同載
鶴烟月滿輕航此地曾仙尉如予亦古狂叨蒙三絕獎
（拙稾曾蒙宜人題詩有書畫詩三絕之獎）拜手奉瑤章

顧鶴慶弢庵

江南詩派舊傳家讀罷惟思護碧紗一字細於香吐篆
全神清到月無華感懷終古空郎署（卷中多懷令兄雅堂先生及哀輓諸



作）結契平生有釣槎共向烟波酬好句（曾寫烟波共泛圖照）匡廬
飛雪赤城霞（舸齋歷遊黃山台宕匡廬諸勝卷中俱有贈行詩）

郭　琦蘭池

綠楊樓閣曙烟殘把卷高窗忍薄寒山水頓驚眞貌出
見聞都作好詩看掃眉麗筆憑誰擅繞指精金似此難
風外妙香雲裏瀑一時飛遍畫闌干

吳山花草叚橋亭舊是君徽步屧經十載人尋蝴蝶路
三春簫斷鳳凰翎又看風絮沿湖白記謁金閨荷眼青
知否伯鸞同到此連宵佛火話熒熒（辛未仲春偕舸齋先生寓西湖僧樓
始獲覯夫人全稾奉題二律）

諸家評跋

袁　枚簡齋

詩話補遺云夫婦能詩古今佳話近今如張舸齋之與鮑茝香尤其傑出者也

又云二人才調相匹故知秦嘉徐淑不得擅美於前

又云五七古公然老手今體音節清蒼兼饒神韻閨中之白太傅也

王文治夢樓

情深意鍊骨重神清詩學之深近時所罕

深穩中時露佳句古體安章頓句俱有成法近時名家所難不意於閨秀得之歎服



予嘗謂夫人詩律細於令兄令兄不服今細玩尊稾益覺予前言不謬

七言古最難在章法如登金山塔一篇前後勻稱雖大名家亦不多有

七夕立秋之作清和細切他人縱能運巧不能有此韻度

題銀河洗筆圖詩起句思邈然三字便含全題此用筆之妙非尋常餖飣家所知通首妙絕古今不僅爲此題絕唱也

王嵩高少林

閨秀詩總有習氣非調脂弄粉翦翠裁紅失之纖小即粧臺鏡閣刺刺與婢子語俚俗尤多讀茝香世妹大著巾幗中乃有名儒眞大家以後一人其詩譜亭聯句一首孝思藹然紅蕉館翦燭夜話四律可續棠棣之篇答舸齋二首代柬一首讀之令人增伉儷之重至于讀書教子才德所著如天籟自鳴篇中往往流露嵩高與雅堂交卅年餘久耳熟焉今獲讀於飲綠山堂敬佩歎服不能已已時乙卯秋九月

洪亮吉稚存



予與論山交二十年欲作一詩挽之讀茝香夫人寒食誌感一篇爲之閣筆論山每誇諸妹才筆信不虛也他若老至示兒等篇沈鬱眞摯豈特無脂粉氣習恐經生爲之亦無此獨到耳丁卯人日訪梅樵山與舸齋劇談竟日因服讀此以誌欽挹

法式善時帆

詩話云鮑茝香之蕙海門先生次女張舸齋室登韜光寺云陰崖含雨氣疎磬落天風湖樓云簷敞看山遠窗低近水寒探梅云蕊褪連朝凍禽窺向午枝懷論山兄云惜別驚春早看雲怪雁遲坐雨云窗潤生虛白山低

歛暮青西湖泛舟云柳邊朱檻緣湖曲沙際青蕪抱郭彎七夕立秋云人間一葉驚飛早河畔雙星待渡遲眞會卻當初永夜輕裾可怯乍涼時王夢樓嘗稱苣香詩律工細過於其兄

王芑孫鐵夫

詩於淵靜之中自出生新之致比來閨閫中好句至多然取境眞而寫意到則未有如是者也乙丑歲暮假寓江深草閣遂過飲綠山堂辱示此編因識

陳超曾柏亭

閨閣詩字字清雅如讀端人正士之作爲自來名媛所未有



胡翔雲黃海

苣香夫人大著純乎唐音其揣摩於長慶諸大家者多矣

陸繼輅祁生

新柳詩爲此題絕唱春草詩哀音逸思悽婉動人寄令妹古體詩王夫人神情散朗有林下風致正於此等處流露嘉慶乙丑立春日同鎮洋彭兆蓀吳門金學蓮陽湖董士錫自邗上至潤州舸齋司馬留飲山堂同讀一過歎喜讚歎不盡繼輅並識

顧鶴慶弢庵

近時江南北作春草詩者甚夥從大處寫失之粗空處寫失之滑未有如此熨貼者細而不纖是爲大雅

鞦韆曲寫實發揮卻又旁見側出總由筆妙故足達難顯之情

送春曲一句一轉一字一轉轉轉入妙清空天矯求之古人集中亦正未易多覯

短七古順文敘事一轉一折無字不諧是老於格者

寄三妹詩四十字當作一句讀而紆廻曲折卻不使一直筆此等消息解人最難



送遊匡廬詩風調極佳於舸齋先生高情逸致淡語寫出令人神往

郭　琦蘭池

渾然一氣聯句之作最爲壇場

古體中雄健之筆直似坡公森秀奇峭又似岑嘉州才人之筆無所不有

和論山先生主試粵東一篇典貴極似劉夢得

錢塘觀潮七言古奇情錯出硬語盤空非此巨筆不能扛此題向閱黃仲則二詩已歎爲異才今讀是篇又爽然失矣

龍井篇整麗之中兼饒跌宕是高岑王李一派

水樂洞起法極爲超妙是東坡極意摹仿太白文字

茅桂芬蕊僊

集中佳處妙在從性情中來深得三百篇旨趣迥非時流俗派嘲風嘯月者所得窺其堂奥

兄之鍾論山

從性情中流露而書卷之氣盎然深得詩人温柔敦厚之遺

七言古詩沈鬱頓挫中更兼妥貼排奡具有杜韓之長眞傑作也



七言律詩最多清空如話轉折無痕格律渾成絲絲入扣皆作者慘淡經營沈思渺慮而出百鍊鋼化九轉丹成臻斯境地老兄欲退避三舍

祭舅姑太宜人文直寫胸情自然整暇大家東征以後此堪嗣響不徒作祭文觀也

姊之蘭畹芳

吾妹質性端謹和平渾雅故所爲詩適以肖其爲人集中詠物詩多有寄託而文有內心渾含不露絕不以尖刻纖巧之語取勝此養福之徵也

詩本性情所以可貴近人多以華縟爲富堆垜爲博艱深爲古空廓爲雄謂清折者近於弱淡遠者近於淺情韻勝者謂其聲調不高格律細者謂其町畦未化持此論詩而性情汨沒多矣集中賢夫婦相倡和以及與兄妹從子輩贈答往來之作俱從至情至性中自在流出清而能腴淡而彌旨渾脫超妙名貴高華兼擅六代三唐之勝爲近今名家所難蓋其性情有過人者矣

遊攝山西湖兩集爲中年以後脫化之境蓋性靈中自具山水而登高臨深仰取俯拾耳目與山水相激盪而性靈益以濬發故能狀難寫之景於目前含不盡之意於言外其詩可備志乘其筆可當著書勿作尋常遊草



讀也

妹之芬浣雲

情眞則其言有物法老故圓轉如環可知胸中無所云云而勉强以求佳搆者難矣醖釀深醕定推名手

聯句詩力均聲同珠聯璧合

棲霞諸作眞乃洗盡鉛華天然風趣登金山一首尤爲超絕古人

經舊宅五律前半如話後半如畫大歷人得意之作

清娛閣坐雨詩三四雄健五六幽秀兼而有之

寄芬五律一首起句云怡情觀物化觸處轉依依蓋因

觸事生悲所以怡情以觀物化乃觀物如此而仍多愁緒其所遭者可知矣二句緊相貫注轉字下得靈活而有力是謂工於發端情事兼盡樸老矣而又曲折由發端之空濶也俗工開口便盡則無此紆徐矣此等詩斷不在初唐以下

姪文逵野雲

格律靜細深穩辭意朗潤清腴寢食三唐而本乎性情以自闢蹊徑故能戛戛獨造

詠物詩顯思雋句大巧無織由其制意勝也侔色揣稱不足以概之



文如其人于詩亦然姑母冲和渾雅具讀書養氣之學故其詩清而不浮華而不縟斂才就律深意高情深得唐賢神韻求之近世邈焉寡儔

詩本性靈又須資以卷軸乃能比附濬發盡意而止姑母中年以前未持家政手不釋卷凡課選樓清娛閣兩家藏書繙閱殆遍誠如昔人朝經暮史晝子夜集以自立課程者四十以外披覽日疎然閱歷既深則書卷之氣合同而化見道極大入理極深至於運用渾脫比擬確切特其餘事其根柢深厚有如此者

敬讀寄示諸作詩律之工不待言即論書法秀潤天成循循規矩中而風神彌復俊永求諸時賢惟石庵先生近之乃以家政所累日漸荒棄須知百世後賴以不朽者不在兒女輩也願不遺葑菲毋厭喻靡乾隆壬子六月廿一日姪文逵謹識

竹鄰老人若筠

詠物詩無描頭畫角之態家數故高

詠篔五律體物瀏亮戛室一聯憶丙申秋論山酒間曾向予誦及衡帆在座亦極賞之

不事雕琢而婉暢精刻自是本色好詩

卷中諸作聲調清婉自出顯思不愧海門先生雅堂中



翰家法年來抄撰京口詩人蒙拾集獨名媛篇什惜不多見循覽是帙乃知閨中之秀近在吾家謝庭柳絮正不得專美於前爰喜而題其後乾隆庚子正月廿五日飲綠山堂偶書時簷雪初融研冰都釋

# 京江鮑氏三女史詩鈔合刻

# 三秀齋詩鈔



## 三秀齋詩鈔序

徐生韻生余甲午主試京兆所得士也其人翛然塵表有鶴立雞羣之致嘗以詩賦就正華實相宣歎爲超宗殊有鳳毛生因奉其王父秀亭刺史王母鮑宜人遺集請爲弁言余展轉覽觀海天萍寄草格律謹嚴聲情温粹雅近中唐三秀齋詩莊雅清淑夢樓侍講評爲卓然成家不獨閨閣所難非溢美也余嘗往來京口覽山川之奇秀宜其生斯土者人多瑰異夫人有詩古文詞一集以傳自不乏人而求其伉儷多才子孫嗣響者葢鮮抑又聞小山司空云刺史內行純篤晚官令牧勤民事勵清節循聲卓著畿輔閒宜人孝敬淑愼不以文字自衒其德誼風尚固有出於尋章摘句之外者生其嗣徽繩武勉申不匱之孝思有餘力則以學文也哉道光庚子六月姚元之序

三秀齋詩鈔目錄





三秀齋詩鈔卷上

丹徒鮑之芬葯繽著

古今體詩八十七首

題涉江採芙蓉圖

秋江漠漠煙波空伊人穩泛煙波中不設青翰張翠羽兩頭滿載秋芙蓉芙蓉經霜顏色好蘭蕙過時消歇早採之若爲遺所思馨香自惜盈懷抱極目江南杜若汀美人舊夢紫芳草胡爲苦戀紅塵中緇衣十載長安道物生榮謝各有常轉瞬朱顏鏡中老焉得仙人一瓣蓮爲舟遍登五岳淩十洲雲中招我採珠侶朝遊瀟湘莫洛浦長風直遡斗牛宮若木咸池共容與



虞美人

翠葉離披綠羅薄雜珮玲瓏五雲錯濃於芍藥秀於蘭一縷柔莖吐奇萼曾聞楚帳埋花鈿英魂化作花娟娟臨風怨態含朝雨猶似當年垓下舞美人遺恨空至今太息英雄化塵土

牽牛花

星姑影落銀河側金井銅龍露猶溼一籬藍翠著秋陰絡緯聲聲喚無力花房鎖霧葉凝煙幽豔非香清可吸曉風暗月不勝情倩女遊仙應共惜可憐顏色怯朝暾

不及葵心常向日

野茉莉

階除空處牆陰寂深淺芃芃映叢碧卻從閒裏逗微香茉莉芳名原浪得宛似鄉村好女兒眘學施朱面塗白自然茅屋竹籬閒不向西風怨蕭瑟開時風韻亦宜人斜日半籠烟霧色

春暮答鴻起姪

江南花落芳草長燕山春暮客思鄉杜宇催歸歸不得尺書寄我芝蘭行消夏樓臺曾共醉戎葵織錦槐籠翠杯傾新釀梨花濃盤貯櫻桃巖蜜墜限韻詩成課後先



藏頭射伏爭精研風煙一別人千里再換星霜兩地天華表亭亭誇玉樹少年聲價高詞賦殷勤遠道不相忘珠璣枉寄懷人句長篇突兀空中起寶劍光芒天外倚短句蟬聯月露詞鮫綃翦破春漣漪家世文章超屈宋清聲更喜聞雛鳳幾回披卷夜窗時池塘空鎖勞勞夢

簾鉤四首

眉痕掩映霧綃空曳影拖煙近綺叢一角斜牽犀劃水半規疑墮月留弓莫驚魚鑰傷春後鎮鎖蝦鬚病酒中誰見後堂欄檻裏徘徊欲上怯東風

分明劈破玉連環釵股誰敲玳瑁彎有意參差邀半面無心舒卷任雙鬟空閨獨伴流黃晚禁院頻窺屈戌閒不鎖芳香偏鎖恨聲聲清韻出花閒

欄迴卍字上苔紋幾詠桃花坐晚曛銀蒜條條懸皓魄珍珠面面控晴雲藏時卻訝波心露響處渾疑步底聞徙倚涼宵嫌露重玉纖斜挽醉三分

瘦影頻侵玉女窗寒虹乙乙釣湘江珊瑚網斷蛛絲串翡翠分開燕尾雙梧館蕭森傳落吹簷鈴淅瀝鬪金腔無心莫怪驚香夢解和琴心入夜釭

庚戌早春和王少林先生梅花十首

官閣依山閣焚香對煑茶清吟酬白雪逸思寄梅花老



幹春前瘦疏枝竹外斜羅浮人去後香夢託寒槎

舊遊金粉地瓊樹綴花紛映雪人聯璧裁雲月二分名同何遜美賦並廣平聞先生曾與家兄讀書梅花書院獨愧參軍妹詩懷罔所云

江鄉梅信早破臘接芳辰憶作披裘客相逢獨笑人清知香在骨潔擬玉為塵呵筆山窗下徘徊為寫神

淪落天涯客幽懷少所知初逢子猷棹惠我杜陵詩根老江南路枝寒薊北時春風幸披拂吟咏莫言遲

明月前生是天香世外存芳菲先得步桃李復何言靜院吟蹤冷晴窗鳥語喧殷勤問風信取次到蓬門

冷署春暉煖花容自不寒巡簷供色笑高卧當林巒放
鶴頻招友騎驢倩整冠塵中抱仙骨莫等衆芳看
灞水橋邊路山陰雪夜船詩情畫難到和寡唱應高入
律慚羌管澆愁賴濁醪笛中吹不落爭奈朔風號
庾嶺盤根遠孤山舊跡多春生圖畫裏相對意如何影
淡黃昏月詩傳清淺波當年十三樹想見碩人過（先生令祖殿撰公手植十三樹梅花因顏其屋）
獨開香冉冉並倚影離離瘦去雲無質消來雪有肌幽
禽頻共語戲蝶未容窺吟到揚州句依稀六代時
小園花一樹綠萼未全凋醉入師雄夢吟餘沈約腰輕
寒遞簾幙淡月寫窗寮十載春消息相思不自聊（余舊居亦有老梅一株）



聞笛

風薄湘簾露氣侵碧雲滿地散桐陰高樓倚月誰家笛
客館驚秋此夜心塞雁清音應共聽江梅舊韻不堪尋
中宵引領不成寐逼近蕭蕭萬井砧

奉懷論山長兄（時扈蹕熱河）

衣綫臨行定損顏平生從未事征鞍九秋邊朔來鴻苦
八月霜華去客寒倚馬應看鹿盧劍行營不負　鳳池
翰北風未得參軍報千里心愁毳幙單

七夕感舊

天上年年盼鵲橋人間舟楫路迢迢舊遊牘有牽情夢
歲月空消恨怎消
髫年花月憶隨行接得班姑喚謝娘珍重好懷占喜繭
黃金合子暗收藏
愛把秋衫翦芰荷涼風香氣散簾波夕陽樓上陳瓜果
穿罷金鍼賽巧多
一水星槎歡會遲龍梭日日綰離思何人悵望無期別
吟罷黃昏月上時

三十初度和茝香仲姊原韻

不覺生年長空驚歲月遒清陰桐茂夏佳日菊當秋濟
濟詩和性依依子慰愁辛勤侍　堂上霜雪漸盈頭
雲水三千里何能一葦遒別來江上柳搖落幾經秋杜
宇聲聲恨歸鴻字字愁離心憑尺素不可訴從頭
憶昔風臺上臺前碧水遒情樽同泛月落葉共題秋往
事頻來夢新詩只寄愁難憑雙羽翼飛繞舊樓頭
自悼拋慈膝星霜已十遒心驚春草長淚盡白楊秋終
古眞成恨尋常那是愁如何勞鞠育空此二毛頭



游故相國別墅

絮咏林風舊謝家香痕蠟淚冷明紗客來悵望梁園晚

秋老空庭蕎麥花

題杏林春燕圖

燕子歸時杏正花上林千樹趁晴霞一枝何處饒春色曾認烏衣子弟家

小春朔日同論山兄秀亭外子愷園姪圍鑪聯句

峭山八月已層裘論煖室初冬似早秋浣香泛金罍新菊釀秀雲生寶鴨舊衣篝愷松風瀉夢鄉關隔論塞雁書寒歲月過浣爲問江南梅信好秀一枝先向阿誰投愷

次韻答仲姊



江上錦鱗三十六殷勤千里慰離情江淹憶別空傳賦潘岳閒居且面城園果剝餘秋棗實廚蔬香饜露葵羹看山何日闋同倚飲綠堂中逸句成

秋日寄仲兄

蓴鱸七載別魂賒籬落西風菊又花分手未防長作客傷懷尤甚乍辭家緘封寄恨魚蹤少箏柱排愁雁陣斜獨上高樓重極目寒煙衰草遍天涯

答長姊

去歲吟秋曾寄君一年光景又秋分懷人別夢驚涼雨見雁歸心逐遠雲客邸經時頻望信西窗何日共論文長安砧杵三更月搗斷愁腸不可聞

移居南軒

負郭三間足自娛濃陰初長草新鋪室堪避暑何妨斗簾好防蠅不倚珠靜裏圍棋先得意夢中高枕已忘吾縈懷多少江鄉思月下風前興强扶

消夏

深院塵囂寂風簾日自斜碁聲清玉局墨氣浸明紗梔子同心結芙蓉並蒂花憐他新乳燕兩兩到盧家

詠梨花猫

金鈴來往解人呼愛傍衣襟作煖爐燦爛背紋青孔雀



參差爪雪玉蟾蜍潛身牆穴輕聽處洗面花陰靜臥餘蛺蝶幾回飛不定苔斑印損綠疎疎

贈愷元姪新婚

氤氳佳氣鬱金堂琴瑟新歌靜好章青鏡引波侵翠黛絳紗籠燭映紅妝雙棲繡鳳桐花小並倚銀蟾桂子香爲語傾城非易得扶春妙手倩檀郎

和秀亭贈歌者二首

孌妍姹唱不勝春舞袖回風韈動塵楊柳三春多怨別花枝二月正相親紅低畫扇催絃急綠浸芳樽送酒新莫唱憶江南一曲當筵知有斷腸人

一任飛花散作春粲塵原不著心塵澧蘭公子縈懷遠芳草王孫引夢親樂部爭傳名已重旗亭唱出句猶新寶兒莫盡風前笑不太憨生最可人

秋齋即事 時秀亭返自都門

秋光一逕啓幽關好鳥殷勤報客還溼翠竹間風欲滴濃陰蕉底雨猶斑琴調别鶴横焦尾鼎貯濃香裊博山莫向塵衣惜緇素從來雲水共心閒

遊故相國園

鳴鳳緘金匱朝鸞罷玉珂春驚流水逝客怨夕陽多院靜稀人跡庭閒有雀羅澤餘花脈脈蔭美竹猗猗數仞牆猶孔三重閣豈阿蒼生多負望撫景歎如何



即席應太福晉教賦得霜葉紅於二月花 得花字

極目寒山外霜痕四野華爲憑青女力染出暮林霞深淺原空色榮枯異衆葩瀟瀟下秋水莫悞引漁槎

咏扇

皎潔裁圓月參差展半規暫抛成午夢輕拂動凉颸比翼休相忘同心永不疑風流王逸少婀娜謝芳姿薄霧籠蟬羽輕雲約素絲桃花歌處掩桃葉妒桃枝

自題天際識歸舟圖

北固雙峯疊翠螺中流塔影瀉江波每逢暇日登臨處縱是無愁感亦多

一棹春寒渺渺波江花江草淚痕多重思鐵甕城邊路八載風烟有夢過

曾聞芥子納須彌更道扁舟壁上歸空處若能容一葦秋風擬逐雁行飛

右丞筆妙擬神遊萬頃蒼茫尺幅收惆悵歸舟應誤識何人目斷枕江樓

潞水歸甯京邸道上作

身是營巢燕子忙春秋猶憶舊雕梁風詩載詠非泉水客邸歸甯似故鄉人語雞聲離午店鞭絲馬影趁斜陽前途喜見長安近雲際螭頭捧日黃



吟芍藥

廿四風前婪尾杯西園桃李逐芳埃東君未放春零落金帶圍腰最後開

人韻如花花勝人風薰露浣不容塵如何爛漫長安道抛擲金錢賤買春

舟中感懷

廿載光陰彈指間何緣兩度入長安分明紅日當頭見爭奈青雲置足難客路辛勤徒往返親情聚散各悲歡湖光山色依然在悵觸生平淚不乾

舟中對月懷長安兄嫂

連綿梅雨别都城一日雲山遠一程憶昔春風楊柳岸
只餘荒葦作秋聲
記得團圞共晝堂論文樽酒惜清光不知今夕是何夕
明月蘆汀憶雁行

望嶧山

荒山縱目盡蒿萊桐樹何年委爨灰太息知音今已少
天公不爲育良才

辛亥南歸留别兄嫂

自歎早年違怙恃相依兄嫂倍情親關河共閱三千里



寒暑頻過十一春故國松楸瞻尚遠他鄉骨肉别重新
身如萍梗愁如緒況值連宵風雨頻

重登木末樓仍疊前韻

京華夢醒十三秋重上危樓續舊遊遠樹曾經迷别雁
長風有意送歸舟緑波芳草春如昔紅日青雲望總浮
回首依然天北極懷人惆悵賦汀洲

哭笙山兄四首

早歲同遭父母艱連枝義重古今難十年遠客頻傷别
一晤相逢未盡歡只道棠花常衍茂何期風雨忽摧殘
百身莫贖悲何及怎乞浮邱一粒丹

孝友從來感二難傷心雲路阻長安臨岐自痛分鴻雁
中道誰知折羽翰每憶謀生家室累劇憐餬口雪霜寒
天涯各爲浮名利永絶平生握手歡
前因後果恨千端女嫁男婚不及看花過三春多寂寞
月當四五不團圝魂歸化鶴音容杳夢醒啼烏淚血乾
霜操能持家事重從亡容易未亡難
茫茫天道問無端正直由來鬼不歡義氣昔年誇鮑叔
交情今日少任安一生風雅人琴絶萬壑烟霞筆墨殘
獨我生離重死别招魂賦罷愴心肝

寄懷三嫂（時欲歸甯未果）



麥秋寒重雨絲絲花外聲聲唤子規行不得時無限意
數行珍重寄離思
一載音容夢不歸雁行雲外痛分飛遥憐隻影空閨裏
苦雨西風冷繐幃

容山道中

三年重得整脂車骨肉離情喜暫舒懷抱一般兒女累
詩書都爲米鹽疎河魚迢遞來京洛梁燕參差戀故居
聚首怱怱剛一月日歸送别意何如
晨駕駸駸莫暫留一聲珍重忍回頭來時山色俱含笑
去路春光盡惹愁嫁女比隣心獨羨謀生薄宦願難酬

兩京縱跡渾相似百里歸甯動隔秋

題閨秀畫菊冊

閨中風雅是吾師斑管生花不畫眉尺幅移來秋數種
霜華月暈共離披

載酒東籬舊夢賒酣連五斗愧陶家西風莫怨開遲暮
相對秋心淡似花

春日即事

瞬息流光又一年暗香吟散落梅前無情無緒連綿雨
輕煖輕寒索莫天故棟巢傾勞燕語喬枝風靜穩鳩眠
貧家一事饒生意隨手栽花不費錢



贈駱佩香

六代繁華古帝畿而今靈秀屬蘭閨聲名遜抗機雲後
學問言工德貌齊柳絮清吟都是雪蓮花妙悟不沾泥
何時更放山陰棹第一峯前待品題

秋月病中寄懷駱佩香、

懷人何處賦登樓風雨蕉窗暗客愁世外容君輕似鶴
霜楓江上又吟秋

萍蹤自笑客爲家阻我鄉園百里賒一向愁中兼病裏
不曾樽酒酹黃花

題三朵芍藥步曾運使韻

風番廿四謝東君婪尾尊前幻朵雲拱日丹心成一品
占星台位恰三分靈根亦借栽培力豔質誰工刺繡文
添取揚州明月色竹西歌吹譜新聞

題張舸齋姊丈飲綠山堂

天上張公子閒居樂道心數椽聊寄迹五畝暫開襟輿
從春暉茂杯留夜月深到門無俗客車馬漫駸駸

壘石成邱壑晴雲遏樹陰非徒樂園圃直欲仿山林藂
密依窗靜攲斜覓徑深不容塵到處時有鶴相尋

閣小愛藏山藏山獨見山朝霏兼暮靄收覽入窗間筆
墨塵氛寂琴樽歲月閒獨爲城市隱高足幾人攀



家學兼師友新聲起鳳鸞衣長著萊子鬢不老潘安綳
帙三千架花枝十二闌及時行樂好雲水放懷寬

過王修竹獨鶴山莊探梅漫成四絕

春風幾日到前村鳥語晴開竹外門爲報數枝消息好
牆陰殘雪卧苔痕

因山藉水絕喧譁幽僻端宜處士家徙倚閒庭詩思冷
一尊香茗對梅花

晴窗鶴夢破雲深一卷黃庭寫道心斑管香濃花格瘦
六朝餘韻尙而今主人善楷法

塵中世外兩忘機日日金尊繫落暉半畝青山容借隱

春風門巷近烏衣

春日喜駱佩香見訪疊前寄懷韻

曾記春波江上樓芳尊舊雨洗離愁風前容易重攜手暗裏消磨兩度秋

面城半畝似山家詩思難尋別思賒絲雨如煙引愁緒春風來訪舊梅花

前韻再答佩香

前朝吟散夕陽樓頓減新愁與舊愁撿點詩懷謝知己由他人事自春秋

芳草池塘舊謝家豪情今比昔猶賒千金一擲春多少



樓上緋衣醉杏花

和駱佩香留別元韻

殘雪消梅朔氣和春風喚起病維摩傾談半日情何限分手三年夢幾多楊柳晴絲仍別袂桃花新漲有回波詩筒正擬常來往南浦悤悤悵若何

送外子之山左

紉蘭佩君子不用折楊枝遠別因家累鍾情歎我癡江湖非習慣寒暑好扶持鶴髮高堂上歸鴻莫過期

# 三秀齋詩鈔卷下

丹徒鮑之芬浣雲著

古今體詩八十三首

題張節婦桐陰課子圖

高桐垂美蔭風遠自流音張仲家聲舊嚴姬壹教深孤雛賡白雪別鶴冷青琴寸草何時報蓼莪自苦心

咏夾竹桃

源水湘雲若問津放梢時見著花新閨中逸韻兼林下君子風懷託美人簌簌青陰籠笑靨瀟瀟紅雨溼香筠門牆立處宜高節不是尋常陌上春



良玉猶敲佩玉聲臙脂乍洗粉妝明其華南國憐之子載楫春江錯喚卿流水夕陽休悵望去年今日不關情薰風嘯咏軒窗下別有芳香烈更清

讀楚辭感賦

修容攘背肯憐才解骨吞聲鑒往來千古知音如一夕能無歌當哭聲哀

爲鑿甯圓枘自方問天天道總悠長世間何地無花木楚些江邊草獨香

哀吟被髮楚江濱耿耿孤忠託鬼神漁父何知相問難詩人終古悼靈均

陶鑄工深器始成何能瓦缶當鐘鳴風詩三百爲方駕日月長懸身後名

幽篁獨處與誰論慷慨悲歌夜色昏疇昔華陽名勝地豈無怨魄與詩魂

和論山兄留別元韻

薊北風煙十載幷鄉園日日憶鴻征驚同池草三春夢喜聚庭花一樹荊翦燭每嫌清夜短傾尊欲遲夕陽晴何堪又作新離別愁上高樓倚月楹

一昨春波揚子津流光過眼太頻頻黃花晚節霜能拒丹桂中秋露未勻（時愷園姪下第）騏驥終騰千里足文章長健



百年身宦情自信心如水京洛何妨十丈塵

暮春寄懷論山兄

蒼松澗底抱良才桃李春風爛漫栽俸薄囊饒詩百卷官閒日醉酒千杯知名終不慚前輩立腳還應鑒後來冷眼看殘棋一局金門小隱卽蓬萊

花飛草長又今年觸處魂消送別天認得巢歸惟舊燕催將人去是啼鵑攀崖蔓葛高於樹得水浮萍碧似蓮莫道韶光三月暮殿春金帶奪春妍

寄懷外子客崇明

不爲支機石何因泛海槎依人金失色抱器玉無瑕教子師兼母勞心客作家縱令能嚼雪也要寄梅花

夜課示兒

書窗刀尺伴深更彷彿當年侍母情遲暮桑榆嗟老至辛勤稼穡望秋成敢期白屋生麟種且喜丹山繼鳳聲他日定誰稱宅相可能作傳效淵明

寄論山兄

八月秋高霜雁來呼羣喚侶聲何哀蘆寒沙白共棲止物情可感傷予懷我有同胞六十兄文章早著四海名馮唐已老不得意家貧求祿羈神京薊北浮雲江上樹盼得歸來重別去傷心憶到送行時別淚欲傾揚子渡



年去年來春復秋二十八度月當頭當頭一度一腸斷清輝兩地懸離愁記得京華看月色兄言今夕是何夕今夕何夕又十年百歲人生幾今夕吁嗟乎南山三徑猶未荒人不歸來菊又黃此生惟願一杯酒白頭兄妹依江鄉

謁葛仙祠

一瓣眞香祝虔誠拜祖姑風詩憶泉水木葉戀根株丹井傳千古仙居拔九衢可能憐弱息日暮路途殊

題秋景畫冊

春羅翦罷翦秋紗幽豔從來愛草花開向晚風庭院裏

數枝深淺僦餘霞

剪秋紗

東籬黄菊故開遲露浥霜披冷淡妿占得幽芳先一步
濃纖宜稱早秋時

藍菊

怒車攘臂笑徒然徑草階花小有天不學涼秋啼絡緯
高桐流響奚鳴蟬

螳螂

一般丹粉絶春紅妙筆全參造化工别有吟秋愁庾信
不勝披卷對西風

獨鶴山莊看紅梅步孔生韻

幾日前村信寒梅又著花淸新逢謝客花底詠餘霞

其二



傲骨何妨瘦先春好駐暉臙脂空薊北不作嶺雲飛

其三

含芳畱夕照忍雋待春陽雪意微勝酒寒威不禁香

其四

東閣才人賦孤山處士栽占他風第一未許蝶相猜

壽王修竹先生

華陽山水放懷寬風雅淵源詠考槃西漢文章隆閥閲
南朝人物盛衣冠槐階美蔭聯三鳳竹徑鳴珂奏八鑾
福履康甯鳩杖健稱觴五代共承歡
方舟深淺里同稱管鮑遺風及友朋德業珪璋相並耀
豐年玉穀一齊登青松野菊隨元亮畫境詩情屬右丞
耄耋永期仁者壽瓣香人共祝岡陵
百城萬卷性歸眞道不干時德潤身整肅家庭皆治理
平章竹樹亦經綸開尊北海饒風月高枕東山避世塵
金石八瑯音迭奏分甘介壽樂天倫
老筆秋横萬壑煙喬松偃蓋鶴鳴天香山會裏聯耆舊
石室名中著散仙菊薦金尊重九後梅迎壽域小春先
少微星象干南極定有珍從問百年

贈曹墨琴夫人

才名久已重王門未接芝蘭座上春京洛十年空爪雪



江鄉千里隔雲塵盤中苜蓿諳新味湖上蓴鱸續舊因
盥手風前披素箋簪花如見衞夫人

題廖織雲女史畫芍藥即和來韻二首

露葉風莖出世姸將離珍重結詩緣不矜花相圍金帶
態度蕭疏骨欲仙

東君著意絢春姿妙筆平分造化奇莫道開從桃李後
精神十倍殿春時

答王少林先生見寄

自笑非才事伯鸞賃舂力弱灌園難詩酬白雪鹽無味
畫學春山米當餐夜月擣衣霜杵冷淸燈訓子荻灰寒

先生只素殷勤念荆布從來分所安

賀王少林先生得孫（來書言其母孕經年生時冬日盆蘭忽作花）

玉樹雙依謝傅家福田更喜發靈芽珠胎結蚌經年實
蘭蘂先梅十月花蕙蒨庭階新蔭美馨香堂構祖風誇
青雲前軌蓬萊上五代龍門繼未賒

聞歌感舊四首

京洛繁華舊夢過空憐歲月逝如波琵琶莫更彈明月
司馬青衫淚已多

潞河官道接神京記得歸甯半日程車走如雷人似海
繁絃不斷遏雲聲



征車午店方停駕度曲琵琶已上絃唱到望江樓一闋
動人鄉思倍淒然

南北行蹤二十年幾多離合繫情緣從今雁斷魚沈海
休把長安望日邊

輓王少林先生

古道從來譽匪虛文章當代更誰如養親求祿廉能儉
敷政勞心敬不疏（先生居官太夫人以下皆蔬布管河務躬自督率）羈旅甘棠
曾借蔭論文陋巷屢停車（昔居潞陽先生公事至必談詩竟日）愧無佳況
酬知己慰問頻勞寄素書

舊夢京華悵若何一江人隔暮雲多春風擬寄梅花句
（曾和先生梅花十詠）驛路驚傳薤露歌借冠人悲賢太守修文天
召病維摩莫言翦燭西窗會從此鱗鴻不我過

渡驥江

萍梗蹤無定乘桴計豈然浪花晴泛雪海氣遠吞天澤
國窮何極扁舟渺若仙長風如可駕直遡斗牛邊
煙外浮圖影依稀句曲山潮頭澎湃處指點舊鄉關寸
草墳猶逕連枝夢不還誰知遊子恨淚盡白雲間

同外子渡驥江

南北行蹤爪雪多念年韶景歎蹉跎同車京洛人猶昔
打槳江湖鬢已皤煙靄升沈山弄色帆檣來往水無波



生涯愧殺虬髯婦空把珊瑚海上過

菊影四首和外子韻

賞識秋心四照宜離離素壁暗霜披案頭清供明鐙夜
籬下分根瘦月時秀可餐來俱耐冷澹如人處不勝持
別開一片南山色不是屏風畫折枝

簌簌霜華立滿身西風簾捲夜無塵蕭疎不減風人骨
冷落難摩處士神參透禪心原水月銷來顏色謝金銀
吟腰解道秋來瘦更向深宵覓句頻

霜痕不借筆端鋒陶令於今尚有蹤寄託新吟容自傲
疏狂故態為誰慕扶持席上三條燭斷續樓頭五夜鐘

解脫塵心秋未老不妨寫照十分濃

非煙非霧護窗稜深淺平分四座鐙繡佛齋中清悟道

化城天裏淨依僧莫愁散去雲無質正好移來月有憑

紙閣蘆簾閒晤對墨華酒暈一時騰

題外子畫帳

當年張緒態猶狂老去風流燕燕忙招取清風邀素月

陶然一枕黑甜鄉

紅杏過時惜彩毫年年柳色笑青袍多情更有呢喃燕

喚起春眠日已高

秋日懷愷園姪

骨肉情何極長違兩地天艱難吾久歷門戶爾初肩情

白餘千卷孤寒賸一氈離心言不盡只有淚如泉

憶昨悤悤別星霜忽一周伊人仍遠水天氣又凉秋舊

夢風搖井歸心月在樓長江共潮汐目斷日邊舟

詠梅四首

梅心

早春獨步得其天冰雪惟憑一點堅澹處祇宜明月印

靜中自有妙香傳芝蘭素結生前契水竹清留世外緣

似笑無言誰更會風幡不動境超然

梅骨



傲骨從來異衆芳生來耐雪與經霜何須錯節方爲鐵

不到開花始有香健筆撑雲三折瘦縞衣浸月五銖凉

百年風格詩中見沈病潘愁孰較量

梅夢

非煙非霧鎖氤氲睡思朦朧夜色紛庾嶺神遊天一綫

揚州幽會月三分黑甜鄉裏吹成雪翠羽枝頭化作雲

大抵浮生同此境勞勞塵網卻輸君

梅魂

三生幻迹可憐宵渺渺羅浮續夢遥幾箇黄昏禁得斷

一番風信黯然銷峭寒簾角和香返細雨簷鈴怯佩摇

只恐有情難遣此流連倩影燭頻燒

暮春即事

閒中好景自相尋新綠殘紅院宇深柳絮點萍終淚迹

梅花結子已成陰窗開煖日宜添綫簾卷和風自鼓琴

珍重韶光看芍藥莫杯金帶一春心

招隱寺

一徑松篁山鳥幽年深不見讀書樓梵天功德梁家盛

贏得香燈供冕旒

鶴林寺

名詩滿壁帖雙鉤今古才人接勝遊花徑不逢殷七七

日斜重上杜鵑樓

獅子窟

獅子何年爲守關龍噴一道水潺潺山僧亦在紅塵裏
只有觀音古洞閒

鴻鶴山莊

蒼茫一片戴公山鴻鶴何年去不還千古風懷留柏樹
春秋高卧白雲閒

獸炭

春色煖爐榾柮紅炭形巧作獸形雄泥胎脫出因人力
木德相生自化工正合犼哮煙霧裏如何豹隱火光中



消寒滿泛犀尊酒映上酡顏笑醉翁
張牙握爪製偏奇萬狀猙獰活火宜鬚待拷時難著手
班將窺處恐然眉爲文不異嗤麟楦借煖何須衣貉皮
坐擁三冬應足用探宵射伏賦新詩

壽郭母吳太君

茂苑簪纓盛閨房德慧全山靈鍾郁郁家學淵淵桃
李風詩美蘋蘩內則賢鴛機題錦字鴻案疊瑤篇亘佐
門風肅嚴師母教先允熊心最切封鮓責尤堅儲粟仁
兼布爲莊義更傳方舟游泳濟戚里惠慈宣潘賦閒居
樂萊衣戲綵鮮友龍名並著飛鳳翼相連　紫誥金章
賁清齋繡佛緣壽臻星有象節閏月先圓甲第臨朱蓋
華堂列綺筵瑤池桃似斗華嶽薦如船桂樹燕山發芝
蘭謝砌聯福量眞比海修到卽爲仙未拜宣文幔遙瞻
壽域天門墻童子跂衣盋祖燈然松柏期常健岡陵祝
不騫竹孫榮五代金母邁千年顏駐添籌屋心寬種玉
田巴辭代春酒盥手獻尊前

郭生以詩見贈卽次原韻

雷澤傳書愧弱枝江聲落墨繼英姿卅年空弄塗鴉筆
十歲先栽走馬詩幼慧神情秋水澈老成風範匠門推
虞山卽是丹山路雛鳳清聲動一時



早秋閒詠

室陋居非賃時窮樂可賖醋香甕藏酒生意手栽花杯
貯三分月階翻五色霞何須問秋興更在阿誰家
簾垂晝景靜暑退薄涼初徑草隨消長窗蕉自卷舒鴉
披斜照返蟬詠晚風疏寤對無塵俗怡情一卷書
不眠侵早起白袷掩西風薄采枝頭露親除葉底蟲怡
情忘俗累愛物達天工十丈秋芳豔窗開錦障中
閨閣無亘友知音賴有兒長應能擇句次亦喜鈔詩課
罷膏仍繼談深月任移桑榆憐暮景聊以慰心期

柳枝詞十首

春意先將臘意同東風日夜翦刀裁霏霏雨雪天涯路
葉葉青歸去歲來
約略臨風試舞輕帬腰相映草痕生斜陽巷陌新晴裏
吹出餳簫第一聲
廿四風中廿四橋隋堤煙水正迢迢當年殿腳人何在
螺子三升黛儘描
不繫錦帆成大去長留金縷絢韶光興亡何必雷塘弔
萬古千春柳姓楊
放眼顰眉萬縷情眠時宜雨醒宜晴樓頭瘦卻人多少
羌笛休吹出塞聲



楊子江頭漠漠煙西津渡口送行船問人不解牽離思
爛賤穿魚入市廛
柳枝輕輭柳條鮮結作同心綰作圈鬬草隣家輸撲滿
還供姹女串青錢
東家姊妹約西家楊柳堤邊駐鈿車各自不言心裏事
長條蘸水卜油花
鶯梭兩兩柳毿毿轉綠同黃色自諳若使煙絲織成匹
不須辛苦事春蠶
百花盡到花時好楊柳生花春已老柔條珍重繫陽春
青青莫逐江南草

## 三秀齋詩鈔跋

細讀諸作卓然成家七言古尤雋上不獨閨閣所難近日士大夫以詩名家者亦罕能臻此能無歎服夢樓王文治跋

# 南湘室詩草

姚倩

姚茝

# 南湘詩草

一枝春

擘碎珊瑚悔輕把曲曲幽情傾吐知音稽數可解惱春情緒搓酥滴粉且休羨左家眉嫵春去也紅豆頻拈寄語自調鸚鵡將紅豆調鸚鵡皆集中雋句也傷心在無言處只只凝情別恨餞春春去知何處自花前堪訴同心五綵此際又添新譜天涯咫尺笑何事自增凄楚集中燭影搖紅畫中天諸闋傷離念別情意凄婉題錦字應署聯珠小紅湯付

笠夫同年以夫人所著南湘室詞集見示並索序倚此以誌傾佩 乙卯三月弟林鶴翔拜稿

奉題 大箸南湘室詩稿

多大賢眉成濁物平章風月讓紅妝樓名花萼雙枝豔粥啜防風七日香滄海別添朝士感功名還繞女兒腸讀君雖助功名壯志消之句益佩抱負非常憐余慣被櫻花笑江戶年年作嫁外子廣奩作有櫻花詩恨及櫻花詞余愧未能和

乙卯三月朱紈作於駐日使館之半櫻簃

南湘室詩草

虞山姚倩莅學

春暮遣懷　姚倩

世事浮沈漫共論蕭蕭梅雨掩重門畫屏病起寒猶怯繡被香殘夢不溫飛絮簾櫳春寂寞落花庭院月黃昏比來贏得消愁法一卷離騷酒一樽

贈綺韶女史　姚莅

緣深一見便多情羨爾襟懷水樣清曾記芳塘初識面垂楊陰裏聽蟬鳴輕颺羅衣薄嚲鬟臨風玉立態珊珊出羣標格誰堪

南湘室詩草　一

並淸似梅花韻似蘭

冰雪聰明錦繡詞暮雲春樹惹相思自從捧讀瑤章
後幾度拈毫怕作詩

纔聞新雁唳長霄又見雙星渡鵲橋儂是愁中君病
裏一般辜負此良宵

子夜歌　姚倩

添罷博山香笑對銀釭立珍重並頭花勸郎莫輕别

冷月出疎林窺窗皎如雪試取瑤琴彈泠泠不成曲

冬夜抑何長怕展衾如鐵獨自倚薰籠心碎銅壺滴

歲暮感懷

辜負光陰感百端多愁贏得帶圍寬沈沈簾幕爐烟
裊寂寂房櫳蛸炬殘爲理舊詞人轉嬾怕翻冷被夢
難安西風和淚看鴉陣倚徧闌干翠袖寒

供梅　姚莡

點綴寒香映碧紗數枝也復態橫斜晴窗伴我攤書
坐不減孤山處士家

種梅

分得瑤臺絕世姿白鋤明月傍疎籬此花本是羣芳
首故占春風第一枝

探梅　姚倩





聞道南枝次第開衝寒幾度踏蒼苔林間老鶴休相
笑爲訪春光特地來

畫梅

素縑香染墨痕新倩影疎枝倍有神嬾向東皇問消
息毫端繪出隴頭春

游春三絕句　姚倩

東風如剪草如絲山色空濛夕照遲一路杏花香不
斷酒旗高出綠楊枝

低亸窄袖入時妝綺陌風來撲面香戲擲青梅驚女
伴隔花飛起兩鴛鴦

輕舟如葉過林塘一片澄波映夕陽閒倚水窗情脉
脉泥人百六好韶光

催妝

燭搖紅影照高樓欲褪春衫半帶羞料得新婚初卻
扇任人看煞只低頭

鶯聲嚦嚦破窗紗香夢惺忪寶帶斜慵倚妝臺嬌不
語倩郎爲整鬢邊花

新柳

細葉乍成條盈盈舞態嬌風流誰得似纖瘦小蠻腰

春閨　姚莡

羅衣乍怯曉風寒一樹夭桃露未乾笑執輕紈花外
立撲將蝴蝶喚郎看

紅梅

不隨飛絮委香塵老幹橫斜獨占春染得胭脂好顏
色恐教妒殺曉妝人

暮春

嬾窺菱鏡卸雲翹無限相思瘦柳腰一種深情誰解
得夢回鴛帳可憐宵

畫欄慵倚自徘徊愁見荼蘼落又開偏是關心梁上
燕雙雙飛去又飛來





落紅如雨滿階墀硯匣封塵筆網絲絳蠟似憐春易
去臨風也解淚胭脂

薄寒料峭掩窗紗風細爐烟一縷斜十二闌干渾不
倚月明閒煞海棠花

前題

雨餘芳草自成叢閒步空庭數落紅最是多情雙燕
子頻啣花片過牆東

飛絮飛花春事闌東風無賴儘摧殘嫣紅姹紫飄零
盡惆悵簾前不忍看

綠窗晝靜柳陰簷欲繡鴛鴦線嬾拈半是傷春半中





酒無聊雙鎖翠眉尖

酒病春愁兩不支海棠開後燕歸時比來幽怨憑誰
遣只有消閒七字詩

前題　姚倩

量罷花甎日影遲繡籠慵倚惜芳時病中情緒春來
況只有簾前鸚鵡知

半窗修竹露華浮簾外輕寒上玉鉤最是園亭春欲
暮鳥啼花落不勝愁

如絲細雨潤苔痕一樹垂楊翠掩門燕子不來春寂
寂梨花滿地月黃昏





花到春殘惜已遲鶯聲鈴語惹相思多情最是翻飛
蝶猶戀餘香繞故枝

夏閨　姚茝

涼風透疎櫺清景勝於昨自掩碧紗窗莫遣燈花落
香汗浸冰肌蘭湯浴初罷桐階風露涼蟋蟀絮遙夜
銀漢月光明露溼秋千索一笑下閒階悄把雙星祝
桐子墜空階鴛幃夢初醒庭竹正當窗一片蕭騷影

偶成　姚倩

池塘雨過晚生涼風送菱荷細細香最是撩人無限
思並頭花下宿鴛鴦

秋夜口占

銀漢斜明月半天玉階閒步未成眠如何一樣梧桐
葉纔着秋風便可憐

寄蕙儂姊

一自分襟後梧桐已着花不知緣底事夜夜夢君家
蒙贈簪花筆愧無咏絮才漫勞青鳥使幾度索詩來

蒓妹歸後頗無意緒漏已三下猶不成寐恍惚
間至一處粉牆園竹樓閣層層茉莉滿庭含
苞欲吐月明如水螢火爭飛正徘徊玩賞時
忽爲晨雞驚寤追思夢境宛然在目詩以誌
之

星星螢火點莓苔茉莉含芳半未開滿地月華人不
見夜深閒殺好樓臺

月夜感懷

桐陰小立怯輕寒身世茫茫感百端同是天邊一輪
月怪他偏向別人圓

即事

獨坐支頤景寂寥一庭落葉雨蕭蕭生憎昨夜西風
緊剪碎窗前鳳尾蕉

七夕





拜罷雙星獨倚樓銀河斜掛月如鈎頻年悔乞天孫
巧爲了聰明反惹愁

秋夜寄蒓妹

無眠偏覺夜漫漫紙樣羅衾不耐寒從古多情添恨
事本來識字啓愁端綺窗雨過蟲聲切繡帳燈昏月
影殘一語贈卿須記取秋風珍重莫憑欄

秋夜聞笛憶姊弟　姚蒓

慵畫雙蛾倚鏡臺相思底事日縈懷情多轉覺情無
着夢好終嫌夢易回月影漫移花影去風聲偏送笛
聲來吟餘小立牆陰下時有桐花點翠苔

聽雨

倚牀愁聽雨瀟瀟一點殘燈伴寂寥已是吟魂淒欲
斷那堪窗外有芭蕉

寒夜獨坐瓶花搖落窗月依人寶篆烟消鴛幃
夢冷追念疇昔寢不成寐挑燈書此并述近
況

更長漏短夢初回寂寂雙扉掩碧苔殘臘不教和恨
去新春偏爲送愁來臂鬆條脫衫輕襯心比連環結
不開自歎年年愁裏過羨君夫婿解憐才

前詩意有未盡續咏四絕句

那堪回憶十年前嬌小曾經掌上憐不是愁多書便少省君情緒爲儂牽

舊恨新愁積萬端負他窗外月團圞空箱檢取嫣紅豆幾度燈前反復看

悄倚鴛衾淚似潮等閒虛度可憐宵怕看燭影搖紅處心已成灰恨未消

往事何堪徹底思遣愁無奈寫烏絲一箋寄與相思句珍重啼痕好護持

除夕

紅搖歲燭照華筵爆竹聲中又一年飲罷屠蘇無箇事小窗呵凍寫春聯

寄蕙儂二姊

繡被慵將瑞腦熏病來寬褪茜羅裙自憐知己無多輩解釋芳心賴有君

題花下美人畫幀

薄暖輕寒正午晴階前芍藥綻紅英高枝露滴雲鬟溼嫩蕋香沾翠袖輕春透玉樓初醒夢聲傳柳院恰聞鶯無言故傍濃陰立卻恐郎窺分外清

疊前韻　姚倩

燕蹴新泥春晝晴紅姸紫姹燦瓊英藥闌倦倚鸞釵





墜芳徑微行鳳履輕茉莉叢中驚睡起海棠枝上聽新鶯含情小語斜陽裏人與名花一樣清

閨中雜咏

晚妝草草髻盤鴉青粉牆頭夕照斜多少離愁消未得閒庭初展玉簪花

嬾賞花枝出繡帷悄悄綺閣柳絲垂幽禽不解人惆悵日日窗前喚畫眉

深深庭院靜無譁倦倚闌干日易斜淚滴玉階君不見秋來開徧斷腸花

無題　姚莚

嬾卸雲鬟對鏡奩惱人春色上眉尖豔情應恐嫦娥妒月到紗窗不捲簾

春日即景　姚倩

輕舟搖過板橋西花壓茅檐柳拂隄無數落英浮水面隨波流傍釣魚磯

鬢嚲楊柳綠堆鴉薄薄羅衣短短釵最愛平原新雨過落花香染踏青鞋

前題　姚莚

素手相攜踏軟紅綠陰深處語從容低徊怕有游人至不看桃花只看儂

芳菲無限豔春城啼鳥聲中欲斷魂卻怪游人太無
賴道儂有約到前村

寄倩君姊

曉起捲簾看無數飛紅撲風雨儘摧殘不管花枝弱
咫尺渺音容空有書來去別後思無窮相見反無語
君本善相思儂素多煩惱欲訴比來情不忍輕相告

柳絲

拂水籠煙阿那枝纏綿千縷惹相思柔情嘗得征人
住南浦何須怨別離

柳絮　姚倩





縈階繞砌惜紛紛半入池塘半委塵一院闌珊春不
管捲簾愁殺樓人

踏青　姚茝

細雨潤天街鬟低墮玉釵落花紅滿地香染踏青鞋

花影　姚倩

非烟非霧印蒼苔一片春痕掃不開半捲湘簾人未
寢數枝和月上身來

春夜感懷寄茝妹

細數更籌故故遲獨欹鴛枕淚如絲鶯啼燕語都添
恨絮落花飛任所之別後情懷難自遣比來心緒怕





人知莫言咫尺能相見一日思君十二時
紗窗月落怨更遲挑盡銀釭嬾賦詩蜡炬將殘猶有
淚春蠶未死總抽絲愁當深處偏難訴情到真時不
諱癡贏得相思兩行淚爲君傾灑怕君知

春閨花落詞聯句

春風料峭春花香倩寂寂春閨春晝長最是春來春
色豔茝紅桃白李鬬芬芳芬芳桃李春光好倩可奈
紅顏容易老宵來愁雨且愁風惜花人替花煩惱茝
寄語東風且莫吹留些餘豔慰相思多情嘗是樓前
柳不待春歸已縐眉妬花風雨來何速倩千紅萬紫





皆零落悵觸春愁不忍看茝底事紅顏多命薄薄命
憐花更自憐倩傷春爲賦落花篇茝幾回私向花前
禱倩但願來春花更鮮茝

病起　姚茝

晝長風漾畫簾鉤病起心情怯倚樓鸚鵡也知人意
嬾日高猶未喚梳頭

感懷和閨友原韻

如醉如癡結想頻倚闌愁見草如茵願言懺卻傷春
思第一多情最損人

贈閨友　姚倩

深院塵囂絕，憑闌嫩賦詩。天高鴉陣遠，風靜雁行遲。善病憐卿瘦，工愁笑我癡。怕看窗外月，兩地照相思。

新秋

柳影參差落日斜，蟬聲新透碧窗紗。怪他昨夜無情雨，滿地飄零紅藕花。

七夕偶成

一彎眉月映窗扉，小院涼生暑氣微。爲撲流螢花下立，粉香微糝碧羅衣。

耿耿星河玉露零，秋光冷浸水晶屏。幽情欲向天孫訴，祇恐花間小婢聽。



徙倚空庭不忍眠，夜深涼露溼秋千。箇儂詩思今宵好，閒握霜毫染彩箋。

和作　姚茝

銀河寂歷渡雙星，女伴相隨出戶庭。儂自無心將巧乞，且攜紈扇撲流螢。

露涼未下雨初收，纔覺梧桐一葉秋。侍女不知人意思，喁喁絮語話牽牛。

輕雲如練月如鉤，簾捲西風怯倚樓。拜罷雙星無限恨，砌階蛩語助人愁。

秋夜有感



疏簾影透月朦朧，羞向嫦娥訴曲衷。蕉葉有心愁夜雨，海棠無力怯秋風。露凝庭竹千枝碧，霜染江楓萬樹紅。鴛枕獨欹思往事，怕聽簷鐵響丁東。

即事

玉階閒佇晚晴天，深院沈沈半暮煙。最是彎環三徑裏，海棠經雨可人憐。

窺窗新月映溶溶，小步閒階怯露濃。花影一簾隨夢斷，悽聞四壁訴寒蛩。

殘更數盡夜如年，睡鴨香消寶髻偏。滿院月華清似水，垂頭兀自弄鳴絃。



同女伴納涼口占　姚倩

露涼蟋蟀繞階鳴，月色空濛夜氣清。彳亍中庭無箇事，笑持紈扇撲飛螢。

月明如水浸窗寒，苔滑弓鞋露未乾。花氣襲人眠不得，夜深倚徧玉闌干。

秋閨　姚茝

一味新涼透碧紗，竹爐烟散罷烹茶。戲將硯底書餘墨，學畫人間侍女花。

月照梧桐滿地霜，醉餘無力卸殘妝。自憐胆小空房怯，留得殘燈伴夜長。

病中自遣　姚倩

支離無奈又黃昏藥鼎烟殘火尙溫不是愁魔偏戀我玲瓏心地易銷魂

咏秋海棠

脂點輕紅粉糝香淚零幽徑一枝芳西風倦倚嬌無力疑是楊妃醉後妝

秋夕感懷

數徹更籌燈影孤淡烟涼露太模胡春蠶巳死絲猶結蜡炬成灰淚始枯一枕餘酲和夢醒半窗殘月倩花扶秋來處處堪惆悵葉落空庭翠疊鋪



寂寂迴廊月影遲燈昏香燼獨支頤事難如願都歸命情到成魔豈悔癡密意嬾從明月訴啼痕羞爲鏡奩知自憐身世殊蕭瑟卻說年來勝昔時

中秋　姚葹

露冷庭階溼風輕翠袖寒無言倚珠幌花影上闌干

雨窗感賦　姚倩

繡幃寂寂掩重門倚枕閒吟被未溫半壁殘燈一簾雨縱無離緒也消魂

重陽　姚葹

纔見楓林染曉霜一天風雨又重陽多情最是東籬





菊卻耐深秋炫色香

落葉　姚倩

梧桐庭院晚蕭蕭冷夢驚回意寂寥燈火半窗人未睡夜深淒絕隔牆蕉

疎林荒徑劇堪憐添得秋聲到枕邊最是蕭騷風雨夕擾人淸夢不成眠

冬夜　姚倩

中庭風靜樹棲鴉翠袖天寒倚竹斜明月似憐人寂莫故移梅影上窗紗

聽雨　姚葹

又是西風料峭天半牀燈影枕書眠尋常一樣芭蕉雨聽到愁人倍可憐



庚戌新正九日爲倩君姊吉期爰賦四章以申賀意

紫羅衫子翠雲翹喜迓雙成下碧霄簫鼓春城喧未歇一輪月滿近元宵

盎然喜氣溢華房蠟炬高燒試晚妝窗外紅梅開似錦未曾辜負好春光

錦幃繡幕怯春寒無力梳頭對鏡鸞底事低徊羞不語水晶簾下有人看

畫眉新樣費揣摩品茗談詩韻事多月上紗窗人未
寢豔情瞞不過嫦娥

早起

碧紗窗外透晴光侍女鈎簾罷曉妝欲折花枝轉惆
悵怕驚蝴蝶過東牆

咏桃

露井香凝日影偏丰姿綽約小庭前因風柳絮紛紛
舞錯認紅梅着雪妍

筱娟姊以鍋韻詩見示次韻二章班門弄斧不
値方家一哂　　姚倩



興來莫問夜如何酒飲千杯不厭多月上梅梢人悄
立敲冰親試紫銅鍋

連朝小病奈愁何顧影腰支瘦削多輸彼大觀村嫗
樂如牛食量大於鍋

庚戌春隨外赴吉閨中諸姊妹以詩送行驪唱
在門匆匆不及作答長春旅次寢不成寐率
賦五章即寄

鷄鳴茅店曙光寒草草梳頭掩鏡鸞輸與尋常幽閣
裏妝成猶自倩人看

北風颯颯覺衾單旅館燈孤客夢殘記得去年春病



起重裘尙怯捲簾寒

繡簾半掩散餘溫酒入離腸易斷魂坐久無聊眠又
早最難消遣是黃昏

打窗風雪夜蕭蕭回首江南萬里遙省識相思了無
益泥人最是可憐宵

客裏光陰感不禁征車歷碌夢難尋新詩一紙愁千
斛莫當尋常風月吟

贈莅妹三首

淡畫春山粉略施羅衣輕稱小腰支徘徊笑泥檀郎
問今日新妝可入時



詩情畫意兩纏綿料得芳時逸興添況復香閨工雅
謔不教愁緒上眉尖

嬌女聰明正倚床畫眉窗下好時光遙祈來歲春風
裏爲賦新詩賀弄璋

吉庽同來閨友忽有言旋之舉客中送客倍難
爲情賦詩贈別曷禁感慨係之

殘燈半炧雨廉纖未到分離已黯然惆唱驪歌音宛
轉怕聽絮語意纏綿羞將別淚人前灑難免迴腸去
後牽莫怪臨歧反無語恐君情緒爲儂添

子威姊丈以近作索和芳馨悱惻如見其人珠

玉在前未敢下筆勉成五十六字即書其後

一往情深不自持鬪香鏤雪寄相思勸君莫作多情語越是多情越是癡

分明一字一珍珠和到佳章擱筆思莫怪儂心太傾倒除君無可與論詩

小瓶供折枝參差有致詩以賦之

膽瓶斜插兩三枝疎密天然入畫姿伴我芸窗消永晝一杯清茗一聯詩

秋夕

玉壺傳點夜三更風雨敲窗夢不成獨坐挑燈誰是伴茜紗窗外聽蟲聲



步月感懷寄倩姊　姚茝

露溼空階翠袖寒醉餘慵倚玉闌干遲眠爲惜清光好此景人生幾度看

病况　姚倩

風鎖冰簾雪滿墀臥痾偏値歲闌時斷來口味惟餘藥愁遡胸懷只有詩鄉夢正酣憎婢喚帶圍頻減恐郎知自憐病體支難久猶把平安慰別離

病中示弟妹

懶把幽情寄錦箋故園回首別經年離懷入夢思尤切病骨逢春瘦更添日滿鴛幃猶戀枕塵封鸞鏡怯開奩負他夫婿殷勤意卜徧牙籤少吉占



寒夜　姚茝

蘭釭紅燄一花開自撥寒灰背鏡台明月不知人意倦夜深還上小窗來

殘梅

幾日輕陰釀雪天夜來風雨最情牽南枝破曉關心數尚有疎花數朶妍

贈惠哥　姚倩

相思欲訴話偏難且把離顏仔細看錦帳四垂燈半灺秋深午夜不知寒



沉烟一縷裊如龍昨夜新涼力轉慵卻怪檀郎太無賴並肩笑語故喁喁

談詩品茗樂如何羨爾蘭閨韻事多料得嫩涼明月好定將好句泥郎歌

秋夕即景

一窗涼月影模胡雨過莓苔溼翠鋪爲賭新詩拈險韻拚教閒卻繡工夫

哭通兒

香消睡鴨漏遲遲正是嬌兒玉化時莫更新正書吉

語爲兒先賦斷腸詞

半年珍惜曇花似，一旦相抛孰不悲。膝下乍離兒莫憾，泉臺一樣有慈帷。

苦盼音書夢不成，天涯歸信太沈沈。傷心昨夜彌留際，枕畔猶聞索乳聲。

寂寂房櫳夢易驚，靜聽簷滴最關心。夜深風雨涼如許，小小孤魂恐不禁。

清才濃福本難兼，莫把牢愁怨上天。空有傷心千點淚，烏能流得到重泉。

清晨稽首向蓮臺，默把幽情禱一回。玉燕投懷如有日，願兒依舊膝前來。





飛絮穿簾落花點砌春光將暮游子不歸撫景懷人未能無恨濡筆賦此聊以代簡

游踪底事滯天涯，放棹西泠願又賒。學淺愧無詩織錦，情深應有夢還家。多愁空佩宜男草，久別差犇夜合花。一語贈君須記取，莫教辜負好韶華。

不寐有感

一穗銀燈映綺寮，關情好夢戀前宵（倚於前夜夢見通兒），燒殘香字心猶熱，拭盡啼痕怨未消。開徧海棠春有限，靜聽蓮漏夜無聊。隔簾已似天涯遠，況更關山萬里遥。





和閨友陳定文原均

奉讀瑤章已隔年，揮毫想見落雲煙。才華自古能妨福，修短難將理問天（指靜芬女士）。憐我客途多潦倒，羨君兒女盡英賢。他年願列門牆下，可許追陪侍講筵。

天涯又値早春時，世事紛紛任所之。檻外櫻花初破萼，庭前柳葉未舒眉。泥郎窗下同分韻，約弟燈前對奕棋。自愧比來疏嬾甚，竟無佳句報君知。

簾波匝地掩窗扉，無賴春寒戀客衣。寶鼎風微煙裊篆，長隄雨過草抽肥。青山冉冉雲初起，翠箔盈盈燕乍歸。多少鄉愁消不得，憑闌兀自對斜暉。





雨窗岑寂百感茫茫鴻燕不來故園書杳剪燭賦此即以代簡

新愁舊恨兩茫茫，倚徧熏篝嬾上床。盼斷家書如夢杳，數殘更漏怯宵長。嘗來蓮子心逾苦，嚼到梅花頰自香。燕子不知春色好，偏來北地覓雕梁。

東瀛寓園有松柏數十株傍餘隙地一弓以梅花補之

茅檐竹牖傍山涯，小住何妨便當家。儂自携鋤君抱甕，一庭明月種梅花。

曉起

無語坐鈎簾清氣軒眉宇花霧綠濛濛宵來有微雨

新晴

玉階雨過淨無泥檐角依稀夕照微卻喜門前春水漲苔痕綠上釣魚磯

無聊

睡起殘妝嬾更添無聊閒立小庭前數聲啼鳥冥濛雨便不思家也可憐

戲效東妝

七尺菱花徹底寒髻翻新樣倩人盤妝成欲起還羞怯幾度徘徊對影看



風雨匝旬木葉凋落竟似江南深秋天氣兼之外子歸國久無音信獨居海外倍覺無聊賦此緘寄故園姊妹

駒隙光陰去若馳別來又屆菊花時金釵典盡綠沽酒銀燭燒殘尚索詩島國逾驚秋信早愁懷每恨雁書遲江南滿目皆烽火西望鄉雲淚似絲

家門瀛海兩迢迢萬斛離愁倩酒澆月下思君雙淚落天涯憐我一身遙羊腸世路馳驅倦鷄肋功名壯志消何日始能遂初願湖山深處共編茅

寄外



一鈎涼月透疎簾獨倚銀屏不忍眠昨夜西風吹夢醒客衣悔未爲裝棉

嬾整殘妝倚繡籠離愁壓損兩眉峯開緘細讀相思句別有幽情一萬重

十月十五夜索志鳳弟和

含顰悄悄倚闌干菊漸舒黃露漸寒今夜月輪圓似鏡天涯照得幾人歡

志鳳弟留學日本偶以詩來依韻和之即以代簡　姚茝

珍重臨岐語萬千客中冷暖自週旋春風如剪征衣



薄莫愛清光夜不眠

休嫌蹤跡滯天涯四海由來盡是家更願郵筒勤往返安排雅韻詠梅花

原作

負笈東游路幾千不知何日始言旋生憎板屋瀟瀟雨慣擾羈人徹夜眠

離親別友寄天涯每到春來倍憶家卻喜課餘無俗事一樽濁酒對梅花

暮春即事用倩君貽陳女士韻

到眼滄桑又一年喜聞境外息烽烟小園蝶舞初長

苔深樹鳩啼欲雨天靜理琴書聊自遣放懷今古孰爲賢笑他女伴多情甚擬送春歸設餞筵

落紅砌畔積經時雨打風吹且聽之好向晨昏娱二老嬾將深淺畫雙眉韶華每負花前句勝敗偏明局外棋歷盡酸辛多少感寸衷默默怕人知

鎮日無聊且掩扉嫩寒時襲舊羅衣年來唯覺吟情減春去偏憐綠意肥萬恨千愁誰我慰三秋一日盼君歸（諗姊倩）兒童不解韶光老戲撲楊花趁夕暉

閨怨（限溪西雞齊啼韻嵌一二三四五六七八九十百千萬丈尺雙半字） 姚倩



疎星三五映清溪六曲迴闌月半西盼斷尺緘嗔薄倖驚回好夢惱鄰鷄百千萬丈愁絲亂七八分春綠意齊二十四時腸九折怕聽翠羽一雙啼

十丈青山九曲溪（時客日本青山）結鄰五六水村西尺書雙剖江中鯉半夜頻聞屋角鷄一二三間茅舍穩百千萬个竹陰齊早秋七八分寒意已聽蟲聲四壁啼

前題 姚茝

一帶垂楊九曲溪家居二十四橋西千行淚燼三更燭百丈情牽五夜鷄萬古姻緣誰美滿雙修福慧本難齊韶華七八春過半六尺屏山聽鳥啼



紅樓百尺傍清溪十二闌干曲折西四壁蟲聲三轉柝半床殘夢五更鷄深宵賭酒敲雙陸重九題糕限八齊六七分秋千丈思萬愁併作一番啼

感時（依前限韻嵌字）

雙椽矮屋半灣溪四面泥牆夕照西五六牧童春放犢二三稚子暮呼鷄米珠升斗百千値布帛參差丈尺齊老幼一門七八口十年九饉萬家啼

秋夜感舊寄茝妹 姚倩

獨坐明窗下淒然欲斷腸一燈搖瘦影四壁泣寒螿蕉葉凝新露黃花吐晚香傷心思往事憔悴惜韶光



慣倚嬌痴性偏憐父勝娘背師偷出學攜弟捉迷藏有悶憑君釋無言不我商敲詩宵剪燭賭酒日飛觴薄病親調葯輕寒替易裳冬爐同撥火夏簟共招涼一旦離筵設悠悠別恨長鄉書阻烽火歸夢隔重洋姜被何時暖關山路渺茫輪他天際雁飛處總成行

秋風 姚茝

虛嶺秋光異若耶商聲到耳正無涯蛩音切切淒於笛楓葉離離豔勝花一桁簾波何蕩漾幾絲香篆自欹斜深宵鐵馬聽嗚咽疑是邊關奏暮笳

秋雨

如此秋霖九月中敲殘荷葉碎梧桐風穿籬落欺寒
蝶涼逗江鄉呌斷鴻薄蘚漸侵凌亂碧新楓巳作淺
深紅清愁欲共層陰結信筆閒吟句未工

聲聲慢 用麥孺博君藝蘅館詞選均

蘆波織恨香篆牽愁紅閨泪染鞋綃姊妹花前新
歌律呂和调臨風自成珠玉擬吟髻堪笑文箫蓬
山近惟征人偏遠遠遣詩招（集中有寄外詠情詞俱妙）今日文章
霞飄數錦心繡口只是無聊別樣淒清相看翡翠
蘭苕平生為誰傾倒恁蛾眉恨未全消櫻花裏
過情衷急遞寄碧箋

乙卯春季元垢林鵾翔

奉題　大箸南湘室詩餘

天上霓裳節奏新步虛聲裡記前因魂銷
瘦影李清照淚满春衫朱淑真翡翠一雙
花作伴（令妹詞並佳妙）闌干十二月窺人（大作有闌干十
二少箇人同倚之句）玉田妙諦心心印（大作深得樂笑翁清空之
旨）未許無鹽強效顰

乙卯春季語冰林朱紈拜稿（昔同客江戶）

南湘室詩餘

虞山姚茝倩學

金縷曲 哭淑寅表姊　姚倩

往事空悲咽最傷心珠沉玉碎花殘月缺記得連床
同聽雨細訴頻年衷曲回首憶踏青時節品茗溪山
閒眺望看行行畫舫衝波急任細雨沾衣溼　無端
杜宇催離別惱匆匆梁溪棹發曉風殘月潭水桃花
春易逝贏得迴腸如結燕歸來人偏永訣最痛遺珠
猶襁褓忍教他中夜呱呱泣歌一闋愁千斛

一斛珠 雨夜懷倩姊　姚茝

柔腸千結秋風愁損雙眉葉夜闌悄展衾如鐵枕淚
簷流隔着窗兒滴　故人咫尺無消息空餘兩下離
愁積見時儘把相思說祇恐相逢又早成離別

前調 月夜懷倩姊

蘭釭明滅峭寒簾外西風急鏡鸞羞覩雙眉葉一寸
心頭如許離愁積　秋來處處添悽絕砌蛩酸和砧
聲咽月明休傍闌干立月是團圞儂是傷離別

高陽臺 閨友秀松數月相聚忽爾言歸別後郤寄

姚倩



萬種離懷千般別緒平生總爲多情嬾整殘妝倚闌
幾度沈吟年來幽恨憑誰見只天邊明月分明最淒
清簾幕沈沈庭院陰陰　兒家本是工愁者更知音
人去顧影零丁月下花前敎儂怎不傷心早知如此
相思苦悔當初容易相親到而今卿自思儂儂自思
卿

蝶戀花 春暮

莫問春來愁幾許一捻腰支寬褪鴛鴦縷脉脉芳心
誰與語自將紅豆調鸚鵡　寂寞閒庭飛柳絮拈得
金鍼欲繡無情緒獨立花前詢杜宇春歸畢竟歸何
處



蘇幕遮 春日書懷

綠初齊紅未老越是春來越是添煩惱閒倚妝臺人
悄悄越是相思越是音書杳　鬢雲鬆香篆裊越是
黃昏越是輕寒峭雨雨風風偏撩繞越是無眠越是
天難曉

蝶戀花 送春

畫閣愔愔春幾許簾捲簾垂都是傷春緒柳倦花慵
春已暮那堪春過淸明雨　小院鵑啼春喚去芳草
萋萋春遍天涯路儂喚春回春不住餞春春去知何
處



踏莎行 春閨

香夢惺忪畫長意倦綺窗日暖芭蕉捲無端春恨鎖
眉尖玉人悄立蘼蕪院　兩箇黃鶯一雙紫燕桃花
亂颭胭脂片踏靑女伴昨朝歸鬱金裙染香泥徧

又

綠怨紅愁蜂慵蝶倦抬身懶把珠簾捲楊花不管別
離情等閒飛入深深院　窗暗新陰梁喧雛燕金爐
裊盡沈檀片比來無意繡鴛鴦闌干十二斜憑徧

前調 前題　和倩姊用原均

姚茝

綺夢初回晚妝猶倦滿窗花影和簾捲月明何處玉

簫聲東風吹過梧桐院　懶數飛花怕聞語燕情絲
織就愁如片王孫有約不歸來萋萋芳草天涯徧

又

綺閣春回綠窗人倦一庭柳絮東風捲十分無賴是
鴛鴦雙棲故傍梨花院　徑曲啼鶯日長飛燕遊絲
不繫桃花片曉來莫更倚闌干閒階經雨苔生徧

虞美人 春日病起懷蕙儂姊兩首　　姚　倩

海棠枝上鶯聲巧好夢頻驚覺連朝小病忒懨懨一
任亹偏釵嚲不開奩　湘簾半捲房櫳靜翠竹搖清
影繡餘無奈日遲遲自剪窗前綠蠟寫新詩

小窗寂寂輕寒淺離緒難分剪金爐烟篆裊如絲纖
就相思萬縷寄君知　池塘春草叢叢碧都是消魂
色今宵明月正團圞可惜無人同倚玉欄杆

如夢令 惜春　　姚　茝

鶯囀柳梢春老堆徑落花慵掃獨坐小窗前自理繡
餘殘稿煩惱煩惱腸斷天涯芳草

前調 前題　和茝妹　　姚　倩

夢醒一燈如豆滿架荼蘼香透曉起照菱花更比去
年憔悴憔悴憔悴贏得梅花消瘦

菩薩蠻 雨後小園散步偶成寄茝生妹





園林雨過添新翠青梅顆顆枝頭墜雙燕不歸來海
棠花已殘　玉階閒佇立苔滑弓鞋怯無計遣相思
憑闌獨賦詩

前調 寄倩姊即和原韻　　姚　茝

晚妝慵畫雙眉翠玉釵重壓雲鬟墜薄倖不歸來燈
殘夢亦殘　無聊還起立風冷羅衣怯莫道不相思
愁多懶賦詩

前調 獨坐無聊再用原韻寄懷蕙儂姊及外子

姚　倩

夢回眉鎖雙彎翠雲鬟亂擁金釵墜花影入簾來篆
煙香未殘　卸妝閒起立小膽空房怯何以慰相思
消愁只有詩

如夢令 中秋

涼瀉碧天雲靜百和香燒金鼎玉宇淨無塵處處清
輝相映忘寢忘寢露溼闌干猶凭

點絳唇 春閨

綠暗紅稀那堪簾外蕭蕭雨數聲杜宇報道春歸去
春去春來總是無情緒愁如許杏花深處燕子呢
喃語

前調 惜春　　姚　茝

鎮日懨懨東風不爲吹愁去最無情緒一枕黃昏雨
楊柳千絲盡是相思縷春將暮翠眉慵畫閒御鴛
鴦譜

前調 閒砧

冷透疎櫺秋風不管羅衣薄嬾敲棋局夜靜燈花落
刺耳寒砧露溼秋千索驚人覺隨風斷續聲和清
宵柝

浪淘沙 秋夜感懷　姚倩

寒氣透重簾細雨潺潺殘更數盡夜如年蟋蟀玉階
嗚不住轉輾難眠　顧影自生憐淚溼吟箋蒼茫身
世奈何天回首那堪思往事幽恨緜緜

金縷曲 小窗獨坐春光將盡綠陰滿庭感念疇昔無可自解聊寄長調以遣悶懷即呈蕙儂姊

幾度眠還起最無聊絮飛花落困人天氣刻翠題紅
多少恨誰會詩中情意怪底事聰明相累數載飄零
如斷梗歎他生未卜今生已更羞說誰知己　頻年
況味從頭記最堪憐家貧親沒伶仃弱弟世事浮沈
何足問畢竟此身如寄憑闌處藕絲風細兩地茫茫
空繾綣儘消魂彈盡相思淚無限恨憑君慰

菩薩蠻 迴文兩首





个人愁處垂簾繡繡簾垂處愁人个單枕怯衾寒寒
衾怯枕單　睡餘留薄醉醉薄留餘睡釵彈鬢雲斜
斜雲鬢彈釵

捲簾新月明窗滿滿窗明月新簾捲清露浸衫輕輕
衫浸露清　薄羅愁腕弱弱腕愁羅薄花落舞風斜
斜風舞落花

虞美人 送春　姚茝

連朝風雨增蕭瑟吹淺桃花色一絲烟篆裊房櫳餞
得春歸人病又添慵　落英滿地無心掃硯匣塵封
了小園紅杏已飄殘時有雙飛乳燕入簾來

滿江紅 倩君別後正値春暮絮颺晴風花飛紅雨離懷蕭索淑景闌珊感而賦此

屈指春來纔轉瞬又看花落闘情處海棠紅冷杜鵑
啼血雨裏桃花憐薄命風前柳絮傷飄泊歎玉顏如
此委泥中東風惡　心上事憑誰託愁與恨常盈握
看園林處處俱遮新綠人事漫隨花事換離懷偏共
春蕭索正碧紗窗下試輕衫香羅薄

前調 冬夜感懷　姚倩

悄倚熏籠繡幃冷透西風急更那堪寒衾獨擁殘燈
明滅舊約已隨流水去新愁疊疊如山積聽孤鴻天
半一聲聲添悽絕　思往事空陳跡憐別緒淚珠滴

恨韶光如箭蹉跎歲月顧影自憐雲鬟改蒼茫身世憑誰說歎今生事事不由人嗟何極

燭影搖紅 寄蕙儂倩君二姊　姚茝

亂綰雲鬟入時羞問眉深淺多愁天付善相思鎮日柔腸轉好似影兒般慣別經旬令人懸盼何時相見見又無言不如休見　欲寫幽情情長可奈雲箋短漫言咫尺易相逢更比天涯遠無那落紅飛散柳千絲空垂青眼晚妝初罷明月窺簾梨花庭院

前調 寄茝妹即和原均　姚倩

一日三秋別來莫問愁深淺多情自是總多愁怎不柔腸轉況是別離未慣更那堪你懸我盼無從得見莫說無從夢中曾見　欲訴相思夢長可奈春宵短休言咫尺似天涯心近身兒遠怪底彩雲易散剔銀燈盈盈淚眼曉星將墜竹影橫窗月斜深院

滿江紅 七夕

迅速韶華纔轉瞬月圓又缺關情處蓮房露冷芙蕖零落倚檻且教鸚鵡語憑欄羞覩鴛鴦浴喜新涼昨夜透銀屏鳴啼鴂　心上事蠶絲縛愁與恨眉常蹙聽茜紗窗外風敲翠竹醉後空彈千點淚愁來然盡三條燭正鵲橋此夕渡雙星纖雲薄





菩薩蠻 春暮　姚茝

楊花飄盡東風倦捲簾羞見雙飛燕雙燕語簾前韶華又一年　漫拈紅豆玩瘦減腰肢半無計遣春愁黃昏獨倚樓

虞美人 茝妹新婚歸寧擷此相戲　姚倩

春心無那腰肢瘦諳盡愁滋味懶窺鸞鏡理殘妝妬殺雙雙蝴蝶宿花房　侍兒忽報檀郎至簾外偷相覷無言何事只低頭祇是別時牽掛見時羞

又

晝長人靜垂簾幕花影當窗午繡籠斜倚鬢雲鬆添得睡餘情緒上眉峯　個人咫尺天涯杳望斷青青草見時莫訝減容光鎮日爲郎憔悴罷新妝

滿江紅 述懷　姚茝

門掩黃昏篆爐香冷砧聲急更那堪敲窗風雨助人悽絕鬢影易從明鏡改牢騷都倩毫端洩恨愁魔何事苦相纏情難說　思往事空悲咽提舊恨愁凝結歎年來歷遍生離死別夜靜暗彈千點淚人前強展雙眉葉問個中心緒有誰知天邊月

賣花聲 春困

香夢半惺忪倚枕還慵峭寒簾外又東風兩鬢亂雲

堆未穩自背人櫳　小苑杏花紅碧草芊芊韶光何事轉愁儂多少傷春離別緒齊上眉峯

前調 春慵　　姚倩

春去太匆匆鏡匣塵封十分無賴是東風謝卻海棠飛盡絮零落殘紅　幽徑露華濃孏步芳叢半緣酒病半緣慵縱愛呢喃雙燕子不捲簾櫳

望江南 蕙姊首唱余與蓮妹各和三首

秋光好羅袖自生涼楊柳臨風飄翠帶芙蕖經雨洗紅妝蟲語絮迴廊

秋光好籬菊正芬芳桂蕋蘭英齊欲絕魚莊蟹舍獨



徜徉風雨近重陽

秋光好明月正當空風冷玉階鳴蟋蟀露寒金井墜梧桐燈影閃簾櫳

又　　姚蓮

秋光好人月正雙清天上良辰推七夕閨中韻事話雙星小扇撲流螢

秋光好銀漢月光明香透珠簾風有味涼生玉砌露無聲庭院夜沈沈

秋光好獨坐伴銀釭四壁蟲聲和夢遠一簾花氣載愁降對影自成雙



附錄蕙姊原作

秋光好獨自倚闌干素魄娟娟良夜淨銀河寂寂雁聲寒桐子墜來圓

菩薩蠻 秋夜同蕙哥作　　姚倩

遙天耿耿銀河淨月波一片梧桐影院落夜沈沈玉簫何處聲　露涼蟲語咽悄倚闌干立莫上最高樓秋光滿目愁

前調 秋日寄外

西風料峭房櫳冷海棠泣露紅凝梗細雨潤莓苔秋陰暗不開　繡床閒倚處脉脉和誰語遙憶並肩人相思無限情



前調 即事　　姚蓮

雨餘苔砌添新碧低徊悄傍棠陰立雙蝶上階飛翩翩戀舞衣　輕紈原在握不忍輕相撲明歲此花開知他來不來

菩薩蠻 廻文兩首　　姚倩

霧窗寒鎖春山暮暮山春鎖寒窗霧明月正風清清風正月明　徑幽花弄影影弄花幽徑長夜怯空房房空怯夜長

曲闌斜倚羞明月月明羞倚斜闌曲煙草碧侵簾簾

侵碧草煙　鏡鑾臨瘦影影瘦臨鑾鏡花落怨啼鵑
鵑啼怨落花

南鄉子 秋夜不寐寄蕙姊

獨坐對銀釭蟲語砧聲總斷腸八尺龍鬚眠未得思量辜負流蘇白玉床　月影過東牆籬荳花香透綺窗儂為悲秋君惜別時姊壻外出淒涼兩地更籌一樣長

金縷曲 述懷贈閨友秀松　姚茝

往事休題起更那堪滄桑零落舊時門第有酒難澆愁萬斛誰念頻年心意不信道今生已矣青鏡紅顏人未老向天涯歷徧酸辛味身世恨休重記　多情



自古拚憔悴漫牢騷蛾眉自是古今同忌二十年來愁裡過贏得君稱知己憑闌處月明如洗一夜相思千里共望遙天欲把窮愁寄無可奈空流涕

鬢雲鬆令 不寐懷倩君姊

雁聲淒梧葉墜纔着西風便覺秋憔悴無那病魔人不寐夢已無聊況是醒時候　篆消煙燈結穗紅殘雙花羞照孤衾睡今夜月華清似水兩處憑闌一樣相思淚

齊天樂 弔殿烈婦　姚倩

虞山琴水鍾靈秀閭巷羣欽奇女絕粒心堅捐軀志





決日夜哀音吞吐荷涇曹烈女　菱渚鄧烈婦　正先後清標一般昭著仔細評量斯人畢竟更艱苦　歐風又兼美雨歎女界沈沈昏如雲霧節凜冰霜行誇金石如此堅貞罕覯褒揚片語道巾幗完人學使獎此四字偏生蓬戶謹熱心香輓歌填此譜

滿江紅 前題　姚茝

勞燕分飛驀變做杜鵑啼血心傷處桐棺一蓋此身永訣地下殘魂呼不起人間弱質空嗚咽痛孀姑兩鬢已星星難為別　鄉曲女多奇烈九十日饘飱絕聽鄰舂罷相巷歌聲輟操比青松標勁節身如白璧徵堅潔待旌揚巾幗此完人崇坊屹

燭影搖紅 新正二十八日倩君姊乘輪至滬即行赴吉余有小恙未克親送爰填短闋以誌感即用前寄贈倩姊本調原均



萬縷千絲情深但覺江河淺臨岐不忍唱陽關預問何時轉憐爾長途未慣細丁寧倍增懸盼今朝相見明日天涯何時重見　執手牽衣欲言不盡情長短尋常小別尚魂消況是天涯遠簾捲楊花如散倚闌干慵開倦眼最難消受風雨敲窗黃昏庭院

滿江紅 惜別

一曲驪歌無可奈短長亭畔說不盡千言萬語迴腸

先斷小別君還多記憶長途誰勸加餐飯況明朝分手即天涯何曾慣　詩酒事誰爲伴花月夜無心玩柒羅衣點點淚珠如濺愁裏怕聞鶯乍囀別來又早春過半祇將他一紙寄來書千回看

生查子 夜坐　姚　倩

簾幕峭寒生人靜燈花墜懶卸鳳凰釵悄擁紅衾睡細數漏聲聲今夜郎歸否小語問雙鬟可曉怎時候

減字木蘭花 春日無聊塡此自遣

春風送暖遲遲長晝深深院悄立閒階細數花飄日影斜　眉痕雙蹙病來羞說人如玉誰到堂前忽聽鸚哥喚捲簾

又

鳳帷春暖日高猶閉梨花院懶步瑤階睡起慵慵雲鬢斜　纖腰一束情多羸得消香玉獨立簾前驀見郎來故下簾

又

綺窗日暖秋千閒掛垂楊院漫步庭階苔滑弓鞋鳳嘴斜　茜裙低束雙腮酒暈紅生玉倦倚屏前滿徑殘英怕捲簾

前調 和倩姊原均　姚　莅





嫩寒輕暖翩躚蝴蝶飛深院蘚印侵階燕蹴殘紅瘦影斜　翠蛾輕蹙春來瘦損顏如玉嬾步庭前爲放鑪煙乍捲簾

又

餳簫吹暖連朝雨過苔生院風靜瑤階一縷茶煙直又斜　細腰盈束鬟鬆低彈搔頭玉佇立簷前戲撲楊花入畫簾

附錄蕙姊和作

梨雲夢暖乳鶯細細啼幽院小立閒階絮颺晴風整復斜　眉尖損蹙微渦紅逗溫如玉攜手窗前泥試春衫不捲簾

念奴嬌 送笠夫入都　姚　倩

翠蛾顰蹙恨無情杜宇枝頭催別誰道澆愁須倩酒醉後愈添凄切三疊陽關一聲珍重門外天涯隔知音人去詩筒茗碗虛設　何時攜手花間並肩小院踏碎瑤階月漫言日遠長安近望斷雲山千疊茅店雞聲征途馬足風露君宜惜離懷多少祇餘相對脉脉

南浦月 夏日懷莅生妹

小扇輕羅晚妝初罷簾鉤起斜陽影裏一帶山橫翠

雲布魚鱗新月如眉細黃昏突闌干十二少个人同倚

卜祘子 感舊

日暖蝶交飛風靜爐煙直檻外垂楊樓外山做出傷心碧　追憶十年前好事空陳跡慣倚嬌癡惹姊嗔阿母偏憐惜

壺中天 冬夜懷故園弟妹

寫怨塡愁祗今生總被聰明躭誤記得連床風雨夜不是者般凄楚小院愔愔羅幃悄悄伴着影兒守欲眠難寐挑燈自起還坐　思量別後情懷比來況味未忍向君訴君本多情應會此祗恐更添離緒故國書遙遼陽夢杳回首家何處新愁舊感此時卻與誰語

百字令 聽雨有感寄倩君姊　　姚茝

雨雨風風正黃昏消受寒窗凄絕縱使無愁魂亦斷何況乍經離別品茗花前敲詩月下往事成追憶自從別後負他多少風月　長夜瘦盡燈花熏籌獨擁細雨芭蕉滴寫就一緘遙寄與好慰鄉心千疊屈指離君蟾圓三度勝比三秋隔萬千離緒相逢祗怕難說





醉花陰 送春

深閨無計消清晝鎖日閒銅獸打疊餞殘春柳倦花慵報道春光透　韶華不管人消瘦早淚盈羅袖幾日怯憑闌雨雨風風做出悽涼候

減字木蘭花 子威姊丈入都廷試賦此贈別　　姚倩

韶光正好一鞭得意長安道益我相思落月穿梁夢醒時　歸期須早計日泥金覘捷報別話無多且把離懷付短歌

畫堂春 杏燕題秀松妹所製錦共四闋　　姚茝

東風吹醉玉樓人柳絲風約芳塵呢喃簾外故生嗔似訴陽春　深巷明朝喚賣玳梁舊壘更新江南二月草如茵細蹙眉顰

卜祘子 竹雞

涼意浸湘簾簾影篩瓊砌最是捎煙掠雨時聲振花冠麗　擇粟讓朠紅捓石凝寒翠驚醒深宵起舞人問此君知否

相見歡 楊柳翠鳥

依依綠徧春城雨初晴時樣眉痕輕蹙不勝情穿弱綫蹴花片似流鶯飛上誰家衣桁弄新聲

點絳脣 菊花蝴蝶

傲骨迎寒淡如人意凝霜圃影憐疎處粉翅迷香雨蹴遍春花又向秋英舞身輕嫵短籬煙護夢入滕王賦

高陽臺 輓孫淑人照恒　　姚倩

教溥家庭惠沾鄰里熱心如此應希德言容工可稱四字兼齊方期永擧梁鴻案怎無端含笑歸西最凄其良範慈恩留與人提　從今幼稚絃歌寂痛春蠶未繭人竟長離月冷房櫳忍教枕畔兒啼況聞幽雅生成性恨無緣拜識芳儀枉依依一度思量一度歔欷





燭影搖紅 秋感寄外

理鬢薰衣妝成自把珠簾捲經旬嬾步出闌前頓覺韶光換苔長閒階已徧染楓林胭脂深淺黃花零亂幽徑香殘碧天雲遠　撫景懷人傷時感事柔腸斷金釵卜盡總無憑祇是添凄怨愁鎖眉痕不展最難禁黃昏庭院四壁秋蟲一窗冷雨伴儂長歎

醉春風 七夕

雨過閒庭院一片秋如畫西風搖曳萬枝蓮謝謝謝珠簾高捲玉繩低亞銀河清淺　自把沈檀炷花下深深拜無多心事祝雙星願願願天上人間良緣美





滿年年今夜

醉花陰 初夏　　姚茝

雨過苔痕添竹院芍藥紅零亂半晌倚雕闌悄囑東風休把殘花捲　惜春已是愁腸斷離緒還縈絆杜宇忒無情不喚春歸故向儂前喚

踏沙行 裙帶　　姚倩

鳥繡雙棲花描蒂並低垂偏稱驚鴻影燈前無意綰同心惹他夫壻頻頻訊　欲睡慵鬆含情還整一章好事心私省分明蘭夢有徵祥比來自覺腰圍緊

前調 袖籠





越錦新裁吳綿軟襯溫香一握籠春筍偶隨女伴試梅妝暫時拋棄還嫌冷　翠帶雙垂釧金穩稱捧心非效西施病暮寒倚竹儘遷延不愁袖薄西風緊

鵲橋仙 民國成立後陰陽曆並用一年得兩七夕喜填此解

銀河澄淡繁星明滅正是鵲橋初渡畫屏凝睇對牽牛記曾與花陰攜手　柔情如許良宵有限往事漫勞細數天公着意惜分飛教從此佳期兩度

鬢雲鬆 秋蟲

綠苔平黃葉下窗裏秋聲窗外秋燈射切切慣將人意惹帶恨連愁訴出多般也　待尋來還又罷只有

一庭涼月如煙瀉縱不悲秋聽也怕夢淺寒深絮滋淒清夜

## 望江南

人靜也獨自下階墀幽徑香來風細細柳梢月上夜遲遲小院立多時

## 菩薩蠻立秋後一日風雨間作有懷蕙儂姊

纔驚一葉梧桐落離懷頓覺增蕭索風雨更飄瀟吟魂黯欲消　思君愁不寐淚揾紅妝退爲問素心人秋來瘦幾分